허클베리 핀의 모험

The Adventures of Huckleberry Finn

Mark Twain

허클베리 핀의 모험

마크 트웨인 지음 | 에드워드 윈저 켐블 그림 | 이덕형 옮김

용 문예출판사

경고문

이 이야기에서 어떤 동기를 찾으려고 시도하는 자는 기소한다.

여기에서 어떤 교훈을 찾으려고 시도하는 자는 추방한다.

여기에서 이야기 줄거리를 찾으려고 시도하는 자는 총살한다.

— 저자의 명령을 받고 병기 사령관 G. G.

양해의 말

이 책에는 많은 사투리가 등장한다. 다시 말해서 미주리 지방의 흑인 사투리, 남서부 산간벽촌에서 사용되는 극단적 형태의 사투리, "파이크 카운티"의 일상적 사투리, 게다가 마지막으로 열거한 사투리가 여러 가지로 변형된 변종 사투리들이 사용되고 있다. 각 사투리의 미묘한 의미의 차이는 아무렇게나 짐작으로 표현된 것이 아니라 나 자신이 개인적으로 이들 몇 가지 사투리를 친숙하게 알고 있어, 그 사투리와의 친밀성이 믿을 만한 안내와 지원을 해주었기 때문에 그러한 표현이 가능했다. 내가 이렇게 설명하는 이유는, 이러한 사전 설명이 없다면, 여기 등장하는 모든 인물들이 비슷한 언어를 쓰려고 노력은 하지만 그 언어가 영 실감이 나지 않는다고 많은 독자들은 생각할 것이기 때문이다.

지은이

차례

1

《톰 소여의 모험》이라는 제목이 붙은 책을 읽지 않은 사람은 나에 대해 모르겠지만 그건 상관없다. 그 책은 마크 트웨인 씨가 쓴 것인데 그 사람은 주로 진실을 말했다. 이야기를 엿가락처럼 늘여 말한 데가 있긴 하지만 대체로 진실을 말한 책이었다. 이야기를 늘인 것은 아무 것도 아니다. 거짓말을 한두 번 하지 않은 사람을 나는 여태껏 본 적이 없다. 물론 폴리 아줌마나 과부댁이나 어쩌면 매리는 거짓말을 한 번 도 안 했을 것이다. 다름 아닌 톰의 아줌마 말인데 폴리 아줌마와 매 리와 더글러스 과부댁에 대한 이야기는 그 책에 다 적혀 있는데, 그것 은 조금 전에 내가 말했듯 좀 엿가락처럼 늘이긴 했지만 대체로 진실 을 말한 책이다.

그런데 그 책의 결말은 이렇다. 톰과 나는 강도들이 동굴 속에 숨 겨둔 돈을 발견했으며 그 바람에 우리는 부자가 되었다. 우리 둘은 각 각 6천 달러씩 손에 넣었는데 모두 금화였다. 그 돈을 쌓아놓았을 때 그건 엄청났다. 다음에 어떻게 되었느냐면, 새처 판사가 그 돈을 맡아가지고 이자를 놓았는데 일 년 내내 우리들 각자에게 하루에 1달러씩 가져오는 것이었다. 이건 어찌나 큰돈인지 그 돈을 어떻게 써야 할지 모를 정도였다. 더글러스 과부댁은 나를 아들로 삼고 나를 교양 있는 사람으로 만들 작성이었다. 그러나 아줌마가 모든 일에 지독히 규칙적이고 격식을 따지는 통에 그 집에서 사는 일은 늘 죽을 맛이었다. 그래서 더는 참을 수 없게 되자 도망쳐 나왔다. 전에 입었던 누더기 옷과 큰 설탕통으로 되돌아왔더니 자유와 만족이 느껴졌다. 그러나 톰 소여가 나의 소재를 찾아내고 말았다. 그는 갱단을 조직하려는데 내가 과부댁의 집으로 돌아가 점잖게 굴면 그 갱단에 끼워주겠다고 말했다. 그래서 나는 집으로 돌아왔던 것이다.

과부댁은 나를 보고는 통곡하며 길 잃은 불쌍한 어린양이니 그 밖에 많은 다른 이름으로 나를 불러댔다. 그렇다고 나에게 해코지하려는 의도는 전혀 없었다. 과부댁은 나에게 다시 새옷을 입혔는데 나는 다

14

만 땀을 뻘뻘 흘리는 도리밖에 없었고 온몸이 답답하게 조여오는 것을 느꼈다. 그러자 전에 하던 일이 다시 시작되었다. 과부댁이 저녁 식사를 알리는 종을 울리면 제 시간에 달려가야 했다. 식탁에 당도해서도 곧장 먹는 것이 아니고 과부댁이 머리를 숙이고 음식 위에다 대고 뭐라고 중얼거리도록 기다려야 했다. 그렇다고 음식에 무슨 문제가 있었던 것도 아니었다. 다시 말해서 모든 음식이 한 가지씩 따로따로 요리되어 있을 뿐 문제될 것은 아무것도 없었다. 먹다 남은 잡동사니를 넣는 통이라면 문제가 다르다. 음식들이 섞여 있고 국물이 마구 엉켜 있어 그 음식들이 더 먹음직하게 보였다.

저녁 식사가 끝나면 과부댁은 성경을 꺼내고는 나에게 모세와 파피루스 바구니에 대해 이야기해주었는데, 그럴라치면 나는 모세에 대해 모든 것을 알아내느라 땀깨나 흘렸다. 그러나 이윽고 과부댁은 결국 모세는 상당히 오래전에 죽은 사람이라는 사실을 털어놓았다. 그래서 나는 그에 대해서 관심을 갖지 않기로 했다. 난 죽은 사람에 대해서는 눈곱만큼의 관심도 없었으니까.

곧 나는 담배 한 대 피우고 싶어서 과부댁에게 허락해달라고 요청했다. 그러나 그녀는 거부했다. 그것은 천박한 습관이며 깨끗하지 못한 것이어서 다시는 피울 생각을 말아야 한다고 말했다. 세상에는 그런 식으로 나오는 사람들이 있는 법이다. 아무것도 모르면서 어떤 일을 비난하는 군상 말이다. 자기 친척도 아니며 누구에게도 아무 쓸모도 없고 이제 이 세상에 있지도 않은 모세에 대해 과부댁은 있는 신경 다 쓰면서, 나에게 쓸모 있는 일이어서 내가 하면 그것을 트집 잡는 판국이다. 사실 과부댁도 코담배를 맡는다. 자기가 하는 일이니까 물론 그것은 괜찮다는 식이었다.

과부댁에게는 여동생이 있었는데, 안경을 쓰고 몸매는 좀 날씬한 노처녀로서 미스 왓슨이라는 이름으로 불렸다. 바로 그녀가 이 무렵 자기 언니와 함께 살러 와 있었다. 이제 그녀가 철자책을 가지고 나를 공격했다. 그녀가 나를 약 한 시간가량 볶아댄 다음에야 과부댁은 여 농생에게 이제 좀 풀어주라고 일렀다. 난 더는 참을 수 없었다. 그 후 한 시간은 심심해서 죽을 지경이어서 나는 안절부절못했다. 미스 왓슨 은 습관적으로 하는 말이 있었다. "허클베리, 발을 거기에 올려놓지 마라"라든가 "허클베리, 그렇게 삐걱거리는 소리 내지 말고 똑바로 앉아라"라는 말이었다. 그리고 잠시 뒤에 "허클베리야, 그렇게 하품하고 기지개를 켜는 게 아니야. 왜 얌전하게 행동하려 들지 않지?" 하고 말하곤 했다. 그러고 나서 그녀는 지옥에 대해 상세히 이야기해주었다. 나는 그곳에 가봤으면 좋겠다고 말했다. 그녀는 내 말에 노발대발했지만 나로서는 무슨 악의가 있었던 건 아니었다. 내가 원한 것은 어디엔가 가는 것이었다. 내가 원한 것은 어떤 생활의 변화였다. 나는 까다로운 아이가 아니었다. 내가 한 말 같은 것을 입에 담는 것은 사악한 일이라고 그녀는 말했다. 자기는 죽어도 그런 말은 하지 않겠다는 것이다. 자신은 좋은 곳으로 가려고 이 세상을 살아간다고 했다. 그녀가 가려는 곳에 가봤자 아무 이득이 없다고 나는 생각했고 그래서 그런데 가려고 노력하지 않기로 결심했다. 그러나 그렇게 까놓고 말하진 않았다. 그런 내 발언은 분란만 일으킬 뿐 아무 쓸데가 없을 테니까.

이렇게 한번 발동이 걸리면 미스 왓슨은 천당에 대해 계속 말을 이었다. 천당에 간 사람들은 모두 하루 종일 하프를 들고 노래하며 여기저기 산책하는데, 그것도 끝없이 영원히 그렇게 한다는 것이었다. 그런데 나는 그런 생활을 대단한 것으로 생각하지 않았다. 물론 입으로 까놓고 그렇다고는 말하지 않았다. 톰 소여는 그 천당에 가리라고 생각하느냐고 물었다. 그랬더니 어디로 보나 당치도 않다고 그녀는 말했다. 그 말을 듣고 기뻤다. 왜냐하면 나는 톰과 함께 있는 것이 좋았기 때문이다.

미스 왓슨은 계속 나를 쪼아댔기 때문에 지겨웠고 외로웠다. 얼마 후 과부댁과 미스 왓슨은 검둥이들을 집으로 데려와서 기도회를 열었고 그러고 나서 모든 사람은 잠자리에 들었다. 나는 양초 한 개를 내 방으로 가지고 올라가 그것을 탁자 위에 놓았다. 그러고는 창가 의자에 앉아 무언가 신나는 게 없나 생각했다. 그러나 모두 허사였다. 나는 어찌나 외로운지 차라리 죽고 싶었다. 별들은 빛났고 숲속에서는 나뭇잎들이 처량하게 버스럭거렸다. 멀리서는 부엉이가 죽은 사람에 대해 통곡하듯 울부짖었고, 소쩍새 한 마리와 개 한 마리는 지금 막 죽어가는 어떤 사람에 대해 울음으로 무언가를 말하고 있었고 바람은 나에게 무언가를 속삭이려고 안간힘을 썼지만 나는 그게 무슨 소리인지 알 길이 없었다. 다만 내 온몸에 차가운 소름이 끼치도록 만들었다. 그때 멀리 떨어진 숲속에서 어떤 소리가 들렸다. 유령이 마음에 품고는 있지만 남에게 이해시킬 수 없는 무언가를 말하고 싶을 때 내는 그러한 소리, 유령이 제 무덤 속에서 편안히 쉴 수 없어 매일 밤 애통하며 저렇게 이리저리 헤맬 때 내는 그러한 소리였다. 너무 낙담하고 겁이 나 나는 곁에 누가 같이 있어주면 좋겠다고 생각했다. 곧 거미 한 마리가 내 어깨로 기어 올라왔다. 그놈을 손가락으로 탁 쳤더니 그놈은 촛불 속으로 떨어지는가 했더니 내가 손쓸 사이도 없이 불에 타 오그라들고 말았다. 누가 말해줄 필요도 없이 이것은 무서운 흉조였고 나에게 불운을 가져올 것은 확실했다. 어찌나 겁이 나서 몸이 떨리는지 옷이 몸에서 벗겨질 지경이었다. 나는 일어나 방 안을 트랙 삼아 세 번 돌았다. 한 바퀴 돌 때마다 가슴에 성호를 그었다. 그러고 나서 마녀를 쫓아내려고 내 머리카락 몇 개를 실로 잡아맸다. 그래도 안심이 되지 않았다. 길에서 주운 말편자를 문 위에 못으로 박아두지 않아서 잃어 버리고 말 때 사람들은 머리카락을 가지고 그 짓을 한다. 그러나 거미 를 죽이고 악운을 쫓는 데 어떤 비법이 있다는 말은 아직 누구한테도 들은 적이 없었다.

나는 온몸을 떨며 다시 앉았다. 그러고는 담배 한 대 피우려고 파 이프를 꺼냈다. 온 집 안은 죽은 듯이 고요해서 이제 과부댁에게 들킬 염려가 없었다. 그런데 한참 만에 저 멀리 읍내에 걸린 시계가 땡땡 하 고 시간을 알렸다. 열두 시였다. 시계 소리가 그치자 사방은 다시 고요 해졌다. 전보다 더 고요했다. 곧이어 저 아래 어둠 속 나무 사이에서 잔가지 하나가 탁 하고 꺾이는 소리가 들렸다. 무언가가 움직이고 있 었다. 나는 숨을 죽이고 귀를 기울였다. 그러자 그 아래에서 "야옹, 야 옹" 하는 소리를 겨우 들을 수 있었다. 됐다! 하고 나는 되도록 목소리

를 낮추어 "야옹! 야옹!" 하고 응답하고는 불을 끄고 창문으로 기어 나와 헛간 위로 갔다. 그러고는 땅 위로 미끄러져 내려와 나무 사이로 기어들어갔다. 아니나 다를까 톰 소여가 나를 기다리고 있었다.

2

　우리는 나무 사이에 난 통로를 따라 나뭇가지에 머리를 긁히지 않
도록 몸을 숙이고 까치발로 과부댁 정원 끝까지 갔다. 부엌을 지나칠
때 내가 나무뿌리에 발이 걸려 넘어지는 통에 소리를 내게 되었다. 우
리는 쪼그리고 앉아 숨을 죽였다. 짐이라는 미스 왓슨의 덩치 큰 노예
가 부엌 문 안쪽에 앉아 있었다. 그의 뒤로 불빛이 있었기 때문에 우리
는 그 노예의 모습을 꽤 똑똑히 볼 수 있었다. 짐은 일어서서 몸을 잠
시 길게 뻗으며 귀를 기울였다. 그러고는 말했다.
　"거 누구여?"
　짐은 좀 더 귀를 기울이더니 발끝으로 살금살금 내려와서 바로 두
사람 사이에 섰다. 손 뻗으면 거의 닿을 거리였다. 모르긴 몰라도 몇
분이 지나도록 세 사람은 소리 하나 내지 않고 거기 가까이에 함께 서
있었다. 복사뼈 위가 가려웠지만 나는 감히 긁을 수 없었다. 그런데 귀
가 가렵기 시작하더니 다음으로 양어깨 사이의 등이 가려워졌다. 긁지
않으면 죽을 것 같았다. 하긴 이때 말고도 나는 수없이 여러 번 이 가

20

려움증에 시달려왔다. 높으신 분과 함께 있을 때라든가 장례식에 갔을 때나, 졸리지도 않은데 잠을 자려고 한다든지, 여하튼 몸을 긁어서는 안 될 장소에 있게 되면 어찌 된 영문인지 천 군데가 넘게 여기저기가 온통 가려워온다. 이윽고 짐이 말했다.

"여봐, 누구여? 어디 있느냐고? 내 분명 무슨 소릴 듣긴 들었는디. 이럴 쩍에 워터키 할지 나도 안다 이거여. 여기 그대로 앉아 그 소리가 다시 들릴 때까지 귀를 열어놓고 있는다 이거여."

그리하여 짐은 나와 톰 사이 땅바닥에 그냥 주저앉았다. 그는 나무에 등을 기대고는 양다리를 쭉 뻗었기 때문에 그의 한쪽 다리가 하마터면 내 한쪽 다리에 닿을 뻔했다. 코가 가렵기 시작했다. 어찌나 가려운지 눈물이 날 지경이었다. 그러나 나는 감히 긁지 못했다. 다음으로 콧속이 가렵기 시작했다. 다음으로는 코 밑이 가려웠다. 도저히 가만히 있을 수가 없었다. 이 참담한 상태가 6, 7분 계속되었는데, 나에겐 더 긴 시간으로 느껴졌다. 이제 가려운 데가 열한 군데가 되었다. 이제 1분도 더 참을 수가 없다는 생각을 하며 이를 악물고 참아보려고 노력했다. 바로 그때 짐의 숨소리가 깊어지더니 다음 순간 코를 골기 시작했다. 그 순간 내 몸에서 가려움증이 감쪽같이 사라졌다.

그러자 톰이 나에게 신호를 보냈다. 신호라야 입으로 작은 소리를 내는 것이었다. 그래서 우리는 손과 무릎으로 엉금엉금 기어 빠져나왔다. 10피트쯤 벗어났을 때 톰이 속삭였다. 재미 삼아 짐을 나무에다 묶어놓고 싶다는 것이다. 그러나 나는 그건 안 된다고 말했다. 짐이 깨어 소란을 피우는 날이면 식구들은 금세 내가 없어진 것을 알게 될 테니까. 그러자 톰은 초가 충분치 않으니까 자기가 살짝 부엌에 들어가 초를 몇 개 더 가져오겠다고 했다. 나는 그가 그런 짓은 하지 말기를 바랐다. 짐이 깨어나 이리 올지도 모른다고 말했다. 그러나 톰은 그까짓 위험쯤 무릅쓰기를 원했다. 그래서 우리는 살짝 부엌으로 들어가 양초 세 개를 손에 넣었다. 톰은 양초 값으로 5센트를 탁자 위에 놓아두었다. 그러고 나서 우리는 밖으로 나왔고 나는 그곳을 벗어나고 싶어 안달이었지만 톰은 짐이 있는 곳까지 기어가서 그에게 무언가 장난을 치지 않고는 직성이 풀리지 않는 모양이었다. 나는 기다렸다. 무척 긴 시간이 지나는 것 같았고 사방은 극히 고요하고 쓸쓸했다.

톰이 돌아오자마자 우리는 그 통로를 따라 마당 울타리를 돌아서 이윽고 집 맞은편 언덕의 가파른 꼭대기에 올랐다. 톰은 짐의 머리에서 모자를 살짝 벗겨 머리 위 나뭇가지 위에 걸어놓고 왔는데 짐은 약간 몸을 비척거리긴 했지만 잠에서 깨지는 않았다고 말했다. 이런 일이 있고 난 후 짐은 떠벌렸다. 마녀들이 자기에게 마술을 걸어 그를 최면 상태에 빠뜨린 뒤 미주리주 전역을 두루 데리고 다니다가 다시 나무 아래에다 내려놓고는 누가 이런 짓을 했는지 보여주려고 모자를 나뭇가지에 걸어놓았다는 것이다. 그리고 다음번에는 이야기를 좀 부풀려서 마녀들이 뉴올리언스까지 자기를 태워갔다고 말했다. 그 후 그는 이 이야기를 할 때마다 말을 부풀리더니 마녀들이 자기를 온 세상을 두루 데리고 다니는 통에 자기는 피로해서 죽을 지경이었고 자기 등은 말안장에 스쳐서 종기투성이가 되었다고 했다. 짐은 이 사건을 무척 자랑했는데, 그런 자부심 때문에 다른 검둥이들을 거들떠보지도 않았다. 짐의 이야기를 들으려고 검둥이들이 먼 길을 무릅쓰고 찾아왔고 짐은 그 지방의 어느 흑인보다 더 존경을 받게 되었다. 낯선 검둥이들은 마치 짐이 무슨 기적의 화신이나 되는 것처럼 입을 벌린 채 짐의 모습을 바라보았다. 검둥이들은 부엌 난로 옆 어둠 속에서 늘 마녀에 대한 이야기를 나눈다. 그러나 어떤 검둥이가 그런 것에 대해 입을 열고 뭘 아는 체하는 날이면 짐이 꼭 끼어들어 "흥, 자네가 마녀에 대해 뭘 아나?" 하고 말했고 그 검둥이는 기가 죽어 뒷자리로 물러나야 했다. 짐은 톰이 양초 값으로 놔둔 5센트 동전에다 실을 꿰어 늘 목에다 걸고는, 악마가 손수 자기에게 준 마법의 부적인데 그것으로 누구의 병도 고칠 수 있고 그것에다 대고 무슨 말을 하기만 하면 그가 원할 때마다 마녀들을 불러낼 수 있을 것이라고 그 악마가 말했다고 했다. 그러나 짐은 그 5센트짜리에다가 무슨 말을 하는지는 말하지 않았다. 그

일대 사방팔방에서 검둥이들이 모여들어 그 5센트짜리를 그냥 보는 것만으로 그녀들이 가진 모든 것을 짐에게 주었다. 하지만 그들은 악마가 손댄 것이기 때문에 그 동전을 만져보려고 나서지 않았다. 악마를 보았고 마녀에게서 실려서 두루 돌아다녔던 탓에 기고만장해진 짐은 하인으로서는 완전히 망가진 상태라고 할 수 있었다.

언덕 정상 언저리에 도착한 톰과 나는 저 멀리 마을을 내려다보았고 불빛 서너 개가 반짝이는 것을 볼 수 있었다. 아마 불빛이 비치는 집에는 병자들이 있었을 것이다. 머리 위의 별들은 아름답게 반짝였고 저 아래 마을 가에는 폭이 1마일은 족히 되는 강이 지독히 고요하고 웅장하게 흘렀다. 우리는 언덕을 내려가 조 하퍼와 벤 로저스와 그 밖에 두세 남자애들이 오래된 가죽 처리 공장에 숨어 있는 것을 발견했다. 그리하여 우리는 작은 보트의 밧줄을 풀고 2마일 반쯤 하류로 저어 내려가 언덕 측면에 움푹 깎인 곳에 이르러 뭍에 올랐다.

우리는 촘촘히 박힌 관목림으로 갔다. 그러자 톰은 우리 모두에게 비밀을 시키겠다는 맹세를 하게 하고는 관목림에서 가장 잎이 우거진 곳에 있는 동굴 하나를 보여주었다. 그러고 나서 우리는 양초에 불을 붙이고 엉금엉금 기어서 그리로 들어갔다. 2백 야드쯤 들어갔을 때 동굴은 안이 탁 트였다. 톰은 여러 통로 사이를 더듬어 가더니 곧 아무도 구멍이 있으리라고는 생각할 수도 없는 벽면 밑으로 들어갔다. 우리는 좁은 통로를 따라 들어가 일종의 방같이 생긴 공간에 이르렀다. 그곳은 온통 습하고 땀 냄새가 나고 추웠다. 그곳에서 우리는 멈췄다. 톰이 입을 열었다.

"이제 우리는 갱단을 조직하여 '톰 소여 갱단'이라고 이름 짓겠다. 입단하기를 원하는 자는 모두 맹세하고 이름을 혈서로 써야 한다."

모든 소년들은 기꺼이 환영했다. 그러자 톰은 미리 맹세문을 써온 종이 한 장을 꺼내 읽었다. 단원은 누구나 이 갱단에 충성하며 어떤 비밀도 누설해선 안 된다. 어떤 자가 어느 단원에게 해를 가하면 그자와 그의 가족을 죽이라는 명령을 받은 단원은 누구든 그 임무를 수행해야 한다. 또한 그들을 죽여 갱단의 표식인 십자가를 그 죽은 자의 가

슴에 그려 넣기까지는 음식을 먹어서도 안 되고 잠을 자서도 안 된다. 이 갱단에 소속되지 않은 자는 누구도 그 표식을 사용할 수 없고, 만일 사용하면 고소할 것이고 두 번 사용하면 죽여야 한다. 또한 이 갱단에 속한 자가 비밀을 누설하면 그자는 목이 잘릴 것이고, 그 시체는 태워 재를 받아 그 재를 사방에 뿌려버리고 그 이름은 단원 명단에서 피로 지워버릴 것이며, 단원들은 그에 대해 한마디도 말하지 않을 것이며 다만 저주를 받고 영원히 잊힐 것이다. 이것이 톰이 읽어 내린 전문이었다.

일동은 정말 끝내주는 맹세라고 말하며 톰에게 그게 다 네 머리로 짜낸 것이냐고 물었다. 톰은 일부는 머리로 짜낸 것이지만 나머지 부분은 해적을 다룬 책들과 강도를 다룬 책에서 뽑은 것이며, 이름 있는 갱단이면 모두 이런 맹세를 한다고 했다.

비밀을 누설한 단원들의 가족을 죽여버리는 것이 좋겠다고 누가 자기 생각을 말했다. 톰은 참 좋은 생각이라고 말하며 연필을 꺼내 적어 넣었다. 그러자 이번에는 벤 로저스가 말했다.

"여기 헉 핀도 있어. 걔는 가족이 없어. 그러니 걜 어떻게 할 셈이니?"

"저 말이야, 그 애는 아버지가 있지 않니?"

톰 소여가 응답했다.

"맞아. 아버지가 있지만 근래에 도무지 찾을 수가 없거든. 전에는 가죽 공장에서 그가 술에 취해 돼지들과 함께 바닥에 누워 있었지. 하지만 1년 이상 이 근처에서는 도무지 눈에 띄지 않았단 말이야."

그 애들은 이 문제를 놓고 의논했고 죽일 가족이나 누군가가 없다고 말하며 나를 갱단에서 제외할 예정이었다. 그렇지 않으면 다른 아이들에게 공평하지 않다는 것이다. 어떻게 해야 할지 좋은 생각을 말하는 아이는 아무도 없었고 모두가 난처하여 조용히 앉아 있었다. 내 눈에서는 눈물이 왈칵 쏟아질 지경이었다. 그러나 그 순간 갑자기 나에게 방법이 떠올랐다. 그래서 나는 미스 왓슨을 죽이면 어떠냐고 제의했다. 너희들이 그녀를 죽일 수 있다고 말했다. 모두는 입을 모았다.

"오, 그 아줌마면 됐어. 됐어. 그러면 아무 문제도 없어. 헉은 입단할 수 있어."

그리하여 그들은 모두 손가락을 핀으로 찔러 피를 받아 서명했다. 나도 그 종이 위에 피로 표시했다. 그러자 벤 로저스가 말했다.

"그런데 이 갱단이 무엇을 할 참이지?"

"강도짓하고 살인하는 것 말고 또 뭐가 있겠니?"

톰이 말했다.

"하지만 말이야. 누구를 털지? 집을? 가축들을? 아니면……."

"바보! 소나 그런 것을 훔치는 것은 강도짓이 아니야. 그건 도둑질이야. 우린 도둑이 아니야. 그건 우리 격에 맞지 않아. 우리는 노상강도란 말이야. 우리는 복면을 하고 길에서 작은 개인 마차나 역마차를 정지시키고 사람들을 죽이고 그들의 시계와 돈을 빼앗는 거야."

톰이 말했다.

"늘 사람을 죽여야 하니?"

"물론 그렇고말고. 그게 최선책이야. 어떤 권위자들은 달리 생각하기도 해. 그러나 대개는 죽이는 것이 제일 좋은 방법이라고 생각해. 물론 여기 동굴로 데려와서 몸값을 지불할 때까지 잡아둘 몇몇 사람들은 죽이지 않겠지만."

"몸값? 그게 뭐지?"

"나도 몰라. 하지만 그게 강도들이 하는 짓이야. 난 그걸 책에서 봤어. 그러니까 말할 것도 없이 우리도 그렇게 해야 해."

"하지만 그게 뭔지도 모른다면 어떻게 그 짓을 하지?"

26

"젠장, 우리는 그렇게 해야 해. 책에 그렇게 쓰여 있다고 말하지 않았니? 책에 있는 것하고 다르게 행동하다 모든 일을 망치고 싶어?"

"톰 소여, 네가 그렇게 말하는 것은 좋아. 우리가 잡은 인간들에게 어떻게 몸값을 붙일지도 모르면서 어떻게 몸값을 받고 그들을 풀어주지? 내가 알고 싶은 것은 바로 그거야. 그런데 너는 그 몸값이 뭐라고 생각하니?"

"글쎄, 나도 몰라. 하지만 아마 그들의 몸값을 받을 때까지 그들을 잡아둔다면 그건 그들이 죽을 때까지 잡아둔다는 뜻인지도 모르지."

"이제 좀 어렴풋이 알겠구나. 그게 대답이 되겠는걸. 왜 좀 빨리 그렇게 말하지 못했지? 그들에게 몸값을 걸고 그들이 죽을 때까지 잡아둔다 이거지. 하지만 놈들은 닥치는 대로 먹어치우고 늘 도망치려고만 하는 골칫거리들이 될 수도 있겠네."

"벤 로저스, 무슨 말이 그래? 한 발만 움직이면 쏴 죽일 준비가 되어 있는 보초가 그들을 감시하는데 어떻게 뺑소니를 치겠니?"

"보초라. 그거 좋지. 다만 그들을 감시하려면 누군가는 밤새 자지 않고 일어나 앉아 있어야 되겠군. 그건 바보짓 같은데. 차라리 몽둥이를 가지고 있다가 그들이 여기 도착하는 즉시 몸값 받고 풀어주는 게 어때?"

"책에는 그렇게 쓰여 있지 않아. 그게 이유야. 이봐, 벤 로저스, 너 규칙대로 하고 싶냐 아니면 규칙을 무시하고 싶냐? 그게 중요해. 책을 쓴 사람들이 제대로 할 일을 잘 안다고 생각하지 않니? 넌 이런 사람들에게 무언가 가르칠 수 있다고 생각하니? 천만의 말씀. 똑똑아, 그건 안 돼. 그냥 규칙대로 몸값을 걸고 잡아두는 거야."

"알았어. 난 상관 안 해. 하지만 그건 어리석은 짓 같아. 저 말인데, 우린 여자들도 죽이는 거냐?"

"벤 로저스, 내가 너처럼 무식하다면 난 입을 놀리지 않겠다. 여자 들을 죽여? 책에서 그런 것을 본 사람은 이제껏 아무도 없어. 여자들 을 동굴로 데려오면 항상 그들에게 이를 데 없이 정중히 대해주는 거 야. 그러다 보면 곧 그들은 너와 사랑에 빠지게 되고 더는 집에 돌아가 기를 원하지 않게 될 거란 말이야."

"그래? 그렇다면 나도 찬성이야. 하지만 난 좀 찜찜해. 곧 동굴은 여자들과 몸값 치르고 풀려날 친구들로 가득 차게 될 것이고 그렇게 되면 우리 강도들은 들어설 자리도 없게 되겠군. 하지만 그대로 해. 난 할 말이 없으니까."

어린 토미 반즈는 벌써 잠이 들어 있었다. 아이들이 깨우자 그 애 는 겁을 먹고 울음을 터뜨리며 집에 있는 엄마에게 가겠다며 더는 강 도가 되고 싶지 않다고 말했다.

그래서 그들 모두는 그를 놀려대며 울보라고 불렀다. 그 말에 토미 는 화가 나서 곧장 집에 가서 비밀 모두를 털어놓겠다고 했다. 그러나 톰이 입을 다물도록 그에게 5센트를 주었고, 이제 모두 집에 돌아가 다음 주에 만나 누구를 털고 누구를 죽이자고 말했다.

벤 로저스는 일요일 말고는 제대로 빠져나올 수 없다며, 그러니까 다음 일요일에 일을 시작하기를 원했다. 그러나 아이들은 모두 일요일 에 그런 짓을 하는 것은 사악한 일이 될 것이라고 말하여 그 일은 마 무리가 되었다. 되도록 빠른 시일 내에 모여 날짜를 정하기로 합의를 보았다. 그리고 나서 톰 소여를 갱단의 두목으로 뽑고 조 하퍼를 부두 목으로 뽑고 나서 우리는 집으로 향했다.

나는 헛간 지붕 위로 기어올라 내 방 창문으로 기어들어갔다. 날이 밝기 직전이었다. 내 새옷은 기름과 진흙으로 범벅이었고 나는 피곤해 서 죽을 지경이었다.

3

다음날 아침 내 옷 때문에 올드미스 왓슨에게 심한 꾸중을 들었다. 그러나 과부댁은 나를 야단치지 않고 다만 기름때와 진흙을 깨끗이 닦아주었는데 그분 표정이 어찌나 실망하는 것같이 보였는지 나는 잠시나마 되도록 얌전히 처신해야겠다고 생각했다. 그러자 미스 왓슨은 나를 골방으로 데리고 가서 기도를 했다. 그러나 기도에서 나오는 것은 아무것도 없었다. 나더러 매일 기도하라고 하면서 미스 왓슨은 내가 기도하며 요청하는 것은 무엇이든 얻게 될 것이라고 말했다. 그러나 실은 그렇지 못했다. 나는 시도해보았다. 저번에는 낚싯줄은 있는데 낚싯바늘이 없었다. 낚싯바늘이 없으면 낚싯줄도 나한테 아무 소용이 없었다. 나는 서너 번 낚싯바늘을 주십시오 하고 기도했지만 어쩐 일인지 효과가 없었다. 이윽고 어느 날 미스 왓슨에게 내 대신 기도해줄 것을 요청했다. 그러나 그녀는 나더러 바보라고 말했다. 왜 내가 바보인지는 말해주지 않았고 나 역시 아무리 생각해도 알 수 없었다.

나는 어느 날 숲속 깊이 들어가 자리 잡고 앉아 그것에 대해 한참 생각해보았다. 나는 속으로 중얼거렸다. 사람들이 달라고 기도하면 무엇이나 얻을 수 있다고 하면 어째서 디콘 윈은 돼지고기 거래에서 잃은 돈을 되찾지 못하는 걸까? 왜 과부댁은 도둑맞은 은 담뱃갑을 되찾지 못하는 거지? 왜 미스 왓슨은 살이 찌지 않는 거지? 어림도 없지, 기도 속에는 아무것도 없는 거야 하고 나 스스로에게 말했다. 나는 과부댁에게 가서 그것에 대해 말했다. 그랬더니 과부댁은 말했다. 기도로 우리가 얻는 것은 '정신적 선물'이라는 것이었다. 이게 무슨 말인지 알 수 없었다. 그러나 과부댁은 자기 말의 뜻을 나에게 말해주었다. 남을 도와야 하고 남들을 위해 할 수 있는 모든 일을 하며 늘 남을 보살피면서 나 자신에 대한 생각은 하지 말라는 것이다. 남이라고 하면 미스 왓슨도 포함된다고 나는 받아들였다. 나는 숲으로 들어가서 오랫동안 이 문제를 머릿속에 담아보았다. 그러나 남을 생각한다는 것에는 아무 이득이 없었다. 남들은 이득을 얻을 테지만. 그래서 마침내 나는 이 문제에 더는 신경을 쓰지 않고 될 대로 되라지 하고 생각했다. 때로 과부댁은 나를 한편으로 끌고 가서 입에 침을 튀기며 신의 섭리에 대해 이야기했다. 그렇지만 다음날이 오면 미스 왓슨이 개입하여 모든 것을 망칠 것은 뻔한 일이었다. 그래서 나는 신의 섭리에는 두 가지가 있다는 사실을 깨달았다는 판단을 내렸다. 그러니까 과부댁의 섭리가 작용하면 보잘것없는 인간도 상당한 두각을 나타낼 것이지만 미스 왓슨의 섭리에 걸리는 사람은 구제가 불가능하다고 생각했다. 곰곰이 생각한 끝에 그쪽에서 원하면 과부댁의 섭리에 속하겠다고 생각했다. 내가 워낙 무식하고 천박하고 고약하기 때문에 내가 자기에게 속한다고 해서 그 섭리가 전보다 더 나아질지 어떨지는 알 수 없었다.

우리 아빠라는 사람은 1년이 넘도록 모습을 드러내지 않았다. 그

래서 내 마음은 편했다. 나는 아빠를 더는 보고 싶지 않았다. 아빠가
근처에서 얼씬거리면 나는 으레 숲으로 달아나긴 했지만, 그는 맨송맨
송할 때면 늘 나를 두들기고 손찌검을 했다. 그런데 이즈음에 일이 있
었다. 사람들 말로는 읍내에서 12마일가량 떨어진 강물 속에 아빠가
익사한 채 발견되었다는 것이다. 익사한 사람의 몸집이 아빠와 같고
누더기를 걸치고 유난히 긴 머리칼로 보아 꼭 우리 아빠라고 했다. 얼
굴은 누구인지 분간할 수 없었는데, 물속에 너무 오래 있었기 때문에
얼굴이 도무지 얼굴 같지 않아서다. 그 시체는 등을 수면에 대고 얼굴
은 하늘을 향한 채 떠 있었다고 했다. 사람들은 그 시체를 건져 둑 위
에 매장했다. 그러나 나는 우연히 무슨 생각이 번뜩 들어 오랫동안 마
음이 편치 않았다. 익사한 남자는 수면에 등을 대고 떠 있는 것이 아니
라 얼굴을 물에 박고 떠 있게 된다는 것을 너무나 잘 알았기 때문이다.
그 사람은 우리 아빠가 아니라 남장을 한 어떤 부인이라는 것을 나는
알았다. 그래서 내 마음은 다시 불편했다. 나는 원하지 않지만 아빠가
다시 나타날 것이라고 판단했기 때문이다.

우리는 한 달가량 이따금 강도 놀이를 했는데, 나는 그 후 발을 뺐
다. 다른 아이들도 모두 빠졌다. 누구의 물건을 강탈하지도 않고 아무
도 죽이지 않았다. 그냥 그러는 시늉만 했다. 우리는 숲에서 뛰어나와
돼지를 몰고 가는 사람들이나 밭에서 나온 채소를 장으로 가져가는
짐마차 위에 탄 여자들을 습격하기는 했지만 아무것도 탈취하지는 않
았다. 톰 소여는 돼지들을 '금괴'라고 부르고 순무와 채소를 '보석'이
라고 불렀다. 그러고 나서 우리는 동굴로 돌아와서 우리가 한 일과 몇
명을 죽이고 상처를 입혔나를 떠들어댔다. 그러나 나는 그런 것에서
아무 소득을 찾을 수 없었다. 한번은 톰이 그의 표현을 빌리자면 갱단
은 집합하라는 표시인 소위 슬로건이라고 이름 붙인 불타는 막대기

하나를 들려 한 아이더러 읍내를 한 바퀴 돌아오라고 시켰다. 그가 보낸 밀정들에게서 톰은 비밀 뉴스를 얻었는데, 다음날 많은 스페인 상인들과 아라비아 부자들이 코끼리 2백 마리와 낙타 6백 마리와 천 마리가 넘는 짐 노새에다 다이아몬드를 가득 싣고 케이브 할로에서 야영할 예정인데, 호위병은 겨우 4백 명이라는 것이다. 그리하여 우리는 톰이 말하는 매복에 들어갔다가 그들 모두를 죽이고 그 물품들을 약탈할 예정이었다. 우리는 칼과 총을 손질하고 만반의 준비를 해야 한다고 톰이 말했다. 톰은 무 실은 수레 하나 추격할 줄도 몰랐지만 그런 추격을 위해 칼과 총을 모두 손질하지 않곤 못 배겼다. 사실 칼과 총이라야 단지 윗가지와 빗자루였다. 그래서 그것을 썩어 문드러지도록 닦아봤자 닦기 전보다 눈곱만치도 나아지지 않았다. 나는 우리가 그렇게 많은 스페인 사람들과 아랍인들을 공격할 수 있다고는 믿지 않았다. 그러나 낙타와 코끼리들을 보고 싶었기 때문에 다음날, 그러니까 토요일에 그 매복에 참여했다. 그리하여 명령이 떨어졌을 때 우

리는 숲에서 나와 언덕 아래로 달려갔다. 하지만 스페인 사람들이나 아랍인들은 없었고 낙타도 코끼리들도 없었다. 다만 소풍 나온 주일학교 학생들뿐이었는데 그것도 초급반 아이들이었다. 우리는 그들을 덮쳐서 골짜기 위쪽으로 쫓아버렸다. 그러나 우리가 얻은 것은 도넛 몇 개와 잼이었다. 하긴 벤 로저스는 헝겊 인형을 얻었고 조 하퍼는 찬송가 한

권과 작은 책자 한 권을 얻었다. 바로 그때 주일학교 선생님이 우리에게 달려드는 바람에 우린 모든 것을 바닥에 놓고 도주했다. 나는 다이아몬드를 보지 못했기 때문에 톰에게 그 말을 했다. 그러자 톰은 어쨌든 거기엔 다이아몬드가 산더미처럼 있었고 아랍인들도 있었고 코끼리들과 여러 물건이 있었다고 했다. 그렇다면 어째서 우리들은 그것들을 못 봤지 하고 내가 말했다. 그랬더니 내가 그렇게 무식하지 않고 《돈키호테》라는 책을 읽었다면 자기에게 묻지 않고도 잘 알 수 있을 거라고 톰은 말했다. 모든 것이 마술에 의해 이루어진다고 했다. 톰이 말하기를 군인들 몇 명과 코끼리와 보물이 있었지만 그가 말하는 마술사라는 적들이 나타나 모든 것을 어린이 주일학교로 만드는 분풀이를 했다는 것이다. 좋아, 그러면 우리가 할 일은 마술사들을 잡으러 가는 거구나 하고 내가 말했다. 톰 소여는 나를 돌대가리라고 불렀다. 그러곤 말했다.

"참 답답하군. 마술사는 많은 도깨비들을 불러낼 수 있어. 그 도깨비들은 네가 아이고 나 살려 하는 소리를 입 밖에 내기도 전에 너를 요절내서 없앨 수도 있어. 그 도깨비들의 키는 나무만 하고 몸집은 교회만 하다니까."

"그래? 우리를 도와줄 도깨비 몇몇을 얻으면 저편 도깨비 무리를 무찌를 수 있지 않겠니?"

내가 말했다.

"어떻게 그들을 우리 편으로 만들지?"

"몰라. 하지만 사람들이 어떻게 도깨비들을 얻는 걸까?"

"그건 말이야. 낡은 양철 램프나 쇠고리를 문지르면 세상을 찢는 소리를 내며 천둥 번개가 치면서 연기가 뭉게뭉게 피어오르며 도깨비들이 몰려오는 거야. 그들은 무엇이든 시키는 대로 벌떡 일어나 행하거든. 탄환 제조탑을 송두리째 뽑아 그것으로 주일학교 교장의 머리통이나 다른 사람들의 머리통을 후려갈기는 일쯤은 식은 죽 먹기야."

"도깨비들을 그렇게 설치고 다니게 만드는 사람은 누구지?"

"누구긴 누구야. 램프나 쇠고리를 문지르는 사람이지. 도깨비들은 램프나 쇠고리를 문지르는 사람의 노예니까 주인의 말이라면 무엇이나 해야 해. 다이아몬드로 길이 40마일의 궁궐을 짓고 씹는 껌이나 원하는 모든 것으로 그곳을 채우고 결혼할 황제의 딸을 중국에서 데려오라고 명령하면 그 도깨비들은 명령대로 해야 해. 그것을 하되 다음 날 해뜨기 전에 다 완수해야 하지. 더욱이 도깨비들은 그 궁궐을 주인이 원하는 대로 나라 곳곳 어디로든지 가지고 돌아야 해. 너 이제 알았니?"

"이봐, 궁궐을 그렇게 바보처럼 남에게 주느니 차라리 저희들 가질 것이지, 원. 도깨비들은 바보들이야. 더더욱 내가 도깨비라면 누가 낡은 양철 램프를 문지른다고 해서 하던 일을 멈추고 그 사람에게 달려가느니 차라리 죽겠다."

내가 말했다.

"헉 핀, 너 무슨 말을 하는 거냐? 램프를 문지르면 좋든 싫든 주인에게 가야 되는 거야."

"뭐라고? 나무처럼 키가 크고 몸집이 교회만 한 내가? 그러면 됐어. 내가 그런 노예가 되겠어. 하지만 나를 불러낸 그 인간을 이 나라에서 제일 높은 나무에 올라가게 할 거야."

"제기랄. 헉 핀, 너한테 이야기해봤자 다 소용없구나. 넌 어떻게 그렇게 아는 게 없니? 진짜 돌대가리가 따로 없군."

나는 2, 3일 동안 이 일을 곰곰이 생각해보았다. 그 말이 진짜인지 알아보고 싶다는 생각이 들었다. 나는 낡은 양철 램프와 쇠고리 하나를 구해가지고 숲으로 들어가서는, 궁궐을 지어 팔 생각으로 아메리카 인디언처럼 땀이 날 때까지 그것들을 문지르고 또 문질렀다. 그러나 헛수고였다. 도깨비는 어디에도 나타나지 않았다. 나는 그게 모두 톰 소여가 지어낸 거짓말 중 하나라는 결론을 내렸다. 톰은 아랍인들이나 코끼리의 이야기를 믿고 있구나 하는 생각이 들었다. 그러나 나는 어떤가 하면 생각이 달랐다. 톰의 이야기는 주일학교에서 주워들은 풍월로 가득 차 있었다.

4

그러다가 서너 달이 어느새 가고 이제 한겨울로 접어들었다. 나는 거의 매일 학교에 갔다 왔고 철자를 알아보고 읽고 약간 글씨도 쓸 수 있었고 육칠이 삼십오라고 읊어댈 만큼 구구단을 외울 수 있었다. 그런데 내 목숨이 영원하다 하더라도 그 이상에 도달할 수는 없는 것 같았다. 여하튼 나는 수학에는 전혀 소질이 없었다.

처음에 나는 학교가 싫었다. 그러나 차츰 참을 만하게 되었다. 학교가 견딜 수 없이 지루해지면 나는 땡땡이를 쳤고 다음날 볼기를 호되게 맞으면 기분이 좋아지고 마음이 상쾌했다. 그래서 학교 다닌 기간이 길어지면 길어질수록 학교 생활이 더욱 쉬워졌다. 게다가 과부댁의 생활 방식에도 좀 익숙해져서 내 신경을 그다지 건드리지 않았다. 집 안에서 살고 침대 위에서 자는 일이 나로서는 몹시 답답했지만 추운 날씨가 닥치기 전에 때때로 몰래 빠져나와 숲에서 잠을 잤다. 그것이 나에게는 휴식이었다. 나는 나의 옛날 생활 방식을 제일 좋아했지만 새로운 생활 방식도 조금 좋아하게 되었다. 과부댁은 내 생활이 속도는 늦지만 착실히, 그리고 아주 만족스럽게 제자리를 찾아가고 있다고 말했다. 그래서 그녀는 이제 나를 부끄럽게 여기지 않는다고 했다.

어느 날 아침 식사 때 나는 우연히 소금통을 엎었다. 나는 빠른 동작으로 손을 뻗어 소금의 일부를 집어 내 왼쪽 어깨 너머로 던져서 악운을 쫓아버리려 했는데 미스 왓슨이 나보다 먼저 손을 써서 그 소금을 치워버렸다. 미스 왓슨은 말했다.

"허클베리, 손을 치워라. 너는 늘 난장판을 만드는구나."

과부댁은 나를 위로하는 말을 했다. 그러나 그런 말이 악운을 막아주지 못하리라는 것을 나는 너무나 잘 알았다. 아침 식사 후 우려와 불안을 느끼며 악운이 어디에서 나에게 떨어질 것인가, 또한 어떤 악운일까를 생각하며 집을 나왔다. 어떤 종류의 악운은 막는 방법이 있다. 그러나 이것은 그런 종류의 악운이 아니었다. 그래서 나는 아무것도 하려고 노력하지 않고 그냥 기가 죽은 채 경계하면서 느릿느릿 발걸음을 뗐다.

나는 앞뜰로 내려가 높은 판자로 된 울타리를 넘도록 만든 발판 계단을 넘었다. 땅에는 갓 내린 눈이 1인치가량 쌓여 있었다. 그래서 나는 어떤 사람의 발자국을 보았다. 그 발자국들은 채석장에서부터 와서 발판 계단 근처에 잠시 서 있다가 정원 울타리를 따라 가버렸다. 그렇게 그곳에서 서성대기만 하고 집 안으로 들어오지 않은 것이 이상했다. 나는 도무지 알 수 없었다. 어쩐지 매우 이상했다. 그 발자국을 따라갈까 하다가 먼저 몸을 굽혀 발자국을 바라보았다. 처음에는 아무것도 발견할 수 없었지만 다음 순간 무언가 눈에 띄었다. 왼쪽 구두 뒤꿈치에는 악마를 쫓으려고 큰 못으로 만든 십자가 자국이 찍혀 있었다.

나는 곧 굽혔던 몸을 일으키고 쏜살같이 언덕을 뛰어 내려갔다. 가

끔 어깨 너머로 뒤를 돌아보았지만 아무도 보이지 않았다. 나는 새처
판사 댁에 와 있었다. 어쩌나 빨리 왔는지 모른다. 판사님은 말했다.

"오, 너로구나. 숨이 넘어가겠구나. 이잣돈 받으러 왔느냐?"

"아닙니다, 판사님. 제가 받을 게 있습니까?"

내가 말했다.

"아무렴 있고말고. 엊저녁에 반년 치가 들어왔다. 150달러가 넘더
라. 너한텐 큰돈이지. 네가 가져가면 써버릴 테니 그 6천 달러와 함께
내가 대신 투자하는 게 좋겠다."

"아닙니다, 판사님. 저는 그걸 쓰고 싶지 않아요. 그 돈을 저는 원
치 않아요. 그 6천 달러도 원치 않아요. 판사님이 모두 가지세요. 판사
님에게 모두 드리고 싶어요. 6천 달러고 뭐고 다 드리고 싶어요."

나는 말했다.

판사님은 놀란 표정을 지었다. 전혀 뭐가 뭔지 모르는 것 같았다.
판사님이 말했다.

"애야, 무슨 뜻으로 하는 말이냐?"

나는 말했다.

"제발 이것에 관해선 묻지 마세요. 가지세요. 받아주시겠죠?"

판사님이 말했다.

"난 도무지 얼떨떨하구나. 무슨 일이 있는 거냐?"

"제발 받아주세요. 그리고 저한테 아무것도 묻지 말아주세요. 그러면 저도 거짓말할 필요가 없게 되니까요."

내가 말했다.

판사님은 잠시 깊이 생각하더니 입을 열었다.

"흠, 알 것도 같구나. 넌 나에게 그걸 주는 것이 아니라 네 재산 모두를 나에게 팔고 싶단 말이지. 그게 바로 네 생각이지?"

그러고 나서 판사는 종이 한 장에다 무언가를 쓴 다음 찬찬히 다시 읽어보고 나서 말했다.

"자, 여기 '대가로'라고 쓰여 있는 거 보이지? 이건 내가 너한테서 그것을 사고 그 값을 지불했다는 뜻이다. 여기 1달러 받아라. 이제 이 서류에 서명하거라."

그리하여 나는 서명을 하고 그곳을 떠났다.

미스 왓슨의 검둥이 노예 짐은 황소의 네 번째 밥통에서 꺼낸 주먹만 한 털 공을 가지고 있었는데, 그는 그것으로 마술을 부리곤 했다. 그 공 안에는 유령이 들어 있는데, 그 유령은 모든 것을 다 안다고 짐은 말했다. 그래서 나는 그날 밤 짐에게 가서 아빠가 다시 이곳에 나타났다고 했다. 눈 위에서 아빠의 발자국을 보았기 때문이라고 말했다. 내가 알고 싶은 것은 아빠가 무엇을 하려고 하는지, 그리고 여기 그대로 머물러 있을 것인지 어쩐지였다. 짐은 그의 털 공을 꺼내 그 위에다 대고 뭔가 중얼거리더니 높이 들어 올렸다가 바닥에 떨어뜨렸다. 공은

탁 하는 소리를 내며 떨어지더니 1인치가량 굴렀다. 짐은 그 짓을 다시 감행하더니 또 한 번 더 반복했다. 공은 전과 다름없이 1인치쯤 굴렀다. 짐은 무릎을 꿇고 공에다 귀를 대고 무언가를 귀 기울여 들었다. 그러나 아무 소용이 없었다. 공이 아무 말도 하지 않는다고 짐이 말했다. 돈을 내놓지 않으면 이 공은 때로 말하려들지 않는다고 짐이 말했다. 나에게 낡고 닳아빠진 가짜 25센트짜리 은화 한 개가 있는데, 은 사이로 놋쇠 부분이 드러난 통에 써먹지 못하며 게다가 어찌나 닳아빠졌는지 표면이 미끈거려 곧 탄로가 날 것이라고 짐에게 말했다. (판사님에게서 받은 1달러에 대해서는 아무 말도 하지 않겠다고 생각했다.) 이건 엉터리 돈이지만 어쩌면 털 공이 그 차이를 모를 테니까 그것을 받아들일지도 모른다고 했다. 짐은 그것의 냄새를 맡아보고 이로 깨물어보고 문질러보더니 털 공이 그것을 쓸 만한 것으로 생각하게끔 자기가 조치해보겠다고 말했다. 자기가 아일랜드 원산인 날감자를 갈라서 그 사이에다 가짜 은전을 끼워 하룻밤을 재우면 이튿날 아침에는 놋쇠

부분이 보이지 않게 될 것이고 더는 미끄덩거리지도 않을 테니까 털 공은 말할 것도 없고 읍내에 사는 누구도 다 그 돈을 받아들일 것이라고 짐이 말했다. 사실 나도 전부터 감자가 그런 역할을 한다는 것을 알았지만 까맣게 잊고 있었을 뿐이었다.

짐은 그 동전을 털 공 밑에다 놓고 몸을 굽혀 다시 무슨 소리를 들으려고 귀를 갖다 댔다. 이번에는 그 공이 제자리로 돌아왔다고 짐이 말했다. 내가 원하면 그것이 내 평생 운수를 말해줄 것이라고 했다. 이야기해보라고 했다. 그리하여 그 털 공이 짐한테 말해주고 다시 짐이 나에게 말해주었다. 짐의 말은 이러했다.

"니 늙은 아부지는 아직 지가 무얼 할지 모른다니께. 때루는 떠난다고 그랬다가 다시 여기 주저앉는다고 말하고 있구먼. 그러니께 넌 맴을 편히 먹고 니 아빠 멋대로 하게 냅두는 거여. 니 아빠 주위로는 천사 둘이 떠돌고 있는디 하나는 희고 반짝반짝 빛나는디 또 하나는 검둥이 천사여. 흰 천사는 잠시 동안만이지만 니 아빠를 올바른 길로 이끄는디 그 검둥이 천사가 끼어들어 몽땅 파토내고 있지 않은가베. 결국 어느 천사가 그를 이끌지는 아직 아무도 몰러. 허긴 그런데 넌 괜찮어. 넌 평생 무진 고통을 받고 무진 즐거움을 얻을 꺼여. 어떤 때는 넌 큰 해를 입을 꺼구 어떤 때는 병에 걸리기두 할 꺼여. 허지만 넌 매번 다시 건강이 나아질 꺼여. 니 평생에 두 여자가 니 둘레를 날아다닐 꺼여. 그중 하나는 밝고 또 하나는 컴컴해. 하나는 부자고 또 하나는 가난해. 넌 처음에 가난한 여자와 결혼할 꺼고 좀 뒤에 가서는 부자 여자와 결혼할 꺼여. 넌 되도록 물을 멀리하고 절대로 모험은 하지 말어. 왜냐하면 니가 교수형을 당하는 곳은 저 언덕 아래니께."

내가 그날 밤 초에 불을 당기고 내 방에 올라갔을 때 다름 아닌 아빠가 거기 앉아 있는 게 아닌가!

5

　나는 방문을 닫았다. 다음 순간 뒤를 돌아보니 거기에 아빠가 있었다. 아빠에게 매를 워낙 많이 맞아왔기 때문에 나는 늘 아빠를 무서워했다. 지금도 그가 무섭다고 생각했다. 그러나 곧 내가 잘못 생각했다는 것을 깨달았다. 다시 말해서 숨이 막혀온다고 할까, 아빠가 그렇게 뜻밖에 나타났기 때문에 닥쳐온 첫 충격이 가시자 바로 나는 염려할 만큼 그가 무섭지 않다는 것을 알았다. 아빠 나이는 거의 50에 이르렀고 겉으로 보기에도 그 나이였다. 머리는 길고 헝클어지고 기름때가 흐르며 죄다 밑으로 늘어져서 두 눈동자는 마치 포도넝쿨 뒤에서 밖을 내다보는 것 같았다. 그 눈은 회색이 하나도 섞이지 않은 완전 검은색이었고 길고 엉킨 볼수염도 마찬가지였다. 늘어진 머리칼 사이로 보이는 그의 얼굴에는 아무 색깔이 없었다. 흰 얼굴이었지만 다른 사람의 흰 얼굴과는 달랐다. 몸에 병이 들었을 때의 흰 색깔이었고 피부가 오글오글 주름 잡힐 때 나타나는 흰 색깔, 그러니까 나무 두꺼비의 흰 색깔이었고 생선의 아랫배 같은 흰 색깔이었다. 걸친 옷으로 말할 것 같으면 이건 완전히 넝마였다. 아빠는 한쪽 복사뼈를 다른쪽 무릎 위에 포개 얹었고 발에 걸린 구두는 터져서 발가락 두 개가 밖으로 비어져나왔는데, 그는 이따금 그 발가락을 만지작거렸다. 그의 모자는 바닥에 누워 있었는데 꼭대기가 움푹 팬 낡고 검은 소프트 모자였다. 천생 어떤 뚜껑 같았다.

나는 선 채 아빠를 바라보았고 아빠는 의자를 약간 뒤로 기울어지게 한 채 나를 바라보았다. 나는 촛불을 내려놓았다. 창문을 위로 올려 둔 것으로 보아 아빠는 헛간 지붕을 타고 이리로 기어올라 왔던 것이다. 아빠는 나를 아래위로 훑어보더니 이윽고 입을 열었다.

"제법 격식을 갖춰 입었군. 너 제 잘난 체하는 놈이구나, 그치?"

"어쩌면 그럴지도 모르지요. 그렇지 않을지도 모르구요."

내가 대답했다.

"내가 떠난 후 넌 꽤 점잔 빼는 놈이 되었구나. 내 널 죽이기 전에 혼부터 내주겠다. 너 교육도 받는다면서? 읽고 쓰고 다 할 줄 안다며? 네 아비가 글을 모른다고 이제 네놈이 네 아비보다 잘났다고 생각하지? 너한테 분풀이나 해야겠다. 누가 너한테 그런 허풍 떠는 바보짓을 하라고 한 거냐? 네가 그래도 된다고 누가 가르치대?"

"과부댁 아줌마가 그랬어요."

"홍, 과부댁이? 제 일도 아닌 남의 일에 끼어들어도 된다고 과부댁에게 말한 놈은 누구냐?"

"아무도 그런 사람 없어요."

"좋다. 내 그 과부댁인가 뭔가한테 본때를 보여주지. 이봐, 인마. 너 그 학교 그만두는 거야. 알아들어? 제 아비 앞에서 건방 떨고 제 아비보다 잘난 척하는 놈을 어떻게 교육해야 하는지를 보여주겠다. 학교 근처에 얼씬만 해봐라. 그러다 나한테 잡히면 어떻게 되는지 알지? 네

어미도 죽기 전까지 읽을 줄도 쓸 줄도 몰랐다, 인마. 식구들 중 누구도 죽기 전까지 읽고 쓰고 못 했어. 나도 못 해. 그런데 네 녀석이 이렇게 건방 떨고 있는 거야. 난 참을 수 없다는 건 너도 알지? 인마, 너 읽는 것 좀 들어보자."

나는 책 한 권을 집어 들고 워싱턴 장군과 전쟁에 관한 어떤 이야기를 읽기 시작했다. 30초가량 읽었을 때 아빠는 책을 획 잡아채더니 방 안 건너편으로 팽개쳤다. 그러고는 말했다.

"그렇군. 읽을 줄 아는군. 읽을 줄 안다고 네놈이 말할 때도 난 그럴까 하고 의심했지. 이봐, 인마. 너 당장 그 건방떠는 짓 그만해. 난 못 봐줘. 이 똑똑아, 내 널 숨어서 감시할 테다. 학교 근처에서 얼씬거리다 나한테 잡히면 두들겨 팰 테다. 무엇보다 네가 종교를 믿는다고? 난 그런 자식 눈뜨고 못 본다."

아빠는 몇 마리 젖소와 한 소년이 그려진 작은 파랗고 노란 그림을 집어 올렸다. 그러고는 말했다.

"이건 뭐냐?"

"학과 공부를 잘 하라고 누가 준 거예요."

아빠는 그것을 찢어발기더니 말했다.

"내 너한테 더 좋은 것을 주지. 쇠가죽을 주지."

아빠는 잠시 거기 앉아 중얼거리고 웅얼거리더니 말했다.

"어쨌든 넌 지금 향긋한 냄새나 풍기는 멋쟁이가 아니냐? 침대에 침구에다 안경도 있고 바닥엔 양탄자도 깔리고……. 네 아비는 가죽 공장 마당에서 돼지들과 섞여 자는 판인데. 난 그런 아들 못 본다. 내 기필코 널 죽이기 전에 먼저 그 건방을 못 떨게 하겠다. 네가 끝도 한도 없이 으스대는 건 네가 부자여서 그런다면서? 인마? 그건 어떻게 된 거냐?"

"사람들이 거짓말하는 거예요. 그뿐이에요."

"인마, 이봐. 너 말 다했니? 난 지금 참을 대로 참고 있는 거야. 더는 말대꾸하지 마. 내가 여기 온 지 이틀 되었는데, 네가 부자가 됐다는 것 말고는 아무 소식도 못 들었다. 저 강 아래서도 그런 말을 들었다, 이놈아. 그래서 내가 이리 온 거야. 너 내일 그 돈을 나한테 줘야해. 내 필요하니까."

"전 돈이 없어요."

"거짓말! 새처 판사가 가지고 있지? 네가 받아와. 내 필요하니까."

"정말 전 돈이 없어요. 새처 판사님에게 물어보세요. 그분도 같은 말을 하실 거라고요."

"좋아. 내가 가서 물어보지. 또한 그가 그 돈을 내놓게 할 테다. 내놓아야 할 이유를 난 알고 있단 말이다. 인마, 저, 너 지금 주머니 속에 얼마 가지고 있니? 내 필요해서 그런다."

"1달러밖에 없어요. 좀 쓸 데가 있는 돈인데……."

"쓸 데가 있건 없건 상관없다. 그냥 이리 내놔."

아빠는 그것을 받아가지고는 제대로 된 동전인지 확인하려고 이로 깨물어보더니 위스키를 사러 읍내로 가겠다고 말했다. 온종일 술 한 방울 마시지 못했다는 것이다. 헛간 지붕 위로 나가자 아빠는 다시 고개를 창문 안으로 디밀어서 나더러 건방 떨지 말고 자기보다 더 나은 사람이 되려고 까불지 말라고 욕지거리를 내뱉었다. 그런데 이제 완전히 가버렸구나 하고 생각했을 때 아빠는 다시 돌아와 고개를 디밀고 나더러 학교에 대해 잘 생각하라고 말했다. 학교를 그만두지 않으면 잠복했다가 나를 잡아 두들겨주겠다는 것이다.

다음날 아빠는 만취한 상태로 새처 판사댁으로 가서 판사님에게 으르며 대들더니 그 돈을 포기시키려고 노력했다. 그러나 뜻대로 되지 않자 맹세코 법에다 호소하겠다고 했다.

판사님과 과부댁은 재판을 통해 법정이 나를 아빠에게서 빼앗아 자기네들 중 한쪽이 나의 보호자가 되도록 조치해줄 것을 요청했다. 그러나 재판관은 막 새로 취임한 판사여서 우리 아빠에 대해 아무것도 모르는 사람이었다. 그래서 그 판사는 말하기를 법정은 되도록 가족 일에 끼어들어 가족을 갈라놓아서는 안 된다는 것이다. 아버지에게서 자식을 빼앗지 않는 편이 더 낫다고 그 판사는 말했다. 그리하여 새처 판사님과 과부댁은 그 일에서 손을 떼야 했다.

이러한 판결이 아빠를 어찌나 기쁘게 했던지 아빠는 어쩔 줄을 몰랐다. 내가 돈을 마련해오지 않으면 온몸에 까맣고 푸르게 멍들 때까지 채찍으로 치겠다고 아빠는 말했다. 나는 판사님에게서 3달러를 빌렸다. 아빠는 그것을 가지고 만취한 상태가 되어 손나발을 불고 욕을 내뱉고 후후 하며 그냥 실없이 굴며 돌아다녔다. 아빠는 양철 프라이팬을 들고 거의 자정이 되도록 온 읍내를 돌며 그 짓을 계속했다. 그러자 사람들은 아빠를 철창에 잡아넣었고 다음날 법정으로 끌려가서 다시 일주일의 구류처분을 받았다. 그러나 아빠는 후련하다고 말했다. 아들의 주인이라고 말하며 이 일이 자기를 흐뭇하게 한다고 했다. 아빠가 풀려나자 새로 온 판사는 자기가 아빠를 한 인간으로 만들겠다고 말했다. 그리하여 그 판사는 아빠를 자기 집으로 데려가 깨끗하고 멋진 옷을 입히고 자기 가족들과 함께 아침, 점심, 저녁 식사를 같이하게 했다. 말하자면 판사는 아빠에게 나긋나긋한 존재였다. 그리하여 판사는 저녁 식사 후 아빠에게 절제니 뭐니 하는 것에 대해 이야기했더니 마침내 아빠는 눈물을 흘리며 자기는 바보였고 인생을 허송세월했다고 말했다. 그러나 이제 자기는 인생을 새 출발할 것이며 아무도 자기를 부끄럽게 여기지 않도록 할 것이며 판사님께서도 자기를 도우시고 멸시하지 말아달라고 했다. 그런 말을 하다니 안아주고 싶다고 판사가 했다. 그리하여 판사는 눈물까지 흘리고 그의 아내도 눈물을 흘렸다. 아빠는 자기는 늘 오해를 받아왔다고 말했다. 그러자 판사는 자기도 그렇게 믿는다고 했다. 인간이 절망했을 때 바라는 것은 동정이라고 아빠가 말하자 판사는 그렇다고 말했다. 그러고는 두 사람은 다시 울음을 터뜨렸다. 그리하여 잘 시간이 되었을 때 아빠는 일어서서 자기 손을 내밀고 말했다.

"신사 숙녀 여러분 모두 이 손을 보십시오. 손을 잡아보십시오. 잡고 흔드십시오. 돼지의 손이었다가 더는 그러기를 그만둔 손이 여기 있습니다. 새로운 삶을 시작한 인간의 손입니다. 다시 과거로 돌아가느니 차라리 죽겠습니다. 이 말씀을 꼭 기억하십시오. 제가 한 말을 잊지 마십시오. 이제 그건 깨끗한 손입니다. 악수하십시오. 겁먹지 마시고."

그들은 한 사람씩 차례로 아빠의 손을 잡고 흔들어댔고 눈물까지 흘렸다. 판사의 아내는 아빠 손에 입을 맞췄다. 아빠는 서약을 하고 거기에 사인까지 했다. 그런 다음 그들은 아빠를 비어 있는 방으로 안내했다. 그런데 그날 밤 몇 시인지 몰라도 아빠는 지독한 갈증을 느껴 현관 쪽지 지붕 위로 기어 나와 기둥을 타고 내려와 입고 있던 새옷과 40로드짜리 위스키 한 병과 맞바꿔가지고는 다시 기어 돌아와 다시 그 옛날의 신나는 시간을 즐겼다. 새벽 동틀 녘에 아빠는 몹시 취한 채 기어 나오다가 포치 지붕 위에서 굴러떨어져 왼팔이 두 군데나 부러지고, 해가 뜬 후 누가 발견하지 않았더라면 거의 얼어 죽을 뻔했다. 그 여분의 방으로 달려와 보았을 때 식구들은 그리로 걸어 들어가기에 앞서 천천히 주위를 살펴야 했다.

판사는 마음이 아팠다. 누구든 아빠를 교정하려면 어쩌면 총으로 할 수밖에 없을 것이라고 판사는 말했다. 다른 방법은 모르겠다는 것이었다.

6

곧 아빠는 다시 일어나 기동했으며 돈을 포기하게 하려고 법정의 새처 판사님을 찾아갔다. 또한 내가 학교를 그만두지 않았기 때문에 나를 찾아다녔다. 아빠는 몇 번 나를 붙잡아 회초리로 때렸지만 나는 그냥 학교에 갔으며 거의 매번 아빠를 피했거나 내 걸음이 빨라서 아빠는 나를 따라잡지 못했다. 전에만 해도 나는 그다지 학교에 가기를 원하지 않았지만 이제 아빠에게 분풀이하고 싶어 학교에 열심히 가겠다고 생각했다. 법정 재판은 지지부진했다. 영원히 시작도 할 것 같지 않았다. 그래서 나는 이따금 아빠에게 주려고 판사님에게 2, 3달러를 빌렸다. 사실 채찍으로 맞지 않으려고였다. 돈이 수중에 들어가면 아빠는 으레 술에 취했다. 또한 취할 때마다 아빠는 읍내에서 말썽을 일으켰고 말썽을 일으킬 때마다 철창신세가 되었다. 아빠는 그냥 그것에 만족했다. 그런 일이 아빠의 특기였다.

아빠는 과부댁의 집 주위를 너무 자주 어슬렁거렸다. 그래서 마침내 과부댁은 아빠에게 그런 짓을 그만두지 않으면 고생 좀 하게 만들겠다고 경고했다. 당신 미쳤수? 하고 아빠가 말했다. 아빠는 헉 핀의 주인이 누구인지 보여주겠노라고 했다. 그리하여 아빠는 그해 봄 어느 날 나를 찾아 나서더니 나를 붙잡아 작은 보트에 태워 강을 3마일가 량 거슬러 올라가서 일리노이주 연안을 향해 강물을 횡단했다. 그곳은 숲이 우거지고 집이라곤 한 채도 없었고 다만 한 곳에 낡은 나무 오두 막이 있었는데 주위에 거대한 목재용 나무가 어찌나 빽빽하게 들어서 있는지 그곳을 모르는 사람은 그 오두막을 찾을 수 없었다.

아빠가 항상 나를 곁에 두고 지키는 통에 나는 달아날 기회가 없 었다. 우리는 그 낡은 오두막에서 살았는데, 아빠는 항상 문을 잠그고 밤에는 열쇠를 베고 잤다. 아빠에게는 총이 한 자루 있었는데 훔친 총 일 거라고 나는 생각했다. 우리는 낚시와 사냥으로 먹고 살았다. 3마 일 떨어진 곳에 있는 나루터의 상점에 잠깐 갈 때마다 아빠는 나를 가 둬두었다. 아빠는 물고기와 사냥한 짐승을 위스키와 바꿔 가져와서는 술에 취해 신이 났고 나를 두들겨팼다. 이윽고 과부댁이 내가 있는 곳 을 알아내고 사람 하나를 보내서 나를 데려가려 했다. 그러나 아빠는

그 사람을 총으로 쫓아버렸다. 오래지 않아 나는 그곳에 익숙해지고 거의 가죽 공장 같았지만 그곳을 좋아하게 되었다.

　이건 좀 게으르고 유쾌한 생활이었다. 책도 없고 공부할 필요도 없이 담배나 피우고 낚시질이나 하면서 편안히 하루 온종일을 쉬며 보내는 생활이었다. 두 달 이상 시간이 흘러갔다. 그리하여 내 옷은 온통 더러운 넝마가 되어버렸다. 내가 과부댁에서의 생활을 어떻게 좋아하게 되었는지 알 수 없었다. 세수하고 접시 위에 놓인 음식을 먹고 머리를 빗고 규칙적으로 잠자리에 들고 규칙적으로 일어나고 항상 책에 신경을 쓰고 끝도 없는 늙은 미스 왓슨의 잔소리…… 이런 것들을 어떻게 견뎠는지 모를 일이었다. 이제 다시 돌아가고 싶지 않았다. 과부댁이 싫어하기 때문에 나는 욕지거리도 못 했다. 이제 다시 욕지거리를 입에 담았다. 아빠는 그것에 반대하지 않았으니까. 대체로 숲속에서의 생활은 꽤 즐거웠다.

　이윽고 아빠는 히코리나무 채찍을 너무 자주 사용했다. 나는 참을 수 없었다. 온몸이 채찍 자국투성이였다. 또한 아빠는 나를 오두막에 가둬놓은 채 너무 자주 외출했다. 한번은 아빠가 나를 가둬둔 채 사흘이나 나가 있었다. 정말 무섭도록 고독했다. 아빠가 익사해서 난 영영 이 오두막을 빠져나가지 못하는구나 하는 생각이 들었다. 겁이 났다. 나는 그곳을 빠져나갈 어떤 방법을 찾아내기로 결심했다. 오두막을 탈출하려고 여러 번 노력했다. 그러나 어떤 방법도 찾을 수 없었다. 오두막에는 개가 통과할 수 있을 만큼 큰 창문도 없었다. 굴뚝은 너무 좁아서 기어들어갈 수 없었다. 문은 두껍고 단단한 오크나무 널빤지로 되어 있었다. 아빠는 나갈 때 칼 같은 물건을 오두막에 남겨두지 않도록 세심한 주의를 기울였다. 전에도 나는 백 번은 그 장소를 샅샅이 살폈다는 생각이 든다. 시간을 보낼 다른 방법이 없기 때문에 늘 구석구석을 살폈다. 그러나 마침내 무언가를 발견했다. 내가 발견한 것은 오래되고 녹이 슨 데다 손잡이도 없는 나무 톱이었다. 그것은 지붕의 서까래와 판자 사이에 끼어 있었다. 나는 그 톱에 기름을 바르고 작업에 들어갔다. 오두막 마루 저쪽 한 끝 식탁 뒤에 자리한 통나무에는 낡은 말안장 담요가 못질 되어 걸려 있었는데, 틈으로 들어와 촛불을 꺼뜨리는 바람을 막으려는 것이었다. 나는 탁자 밑으로 들어가서 담요를 걷어 올리고 굵은 바닥 통나무의 일부를 톱질하기 시작했다. 이건 굉장히 시간이 걸리는 작업이었다. 그러나 거의 다 톱질했을 무렵 아빠의 총소리가 숲에서 들렸다. 나는 내 작업이 가져온 표시들을 없애버리고 담요를 밑으로 늘어뜨린 후 톱을 감췄다. 곧 아빠가 들어왔다.

아빠는 기분이 좋지 않았다. 그게 아빠의 원래 모습이다. 읍내에 갔는데 모든 것이 제대로 돌아가지 않았다고 아빠는 말했다. 재판이 시작되기만 하면 재판에서 이겨서 그 돈을 찾을 수 있을 것이라고 아빠의 변호인이 말했다는 것이다. 하지만 재판을 오랫동안 연기하는 방법이 있다고 하더라는 것이었다. 새처 판사가 그것을 뒤로 미루는 방법을 안다고 했다. 또한 사람들 말로는 나를 아빠에게서 빼앗아 보호자로서의 과부댁에게 주려고 다시 재판이 열릴 것이라고 아빠가 말했다. 이번에는 과부댁 쪽이 그 재판에서 이길 것이라고 사람들은 짐작한다는 것이다. 이 말을 듣자 나는 충격이 컸다. 왜냐하면 나는 과부댁의 집으로 돌아가서 답답한 생활에 갇혀, 소위 말하는 교양을 쌓기 싫었기 때문이다. 그러고 나서 아빠는 욕을 시작했는데 그가 생각하는 모든 것과 모든 인간들을 욕했다. 하나라도 빼먹고 지나갔을까 봐 모든 것들을 다시 욕했다. 그 후 자기가 이름도 모르는 많은 인간들을 포함해서 인류 전체를 향한 욕으로 끝마무리를 하면서 생각해낼 수

있는 모든 쌍욕을 하며 다시 욕을 계속했다. 아빠는 과부댁이 나를 데리러 오는 것을 보고 싶다고 말했다. 자신이 감시할 것이며 사람들이 나를 데려가려는 음모를 꾸미면 여기서 6, 7마일 떨어진 어떤 곳을 아는데 그곳에다 나를 처박아두겠다고 말했다. 그곳에 있으면 놈들이 죽을 때까지 찾아도 나를 찾지 못할 것이라 했다. 그 말은 나를 다시 불안하게 했지만 잠시뿐이었다. 아빠가 그런 기회를 얻기 전에 나는 이 근처에 머물지 않을 것이라고 생각했다.

아빠는 나더러 그 작은 배에 가서 자기가 구한 물품들을 가져오라고 명령했다. 50파운드 옥수수 한 포대와 돼지의 옆구리 살 한 덩어리와 탄약과 4갤런들이 위스키 한 병과 탄약을 장전할 때 쓸 낡은 책 한 권에다 신문 두 장이 있었고 그 밖에 밧줄이 있었다. 나는 짐을 내려 한 곳에 모아놓고 뱃머리로 돌아가 앉아서 쉬었다. 모든 것을 다시 생각해보았다. 아빠에게서 도주하게 되면 총과 낚싯줄 몇 가닥을 가지고 숲으로 가겠다고 생각했다. 나는 한 장소에 머물지 않고 전국을 가로질러 떠돌 것이다. 주로 밤 시간을 이용해서 그리하겠다고 생각했다. 그러고는 사냥과 낚시로 목숨을 유지하면서 아빠나 과부댁이 더는 나를 발견할 수 없도록 멀리 가버릴 작정이었다. 그날 밤 아빠가 술에 만취하면 통나무를 다 썰어내고 도망치겠다고 마음먹었다. 틀림없이 아빠는 술에 취해 곯아떨어질 것이다. 이런 생각을 어찌나 골똘히 했던지 거기 앉아서 시간이 얼마나 흘렀는지 미처 생각하지 못했다. 마침내 아빠가 큰 소리로 고함치며 인마 너 잠을 자는 거냐 아니면 물에 빠져 죽었느냐 하고 외치는 소리가 들렸다.

나는 모든 물건을 오두막으로 옮겼다. 막 날이 어두워지고 있었다. 내가 저녁 식사를 준비하는 동안 아빠는 위스키를 한 모금인가 두 모금 꿀꺽꿀꺽 마시고 다시 온몸에 술기운이 오르자 또 험한 말을 입에 담았다. 아빠는 읍내에 갔는데, 밤새 도랑 속에 누워 있었기 때문에 사람들의 구경거리였던 것이다. 어떤 사람은 아빠가 온통 진흙투성이가 된 것을 보고 하느님이 최초로 진흙으로 빚어 만든 아담이라고 생각했을 것이다. 술기가 돌면 아빠는 늘 관청을 들먹였다. 이번에는 아빠의 말은 이러했다.

"이게 정부라는 거다! 보라고, 정부란 게 어떤 것인지! 남의 아들새끼를 빼앗으려고 만반의 준비가 되어 있는 법이란 게 여기 있다고. 제 새끼 말이야. 키우느라 갖은 고생을 하고 마음 조이고 그 비용은 얼마가 들었는지 모르는데 그런 내 아들새끼를 뺏으려 한단 말이야. 아들새끼 다 키워서 이제 일할 준비가 다 되어 있고 아들을 위해 뭔가 해주고 편히 쉬게 하려는 마당에 법이란 것이 나타나 내 아들을 달라질 않나, 원. 그런데 인간들은 그것을 정부라고 부르거든. 그뿐이 아니지. 법이 늙은 새처 판사 편을 들고 나더러 내 재산에서 손을 떼도록 판사

쪽을 거들고 있고 말이야. 이게 법이란 것이 하는 짓거리란 말이다. 재산이 6천 달러가 넘는 사람을 잡아다가 이 같은 낡은 덫처럼 생긴 오두막에 처박고는 돼지에게도 맞지 않을 옷을 입고 이리저리 돌아다니라고 하고 있으니, 원. 그런 것을 정부라 부른다 이거지. 이러한 정부의 소행 속에서는 사람은 자기 권리를 가질 수 없어. 때로 나는 영원히 이 나라를 떠나고 싶다는 생각이 들어. 그래, 내가 놈들에게 말한 건 바로 그거야. 늙은 새처 판사의 얼굴에 대고 그렇게 말했지 뭐야. 많은 사람들이 내 말을 들었어. 그들은 내 말을 알아들었을 거다. 나는 기필코 이 저주받은 나라를 떠나 절대로 다시는 이 근처도 오지 않겠다고 내 말했지 뭐야. 사람들도 바로 내가 한 말을 하고 있을 거야. 이 내 모자를 봐요. 이게 모자라고 부를 수 있으면 말이오. 뚜껑 부분은 위로 올라가고 나머지 부분은 내 턱 밑까지 처진 것이 영 모자라고 할 게 못돼요. 내 머리가 온통 난로 연통을 뚫고 위로 솟아나온 것 같으니, 원. 내 권리를 찾기만 하면 이 읍내에서 제일 갑부가 될 사람이 그런 모자를 쓰다니 하고 내가 말했지 뭐냐.

아, 그렇지. 이 정부는 멋진 정부지. 아주 훌륭해. 이봐. 자유인이 된 노예가 저기 있어. 오하이오에서 온 녀석이지. 백인처럼 피부가 흰 혼혈아야. 이제까지 본 중에서 제일 하얀 셔츠를 입었어. 번쩍번쩍 빛나는 모자를 썼고 그 읍내에서는 그가 입은 옷만큼 멋진 양복을 입은 사람은 없었어. 금시계를 차고 시곗줄도 금이었고 은으로 겉을 입힌 단장을 짚은 것이 정말 이 나라에서 제일 보기 끔찍한 반백머리의 유력인사였지. 넌 어떻게 생각하니? 그놈은 대학교수고 별의별 언어를 다하고 모르는 게 없다는군. 그것보다 더 끔찍한 일은 그놈이 해외에 나가 있지 않을 때는 투표도 한다는 거야. 거기에 난 손들어버렸어. 이놈의 나라가 어떻게 되려고 이러지? 그날이 선거일이었지. 너무 취해서 투표소에 갈 수 없으면 몰라도 나도 투표하러 가려고 했는데, 검둥이도 투표하게 하는 주가 이 나라에 있다는 소리를 들었을 때 나는 기권해버렸어. 난 다시는 투표하지 않을 테다. 그날 내가 한 말이 바로 그 말이었다. 사람들도 모두 내가 하는 말을 들었지. 내가 보기엔 이 나라는 망할 거다. 난 살아 있는 한 절대로 투표하지 않을 테다. 그 검둥이의 점잖은 거동은 눈뜨고 볼 수 없더군. 그놈은 내가 밀어젖히지 않았으면 나한테 길도 비키지 않았을 거야. 왜 저 검둥이를 경매에 붙여 팔아버리지 않느냐고 내가 사람들에게 말했지. 그게 내가 알고 싶었던 일이야. 사람들이 내 질문에 무어라고 말했겠냐? 우리 주에 6개월 동안 머무는 동안은 그놈을 팔 수 없다고들 하는 거야. 그런데 그놈은 아직 6개월이 되지 않았다나? 참, 그놈이 하나의 좋은 예야. 들어와서 6개월이 되기 전까지는 자유로운 검둥이를 팔 수 없다는 게 소위 정부라는 곳이야. 자체를 정부라고 부르고 또 정부라고 자처하고 자신이 정부라고 생각하는 곳이 여기 있다 이 말이야. 하지만 이리저리 어슬렁거리며 도둑질이나 하는 그 지긋지긋한 검둥이, 흰 셔츠를 입고 다니는 검둥이를 잡지는 않고 6개월 동안이나 손 하나 까닥하지 않는 곳이 정부란 곳이야. 그리고……."

아빠는 계속 그렇게 뇌까렸고 자기의 늙고 힘없는 다리가 자기를 어디로 옮기고 있는지도 몰랐다. 그러다가 아빠는 소금에 절인 돼지고기가 든 통 위로 엎어져 양쪽 정강이의 살갗이 벗겨졌다. 그러자 그의 말은 이를 데 없이 독기를 품었다. 이따금 통에다 대고 욕을 했지만 대개는 검둥이와 정부를 욕하는 말이었다. 아빠는 수없이 오두막 안을 깡충깡충 뛰어 돌아다녔는데, 처음에는 한쪽 다리로 뛰다가 다음에는 다른 쪽 다리로 깨금발을 떼다가 갑자기 왼쪽 발로 그 통을 요란하게 찼다. 그러나 그것은 아주 잘못된 판단이었다. 왜냐하면 왼쪽 구두는

앞이 터져 발가락 몇 개가 앞으로 비어져나와 있었기 때문이었다. 그리하여 아빠가 고통의 비명을 올리는 통에 내 몸에는 소름이 쭉 끼쳤고 아빠는 먼지 구덩이 속으로 쓰러져 거기서 구르더니 발가락을 손으로 잡았다. 그러고는 그가 이제까지 했던 모든 것에 대해 욕을 다시 퍼부었다. 나중에는 자기 자신에게 욕을 퍼부었다. 아빠는 한창때 날리던 늙은 소베리 헤이건에 대한 말을 들은 적이 있었는데, 이제 그 사람을 향해서도 욕을 퍼부었다. 그러나 나는 그런 아빠의 말도 어쩌면 과장된 것이라는 생각이 들었다.

저녁 식사 후 아빠는 술병을 집어 들고 두 번 실컷 마시고는 아직도 중풍성 섬망증을 일으킬 충분한 술이 있다고 말했다. 이건 아빠가 늘 하는 말이었다. 한 시간가량 지나면 아빠는 정신없이 취할 것이고 그렇게 되면 나는 열쇠를 훔치거나 아니면 톱질로 통나무 재목을 썰고 그리로 해서 밖으로 나가겠다고 마음먹었다. 아빠는 술을 계속 마시더니 이윽고 그의 담요 위에 뒹굴었다. 그러나 운은 내 편이 아니었다. 아빠는 잠들지 않은 채 뒤척였다. 아빠는 끙끙거리고 신음 소리를 내며 오랫동안 이쪽저쪽으로 뒹굴었다. 마침내 나는 어찌나 졸린지 아무리 노력해노 눈을 뜨고 있을 수 없었다. 그리하여 내 계획을 잊은 채 촛불을 켜놓은 채 깊은 잠에 빠졌다.

내가 얼마나 잤는지 모른다. 그러나 갑자기 무서운 비명 소리가 들려 일어났다. 거기에는 아빠가 있었다. 험상궂은 표정을 하고 사방을 살펴보며 뱀이 있다고 고함쳤다. 뱀들이 자기 다리 위로 기어오른다고 말하고는 껑충 위로 뛰어오르며 외쳤다. 뱀 한 마리가 자기 볼따구니를 물었다는 것이다. 그러나 뱀이라고는 볼 수 없었다. 아빠는 오두막 안을 달리며 "이 뱀을 잡아 떼라. 잡아 떼! 내 목을 물고 있다!" 하고 소리쳤다. 나는 눈이 그렇게 사납게 생긴 사람을 본 적이 없다. 곧 아빠는 완전히 지쳐서 숨을 헐떡이며 쓰러졌다. 그러고 나서 빠른 속도로 몸을 몇 번이고 굴리며 물건들을 이리저리로 걷어차고 양손으로는 허공을 때리고 움켜잡으며 고함을 지르면서 악마들이 자기 몸을 잡고 있다고 말했다. 이윽고 아빠는 탈진하여 잠시 신음하며 조용히 앉아 있었다. 그러고는 더 조용히 누워 아무 소리도 내지 않았다. 나는 저 멀리 숲속에서 부엉이들과 늑대들이 우는 소리를 들을 수 있었다. 정말 사방은 쥐 죽은 듯이 고요했다. 아빠는 모퉁이 근처에서 길게 누워 있었다. 이윽고 몸을 좀 일으키고 머리를 한쪽으로 기울이더니 무언가를 귀 기울여 들었다. 그리고 나직한 목소리로 말했다.

"터벅, 터벅, 터벅. 저건 죽은 망령들이다. 터벅, 터벅, 터벅, 그네들이 나를 잡으러 온다. 하지만 난 안 가. 오, 그들이 여기 왔네! 내 몸에 손대지 마라. 손대지 마. 손 놔. 그 손은 차구나. 놓으라니까! 오, 이 불쌍한 악마를 내버려둬라!"

아빠는 네 발로 기어 다니며 악마들에게 자기를 내버려두라고 애원했다. 그러고는 담요로 몸을 돌돌 말고 낡은 소나무 탁자 밑으로 뒹굴듯이 들어가 여전히 애원했다. 그러더니 울기 시작했다. 담요 밖으로 새어 나오는 그의 울음소리를 나는 들을 수 있었다.

이윽고 아빠는 탁자 밑에서 굴러 나와 험악한 표정을 지은 채 벌떡 일어섰다. 나를 보더니 나를 잡으러 달려들었다. 아빠는 접는 칼을 들고 나더러 죽음의 천사라고 부르며 나를 죽여 자기한테 더는 오지 못하도록 하겠다고 말하며 오두막 안을 돌며 나를 추격했다. 나는 애원하며 나는 죽음의 천사가 아니라 단지 헉이라고 말했다. 그러나 아빠는 괴성을 지르며 깔깔 웃더니 포효하고 욕하며 계속 나를 잡으려고 쫓아다녔다. 한번은 획 돌아서며 그의 팔 아래로 빠지려 할 때 아빠가 내 어깨 사이의 재킷을 잡았다. 이제 죽었구나 하고 생각했다. 그러나 나는 번개처럼 빠르게 재킷을 벗어버리며 미끄러지듯 빠져나와 목숨을 건졌다. 곧 아빠는 지쳐빠져서 문에 등을 대고 주저앉으며 잠시 쉬었다가 나를 죽이겠다고 말했다. 아빠는 칼을 자신의 몸통 밑에 깔고 앉으며 자고 나서 힘이 다시 생기면 누가 누군지 분간할 수 있을 것이라고 했다. 그래서 아빠는 곧 잠들어버렸다. 이윽고 나는 바닥을 접었다 폈다 하는 낡은 의자를 가져다 쉽사리 그 위로 기어 올라가서 소리를 내지 않고 총을 집어 내렸다. 총에 총알이 장전되었는지를 확인하려고 탄약 꽂을대를 밑으로 내려놓고 총을 순무를 담아둔 통 위에 걸쳐놓고 아빠를 겨냥한 채 아빠가 움직이기를 기다리며 그 뒤에 앉았다. 시간은 어쩌면 그렇게 더디고 고요히 흐르는지 몰랐다.

7

"일어나! 무엇 하는 거냐?"

나는 눈을 뜨고 여기가 어딘가 해서 주위를 둘러보았다. 해가 떠올랐고 나는 푹 자고 난 후였다. 아빠는 시큰둥한 표정으로 서 있었는데, 몸이 아파 보였다. 아빠는 말했다.

"이 총으로 뭘 하고 있었지?"

아빠는 어제 자신이 한 일을 전혀 기억하지 못하는구나 하는 생각이 들어 나는 말했다.

"누가 이리로 들어오려고 하기에 감시하고 있었어요."

"왜 나를 깨우지 않았지?"

"깨워보았지만 안 됐어요. 꼼짝도 안 하셨거든요."

"그래? 됐다. 너 온종일 그렇게 서서 재잘거리고만 있을 셈이냐? 어서 나가서 낚싯줄에 물고기가 잡혔나 보거라. 아침을 해먹어야 하니까. 나도 곧 따라가마."

아빠가 오두막 문을 땄다. 나는 밖으로 나와 강둑으로 올라갔다. 큰 나뭇가지들 몇 개와 그와 비슷한 것들과 나무껍질들이 물에 떠내려오는 것이 보였다. 그래서 나는 강물이 불어나고 있음을 감지했다. 지금 읍내에 있었다면 대목을 맞는 건데 하는 생각이 들었다. 6월의 홍수는 항상 나에게는 큰 대목이었다. 홍수가 시작되자마자 장작 다발이 떠내려오고 뗏목 몇 개가 내려오고 때로는 열두 개의 재목이 함께 떠내려오기 때문이었다. 그래서 내가 할 일은 그것들을 잡아 벌목장이나 제재소에 파는 것이었다.

나는 한 눈으로는 아빠가 오나를 보고 또 한 눈으로는 홍수가 무엇을 가져오나를 감시하며 둑을 따라 걸어올라 갔다. 그런데 곧 카누 한 척이 다가왔다. 길이가 13 내지 14피트가량 되는 것이 오리처럼 우뚝 물 위에 자태를 드러내고 떠내려오는 그 모습 역시 멋졌다. 나는 옷이고 뭐고 그대로 입은 채 개구리처럼 머리부터 물속으로 향해 둑을 떠났다. 그러고는 그 카누를 잡으려고 물장구를 치며 수영해 갔다. 나는 누군가가 그 카누 속에 누워 있을 거라 예상했다. 사람들을 놀리려고 그런 짓을 하는 인간들이 종종 있기 때문이다. 누가 거지반 카누를 끌어가면 그때서 벌떡 바닥에서 일어나 깔깔대며 조롱하는 인간들이 있었다. 그러나 이번에는 그렇지 않았다. 이건 분명 표류하는 카누였다. 그래서 나는 그 안으로 기어올라 강변까지 노를 저었다. 아빠가 이것을 보면 기뻐할 것이라고 생각했다. 사실 그 배는 10달러는 나갈 것이기 때문이다. 내가 물가에 도착했을 때 아빠 모습은 아직 보이지 않았다. 넝쿨과 수양버들로 가려진 협곡처럼 생긴 작은 샛강으로 카누를 저어갈 때 한 생각이 머리에 떠올랐다. 이 카누를 잘 감춰두었다가 아빠에게서 도주할 때 숲속으로 들어가는 대신 이것을 타고 약 15마일쯤 강 아래로 내려가 어떤 장소에서 영원히 캠프 생활을 하는 게 낫지 싶어서 떠도느라 고생할 필요가 없다는 판단이 섰다.

그곳은 오두막과 무척 가까웠다. 나는 줄곧 아빠가 오는 소리를 귀로 감시했다. 그리고 카누를 감췄다. 그러고 나서 그곳에서 나와 떨기를 이룬 수양버들들을 둘러보았다. 그랬더니 아빠가 혼자 저 아래에서 총으로 새 한 마리를 잘 겨냥하고 있었다. 그러느라 아빠는 아무것도 보지 못했다.

아빠가 다가올 때 나는 열심히 주낙줄을 끌어올렸다. 일을 늦게 한다고 아빠는 나를 좀 나무랐다. 그러나 나는 강에 빠지는 통에 시간이 걸렸다고 아빠에게 말했다. 내 젖은 옷을 볼 것이고 그러면 여러 가지 질문을 할 것임을 나는 알았다. 우리는 낚싯줄에서 메기 다섯 마리를 떼어내 집으로 돌아왔다.

아빠와 나는 피로로 녹초가 되어 아침을 먹고 잠을 좀 더 자려고 길게 늘어져 누워 있었다. 그동안 나는 생각하기 시작했다. 아빠와 과부댁이 나를 쫓아오지 못하게 할 어떤 방도를 강구하려면 그들이 나를 찾기 전에 멀리 가버리는 것이 운에 맡기는 것보다 더 확실한 길일 거라는 생각이 들었다. 하긴 별의별 일들이 일어날 수도 있을 것이다. 에이, 당분간은 방법이고 뭐고 더는 생각할 수 없었다. 이윽고 아빠가 다시 왕창 물을 마시려고 잠시 몸을 일으켰다. 아빠가 말했다.

"또 어떤 놈이 이 근처를 어슬렁거리거든 날 깨워라. 알았냐? 여기에 오는 놈은 다 쓸데없는 놈이야. 난 그런 놈을 쏴 죽일 테다. 다음번에는 날 깨워. 알았냐?"

그러고 나서 아빠는 그 자리에 쓰러져 다시 잠이 들었다. 그러나 아빠가 한 말이 내가 원하는 바로 그런 좋은 생각을 나에게 안겨주었다. 이제 나는 나를 쫓아올 생각을 아무도 못 하게 할 방도를 찾을 수 있다고 속으로 중얼거렸다.

열두 시경에 아빠와 나는 밖으로 나와 둑을 따라 올라갔다. 강물은 빠른 속도로 불어났고 많은 부목들이 불어난 물을 타고 지나갔다. 이윽고 뗏목의 일부가 떠내려왔다. 통나무 아홉 개가 단단히 묶여 있었다. 우리는 배를 타고 나가서 그 뗏목을 물가로 끌어왔다. 그런 다음 점심을 먹었다. 아빠를 뺀 이 세상 모든 사람은 더 많은 물건을 잡으려고 그날 온종일을 바쳤을 것이다. 그러나 그런 것은 아빠의 방식이 아니었다. 한 번에 통나무 아홉 개면 흡족했다. 아빠는 당장 읍내로 달려가 그것들을 팔지 않곤 못 배겼다. 그리하여 아빠는 나를 가두고 배를 타고 세 시 반경에 뗏목을 끌고 떠나버렸다. 그날 밤 아빠는 돌아오지 않을 것이라고 나는 판단했다. 아빠가 완전히 떠났다는 생각이 들 때까지 기다렸다가 내 톱을 꺼내어 다시 바닥 통나무를 썰기 시작했다. 아빠가 강 건너편에 닿기도 전에 나는 내가 만든 구멍을 통해 밖으로 나왔다. 아빠와 뗏목은 저 멀리 물 위에 하나의 점에 불과했다.

나는 옥수수 자루를 꺼내어 카누를 감춰둔 곳으로 가지고 갔다. 넝쿨식물과 나뭇가지를 밀어젖히고 그것을 안쪽으로 밀어 넣었다. 다음으로 베이컨 덩어리도 똑같은 방식으로 가져왔고 다음으로 위스키 병을 가져오고 오두막에 있는 커피와 설탕, 그리고 탄약 등 모두를 가져왔다. 탄약을 장전할 때 필요한 장약(裝藥) 마개도 집어왔다. 양동이와 바가지도 집어왔다. 게다가 국자와 양철로 된 컵, 그리고 낡은 톱과 담요 두 장, 손잡이가 달린 프라이팬과 커피포트를 가져왔다. 나는 낚싯줄들과 성냥과 다른 것들, 그러니까 1센트의 가치만 있는 것이면 무엇이나 다 가져왔다. 오두막 안을 깨끗이 치운 것이다. 도끼가 필요했다. 그러나 안에는 없었다. 다만 밖에 장작더미 곁에 하나가 있었다. 도끼는 남기고 가야 하는 이유를 나는 알았다. 총을 가지고 가기 때문에 이제 할 것은 다한 셈이었다.

나는 구멍 밑의 땅을 많이 파고 나서 그 구멍으로 기어 나오면서 그렇게 많은 것들을 끌어냈다. 그리고 나서는 밖에서 그 구멍에 흙을 뿌려 넣어 되도록 말짱하게 원상 복구를 했다. 결국 그 구멍은 평평하게 메워지고 톱밥으로 덮였다. 나는 잘라냈던 통나무 토막을 제자리로 돌려놓고 그 밑에다 두 개의 바윗돌을 놓았다. 통나무 조각을 잘 받치도록 돌을 포개놓았다. 그 장소가 경사가 심해서 통나무가 땅바닥에 잘 닿지 않았기 때문이다. 4, 5피트 떨어진 곳에서 바라봐서 그것이 톱질로 잘려진 것인지 분간할 수 없다면 아무도 그곳을 눈치채지 못할 것이다. 게다가 그곳은 오두막의 뒤쪽이었기 때문에 누가 그곳을 기웃거릴 가능성은 없었다.

카누가 있는 곳까지는 온통 풀밭이었다. 그래서 나는 발자국을 남기지 않았다. 주위 사방을 살폈다. 강둑 위에 서서 강물을 내려다보았다. 모든 게 안전했다. 그래서 나는 총을 들고 혼자서 숲으로 올라가 새를 몇 마리 찾아 헤맸다. 그때 산돼지 한 마리를 보았다. 집돼지들도 초원의 농장에서 도망나오면 곧 성질이 사나워지는 법이다. 나는 이놈을 총으로 쏘아 캠프로 가져왔다.

나는 도끼를 들어 문을 부쉈다. 지독히 세차게 문을 때려부쉈다. 돼지를 끌고 들어가 식탁 근처까지 데리고 가서 도끼로 목을 쳐서 피를 흘리도록 땅바닥에 그냥 내버려두었다. 땅바닥이라고 그랬는데, 거긴 진짜 땅바닥이었다. 마룻바닥이 아니라 밟아서 굳어진 땅이었다. 다음으로 헌 자루를 가져다가 그 속에 많은 굵은 돌을 채웠다. 내가 끌고 갈 수 있는 한도에서 되도록 많은 돌을 채웠다. 그러고는 돼지가

있는 곳에서부터 시작하여 문을 지나 숲속을 통과하여 강까지 끌고
가서 강물 속으로 그 자루를 던졌다. 자루는 가라앉아 보이지 않았다.
무엇인가가 땅 위로 끌려갔다는 것을 쉽게 알 수 있었다. 나는 톰 소
여가 거기 있었으면 좋았을 텐데 하고 생각했다. 그 녀석은 이런 일에
흥미가 있어서 더 환상적으로 일을 꾸몄을 것이다. 이런 일에서는 톰
소여를 따를 자가 없다.

　그러고 나서 어쨌느냐면 내 머리칼을 몇 개 뽑고 도끼에다 피를 잔
뜩 묻히고는 뒷면에다 머리카락을 붙이고 나서 도끼는 구석으로 던져
버렸다. 다음으로 돼지를 내 윗도리로 싸서 가슴에 안았다. 피가 흐르
지 않게 할 셈이었다. 집에서 한참 아래쪽 강으로 갈 때까지 그렇게 하
고는 그놈을 강 속으로 던졌다. 이제 다른 것을 생각할 참이었다. 그래
서 나는 다시 가서 옥수수 자루와 낡은 톱을 카누에서 꺼내어 그것들
을 오두막으로 가져왔다. 나는 그 자루를 전에 있던 곳에 도로 갖다
놓고 자루 밑부분에다 톱으로 구멍을 뚫었다. 거기에는 칼과 포크가
없었기 때문이다. 아빠는 요리에 관련해서는 모든 것을 접는 칼로 하

는 사람이었다. 그러고 난 다음 나는 풀밭을 가로질러 오두막 동쪽에 있는 수양버들 나무 사이를 지나 백 야드가량 그 자루를 들고 가서 넓이가 5마일에 갈대가 무성한 데다 철이 되면 오리가 우글거리는 물이 얕은 호수까지 가져갔다. 호수 반대쪽으로는 호수에서 몇 마일을 흘러가는 수렁이라 할까 아니면 작은 강이라고 할 물길이 있었는데, 그것이 어디로 흘러가는지는 몰라도 강으로 흘러가지는 않았다. 옥수수 가루가 자루에서 새어나와 호수까지 끊이지 않는 작은 자국을 이루었다. 나는 우연히 발생한 일인 것처럼 하려고 아빠의 숫돌을 그곳에 떨어뜨렸다. 나는 더는 옥수수 가루가 새어나오지 않도록 끈으로 자루의 터진 곳을 잡아맸다. 그러고는 그것과 톱을 다시 카누로 가져갔다.

이제 막 날이 어두워지고 있었다. 나는 강둑 위로 늘어진 몇몇 수양버들 밑 강물로 카누를 띄웠다. 그러고는 달이 뜨기를 기다렸다. 나는 카누를 수양버들 한 그루에다 꼭 묶었다. 그리고 음식을 조금 먹었다. 곧 나는 카누 속에 누워 파이프 담배를 피우며 계획을 짰다. 혼잣말을 했다. 사람들은 돌이 든 자루 자국을 따라 강까지 가서 내 시체를 찾으려고 강바닥을 긁을 거야. 그러고는 옥수수 가루 자국을 따라 호수까지 가서 나를 죽이고 물건을 가져간 강도들을 찾아 그 호수에서 흘러나온 샛강을 따라 샅샅이 수색할 테지. 내 시체 말고 다른 것을 찾느라 강을 뒤질 리는 만무하지. 그네들은 곧 지쳐서 내 생각을 더는 하지 않겠지. 그러면 된 거야. 나는 이제 원하는 어느 곳에서건 멈출 수 있어. 잭슨섬은 내게 안성맞춤이야. 나는 그 섬을 잘 알지. 아무도 그곳에 올 사람이 없거든. 그러면 밤에 카누를 저어 읍내로 가서 몰래 숨어 다니며 원하는 물건들을 구할 수 있지. 잭슨섬은 바로 내가 원하는 장소야.

나는 어찌나 피곤한지 내가 알아서 한 첫 번째 일은 잠을 자는 것이었다. 눈을 떴을 때는 잠시 거기가 어딘지 몰랐다. 일어나 앉아 좀 겁을 먹은 채 주위를 둘러보았다. 그러자 기억이 났다. 강은 너비가 몇 마일인지도 모르게 까마득했다. 달이 어찌나 밝은지 강변에서 몇백 야드 떨어진 곳에 검고 고요히 떠내려가는 통나무들의 수를 헤아릴 수 있었다. 모든 것이 쥐 죽은 듯 고요하고 밤은 깊고 늦은 시간인 것 같았고 늦은 시간임을 냄새로도 알 수 있었다. 내가 하는 말의 뜻을 알 것이다. 그걸 표현할 말을 찾을 수 없다.

내가 하품을 늘어지게 하며 기지개를 켜고 나서 막 밧줄을 풀고 떠나려고 할 때, 강물 저편 멀리에서 무슨 소리가 들렸다. 귀를 기울였다. 나는 곧 그 소리가 무엇인지 알았다. 조용한 밤에 노받이 속에서 움직이는 노가 내는 둔탁하고 규칙적인 소리였다. 나는 수양버들 가지 틈새로 밖을 슬쩍 내다보았다. 강물 안쪽으로 떨어진 곳에 소형 배가 한 척 떠왔다. 그 배 안에 몇 사람이나 있는지는 알 수 없었다. 배는 계속 내 쪽으로 다가왔는데, 나와 나란히 서는 위치에 이르자 그 배 안에는 오직 한 사람이 타고 있는 것이 보였다. 아빠가 오리라고는 생각지 않았지만 그 사람이 아빠일지도 모른다는 생각이 들었다. 물살에 실려 내 코앞까지 왔지만 곧 물살이 약한 강가로 접근했다. 내 곁을 극히 가까이 지나갔기 때문에 총을 뻗으면 그를 건드릴 수 있을 것 같았다. 틀림없이 그건 아빠였다. 노를 힘차게 젓는 모습으로 보아 취하지도 않은 상태였다.

나는 꾸물거리지 않았다. 다음 순간 둑의 그늘 속에서 조용하면서도 재빨리 카누를 강물 쪽으로 돌렸다. 2마일 반쯤 전진하고 나서 4분의 1마일 이상을 강 한가운데 쪽으로 나갔다. 그렇게 한 것은 곧 나루터 옆을 지나는데 그러면 사람들이 보고 나를 부를 것이기 때문이었다. 나는 표류목 사이를 빠져나오자 바닥에 누운 채 카누가 표류하도

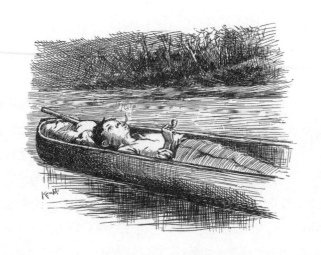

록 내버려두었다. 나는 거기에 누워 푹 쉬면서 파이프 담배를 피우며 저 멀리 하늘을 바라보았다. 구름 한 점 없었다. 달빛 속에서 등을 대고 누웠더니 하늘은 더 깊어 보였다. 전에는 그런 줄 몰랐다. 더구나 그런 밤에 물위에 있노라면 얼마나 먼 곳에서 오는 소리까지 들을 수 있는지 모른다. 나루터에서 사람들이 말하는 소리가 들렸다. 그들이 하는 말을 죄다 들을 수 있었다. 낮이 길어지고 밤이 짧아지고 있다고 한 사람이 말했다. 그런데 오늘 밤은 그 짧은 밤 축에 들지 않는 것 같다고 또 한 사람이 받아치자 그들은 모두 웃음을 터뜨렸다. 그 사람이 그 말을 다시 반복하자 그들은 다시 웃음을 터뜨렸다. 그들은 다른 사람을 깨워 그 이야기를 하며 웃어댔지만 그 눈을 뜬 사람은 웃지 않았다. 그 사람은 무언가 날카로운 욕지거리를 내뱉으며 자기를 귀찮게 굴지 말라고 말했다. 맨 먼저 이야기를 꺼낸 사람이 이야기를 자기 마누라에게 하면 아주 즐거운 이야기가 될 거라고 생각한다는 것이었다. 그러나 자기가 젊었을 때 한 이야기에 비하면 이건 아무것도 아니라고 했다. 한 사람이 이제 거의 세 시가 되었군 하고 말하면서 그래도 동이

트려면 일주일 이상은 걸리지 않겠지 하고 농담을 했다. 그 후 그들의 이야기 소리는 점점 멀어져서 무슨 말을 하는지 분간할 수 없었다. 그러나 웅얼거리는 소리와 웃음소리가 이따금 들렸지만 이제 그 소리는 멀리서 오는 것 같았다.

이제 나루터 아래쪽으로 한참 내려와 있었다. 몸을 일으키자 2마일 반쯤 하류 쪽에 잭슨섬이 있었다. 숲이 우거지고 강 한가운데에 거대하고 어둡고 강건하게 서 있는 모습이 마치 불을 죄다 끈 기선 같았다. 그 섬 앞쪽에 있던 모래톱의 흔적은 하나도 보이지 않았다. 이제 모두 물 밑에 있었다.

섬에 도달하는 데는 긴 시간이 걸리지 않았다. 섬 앞쪽은 물살이 빨라서 무서운 속도로 그곳을 지나 흐름이 약한 수역으로 들어가 일리노이주의 연안을 향하는 물가에 상륙했다. 내가 알던 강둑의 움푹 팬 곳으로 카누를 진입시켰다. 그곳에 들어가는데 수양버들 가지들을 양편으로 젖혀야만 했다. 카누를 묶어놓았는데 밖에서는 누구도 그것을 볼 수 없었다.

섬에 올라가 그 앞턱에 있는 통나무에 걸터앉아 큰 강과 검은 표류목을 바라보았다. 저 멀리 3마일 떨어진 읍내를 바라보았다. 읍내에서는 서너 개의 불빛이 반짝였다. 엄청나게 큰 뗏목이 가운데에다 등불을 켜놓고 1마일쯤 상류 쪽에서 이리로 내려왔다. 나는 뗏목이 물위를 기어 내려오는 것을 유심히 바라보았다. 그것이 내가 서 있는 장소와 나란히 되었을 때 한 사람이 말했다.

"자, 뒤쪽 노를 저어! 뱃머리를 우현으로 돌려!"

그가 마치 내 곁에 있는 것처럼 그 말이 똑똑히 들렸다.

이제 하늘에는 회색이 엷게 퍼지고 있었다. 그래서 나는 아침 먹기 전에 잠깐 눈을 붙이려고 숲으로 들어가 바닥에 누웠다.

8

눈을 떴을 때 해는 중천에 솟아 있어, 여덟 시가 지났다고 판단했다. 나는 시원한 풀밭 그늘 속에 누워 여러 가지를 생각했다. 휴식과 편안함과 만족감을 느꼈다. 햇빛이 나뭇잎 사이로 한두 군데 구멍을 뚫고 비집고 들어오는 것을 볼 수 있었다. 그러나 주위는 온통 커다란 나무들이어서 그 가운데는 음산했다. 햇빛이 나뭇잎 사이로 걸러져 내려와서 땅 위에다 얼룩얼룩한 무늬를 만들었다. 그 얼룩진 곳들이 약간 움직이는 것으로 보아 나무 위로는 미풍이 부는 모양이었다. 다람쥐 몇 마리가 한 가지에 앉아 나에게 다정하게 재잘거렸다.

지독히 나른하면서 편안했다. 그래서 일어나서 아침 식사를 준비하기 싫었다. 나는 졸면서 누워 있었다. 그때 저 멀리 강 상류에서 '꽝' 하는 큰 소리가 들린 것 같아 일어나서 팔꿈치를 괴고 휴식하며 귀를 기울였다. 잠시 후 다시 그 소리가 들렸다. 나는 벌떡 일어나 가서 나뭇잎 사이에 뚫린 구멍으로 내다보았다. 멀리 상류 쪽 그러니까 나루터 근처 물위에 연기가 한 뭉치 떠 있었다. 또한 사람들이 가득 탄 나룻배 한 척이 떠내려왔다. 이제야 나는 무슨 일인지 알았다. '꽝!' 하고 하얀 연기가 나룻배 허리에서 솟아오르는 것을 보았다. 사람들이 물 위에다 대포를 발사하고 있었던 것이다. 내 시체가 물위로 떠오르게 하려고였다.

배가 몹시 고팠지만 저들이 연기를 볼지도 모르니 불을 피우는 것은 나에게 좋지 않은 일이 될 것이다. 그래서 나는 그곳에 앉아 대포 연기를 보고 그 발사하는 소리에 귀를 기울였다. 그곳의 강 너비는 1마일이었고 여름날 아침의 강은 항상 아름다웠다. 그네들이 내 시체와 유품을 찾는 모습을 보며 나는 꽤 즐거운 시간을 보냈을 것이다. 다만 내게 먹을 것이 있었으면 말이다. 그때 문득 생각이 났다. 사람들은 빵 조각에다 수은을 넣고 그것을 강물에 띄워 보낸다는 것이다. 그러면 그 빵 조각은 영락없이 익사한 시체에게 가서 그곳에 정지하기 때문이었다. 그래서 나는 계속 살펴보겠다고 자신에게 말했다. 그러다가 정말 빵 한 개가 나를 쫓아 흘러오면 내가 그 빵 앞에 나설 참이었다. 나

는 어떤 운수가 걸려드나 보려고 섬이 일리노이주 쪽으로 향한 끝으로 자리를 옮겼다. 아니나 다를까 나는 실망하지 않았다. 거대한 두 겹 빵 하나가 가까이 와서 긴 막대기로 그것을 건질 뻔했지만 발이 미끄러지는 바람에 밀리 떠내려가버렸다. 물론 나는 물결이 물가의 가장 가까운 곳까지 밀려드는 곳에 있었다. 나는 이런 일에는 도사였다. 곧 다른 빵 한 개가 떠왔는데, 이번에는 손에 넣었다. 나는 덮개를 들어내고 작은 수은 덩어리를 털어버리고는 이로 깨물었다. 그것은 '제과점 빵'이었다. 상류 인사들이 먹는 빵이었다. 아무나 먹는 질이 떨어지는 옥수수빵이 아니었다.

나는 나뭇잎 사이에 훌륭한 장소를 발견하고 그곳에 있는 통나무 위에 걸터앉아 빵을 먹으며 나룻배를 바라보았다. 정말 만족스러웠다. 그때 어떤 생각이 떠올랐다. 과부나 목사나 누군가가 이 빵이 나를 찾도록 해주십사 하고 기도했다면 그 빵이 여기에서 제구실을 했구나 하는 생각이었다. 그렇다면 그 기도에 무언가가 있는 것은 의심할 여지가 없었다. 다시 말해서 과부댁이나 목사 같은 사람이 기도하면 그 기도에는 무언가가 있지만 나 같은 놈이 기도하면 헛것이었다. 올바른 사람이 아니면 기도란 다 헛것이라는 생각이 들었다.

나는 파이프에 불을 붙여 오랫동안 맛있게 담배를 피우며 계속 감시했다. 나룻배는 물살을 따라 떠가기 때문에 결국 그 배가 빵이 그랬던 것처럼 물가 가까이에 오면 누가 탔는지 볼 수 있는 기회가 올 것이라고 생각했다. 배가 나를 향해 꽤 다가왔을 때 나는 파이프 불을 끄고 빵을 건져 올렸던 곳으로 갔다. 좀 터진 공간에 있는 강둑 위에 누운 통나무 뒤에 숨었다. 통나무가 두 갈래로 벌어진 곳을 통해 밖을 내다볼 수 있었다.

이윽고 나룻배가 가까이 왔다. 판자를 펼치면 땅 위로 걸어 내려올 수 있을 정도로 가까이에 떠 왔다. 거의 모든 사람들이 배에 타고 있었다. 아빠, 새처 판사, 베키 새처, 조 하퍼, 톰 소여, 톰네 폴리 아줌마, 시드와 매리, 그 밖에 더 많은 사람들이 왔다. 모든 사람들은 그 살인 사건에 대해 이야기하고 있었다. 그러나 선장이 말을 막고 말했다.

"이제 정신 차리고 보십시오. 물살이 가장 가깝게 육지까지 닿는 곳이 여깁니다. 그러니까 그 애는 강가로 밀려와 물가의 덤불 속에 엉켜 있을지도 모릅니다. 여하튼 그랬으면 좋겠군요."

나로서는 그랬으면 좋을 리 없었다. 그들 모두는 난간으로 몰려와 그 너머로 바로 내 얼굴 쪽을 향해 몸을 내민 채 말없이 있는 힘을 다해 덤불 속을 살폈다. 나는 그들을 다 똑똑히 볼 수 있었지만 그들은 나를 보지 못했다. 그러자 선장이 소리쳤다.

"거기 좀 물러서시오!"

그러고 나서 내 바로 앞에서 대포가 어찌나 요란한 소리를 내며 터졌는지 나는 그 시끄러운 소리 때문에 귀가 먹고 연기로 인해 눈이 멀고 이제 죽었구나 하고 생각했다. 탄환이 몇 개 장전되었더라면 그들은 그들이 찾는 시체를 회수할 수 있었을 것이다. 그런데 운이 좋게도 나는 다친 데가 없었다. 배는 계속 떠 가더니 섬의 기슭을 돌아 사라져 버렸다. 이따금 더 먼 곳에서 꽝꽝 하는 소리가 들렸지만 한 시간쯤 지나자 폭발하는 소리는 더는 들리지 않았다. 그 섬은 길이가 3마일이었다. 그들이 섬 끝자락까지 갔다가 포기했다는 생각이 들었다. 그러나 잠시이긴 했지만 아직 포기한 것은 아니었다. 그들은 섬 끝머리를 돌아 미주리주 쪽으로 난 수로를 증기의 힘으로 거슬러 오르면서 이따금 대포를 터뜨렸다. 나도 그쪽으로 건너가서 그들을 지켜보았다. 그들은 섬의 앞부분과 나란히 되는 위치에 도달하자 포를 쏘는 일을 중지하고 미주리 쪽 강변으로 접근해서 읍내에 있는 집으로 돌아갔다.

이제 모든 문제가 해결되었다는 것을 알았다. 누구도 나를 찾아 나설 사람은 없을 것이다. 나는 카누에서 짐 보따리를 들고 우거진 숲속으로 와서 거기에서 멋진 캠프를 차렸다. 담요 두 장으로 일종의 텐트를 만들어 그 밑에나 비 맞지 않도록 내 물품을 놓아두었다. 나는 메기를 한 마리 잡아다가 톱으로 아무렇게나 배를 토막 내서는 해질 무렵 모닥불을 피워 저녁 식사를 해결했다. 그리고 나서 아침에 먹을 물고기 몇 마리를 잡으려고 낚싯줄을 물속에 드리웠다.

어두워졌을 때 나는 모닥불 곁에 앉아 담배를 피웠다. 극히 만족스러운 기분이 들었다. 그러나 점차 외로웠다. 그리하여 강둑으로 가서 그곳에 앉아 물살이 휩쓸고 가는 소리를 들으며 별의 수를 세고 떠내려오는 표류목과 뗏목의 수를 셌다. 그리고 나서 잠자리에 들었다. 외로울 때 시간을 보내는 데는 자는 것보다 더 좋은 방법은 없다. 잠을 자버리면 외로움을 그대로 간직할 수 없고 곧 외로움을 잊게 된다.

사흘 낮과 사흘 밤이 이러했다. 아무 차이가 없이 똑같은 낮과 밤

이었다. 그러나 다음날 나는 섬을 두루 돌아다니며 탐색에 나섰다. 나는 이 섬의 주인이었다. 이 섬의 모든 것이 말하자면 내 것이었다. 그래서 섬에 대해 모든 것을 알고 싶었다. 그러나 주로 외로운 시간을 메우려는 것이었다. 잘 익고 통통한 딸기를 잔뜩 발견하고 초록색 산포도와 초록색 라즈베리를 발견했고 초록색 블랙베리는 막 모습을 나타내고 있었다. 얼마 지나면 모두가 내 손에 들어올 것이다. 나는 깊은 숲속으로 어슬렁거리며 걸어 들어갔다. 섬 바닥에서 그다지 멀지 않은 곳까지 가보았다. 총을 가지고 있었지만 아무것도 쏘지 않았다. 총은 나를 보호할 목적이었다. 집 근처에 어떤 사냥감이 있으면 잡겠다고 생각했다. 바로 이때 큰 뱀을 밟을 뻔했다. 그런데 그 뱀은 풀과 꽃 사이를 잽싸게 미끄러지며 통과했다. 나는 그놈을 쏘아 죽이려고 뒤를 따랐다. 빨리 달렸다. 그러다가 갑자기 아직도 연기가 나는 모닥불의 잿더미 속에 뛰어들고 말았다.

내 심장은 허파들 사이에서 두근두근 뛰었다. 무엇을 더 보려고 망설일 것도 없이 총의 안전장치를 풀고 되도록 빨리 발끝으로 걸으며 뒤로 물러났다. 빼곡하게 들어선 나뭇잎 사이에서 이따금 잠깐씩 걸음을 멈추고 귀를 기울였다. 그러나 내 숨소리가 어쩌나 거친지 다른 소리는 들리지 않았다. 좀 더 뒷걸음치다가 다시 귀를 기울이고 다시 후퇴하다 귀를 기울이기를 몇 번 반복했다. 나무 그루터기 하나를 사람으로 착각했으며 나뭇가지를 밟아 그것이 부러지면 누가 내 숨통을 둘로 자르는 것 같았고 나는 다만 숨통의 반쪽만 갖게 되었는데, 그것도 작은 반쪽 같았다.

야영지에 도달했을 때는 마음이 울적했다. 내 마음속에 용기라곤 얼마 없었다. 그러나 여기서 어물어물할 때가 아니라는 것을 알았다. 그래서 나의 모든 짐을 남들이 보지 못하게 하려고 카누로 옮겨놓고 모닥불을 끄고 주위에 재를 뿌려놓고 지난해의 야영지처럼 보이게 했다. 그러고 나서 한 나무 위로 올라갔다.

두 시간 동안 나무 위에 있었던 것 같다. 그러나 본 것도 없었고 들은 것도 없었다. 다만 수많은 것을 듣고 보았다는 생각이 들었을 뿐이다. 나무 위에 영원히 머물 수 없어서 마침내 내려왔다. 그러나 울창한 숲을 벗어나지 않으면서 줄곧 경계했다. 내가 얻을 수 있는 먹을 것이라고는 딸기와 아침에 먹다 남은 것뿐이었다.

밤이 내릴 무렵 몹시 배가 고팠다. 그래서 아주 캄캄해졌을 때 달이 뜨기 전에 강가를 살그머니 떠나 4분의 1마일가량 떨어진 일리노이주 쪽 강둑으로 카누를 저어갔다. 나는 그곳 숲속으로 들어가 저녁식사를 준비했다. 이곳에서 그날 밤을 지내기로 막 결심하려던 참이었는데, 딸그닥 하는 발소리가 들렸다. 말들이 오는 소리다 하고 나는 속으로 말했다. 다음으로 사람들 목소리가 들렸다. 나는 재빨리 모든 것을 카누에다 싣고 나서 무엇을 발견할 수 있을까 해서 숲속으로 살금살금 기어들었다. 그리 멀리 가지 않아서 한 남자가 말하는 것이 들렸다.

"좋은 곳을 발견하면 여기서 야영하는 게 좋겠군. 말들이 녹초가 됐어. 어디 둘러보자고."

나는 기다릴 것 없이 그 자리를 벗어나 편안히 노를 저었다. 카누를 전에 두었던 장소에 매고 나서 그냥 카누 안에서 자야겠다고 생각했다.

제대로 잠이 오지 않았다. 생각하느라 어쩐지 잠을 잘 수 없었다. 눈을 뜰 때마다 누가 내 목을 조른다는 생각이 들었다. 그래서 잠을 자려 해도 아무 소용이 없었다. 이윽고 난 이렇게는 살 수 없다, 이 섬에 나와 함께 있는 자가 누구인지 알아내야지, 그걸 알아내지 않곤 못

살겠구나 하고 나 자신에게 말했다. 그렇게 생각하자 금세 기분이 나아졌다.

그리하여 나는 노를 집어 들고 한두 걸음 강가에서 물로 미끄러지듯 걸어가서 그림자들 사이로 카누를 저어 나갔다. 달빛이 빛나서 그림자 밖은 거의 대낮처럼 밝았다. 거의 한 시간 동안 살폈지만 모든 것은 바위처럼 조용하고 깊은 잠에 빠져 있었다. 이 무렵에는 섬의 기슭에 와 있었다. 잔물결을 일으키는 시원한 미풍이 불기 시작했다. 그것은 밤이 이제 거의 끝나간다는 뜻이었다. 나는 노를 사용하여 배를 돌려 카누의 앞대가리를 강가에 댔다. 그런 다음 총을 들고 카누에서 나와 숲 가장자리로 들어갔다. 그곳에 있는 통나무 위에 앉아 나뭇잎 사이로 밖을 내다보았다. 달이 당직을 끝내서 어둠이 강을 덮기 시작하는 것이 보였다. 그러나 잠시 후 엷은 빛줄기가 나무 꼭대기에 나타난 것을 보고 날이 밝아오는 것을 알았다. 그래서 나는 총을 들고 전에 모닥불과 맞닥뜨린 장소를 향해 살금살금 나아갔다. 매순간 발을 멈추고 귀를 기울였다. 그러나 어찌 된 영문인지 운이 없었다. 그 장소를 발견할 것 같지 않았다. 그러나 이윽고 아나나 다를까 나무들 사이 저쪽에 불이 있는 것을 언뜻 보았다. 조심스럽게 천천히 그 불로 접근했다. 곧 자세히 볼 수 있을 정도로 가까이 갔더니 한 사나이가 땅에 누워 있었다. 나는 초조해서 죽을 뻔했다. 그 사람은 머리에 담요를 뒤집어썼으며 머리는 거의 모닥불 속에 있었다. 나는 약 6피트 떨어진 관목 뒤에 앉아 내 두 눈을 그에게 집중했다. 이제 날이 뿌옇게 밝아왔다. 잠시 후 그 사나이는 하품을 하고 기지개를 켜더니 담요를 젖혀버렸다. 그런데 그건 미스 왓슨의 노예 짐이었다! 정말, 이건 어찌나 반가운지 나는 말했다.

"야! 짐!"

그리고 나는 관목 뒤에서 뛰쳐나갔다.

짐은 벌떡 일어나더니 나를 무서운 눈으로 쳐다보았다. 그러고는 무릎을 꿇더니 양손을 모으고 말했다.

"날 해치지 마, 제발! 난 이제껏 귀신에게 해코지한 게 없어. 난 늘 죽은 사람들을 좋아했고 그들을 위하는 일이라면 할 수 있는 데까지 했어. 강 속이 니 집이니께 어서 다시 그리로 돌아가. 그리구 늘 니 친구였던 이 늙은 짐에겐 해코지하지 말어줘."

내가 죽지 않았다는 것을 짐에게 이해시키는 데는 그다지 시간이 걸리지 않았다. 나는 그를 만난 것이 너무나 기뻤다. 이제 외롭지 않았다. 내가 어딨는지 그가 사람들에게 말할까 봐 두려워하지 않는다고 나는 말했다. 나는 계속 재잘댔지만 짐은 그곳에 앉아 나를 바라보았다. 그가 전혀 아무 말도 하지 않자 내가 말했다.

"해가 중천에 떴어. 우리 아침 먹자. 모닥불 좀 피워줘."

"산딸기나 그런 보잘것없는 것을 요리하는디 불을 피워 뭣 할라구? 총이 있잖여, 니는? 그러니께 우린 딸기보담 나은 것을 잡을 수 있단 말여."

"딸기 같은 보잘것없는 거라고? 넌 그런 것만 먹고 산단 말이야?"
내가 말했다.

"딴 것은 얻을 수 없었으니께."
짐이 말했다.

"그래? 짐, 이 섬에 온 지 얼마나 됐어?"

"니가 죽은 날 밤에 난 여기 왔지 뭐여."

"뭐라고? 그동안 내내 여기 있었다고?"

"응, 정말이여."

"먹은 게 그런 쓰레기밖에 없었단 말이야?"

"응, 그렇다니께. 딴 건 아무것도 없었으니께."

"그래? 그럼 지금 굶어죽을 지경이겠네, 그치?"

"말 한 마리도 먹어치울 수 있을 것 같지 않은가베. 암, 그럴 수 있구말구. 니는 이 섬에 온 지 월마나 됐남?"

"내가 놈들에게 죽음을 당한 날부터야."

"엄머나! 그동안 뭘 먹고 살았다나? 오라, 니한텐 총이 있었지. 응, 그래. 총이 있었구먼. 참 잘됐어. 인제 뭣 좀 잡아와. 내 불을 피울 꺼여."

그리하여 우리는 카누가 있는 곳으로 갔다. 나무들 사이에 풀이 깔린, 좀 더 트인 장소에다 짐이 불을 피우는 동안 나는 옥수수가루, 베이컨과 커피, 커피포트와 프라이팬 그리고 설탕과 양철 잔들을 가져왔다. 이 모두가 마술로 이루어졌다고 생각했기 때문에 그 검둥이는 적지 아니 놀랐다. 나는 꽤 큰 메기 한 마리도 잡아왔다. 짐은 그의 칼로 메기를 깨끗이 손질하고는 구웠다.

아침 식사가 준비되었을 때 우리는 풀 위에 느긋하게 앉아 뜨거운 김이 나는 메기를 먹었다. 짐은 굶어죽기 직전이었기 때문에 있는 양껏 우겨넣었다. 배가 어지간히 불러왔을 때 우리는 벌렁 누워 빈둥거렸다.

이윽고 짐이 말했다.

"헉, 이봐. 오두막에서 죽은 게 니가 아니믄 누가 죽은겨?"

그리하여 나는 모든 자초지종을 짐에게 말해주었다. 그랬더니 짐은 나너러 똑똑하다고 밀했다. 톰 소여도 니가 한 것보다 더 멋진 계획은 짜지 못했을 거라는 것이다. 그러자 내가 말했다.

"짐, 어떻게 여기 오게 되었지? 어떻게 여기 왔지?"

짐은 불안한 표정을 지었고 잠시 아무 말이 없었다. 그러고 나서 입을 열었다.

"얘기 안 하는 게 좋겠는디."

"짐, 그건 왜?"

"음, 이유야 많어. 헉, 내 니한테 얘기해두 날 밀고하진 않을 테지?"

"짐, 내가 그런 짓을 하면 난 저주받을 거야."

"헉, 난 니를 믿어. 난 말여, 난 도망친 거여."

"짐!"

"이봐, 니는 밀고하지 않는다고 혔어. 헉, 밀고하지 않는다고 니가 헌 말 알지?"

"알아. 밀고 안 한다고 했어. 난 그걸 꼭 지킬 거야. 정말이지, 난 지킬 거야. 내가 입을 다물고 있다고 해서 나를 타락한 노예폐지론자라고 부르며 나를 멸시들 할 거야. 그래도 상관없어. 난 고발하지도 않고 여하튼 그곳으로 돌아가지도 않을 거야. 그러니까 모두 말해봐."

"저, 저 말여, 그게 이래. 늙은 미스, 바로 미스 왓슨 아씨 말인디, 아씨가 늘 날 야단치구 지독히 심하게 날 다뤘지만 날 올리언스에 내다 팔진 않겠다구 늘 말혔어. 그런디 근자에 그 집에 노예상이 뻔질나게 드나드는 걸 보고 난 불안해지기 시작한 거여. 그런디 어느 날 밤 아주 늦은 시간에 문이 꼭 닫혀 있질 안킬래 문 가까이 몰래 가서 미스 아씨가 과부 마나님에게 말하는 소릴 듣지 않했는가베. 날 올리언스에 내다 팔겠다는 거여. 팔긴 싫은디 내 몸값으로 8백 달러를 받을 수 있다지 않겠어? 워낙이 큰 돈이라 팔지 않겠다구 말허지 못햤댜. 과부댁 마님은 팔지 않겠다구 허라구 아씨에게 말허구 있었어. 허지만 난 더는 그분들 말을 들을려구도 안 혔어. 정말이지 걸음아 날 살려라구 뛰어 달아난 거여.

뛰쳐나와 언덕을 달려 내려가면서 읍내 위쪽 강변에서 배를 하나 훔칠려구 혔어. 그런디 사람들이 아직 여기저기 움직이고 있기에 강둑 위에 있는 낡아 허물어진 옛 술집에 숨어 사람들이 다 가버리길 기다렸지 뭐야. 그래 난 밤새 그곳에 있었어. 그런데 줄곧 누가 근처에 있더라니께. 아침 여섯 시쯤 작은 배들이 지나가기 시작허구 여덟 신가 아홉 시쯤 지나가는 작은 배들마다 니 아빠가 읍내에 와서 니가 죽었다고 말허더라구들 하더만. 그 후 작은 배들에는 그 오두막을 보러 가려는 숙녀와 신사들로 가득 찼더군. 때론 건너가기 전에 바닷가에 배를 대놓고 쉬는 사람들도 있더라구. 그들이 허는 얘기를 듣구 나두 니가 죽은 걸 알게 되었다니께. 니가 죽어서 여간 슬픈 게 아니었어. 헉, 이젠 슬프지 않어.

난 온종일 대팻밥 밑에 누워 있었구먼. 배는 고팠지만 무섭진 않었어. 늙은 아씨와 늙은 과부댁 아씨는 아침 먹구 나서 곧 천막 집회에 가서 온종일 거기에 있을 테니께. 그리구 난 해가 뜨자마자 소 떼를 데리구 나가니께 어두워진 후까진 나를 보지 못할 걸 알고 계셨으니께. 다른 하인들두 주인아씨들이 그렇게 외출하자마자 일에서 손 떼고 휴일을 얻었으니 내가 없어진 걸 알 까닭이 없었거든.

그래서 날이 어두워지자 강변 도로로 몰래 나와 집 없는 데까지 2마일 넘게 걸어갔어. 그때 무얼 할 건지 결심했단 말여. 걸어서 도망치면 개들이 냄새 맡으며 날 쫓지 않겠어? 작은 배를 훔쳐서 저리 건너간다면 배가 없어진 것을 알 테구 그렇게 되면 내가 저쪽 어디에 내렸는지, 내 발자국이 어딨는지 알게 될 게 아니여. 그래서 뗏목이 바로 내가 찾던 거여. 뗏목은 자국을 남기지 않을 꺼 아니어.

얼마 있다가 그쪽으로 등불 하나가 돌아 가까이 왔어. 난 물속으로 뛰들어 내 앞에 통나무를 밀며 강폭 절반을 넘게 헤엄쳐서는 떠내려오는 나무들 사이로 들어가, 계속 머리를 수그린 채 그 뗏목이 가까이 올 때까정 물살을 거슬러 헤엄을 쳤지 뭐야. 그러고 나서 뗏목 뒷부분으로 가서 그걸 잡았지. 구름이 잠깐 하늘을 가리는 통에 꽤나 캄캄해지더군. 그래서 뗏목 위로 기어올라 널빤지 위에 드러누운겨. 사람들은 등불이 켜진 저쪽 중간에 있더만. 강물이 불고 있어 물살은 굉장히 쎄대. 그니께 새벽 네 시쯤에는 강 아래로 25마일은 내려가 있을 거라는 생각이 들지 않겠어. 그라면 해 뜨기 직전에 물로 미끄러져 들어가 헤엄쳐서 강변까지 가 일리노이주 쪽 숲으로 가야 허겠다고 생각했던 거여.

그러나 난 재수 옴붙은 거여. 거진 섬 앞턱에 다다랐을 때 한 사내가 등불을 들고 뒤로 오는 거라. 가만히 두고 볼까 했지만 소용없다는 걸 알고 뗏목에서 내려 이 섬으로 헤엄치질 않았나. 난 아무데서나 땅에 오를 수 있다고 생각했넌디 그럴 수 없었어. 강기슭이 절벽 같더만. 섬의 기슭을 거의 지났을 때 좋은 장소를 찾았던 거여. 난 숲속으로 들어가 생각했어. 사람들이 등불을 들고 돌아다니는 한 다시는 뗏목에 손대지 않겠다고 말여. 모자 속에 담배 파이프와 씹는담배와 하찔* 담배와 성냥 약간을 넣어 가져왔는디 그것들이 젖지 않아서 염려

---

* 질이 나쁜 담배, 싸구려 담배다.

놓았지."

"그러면 이제껏 고기도 빵도 한번 안 먹었던 거야? 왜 거북이라도 잡아먹지 않았어?"

"뭔 수로 그걸 잡어? 살금살금 다가가서 잡을 수두 없구 말여. 사람이 어떻게 바윗돌로 그놈을 맞힐 수 있겠느냔 말여. 밤중에 어떻게 그런 일을 할 수 있느냐구. 그리구 대낮엔 강둑에는 얼씬도 안 허기로 혔지."

"음, 그랬군. 물론 늘 숲속에 숨어 있어야 했겠지. 사람들이 대포 쏘아대는 소리 들었지?"

"듣구말구. 사람들이 니를 찾는 건 알았구말구. 사람들이 여길 지나는 걸 봤지. 덤불 틈새로 지켜봤다니께."

몇 마리 어린 새들이 와서 한 번에 1, 2야드쯤 날더니 내려앉았다. 비가 올 징조라고 짐이 말했다. 어린 병아리들이 저렇게 날면 비가 올 징조인데, 어린 새들이 그렇게 행동해도 마찬가지라는 것이다. 내가 몇 마리를 잡으려 했지만 짐이 못 하게 했다. 그건 죽음이라고 짐이 말했다. 자기 아버지가 중병으로 누워 있었는데, 식구 중 어떤 사람이 새 한 마리를 잡았다는 것이다. 아버지는 죽을 것이라고 늙은 할머니가 말했는데 정말 아버지가 죽었다는 것이다.

또한 저녁 식사를 준비하는 데 쓸 음식 재료의 수를 세면 안 된다고 짐은 말했다. 그러면 악운을 부르기 때문이라는 것이다. 해가 진 후 식탁보를 털어도 마찬가지라 했다. 또한 짐은 벌통을 가진 사람이 죽으면 다음날 해가 뜨기 전에 주인이 죽었다는 이야기를 벌들에게 해주어어지 그렇지 않으면 벌들은 모두 약해져서 일도 그만두고 죽는다고 했다. 벌들은 천치바보들은 쏘지 않는다고 짐은 말했지만 나는 그 말을 믿지 않았다. 내가 직접 여러 번 시험해보았지만 벌들은 나를 쏘려고 하지 않았기 때문이다.

나는 이런 이야기를 전에 좀 들어보았지만 전부를 듣지는 못했다. 짐은 모든 종류의 징조를 알았다. 짐의 말로도 거의 다 안다고 했다. 모든 징조라는 것이 다 악운을 알리는 것 같다고 내가 밀했다. 그래서 어떤 행운을 알리는 징조는 없느냐고 물었다. 짐은 말했다.

"별로 없지. 또 사람들에겐 전혀 소용이 없는 거여. 행운이 오는 때를 알아서 무얼 헐려구? 행운을 멀리 쫓아버리고 싶은감?"

이렇게 말하고 짐은 말을 이었다.

"팔에 털이 많거나 가슴에 털이 많으면 부자가 될 징조여. 그런 징조는 좀 쓸모가 있어. 왜인고 하면 그건 아주 훗날 이야기니께. 알것 남. 처음 오랫동안 가난뱅이로 지내야 할지도 모르고 장차 부자가 된다는 걸 징조를 보고도 모르면 실망해서 자살할지도 모르는 거여."

"짐, 짐의 팔과 가슴엔 털이 많아?"

"그런 질문을 나헌티 하면 무슨 소용이람? 보면 몰러?"

"그럼 짐은 부자야?"

"아니지. 허지만 한때 부자였구 앞으로 다시 부자가 될 거여. 한때 내겐 14달러가 있었는디 투기를 했다가 죄다 날렸지 뭐여."

"짐, 무엇에 투기를 했지?"

"처음에 주식에다 처박었어."

"무슨 주식?"

"저, 가축이지. 소 말여. 암소 한 마리에다 10달러를 처박았지 뭐여. 하지만 이젠 가축에다 돈을 거는 일은 없을 텡께. 그놈의 암소는 자라다가 죽어버리지 않겠어. 다 내 책임이지 뭐여."

"그럼 10달러만 손해 봤네."

"아니여. 전부 손해본 건 아녀. 그중에서 9달러만 잃은 거여. 소가 죽과 비계는 1달러 10센트에 팔었거덩."

"그럼 5달러 10센트 남았겠네. 또 그걸로 투기했어?"

"했지. 저 있지? 늙은 부래디시 영감댁 외다리 검둥이 알지? 그놈이 은행을 세웠지 뭐여. 그리군 1달러를 넣으면 그해 말에 4달러 이상을 준다고 하는 거여. 그래 모든 검둥이들은 돈을 넣는다곤 했지만 그 검둥이들이 무슨 큰돈이 있었어. 많은 돈을 가진 것은 나뿐이었어. 그래서 4달러 이상을 달라고 했어. 그 돈을 안 주면 내가 은행을 차린다고 했지 뭐여. 물론 그 검둥이는 내가 은행 사업을 하는 걸 바라지 않었어. 은행이 두 개가 되면 사업이 되지 않는다고 하더라구. 그래서 내가 5달러를 넣으면 그해 말에 35달러를 주겠다고 놈이 말하더라구.

그래선 난 그렇게 했지 뭐여. 받게 될 35달러를 당장 또 투자하여 제대로 살아보리라 생각한 거여. 그런데 봅이라는 검둥이가 있었는디 놈은 뗏목을 건졌다나. 그런디 그놈 주인은 그걸 모른다는 거여. 난 그놈한테서 그걸 샀지. 그해 말에 35달러가 나오니께 그걸 니가 받아 가

지라고 말했지 뭐여. 헌디 누군가가 그날 밤 그 뗏목을 훔쳐갔다나. 그리고 다음날 은행이 파산했나구 그 외나리 검둥이가 말하지 않딘가베. 그래서 우리 중 누구 하나 돈을 돌려받지 못했지 뭐여."

"짐, 그 10센트로는 뭘 했지?"

"어땠는가 하면 난 그걸 써버릴 참이었어. 그런데 내가 꿈을 하나 꿨지 뭐여. 그 꿈이 나헌티 말하기를 그 돈을 발럼이라는 검둥이에게 주라는 거여. 그 아다시피 멍텅구리 중 하나인, 간단히 줄여서 '바보 발럼'이라는 놈에게 말여. 덜 말하기를 그놈은 운이 좋은 놈이라지 뭐여. 내가 운이 없는 놈이라는 건 나두 알어. 꿈이 말하기를 발럼을 시켜 그 10센트를 투자하면 그놈은 나한테 돈을 벌어다준다는 거여. 그런데 그놈은 돈을 가지고 교회에 갔다 이 말이여. 거기서 목사가 말하기를 가난한 사람들에게 베푸는 사람은 누구나 주님게 그걸 꿔주는 것이구 준 돈의 백 배를 돌려받게 된다는 것이었지. 그래서 발럼은 10센트를 가지고 가서 가난한 사람들에게 주고는 무슨 일이 생기나 보려고 기다렸지 뭐여."

"그래, 무슨 일이 생겼지?"

"생기긴 뭣이 생겨. 난 도저히 그 돈을 돌려받을 길이 없어졌지 뭐여. 발럼도 돌려받을 수 없었지 뭐여. 난 이젠 담보물을 보지 않고는 돈은 꿔주지 않을 테니께. 돈을 백 배로 불려 돌려받는다? 목사의 말이 그런 거여. 10센트를 돌려받을 수만 있어도 그건 공평하다고 할 거니까. 그리고 그렇게 된 걸 기쁘게 생각할 거여."

"여하튼 짐은 언젠가 다시 부자가 될 거니까 다 잘된 거야."

"그래. 생각해보면 지금 난 부자여. 나는 몸뚱이의 주인이여, 값이 8백 달러나 돼. 그 돈이 지금 있다면 더는 바랄 게 없을 거여."

9

나는 탐험을 하다가 발견한 섬 한복판 근처로 가 보기로 했다. 우리는 곧 그곳에 도착했다. 섬은 길이가 겨우 3마일이었고 너비는 4분의 1마일에 불과했다. 그 장소는 높이 40피트가량의 좀 길고 가파른 언덕, 즉 산등성이였다. 경사면이 매우 험하고 덤불이 우거져서 꼭대기에 오르는 데 꽤 힘이 들었다. 우리는 방향을 잘 잡지 못해 배회하기도 하면서 그리로 기어 올라갔다. 이윽고 일리노이주 쪽을 향한 경사면 꼭대기 근처에서 바위로 된 꽤 큰 동굴을 발견했다. 그 동굴은 방 두세 개를 합친 것만큼 넓었고 짐이 그 안에 똑바로 서 있을 수 있었다. 동굴 안은 시원했다. 짐은 당장 짐을 이곳으로 옮기자고 했다. 그러나 나는 항상 여기를 오르내리고 싶지는 않다고 말했다.

짐은 카누를 안전한 장소에 숨겨놓고 모든 짐을 동굴에 가져다 두면 누가 섬으로 온다 하더라도 우리는 동굴로 달려올 수 있을 것이고 개들 없이는 절대로 우리를 찾지 못할 것이라고 했다. 또한 덧붙여 작은 새들이 비가 올 것이라고 말하고 있는데 물건들이 다 젖기를 바라느냐고 물었다. 그리하여 우리는 돌아가서 카누를 타고 동굴과 나란히 서게 되는 곳까지 노를 저어 와서 모든 물품을 동굴로 날랐다. 그러고 나서 빽빽이 들어선 수양버들 사이, 그러니까 카누를 숨길, 육지와 가까운 곳을 물색했다. 낚싯줄에서 물고기 몇 마리를 떼어내고 낚싯줄들은 다시 물속에 드리웠다. 그리고 식사 준비를 시작했다. 동굴 출입구는 통 하나를 굴려 넣을 수 있을 만큼 컸으며 그 입구의 한쪽은 바닥이 약간 밖으로 뻗어 나와 평평했기 때문에 불을 피우기에 제격이었다. 그래서 우리는 거기다 불을 피워 식사를 준비했다.

우리는 그 안에 양탄자 대신 담요들을 펴놓고 그 위에서 점심을 먹었다. 그 밖에 다른 물건들은 동굴 안쪽 구석에 정리해두었다. 얼마 안 있어 주위가 컴컴해지더니 천둥과 번개가 시작되었다. 새들이 날씨를 제대로 맞힌 것이다. 곧 비가 왔는데 역시 무섭게 쏟아졌다. 바람이 이처럼 세차게 부는 건 본 적이 없다. 이건 정기적으로 찾아오는 여름 폭풍의 하나였다. 주위가 어찌나 캄캄한지 밖은 온통 짙은 감색처럼 보였고 아름다웠다. 빗줄기가 어찌나 굵게 내리치는지 조금 떨어진 곳에선 나무들은 희미하고 거미줄에 감긴 듯 보였다. 게다가 돌풍이 불어와 나무들을 아래로 굽게 하고 창백한 나뭇잎들의 뒷면을 드러냈다. 이어서 예리하게 날이 선 것 같은 질풍이 뒤따라 와서 나뭇가지들의 팔을 치켜들게 했다. 그 가지들은 그냥 미친 것 같았다. 다음 순간 주변이 가장 푸르고 가장 검은 색을 띠려는 찰나 번쩍! 하는 섬광, 바로 번개가 마치 영광만큼 밝은 빛을 던졌다. 그러는 통에, 그 폭풍 속에서 전에 보이던 것보다 몇백 야드나 더 저편으로 떨어진 곳에 있는 나무 꼭대기들이 아래위 사방좌우로 곤두박질하는 모습을 언뜻 볼 수 있었다. 한순간이 지나자 사방은 다시 죄처럼 어두워졌고 천둥이 무섭게 부서지는 소리를 내더니 우르르 쾅쾅 하늘에서 세상의 옆구리 밑으로

굴러오는 소리를 냈다. 계단, 그것도 긴 계단 밑으로 빈 통들을 굴려 내리는 듯했다. 통들이 굴러 내려오며 굉장히 튀어 오르는 모습처럼.

"짐, 여기 멋진데. 난 여기 말고 아무 데도 가기 싫어. 생선 한 토막하고 옥수수빵 따끈따끈한 걸로 몇 개 이리 보내줘."

내가 말했다.

"그런데 말여, 넌 나 짐이 없었다면 여기 있지도 못했을 거여. 점심도 못 먹고 저기 숲속에 있었을 거여. 그리고 이 빗속에서 익사했을 거구먼. 병아리들도 언제 비가 올 것인지를 알구 새들도 그렇구 말여."

열흘 아니면 열이틀 동안 계속 강물이 불어나 마침내 강물은 기슭으로 넘쳐흘렀다. 섬의 낮은 지대와 일리노이주 저지대로 범람한 물의 깊이는 3, 4피트였다. 저쪽으로 보이는 강의 너비는 여러 마일이었지만 미주리주 쪽 강폭은 비오기 전같이 반 마일에 불과했다. 왜냐하면 미주리 쪽 강가는 깎아지른 듯한 기슭으로 이루어진 담이었기 때문이었다.

우리들은 낮에는 카누를 저어 섬 주위를 이리저리 돌아다녔다. 밖에서 태양이 이글이글 끓어도 깊은 숲속은 시원하고 그늘져 있었다. 우리는 나무들 사이를 구불구불 들고 났다. 때로 덩굴식물들이 매우 촘촘히 걸려 있어 후퇴하여 다른 길로 가야 했다. 쓰러진 모든 고목 위에는 토끼들과 뱀들과 그런 것들이 자리 잡고 있었다. 섬으로 하루나 이틀 동안 강이 범람하면 그 짐승들은 배가 고파 매우 얌전해져서 원하면 노를 저어 접근하여 그들을 만질 수도 있었다. 하지만 뱀과 거북은 그럴 수 없었다. 그놈들은 물속으로 스르르 미끄러져 들어가곤 했다. 우리의 동굴이 있는 산등성이에는 이런 짐승들이 우글거렸다. 우리가 원했다면 그들을 애완동물로 삼을 수 있었을 것이다.

어느 날 밤 우리는 뗏목의 일부, 다시 말해 소나무로 만든 멋진 널빤지들을 건졌다. 너비 12피트에 길이 15에서 16피트가량 되었는데, 윗부분이 수면 위로 6, 7인치 정도 나온 단단하고 평평한 마루용 재목이었다. 때때로 대낮에도 톱으로 켠 재목들이 떠내려가는 것을 보았지만 그대로 내버려두었다. 우리는 낮에는 모습을 드러내지 않았다.

어느 날 밤 해가 뜨기 직전 우리가 섬의 앞부분에 나와 있을 때 서쪽에서 목재로 지은 집 한 채가 떠내려왔다. 이층집이었는데 한쪽으로 몹시 기울어져 있었다. 우리는 카누를 저어 나가 그 집에 올라타고는 이층 창문으로 기어 들어갔다. 그러나 너무 어두워서 아직 보이지 않았다. 그래서 카누를 매어 놓고 그 집 안에 앉아 날이 밝기를 기다렸다.

섬 기슭에 도착하기 전에 날이 훤히 밝기 시작했다. 그때 우리는 창문으로 안을 들여다보았다. 침대 하나, 탁자 한 개, 낡은 의자 두 개 그 밖에 많은 물건들이 마룻바닥 위에 있고 벽에는 옷가지가 걸려 있는 것을 알아볼 수 있었다. 저쪽 구석 바닥에는 남자처럼 보이는 무언가가 누워 있었다. 그러자 짐이 말했다.

"여보슈!"

그러나 꼼짝도 하지 않았다. 그래서 내가 다시 소리쳐 불렀다. 그러자 짐이 말했다.

"저 사람은 자고 있는 게 아녀. 죽은 거여. 니는 가만있어. 내가 가서 보구 올 테니께."

짐은 가서 몸을 굽히고 보더니 말했다.

"죽은 사람이여. 응, 죽었어. 알몸이여. 등에 총을 맞았구먼. 죽은 지 이삼 일은 됐나벼. 헉, 들어와. 그렇지만 얼굴은 보지 마러. 너무 끔찍하니께."

나는 그 사람을 결코 보지 않았다. 짐은 낡은 넝마를 그 사람 위에 던져 덮었는데 그럴 필요가 없었다. 나는 그 사람을 볼 생각이 없었으니까. 마루 위에는 기름때가 묻은 낡은 카드들이 잔뜩 이곳저곳 흩어

저 있었고 헌 위스키 병들과 검은 천으로 만든 마스크 몇 개가 있었고
벽 위에는 온통 숯으로 내갈긴 천박하기 이를 데 없는 단어와 그림이
있었다. 벽에는 낡고 더러운 무명옷 두 벌과 햇빛 가리개 모자와 부인
용 내복 넉 벌이 걸려 있었고 남자용 옷가지도 몇 개 있었다. 우리는
그 물건들을 카누에 실었다. 나중에 쓸 데가 있을지도 몰랐기 때문이
다. 마루 위에는 낡고 얼룩이 진 소년용 밀짚모자가 하나 있었다. 나는
그것도 가져갔다. 또한 우유가 담긴 병이 있었는데 아기가 빨도록 헝
겊 마개가 달려 있었다. 그 병도 가져오려고 했지만 그것은 깨져 있었
다. 초라하고 오래된 궤짝 한 개와 잠금쇠가 부서진 낡은 털 트렁크가
있었다. 그것들은 열려 있었지만 값나갈 만한 것은 하나도 남아 있지
않았다. 물건들이 흩어진 모양새로 보아 사람들이 허둥대고 떠나느라
대부분의 물품을 가져갈 여유가 없었던 것 같았다.

  우리가 손에 넣은 것은 낡은 양철 램프, 손잡이가 빠진 식칼 하나,
어떤 상점에 가도 25센트는 줘야 살 수 있는 신품 발로 칼, 많은 양초,
양철 촛대 한 개, 바가지 한 개, 양철 컵, 침대에서 벗겨낸 초라하고 낡
은 이불, 바늘과 핀과 밀랍과 단추와 실 그리고 그런 부류에 속하는
물건이 든 손가방, 도끼 한 자루, 못 약간, 기괴한 낚싯바늘이 몇 개 달
린, 내 새끼손가락만큼 굵은 낚싯줄, 도르르 말린 사슴가죽, 가죽 개목
걸이, 말편자 하나, 상표가 붙지 않은 몇몇 물 약병들 등이었다. 우리
가 막 그곳을 떠나려고 했을 때 나는 꽤 좋은 말빗을 발견하고 짐은
초라하고 낡은 바이올린 활과 나무로 만든 의족을 발견했다. 가죽 끈
들은 다 떨어져나갔지만 그것 말고는 꽤 쓸 만한 의족이었다. 나한테
는 너무 길고 짐에게는 좀 짧았다. 아무리 여기저기 찾아보아도 다른
쪽 의족은 찾을 수 없었다.

  이리하여 모든 것을 참작해보건데 우리는 한몫 잡은 셈이었다. 그

나무 집을 떠나려고 보니 우리는 섬에서 4분의 1마일이나 하류로 내려와 있었다. 사방이 매우 훤한 시간이어서 나는 짐더러 카누 바닥에 누워 이불을 푹 덮어쓰라고 일렀다. 왜냐하면 그가 일어나 앉아 있으면 사람들은 멀리서도 그가 검둥이라는 것을 알아차릴 수 있기 때문이었다. 나는 일리노이주 강변으로 노를 저어 가서 반 마일가량 아래로 표류했다. 둑 밑의 완만한 흐름 속으로 조용히 접근했다. 사고도 없었고 본 사람도 없었다. 우리는 무사히 집으로 돌아왔다.

10

아침을 먹고 나서 나는 그 죽은 사람에 대해 이야기하면서 어떻게 해서 그가 살해되었는지를 짐작하고 싶었다. 그러나 짐은 그런 이야기를 원치 않았다. 그런 이야기는 악운을 가져올 것이라고 말했다. 게다가 죽은 귀신이 우리를 찾아올지 모른다는 것이었다. 매장되지 않은 사람은 매장되어 편히 쉬는 사람보다 더 귀신이 되어 떠돈다고 했다. 그의 말이 매우 그럴듯하게 들렸기 때문에 더는 말하지 않았다. 그러나 그 생각을 떨쳐버릴 수 없었고 누가 그 사람을 쏘아 죽였고 또 왜 그런 짓을 저질렀는지 알고 싶었다.

우리는 우리가 가져온 옷가지들을 샅샅이 뒤져 헌 담요 천으로 만든 외투의 안감 속에 은화 8달러가 꿰매어 숨겨진 것을 찾아냈다. 짐은 그 집 사람들이 그 외투를 훔쳤다고 했다. 돈이 있다는 것을 알았다면 그 외투를 놓고 갈 리가 없다는 것이다. 나는 그들이 그 외투의 임자도 죽였을 것으로 생각한다고 말했다. 그러나 짐은 그런 이야기는 하기 싫다고 했다. 그래서 내가 말했다.

"지금 짐은 그것이 악운이라고 생각하는군. 그런데 그저께 산마루 꼭대기에서 발견한 뱀 껍질을 내가 가지고 왔을 때 짐은 뭐라고 말했지? 손으로 뱀 껍질을 만지는 것은 세상에서 가장 불길한 악운이라고 말하지 않았어? 자, 그런데 봐, 이게 짐이 말하는 악운이야? 우리는 이 모든 물건들과 게다가 더해서 8달러까지 긁어 들이지 않았느냔 말이야. 짐, 매일 이런 악운에 걸려들었으면 좋겠다."

"도련님, 걱정을 말어. 절대 걱정을 말어. 너무 으스대지 말어. 그건 닥쳐올 거여. 내 말 명심혀. 그건 올 테니께."

악운은 역시 닥쳐왔다. 그 이야기를 한 것은 어느 화요일이었다. 금요일 점심을 먹은 다음 산마루 위쪽 끝에 있는 풀밭에 누워 빈둥대는데 담배가 떨어졌다. 나는 담배를 가지러 동굴에 갔다가 그 속에서 방울뱀 한 마리를 발견했다. 그것을 죽여 마치 살아 있는 뱀처럼 둥글게 똬리를 틀게 하고는 짐의 담요 발치에 놓아두었다. 거기서 짐이 그 뱀을 발견하면 재미있는 일이 벌어질 거라고 생각했던 것이다. 그런데 막상 밤이 되었을 때는 뱀에 대해서는 까맣게 잊었다. 그런데 내가 불을 켜는 동안 짐이 담요 위에 털썩 앉았을 때 그 죽은 뱀의 짝이 거기 있다가 짐을 물었다.

짐은 죽는 소리를 지르며 펄쩍 뛰어 올랐다. 불빛 속에 먼저 보인 것은 돌돌 똬리를 틀고 다시 껑충 뛰어 물 태세가 된 독사였다. 나는 눈 깜짝할 사이에 막대기로 그놈을 후려쳤다. 짐은 아빠의 위스키 병을 움켜쥐더니 꿀꺽꿀꺽 마시기 시작했다.

짐은 맨발이었기 때문에 뱀은 그의 발꿈치를 물었다. 죽은 뱀을 놔두면 그 짝이 틀림없이 와서 죽은 뱀 주위에 똬리를 튼다는 사실을 깜빡 잊는 그런 바보짓을 한 데서 이런 불상사가 일어난 것이다. 짐은 나더러 그 뱀의 대가리를 잘게 잘라서 버리고 몸에서는 껍질을 벗겨 한

토막을 구워달라고 했다. 그렇게 했더니 짐은 그것을 먹고 이렇게 하
는 게 자기가 낫는데 도움이 될 거라고 말했다. 또한 방울뱀의 소리
나는 꼬리 부분을 잘라내서 자기 손목에 감아달라고 했다. 그렇게 하
는 것이 도움이 될 거라고도 말했다. 그런 다음 나는 조용히 슬쩍 밖
으로 나와서 뱀들을 덤불 속에다 던져버렸다. 되도록이면 이게 다 내
잘못이라는 것을 짐이 알지 못하도록 하고 싶었다.

　　짐은 술병에 입을 대고 연거푸 마셨고 이따금 정신을 잃고 뛰어 돌
아다니며 고함쳤다. 그러다가 제정신이 들 때마다 다시 술병을 빨았
다. 발은 탱탱 부어오르고 다리도 부어올랐다. 그러나 이윽고 취기가
돌기 시작했다. 그래서 나는 그에게 아무 일 없을 것이라고 판단했다.

하지만 나는 아빠의 위스키에 질리기보다는 뱀에게 물리는 편이 더 낫다고 생각했다.

짐은 나흘 낮과 밤을 앓아누워 있었다. 그러자 부기가 가시고 몸이 회복되었다. 결과가 어떻게 되는지 안 이상 이제 다시는 내 손으로 뱀 껍질을 만지지 않기로 결심했다. 다음부터는 내가 자기를 믿을 것이라 생각한다고 짐은 말했다. 또한 짐은 뱀 껍질을 만지는 것은 워낙 큰 악운을 가져오는 것이기 때문에 아직도 악운이 끝난 게 아닐지도 모른다고 했다. 짐은 손으로 뱀 껍질을 집어 올리기보다는 차라리 초승달을 왼쪽 어깨 너머로 천 번이나 쳐다보는 것이 더 낫겠다는 것이다. 왼쪽 어깨 너머로 초승달을 보는 것은 가장 부주의하고 가장 바보 같은 일이라고 늘 생각했지만 나도 짐이 생각하는 것과 같은 생각을 하게 되었다. 행크 벙커 영감은 전에 그런 바보짓을 하고도 그것을 자랑하고 다녔다. 그런데 2년도 안 되어 술에 취해 가지고 탄환 제조탑에서 떨어져 그냥 사지를 쭉 뻗었는데, 말하자면 어떤 깔개 널빤지가 되어버렸다고 했다. 사람들은 그 시체를 관 대신에 두 개의 헛간 문 사이에다 겨우 틀어박고 그대로 묻었다는 것이다. 나는 직접 보지 못했다. 아빠가 그렇게 이야기해주었다. 여하튼 바보처럼 달을 그렇게 본 데서 생겨난 일이다.

여러 날이 지나갔다. 강은 양쪽 둑 사이로 다시 내려갔다. 그래서 우리가 제일 먼저 한 일은 가죽을 벗긴 토끼를 큰 낚싯바늘에 매달아 미끼로 사용하여 물속에 놔두었다가, 길이가 6피트 2인치에다 무게가 2백 파운드가 넘는 사람 크기만 한 메기를 잡은 것이었다. 물론 우리는 그 메기를 다룰 수 없었다. 하마터면 그놈이 우리를 일리노이주 속에다 내동댕이쳐버릴 뻔했다. 우리는 그냥 그곳에 앉아 그놈이 이리 펄떡 저리 펄떡 찢고 뛰다가 마침내 죽는 것을 바라보는 것뿐이었다.

우리는 메기의 밥통 속에서 놋쇠 단추 한 개와 둥근 공 하나와 많은 잡동사니를 발견했다. 도끼로 그 공을 갈라보았더니 그 안에는 실을 감는 실패가 있었다. 짐은 메기가 그 실패를 오랫동안 제 밥통 안에 가지고 있으면서 그것을 자꾸만 무엇으로 싸서 이렇게 공이 된 것이라고 말했다. 이것이 이제껏 미시시피강에서 잡은 고기 중에서 제일 큰 고기라고 생각했다. 짐도 이보다 더 큰 메기는 본 적이 없다고 했다. 마을로 가져다 팔면 큰돈을 받았을 것이다. 그곳 시장 점포에서는 이런 물고기는 파운드 단위로 파는데, 누구나 얼마만큼씩은 사갔다. 메기의 고기는 눈처럼 희고 튀김 요리로 최고였다.

　　다음날 아침 사는 게 지루하고 따분해져서 나는 무슨 신나는 일이 있었으면 좋겠다고 말했다. 강을 몰래 건너가 무슨 일이 일어나고 있나 알아보고 싶다고 했다. 짐은 그거 좋은 생각이라고 했다. 그러나 어두워진 다음에 가야 하고 정신을 바짝 차려야 한다고 짐이 말했다. 짐은 이 문제를 곰곰이 생각하더니 헌 옷들 중 어떤 것을 걸쳐서 여자애처럼 차리는 게 어떻냐고 물었다. 그건 역시 좋은 생각이었다. 그래서 우리는 사라사 천으로 된 잠옷 하나를 줄였는데, 나는 바짓가랑이를 무릎까지 걷어 올리고 나서 그 옷을 입었다. 짐이 뒤에서 낚싯바늘로 옷을 여몄더니 내 몸에 딱 맞았다. 나는 해가리개 밀짚모자를 쓰고 턱 아래에다 모자 끈을 맸다. 누가 챙 밑으로 내 얼굴을 들여다보았다면 연통 이은 곳을 내려다보는 것 같았을 것이다. 이만하면 대낮이라 해도 아무도 나를 알아보지 못할 거라고 짐이 말했다. 나는 그런 옷을 걸치고 다니는 요령을 터득하려고 하루 종일 연습했다. 마침내 그 옷을 입고도 꽤 잘 걷게 되었다. 다만 짐은 내 걸음이 여자애 같지 않다고 했다. 바지 주머니에 손을 넣을 때 가운을 위로 치켜올리지 말라고 했다. 그 말에 주의를 기울였더니 훨씬 나아졌다.

어두워지자 나는 카누를 타고 일리노이주 쪽 강가로 향했다.

나루터 조금 아래에서 읍내로 건너가려 했는데 물살의 흐름 때문에 읍내의 끝자락에 닿았다. 나는 카누를 매놓고 강둑을 따라 걷기 시작했다. 오랫동안 사람이 살지 않던 작은 오두막에 불이 켜져 있었다. 누가 그곳에 자리 잡고 사는지 궁금했다. 살금살금 다가가 창문으로 안을 들여다보았다. 거기에는 40세가량의 부인이 소나무 탁자 위에 초를 켜놓고 뜨개질을 하고 있었다. 내가 모르는 얼굴이었다. 낯선 여자였다. 그 읍내에서 내가 모르는 얼굴은 하나도 없었기 때문이다. 몸에서 기운이 빠지고 있던 때라서 이것은 다행이었다. 나는 읍내에 온 것이 겁났다. 사람들이 내 목소리를 듣고 나를 알아볼 것이기 때문이다. 그러나 이 부인이 이틀 정도 이 작은 읍내에 있었다면 내가 알고 싶은 것은 모두 말해줄 수 있을 것이다. 그래서 나는 문을 두드렸다. 내가 여자애인 것을 잊지 않기로 다짐했다.

11

"들어와요."

부인이 말했다. 나는 들어갔다.

"의자에 앉으렴."

나는 그렇게 했다. 그녀는 작고 반짝이는 눈으로 나를 훑어보았다.

"이름이 뭐냐?"

"사라 윌리엄스예요."

"어디 사니? 이 근처에 사니?"

"아뇨. 저 아래로 7마일 떨어진 후커빌에 살아요. 여기까지 줄곧 걸어와서 지쳐버렸어요."

"배도 고프겠구나. 먹을 것 좀 찾아주마."

"아니에요. 배고프지 않아요. 어찌나 배가 고픈지 여기서 2마일 아래쪽에 있는 어떤 농가에 들렀어요. 이제 배가 고프지 않아요. 그래서 이렇게 늦었어요. 우리 엄마가 아파 누워 있는데 돈이고 뭐고 아무것도 없어서 애브너 무어 삼촌에게 알리러 가는 중이에요. 삼촌은 이 읍내 위쪽 끝머리에 살고 있다고 엄마가 말했어요. 난 여태껏 이곳에 와 본 일이 없어요. 애브너 무어 삼촌을 아세요?"

"모르지. 아직 아무도 아는 사람이 없단다. 여기 온 지 2주일도 되지 않았으니까. 읍내 위쪽 끝사닥까지는 꽤 멀지. 여기서 하룻밤 묵고 가는 게 좋겠다. 그 밀짚모자 좀 벗으려무나."

"아닙니다." 나는 말했다. "잠시 쉬었다 가겠다고 생각했어요. 난 어두워도 무섭지 않아요."

부인은 나를 혼자 보내고 싶지 않아서 남편이 어쩌면 한 시간 반 후에는 돌아올 테니까 그에게 나를 바래다주라고 하겠다고 했다. 그러고 나서 부인은 남편 이야기며 강 상류에 사는 친척 이야기며 강 하류에 사는 친척 이야기며 전에 자기들이 지금보다 훨씬 더 잘살았던 이야기며 그대로 살지 않고 알지도 못하고 이 읍내로 온 실수에 대한 이야기 등등을 재잘대기 시작했다. 마침내 나는 읍내에서 무슨 일이 일어나고 있는지 알고 싶어 그 부인에게 온 것이 실수였구나 하는 생각이 들었다. 그러나 마침내 아빠와 살인사건에 대한 이야기로 화제를 돌렸기 때문에 나는 기꺼이 계속 지껄이도록 내버려두었다. 나와 톰 소여가 6천 달러(부인은 만 달러로 알고 있었다)를 찾아낸 이야기며 아빠에 대한 온갖 이야기며 그의 인생이 얼마나 고달픈 것이며 나의 삶이 또한 얼마나 어려운 것이었는지 하는 이야기를 늘어놓았다. 마침내 부인은 내가 어디에서 살해되었는지를 이야기하기에 이르렀다. 그때 내가 말했다.

"누가 그 짓을 했지요? 후커빌에서도 이 사건에 대해 많은 이야기를 들었지만 누가 헉 핀을 죽였는지는 아무도 몰라요."

"여기서도 꽤 많은 사람들이 알고 싶어 할 거야. 나도 누가 그 애를 죽였는지 알고 싶단다. 어떤 사람들은 헉 핀의 아버지가 손수 그 짓을 저질렀다고 생각한다."

"그건 아닌…… 아, 그래요?"

"처음에는 거의 모든 사람들이 그렇게 생각했단다. 헉 핀의 아버지는 자신이 린치당하여 죽게 될 뻔한 것도 모를 거야. 그러나 밤이 오기 전에 사람들은 생각을 바꾸고, 달아난 짐이라는 검둥이의 소행이라는 판단을 내렸던 거야."

"왜 그가……?"

나는 말을 멈췄다. 입을 다물고 있는 편이 낫다고 생각했다. 부인은 계속 지껄였고 내가 말에 끼어들었던 것도 잊고 있었다.

"헉 핀이 살해된 바로 그날 밤에 그 검둥이는 도망쳐버렸어. 그래서 지금 그 머리에 현상금이 붙어 있단다. 3백 달러나 되지. 그리고 핀의 아버지에게도 현상금 2백 달러가 붙어 있지. 헉의 아버지는 살인이 있던 다음날 아침에 읍내로 와서 그 사건에 대해 이야기를 했고 나룻배를 타고 사람들과 함께 시체를 찾으러 나갔는데 육지로 돌아오자 곧 이곳을 떠나버렸어. 밤이 되기 전에 사람들은 그 아버지를 린치하고 싶었는데 알다시피 그 사람은 사라져버렸어. 그런데 다음날 검둥이가 사라진 것을 사람들은 알게 되었지. 살인이 있던 날 밤 열 시 이후로 그 검둥이가 보이지 않는다는 것을 알아낸 거야. 그래서 사람들은 그 검둥이에게 살인 혐의를 뒤집어씌우게 되었지. 사람들이 온통 이런 이야기만 하는 동안 헉의 아버지가 다시 나타나 일리노이주 전체를 뒤져 검둥이를 찾아내게 돈을 달라고 새처 판사에게 울며 호소했지. 판사가 그에게 얼마간 돈을 주었는데 그날 저녁 헉의 아버지는 술에 만취되어 돌아다니다가 마침내 자정이 넘어서 험상궂게 생긴 낯선 사람들 두세 명과 함께 자취를 감췄다는 거야. 그 후로 헉의 아버지는 돌아오지 않았어. 사람들도 이 사건이 잠잠해질 때까지는 헉의 아버지를 볼 것이라고 기대하지 않아. 이제 사람들은 그 작자가 자기 아들을 죽이고 마치 강도들이 한 짓처럼 일을 꾸며놓고서는 소송으로 귀찮게 긴 시간을 낭비하지 않고도 헉 핀의 돈을 차지하려든다고 생각하고 있어. 그놈은 그렇게 하고도 남을 놈이라고들 이야기하더군. 참, 그놈은 교활하다고 나도 생각해. 1년만 돌아오지 않으면 모든 게 그에게 유리하게 될 거야. 그놈에 대해 아무 증거도 제시할 수 없게 될 테고 그렇게 되면 모든 것이 조용해질 테니까. 그러고 나면 그놈이 헉의 돈을 차지하는 것은 숨 쉬기만큼 쉬울 테지."

"맞아요. 나도 그렇게 생각해요. 방해가 되는 것은 아무것도 없으니까요. 그 검둥이가 그런 짓을 했다고 생각하는 사람은 아무도 없나요?"

"천만에. 아주 없지는 않지. 검둥이가 그 짓을 했다고 생각하는 사람도 꽤 많아. 그러나 그 검둥이는 곧 잡힐 거야. 아마 사람들이 겁을 주면 그놈은 다 불 거다."

"그럼 아직도 검둥이를 뒤쫓고 있나요?"

"넌 참 순진 덩어리구나. 3백 달러가 그냥 사람들더러 주워가라고 매일 길바닥에 널려 있다더냐? 어떤 사람들은 그 검둥이가 여기서 멀지 않은 곳에 있다고 생각해. 나도 그중 한 사람이야. 하지만 난 그런 이야기는 떠들고 다니지 않아. 며칠 전 저 통나무집에 사는 늙은 부부와 이야기했는데, 그분들 말이 아무도 저 잭슨섬이라는 저 너머 섬에 간 사람이 없다는 거야. 거기 아무도 살지 않아요? 하고 내가 물었더니, 네 아무도 살지 않아요 하고 그분들이 말하더군. 나는 더는 말하지 않았지. 난 생각했지. 그보다 하루이틀 전에 그 섬의 초입 근처에서 연기가 피어오르는 것을 본 게 확실하거든. 그래서 그 검둥이가 저기에 숨어 있을 거라고 속으로 생각했지. 여하튼 그곳을 수색하는 수고는 아깝지 않다고 생각해. 그 후 연기 나는 것을 못 봤거든. 그래서 그게 그 검둥이라면 도망쳤을는지도 모른다고 생각했어. 하지만 우리 남편은 그리 건너가 보겠다고 그랬어. 그와 또 한 사람이 같이. 남편이 강 상류로 갔다가 오늘 돌아왔거든. 두 시간 전에 남편이 돌아오자마자 그에게 말해주었지."

　나는 어찌나 불안한지 조용히 앉아 있을 수 없었다. 내 손으로 무언가를 해야만 했다. 그래서 탁자에서 바늘 하나를 집어 들고 거기에다 실을 꿰기 시작했다. 손이 떨려서 실이 잘 꿰지지 않았다. 부인이 이야기를 멈추자 나는 부인을 올려다보았다. 부인은 참 이상하다는 눈으로 나를 바라보며 엷은 웃음을 지었다. 나는 바늘과 실을 내려놓고 부인의 이야기에 흥미를 가진 척했다. 사실 흥미가 있었다. 그래서 나는 말했다.

　"3백 달러는 굉장히 많은 돈이군요. 우리 엄마가 그 돈을 얻을 수 있었으면 좋겠네요. 남편께서는 오늘 밤 그 섬으로 건너갈 건가요?"

"물론이지. 남편은 아까 내가 말한 사람하고 읍내에 가서 배 한 척을 얻고 또 총을 한 자루 빌릴 수 있나를 알아보러 갔단다. 그들은 자정이 넘어 건너갈 거야."

"날이 밝을 때까지 기다리면 너 살 볼 수 있지 않을까요?"

"그건 맞는 소리야. 하지만 검둥이도 더 잘 볼 수 있을 것 아니냐? 자정이 넘으면 검둥이는 아마 자고 있을 테니까 컴컴하면 더욱 쉽게 숲을 몰래 헤집고 들어가서, 혹시 놈이 모닥불을 피워놓았으면 곧 발견할 수 있을 거다."

"그런 생각은 미처 못 했군요."

부인이 나를 호기심 어린 표정으로 바라보았기 때문에 내 마음은 조금도 편치 않았다. 곧 부인이 말했다.

"애야, 네 이름이 뭐라고 했지?"

"메, 메리 윌리엄스예요."

어쩐지 아까는 내가 메리라고 말하지 않은 것 같았다. 그래서 나는 고개를 들지 않았다. 사라라고 말한 것 같았다. 그래서 좀 염려가 되었다. 어쩌면 내 표정에도 염려하는 게 나타나지 않을까 하고 겁을 먹었다. 나는 그 부인이 무언가 더 말해주기를 바랐다. 부인이 잠자코 있는 시간이 길면 길수록 더 불안했다. 한데 이제 부인이 말했다.

"애야, 너 처음 여기 들어올 때 이름이 사라라고 한 것 같은데?"

"아, 네. 그랬어요. 사라 메리 윌리엄스예요. 사라가 내 이름이에요. 어떤 사람은 사라라고 부르고 어떤 사람은 메리라고 불러요."

"오, 그래?"

"네, 아주머니."

그러고 나자 기분은 나아졌다. 그러나 어쨌든 거기서 나오고 싶었다. 아직 고개를 들 수 없었다.

그런데 부인은 요사이 살기가 얼마나 힘든지 모른다느니, 가난한 살림을 꾸려나가야 한다느니, 쥐들은 이 집 주인인 것처럼 제멋대로 설친다느니 하는 등등의 이야기를 늘어놓기 시작했다. 그래서 나는 다시 마음이 편해졌다. 쥐에 대한 부인의 이야기는 맞는 말이었다. 쥐 한 마리가 구석에 있는 구멍 밖으로 쉴 새 없이 코를 내미는 것이 보였다. 부인은 혼자 있을 때면 쥐한테 던질 물건을 곁에 두고 있지 않으면 안 되며 그렇지 않으면 놈들이 자기에게 편안한 시간을 주지 않는다고 말했다. 매듭처럼 비틀린 납 토막 한 개를 나에게 보여주며 보통 때는 그것으로 쥐를 잘 맞히는데 하루이틀 전에 팔을 삐는 바람에 이제는 제대로 던질 수 있을지 모른다고 했다. 하지만 부인은 기회를 노리다가 쥐에게 틈을 주지 않고 던졌지만 그만 목표물에서 많이 벗어나고 말았다. 뿐더러 그 동작이 부인의 팔에 통증을 안겨주는 통에 "우욱" 하고 비명을 질렀다. 부인은 다음번에는 나더러 던져보라고 했다. 나는 이 집 가장이 돌아오기 전에 이곳을 떠나고 싶었다. 그렇지만 물론 그런 내색은 하지 않았다. 나는 납덩어리를 집어서 코를 내미는 첫 번째 쥐에게 던졌는데, 그놈이 있던 곳에 그대로 있더라면 꽤 큰 부상을 입었을 것이다. 부인은 참 잘 던졌다며 내가 다음 놈은 맞힐 것이라고 생각한다고 말했다. 부인은 가서 납덩어리를 집어가지고 왔으며 그것과 더불어 털실 한 뭉치를 가지고 오더니 나보고 도와달라고 했다. 나는 두 손을 올렸다. 부인은 거기에다 털실을 감더니 자신의 남편에 대한 이야기를 계속했다. 그러나 이야기를 끊고 말했다.

"쥐한테서 눈을 떼지 마라. 납덩어리를 손이 닿도록 네 무릎 위에 놓는 게 좋겠다."

그리고 부인은 그 말과 동시에 그 덩어리를 내 무릎으로 떨어뜨렸다. 나는 두 다리를 오므려 그것을 받았다. 부인은 이야기를 계속했다.

그러나 단지 1분가량 계속했다. 부인은 털실을 내려놓더니 내 얼굴을 빤히 들여다보았다. 하지만 몹시 즐거운 듯 말했다.

"자, 이제 말해라. 네 진짜 이름이 뭐냐?"

"무, 무어 말입니까, 아주머니?"

"네 진짜 이름이 뭐냐고? 빌이냐, 톰이냐 아니면 봅이냐? 아니면 뭐냐?"

나는 사시나무 떨듯 떨었을 것이다. 또한 어떻게 할지 몰랐다. 하지만 나는 말했다.

"아주머니, 나 같은 불쌍한 계집애를 제발 놀리지 마세요. 내가 있는 게 방해가 된다면 여기서 난……."

"안 돼. 넌 나가지 못해. 거기 그대로 앉아 있어. 난 너를 해치지 않을 거고 밀고하지도 않겠다. 그냥 네 비밀을 말하고 나를 믿어라. 그 비밀을 지켜줄 거야. 더욱이 난 너를 도와줄 거야. 네가 원하면 우리 남편도 널 도울 테고. 넌 도망 나온 직공일 뿐이야. 그게 전부야. 아무 것도 아니야. 아무 해도 없어. 넌 나쁜 대우를 받았어. 그래서 도망치려고 결심한 거야. 가엾기도 하구나. 밀고는 하지 않는다. 자, 다 털어놔라. 착하기도 하지."

그리하여 더는 연극을 꾸며 보았자 소용없겠다고 나는 말했고 솔직히 고백하고 모든 것을 말할 테니 약속은 어기지 말아달라고 했다. 그러고 나서 나의 아버지와 어머니는 돌아가셨고 법에 따라 강에서 30마일이나 내륙에 있는 시골의 야비한 늙은 농부에게 가게 되었는데, 그 영감이 나를 너무 학대해서 더 참을 수 없었다고 말했다. 그 영감이 며칠 집을 비울 일이 생겼는데, 나는 그 기회를 틈타 그 집 딸의 헌 옷 몇 가지를 훔쳤고 거기서 도망 나와 30마일 오는데 사흘 밤이 걸렸으며, 밤에는 여행하고 낮에는 숨어서 잤으며, 거기서 가지고 온 빵과 고기가 든 가방이 줄곧 나를 지탱해주었고, 아직도 충분히 있다고 했다. 애브너 무어 삼촌이 나를 돌보아주리라 믿으며 그래서 이 고셴읍까지 온 것이라고 말했다.

"고셴? 얘야, 여기는 고셴이 아니다. 여기는 세인트피터즈버그란다. 고셴은 10마일이나 상류에 있단다. 여기가 고셴이라고 누가 그러디?"

"오늘 아침 동틀 무렵에 늘 하던 대로 잠을 자려고 숲으로 들어가려는데 그때 만난 어떤 사람이 그렇게 말했어요. 가다가 길이 둘로 갈라지면 오른쪽으로 가야 한다고요. 그리고 5마일만 가면 고셴이라고 그랬어요."

"술에 취한 사람이었던 모양이구나. 정반대로 가르쳐주었군그래."

"그 사람, 취한 것처럼 행동했어요. 하지만 이제 상관없어요. 그럼 그만 가보겠어요. 해가 뜨기 전까진 고셴에 닿겠지요, 뭐."

"잠깐 기다려라. 뭐 간단히 먹을 것을 싸주겠다. 필요하게 될지도 몰라."

그리하여 부인은 간단한 음식을 싸주었고 이렇게 말했다.

"저, 암소가 누웠다가 일어설 때 어느 쪽부터 먼저 일어나지? 자, 빨리 대답해. 생각하느라 멈추지 말고. 어느 쪽부터 먼저 일어나지?"

"뒤쪽부터지요."

"그럼, 말은?"

"앞쪽이오."

"나무에 이끼가 끼는 것은 대부분 어느 쪽이지?"

"북쪽이오."

"언덕 비탈에서 열다섯 마리 소들이 풀을 뜯고 있다면 같은 방향으로 머리를 두는 소는 몇 마리지?"

"열다섯 마리 전부요."

"그렇구나. 넌 시골서 자랐구나. 네가 날 또 속이려 한다는 생각이 들었단다. 자, 네 진짜 이름이 뭐지?"

"조지 피터스예요."

"조지, 그럼 그 이름을 잘 외워둬라. 여길 떠나기 전에 또 잊어버리고 알렉산더라고 말하지 마라. 그러다가 나한테 꼬리를 잡히면 조지 알렉산더라고 말하면서 빠져나가지 마라. 그리고 그 낡은 사라사 천으로 된 옷을 입고 여자들 근처를 돌아다니지 마라. 네 여자 흉내는 서툴기 짝이 없다. 하지만 어쩌면 남자들은 속일 수 있을지도 모르지. 가엾은 것아, 바늘에 실을 꿰려면 실은 움직이지 않고 바늘을 실 쪽으로 갖다 대는 게 아니야. 바늘을 가만히 두고 실을 바늘에다 꿰는 거야. 여자들은 항상 그렇게 한단다. 하지만 남자들은 늘 그 반대로 하거든. 그리고 쥐나 어떤 것에다 무얼 던질 때는 까치발로 서서 되도록 어색하게 손을 머리 위로 들고 쥐와는 6, 7피트 어긋나게 던지는 거다. 어깨를 돌아가게 하는 회전축이 있는 것처럼 어깨서부터 팔을 꼿꼿이 펴고 던지는 거야. 그래야 여자 같거든. 팔을 한쪽으로 뻗고 나서 손목과 팔꿈치로 던지는 것이 아니야. 그건 남자들이 하는 식이지. 또 명심할 것이 있는데, 무엇을 무릎으로 받으려고 할 때에는 여자는 무릎을 벌리는 거야. 네가 납덩어리를 받을 때 한 것처럼 양 무릎을 같이 모으진 않아. 네가 바늘에 실을 꿰려 할 때 네가 사내아이라는 것을 알았지. 그것을 확인하려고 다른 것들을 생각해낸 거야. 자, 사라 메리 윌리엄스 조지 알렉산더야, 이제 어서 삼촌 댁에 가거라. 그리고 문제가 생기면 주디스 로프터스 부인에게 연락해라. 그게 내 이름이다. 문제가 해결되도록 할 수 있는 데까지 도와주마. 줄곧 강둑길로 가거라. 그리고 다음에 다시 여행하려거든 구두와 양말을 신도록 해라. 강둑길은 돌투성이라서 고센에 도착할 때면 네 발이 엉망이 될 테니까."

나는 50야드가량 강둑길을 올라가고 나서 다시 발걸음을 되돌려 카누가 있는 곳으로 몰래 돌아왔다. 그 집에서는 한참 떨어진 곳이었다. 나는 급히 올라타 떠났다. 섬의 머리 부분과 나란히 될 만큼 충분히 강 상류로 올라가 강을 횡단했다. 이제 모자챙으로 가릴 필요가 없기 때문에 밀짚모자를 벗어버렸다. 강 한가운데쯤 왔을 때 시계가 울리기 시작하는 소리를 들었다. 나는 노 젓기를 멈추고 귀를 기울였다. 시곗소리는 희미하면서도 명확하게 물위를 달려왔다. 열한 시였다. 섬의 머리 부분에 닿았을 때 숨이 몹시 가빴지만 숨을 고르느라 망설이지 않고 내가 전에 야영하던 목재림 속으로 곧장 달려 들어가 턱이 져서 메마른 지점에다 모닥불을 지폈다.

그러고 나서 카누에 뛰어올라 1마일 반 아래에 있는 우리들의 장소를 향해 있는 힘껏 노를 저었다. 땅에 내리자 나는 큰 나무 사이를

뚫고 경사면을 타고 산등성이로 해서 동굴로 들어갔다. 그곳 바닥에
짐이 누워 곤히 자고 있었다. 그를 깨우고 나서 말했다.

"짐, 일어나 정신 차려! 어물어물할 시간이 없어. 우리를 쫓고 있어!"

짐은 아무것도 묻지 않았고 아무 말도 하지 않았다. 그 후 반시간
동안 그가 일하는 모습으로 보아 그가 얼마나 겁을 먹었는지 알 수 있
었다. 그 시각에는 우리는 우리가 세상에서 가진 모든 것을 뗏목에 싣
고 뗏목을 숨겨두었다. 수양버들이 우거져서 후미진 곳에서 밖으로 밀
어 나올 준비가 되어 있었다. 우리는 먼저 동굴의 모닥불을 끄고 동굴
속의 촛불 빛이 밖으로 새어나오지 않도록 했다.

나는 카누를 강변에서 약간 밖으로 끌어내고 나서 강 위를 바라보
았다. 그러나 배가 근처에 있다 해도 볼 수는 없었다. 별과 그림자로는
잘 볼 수가 없었기 때문이다. 그리고 나서 우리는 뗏목을 밀어내서 그
늘 속을 따라 미끄러져 죽은 듯이 고요한 섬 기슭을 지나갔다. 우리는
한마디도 주고받지 않았다.

12

우리가 마침내 섬 아래쪽에 왔을 때는 한 시가 되어가고 있었음에 틀림없다. 그런데 뗏목은 지독히 느리게 가는 것 같았다. 어떤 배가 이리 오면 우리는 카누에 옮겨 타고 일리노이주 강변으로 도망칠 참이었다. 배 한 척도 나타나지 않은 것은 다행이었다. 카누에다 총과 낚싯줄과 먹을 것을 실을 생각은 미처 하지 못했기 때문이다. 우리는 너무 불안했던 나머지 그렇게 여러 가지를 생각할 수 없었다. 모든 것을 뗏목에 싣는다는 것은 좋은 판단이 아니었다.

그 사람들이 섬에 오면 내가 피워놓은 모닥불을 발견하고 밤새 짐이 나타나기를 눈이 빠지게 감시할 것이라고 생각했다. 어쨌든 그네들은 우리와 멀리 떨어진 곳에 있을 것이고 설사 그네들이 내가 피운 모닥불에 속아 넘어가지 않는다 하더라도 그건 내 잘못이 아니었다. 나로서는 힘이 닿는 데까지 그네들에게 비열한 짓을 한 것이었다.

첫 햇살이 비추기 시작했을 때 우리는 일리노이주 쪽에 큰 굴곡을 이루며 흐르는 강물 속 사주에다 뗏목을 매어 놓고 도끼로 미루나무

가지들을 쳐서 그것들로 뗏목을 덮었다. 그래서 뗏목은 강둑에 생긴 우묵 들어간 곳처럼 보였다. 사주란 미루나무들이 마치 써레 이빨처럼 조밀하게 들어선 모래톱이다.

미주리주 쪽 강변에는 산들이 있었고 일리노이주 쪽에는 울창한 숲이 있었는데, 그 지점에서는 뱃길이 미주리주 쪽 강변을 따라 내려갔기 때문에 우리가 누구와 마주칠 염려는 없었다. 우리는 온종일 벌렁 누워서 뗏목들과 증기선들이 미주리 쪽 강변을 따라 돌아내려가고 상류로 향하는 증기선들은 강 한가운데서 이 거대한 강과 싸우는 것을 지켜보았다. 나는 그 부인과 지껄였던 일을 모두 짐에게 이야기해 주었다. 그러자 짐은 그 부인은 똑똑한 여자라며 부인 자신이 우리를 추적하게 된다면 그냥 앉아서 모닥불을 바라볼 사람이 아니라고 말했다. 그건 아니지. 그 부인은 개를 데리고 올 거야. 그럼 왜 부인이 남편더러 개를 데리고 가라고 말할 수 없었을까 하고 내가 짐에게 물었다. 짐은 틀림없이 남자들이 막 떠나려고 할 때서야 부인은 개에 대한 생각을 했을 거라고 말했다. 남자들은 개를 구하러 읍내로 갔던 게 분명하다는 것이다. 그러느라 시간을 다 까먹은 것이라 했다. 그렇지 않았다면 우리는 지금쯤 그 읍내에서 16~17마일이나 하류로 내려온 이 모래톱에 와 있지 않을 것이고 정말 우리는 옛 읍내에 있을 것이라 했다. 그네들이 우리를 잡지 못한 이상 우리를 잡지 못한 이유가 무엇이든 난 상관 안 한다고 말했다.

어둠이 깔리기 시작했을 때 우리는 미루나무 덤불 밖으로 머리를 내밀고 상류와 하류와 건너편을 바라보았다. 아무것도 보이지 않았다. 그래서 짐은 뗏목의 위쪽 판자 몇 장을 뜯어내어 햇볕이 내리쪼이는 날씨나 비오는 날씨에는 그 밑으로 들어가고 물건들이 젖지 않도록 하려고 아늑한 인디언식 오두막을 지었다. 짐은 이 오두막에다 마루를 만들었는데, 뗏목의 수평면보다 1피트 이상 높게 만들었기 때문에 이제 담요나 모든 물건들이 증기선이 일으키는 물결에 젖지 않게 되었다. 오두막 한복판에다 두께가 5, 6인치가량 되게 진흙을 쌓고 그 흙이 제자리에 붙어 있도록 주위에다 나무로 만든 틀을 둘렀다. 날씨가 음산하고 추울 때 불을 피울 장소였다. 오두막으로 인해 불빛이 밖에서는 보이지 않았다. 또한 우리는 여분의 노를 하나 만들었다. 물속에 있던 나무토막 같은 것에 부딪혀 몇 개 있는 노 중에서 하나가 부러질지도 모르는 일이었기 때문이다. 또한 낡은 램프를 걸 수 있는 두 갈래로 갈라진 짧은 막대기를 고정시켜놓았다. 증기선이 강물을 타고 내려오는 것이 보일 때마다 램프를 켜서 증기선이 우리를 덮치는 것을 방지하려는 거였다. 그러나 상류로 향하는 증기선은 소위 말하는 '횡단수로' 속에 있지 않는 한 램프에 불을 붙일 필요는 없었다. 강물의 수위는 아직 꽤 높아서 낮은 강둑들은 아직 물속에 좀 잠겨 있었기 때문이다. 그래서 상류로 가는 증기선은 반드시 수로를 이용할 필요는 없었고 완만한 흐름을 찾아 올라갔다.

이틀째 되는 날 밤 우리는 시속 4마일이 넘는 속도로 흐르는 물살을 타고 일곱 시간에서 여덟 시간 동안 강을 타고 내려갔다. 우리는 물고기를 잡고 이야기도 나누고 가끔 졸음을 쫓으려고 헤엄도 쳤다. 등을 밑으로 대고 누워 별들을 올려다보며 조용히 흐르는 거대한 강물 위에 떠서 둥둥 떠내려가는 것은 뭔가 장엄한 데가 있었다. 우리는 큰소리로 이야기하고 싶지도 않았고 우리가 웃는 것은 어쩌다가였고 다만 낮은 소리로 킬킬거렸을 뿐이다. 대체로 날씨는 엄청 좋았고 그날 밤도, 다음날 밤도, 그리고 그다음 날 밤도 아무 일도 일어나지 않았다.

밤마다 우리는 여러 고을을 지나쳐갔는데 어떤 읍내는 검은 언덕 비탈 위에 빛나는 불씨를 심어놓은 밭 한 뙈기 같을 뿐 집 한 채도 볼

수 없었다. 닷새째 되던 날 밤 우리는 세인트루이스를 지나갔다. 그곳
은 온 세상에 불을 밝혀놓은 것 같았다. 세인트피터즈버그에 사는 사
람들의 말로는 세인트루이스의 인구는 2만 내지 3만 명이라고 했지만,
고요한 밤 두 시에 저렇게 엄청나게 넓은 불바다를 이룬 것을 눈으로
보고서야 그 말을 믿게 되었다. 거기에는 소리 하나 없었다. 모든 인간
은 잠자코 있었다.

　이제 밤마다 나는 열 시경이면 몰래 땅에 올라 어떤 작은 마을에
가서 10에서 15센트어치의 옥수수 가루나 베이컨이나 다른 먹을 것을
샀으며 때로 횃대 위에 불편한 잠을 자는 닭을 훔쳐 돌아오기도 했다.
기회만 있으면 닭을 훔치라고 아빠는 늘 말했다. 내가 닭을 원하지 않
더라도 그걸 원하는 사람은 얼마든지 있기 때문이며 또한 착한 행동은

절대로 잊히지 않기 때문이라는 것이었다. 아빠 자신이 닭을 원하지 않는 것을 나는 본 적이 없다. 여하튼 아빠는 늘 그런 말을 하곤 했다.

아침마다, 그러니까 해뜨기 전에 나는 옥수수 밭으로 몰래 들어가 수박이나 머스크멜론이나 호박이나 새 옥수수나 그와 비슷한 것들을 빌렸다. 나중에 갚을 생각이 있다면 물건을 빌리는 것은 나쁘지 않다고 아빠는 늘 말했다. 그러나 과부댁은 그건 훔친다는 말을 부드럽게 표현한 것에 불과하기 때문에 착한 사람은 그런 짓은 하지 않을 것이라고 말했다. 짐은 자기는 과부댁의 말에도 일리가 있고 아빠의 말에도 일리가 있다 생각한다고 했다. 그러니까 제일 좋은 방법은 목록을 만들어서 두세 개를 뽑아 그 이상의 것은 빌리지 않기로 하는 것이었다. 그러면 나머지 것들은 빌려도 아무 상관없다고 짐은 생각했다. 그래서 우리들은 어느 날 밤 강물을 따라 떠가면서 밤새껏 그 문제를 두고 이야기했다. 목록에서 수박을 뺄 것인가, 칸탈루프멜론을 뺄 것인가, 머스크멜론을 뺄 것인가 아니면 다른 어떤 것을 뺄 것인가를 결정하려고 노력했다. 그러나 날이 밝아올 무렵 우리는 만족할 만한 결론에 이르러 야생능금과 감을 빼기로 결론을 지었다. 그 결정이 있기 전까지는 우리의 마음은 편치 않았는데 이제는 마음이 편안했다. 그러한 결론이 나온 것에 나는 기뻤다. 왜냐하면 야생능금은 영 맛이 없었고 감은 아직 두세 달이 지나야 익을 것이기 때문이었다.

우리는 이따금 총으로 물새를 잡았는데, 그런 새들은 아침에 너무 일찍 일어났거나 저녁에 일찍 잠자리에 들지 않은 것들이었다. 대체로 우리는 호화판 생활을 했다.

세인트루이스를 지난 지 닷새째 되던 날 밤 자정이 지난 시간에 무서운 힘을 내뿜는, 천둥과 번개를 동반한 큰 폭풍을 만났다. 비는 딱딱한 널빤지 모양으로 퍼부었다. 우리는 오두막 속에서 꼼짝하지 않고 뗏목더러 혼자 알아서 하라고 했다. 번갯불이 번쩍하며 섬광을 번득일 때 우리는 앞에는 크고 곧은 강을, 양편으로는 높은 바위 절벽을 볼 수 있었다. 이윽고 "여봐, 짐, 저쪽 좀 봐!" 하고 내가 말했다. 그것은 바위에 부딪혀 난파한 증기선이었다. 우리는 그 배를 향해 녹바로 떠내려가고 있었다. 번갯불이 그 배의 모습을 똑똑히 보여주었다. 증기선은 위 갑판의 일부만 물위에 드러낸 채 한쪽으로 비스듬히 기울어졌으며 번개가 번쩍번쩍할 때마다 작은 굴뚝 받침줄 하나하나가 또렷하게 보였고 커다란 종 옆의 의자와 그 의자 등받이에 걸린 낡은 중절모가 보였다.

밤은 깊어지고 폭풍은 몰아치고 모든 게 매우 신비롭게 느껴졌기 때문에 강 한가운데에 저렇게 슬프고 외롭게 누운 난파선을 볼 때 나는 여느 소년이 느꼈을 감정과 다름없는 감정을 느꼈다. 나는 그 갑판으로 올라가 좀 이리저리 돌아다니며 거기에 무엇이 있나 보고 싶었다. 그래서 내가 말했다.

"짐, 우리 저 배에 올라가자."

그러나 처음에 짐은 완강히 반대했다. 짐이 말했다.

"난 난파선에 올라가 빈둥거리고 싶지 않아. 지금 우린 욕심을 부리는디 성경 말씀대로 욕심은 버리는 게 좋을 것 같어. 모르긴 몰러도 저 난파선엔 지키는 사람이 있을 거여."

"지키는 사람 좋아하네. 상갑판실과 조타실 빼고는 지킬 게 없어. 언제 부서져 강 아래로 떠내려갈지 모르는 판에 상갑판실과 조타실을 지키려고 이 밤중에 제 목숨을 걸 사람이 있을 것 같아?"

내가 말했다.

내 말에 짐은 아무 말도 할 수 없었고 또 말하려 들지도 않았다. 내가 말을 이었다.

"그거 말고도. 선장실에 값이 나가는 것이라도 있으면 빌려올 수도 있지 않아? 틀림없이 시가 담배가 있을 거야. 한 개비에 5센트짜리지. 현금이나 같아. 증기선의 선장은 늘 부자야. 월급이 60달러나 돼. 알다시피 선장들은 무얼 갖고 싶으면 값이 얼마인지는 상관도 안 해. 짐, 주머니에 양초 하나 집어넣으라고. 저 배를 뒤지지 않고는 난 가만히 있을 수 없어. 톰 소여 같으면 이걸 그냥 지나칠 것 같아? 천만에. 절대로 그대로 두지 않지. 톰은 이걸 모험이라고 부를 거야. 맞아. 그렇게 부르고말고. 톰은 목숨을 잃는다 해도 저 난파선에 올라갈 거야. 또한 그 애는 해도 멋지게 할 거야. 그리고 뻐기고 다니지 않겠어? 틀림없어. 천국을 발견한 크리스토퍼 콜럼버스처럼 행세할 거야. 지금 톰 소여가 여기 있으면 얼마나 좋을까."

짐은 좀 투덜대더니 수그러졌다. 짐은 되도록 말하지 말 것이며 말을 해도 아주 낮은 목소리로 하자고 했다. 때마침 번갯불이 번쩍하더니 다시 난파선이 보였다. 우리는 우현 기중기에 이르러 그곳에다 뗏목을 잡아매었다.

이쪽 갑판은 높이 우뚝 서 있었다. 우리는 어둠 속에서 갑판 경사면을 왼쪽으로 내려가며 상갑판실로 살금살금 걸어갔다. 발로 천천히 길을 더듬으며 양손을 뻗어 받침 쇠줄을 피했다. 너무 컴컴해서 그 쇠줄들이 보이지 않았기 때문이다. 곧 우리는 채광창 앞쪽 끝에 도달하여 그 위로 기어올랐다. 다시 발걸음을 내딛자 선장실 문 앞에 다다랐는데, 문이 열려 있었다. 그런데 놀랍게도 상갑판실 저 아래쪽에 등불이 켜진 것이 보였다. 동시에 저쪽에서 낮은 사람 목소리가 들리는 것 같았다!

짐은 속이 몹시 메스껍다고 속삭이며 돌아가자고 했다. 내가 그러자고 대꾸하고 뗏목 있는 곳으로 막 떠나려는데, 바로 그때 울부짖는 사람의 소리가 들렸다. 그 목소리는 말했다.

"오, 제발. 이보게들, 그러지 마! 맹세코 난 절대로 말하지 않을 테니까."

다른 목소리가 큰 소리로 말했다.

"짐 터너, 거짓말 마. 넌 전에도 이런 식으로 행동했어. 넌 늘 많은 몫을 원했어. 또 많이 안 주면 폭로하겠다고 위협하여 늘 큰 몫을 차지했던 놈이 너야. 이번에도 넌 딱 이번만 한 번 봐달라고 그러는데 넌 그 말을 너무 자주 써먹었어. 넌 이 나라에서 제일 비열하고 배신을 제일 잘하는 사냥개 같은 놈이야."

이때쯤에는 짐은 뗏목 있는 곳으로 가서 내 옆에 없었다. 나는 호기심에 속이 탈 뿐이었다. 톰 소여 같으면 이런 때 물러나지 않을 거야. 나도 마찬가지다 하고 속으로 생각했다. 나는 여기서 벌어질 일을 볼 참이었다. 그래서 손과 무릎이 바닥에 닿도록 엎드려 어둠 속에서 좁은 통로를 기어갔다. 마침내 나와 상갑판실 입구 사이에는 특실 하나밖에 없는 지점에 이르렀다. 그 방 안에는 한 사나이가 손과 발이 묶인 채 바닥에 길게 누워 있었고 두 남자가 그를 내려다보며 서 있었다. 한 남자는 손에 희미한 램프를 들었고 또 한 남자는 권총을 들었다. 이 남자는 바닥에 누운 남자의 머리에 권총을 겨누고 서서 말했다.

"한 방 쏴주고 싶군! 이 비열한 스컹크 같은 놈, 마땅히 쏴줘야 해!"

마룻바닥에 누운 남자는 몸을 잔뜩 웅크리고 말했다.

"오, 빌, 제발 그러지 마. 난 죽어도 탄로내지 않을 테니."

바닥에 누운 남자가 말을 할 때마다 램프를 든 남자는 웃으며 말했다.

"정말 탄로내지 않는다고? 이제야 참말 한번 하는군그래."

그가 말을 이었다.

"애걸하는 소리 들어봐! 우리가 저놈을 제압해서 묶어놓지 않았다면 저놈은 우리 둘을 죽였을 거야. 왜 우릴 죽여? 그냥 죽였겠지. 우리가 우리의 권리를 주장했기 때문이지. 이유는 그뿐이야. 하지만 짐 터너, 넌 더는 누구도 위협하지 못할 거다. 빌, 그 권총 치워."

빌이 말했다.

"잭 패커드, 치우긴 왜 치워. 난 이놈을 죽일 테야. 이놈이 꼭 이런 식으로 늙은 해트필드를 죽이지 않았어? 그러니 이놈도 죽어야 싸지 않아?"

"근데 난 이놈을 죽이기 싫단 말이야. 그럴 만한 이유가 있다고."

"잭 패커드, 그렇게 말해주니 고마워. 내 죽을 때까지 자네를 잊지 않을게."

바닥에 누운 남자가 우는 목소리로 말했다.

패커드는 그 말을 듣는 둥 마는 둥 아무 반응을 보이지 않고 램프를 못에 걸고는 어둠 속에 숨은 내가 있는 쪽으로 걸어오며 빌에게도 따라오라고 손짓했다. 나는 되도록 빨리 2아드쯤 뒤로 물러났다. 그러나 배가 기울어진 상태라 그게 쉽지 않았다. 그들과 충돌하여 붙잡히지 않으려고 위쪽 특등실로 기어 들어갔다. 그 남자는 어둠 속을 디듬어 왔다. 패커드가 내가 있는 특등실로 와서는 이렇게 말했다.

"여기야. 이리 들어와."

그리하여 패커드가 들어오고 빌이 그 뒤를 따라 들어왔다. 그러나 그들이 방에 들어오기 전에 나는 궁지에 몰린 채 위쪽 침대에 올라가 있었다. 여기에 온 것이 후회가 되었다. 다음 순간 그들은 침대의 가로 대 위에 손을 얹고 그곳에 서서 이야기를 했다. 그들을 볼 수는 없었지만 그들이 마시고 있는 위스키 냄새로 그들이 어디 있는지를 알 수 있었다. 내가 위스키를 마시지 못한 것은 다행이었다. 하지만 여하튼 내가 위스키를 마셨더라도 상관없는 일이었다. 왜냐하면 나는 줄곧 숨을 쉬지 않고 있었기 때문에 그들은 위에 있는 나를 쫓아올 수 없었다. 지독히 겁이 났다. 게다가 숨을 쉬고는 그들의 이야기를 들을 수 없었다. 그들은 낮은 목소리로 진지하게 이야기했다. 빌은 터너를 죽이고 싶어 했다. 그가 말했다.

"놈은 밀고하겠다고 말했으니까 밀고하고 말 거야. 이런 소동을 부리며 놈을 혼내준 이상 우리 둘의 몫을 놈에게 주어도 아무 소용없을 거야. 틀림없이 놈은 공범자 증언을 우리에게 불리하게 할 거야. 그러니까 내 말 들어. 놈이 말썽부리지 않게 놈을 죽여버리는 거야."

"그건 나도 동감이야."

패커드가 아주 조용히 말했다.

"젠장. 난 자네가 나와 달리 생각하는 줄 알았지. 자, 그러면 됐어. 가서 해치우자고."

"잠깐만 기다려. 아직 내 말 끝나지 않았어. 내 말 들어보라고. 쏴 죽이는 것도 좋지만 꼭 죽여야 한다면 좀 더 조용한 방법이 있어. 내 말은 이런 거야. 같은 효과도 내고 동시에 위험이 따르지 않는 어떤 방법으로 우리가 목표한 바를 달성할 수 있다면 구태여 목을 매달 밧줄을 찾아다니는 건 현명치 않아. 안 그래?"

"그건 그렇지. 근데 이번엔 어떻게 처리할 건가?"

"저, 내 생각은 이래. 특등실들을 돌아보고 빠뜨린 물건들을 모두 모아서 강변으로 가져가 감춰두는 거야. 그러고 나서 기다리자고. 앞으로 두 시간도 못 가서 이 난파선은 산산조각이 나 하류로 떠내려갈 거야. 알겠어? 놈은 물에 빠져 죽을 거고 탓할 사람도 아무도 없을 거야. 다 제 잘못이지. 놈을 죽이는 것보다는 그게 훨씬 모양새가 좋다고

생각해. 다른 방법이 있는 한 사람을 죽이는 것에 난 반대야. 지각 없는 일일뿐디리 양심이 없는 노릇이니까. 내 말 맞지?"

"그래. 자네 말이 맞는 것 같군. 그런데 배가 산산조각이 나서 떠내려가야 할 텐데 그러시 않으면 어벅하시?"

"여하튼 두 시간 기다렸다 두고 보면 되지 않겠어?"

"그럼 됐어. 따라와."

그리하여 두 남자는 거기를 떠났다. 나는 온몸이 식은땀으로 젖은 채 쏜살같이 그곳을 빠져나와 앞으로 기어갔다. 그곳은 칠흑같이 캄캄했다. 나는 쉰 목소리로 "짐" 하고 속삭였다. 짐은 내 팔꿈치 바로 옆에서 일종의 신음 소리 같은 목소리로 응답했다. 내가 말했다.

"짐, 어서 서둘러. 꾸물거리고 신음 소리 낼 시간 없어. 저 너머에 살인자들이 있어. 우리가 놈들의 보트를 찾아내어 놈들이 이 난파선에서 도망치지 못하게 그것을 강 아래로 떠내려보내지 않으면 그중 한 놈이 큰 곤경에 빠진단 말이야. 우리가 놈들의 보트를 찾아내면 놈들 모두를 곤경에 빠뜨릴 수 있어. 보안관이 놈들을 체포할 테니까. 자, 빨리 서둘러! 짐은 오른쪽을 찾아봐. 난 왼쪽을 찾아볼 테니까. 뗏목 있는 데서 시작해. 그리고……"

"오, 하느님 맙소사! 뗏목? 뗏목이 없어졌구먼그려. 매논 밧줄이 끊어져서 떠내려갔단 말여! 우릴 여기 두고 말여!"

13

나는 숨이 막혀 거의 기절할 것 같았다. 저런 갱들과 함께 난파선에 갇히다니 원! 그러나 감상에 젖어 있을 때가 아니었다. 이제 우리는 그 보트를 찾아내야 했다. 찾아내서 우리들 것으로 만들어야만 했다. 그래서 우리는 몸을 덜덜 떨며 우현 쪽으로 내려갔다. 빨리 되는 일이 아니었다. 고물까지 가는 데 일주일이나 걸린 것 같았다. 보트는 그림자도 없었다. 짐은 더는 앞으로 나아갈 수 없을 것 같다고 말했다. 어찌나 무서운지 그만 기운이 하나도 남지 않았다는 것이다. 그러나 우리가 이 난파선에 남으면 틀림없이 곤경에 빠질 테니까 힘을 내라고 내가 말했다. 그리하여 우리는 다시 엉금엉금 기어갔다. 우리는 상갑판의 뒷부분을 향해 가서 보트를 찾아내고서는 채광창 위를 덧문에서 덧문으로 매달리며 앞으로 나아갔다. 채광창 끝부분은 물에 잠겨 있었기 때문이다. 복도의 문 바로 가까이에 도달했을 때 아니나 다를까 소형 보트가 있었다. 겨우 어스름하게 나는 그것을 볼 수 있었다. 매우 감사한 일이었다. 다음 순간 내가 그 보트에 타려고 할 때였다. 문이 열렸다. 놈들 중 한 놈이 나에게서 2, 3피트 떨어진 거리에서 머리를 내밀었다. 나는 이제 죽었구나 하고 생각했다. 그놈은 다시 머리를 집어넣더니 말했다.

"빌, 그 빌어먹을 램프는 치워!"

그놈은 무언가를 담은 보따리 하나를 보트 속으로 던져 넣고 나서 자기도 올라타 앉았다. 패커드였다. 다음으로 빌이 나와 보트에 탔다. 패커드가 낮은 목소리로 말했다.

"준비 끝. 자, 배를 밀어!"

나는 너무나 기운이 빠져 덧문에 거의 매달려 있을 수 없었다. 그런데 빌이 말했다.

"잠깐 기다려. 그놈 몸 수색해봤나?"

"아니, 너는?"

"아니. 그럼 그놈은 제 몫의 현금을 아직 가지고 있겠는걸."

"그럼 따라와. 물건만 가져오고 돈은 놔두다니 그게 무슨 소용 있겠느냐 말이야."

"그럼 말이야, 놈이 우리의 의도를 의심하지 않을까?"

"아마 의심하지 않을 거야. 하지만 우리는 여하간에 그 돈을 가져야 해. 자, 따라와."

그리하여 그들은 배에서 내려 안으로 들어갔다.

문이 쾅 하는 소리를 내며 닫혔다. 문이 기울어진 쪽에 있었기 때문이다. 순식간에 나는 보트에 탔고 짐도 허둥지둥 내 뒤를 따랐다. 나는 칼을 꺼내 밧줄을 자르고 그 자리를 떠났다.

우리는 노에는 손도 대지 않았고 말도 하지 않고 속삭이지도 않고 거의 숨도 쉬지 않았다. 보트를 탄 우리들은 죽은 듯이 조용히 빠른 속도로 미끄러져 나가며 외륜 덮개의 끝을 지나고 고물을 지나 1, 2초가 더 지난 뒤 난파선 아래쪽으로 백 야드가량 내려와 있었다. 그때 어둠이 난파선을 삼켜버리는 바람에 난파선은 그림자도 보이지 않았다. 우리는 안전했다. 또 우리는 살았다는 것을 알았다.

강의 하류로 3, 4백 야드쯤 내려왔을 때 우리는 상갑판실 문에서 램프가 잠시 작은 섬광처럼 빛나는 것을 보았다. 우리는 그 불빛으로 미루어 그 악당들도 이제 짐 터너와 같은 곤경에 처했다는 것을 깨닫기 시작했음을 알았다.

그리고 나서 짐은 노를 집어 들었다. 그리하여 우리는 우리의 뗏목을 찾아보았다. 이때 비로소 나는 그 세 사람에 대해 걱정하기 시작했다. 그전까지는 그런 걱정을 할 시간이 없었던 것 같다. 아무리 살인자들이라 하더라도 그러한 곤경에 빠진다면 얼마나 무서울까 생각했다. 나 자신도 살인자가 되지 않는다고는 말할 수 없는 일이며 그렇게 된다면 기분이 어떨까 하고 속으로 생각했다. 그래서 나는 짐에게 말했다.

"첫 번째 불빛이 보이면 그 하류나 상류 쪽으로 백 야드 떨어진 곳에 상륙하기로 해. 짐과 배를 숨길 좋은 장소에 말이야. 그러면 나는 이야기를 꾸며대며 어떤 사람더러 그 갱들을 찾아가 그들을 곤경에서 구해주라고 할 테야. 그렇게 되면 갱들은 때가 되면 교수형에 처해질 거니까."

그러나 그 생각은 실패했다. 다시 말해서 곧 폭풍이 불기 시작했으며 이번 폭풍은 이제까지 것보다 더 악성이었다. 비가 억수로 퍼붓는 통에 불빛이 한 개도 보이지 않았다. 모두가 자고 있다는 생각이 들었다. 우리는 불빛을 찾으랴 뗏목을 찾으랴 힘차게 강을 내려갔다. 한참만에 비는 그쳤지만 구름은 걷히지 않았고 번갯불은 계속 흐느꼈는데, 이윽고 번개의 섬광이 우리에게 저 앞에 떠 있는 검은 물체를 보여주었다. 우리는 그것을 향해 달렸다.

뗏목이었다. 그것에 다시 올라타게 되어 우리는 너무나 기뻤다. 이 때 하류 오른쪽 강가에 불빛이 있는 것이 보였다. 그래서 나는 그곳에 가보겠다고 말했다. 소형 보트는 악당들이 난파선에서 훔친 약탈품으로 반이나 차 있었다. 우리는 뗏목 위로 옮겨 쌓아두었고 나는 짐에게 그대로 떠내려가다가 2마일가량 왔다고 판단되거든 내가 돌아올 때까지 불을 켜고 있으라고 일렀다. 그러고 나서 나는 노를 잡고 불빛을 향해 전진했다. 그 불빛 쪽으로 접근하자 불빛 서너 개가 더 보였는데 모두 언덕의 경사면 위에 있었다. 그곳은 한 마을이었다. 나는 강가에서 빛나는 불 가까이 접근하고 나서 노에서 손을 떼고 그냥 떠내려갔다. 옆을 지나가면서 내가 본 것은 두 척을 묶은 나룻배의 이물 깃대에 매달린 램프였다. 망보는 사람이 어디서 자고 있을까를 궁금하게 여기며 여기저기 찾아보았다. 이윽고 머리를 무릎 사이에다 처박고 이물 쪽 밧줄 감는 말뚝 위에 앉아 자는 사람을 발견했다. 나는 그의 어깨를 두세 번 가볍게 떼밀고는 울기 시작했다. 그 남자는 좀 놀란 듯이 몸을 일으켰다. 그러나 그게 나라는 것을 보고는 하품을 크게 하고 기지개를 켜고는 이렇게 말했다.

"애야, 무슨 일이 있느냐? 울지 마라. 무슨 문제라도 생겼느냐?"

내가 말했다.

"아빠하고 엄마하고 누나하고…….."

그러고는 나는 울음을 터뜨렸다. 그 남자가 말했다.

"젠장. 그렇게 조바심하지 마라. 사람은 누구나 어려운 일을 당하는 법인 데다 그냥저냥 살게 마련이란다. 그래, 네 식구들이 어찌 됐다는 거냐?"

"우리 식구들은…… 우리 식구들은…… 아저씨는 이 배를 지키는 분인가요?"

"그렇다."

그는 꽤 만족한 것처럼 말했다.

"난 이 배의 선장에다 주인이기도 하고 항해사이기도 하고 키잡이이기도 하고 경비원에다 갑판원 반장이기도 하지. 때로 나는 화물이며 동시에 승객도 되지. 난 짐 혼백 영감처럼 그런 부자가 아니어서 톰이니 딕이니 해리니 하는 아무 사람들에게도 인심을 쓰고 잘해줄 순 없단다. 하지만 그 영감하고 서로 자리를 바꾸지는 않겠다고 내 몇 번을 말했는지 몰라. 선원 생활이 내 생활이니까. 아무 일도 생전 일어나지 않는 읍내 밖으로 2마일 되는 곳에서 사느니 난 죽어버려. 영감의 모든 돈을 다 준다 해도, 아니 거기에다 돈을 얼마를 더 얹어준데도 난 그런 곳에선 살지 않을 거야. 내 말은……"

나는 그의 말을 낚아채 말했다.

"그들은 지금 지독한 곤경에 빠져 있다고요. 그래서……"

"누구 말이냐?"

"참, 우리 아빠, 엄마, 누이하고 후커 양 말이에요. 아저씨가 이 나룻배를 가지고 그리 올라가시면……."

"올라가다니 어딜 말하는 거냐? 그 사람들 어디 있는데?"

"난파선에요."

"난파선이라니, 무슨 난파선?"

"난파선이 하나밖에 더 있겠어요?"

"뭐라고? 월터 스콧 호는 아니겠지?"

"바로 그 배에요."

"이걸 어쩌나! 도대체 거기서 무엇들을 하는 거냐?"

"일부러 거기 간 건 아니에요."

"그야 그렇겠지. 큰일이군. 빨리 거길 벗어나지 않으면 그들이 살 가망은 없어! 참말로, 어쩌다가 그런 궁지에 빠졌지?"

"뻔해요. 후커 양이 저 위에 있는 읍내를 방문하러 가는 중이었는데……."

"그럼, 부스 랜딩 나루터를 말하는구나. 자, 어서 말을 계속해 봐."

"후커 양은 부스 랜딩을 방문할 참이었어요. 그래서 해질 무렵 이름은 잊어버렸는데 자기 친구 아무개 양네 집에서 그날 밤을 묵을 생각으로 검둥이 하녀와 말 마차까지 싣는 나룻배를 타고 강을 건너가고 있었는데, 그만 키잡이 노를 잃어버리는 바람에 배는 방향을 잃고 돌아가서 고물이 앞이 된 채 2마일이나 떠내려가다가 그 난파선과 충돌했어요. 그래서 사공과 검둥이 하녀와 말들은 모두 물에 빠져 죽고 오직 후커 양만이 난파선을 잡고 그 위로 올라왔던 거예요. 그런데 어두워진 지 한 시간가량 지나 우리는 장삿배를 타고 내려가고 있었는데 너무 어두워서 그것에 부딪히기까지 난파선을 못 봤어요. 그러니까 우린 난파선에 부딪힌 거였어요. 우리는 빌 위플만 빼고 다 구조되었지요. 아, 참, 그처럼 좋은 놈은 없었는데! 차라리 그 애 대신 내가 죽었어야 하는 건데, 이건 정말이에요."

"맙소사! 이렇게 참혹할 수가 있나! 그래서 어떻게들 했느냐?"

"그래서 우린 외쳐대며 조바심했지요. 하지만 강이 워낙 넓어서 누구도 우리가 외치는 소리를 들을 수 없었어요. 그래서 아빠가 말했어요. 누구든 뭍에 가서 어떻게든 도움을 청해야 한다고요. 그런데 수영할 줄 아는 사람은 나밖에 없어서 내가 뛰어들었어요. 그런데 후커 양이 말하더군요. 도움을 빨리 얻지 못하면 이리 와서 자기 삼촌을 찾으라고 하더군요. 그러면 그 삼촌이 일을 처리하실 거라고요. 그래서 나는 여기서 1마일가량 아래쪽 강변에 올라와서 줄곧 이리저리 헤매면서 무언가 도와줄 사람을 찾아보았어요. 한데 사람들은 말하더군요. '뭐라고? 이 밤에? 이 물살에? 소용없는 소릴랑 그만 두거라. 증기선이나 찾아봐라.' 그러니 만약에 아저씨가 가주신다면……."

"맹세코 말인데, 나는 가주고 싶지. 젠장, 왠진 모르지만 가주고 싶지. 근데 대관절 사례는 누가 하는 거냐? 네 생각엔 네 아빠가……."

"그건 문제없어요. 후커 양이 말했어요. 특히 자기 삼촌 혼백 영감님이……."

"에구머니나! 그분이 바로 후커 양의 삼촌이냐? 이봐라. 저기 불빛이 보이는 곳까지 달려가서 거기 닿거든 서쪽으로 돌아라. 거기서 4분의 1마일쯤 가면 주막이 나올 거다. 사람들에게 짐 혼백 영감 댁까지 데려가 달라고 말하고 그 영감이 돈을 치를 거라고 말해라. 영감님이 그 소식을 듣고 싶어 할 테니까 우물우물 지체하면 못쓴다. 그분이 읍내에 오기 전에 내가 조카따님을 안전하게 모셔오겠다고 전해라. 자, 힘내거라. 나도 요 모퉁이를 돌아가 내 기관사를 깨워야겠다."

나는 그 불빛 있는 곳을 향해 달려갔지만 그 남자가 모퉁이를 돌

자마자 다시 발걸음을 돌려 내 보트로 돌아와 바닥에 고인 물을 퍼내고 나서 6백 야드가량 물살이 약한 물가를 따라 올라가 몇 척의 목선 사이에 숨었다. 그 나룻배가 떠나는 것을 볼 때까지는 안심이 되지 않았기 때문이다. 그러나 대체적으로 보아 내가 그 악당들을 위해 이러한 수고를 한 것 때문에 내 마음은 적이 편안했다. 이런 수고는 많은 사람이 할 수 있는 것이 아니기 때문이다. 과부댁도 이것을 알았으면 싶었다. 내가 이런 악당 놈들을 도운 것에 대해 과부댁은 자부심을 느낄 것이라고 판단했다. 왜냐하면 악당들과 사기꾼들이야말로 과부댁과 착한 사람들이 가장 큰 관심을 가진 인간들이기 때문이다.

그런데 얼마 지나지 않아 난파선이 희미하고 어두운 그림자처럼 떠내려오는 게 아닌가! 내 온몸에 오싹 소름이 끼쳤다. 그리하여 나는 난파선을 향해 힘껏 노를 저어갔다. 난파선은 물속으로 깊이 가라앉았기 때문에 그 안에 어떤 인간이 살아 있을 가능성이 거의 없다는 것을 나는 즉시 알아차렸다. 나는 그 배 주위를 돌며 소리를 질러보았지만 아무 응답도 없었다. 사방은 죽은 듯이 고요했다. 내 마음은 악당들 때문에 좀 무거웠지만 그다지 무겁진 않았다. 그놈들이 그걸 견딜수 있다면 나도 그렇다고 생각했다. 다음 순간 그 나룻배가 왔다. 나는 긴 하류로 기울어져 흘러가는 물살을 타고 강 한가운데로 들어갔다. 사람 눈이 닿을 수 없는 곳까지 왔다고 판단되었을 때 나는 두 개의 노를 손에서 놓고 돌아다보았다. 나룻배가 후커 양의 유품을 찾아 난파선 주위를 냄새 맡듯 돌아다니는 것이 보였다. 그녀의 혼백 삼촌이 유품을 원하리란 것을 나룻배 선장은 알았기 때문이다. 그러고 나서 곧 나룻배는 찾는 일을 포기하고 강가로 향했다. 나는 노를 젓기 시작해 강 하류로 속력을 내며 내려갔다.

짐이 켜놓은 불빛이 보이기까지는 엄청 긴 시간이 흐른 것 같았다. 불빛이 보였을 때 그것은 마치 천 마일 저쪽에 있는 것 같았다. 그 불빛에 도달했을 무렵엔 동쪽 하늘이 부옇게 밝아오기 시작했다. 그리하여 우리는 어떤 섬으로 가서 뗏목을 숨기고 보트는 물속으로 가라앉히고 나서 숲으로 들어가 죽은 사람들처럼 깊은 잠에 빠졌다.

14

이윽고 눈을 떴을 때 우리는 악당들이 난파선에서 훔쳐낸 물품들을 뒤적여보았다. 그리하여 장화, 담요, 옷가지, 여러 가지 별의별 물건들, 많은 책들, 망원경, 게다가 세 상자나 되는 시가 담배 등을 발견했다. 짐이나 나나 평생 이렇게 부자가 된 적은 없었다. 시가는 최고급이었다. 우리는 오후 내내 숲속에서 아무 일도 하지 않고 이야기하며 보냈고 나는 책들도 읽으면서 즐겁게 시간을 보냈다. 나는 짐에게 난파선 내부에서 일어났던 일과 나룻배에서 있었던 일에 대해 이야기해주었다. 이런 것들이 모험이라고 말하자 짐은 이제 더는 모험을 원치 않는다고 말했다. 짐이 말하기를 내가 상갑판실로 가고 자기는 뗏목을 타려고 기어 돌아와서 뗏목이 없어진 것을 보았을 때 거의 죽는 줄 알았다는 것이다. 아무리 머리를 짜보아도 이젠 자기는 끝났다고 판단했다. 구조받지 못한다면 물에 빠져 죽을 것이고 혹시 구조가 된다면 구해준 사람이 보상금을 받으려고 그를 집으로 돌려보낼 것이기 때문이었다. 그렇게 되면 미스 왓슨은 틀림없이 그를 남부 지방으로 팔아버릴 것이라고 말했다. 그의 말은 옳았다. 그는 거의 항상 옳았다. 짐은 검둥이치고 비상한 머리를 가지고 있었다.

나는 짐에게 왕들, 공작들, 백작들과 같은 것들에 대해 많이 읽어주었다. 또한 그들이 얼마나 화려하게 옷을 입었고 얼마나 멋들을 부렸으며, 서로를 폐하, 전하, 각하 등, 아무개 씨라고 부르지 않고 그렇게 불렀다고 말해주었다. 짐은 눈을 튀어나올 듯 뜨고 매우 재미있어 했다. 짐이 말했다.

"난 그런 사람들이 그래 많은 줄 몰랐구만. 난 늙은 솔로몬 왕 빼믄 그런 사람들 야그는 거이 암것도 들어본 적 없어. 트럼프 카드에 나오는 왕들 빼고는 어디 들어봤어야지. 왕은 월급을 월매나 받는감?"

"월급을 받아? 원하기만 하면 한 달에 1천 달러도 받겠지. 그들은 원하는 만큼 가질 수 있어. 모든 게 그들 거니까."

"그거 좋겠는디? 헉, 그러면 그들은 뭘 해야 하지?"

"아무것도 안 해. 꼭 말하는 것 하곤. 그들은 그냥 앉아서 시간을 보낸다고."

"설마, 고런 일도 있는 거여?"

"물론 있지. 그냥 앉아 있다니까. 전쟁이 났을 때는 그러지 않을지도 모르지. 전쟁이 나면 그들도 전쟁에 나가. 하지만 그렇지 않을 때는 그저 빈둥거려. 아니면 매 사냥을 나가는 거야. 그냥 매 사냥하다가…… 쉿! 무슨 소리 듣지 못했어?"

우리는 뛰쳐나가 살폈다. 그러나 그건 다만 증기선 타륜이 내는 소리였다. 저 아래 갑을 돌아오는 증기선이었다. 그래서 우리는 돌아왔다.

내가 말을 계속했다.

"그런데 일이 없어 심심할 때는 왕은 의회와 시비를 걸어. 모든 사람이 말을 잘 안 들으면 왕은 그들의 목을 잘라버려. 그러나 대개 왕은 후궁 주위를 맴돌아."

"어디를 맴돈다고 그랬남?"

"후궁."

"후궁이 뭐여?"

"자기 마누라들을 보관하는 곳이야. 후궁에 대해서 몰라? 솔로몬 왕도 하나 가지고 있었는데 마누라가 백만 명이나 됐어."

"맞어. 그랬어. 내 깜빡 잊었구만. 후궁은 내 생각인디 기숙사 아닌가베? 십중팔구 그 애들 방은 지독히 시끄러울 거구. 마누라들은 꽤나 말쌈을 벌일 거구먼. 그래서 더 시끄럽겠구먼. 그런디 솔로몬 왕이 이 세상에 산 사람 중에서 그중 똑똑한 사람이라구들 하더만서두. 난 그 말 못 믿는다니께. 무엇 땜에 그러냐구? 똑똑한 사람이 늘 그런 난장판 한가운데서 살고 싶겠남? 어림도 없지. 정말 그런 데선 살고 싶지 않을 거여. 똑똑한 사람이면 보일러 공장을 세울겨. 쉬고 싶으면 보일러 공장을 닫아버릴 수 있응께."

"하지만 여하튼 솔로몬 왕은 가장 현명한 사람이었어. 과부댁이 직접 나한테 그렇게 말해줬으니까."

"난 과부댁이 말한 건 상관 안 혀. 솔로몬 왕은 똑똑한 사람이 아니여. 난 아직 아버지가 그런 짓을 하는 건 보질 못했단 말이여. 그 왕이 두 동강이루 자르려던 아기 얘기 아남?"

"알지. 과부댁이 나한테 모두 이야기해줬어."

"됐어, 그럼. 시상에 그런 참혹한 생각이 또 워디에 있겠느냐 말이여. 1분만 그걸 생각해봐. 저기, 저기 나무 그루터기가 있잖남. 저걸 여자 중 하나로 친다 이 말이여. 여기 니가 있구. 넌 그 다른 여자로 치구. 난 솔로몬 왕이여. 여기 있는 1달러짜리가 어린애구. 너희 둘이 그

걸 자기애라고 주장하는 거여. 그럼 난 어떡하지? 난 이웃사람들 사이를 돌아다니면서 이 1달러짜리가 누구 건지 알아내서 온전한 지폐를 제 임자에게 넘겨줄 것 아니여? 상식 있는 사람이면 누구나 하는 식으로 말여. 아니지. 난 솔로몬 왕이니께 그 1달러짜리를 둘로 찢어서 하나는 니한테 주구 나머지 반쪽은 다른 여자에게 준단 이 말이여. 솔로몬 왕이 아기를 가지고 할려구 했던 일이 바로 그거여. 내가 니한테 이제 물어볼텨. 그 반쪽짜리가 무슨 쓸모가 있을라구? 그걸 가지곤 아무것도 사지 못햐. 그 반쪽 애는 어디다 쓴다지? 그런 아이 백만 명이면 뭐 허여?"

"짐, 이제 집어치워. 짐은 요점을 완전히 놓치고 있어. 제기랄! 빗나가도 1천 마일이나 빗나갔어."

"누구? 나 말여? 나한텔랑 요점 같은 소리 하지 말어. 난 뭘 봤다하면 분별이 있는 놈이여. 애를 둘로 자르는 것 같은 짓에는 분별이구 뭐구 없는 거여. 언쟁은 반토막 아기에 관한 게 아니구 왼토막 아기에 관한 거였어. 왼토막 아이에 대한 언쟁을 반토막 아이를 가지구 해결할 수 있다구 생각하는 사람은 비가 와도 그 비 하나 제대로 피할 줄 모르는 인간이여. 헉, 내한티 솔로몬에 대해선 이야기하들 말어. 난 그 인간에 대해선 속속들이 안단 말여."

"하지만 내 말해두는데 짐은 요점을 파악하지 못했단 말야."

"그 빌어먹을 요점! 난 내가 아는 건 안다고 생각하는 사람이여. 알아둬. 진짜배기 요점은 더 멀리, 좀 더 깊은 곳에 있는 거여. 요점은 솔로몬이 자라난 방식 속에 있는 거여. 자식이 하나나 둘밖에 없는 사람을 생각해봐. 그런 사람이 자식들을 마구 낭비하겠느냔 말이여. 낭비하지 않지. 그럴 여유가 워디 있간? 아이를 소중하게 다루는 법을 알 테니께. 온 집안을 뛰어다니는 5백만 명의 자식을 가진 사람을 생각해보라구. 사정이 다를 거여. 그 사람은 고양이를 동강이 내듯 아이를 두 토막으로 자를 거여. 얼마든지 더 있으니께. 아이 하나나 둘, 더 있으나 그렇지 않거나 솔로몬에겐 중요한 게 아니란 말이여."

나는 이런 검둥이는 본 적이 없다. 어떤 생각이 그의 머리에 일단 들어오면 다시 그것을 빼버릴 줄을 모른다. 솔로몬 왕을 이렇게 지독히 공격하는 검둥이는 이제껏 본 적이 없다. 그래서 나는 솔로몬 이야기는 제쳐두고 다른 왕들에 대한 이야기를 시작했다. 그래서 오래전에 프랑스에서 교수형을 당한 루이 16세에 대해 이야기를 꺼냈다. 장차 왕이 되었을 텐데 체포되어 감옥에 투옥되었다가 거기서 죽었다고들 말하는 어린 황태자에 대해 이야기했다.

"가엾은 애 같으니."

"그치만 탈옥하고 도주해서 미국으로 왔다고 말하는 사람도 있어."

"그건 잘된 일이군! 허지만 굉장히 외롭겠는디. 여긴 왕도 없잖여? 그치, 헉?"

"없지."

"그럼 어떤 자리도 차지하지 못할 거 아녀? 뭔 일을 한다고 그런담?"

"어떤 사람은 경찰로 들어가고 어떤 사람은 사람들에게 프랑스어를 가르치기도 한대."

"말야, 헉, 프랑스 사람들은 우리와 같은 말을 하나?"

"짐, 그건 아냐. 짐은 그들 말을 한마디도 못 알아들어. 단 한 단어도 말야."

"그럼 난 망했군! 어떻게 그런 일이 생기는겨?"

"난 모르지만 그건 그래. 난 책에서 프랑스 사람들이 재잘거리는 말을 얻어 들었거든. 가령 누군가가 짐에게 와서 '폴리 부 프란지'하고 말하면 짐은 어떻게 생각할 거지?"

"난 아무 생각 안 할 거여. 놈을 잡아서 머리통을 깨뜨리지 뭐 허여. 물론 그놈이 백인이 아니면 그렇다는 거여. 그게 검둥이면 나를 그렇게 부르게 냅두지 않을 거구먼."

"젠장. 그건 짐을 욕한 게 아니야. 그저 당신은 프랑스 말을 할 줄 아십니까라고 한 말이야."

"그럼 왜 당초부텀 그렇게 말하지 않지?"

"그렇게 말허는 거야. 그게 프랑스 사람이 말하는 방식이야."

"그게 지독히 웃기는구면. 난 이제 더는 그런 소리 듣고 싶지 않어. 그런 이야기엔 아무 뜻도 없구먼그래."

"짐, 이봐. 고양이가 우리가 하는 식으로 말해?"

"못혀. 고양이는 말 못혀."

"그럼 소는?"

"못혀. 소도 말 못혀."

"고양이는 소처럼 말하나? 또 소는 고양이처럼 말 하나?"

"못혀. 그것들은 못혀."

"그것들이 서로 다르게 말하는 건 당연하고 옳은 일이야. 안 그래?"

"당연히 그렇지."

"고양이와 소가 우리와 다르게 말하는 건 당연하고 옳지 않어?"

"그건 확실히 그렇구먼."

"그럼 프랑스 사람들이 우리와 다르게 말하는 것이 어째서 당연하지 않고 옳지 않지? 그걸 대답해봐."

"혁, 고양이가 사람이여?"

"아니."

"그러니께 고양이가 사람같이 말하는 것은 아무 의미 없어. 소가 사람이여? 또 소가 고양이여?"

"아니, 소는 사람도 고양이도 아니지."

"그럼 소는 사람이나 고양이처럼 말할 이유가 없는 거여. 프랑스 사람이 인간이여?"

"그럼."

"그렇다면, 제기랄, 왜 그가 사람처럼 말하지 않는 거지? 그걸 대답해보라니께."

더 말을 낭비해봤자 소용이 없다는 것을 깨달았다. 검둥이에게 논쟁을 가르치는 것은 불가능했다. 그래서 나는 기권했다.

15

사흘 밤만 더 지나면 우리는 오하이오강이 흘러드는 일리노이주 남단에 위치한 카이로에 닿을 것이라는 판단이 섰다. 그곳이 우리의 목적지였다. 우리는 뗏목을 팔고 증기선에 올라 오하이오강을 따라 올라가 자유 주에 들어서면 모든 문제에서 벗어날 것이라고 예상했다.

그런데 둘째 날 밤에 안개가 끼기 시작했다. 안개 속을 달리는 건 좋지 않기 때문에 뗏목을 매어둘 모래톱 쪽으로 향했다. 밧줄을 가지고 내가 카누를 타고 먼저 앞으로 저어갔는데 작은 어린 나무들 말고는 매어둘 곳이 없었다. 깎아지른 제방 바로 밑부분에 있는 어린 나무 중 하나에다 밧줄을 감았다. 그러나 물살이 거세서 뗏목이 너무나 힘차게 내려왔기 때문에 뗏목은 그 나무를 뿌리째 뽑아버리고 떠내려갔다. 안개가 더 짙게 수면 위로 내려오는 것이 보였다. 그것을 보고 속이 메스껍고 무서워 내 생각에 약 30초는 됐을까 하는 동안 몸을 움직일 수도 없었다. 다음 순간 뗏목이 보이지 않았다. 20야드 앞도 보이지 않았다. 나는 빨리 카누를 타고 고물 쪽으로 돌아가 노를 움켜잡고 카누를 뒤로 물러나도록 한 번 저었다. 그러나 카누는 꿈쩍도 하지 않았다. 어찌나 서둘렀던지 카누를 매어두었던 밧줄을 풀지 않았던 것이다. 나는 일어나서 밧줄을 풀려고 했다. 그러나 너무 흥분해서 양 손이 떨려 그 손 가지고는 아무것도 할 수 없었다.

떠나자마자 나는 온 힘을 다해 모래톱 아래로 뗏목을 찾아 달렸다. 모래톱이 끊어지지 않는 한 모든 게 순조로웠다. 그러나 모래톱의 길이는 60야드도 못 되어서, 그 끝자락을 지나는 순간 나는 짙은 하얀 안개 속으로 빠져들어 어느 방향으로 가는지 전혀 분간할 수 없었다.

노를 저어봤자 소용이 없다는 생각이 들었다. 무엇보다 내가 깨달은 것은 내가 둑이나 모래톱이나 그 어떤 것과 충돌할 것이라는 사실이었다. 나는 가만히 앉아 물위에 떠 있어야 했다. 그러나 그러한 순간에 손을 놓고 앉아 있다는 것은 정말 사람을 미치게 하는 일이었다. 나는 부엉이처럼 큰 고함을 지르고 귀를 기울였다. 하류 저쪽 어딘가에서 작은 고함 소리가 들려 나는 기운을 차렸다. 다시 그 소리를 들을까 해서 귀를 바싹 기울이고 소리 쪽으로 맹렬히 저어갔다. 다시 그 소리가 들리는 순간 나는 그 소리 쪽으로 내닫는 게 아니라 그 오른쪽으로 내닫고 있다는 것을 알았다. 그래서 다음번에는 그 소리의 왼쪽으로 돌진했지만 그 소리에 도달하지는 못했다. 나는 이리저리 그리고 그 반대쪽으로 빙빙 돌았다. 그러나 그 소리는 줄곧 곧장 앞으로만 갔다.

그 바보 같은 놈이 양철 프라이팬을 두들길 생각을 떠올려서 계속 그것을 두드리면 좋을 텐데 하는 생각을 해보았다. 그러나 그러지 않았다. 나를 괴롭히는 것은 고함 소리 사이사이에 끼어드는 고요함이었다. 계속 물결과 싸워 나가고 있을 때 바로 내 뒤에서 고함 소리가 들렸다. 이제는 헷갈렸다. 그것은 다른 어떤 사람의 고함 소리였거나 아니면 내가 다른 곳을 향하고 있다는 뜻이었다.

나는 노를 던져놓았다. 다시 고함 소리가 들렸다. 아직 뒤에서 나는 소리였지만 다른 장소였다. 소리는 계속 들렸지만 장소는 바뀌고 있었다. 계속 응답을 보냈더니 마침내 그 소리는 다시 내 앞쪽에서 들렸다. 그래서 물살 때문에 카누의 뱃머리가 강 하류 쪽으로 돌아간 것을 나는 알았다. 그것이 다른 뗏목의 사공이 아니라 짐의 고함 소리라면 나는 염려를 놓을 수 있을 것이다. 안개 속에서는 목소리를 전혀 구별할 수 없었다. 모든 것이 안개 속에서는 자연스럽게 보이지도 들리지도 않았기 때문이다. 고함 소리는 계속되었는데 약 1분 후 나는 큰 나무들이 연기를 내는 유령들처럼 서 있는 깎아지른 제방을 향해 돌진하고 있었다. 물살은 나를 왼쪽으로 내동이치더니 아우성치듯 포효하는 많은 나뭇가지들 사이를 총알처럼 빠르게 빠져나갔다. 물살은 가지들 옆으로 찢어지면서 빠른 속도로 스쳐갔다.

1, 2초가 지나자 주변은 다시 짙은 하얀 안개에 싸이고 고요했다. 나는 그때 조용히 앉아 내 심장이 뛰는 소리를 들었다. 심장이 백 번 뛰는 동안 나는 숨을 한 번도 들이쉬지 않았다고 생각한다.

그러고는 숨을 참는 것을 포기했다. 일이 어떻게 돌아가는지 나는 알았다. 깎아지른 강둑은 한 개의 섬이었고 짐은 섬 반대편에 가 있었다. 그것은 모래톱이 아니어서 10분 정도 걸려 지나갈 수는 없었다. 보통 섬들처럼 큰 숲이 있는 섬이었다. 길이가 5, 6마일에 넓이가 반마일이 넘는 곳이었다.

약 15분 동안 귀를 세우고 입을 다물고 있었다고 생각된다. 물론 시간당 4, 5마일의 속도로 떠내려가고 있었다. 그러나 그런 속도는 생각할 틈이 없었다. 사실 그랬다. 물위에 죽은 듯이 누워 있는 기분이었다. 작은 나무토막이 미끄러지는 것이 언뜻 보이면 사람 자신이 얼마

나 빨리 떠내려가는가를 생각하는 게 아니라 숨을 죽이고 아이휴 저 나무토막이 지독한 속도로 쓸려가고 있구나 하는 느낌뿐이었다. 한밤중에 혼자서 그런 안개 속에서도 처참하거나 외롭긴 뭐가 외로워하고 생각되는 사람은 한번 실제로 해보라. 당장 깨닫게 될 것이다.

이어지는 약 30분 동안 나는 이따금 고함을 질렀다. 마침내 먼 곳에서 응답이 오는 것을 듣고 뒤쫓으려 했지만 그럴 수 없었다. 나는 곧장 모래톱 한가운데로 들어갔다고 판단되었다. 때때로 내 양쪽에 있는 모래톱의 모습이 설핏 보였고 모래톱 사이를 흐르는 좁은 물길을 보기도 했기 때문이다. 어떤 것은 보이지는 않지만 강둑 위에 걸린 오래된 죽은 나뭇가지들이나 쓰레기 위로 물결이 썻듯이 부딪치며 지나가는 소리를 들었기 때문에 거기 물길이 있다는 것을 알 수 있었다. 그런데 그 모래톱 사이에서 들려오던 고함 소리를 잠시 들을 수 없었다. 여하튼 나는 잠시 그 소리를 추적하는 데만 힘썼다. 왜냐하면 도깨비불을 쫓는 것보다 헛된 일이었기 때문이다. 그처럼 소리가 이리저리 피해가고 그렇게 빨리, 그렇게 심하게 장소를 바꿔치기 하는 것은 전에 미처 경험하지 못했다.

강물 위로 고개를 치켜든 그 섬과 충돌하지 않으려고 나는 네댓 번 노를 힘껏 지이 깅둑에시 떨어저야 했나. ㄱ래서 내가 판단한 것은 뗏목이 이따금 강둑을 받았으리라는 것이었다. 그렇지 않다면 뗏목은 훨씬 앞서 있을 것이고 소리도 들리지 않을 것이다. 다시 말해서 뗏목은 나보다 조금 빨리 떠가고 있을 것이다.

마침내 다시 평퍼진 강으로 들어온 것 같았다. 그러나 어디에서고 고함 소리의 흔적도 들을 수 없었다. 짐은 어쩌면 나뭇가지에 걸려 이제 끝장난 게 아닌가 생각이 들었다. 나는 지독히 피로해서 카누 속에 드러누워 이제 더는 조바심하지 않겠다고 말했다. 물론 자고 싶지 않았다. 그러나 어찌나 졸린지 어쩔 수 없었다. 그래서 잠깐만 눈을 붙이겠다고 생각했다.

그러나 내가 잔 잠은 고양이잠 이상의 것이었던 모양이다. 다시 말해 눈을 떴을 때 별들이 밝게 빛났고 안개가 말짱히 걷혀 있었다. 또한 나는 고물을 앞으로 한 채 거대한 만곡부를 돌아와 있었다. 처음에는 내가 어디에 있는지도 몰랐다. 꿈을 꾸는 게 아닌가 하는 생각이 들었다. 여러 가지 일들이 다시 떠올랐을 때 그게 다 지난주에 일어난 일처럼 희미하게 다가오는 것 같았다.

강은 이곳에서 괴이할 정도로 큰 강이 되었고 둑 양쪽에는 비할 데 없이 키가 자란 나무들이 빽빽이 들어선 숲이 있었다. 별빛에 힘입어 바라보았더니 천상 단단한 벽이었다. 저 멀리 하류를 내려다보는데 물 위에 검은 점 하나가 보였다. 나는 그 점을 쫓아갔다. 그러나 가까이 가 보니 그것은 톱질할 통나무를 두세 개 함께 묶어놓은 것이었다. 다음으로 또 다른 점을 발견하고 추적했다. 그 후 다른 점을 추적했다.

그러자 이번에는 생각이 옳았다. 뗏목이었다.

내가 뗏목에 닿았을 때 짐은 거기에 앉아 있었다. 오른팔은 방향 잡는 노 위에 늘어뜨리고 무릎 사이에 고개를 파묻은 채 잠이 들어 있었다. 다른 노는 부서져 달아났고 뗏목은 나뭇잎들과 나뭇가지들과 더러운 쓰레기로 어지러웠다. 이처럼 뗏목은 수난을 당했던 것이다.

나는 카누를 뗏목에 매고 뗏목 위로 올라가 짐의 코 밑에 누웠다. 그러고는 하품하며 기지개를 켜서 내 두 주먹으로 짐을 세게 건드리고는 말했다.

"짐, 안녕. 내가 잠들었나? 왜 날 깨우지 않았지?"

"하느님 맙소사. 이거 혁 아니여? 죽지 않구, 물에 빠져죽지 않구 다시 돌아온 거여? 너무 좋으니께 생시 같지 않어. 생시 같지 않어. 되련님, 어디 한번 보자. 어디 만져보자. 정말, 넌 안 죽었구나! 넌 다시 돌아왔어. 살어서 성한 몸으로. 전이나 똑같은 혁이구먼. 똑같은 혁이여! 하느님 감사해유!"

"짐, 대관절 왜 이러는 거지? 줄곧 술 마셨어?"

"술 마셔? 내가 술 마셨다 그거여? 술 마실 틈이 있었냐구?"

"그럼 왜 그렇게 엉뚱한 소리를 하느냐 말이야?"

"내 엉뚱한 소릴 어떡헤낀디?"

"어떻게 해? 참 나. 내가 다시 돌아왔으니 뭐니 하며 마치 내가 멀리 갔던 것처럼 말하지 않았어?"

"헉, 헉 핀, 내 눈 좀 보란 말여. 눈을 봐. 어디 갔다 오지 않았남?"

"갔다 와? 도대체 무슨 소릴 하는 거야? 난 아무 데도 간 적 없어. 내가 어딜 갔다는 거야?"

"이봐, 도령. 뭔가 잘못됐어, 뭔가. 이거 나여? 난 누구지? 나 여기 있는 거여? 아니면 내 어디 있는 거지? 난 그런 게 알고 싶단 말여."

"짐은 여기 있다고 난 생각해. 그건 분명해. 하지만 짐은 헷갈리는 머리를 가진 늙은 바보라는 생각이 드는걸."

"나가 바보라구? 그럼 나한티 대답해보란 말여. 모래톱에 매논다구 카누 타구 밧줄 갖구 나가지 않았남?"

"아니, 그런 적 없어. 무슨 모래톱? 난 모래톱이란 걸 본 적이 없어."

"모래톱을 본 적 없다구? 이봐. 밧줄이 풀려 가지구선 뗏목이 윙윙거리며 강 아래로 떠내려가구 헉과 카누는 안개 속에 남게 되딜 않았나 뵈."

"안개는 무슨 안개?"

"그 안개 말여. 밤새껏 끼었던 안개 말여. 너가 고함치고 내가 고함치딜 안 했남? 결국 섬들 사이에서 뒤죽박죽이 돼서 우리 중 하난 길을 잃고 또 하나 워디가 워딘지 모른께 길을 잃은 거나 마찬가지가 돼버렸지 않았느냐 말여? 난 여러 섬에 부딪혀 애를 먹다가 거반 익사할 뻔하지 않았던가벼. 헉, 그렇게 된 거 아니여? 그렇게 된 거지? 대답해봐."

"너무 터무니없는 말을 하니까 대답할 수 없군. 짐, 난 안개도 못 보고 섬들도 못 보고 고생이고 뭐고 아무것도 몰라. 밤새 난 여기 앉아 짐과 이야기했는데 바로 10분쯤 전에 짐은 잠들어버렸고 나도 잠들었나 봐. 짐은 그때 취하지 않았을 거야. 그러니까 꿈꾼 것은 말할 것도 없지."

"꿈 좋아하네. 뭔 수로 10분 동안에 고로코롬 많은 꿈을 꿀 수 있단 말여?"

"젠장, 꿈을 꿨다니까 그러네. 그런 일이 실제 하나도 일어나지 않았으니까."

"허지만 헉, 나한텐 모든 게 분명혀. 마치……."

"아무리 분명해도 소용없어. 거기엔 아무것도 없으니까. 나는 줄곧 여기 있었기 때문에 다 아는 거야."

5분가량 짐은 아무 말도 하지 않았다. 거기 그대로 앉아 곰곰이 무엇을 생각했다. 그러고는 말했다.

"헉, 그렇다면 난 꿈을 꾸고 있었는지도 모르지. 히야! 그게 꿈이라면 그건 희한하기 이를 데 없는 꿈이여. 이렇게 날 피곤하게 한 꿈은 난생 처음이여."

"아, 그건 다 괜찮아. 때로 꿈도 다른 것들처럼 몸을 지치게 하는 거니까. 그런데 이번 꿈은 몸을 두들겨 패는 꿈이었던 모양이지? 짐, 나한테 죄다 말해봐."

그리하여 짐은 모든 것을 낱낱이 이야기하기 시작했다. 다만 짐은 그 사건들을 꽤 각색하는 것이었다. 그러고 나서 이 꿈은 경고로서 보내진 것이니까 먼저 해몽을 해야 한다고 말했다. 그가 말하기를 첫 번째 모래톱은 우리에게 잘해주려고 애쓰는 사람을 나타내지만 물살은 우리를 그 좋은 사람과 떼어놓으려는 어떤 다른 사람을 나타내는 것이라 했다. 고함 소리는 이따금 우리에게 오는 경고여서 그 경고를 이해하려고 노력하지 않으면 우리를 재난에서 구해주는 대신 재난 속으로 몰아넣고 만다는 것이다. 그 많은 모래톱은 다루기 좋아하는 인간들이나 온갖 야비한 인간들과 우리가 겪게 될 말썽들인데, 우리가 우리의 일에 주의를 쏟고 말대답 같은 것으로 그런 인간들의 화를 돋우지 않는다면 우리들은 안개 속을 헤치고 나와 자유로운 주를 나타내는 그 크고 맑은 강으로 들어와 더는 수난을 당하지 않는다는 것이었다.

내가 뗏목에 올라온 직후에는 구름이 끼어 어두웠다. 그러나 이제 다시 하늘이 개었다.

"짐, 해몽한 데까진 잘 했어. 그런데 이것들은 무엇을 나타내지?"

내가 말했다.

내가 가리킨 것은 뗏목 위의 나뭇잎들과 쓰레기에다 부서진 노였다. 그것은 이제 똑똑히 보이는 실체들이었다.

짐은 쓰레기를 보고 다음으로 나를 보고 다시 쓰레기로 눈을 돌렸다. 짐의 머릿속에는 그 꿈이 너무 강하게 박혀 있어서 그것을 털어내고 현실 속의 사실들을 당장 그 속에 담아 넣을 수 없었다. 그러나 머리가 정리되자 짐은 웃음을 띠지 않고 나를 빤히 바라보며 말했다.

"저것들이 무얼 나타내냐구? 내 말해주지. 일하랴 니를 부르랴 탈진해서 잠들어버렸을 때 니가 없어져서 내 마음이 찢어지더구먼. 그래서 내가 어찌 되든 뗏목이 어찌 되든 난 상관 안 했단 말여. 그런데 눈을 떴으니 니가 다시 돌아오구 무사한 것 보니께 눈물이 나오는 통에, 너무 감사해서 무릎을 꿇고 니 발에 입을 맞출 수도 있었던 거여. 그런디 니가 고작 생각한 것은 거짓말을 꾸며 이 늙은 짐을 어떻게 놀려먹나 허는 것뿐이었단 말이지. 저기 저 짐 꾸러미는 쓰레기여. 쓰레기란

건 친구 머리통에 똥을 씌워 친구를 부끄럽게 만드는 인간들인 거여.”

그러고 나서 짐은 천천히 일어나 인디언 오두막으로 걸어가 안으로 들어갈 뿐 아무 말이 없었다. 그러나 그것으로 충분했다. 그 때문에 나는 자신이 어찌나 비열하다는 생각이 들었던지 짐이 한 말을 취소해 준다면 그의 발에다 입을 맞출 수도 있었다.

15분이 지나서야 나는 몸을 일으켜 그리로 가서 검둥이에게 내 자세를 겸허히 낮췄다. 나는 그런 행위를 감행했으며 그 후 그런 행동을 한 것에 대해 후회한 적이 없다. 나는 더는 그에게 야비한 술수를 쓰지 않았다. 그가 그렇게 느낄 줄 알았더라면 난 그런 장난은 치지 않았을 것이다.

16

우리는 거의 온종일 잠을 자고 밤에 출발했다. 어떤 행사 행렬처럼 길게 뻗어간, 망측하리만큼 긴 뗏목의 뒤에 좀 떨어져서 내려갔다. 이 뗏목의 각 귀퉁이에는 네 개의 긴 노가 달려 있었다. 그러니까 그 뗏목은 30명은 태우고 갈 만했다. 그 뗏목에는 오두막 다섯 개가 서로 뚝 떨어져 있었고 한가운데에는 실외 야영 모닥불이 있었고 뗏목 양쪽 끝에는 높은 깃대가 있었다. 그 뗏목은 당당한 멋을 풍겼다. 그와 같은 뗏목의 사공이 된다는 것은 대단한 인물이 되는 것과 맞먹었다.

우리는 거대한 만곡부로 떠내려갔다. 밤이 되자 하늘이 흐리고 더 웠다. 강폭은 매우 넓고 양편에는 빽빽이 우거진 숲이 담벼락 같았다. 그 벽 같은 숲은 터진 곳이 하나도 보이지 않았고 불빛 하나 보이지 않았다. 우리는 카이로에 대해 이야기했고 그곳에 닿으면 그곳을 알아볼지 어쩔지를 생각해보았다. 알아보지 못할 것 같다고 내가 말했다. 왜냐하면 그곳에는 집이 약 열두 채밖에 없다는 소리를 전에 들었기 때문이다. 게다가 거기 사람들이 불도 켜놓지 않는다면 우리가 한 읍내를 지금 지나고 있는지 어떻게 안단 말인가? 두 개의 큰 강이 거기서 합친다면 다 보일 것이라고 짐이 말했다. 우리가 어떤 섬의 기슭을 지나 다시 같은 옛 강으로 들어간다고 생각할지도 모른다고 내가 말했다. 이 말에 짐은 불안해했다. 사실 나도 불안하기는 마찬가지였다. 문제는 어떻게 할 것이냐였다. 첫 번째로 불빛이 나타나면 뭍을 향해 노를 저어가서 사람들에게 우리 아빠가 장삿배를 타고 뒤에 오는데, 사업에는 미숙해서 여기서 카이로까지 거리가 얼마나 되는지 알고 싶어 한다고 말하는 것이었다. 그게 좋은 생각이라고 짐은 생각했다. 그래서 우리는 담배 한 대 피우며 기다렸다.

그 읍내를 보지 못하고 지나치지 않도록 정신 바짝 차리고 사방을 살피는 것 말고는 이제 할 일이 없었다. 자기는 그 읍내를 보는 순간 자유인이 될 것이기 때문에 틀림없이 그곳을 볼 것이라고 짐은 말했다. 그러나 그곳을 놓치면 다시 노예의 땅으로 돌아가 자유를 찾을 기회를 더는 갖지 못할 거라는 것이었다. 짐은 자주 벌떡 일어나 말했다.

"저기 있다!"

그러나 그게 아니었다. 그것은 도깨비불 아니면 개똥벌레들이었다. 그래서 짐은 다시 앉아 전처럼 감시에 들어갔다. 짐은 자유에 그렇게 가까이 간다는 것이 온몸을 떨게 하고 열이 나게 한다고 말했다. 그런데 그의 말을 들을 때 내 온몸이 떨리며 열이 났다. 짐이 거의 자유의 몸이 되었다는 생각이 들었기 때문이다. 그런데 이런 것은 누구의 책임일까? 내 책임이지 뭐야. 이 생각을 내 양심에서 털어낼 수가 없었다. 털어내는 방법이고 뭐고 아무것도 알 수 없었다. 이런 생각이 나를 괴롭히는 통에 나는 안절부절못할 수밖에 없었다. 한 장소에 가만히 있을 수 없었다. 내가 하는 일이 어떠한 것인지 전에는 이처럼 절실히 느낀 적이 없었다. 그러나 이제는 절실히 느꼈다. 내 머릿속에 남아 나를 더욱더 괴롭혔다. 내가 짐을 정당한 소유주에게서 빼돌린 것이 아니라고 나 자신에게 타일러보려고 애썼지만 그건 아무 소용없었다. 그럴 때마다 양심이 고개를 들고 말했다.

"넌 짐이 자유를 얻으려고 도망친 것을 알아. 그러니까 뭍으로 노를 저어가서 누구한테든 고발할 수 있었어."

그건 그랬다. 그 사실을 피할 방도는 어디에도 없었다. 나를 괴롭히는 것은 바로 그 점이었다. 양심은 나에게 말했다.

"가엾은 미스 왓슨이 너에게 무슨 짓을 했기에 바로 네 눈앞에서 그녀의 노예가 달아나는 것을 보고도 한마디도 하지 않을 수 있지? 그 가엾은 늙은 부인이 너한테 무슨 일을 했기에 넌 그분을 그렇게 야비하게 대접할 수 있단 말이냐? 그분은 너한테 책 읽는 것을 가르치고 예의범절을 가르치려 했고 자신이 아는 모든 수단을 동원하여 너에게 잘해주려고 노력한 사람이야. 그분이 한 것은 다 그런 것이었어."

내가 너무나 비열하고 비참하다는 느낌이 들어 거의 죽고 싶었다. 나는 나 자신에게 욕지거리를 던지며 뗏목 위를 이리저리 조바심하며 돌아다녔고 짐도 조바심하며 내 곁을 지나 왔다 갔다 했다. 우리는 둘 다 조용히 있을 수 없었다. 짐이 "저기가 카이로다!" 하고 춤추듯 껑충 거리며 말할 때마다 그 외침은 총알처럼 내 몸을 관통했다. 그곳이 카이로라면 나는 비참해져서 죽을 것만 같았다.

내가 혼잣말을 하는 동안 짐은 늘 큰 소리로 떠들어댔다. 짐은 말하고 있었다. 자유 주에 도착해서 자기가 제일 먼저 할 일은 돈을 저금하는 것인데 일전 한 푼도 쓰지 않을 테고, 충분한 돈이 모이면 미스 왓슨이 사는 곳에서 가까운 어떤 농장에 있는 자기 마누라를 사겠다는 것이었다. 그러고 나서 부부가 열심히 일해서 두 자식들을 사겠다고 했다. 주인이 그 애들을 팔지 않으면 노예폐지론자를 시켜 애들을 훔치도록 하겠다는 것이다. 그런 이야기를 듣자니 내 몸이 거의 꽁꽁 얼어버리는 것 같았다. 짐이 그렇게 말한 적은 평생 한 번도 없었다. 거의 자유로운 몸이 되었다고 판단하는 순간 짐에게 얼마나 큰 변화가 일어났는지 모른다. "한 치를 주면 한 자를 달란다"라는 옛말은 맞는 말이었다. 이게 다 내 생각이 모자랐기 때문에 생긴 일이라고 나는 생각했다. 내가 도망치도록 도와준 거나 다름없는 검둥이가 제 자식들을 훔치겠다고 단호히 말하는데, 그 아이들은 내가 모르는 사람 것이고 나한테 이제껏 아무 해도 끼치지 않은 사람 것이거든 하고 나는 생각했다.

나는 짐이 그런 식으로 말해서 섭섭했다. 그런 말은 짐 자신을 깎아내리는 말이었다. 내 양심은 전보다 더 강력하게 나를 다그쳐서 나는 마침내 내 양심에게 말했다.

"나한테 그만해둬. 아직 늦지 않았어. 불빛을 처음 보는 즉시 뭍으로 저어가서 고발할 테니."

이렇게 내 양심에게 말하고 나니 마음이 편하고 행복하고 당장 깃털처럼 가벼웠다. 나의 모든 고민은 사라지고 없었다. 나는 눈을 똑바로 뜨고 빛을 찾기 시작했다. 속으로 노래까지 불렀다. 이윽고 불빛이 하나 보였다. 짐이 소리쳤다.

"헉, 우린 안전혀! 안전혀! 일어나 움직여. 마침내 그립던 카이로에 온 거여. 난 다 안다니껜."

내가 말했다.

"짐, 내가 카누를 타고 가볼게. 알다시피 카이로가 아닐지도 몰라."

짐은 뛰어 일어나 카누를 준비하고 내가 앉도록 바닥에 자기의 낡은 윗도리를 깔아주고는 노를 내주었다. 내가 노를 저어 그곳을 떠나자 짐이 말했다.

"곧 난 기뻐서 소리 지를 거여. 그리구 이게 다 헉 덕분이라구 말할 거여. 난 이제 자유 몸이어. 헉이 아니었으면 난 생전 자유 몸이 될 수 없었을 거라구. 헉이 해준 일이여. 짐은 헉 너를 생전 잊지 않을 거여. 넌 짐이 이제껏 가졌던 친구 중 제일 좋은 친구여. 지금도 짐이 가진 유일한 친구가 바로 너여."

나는 짐을 밀고하려고 힘껏 노를 젓고 있었다. 그러나 짐이 이렇게 말했을 때 온몸에서 힘이 빠져나가는 것 같았다. 그래서 나는 천천히 노를 저어갔다. 이렇게 출발한 것이 잘한 일인지 못한 일인지 얼른 분간할 수 없었다. 내가 50야드를 저어 나왔을 때 짐이 말했다.

"거짓말 못 하는 내 친구 헉이 저기 가는구나. 이 늙은 짐에게 꼭 약속을 지킬 오직 하나뿐인 백인 신사 말여."

그 말을 듣고 속이 메슥거렸다. 그러나 난 그걸 해야 돼……. 손을 뗄 수는 없어 하고 나는 속으로 말했다. 바로 그때 총을 든 두 남자가 탄 소형 보트 한 척이 다가와 섰다. 나도 섰다. 그중 한 남자가 말했다.

"저기 있는 건 뭐냐?"

"뗏목이에요."

"넌 거기 타고 온 거냐?"

"네."

"타고 온 사람 또 없느냐?"

"딱 한 사람 있어요."

"오늘 밤 저 위 만곡부 끝에서 검둥이들 다섯 명이 도망쳤어. 네 뗏목에 탄 게 백인이냐 흑인이냐?"

나는 얼른 대답하지 않았다. 대답하려 했지만 말이 나오질 않았다. 1, 2초 동안 용기를 내어 고백하려 했지만 나는 남자답지 못했다. 토끼의 용기도 없었다. 온몸에 힘이 빠졌다. 그래서 죄다 포기하고 말했다.

"백인이에요."

"우리가 가서 직접 확인해야 할 것 같군."

"그렇게 해주시길 바래요. 거기 있는 사람은 우리 아빠예요. 아저씨들 저기 불빛 있는 강변까지 내가 뗏목을 당기는 것 좀 도와주시겠지요? 아빠가 아프거든요. 엄마와 메리앤도 마찬가지구요."

"에잇 제기랄! 꼬마야, 우린 급해. 하지만 그냥 가버릴 순 없군. 자…… 노를 잡아라. 같이 따라가 주마."

내가 노를 잡자 그들도 그들의 노를 잡았다. 우리가 한두 번 노를 저었을 때 내가 말했다.

"정말이지 우리 아빠는 아저씨들에게 매우 고마워하실 거예요. 내가 뗏목을 강변으로 끄는 것을 도와달라고 했더니 모두들 달아났어요. 그렇다고 나 혼자 힘으로 할 수도 없었어요."

"그래? 지독히 치사한 인간들이군. 이상하기도 하고. 꼬마야, 너의 아버지에게 무슨 일이 있기에 그러니? 말해봐."

"그게 바로 저, 저…… 아, 뭐 별거 아네요."

그 두 남자는 노 젓는 일을 멈췄다. 이제 뗏목까지는 매우 가까운 거리였다. 한 남자가 말했다.

"꼬마야, 그건 거짓말이지. 네 아버지에게 무슨 일이 있는 거냐? 당장 솔직히 말해라. 그래야 너에게도 좋을 거다."

"네, 말할게요. 정직하게 말하겠어요. 근데 제발 우릴 그냥 남겨두지 마세요. 그게 저, 저, 아저씨들. 조금만 더 앞으로 나오셔서 내가 아저씨들에게 밧줄을 던지게 해주세요. 뗏목 가까이까지 오실 필요 없어요. 제발, 네?"

"존, 보트를 돌려, 보트를 돌려!"

그중 하나가 말했다. 그들은 보트를 후진시켰다.

"꼬마야, 멀리 떨어져 있거라. 바람 부는 쪽으로 말이다. 망할 자식! 바람이 그걸 우리 쪽으로 날려 보낼지도 몰라. 네 아버지는 천연두에 걸린 거야. 너도 그걸 뻔히 알지? 왜 솔직히 말하지 않은 거야? 천연두를 온통 다 떠뜨릴 작정이냐?"

"저 말예요. 벌써 모든 사람에게 말했어요. 그런데 모두들 우리를 남겨두고 가버렸어요."

내가 울먹이며 말했다.

"꼬마 넌 안됐구나. 하지만 이건 중대한 일이다. 너한테는 몹시 미안하지만 우린…… 젠장, 알다시피 우린 천연두에 걸리고 싶지 않다. 이봐라, 어떻게 하면 좋을지 말해주마. 혼자서 뭍에 오르려고 하지 마라. 안 그러면 모든 게 낭패가 되고 말 게다. 20마일가량 떠내려가면 강 왼편에 한 읍내가 나올 거다. 그때쯤이면 해가 중천에 떠 있을 거다. 도움을 청할 때 네 식구들이 오한과 열로 다 쓰러졌다고 그래라. 또다시 바보짓을 해서 사람들이 웬일인지 짐작하게 해선 안 된다. 우리가 네게 친절을 베풀려고 하니까 우리 사이를 20마일쯤 떼어놓자. 그래야 착한 소년이지. 저기 불빛이 있는 곳에 상륙해봤자 아무 소용 없다. 그건 목재소에 불과해. 말이 나왔으니 말인데, 네 아버지는 가난한 데다가 운이 무척 나쁜 모양이다. 자, 내 이 판자 위에다 20달러짜리 금화를 한 잎 올려놓겠다. 그것이 네 곁으로 흘러갈 때 집어라. 널 남겨두는 건 지독히 치사하다고 느끼지만, 이건 참말이지 천연두와 바보처럼 시간을 보내는 것은 아무 짝에도 쓸모없는 노릇이야. 알겠지, 너도?"

"파커, 정지하고 있어."

또 한 남자가 말했다.

"나도 20달러짜리 하나를 여기 판자 위에 올려놓겠네. 꼬마야, 잘 가라. 파커 씨가 말씀하신 대로 하거라. 그러면 모든 게 잘될 거다."

"꼬마야, 그렇고말고. 그럼 잘 가거라, 잘 가. 도망친 검둥이들을 보게 되면 도움을 받아서 놈들을 잡는 거다. 그러면 너도 그걸로 돈을 좀 벌 수 있을 거다."

"안녕히들 가세요. 할 수 있는 데까지 도망친 검둥이들을 그냥 지나치지 않겠습니다."

내가 말했다.

그들은 떠나가버렸다. 뗏목에 올라왔을 때 기분은 나빴고 가라앉았다. 내가 나쁜 짓을 했다는 것을 잘 알았기 때문이다. 옳게 행동하는 법을 배우려 해도 나한테는 아무 소용이 없는 것을 알았다. 어렸을 때 올바르게 시작하지 않은 자는 기회고 뭐고 없는 모양이다. 곤경에 닥치면 뒤를 밀어주어 일을 할 수 있게 하는 것이 아무것도 없으니 쩔쩔맬 수밖에 없다. 그러고 나서 나는 잠시 생각하고 나서 혼자 중얼거렸다. 가만있자. 내가 올바르게 행동해서 짐을 포기했다면 지금보다 기분이 나아졌을까? 아니지, 분명 기분이 나빴을 거다. 지금과 똑같은 기분일 거다. 그렇다면 옳게 행동해도 괴롭고 그릇되게 행동해도 괴롭지 않고, 양쪽의 보답이 같다고 하면 옳게 행동하는 법을 배운다는 것이 무슨 소용 있단 말인가 하고 되뇌었다. 나는 여기서 생각이 꽉 막히는 것을 감지했다. 그 질문에 대답할 수 없었다. 그래서 그 문제에 대해선 더는 신경 쓰지 않기로 했다. 그러나 이후로는 언제나 그때 그때 제일 손쉬운 것을 택하기로 했다.

나는 오두막으로 들어갔다. 짐은 그곳에 없었다. 주위를 돌아보았다. 어느 곳에도 짐은 없었다. 내가 불렀다.

"짐!"

"헉, 나 여기 있는디. 이제 그 사람들 가버렸남? 큰 소리로 말하지 말어."

짐은 코만 물 밖으로 내민 채 고물에 달린 노 밑 강물 속에 있었다. 그 남자들이 가버렸다고 말해주자 짐은 뗏목 위로 올라왔다. 짐은 말했다.

"얘기하는 거 죄다 들었어. 그리군 강물 속으로 들어가버렸지. 저 사람들이 뗏목으로 올라오면 강가로 도망갈 참이었어. 그랬다가 저들이 가면 다시 뗏목까지 헤엄쳐 올라구 헌 거여. 그런데 헉, 넌 멋지게 그 사람들을 속여버리데. 속임수치군 최고였다니께. 정말이지 그런 꾀가 이 늙은 짐을 구한 거라니께. 헉 도령, 늙은 짐은 그 은혜 잊지 못할 거여."

다음으로 우리는 돈에 대해 이야기했다. 각각 20달러씩이면 꽤 큰 돈이었다. 이 돈이면 지금 당장 증기선의 3등 승객이 될 수 있으며 자유 주에서 우리가 가고 싶은 곳은 어디까지나 갈 수 있다고 짐이 말했다. 뗏목으로 20마일은 멀지 않은 거리지만 어서 그곳에 도착했으면 좋겠다는 것이다.

동이 틀 무렵 우리는 뗏목을 멈추게 했다. 그런데 짐은 뗏목을 어떻게 하면 잘 숨길 수 있을까를 두고 몹시 까다롭게 굴었다. 그러고는 온종일 보따리 속에다 짐을 챙기고 뗏목 여행을 끝낼 준비를 했다.

그날 밤 열 시경 왼쪽 만곡부 아래 한 읍내의 불빛이 보이는 곳에 이르렀다.

나는 그곳에 대해 물어보려고 카누를 타고 떠났다. 곧 나는 소형 보트를 타고 강에 나와 주낙을 늘어뜨린 사람을 발견했다. 나는 가까이 가서 말했다.

"저 읍내가 카이로인가요?"

"카이로? 아니다. 넌 지독한 바보로구나."

"아저씨, 그럼 무슨 읍인가요?"

"알고 싶거든 가서 알아보아라. 앞으로 30초만 더 내 주위에 머물러 훼방 놓으면 혼날 줄 알아라."

나는 뗏목으로 돌아왔다. 짐은 몹시 실망했지만 나는 염려 말라고 하면서 다음 장소가 카이로일 거라고 말했다.

동트기 전 우리는 또 하나의 읍을 지나갔는데 그곳은 고지대라서 그곳으로는 가보지 않았다. 카이로 근처에는 고지대가 없다고 짐이 말했는데 나는 그 말을 깜빡 잊고 있었다. 그날 우리는 왼쪽 강둑과 꽤 가까운 모래톱 위에서 하루를 꼼짝 않고 보냈다. 무언가 이상하다는 생각이 들었다. 짐도 나와 같은 생각이었다. 내가 말했다.

"그날 밤 안개 속에서 우리는 카이로를 지나쳐버린 것 같아."

짐이 말했다.

"헉, 그 얘긴 그만혀. 불쌍한 검둥이 녀석에게 행운이 올 리 없는기여. 그 방울뱀 껍질이 아직 제 할 일을 다허지 않았다구 난 늘 생각했다니께."

"짐, 그 뱀 껍질을 보지 않았더라면 좋았을걸 그랬어. 그런 거에 눈길을 던지지 말았어야 되는 건데."

"헉, 그건 니 탓 아녀. 니는 모르고 그런 거여. 그것 땜에 자길 나무라지 말어."

아침 햇살이 퍼지자 아니나 다를까 강변에는 맑은 오하이오강물이 흘렀고 그 강물 바깥쪽에는 언제나 규칙적으로 흐르는 흙탕물인 미시시피강이 흘렀다. 그러니까 카이로에 가긴 틀린 것이었다.

우리는 이 문제에 대해 의논했다. 강변으로 올라가 봤자 소용없었다. 말할 것도 없이 뗏목을 타고 강을 거슬러 올라갈 수 없는 노릇이었다. 어둡기를 기다렸다가 카누를 타고 상류로 올라가 기회를 기다릴 수밖에 없었다. 그래서 우리는 원기를 회복하여 일하려고 미루나무 숲속에서 온종일 잠을 잤다. 그런데 어둑어둑해졌을 때 뗏목으로 돌아와 보았더니 카누가 없어진 게 아닌가!

오랫동안 우리는 한마디도 하지 않았다. 할 말이 없었다. 이것도 방울뱀 껍질의 위력이 다시 작용한 것이라는 사실을 우리 둘은 잘 알았다. 그러니 이에 대해 말해봤자 무슨 소용이 있겠는가? 우리가 뱀 껍질 탓으로 돌리고 있으면 더 지독한 악운이 틀림없이 올 것 같았고 계속 악운이 닥치면 결국 조용히 입 다물고 있는 게 낫다는 것을 우리는 잘 알았다. 이윽고 우리는 어떻게 하는 것이 더 좋을까를 의논했다. 그래서 타고 거슬러 올라갈 카누를 하나 살 기회를 잡을 때까지 뗏목을 타고 강 하류로 내려가는 수밖에 없다는 것을 깨달았다. 그렇다고 아빠가 하던 식으로 사람이 없을 때 카누 하나를 슬쩍 빌릴 생각은 없었다. 그랬다가는 사람들이 우리를 추격할 것이기 때문이었다.

그리하여 어두워진 후 우리는 뗏목에 올라 출발했다.

그 뱀 껍질이 우리에게 한 짓을 보고도 뱀 껍질을 함부로 다루는 것이 바보짓임을 믿지 않는 사람은 이 책을 계속 읽어가면서 그게 우리에게 얼마나 더한 피해를 끼쳤는가를 보면 믿게 될 것이다.

카누를 살 수 있는 곳은 강변에 늘어선 뗏목들에서였다. 그러나 우리는 늘어선 뗏목을 볼 수 없었다. 그래서 세 시간 이상을 내려갔다. 그런데 밤이 되자 하늘이 뿌얘지면서 흐리기 시작했는데 그건 안개 다음으로 고약한 것이었다. 강의 모양도 구별할 수 없었고 거리를 분간할 수도 없었다. 밤이 깊어갔으며 사방은 조용했다. 그런데 그때 증기선 한 척이 강을 올라왔다. 우리는 등을 켰다. 증기선이 그 불빛을 볼 거라는 판단에서였다. 일반적으로 상류로 가는 배는 우리 가까이로 오지 않고 모래톱을 따라가며 암초 밑을 흐르는 약한 물살을 찾아간다. 그러나 이런 밤에는 강 전체를 거슬러 수로를 따라 곧장 물살을 받으며 올라간다.

우리는 증기선이 내는 요란한 타륜 소리를 들었지만 그것이 가까이 올 때까지 그 모습은 보지 못했다. 증기선은 우리를 향해 곧장 달려들었다. 증기선들은 종종 그런 짓을 하는데, 뗏목에 부딪치지 않고 얼마나 가까이 올 수 있나를 시험해보는 것이었다. 때로 그 타륜이 이로 뗏목의 큰 노를 뜯어버리고 가는 수도 있었는데 그럴 때면 기관사가 머리를 배 밖으로 내밀고 웃으며 자신이 꽤나 똑똑한 놈이라고 생각하는 것이었다. 그런데 마침 증기선은 이리 오고 있었다. 저게 우리를 살짝 스치고 지나가려나 하고 우리는 말했다. 그러나 그 배는 조금도 방향을 틀 것 같지 않았다. 그것은 큰 증기선이었고 게다가 서두르며 왔다. 둘레에 여러 줄로 늘어선 개똥벌레들을 거느린 검은 구름 같았다. 그러나 갑자기 그 배는 크고 무서운 몸체를 부풀리며 나타났다. 긴 열을 이룬, 넓게 벌린 노(爐) 문들은 빨갛게 단 이빨들처럼 빛났고 배의 괴물 같은 앞머리와 그 가림쇠들이 우리 위에 매달려 있었다. 우리를 향해 지르는 고함 소리가 있었고 엔진을 정지하라고 종을 울려 댔고 인디언들의 언어처럼 시끄러운 욕지거리가 났고 기적 소리가 났다. 그리하여 짐은 저편에서, 나는 이편에서 물속으로 뛰어들었을 때 증기선은 뗏목의 복판을 부수며 돌진했다.

나는 물속으로 잠수했다. 강바닥까지 내려갈 참이었다. 30피트나 되는 타륜이 내 머리 위쪽에 있도록 하되 그 바퀴와 내 머리통 사이에 충분한 공간이 생기도록 하려고였다. 나는 물속에 1분 동안은 머물 수 있었다. 이번에는 1분 반 동안 물 밑에 머물렀던 것 같다. 그런 다음 거의 가슴이 터질 것 같아 급히 물 표면으로 솟구쳐 올랐다. 겨드랑이 아래까지 솟아올라 코에서 물을 불어내며 약간 숨을 내뿜었다. 물론 강력한 물살이 있었고 증기선은 기관을 끈 지 10초가 지나자 다시 기관을 가동시켰다. 그네들은 뗏목 사공 따위는 안중에도 없었기 때문이다. 그리하여 이제 증기선은 강 상류를 향해 올라가고, 짙게 흐린 날씨 속에서 나는 그 소리는 들었지만 모습은 볼 수 없었다.

나는 열두 번가량 짐을 찾아 외쳐봤지만 응답이 없었다. 그래서 '서서 치는 헤엄'을 하는 동안 몸에 와 닿는 판자 하나를 움켜잡고 그것을 앞으로 밀면서 뭍으로 나아갔다. 그러나 물살의 흐름이 왼쪽 강변을 향하고 있다는 것을 알았다. 그것은 내가 물결이 교차되는 지점에 있다는 뜻이었다. 그래서 나는 방향을 바꿔 그쪽으로 향했다.

그것은 길고 비스듬한 2마일 길이 횡단수로의 하나였다. 그래서 횡단하는 데 꽤 긴 시간이 걸렸다. 나는 무사히 상륙하여 강둑을 기어올랐다. 앞이 조금밖에 보이지 않았지만 4분의 1마일 이상을 거친 땅바닥을 더듬어 앞으로 나아갔다. 다음 순간 내가 눈으로 식별하기도 전에 크고 구식으로 지은 겹통나무집이 갑자기 내 앞에 나타났다. 나는 그곳을 빨리 지나쳐가서 도망치려 했지만 많은 개들이 뛰어나와 으르렁거리며 짖어대는 바람에 한 걸음도 떼지 않는 게 현명하다는 것을 알았다.

17

30초가량 지났을 때 누가 창문에서 머리는 내밀지 않은 채 소리를 질러 말했다.

"이놈들, 이제 됐어! 거기 누구요?"

내가 대답했다.

"나예요."

"나가 누구냐?"

"조지 잭슨입니다."

"원하는 게 뭐냐?"

"원하는 거 없어요. 여길 지나가고 싶은데 개들이 지나가지 못하게 하네요."

"밤늦은 시간에 왜 여길 어슬렁거리느냐, 응?"

"아저씨, 난 어슬렁거리지 않았어요. 증기선에서 물로 떨어졌어요."

"아, 그랬느냐? 누구 저기 불 좀 켜라. 이름이 뭐라 했지?"

"조지 잭슨이오. 아직 어린 소년일 뿐이에요."

"이봐라, 네가 거짓말을 하지 않는다면 무서워할 필요가 없다. 아무도 너를 해치지 않을 테니까. 하지만 움직이려고 하지 말고 그 자리에 똑바로 서 있거라. 누가 밥과 톰을 깨우고 총을 가져오너라. 조지 잭슨, 누구 같이 온 사람이 있느냐?"

"아뇨. 아무도 없습니다."

이제 집 안에서 사람들이 이리저리 움직이는 소리가 들리고 불빛이 보였다. 그 사람이 크게 소리쳤다.

"베시, 그 불 저리 치워. 바보 같으니. 그런 눈치도 없느냐? 그것을 현관 뒤 마루 위에 놓아라. 봅, 너와 톰이 준비되었으면 제자리로들 가거라."

"준비가 다 됐습니다."

"자, 조지 잭슨, 넌 셰퍼드슨네 사람들을 아느냐?"

"아뇨. 그런 사람들에 대해 들어본 적도 없어요."

"그래? 그럴지도 모르고 그렇지 않을지도 모르지. 이제 준비가 다 됐구나. 조지 잭슨, 앞으로 나오너라. 서둘지 않는 걸 잊지 마라. 아주 천천히 와라. 동행이 있다면 그를 뒤에 있게 해라. 그놈이 나타나면 쏴 죽일 테니. 자, 앞으로 와라. 천천히 와라. 네가 문을 열어라. 겨우 비집고 들어올 만큼만 열어라. 내 말 들었느냐?"

나는 서두르지 않았다. 서두르고 싶었지만 그럴 수 없었다. 한 번에 한 걸음씩 천천히 떼어놓았다. 소리 하나 내지 않았다. 다만 내 심장의 박동 소리만 들을 수 있었다. 개들도 인간들처럼 조용했다. 그러나 그들은 내 조금 뒤에서 따라왔다. 통나무 세 개로 된 현관 계단에 이르렀을 때 그들이 자물쇠를 열고 빗장을 풀고 빗장을 여는 소리가 들렸다. 나는 손을 문 위에 얹고 나서 문을 조금 밀고 다시 조금 더 밀었다. 마침내 누군가가 말했다.

"자 그만. 그만하면 됐다. 머리를 안으로 디밀어라."

나는 그렇게 했다. 그러나 그네들이 내 머리를 잘라버리는 건 아닌가 하는 생각을 했다.

촛불은 마룻바닥 위에 있었고 거기에 그들은 모두 모여서 나를 보았고 나는 그들을 보았다. 서로 본 시간은 약 15초가량 되었다. 몸집이 큰 세 사나이가 총을 나에게 겨누는 통에 정말이지 몸을 움찔하지 않을 수 없었다. 가장 나이가 많은 사람은 머리가 반백에다 나이는 60세가량 되었고 나머지 둘은 서른 남짓한 사나이들이었는데, 세 사람 모두 아주 잘생겼다. 아주 착해 보이는, 반백의 부인이 하나 있었고 그 뒤에 두 젊은 여자가 있었지만 잘 보이지 않았다. 그 노신사가 말했다.

"자, 다 괜찮을 것 같다. 들어와라."

내가 안으로 들어가자마자 노신사는 문에 자물쇠를 채우고 빗장을 지르고 걸쇠를 걸었다. 그러고 나서 젊은이들에게 총을 가지고 들어오라고 말했다. 그들은 바닥에 헝겊으로 된 새 양탄자가 깔린 넓은 응접실로 들어가 한 구석에 모였는데, 그 구석은 앞쪽 창문에서 총을 쏜다 해도 닿지 않는 그런 곳이었다. 또한 그쪽에는 창문이 하나도 없었다. 그들은 촛불을 쳐들고 내 얼굴을 자세히 바라보더니 "이 애는 셰퍼드슨 집안사람이 아니에요. 전혀 셰퍼드슨을 닮은 데가 없어요"라고 모두 입을 모았다. 그러자 그 노인은 무기를 소지하고 있나 해서 몸수색을 할 터이니 기분 나쁘게 생각하지 말기를 바란다고 말했다. 무슨 해를 끼치려는 것이 아니라 다만 확실히 해두고 싶어서 그런다는 것이다. 그리하여 노인은 내 주머니에 손을 넣어보지는 않고 양손으로 겉을 만져볼 뿐이었고 이제 됐다고 말했다. 나더러 이제 마음 편안히 먹고 나 자신에 대해 이야기하라고 했다. 그러나 늙은 부인이 말했다.

"이봐요, 솔. 저 불쌍한 애는 온몸이 흠뻑 젖었어요. 배도 고프지 않을까요?"

"레이첼, 당신 말이 옳아. 난 그건 깜빡했는걸."

그러자 그 부인이 말했다.

"베시(이건 검둥이 여자였다), 빨리 가서 얼른 애에게 먹을 것 좀 갖다주어라. 불쌍한 것. 그리고 너희 계집애들 중 하나가 가서 벅을 깨워 일러라. 옳지, 벅이 저기 와 있군. 벅, 이 어린 손님을 데리고 가서 젖은 옷을 벗기고 마른 네 옷 아무거나 골라 갈아입혀라."

벅은 내 또래 소년이었고 나보다 몸집이 좀 컸지만 나이는 열셋 아니면 열넷 정도였다. 벅은 셔츠만 걸치고 있었고 머리는 꽤 너저분했다. 그는 하품을 하며 한쪽 주먹으로 눈을 비비며 또 한쪽 손으로는 총을 끌면서 들어왔다. 그가 말했다.

"얼씬거린 것들이 셰퍼드슨 집안 놈들이 아녜요?"

다들 그게 아니고 잘못 알린 경고라고 말했다.

"에이, 놈들 몇 명이 왔다면 내가 한 놈은 처치했을 텐데."

모두는 웃음을 터뜨렸다. 밥이 말했다.

"그래? 니가 이렇게 늦게 나타났으니 놈들이 우리 모두의 머리 가죽을 벗겨갈 뻔했단다."

"아무도 날 데리러오지 않았잖아요. 그건 옳지 않아요. 난 늘 끼지

168

도 못했어요. 기회가 있어야지요."

"벅, 염려마라." 노인이 말했다. "때가 되면 기회는 얼마든지 있다. 그러니 조바심하지 말거라. 자, 이제 가서 어머니 말씀대로 하거라."

우리가 이층 벅의 방으로 올라갔을 때 벅은 거칠게 짠 셔츠와 짧은 재킷과 바지를 내주어서 나는 그것들을 입었다. 그것들을 입는 동안 벅은 내 이름을 물었다. 내가 대답하기도 전에 그는 자기가 그저께 숲에서 잡은 어치와 어린 토끼에 대해 이야기하기 시작했다. 그러고 나서 그는 난데없이 촛불이 꺼졌을 때 모세는 어디에 있었느냐고 묻는 것이었다. 나는 모른다고 대답했다. 전에 그런 이야기를 들은 적이 없었기 때문이다.

"그럼 한번 맞혀봐."

그가 말했다.

"이제껏 한 번도 그런 얘길 들은 적이 없는데 어떻게 맞히지?"

내가 말했다.

"짐작할 순 있잖아? 아주 쉬운 질문이야."

"어떤 초를 말하는 거냐?"

내가 말했다.

"어떤 초도 좋아."

그가 말했다.

"그가 어디 있었는지 난 몰라. 어디에 있었는데?"

내가 말했다.

"어딘 어디야. 어둠 속에 있었지! 그가 있었던 곳은 바로 그거야."

"그가 어디에 있었는지 알면 왜 나한테 물었지?"

"이런, 젠장. 이건 수수께끼야. 넌 그런 줄도 모르니? 이봐, 넌 얼마 동안 여기 머무를 거니? 그냥 줄곧 여기 있어라. 그럼 우린 신나게 시간을 보낼 수 있을 거야. 이제 학교 수업도 없어. 너 개 있니? 난 한 마리 있어. 나뭇조각을 강 속에 던지면 그놈은 강물 속으로 들어가서 꺼내와. 넌 주일날에 머리 빗질하길 좋아하니? 그런 바보짓 말이야. 난 정말 그게 싫은데 엄마가 그렇게 시키거든. 빌어먹을 이 헌 바지 말인데, 그걸 입는 게 좋다는 생각은 드는데 좀처럼 입기 싫거든. 너무 더워. 다 준비됐니? 됐다. 친구야, 따라와."

차가운 옥수수빵과 소금에 절인 쇠고기와 버터와 버터밀크, 이런 음식들이 나를 위해 내온 음식이었다. 그 음식들은 내가 이제껏 먹어본 중에서 제일 맛있었다. 벅과 그의 어머니와 다른 식구들 모두는 옥수수 속대로 만든 파이프로 담배를 피웠다. 담배를 피우지 않는 사람은 검둥이 하녀와 두 젊은 여자들뿐이었고 그 하녀는 그때 이미 자리를 뜨고 없었다. 그들 모두는 담배를 피우며 이야기했고 나는 먹으며 이야기했다. 젊은 여자들은 이불을 몸에 두르고 머리를 등 뒤로 내려뜨리고 있었다. 그들 모두는 나에게 여러 가지 질문을 했다. 그래서 나는 말해주었다. 아빠와 나와 온 가족들은 아칸소주 남쪽에 있는 작은 농장에 살았는데 나의 메리 앤 누나는 집에서 도망쳐 결혼했고 소식이 없어서 빌이 그들을 찾아 나섰는데 빌 소식도 없었으며 톰과 모트는 죽어서 나와 아빠만 딸랑 남게 되었는데 아빠는 여러 가지 문제가 생겨 거의 빈털터리가 되었고 아빠가 죽자 그 농장은 우리 것이 아니었기 때문에 남은 것을 챙겨가지고 3등표로 강을 올라오다가 그만 강물로 떨어지고 마는 통에 여기 오게 되었다고 했다. 그러자 그들은 내가 원하면 언제까지고 거기 머물 수 있다고 말했다. 그러다 보니 거의 날이 밝고 있었다. 모든 사람은 잠자리에 들었고 나는 벅과 함께 잠자리로 갔다. 아침에 눈을 떴을 때, 젠장, 나는 내 이름을 잊어먹고 말았다. 이름을 생각해내느라 한 시간가량 거기 누워 있었다. 벅이 깨웠을 때 내가 말했다.

"벅, 너 철자법 아니?"

"응."

그가 말했다.

"그렇지만 내 이름자는 분명 못 쓸 거야."

내가 말했다.

"어디 내가 쓸 수 있는지 없는지 내기 할래?"

그가 말했다.

"좋아. 자, 써봐."

내가 말했다.

"G-o-r-g-e J-a-x-o-n 자, 어때?"

그가 말했다.

"음, 해냈구나. 난 네가 못할 줄 알았어. 그리 쉽게 쓸 수 있는 이름이 아니거든. 공부하지 않고는 얼른 나오는 철자가 아니거든."

나는 그 철자를 몰래 적어두었다. 다음에 누가 나더러 그 철자를 말해보라고 할지도 모를 일이기 때문이다. 그래서 그럴 경우 익숙한 것처럼 쉽사리 줄줄 읊어대고 싶었다.

그곳은 굉장히 훌륭한 집안이고 굉장히 훌륭한 집이기도 했다. 나는 지방에 있는 집치고 이렇게 훌륭하고 이렇게 멋있는 집은 본 적이 없었다. 현관문에는 쇠로 된 걸쇠가 없었고 또한 사슴가죽 끈이 달린 목재 걸쇠도 없었다. 도시의 집들처럼 잡아 비트는 놋쇠 손잡이가 달려 있었다. 응접실에는 침대가 없었고 침대를 놓았던 흔적도 없었다. 도회지의 많은 응접실에는 침대가 있게 마련인데 이 집은 달랐다. 큰 벽난로가 하나 있었고 그 바닥은 벽돌로 되었는데, 그 벽돌 위에 물을 붓고 다른 벽돌로 문질러 늘 깨끗하고 붉은색이 감돌았다. 때로 그들은 도시인들이 하는 식으로 스페인식 갈색이라고 부르는 붉은 물 페인트로 그 벽돌들을 씻어낼 때도 있었다. 놋쇠로 된 큰 장작 받침대가 있었는데, 거기에다가는 톱으로 썬 통나무 토막 한 개를 올려놓을 수 있었다. 벽난로 선반 한가운데 위쪽에는 시계가 있었는데, 그 앞 유리 하반부에는 어떤 도시를 그린 그림이 있고 그 유리 복판은 동그랗게 태양을 나타냈으며 그 뒤에서 추가 흔들리는 것이 보였다. 그 시계가 똑딱거리는 소리는 듣기에 아름다웠다. 때로 행상 하나가 지나다 들러 시계를 닦아주고 제대로 조절하면 시계는 다시 종소리를 내기 시작하여 태엽이 다 풀릴 때까지 150번은 울려댔다. 그 집 식구들은 얼마를 준다 해도 시계를 팔 생각이 없었다.

시계 양편에는 커다란 이국풍 앵무새가 있었는데, 백묵 같은 재질로 만들어졌고 화려한 색깔을 입힌 것이었다. 그 한쪽 앵무새 옆에는 도자기로 만든 고양이가 있었고 다른 한쪽에는 도자기로 만든 개가 있었다. 이것들을 누르면 끼익끼익 하는 소리는 냈지만 입을 벌리지는 않았거니와 표정도 변하지 않고 관심도 표하지 않았다. 그 끼익 하는 소리는 밑에서 나는 소리였다. 이 물건들 뒤에는 야생 칠면조 날개로 만든 커다란 부채 두 개가 펼쳐져 있었다. 방 한가운데 식탁 위에는 예쁜 도자기로 된 일종의 바구니가 있었는데, 그 안에는 사과, 귤, 복숭아, 포도 등이 수북하게 쌓였고 그것들은 실물보다 더 빨갛고 노랗고 예뻤다. 그것들이 진짜가 아닌 것은 겉이 벗겨져나가서 그 밑의 하얀 석회가 뭔가가 밖으로 드러났기 때문이다.

이 식탁에는 아름다운 유포(油布)로 만든 식탁보가 덮였는데, 그 식탁보에는 빨갛고 푸른 날개를 편 독수리가 그려져 있었고 그 가장자리 전체도 색깔이 들어 있었다. 이것은 멀리 필라델피아에서 온 물건이라고 했다. 식탁 양쪽 구석에는 책도 몇 권 있었는데 지극히 정연하게 포개져 놓여 있었다. 한 권은 두꺼운 가정용 성경이었는데 그림이 가득했다. 또 한 권은 까닭은 모르지만 가족을 떠난 어떤 남자에 관한 《천로역정》이란 책이었다. 나는 이따금 이 책을 많이 읽었다. 그 이야 기는 재미있었지만 읽기가 어려웠다. 또 한 권은 《우정의 선물》이라는 책이었는데, 아름다운 내용과 시로 가득했다. 그러나 나는 시는 읽지 않았다. 또 하나는 헨리 클레이의 연설집이었고 또 하나는 건 박사가 쓴 가정의학에 대한 책으로 식구 중 누가 아프거나 죽었을 때 어떻게 하라는 내용이었다. 찬송가가 한 권 있었고 많은 다른 책들도 있었다. 또한 바닥에 구멍이 송송 뚫린 등의자가 몇 개 있었는데, 그것들은 훌 륭하면서 튼튼하기까지 했다. 낡은 광주리처럼 가운데가 팽기고 갈라 진 것이 아니었다.

벽에는 그림들이 걸려 있었다. 주로 워싱턴과 라파예트를 모델로 그린 그림들이고 또한 전쟁터와 〈고지의 메리〉 그림*이며 "독립 선언 문 서명"이라는 제목을 붙인 그림도 하나 있었다. 크레용화라고 불리 는 그림이 몇 장 있었는데, 죽은 딸이 겨우 열다섯 살 때 그린 자화상 이었다. 이것들은 내가 전에 본 어떤 그림과도 달랐다. 대개가 보통 것 들보다 색상이 더 검었다. 한 장은 날씬한 검은 드레스를 입은 여자 그림이었는데, 겨드랑이 밑은 벨트로 꽉 조이고 소매 한가운데가 양배 추처럼 부풀어올랐고 움푹 팬 삽 모양에 크고 검은색에다 검은 망사 로 덮인 여자용 모자를 쓰고 까만 테이프로 열십자 모양이 되게 감은 희고 가냘픈 발목에다, 끈처럼 아주 작은 검은 슬리퍼를 신었다. 그런 데 이 여자는 눈물을 흘리는 수양버들 아래에서 침울하게 오른쪽 팔 꿈치를 묘석 위에다 괴고 허리 아래로 늘어진 다른 손으로는 하얀 손

---

* 스코틀랜드의 민족시인 로버트 번스의 연인으로 알려진 메리 캠벨에 관한 그림이다.

수건과 그물주머니를 쥐었다. 그 그림 밑에는 "아, 슬프도다. 그대를 다시는 볼 수 없으리"라고 쓰여 있었다. 또 다른 그림은 젊은 숙녀를 그린 것이었는데, 그 숙녀는 머리를 똑바로 위로 빗어 올려 의자 등받이처럼 생긴 빗 앞에다 땋아놓은 형상이었다. 그 숙녀는 손수건에다 얼굴을 파묻고 울고 있었는데 그 여자의 또 한 손에는 죽은 새가 양 다리를 위로 뻗은 채 뒤로 자빠져 있었다. 그 그림 밑에는 "아, 슬프도다. 너의 아름다운 지저귐 이제 더는 듣지 못하리"라고 쓰여 있었다. 창가에서 달을 쳐다보는 젊은 여자를 그린 그림이 있었다. 눈물이 두 뺨 위로 흘러내렸다. 한 손에 편지 한 장을 펴들었는데 그 편지 언저리에 까만 밀랍 자국이 보였다. 그녀는 쇠줄이 달린 로켓을 입에 대고 누르고 있었다. 그림 밑에는 "그대는 가버렸는가. 아 슬프다. 그대는 가버렸도다"라고 쓰여 있었다. 이 그림들은 모두 훌륭하다는 생각이 들었지만 어쩐지 마음에 들지 않았다. 왜냐하면 기분이 좋지 않을 때는 그런 그림들이 내 마음을 어수선하게 만들기 때문이다. 모든 사람이 그 소녀의 죽음을 슬퍼한 까닭은 이런 그림들을 더 많이 그릴 계획이었기 때문이며 그녀가 이룩한 것으로 미루어 그녀를 잃은 손실이 얼마나 큰가를 알 수 있었기 때문이다. 그러한 기질을 가진 그 소녀는 묘지에서 더 좋은 시간을 누리고 있을 것이라는 생각이 들었다. 이 소녀가 병에 걸린 것은 식구들이 그녀의 최대 걸작이라고 말한 그림에 손을 대기 시작한 때였다. 밤낮으로 소녀는 그 그림을 완성할 때까지 살게 해달라고 기도를 올렸지만 끝내 완성할 기회는 허용되지 않았다. 미완성의 그림은 젊은 여인의 그림이었다. 길고 흰 가운을 걸치고 뛰어내릴 태세로 다리 난간에 서 있는 여인이었다. 머리는 다 등 뒤로 흘러내리고 달을 바라보는데, 눈물이 얼굴 위로 흘렀고 두 팔은 가슴을 가로질러 접혔고 또 두 팔은 앞으로 쭉 뻗었고 또 두 팔은 달을 향해 위로 뻗고 있었다. 어떤 팔 모습이 가장 좋은가를 판단한 다음 다른 팔들은 모두 지워버린다는 생각에서였다. 그러나 내가 말한 것처럼 그녀는 결정을 내리기도 전에 죽은 것이었다. 이제 식구들은 소녀의 방침대 머리맡에 이 그림을 걸어 보관했고 해마다 소녀의 생일이 오면 그림 위에다 꽃을 걸어놓았다. 다른 때는 그림을 작은 커튼으로 가려놓았다. 그림 속의 젊은 여인은 예쁘고 착한 얼굴을 하고 있었지만 팔이 너무 많아서 나한테는 거미처럼 보였다.

이 소녀는 살았을 때 스크랩북을 만들어, 부고 기사나 사건 기사나 환자에 대한 기사들을 《프레스비테리언 옵저버》에서 오려내 스크랩북 속에서 눌려 있으라고 그 속에 붙여놓고 기사 뒤에 자신의 창작 시를 써넣었다. 그것은 매우 좋은 시였다. 우물에 빠져 죽은 스티븐 다울링 보츠라는 소년에 대한 시였다.

고 스티븐 다울링 보츠에게 바치는 송시

어린 스티븐이 병들었는가?
어린 스티븐은 죽었는가?
슬퍼하는 가슴들 몸부림쳤는가?
조객들은 울었느냐?
아니다. 스티븐 다울링 보츠의 운명은
그런 것이 아니었다.
주변의 슬퍼하는 가슴들 몸부림쳤지만
그것은 병이 도져서가 아니다.
백일해가 그의 몸을 고문하지 않았고
무서운 홍역이 그의 몸을 얽게 하지 않았다.

이러한 것들은 스티븐 다울링 보츠의
성스러운 이름을 더럽히지 않았다.
곱슬곱슬한 머리칼이 무성한 그 머리통을
괴롭도록 빼민 것은 빌시낭한 사랑이 아니었고
어린 스티븐 다울링 보츠를 쓰러뜨린 것은
위장 장애도 아니었다.
내가 그의 운명을 이야기하는 동안
눈물 어린 눈을 하고 들어라.
그의 영혼 우물에 빠져
이 차가운 세상을 떠나갔으니.
우물에서 건져내어 물을 토하게 했지만
슬프게도 때는 이미 늦었지.
그의 영혼 떠나갔네.
그 높은 곳 착한 사람 훌륭한 사람들의 나라에서 뛰어놀려고.

에멀린 그레인저포드가 열네 살도 되기 전에 이런 시를 쓸 수 있었다면 결국 그녀가 무엇을 이룩할 수 있었을까는 알 길이 없다. 에멀린은 시를 아무것도 아닌 것처럼 쉽사리 쏟아낼 수 있었다고 벅이 말했다. 그녀는 쓰다가 멈추고 생각하고 뭐고도 없었다는 것이었다. 시 한 줄을 단숨에 쓰고는 그것과 운이 맞는 말을 발견할 수 없을 때는 지워버리고 다른 한 줄을 쓰면서 계속 창작해나갔다고 한다. 그녀는 까다로운 성격이 아니어서 그저 슬픈 소재면 어떤 소재가 주어지든 그것을 시로 쓸 수 있었다. 어떤 남자가 죽거나 여자가 죽거나 아이가 죽을 때마다 그녀는 그 시체가 식기 전에 '추모시'를 지어가지고 그 집으로 가곤 했다. 에멀린은 그 시들을 추모시라고 불렀다. 이웃들은 말하기를 의사가 첫째로 오고 에멀린이 그다음에 오고 장의사가 그다음을 잇는다고 했다. 장의사가 에멀린보다 먼저 오는 경우는 한 번 말고는 결코 없었다. 에멀린이 늦은 것은 휘슬러라는 사람이 죽었을 때 그 이름에 맞는 운(韻)이 그녀 머리에 얼른 떠오르지 않기 때문이다. 이런 일이 있은 후 에멀린은 전과 같지 않았다. 그녀는 결코 불평하지는 않았지만 차츰 몸이 여위더니 오래 살지 못했다. 불쌍한 것. 그 소녀의 그림이 내 기분을 망치거나 내가 그녀에 대해 시큰둥하게 생각하게 될 때 나는 여러 번 그녀의 방이었던 방으로 올라가 낡은 스크랩북을 꺼내서 읽었다. 나는 죽은 사람까지 포함해서 그 집 식구들을 모두 좋아했고 그들과 나 사이를 갈라놓는 어떤 것도 용납하지 않을 참이었다. 살았을 때 가련한 에멀린은 죽은 사람 모두에 대해 시를 썼다. 그런데 그녀가 지금 죽은 마당에 그녀에 대한 시를 써줄 사람이 아무도 없다는 것은 옳지 않다고 생각했다. 그래서 나는 스스로 한두 편 시를 써보려고 애썼지만 어쩐지 잘 되지 않았다. 식구들은 에멀린의 방을 말끔하고 단정하게 보전하고 무엇이나 그녀가 살았을 때 좋아했던 대로 배치한 채 그 방에서는 아무도 자지 않았다. 그 집 늙은 주인마님은 많은 검둥이 하인들이 있었지만 손수 그 방을 치웠고 그곳에서 바느질도 많이 하고 성경책도 읽었다.

응접실에 대해 먼저 이야기한 것처럼 창문에는 아름다운 커튼이 걸려 있었다. 흰 바탕에 모든 벽이 덩굴로 덮인 성이라든지 물을 마시러 오는 소 떼 그림이 그려져 있었다. 작고 오래된 피아노도 있었는데 내부에 함석 냄비를 넣어둔 것 같았다. 젊은 숙녀들이 〈최후의 유대는 깨어지고〉라는 노래를 부르거나 피아노로 〈프라하 전투〉를 연주하는 것을 듣는 것보다 더 아름다운 일은 없는 듯했다. 모든 방의 벽들은 회로 칠했고 바닥에는 양탄자를 깔았고 집 전체의 외벽은 하얗게 칠했다.

그것은 겹집이었고 그 두 집 사이에 터진 넓은 공간은 지붕으로 덮이고 마루를 깔아두었다. 한낮에는 때로 여기에 식탁을 내놓았다. 시원하고 안락한 곳이었다. 이보다 더 훌륭한 것은 있을 수 없었다. 음식 맛은 최고에다 그 양도 어마어마했다!

18

그레인저포드 대령은 신사였다. 그는 머리에서 발끝까지 신사였고 그의 가족들도 그랬다. 사람들 말마따나 그는 좋은 집안 태생이었다. 더글러스 과부댁의 말마따나 사람도 말처럼 혈통이 중요했다. 사실 과부댁이 우리 읍내에서는 최초의 귀족 집안 출신이라는 것을 부정할 사람은 아무도 없다. 아빠도 자기는 메기보다 나을 것이 없지만 과부 댁은 그러한 출신이라고 늘 말했다. 그레인저포드 대령은 키가 무척 컸고 무척 날씬했으며 안색은 어디를 보아도 핏기가 없이 어둡고 창백했다. 그는 매일 아침 그 여윈 얼굴 전부를 말끔히 면도했다. 입술은 이를 데 없이 얇고 콧구멍도 이를 데 없이 좁았고 코는 높은 데다 눈썹은 진했고 새카만 눈은 굉장히 움푹 들어가서 이를테면 동굴 안에서 밖을 내다보는 것 같았다. 이마는 높고 머리칼은 검고 곧았으며 양어깨까지 늘어져 있었다. 그의 손은 길고 가늘었고 평생 매일같이 깨끗한 셔츠를 걸치고 머리에서 발끝까지 아마포로 짠 정장을 입었는데, 그 옷이 어찌나 흰지 바라보는 눈을 따갑게 했다. 일요일에는 놋쇠 단추가 달린 푸른 연미복을 입었다. 게다가 은 손잡이가 달린 마호가니 단장을 짚고 다녔다. 그의 자태에는 경박한 데가 조금도 없었고 허식을 부리는 구석이 전혀 없었다. 그는 이를 데 없이 친절해서 정말 그 친절을 느낄 수 있어 신뢰감이 생겼다. 가끔 그가 웃음을 지으면 보기에도 좋았다. 그러나 그가 자유의 깃발을 올리는 자유의 기둥처럼 몸을 똑바로 펴고 번갯불이 그의 눈썹 밑에서 번쩍이기 시작하면 사람들은 우선 나무에 올라가고 싶었고, 그에게 무슨 일이 일어났는지 알아보는 것은 그다음이었다. 그는 누구한테 예절바르게 처신하라고 말할 필요가 없었다. 누구나 그의 앞에서는 예절바르게 행동했기 때문이다. 또한 모든 사람은 대령이 주변에 있는 것을 좋아했다. 대령은 거의 언제나 햇볕 같았다. 대령은 좋은 날씨를 만들어내는 것 같다는 말이다. 대령의 얼굴이 구름 언덕으로 변하면 30초 동안은 사방이 무섭게 어두워졌지만 그것으로 충분했다. 그 후 일주일 동안은 문제되는 일이 다시는 없었다.

아침에 대령과 노부인이 내려오면 가족들 모두는 의자에서 일어나 아침 인사를 했으며 그 부부가 앉을 때까지 서 있었다. 그러고 나면 톰과 밥이 병들이 있는 찬장으로 가서 쓴 술 한 잔을 섞어가지고 그것을 대령에게 주었다. 대령은 그 잔을 받아 톰과 밥의 잔이 섞일 때까지 기다리고 나면 그들은 머리를 숙이고 "두 분에 대한 우리의 의무를 위하여!" 하고 외쳤다. 그러면 대령 부부는 머리를 숙이는 둥 마는 둥하며 그들에게 감사한다고 말하고 세 사람은 그 술을 마셨다. 밥과 톰은 그들의 잔 바닥에 남은 설탕과 약간의 위스키와 사과 브랜디 위에 한 스푼 물을 부어 그것을 나와 벅에게 주었다. 그러면 우리들도 늙은이들의 건강을 위해 건배했다.

밥이 맏아들이고 톰은 둘째였다. 딱 벌어진 어깨에 갈색 얼굴에 길

180

고 검은 머리와 검은 눈을 가진 키가 크고 잘생긴 남자들이었다. 대령과 마찬가지로 머리에서 발끝까지 흰 아마로 된 옷을 걸쳤고 차양이 넓은 파나마모자를 썼다.

다음으로 스물다섯 난 샬럿 양이 있었는데, 그녀는 키가 크고 자존심이 강한, 기품이 있는 여자였고 화를 내지 않을 때는 더 없이 친절했다. 그러나 화가 났다 하면 그녀의 아버지처럼 당장 그 자리에서 사람을 기죽게 만드는 표정을 지었다. 그녀는 아름다웠다.

또한 여동생 소피아도 비슷했지만 종류가 달랐다. 그녀는 비둘기처럼 온화하고 상냥했다. 그녀는 겨우 스무 살이었다.

식구들 각자는 시중을 드는 검둥이들을 거느렸다. 벅도 그랬다. 내게 딸린 검둥이는 되게 편했다. 왜냐하면 내가 남에게 나를 위해 일하도록 시키는 데에 익숙하지 못했기 때문이다. 그러나 벅의 검둥이는 대개 바쁘게 뛰어다녔다.

이것이 현재 그 집안 식구 전부다. 하지만 전에는 이보다 많았다. 아들 셋이 더 있었는데 그들은 피살되었고 에멀린은 죽은 딸이었다.

노신사는 많은 농장과 백 명이 넘는 검둥이를 소유했다. 때때로 많은 사람들이 10에서 15마일 떨어진 곳에서부터 말을 타고 이곳에 와서 대엿새씩 머물렀는데, 낮에는 근처나 강에서 연회를 즐기고 숲속에서 춤이나 야유회로 시간을 보냈고 밤에는 집에서 무도회를 열었다. 이 사람들은 대개가 이 가족의 친족이었다. 남자들은 총을 지참하고 왔다. 정말이지 이들은 지체 높은 사람들이었다.

이 근처에는 또 하나의 귀족 집안이 있었다. 대여섯 가구였는데 대개 셰퍼드슨이라는 이름의 가족이었다. 그들도 그레인저포드 가문 사람들처럼 품위가 있고 좋은 혈통에다 부자면서 당당했다. 셰퍼드슨 집안과 그레인저포드 집안은 이 집에서 2마일쯤 떨어진 곳에 위치한 나

룻배를 같이 썼다. 그래서 때로 이쪽 집안 식구들과 함께 그곳에 갔을 때 그곳에서 멋있는 말을 타고 온 많은 셰퍼드슨 사람을 보곤 했다.

어느 날 벅과 내가 숲에 나가 사냥을 하다가 말 한 마리가 오는 소리를 들었다. 우리는 길을 건너고 있었다. 벅이 말했다.

"빨리! 숲으로 뛰어들어!"

우리는 숲으로 뛰어들어 잎사귀 사이로 해서 숲 아래쪽을 내다보았다. 얼마 안 되어 멋진 젊은이 하나가 길을 달려 내려왔다. 말 등에 편안히 앉은 모습이 꼭 군인처럼 보였다. 그는 총을 안장 머리 위에 가로질러 손에 들고 있었다. 나는 전에 이 사람을 본 적이 있었다. 그는 바로 하니 셰퍼드슨이었다. 벅의 총이 내 귀 가까이에서 발사되는 소리가 들렸다. 그러자 하니의 모자가 그의 머리에서 굴러떨어졌다. 하니는 총을 쥐고 우리가 숨은 장소를 향해 곧장 달려왔다. 그러나 우리는 머뭇거리지 않았다. 뛰면서 숲을 빠져나갔다. 숲은 나무가 그다지 우거지지 않아서 총알을 피하려고 나는 어깨 너머로 뒤를 돌아보았다. 그래서 나는 하니가 두 번 벅을 향해 총을 겨누는 것을 보았다. 그러더니 하니는 자기가 온 길로 다시 돌아갔다. 모자를 집으러 간 모양이었다. 그러나 볼 수는 없었다. 우리는 집에 도착할 때까지 뛰는 것을 멈추지 않았다. 노신사의 눈이 잠시 번뜩였다. 주로 기뻐하는 표정이라고 나는 판단했다. 다음 순간 노신사의 얼굴은 부드러워졌다. 노신사는 얼마간 점잖은 목소리로 말했다.

"덤불 뒤에서 쏘는 거 난 좋아하지 않는다. 이왕이면 한길로 나가지 그랬니?"

"아버지, 셰퍼드슨 놈들도 그렇게 안 해요. 놈들은 늘 유리한 위치를 택하거든요."

벅이 이야기하는 동안 샬럿 양은 여왕처럼 머리를 치켜들고 콧구멍을 벌름거리며 눈을 깜빡이고 있었다. 두 젊은이는 어두운 표정을 지었을 뿐 아무 말도 하지 않았다. 소피아 양은 창백해졌지만 그 청년이 다치지 않았다는 것을 알자 얼굴에 화색이 돌았다.

잠시 후 내가 벅을 나무 아래 옥수수 창고 옆으로 끌고 갈 수 있게 되었을 때 나는 말했다.

"벅, 너 그 사람을 죽이고 싶었니?"

"물론이지."

"그 사람이 너한테 어떻게 했기에?"

"그 사람? 나한테 아무 짓도 한 게 없어."

"그럼 왜 그 사람을 죽이고 싶어 하지?"

"별 이유는 없어. 다만 그건 오랜 원한 때문이야."

"원한이 뭔데?"

"저런, 넌 어디서 자랐니? 원한이 뭔지도 모르니?"

"전에 그런 말을 들어본 적이 없어. 그것에 대해 말해줘."

"저 말이야." 벅이 말했다. "원한이란 이런 거야. 한 사람이 다른 어떤 사람과 다투다가 그를 죽이거든. 그러면 죽은 사람의 형이 그를 죽이는 거지. 그러면 양쪽의 다른 형제들이 서로를 잡으러 나서거든. 그러다가 사촌들이 끼어들게 되지. 마침내 모두가 살해되면 이제 더는 원한은 없어지는 거야. 그렇지만 이건 느리게 진행돼. 그래서 긴 시간이 걸려."

"그럼 이 원한도 오래 지속된 것이니, 벅?"

"글쎄. 그렇겠지. 30년 전 아니면 그보다 더 오래전에 시작된 거야. 어떤 일로 문제가 생겼고 다음에 그것을 해결하려고 재판이 벌어졌지. 그 재판에서 한쪽이 지니까 진 쪽이 벌떡 일어나 재판에서 이긴 쪽을 쏴 죽인 거야. 물론 그 사람이 그런 건 당연하지. 누구든지 그렇게 했을 거야."

"무엇에 관한 문제였지, 벅? 땅 문제였나?"

"그럴지도 모르지, 난 몰라."

"그럼 총은 누가 쐈지? 그레인저포드 사람인가 아니면 셰퍼드슨 사람인가?"

"맙소사, 내가 어떻게 아니? 오래전 얘긴데."

"누구 아는 사람 없니?"

"오, 아빠는 아실 거야. 다른 몇몇 노인들도 알지. 하지만 이제 그들도 처음에 무엇 때문에 싸웠는지는 몰라."

"벅, 그래서 많은 사람이 죽었니?"

"응. 장례식이 꽤 많이 있었거든. 그렇지만 늘 죽이는 것은 아니야. 아빠 몸엔 사슴 총알이 몇 발 박혀 있지만 상관 안 해. 하여간 아빠 몸무게는 많이 나가지 않으니까. 밥은 사냥칼에 몇 군데 찔렸고 톰도 한두 번 부상을 당했지."

"벅, 금년에 살해된 사람은 없었니?"

"있었어. 우리가 한 명 죽이고 저들이 한 명 죽였어. 약 석 달 전에 열네 살 난 내 사촌 버드가 강 저쪽 숲속을 말을 타고 가고 있었는데, 바보처럼 총을 가지고 있지 않았단 말이야. 그런데 외진 곳에 왔을 때 뒤에서 말이 오는 소리가 들려서 돌아보니까 볼디 셰퍼드슨 영감이 손에 총을 들고 백발을 바람에 휘날리며 그를 쫓아왔어. 버드는 말에서 뛰어내려 덤불 속으로 들어가질 않고 자기가 그 영감보다 빨리 달릴 수 있다고 생각했던 거야. 그래서 두 사람은 5마일 이상을 막상막하로 달렸는데, 그 늙은이가 차츰차츰 거리를 좁혀온 거야. 마침내 버드는 달려봐야 소용없다는 것을 알고 말을 세우고 총알을 정면으로 받으려고 돌아섰어. 늙은이는 가까이 다가와서 버드를 쏴 죽였고. 그러나 그 영감은 그의 행운을 즐길 시간이 많지 않았서. 일주일도 가지 않아서 우리 쪽 사람들이 그를 없애버렸거든."

"버, 그 늙은이는 겁쟁이었나 봐."

"겁쟁이는 아니라고 생각해. 결코 겁쟁이는 아니야. 셰퍼드슨 가문에 겁쟁이는 없어. 단 한 명도 없어. 또한 그레인저포드 가문에도 겁쟁이는 없어. 저 말이야, 그 저쪽 늙은이는 어느 날 그레인저포드 사람 세 명과 상대해서 반시간 동안이나 버틴 끝에 이기고 말았어. 그들은 모두 말을 타고 있었는데, 그 영감은 말에서 뛰어내려 조그만 장작더미 뒤로 가서 총알을 막으려고 말을 자기 앞에다 놓았지. 그런데 그레인저포드 사람들은 말을 탄 채 그 늙은이 주위를 돌며 총알을 쏴댔던 거야. 그 늙은이도 그들에게 총알을 쏴댔어. 그 늙은이와 말은 다 절룩거리며 집으로 돌아갔지만 그레인저포드 사람들은 제 발로 오지 못했어. 한 명은 그날 죽었고 또 한 명은 다음날 죽었어. 천만의 말씀이야. 겁쟁이를 찾고 싶으면 셰퍼드슨 집안에서 찾다가는 말짱 헛수고야. 그네들은 겁쟁이는 애당초 낳지 않으니까."

다음 일요일날 우리는 모두 3마일가량 떨어진 곳에 있는 교회로 갔다. 모두 말을 타고 갔다. 남자들은 총을 가지고 갔는데 벅도 가지고 갔다. 그들은 총을 무릎 사이에 꽂기도 하고 가까운 벽에다 기대놓기도 했다. 셰퍼드슨 사람들도 그렇게 하는 것이었다. 설교는 매우 평범했다. 형제애니 뭐니 다 그런 것에 대한 것이었다. 그러나 모두 사람들은 훌륭한 설교라고 말했고 집에 돌아올 때에도 모두 설교에 대한 이야기를 계속했다. 믿음이니 선행이니 아낌없는 은총이니 예정설이니 하는 것에 대해 할 이야기들이 많았다. 나는 모든 이야기가 뭔지 알지 못했기 때문에 이제껏 내가 겪은 중에서 가장 고달픈 일요일이었다.

점심 식사 후 약 한 시간이 지나자 집안 식구들은 낮잠을 잤는데, 어떤 사람들은 의자에서, 어떤 사람들은 자기 방에서 자고 있었기 때문에 꽤 따분한 시간이 되어버렸다. 벅과 개는 햇빛이 내리쪼이는 풀밭에서 손발을 뻗고 잤다. 나는 우리들의 방으로 올라가 잠이나 자자고 생각했다. 우리들의 방 바로 옆방이 소피아 양의 방이었는데 나는 그녀가 자기 방 문 앞에 서 있는 것을 발견했다. 소피아는 나를 자기 방으로 데리고 가 문을 살그머니 닫더니 자기를 좋아하느냐고 물었다. 그렇다고 대답했더니 자기를 위해 뭘 해달라고 요청하며 또 이 사실을 아무한테도 말하지 말라고 부탁했다. 나는 그렇게 하겠다고 말했다. 그녀는 깜빡 잊고 성경책을 교회 의자 위 다른 책 두 권 사이에다 두고 왔다는 것이었다. 그러니 나더러 몰래 나가 교회로 가서 그것을 갖다주되 아무한테도 이 말을 해서는 안 된다고 했다. 나는 그렇게 하겠다고 말했다. 그래서 몰래 집을 빠져나와 길을 따라갔다. 교회에

는 한두 마리 돼지들이 있는지는 몰라도 사람은 아무도 없었다. 문에는 자물쇠가 없었고 돼지들은 여름철에는 서늘한 판자 마루를 좋아했기 때문이다. 알다시피 사람들 대부분은 꼭 가야만 할 때를 제외하고는 교회에 가지 않는다. 그러나 돼지는 다르다.

무슨 일이 있구나 하고 나는 속으로 생각했다. 여자가 성경책에 대해 그처럼 안달하는 것은 자연스럽지 않은 일이기 때문이다. 그래서 성경책을 한 번 흔들었다. 그러자 연필로 '두 시 반'이라고 쓰여 있는 작은 종이쪽지가 바닥으로 떨어졌다. 성경책을 샅샅이 뒤졌지만 다른 것은 찾지 못했다. 그것이 어떻다는 것인지 도무지 알 수 없어서 종이쪽지를 다시 성경책 속에 끼워놓고 집으로 돌아와 이층으로 올라갔더니 소피아 양이 나를 기다리며 자기 방 안에 있었다. 소피아 양은 나를 안으로 끌어들이고는 문을 닫았다. 그러고 나서 그녀는 성경을 뒤져 그 종이쪽지를 발견했다. 그것을 읽자마자 얼굴에 기쁨이 넘쳤다. 생각할 틈도 없이 그녀는 나를 잡아끌어 껴안고는 나더러 세상에서 제일 착한 애라고 하면서 누구에게도 이 말을 하면 안 된다고 했다. 잠시 동안 그녀는 얼굴이 몹시 빨개지고 두 눈에서는 빛이 났다. 그래서 그녀는 지독히 예쁘게 보였다. 나는 몹시 놀랐지만 숨을 쉴 수 있게 되었을 때 그 종이가 어떻게 된 것이냐고 물었다. 그러자 그녀는 나더러 그 종이에 있는 것을 읽었느냐고 물었다. 난 읽지 않았다고 말했다. 그러자 글을 읽을 줄 아느냐고 나에게 물었다. "읽을 줄 몰라요. 대문자로 쓴 것만 읽어요" 하고 대답하자 그녀는 그 종이쪽지는 읽은 곳을 표시해 두는 서표일 뿐이라며 이제 나가 놀아도 된다고 말했다.

이 일을 곰곰이 생각하며 강으로 내려갔다. 얼마 후 내 검둥이가 뒤쫓아오는 것을 감지했다. 집이 보이지 않는 곳에 이르렀을 때 검둥이는 잠시 뒤와 주위를 살피더니 나한테 뛰어와 말했다.

188

"조지 서방님, 늪으로 내려가면 물독사들이 우글거리는 걸 보여줄 게요."

참으로 이상하다는 생각이 들었다. 이 검둥이는 어제도 그렇게 말했던 것이다. 그것들을 잡으러 이리저리 돌아다닐 만큼 물독사를 좋아할 사람은 없다는 걸 그도 알 것이다. 어쨌든 검둥이의 속셈은 무엇일까? 그래서 내가 말했다.

"좋다. 앞서 가라."

나는 그를 반마일쯤 따라갔다. 그러자 그는 늪지로 들어서더니 발목까지 물이 차는 지대를 다시 반마일 걸었다. 우리는 나무와 덤불과 넝쿨 식물들이 잔뜩 우거진 조그만 마른 평지에 다다랐다. 그러자 그가 말했다.

"조지 나리, 몇 걸음만 저리 더 가보슈. 거기 있어유. 난 전에두 봤으니께 또 보고 싶진 않네유."

그러고는 검둥이는 진창 속을 걸어 내 곁을 떠났다. 곧 나무들이 그의 모습을 가렸다. 좀 더 그곳으로 들어가자 사방이 넝쿨로 드리워진 침실만 한 크기의 작은 땅이 나왔는데, 나는 거기에 한 사람이 누워 자는 것을 발견했다. 맙소사, 그건 바로 짐이었다!

나는 짐을 깨웠다. 나를 다시 보고 그가 몹시 놀랄 거라 생각했다. 그러나 그렇지 않았다. 매우 기뻤던지 짐은 울 뻔했다. 그러나 놀라진 않았다. 그는 그날 밤 내 뒤에서 헤엄쳐왔고 내가 소리 지를 때마다 그 소리를 들었지만 대답하지 않았다는 것이다. 누군가 나타나 자기를 잡아서 다시 노예로 만드는 것을 바라지 않았기 때문이다. 짐이 말했다.

"난 좀 다쳐서 빨리 헤엄칠 수 없었다니께. 그래서 낭중엔 너보다 많이 떨어지고 말았던 거여. 니가 땅에 올랐을 때 나두 땅에 닿으면 소리치지 않구두 널 따라잡을 수 있으려니 했던 거여. 그런디 그 집을 보았을 때 난 걸음을 늦추기 시작했어. 너무 멀어서 그 집 사람들이 네게 무슨 소리 하는지 통 들리지 않더라니께. 개들이 무서웠어. 그러나 주위가 조용해졌을 때 니가 그 집 안으로 들어간 걸 알았어. 그래서 숲으로 들어가 낮이 새기를 기다렸던 거여. 아침 일찍 몇몇 검둥이들이 들일을 나가느라 여길 지나다가 나를 여기로 데려다준 거여. 여긴 물 때문에 개들이 날 뒤쫓을 수 없으니께. 밤마다 그 검둥이들이 먹을 것을 나한테 가져오구, 니가 어떻게 지내고 있는지 말해주더구먼."

"짐, 왜 더 빨리 나를 여기 데려다달라고 잭에게 말하지 않았지?"

"헉, 우리가 뭘 할 수 있을 때까진 널 방해해봤자 아무 소용없는 일이었어. 허지만 이제 우리는 걱정 없어. 난 기회가 생길 때마다 냄비랑 먹을 것이랑 사들이구 밤에는 뗏목을 고치구……."

"짐, 무슨 뗏목?"

"우리가 타고 온 뗏목 말이여."

"그럼 우리 뗏목이 박살나지 않았단 말이야?"

"박살은 무슨. 많이 부서지긴 했지. 그 한쪽 끝이, 허지만 그렇게 크게 부서지진 않았어. 다만 우리 물건 대부분이 없어졌지만서두. 우리가 그렇게 깊숙이 물속에 잠기지 않았더라면, 밤이 그렇게 캄캄하지 않았더라면, 우리가 그렇게 겁을 먹지 않았더라면, 그렇게 사람들 말마따나 돌대가리들이 아니었다면 우린 뗏목을 보았을 거여. 하지만 보지 못했어두 마찬가지여. 이젠 거의 새것처럼 죄다 고쳐놨으니께. 그리구 잃어버린 것들 대신에 새로 많은 걸 가지고 있으니께."

"짐, 대체 어떻게 뗏목을 손에 넣었지? 짐이 그걸 가서 잡은 거야?"

"숲속에 나가 있던 내가 무슨 수로 뗏목을 잡았겠어? 몇몇 검둥이들이 이 근처 만곡부의 작은 나무에 걸린 걸 발견한 거여. 그리군 개울 속 수양버들 사이에다 감춰둔 거여. 그리군 그 뗏목이 누구 것인지를 시끄럽게 따지고 있었던 거여. 난 곧 그 다투는 소리를 듣고 얼른 가서 그건 누구의 것도 아니고 너와 나의 거라고 말해가지구선 문제를 해결했다니께. 젊은 백인 신사의 재산을 훔쳐 그것 때문에 가죽 채찍을 얻어맞겠느냐고 내가 검둥이들에게 물었지. 그러고 나서 난 그들 각자에게 10센트씩 주었거덩. 그랬더니 놈들은 지독히 만족해서 뗏목이 좀 더 떠내려와서 저희들을 부자가 되게 해줬으면 좋겠다고 하더라구. 그 검둥이들은 나한테 아주 친절해. 그들이 나한테 해줬으면 하는 것이 있으면 두 번 부탁할 필요가 없어. 저 잭이란 검둥이는 착한 놈이구 꽤 영리허지."

"정말 그래. 짐이 여기 있는 걸 나한테 말하지 않고 따라오라는 거야. 많은 물독사들을 보여준다나. 어떤 일이 생기면 말려들지 않으려는 거지. 우리가 함께 있는 것을 본 적이 없다고 그는 말할 수 있거든. 또한 그게 사실이구."

나는 다음날에 대해서는 많이 말하고 싶지 않다. 이야기를 아주 짧게 끝맺을 생각이다. 새벽에 잠이 깬 나는 돌아누우며 다시 잠을 청해보려 했다. 그때 나는 사방이 너무나 조용한 것을 깨달았다. 아무도 일어나 움직이는 것 같지 않았다. 여느 때와는 달랐다. 다음으로 벅이 일어나 없어진 것을 알았다. 이상하다 생각하며 일어나 아래층으로 내려갔다. 주위에 아무도 없었다. 모든 것이 쥐 죽은 듯 고요했다. 바깥도 마찬가지였다. 이게 왜 어찌 된 일일까 하고 나는 생각했다. 장작더미 근처에서 잭과 만났다. 그래서 말했다.

"이게 다 어떻게 된 거야?"

잭이 말했다.

"조지 나으리, 모르고 있었어요?"

"응. 난 몰라."

내가 말했다.

"저 말이죠. 소피 아씨가 도망쳤슈! 정말이유. 밤에 몇 신진 몰러두 도망쳤슈. 정확히 언제라군 아무두 몰러유. 저 아시다시피 그 젊은 하ㄴ 셰퍼드슨 청년과 결혼하려구 도망친 거래유. 적어두 식구들은 그렇게 말하구 있슈. 약 30분 전에 식구들은 알았슈. 어쩜 좀 더 전에 알았는가바유. 모두들 우물우물할 시간이 없었슈. 그렇게 서둘러 총을 들고 말을 타고 가는 건 본 적이 없슈. 부인들은 친척들을 깨우러 갔고 솔 나리랑 도련님들은 총을 들고 강둑길로 말 타고 갔슈. 그 청년이 소피 아씨와 함께 강을 건느기 전에 잡아 죽이겠다구 했슈. 큰 난리가 벌어지겠구만유."

"벅은 날 깨우지도 않고 가버렸군."

"그랬을 거예유. 도련님까지 그 일에 말려들게 하고 싶지 않았든가비유. 벅 도련님은 총을 장전하고는 셰퍼드슨 사람을 하나 집으로 잡아오든지 쏴 죽이든지 하겠다고 벨렀슈. 거긴 그쪽 사람들이 많을 테니게 틀림없이 기회만 있으면 한 놈 잡아올 거유."

나는 되도록 빨리 강둑길로 올라갔다. 이윽고 저 멀리서 총소리가 들리기 시작했다. 증기선 선착장 곁에 있는 재목상의 가게와 장작더미가 보이는 곳에 왔을 때 나는 나무와 덤불 밑을 빠져나가 어떤 좋은 장소에 이르렀다. 총알이 닿지 않을 미루나무의 갈라진 가지 사이로 기어올라 살펴보았다. 그 나무 조금 전방에 높이 4피트가량의 재목 더미가 있어서 처음에 나는 그 뒤에 숨을까 했지만 어쩌면 그러지 않은 것이 더 다행한 일인지도 몰랐다. 네댓 사나이가 재목 상점 앞 공터에서 말을 타고 뛰어다니며 욕을 하고 소리 지르며 증기선 나루터 옆에 있는 재목 더미 뒤에 숨은 두 소년들을 잡으려 했다. 그러나 그들은 그럴 수 없었다. 그들 중 하나가 재목 더미가 강을 향한 곳에 몸을 드

러낼 때마다 총알의 표적이 되었다. 두 소년은 재목 더미 뒤에서 서로 등을 맞대고 웅크리고 있었기 때문에 양쪽을 다 감시할 수 있었다.

　마침내 그 청년들은 말 타고 뛰어 돌아다니며 외쳐대는 일을 그만 두었다. 그들은 상점 쪽으로 말을 달렸다. 그때 소년 중 하나가 일어 나 재목 더미 위에서부터 총을 겨누어 말 탄 청년 하나를 쏘아 떨어뜨 렸다. 모든 청년은 그들의 말에서 뛰어내려 다친 사람을 부축하여 상 점으로 운반했다. 그 순간 두 소년은 도주하기 시작했다. 두 소년이 내 가 올라와 있는 나무까지 절반쯤 왔을 때 저쪽 청년들은 그것을 눈치 챘다. 다음 순간 그들은 소년을 보자 말에 올라타고 그들을 뒤쫓았다. 청년들의 속도가 소년들보다 빨랐지만 별 소용이 없었다. 소년들의 출발이 좋았기 때문이며 그들은 내가 있는 나무 앞 장작더미 뒤로 숨 어들었다. 그래서 소년들은 다시 그 청년들보다 유리한 위치를 점령했 다. 그 소년 중 하나는 벅이었고 또 하나는 열아홉 살 정도의 몸이 가 냘픈 청년이었다.

　그 청년들은 잠시 미친 듯이 날뛰다가 그곳을 떠났다. 그들 모습이 보이지 않게 되자마자 나는 벅에게 소리쳐 그들이 가버린 것을 알려주었다. 처음에 벅은 나무에서 들려오는 내 목소리를 어떻게 해야 할지 몰랐다. 그는 지독히 놀랐던 것이다. 그는 나더러 잘 감시하다가 놈들이 다시 나타나면 자기한테 알려달라고 말했다. 놈들은 악질적인 음모를 꾸밀 터이니까 곧 다시 올 것이라고 벅은 말했다. 나는 나무에서 나와 내려가고 싶었지만 감히 내려갈 수 없었다. 벅이 울며 악담을 퍼붓기 시작했다. 그와 사촌 조(함께 줄곧 있던 그 다른 청년이 조였다)는 이제부터 오늘의 복수를 하겠다고 선언했다. 그의 아버지와 두 형이 살해되고 적들도 두세 명이 죽었다고 벅이 말했다. 셰퍼드슨 놈들이 매복하고 기다렸다고 했다. 자기 아버지와 형들은 친척들을 기다려야 했다고 벅이 말했다. 셰퍼드슨 쪽은 그들이 상대하기엔 너무 강했다고 했다. 나는 젊은 하니와 소피아 양은 어떻게 되었느냐고 벅에게 물었다. 그들은 강을 건너가서 안전하다고 벅이 말했다. 나는 그 소리를 듣고 기뻤다. 그러나 벅이 하니를 쏘던 그날 하니를 죽이지 못한 것을 원통하게 생각하는 벅의 말, 그와 같은 것은 이제껏 들어본 적이 없다.

그때 갑자기 빵! 빵! 빵! 하고 서너 발 총 소리가 났다. 그 청년들이 말을 하지 않고 숲속을 살금살금 통과하여 뒤쪽에서 나타난 것이 아닌가! 소년들은 강물 속으로 뛰어들었다. 둘 다 부상을 입은 상태였다. 그들이 물살을 따라 아래로 헤엄쳐 내려갈 때 그 청년들은 둑 위를 따라 뛰면서 물속의 소년들에게 총을 쏘며 외쳤다.

"놈들을 죽여! 놈들을 죽여!"

이 광경을 보고 나는 속이 메스꺼워서 나무에서 떨어질 뻔했다. 거기서 일어난 일을 모두 말하지는 않겠다. 그 이야기를 하다가는 다시 속이 메스꺼워질 것이기 때문이다. 이런 일들을 보니 그날 밤 강변으로 올라오지 말 걸 그랬다는 생각이 들었다. 그때의 일들은 내 머리에서 지울 수가 없다. 여러 번 나는 그 꿈을 꾸었다.

나무에서 내려오기가 두려워 어두워질 때까지 나무 속에 머물렀다. 저 멀리 숲속에서 때때로 총소리가 들렸다. 사람들이 몇몇씩 무리를 지어 총을 들고 목재 상점을 지나 말을 달리는 것이 두 번 보였다. 그래서 싸움은 아직도 계속되고 있구나 하고 생각했다. 나는 몹시 낙담했다. 그래서 다시는 그 집 근처에는 가지 않기로 결심했다. 왜냐하면 무언가 잘못했다는 생각이 들었다. 소피아 양이 두 시 반에 어디에선가 하니 청년을 만나 같이 도망가자는 의미가 그 종이쪽지에 있었구나 하는 판단이 섰다. 그 종잇조각에 대해 그리고 소피아의 이상한 행동에 대해 그녀의 아버지에게 미리 말해주었어야 하는 건데 하는 생각이 들었다. 그랬더라면 그 아버지는 소피아를 방에 가둬놓고 자물쇠를 채웠을 것이고 이러한 끔찍한 소동은 일어나지 않았을 것이다.

나는 나무에서 내려와 얼마 동안 강둑을 따라 살금살금 내려갔다. 두 시체가 물가에 놓인 것을 발견했다. 나는 시체들을 잡아끌어 물 밖 강가로 올려놓았다. 그러고는 그들의 얼굴을 덮어주고 빨리 그곳을 떠났다. 벅의 얼굴을 덮어줄 때 나는 좀 울었다. 벅은 나에게 참으로 친절했기 때문이다.

이제 주위가 캄캄해졌다. 나는 그 집 근처에는 가지 않고 숲을 가로질러 늪지로 향했다. 짐은 그의 섬에 있지 않았기 때문에 나는 급히 개울로 달려가 미루나무들을 헤치고 들어가 빨리 뗏목을 타고 이 무서운 땅을 벗어나려 했다. 그런데 뗏목은 온 데 간 데 없었다. 아이쿠! 나는 겁이 났다. 거의 1분 동안 숨을 쉴 수 없었다. 그래서 난 크게 소리 질렀다. 그러자 25피트도 떨어지지 않은 곳에서 목소리가 이야기하는 것이었다.

"아이구 하느님! 거 헉 아녀? 소리 내면 안 돼야."

짐의 목소리였다. 그처럼 듣기 좋은 목소리는 이제껏 없었다. 나는 잠시 강둑을 달려가 뗏목에 탔다. 짐은 나를 삽더니 꼭 껴안았다. 짐은 나를 보고 그처럼 반가웠던 것이다. 짐이 말했다.

"아, 하늘이 혁을 도왔어. 난 니가 또 죽었다고 생각했다니께. 잭이 여기 왔었는디 그 녀석 말이 니가 집에 돌아오지 않은 걸 보니 총에 맞았다구 생각한다는 거였어. 그래서 난 얼른 뗏목을 개울 입구에 갔다 대구 잭이 다시 와서 니가 확실히 죽었다는 걸 알리면 즉시 떠날 차비를 차리고 있는 거여. 혁, 니가 다시 돌아와서 난 무척이나 기쁘다니께."

내가 말했다.

"됐어. 정말로 잘 됐어. 집 사람들은 나를 찾아내지 못할 거야. 내가 살해되어 강물에 떠내려갔다고 생각할 거야. 그 사람들에게 그런 생각이 들도록 할 것이 뭔가 있어. 그러니까 짐, 여기서 꾸물대지 말고 되도록 빨리 뗏목을 큰 강으로 몰아가자구."

뗏목이 거기서 2마일 하류로 내려와 미시시피강 한가운데로 나와서야 나는 비로소 마음이 놓였다. 그러고 나서 우리는 신호등을 켜 걸었다. 다시 자유롭고 안전하다고 우리는 판단했다. 나는 어제부터 먹은 것이 아무것도 없었다. 그래서 짐은 나에게 옥수수빵과 버터밀크와 돼지고기와 양배추와 채소 등을 꺼내왔다. 요리만 제대로 되면 이 세상에서 이보다 더 맛있는 것은 없었다. 저녁을 먹으며 우리는 이야기를 나누며 즐거운 시간을 보냈다. 나는 원한 싸움에서 벗어난 것이 무척이나 기뻤고 짐은 늪에서 벗어나서 기뻤다. 결국 뗏목 같은 좋은 집은 없다고 우리는 말했다. 다른 곳은 지독히 갑갑하고 숨이 막힐 것 같지만 뗏목은 그렇지 않았다. 뗏목 위에서는 자유롭고 마음이 놓이고 편안하기 그지없었다.

19

 2, 3일 낮과 밤이 지나갔다. 낮과 밤이 헤엄쳐 지나갔다고 말할 수 있다고 나는 생각했다. 그 시간은 조용하고 평온하고 아름답게 흘러갔다. 여기에 우리가 시간을 메운 방법이 있다. 이 근처에 이르면 강은 괴물처럼 큰 강이 되었다. 때로 강폭이 1마일 반이나 되는 곳도 있었다. 우리는 밤에는 활동하고 낮에는 누워서 숨어 있었다. 밤이 끝날 때 우리는 강을 따라 내려가는 운행을 중지하고 뗏목을 매두었다. 거의 언제나 모래톱 아래 고요한 물에 뗏목을 정지시켰다. 그러고는 미루나무와 수양버들을 잘라 뗏목을 덮어 감췄다. 그리고 나서 낚싯줄을 드리웠다. 그런 다음 원기를 돋우고 열을 식히려고 강물로 뛰어들어 헤엄을 쳤다. 그리고 나서 물이 무릎까지 올라오는 모래톱 바닥에 앉아서 동이 터오는 것을 바라보았다. 소리 하나 어디서도 들리지 않았다. 완전한 적막이었다. 마치 온 세계가 잠들어 있는 것 같았다. 다만 때때로 식용 개구리들이 우는 모양이었다. 물위를 내다볼 때 첫 번째로 보이는 것은 일종의 희미한 선이었다. 그것은 강 건너편에 있는 숲이었

다. 그 밖에는 아무것도 식별되지 않았다. 다음으로 하늘에 창백한 곳이 보였는데, 그 색깔은 더 창백해지면서 사방으로 퍼져나갔다. 다음 순간 강은 저 멀리서부터 색이 엷어지며 더는 검은색이 아니라 회색으로 변했다. 저 멀리 작고 검은 점들이 떠가는 것이 보였다. 장삿배들과 그와 비슷한 것들이었다. 또 긴 검은 선들이 보였는데 그것들은 뗏목이었다. 때로 누가 노를 저어 삐걱거리는 소리를 내는 것을 들었고 사람들의 여러 목소리가 뒤섞여 들렸다. 워낙 조용해서 소리가 멀리까지 들려왔다. 이윽고 물위에 줄무늬를 볼 수 있는데 그 줄무늬의 모양으로 보아 빠른 물살 속에 쓰러진 나무가 있다는 것을 알 수 있었다. 빠른 물살이 그 나무에 부딪혀 줄무늬가 저런 형태로 보이는 것이었다. 다음으로는 안개가 물에서 피어오르고 동녘 하늘이 붉게 밝아오고, 다음으로 강이 밝아오면 저쪽 강둑에서 안으로 떨어져 자리한 숲 가장자리에 통나무 오두막이 보였다. 목재소 앞마당일지도 모르지만 그곳 장작더미는 사기꾼들이 쌓아올려서 어찌나 엉성한지 개를 던져도 그 사이사이 구멍으로 빠져나갈 것 같았다. 그때 상쾌한 미풍이 솟아올라 저 너머에서 시원하고 신선하게 얼굴에 부채질했고 숲과 꽃들 때문에 바람의 냄새는 달콤했다. 그러나 그렇지 않을 때도 있었다. 여기저기 버려진 가오리 같은 죽은 생선들 때문에 썩은 내가 코를 찌를 때도 있었다. 그러다 보면 날이 완전히 밝아지고 모든 것이 햇빛 속에서 웃음을 짓고 노래가 특기인 새들은 그 특기를 발휘하지 않고 무엇을 하겠는가!

희미한 연기 한 점도 이제는 보이지 않았다. 그래서 우리는 낚싯줄에서 몇 마리 물고기를 떼어내어 더운 아침 식사를 준비했다. 식사 후 강의 쓸쓸함을 지켜보며 게으름을 부리다 보면 우리는 어느새 꾸벅이다가 잠들어버렸다. 이윽고 잠이 깨어 왜 잠이 깼었나를 알려고 둘러

198

보면 증기선 한 척이 기침을 연발하며 강물을 거슬러 올라왔다. 강둑 저편으로 워낙 멀리 떨어져 있었기 때문에 물레방아 같은 타륜이 배꼬리에 달린 놈인지 배 양편에 달린 놈인지만 분간할 수 있을 뿐 그 증기선에 대해서는 아무것도 알 수 없었다. 그 후 한 시간쯤은 들리는 것도, 보이는 것도 아무것도 없었다. 다만 완강한 쓸쓸함뿐이었다. 다음으로 저 멀리서 뗏목 하나가 미끄러지듯 지나갔는데, 그 위에서 어떤 얼간이가 장작을 패고 있었다. 뗏목 위에서는 거의 언제나 그런 일이 있었다. 그래서 도끼가 번쩍 하며 내려오는 것이 보였지만 소리는 들리지 않았다. 그 도끼가 다시 위로 올라가는 것이 보였는데, 그것이 사람 머리 위로 올라갈 무렵이 돼서야 그제서 탁! 하는 소리가 들리는 것이었다! 소리가 물위를 달려오는데 그만한 시간이 걸렸던 것이다. 이렇게 우리는 빈둥거리며 정적에 귀를 기울이며 하루하루를 보내곤 했다. 한번은 짙은 안개가 끼었는데, 뗏목들을 비롯해 지나가는 것들은 증기선이 자기들을 덮칠까 봐 양철 냄비를 두드려댔다. 거룻배나 뗏목이 바로 우리 곁을 지날 때에는 사람들이 이야기하고 욕하고 웃는 소리를 들을 수 있었다. 그것도 똑똑히 들을 수 있었다. 그렇지만 그들의 그림자도 보이지 않았다. 귀신들이 허공에서 그런 짓거리를 하는 것 같아서 온몸이 오싹했다. 짐은 그게 유령들이라 믿는다고 했다. 그러나 내가 말했다.

"말도 안 돼. 유령들은 '빌어먹을 안개 같으니'라고 말하진 않을 거야."

밤이 되자마자 우리는 출발했다. 강 한가운데 근처에까지 나왔을 때 우리는 뗏목을 그냥 떠내려가도록 내버려두고 물살이 데려가는 대로 표류하도록 했다. 그리고 나서 파이프에 불을 붙이고 다리는 물속에 덩그렁 매단 채 모든 것에 대해 이야기했다. 우리는 모기들이 허락하기만 하면 밤이고 낮이고 항상 벌거숭이로 지냈다. 벽의 식구들이 나한테 지어준 옷들은 너무 좋은 것이어서 불편했고 게다가 나는 어쩐지 옷에는 별 관심이 없었다.

때로 강 전체를 지독히 오랫동안 우리가 독차지하는 때가 있었다. 저 물 건너편에는 강둑과 섬들이 있었다. 어쩌다가 불빛이 하나 나타나기도 했다. 그 빛은 오두막의 창문 안에 있는 촛불이었다. 그리고 때로 물위에 한두 개 섬광을 볼 수 있었다. 그것은 뗏목 아니면 거룻배 위에 켜놓은 것이었다. 그런 것들 중 하나 위에서 깽깽이 소리나 노래가 들려올 때도 있었다. 뗏목 위에서 산다는 것은 멋진 것이었다. 위를 보면 온통 별들이 박힌 하늘이 있었다. 그래서 우리는 벌렁 누워 별들을 쳐다보며 저 별들이 누구의 손으로 만들어진 것일까 아니면 그냥 생긴 것일까 하고 토론하곤 했다. 짐은 누군가가 만든 것이라고 말했고 나는 저절로 생긴 것이라고 주장했다. 저렇게 많은 별을 만들려면 시간이 너무 오래 걸렸을 것이라는 생각이 들었다. 짐은 달이 별들을 낳았을 것이라고 했다. 그 말에는 좀 일리가 있는 것 같아서 반대하지 않았다. 왜냐하면 개구리가 그렇게 많은 알을 낳는 것을 보았는데, 그렇다면 당연히 달도 그럴 수 있기 때문이었다. 또한 우리는 떨어지는 별들을 보았고 꼬리에 긴 선을 그으며 떨어지는 것도 보곤 했다. 그런 별들은 상해서 둥지에서 내팽개쳐진 것들이라고 짐이 말했다.

하룻밤 사이에 한두 번 우리는 증기선이 어둠 속을 미끄러져 지나가는 것을 보곤 했는데, 증기선은 이따금 연통에서 온 세상을 덮는 불똥을 토해냈다. 불똥들이 강물 위로 비가 되어 내리는 바람에 그 광경은 지독히 아름다웠다. 다음 순간 증기선이 모퉁이를 돌면 그 불들은 꿈뻑꿈뻑하며 꺼져버리고 요란했던 소리도 멈추면서 강은 다시 조용해졌다. 그러나 이윽고 증기선이 일으킨 파도는 증기선이 가버린 후 한참 만에 우리에게 도달하게 되어 우리의 뗏목을 약간 흔들었다. 그런 후 얼마 동안인지 몰라도 들리는 소리는 아무것도 없었고 다만 개구리 따위가 우는 소리가 들릴 뿐이었다.

자정이 지나면 강변의 사람들은 잠자리에 들었다. 그 후 두세 시간 동안 강변은 어디나 칠흑이었다. 오두막 창문에도 불빛이 없어졌다. 이 불빛이 우리의 시계였다. 다시 나타나는 첫 번째 불빛은 아침이 오고 있다는 뜻이었다. 그래서 우리는 당장 몸을 숨기고 뗏목을 매어둘 장소를 물색했다.

어느 날 아침 동틀 무렵 나는 카누 한 척을 발견하고 빠른 물살을 넘어 강기슭으로 갔다. 200야드 정도밖에 되지 않았다. 딸기를 조금 딸 수 있을까 해서 삼나무 숲 사이를 흐르는 개울을 1마일가량 노를 저어갔다. 소들이 다닌 통로처럼 보이는 길이 개울을 가로지른 장소를

막 통과할 때 두 사나이가 허둥대며 이 통로로 달려왔다. 나는 죽었구나 하는 생각이 들었다. 누가 누구를 뒤쫓고 있을 때면 그 표적은 나 아니면 어쩌면 짐일 거라고 판단했기 때문이다. 나는 급히 그곳에서 두망친 찬이었는데 그만 그들은 이미 나에게 가까이에 와서 큰 소리로 목숨을 살려달라고 애걸했다. 저희들은 아무 짓도 하지 않았는데 쫓기고 있다고 했다. 남자들과 개들이 자기들을 쫓고 있다는 것이다. 두 남자는 곧장 카누 속으로 뛰어들려고 했다. 그러나 내가 말했다.

"그러지들 마세요. 아직 개들과 말들 소리가 들리지 않잖아요. 덤불 속을 헤치고 통과하여 개울 위쪽으로 조금 올라갈 시간이 있어요. 그러고 나서 물로 들어가 물속을 걸어 나한테 와서 타세요. 그렇게 하면 개들이 냄새 맡고 추적하지 못할 테니까요."

두 사람은 그렇게 했으며 그들이 카누에 오르자마자 나는 뗏목을 매어둔 모래톱으로 향했다. 약 5분에서 10분이 지나자 개들과 사람들이 저 멀리에서 외치는 소리가 들렸다. 그네들이 개울 쪽으로 오는 소리가 들렸지만 눈으로 보이지는 않았다. 그네들은 걸음을 멈추고 잠시 제자리에서 빙빙 도는 것 같았다. 우리는 계속 그네들에게서 멀어지고 있었기 때문에 그네들의 소리를 전혀 들을 수가 없었다. 숲을 1마일가량 우리 뒤로 하고 강에 닿았을 무렵 모든 것은 고요했다. 우리는 모래톱으로 저어가서 미루나무들 속에 숨어 안전해졌다.

그들 중 한 사람은 나이가 일흔 아니면 그 위로 보였고 대머리에 반백의 구레나룻을 길렀다. 다 낡은 소프트 모자를 쓰고 기름때가 긴 푸른 털 셔츠에다 장화 속에 쑤셔 넣은 너덜너덜하게 낡은 블루진 바지를 입었다. 집에서 짠 멜빵을 했는데, 아니, 그것도 한쪽만 있었다. 또한 윤이 나는 놋쇠 단추가 달린 낡고 자락이 긴 블루진 외투를 한쪽 팔에 걸쳐 들었다. 두 사람 다 크고 배가 불룩하고 초라하게 보이는 여행용 가방을 가지고 있었다.

또 한 남자는 서른 살가량으로 노인과 마찬가지로 평범한 옷차림
이었다. 아침을 먹은 후 우리 모두는 쉬면서 이야기를 나눴는데, 거기
서 밝혀진 첫 번째 사실은 그들 두 사람은 서로 모르는 사이라는 것이
었다.

"당신은 어쩌다 말썽에 말려들었소?"

대머리가 상대방 젊은이에게 말했다.

"나는 치아에서 치석을 제거하는 약을 팔았어요. 그건 치석도 제거
하는데 동시에 대개는 이의 사기질도 제거한단 말입니다. 그런데 나는
떠났어야 할 날짜보다 하룻밤 더 머물렀던 겁니다. 그래서 막 슬쩍 도
주하려던 참이었는데, 읍내 이쪽 편 길에서 영감을 우연히 만난 거지
요. 사람들이 쫓아온다고 말하면서 영감이 도망치도록 도와달라고 하
셨던 겁니다. 그래서 나도 골치 아픈 일에 걸려들 것 같다고 영감에게
말하고 같이 도망치게 된 겁니다. 영감의 사연은 어떤 겁니까?"

"글쎄, 난 약 한 주 동안 작은 금주 부흥회를 열었지 뭐야. 난 큰 여
자든 작은 여자든 가릴 것 없이 여자들의 우상이었지. 술꾼들을 된통
혼내주었다 이 말이야. 하룻밤에 5, 6달러를 벌어들였지. 두당 10센트
씩 받았으니까. 애들과 검둥이들은 무료였지만. 그래서 사업이 줄창
번성하는 판이었는데, 어젯밤에 어찌 된 셈인지 내가 사람 눈을 피해
몰래 혼자서 술을 마시며 시간을 때우는 버릇이 있다는 소문이 나도
는 거였다 이 말이야. 오늘 아침 검둥이 하나가 나를 깨우더니 사람들
이 개와 말을 데리고 조용히 모여 나한테 와서 나를 한 반시간 먼저
출발하게 해놓고 뒤쫓기로 했다는 걸 알려주더군. 그들이 나를 잡으면
내 몸에 타르를 칠하고 깃털을 붙여 가지고 가로장에 올려 린치하리
라는 것이었지. 나는 아침도 기다리지 않았지. 배도 고프지 않더군."

"영감님, 우리가 함께 동업하면 되겠다는 생각이 드는데, 어떻게 생각하시오?"

그 젊은이가 말했다.

"싫지는 않네만. 그런데 젊은이가 하는 일이 뭐요? 본업 말이오."

"직업은 신문 인쇄업자였지요. 특허약에도 좀 손대보고 연극 배우도 했지요. 비극 말입니다. 기회가 생기면 최면술과 골상학에서도 한가락합니다. 기분 전환을 위해 노래-지리 교습소에서도 가르치고요. 때로 강연도 맡아서 하고……. 많은 일을 합니다. 닥치는 대로 무엇이나하니까 직업이라고 할 것도 없어요. 근데 영감님의 직업은 무엇이죠?"

"한때는 나도 의사 노릇을 잘 해냈지. 안수 치료가 내 장기였어. 암이니 중풍이니 그런 병들을 고쳐줬지. 또 누군가가 나를 위해 정보를 알아오면 나는 점도 잘 봐줬지. 설교도 내 직업이야. 야외 단합예배도 주관하고 여기저기 전도하러 다니고."

잠시 동안 아무도 말이 없었다. 그러자 젊은이가 한숨을 지으며 말했다.

"아, 슬프구나!"

"뭐가 그리 슬픈가?"

대머리가 말했다.

"내가 어쩌다가 이런 삶을 살게 되고 이런 인간들과 한패가 되었나를 생각하면……."

그러면서 그는 헝겊 조각으로 눈 가장자리를 닦기 시작했다.

"저런, 천벌을 받아라. 우리들이 너와 한패가 되지 못할 게 뭐냐?"

대머리가 꽤 건방지면서 주제넘게 말했다.

"맞아요. 내겐 과분하지요. 아니, 과분한 정도가 아니지요. 그렇게 높은 지위에서 나를 그렇게 낮은 지위로 끌어내린 게 누구지요? 내가 끌어내린 겁니다. 여러분을 비난하는 게 아닙니다. 천만의 말씀이지요. 난 누구도 비난하지 않습니다. 모든 게 자업자득이니까요. 냉엄한 세상이 나를 아무리 학대해도 난 한 가지만은 알고 있어요. 어딘가에 내가 들어갈 무덤이 있다는 사실 말입니다. 세상은 항상 그런 것처럼 돌아가면서 내게서 모든 것을 빼앗아가겠지요. 사랑했던 사람들, 재산, 그리고 모든 것을 빼앗아가겠지요. 그러나 무덤만은 가져갈 수 없을 겁니다. 언젠가 난 그 무덤 속에 누워 모든 걸 잊을 것이고 내 상처받은 가련한 이 가슴은 휴식을 찾을 겁니다."

그는 계속 눈물을 닦았다.

"불쌍한 상처받은 가슴이라니 집어치워. 불쌍한 상처받은 가슴을 우리에게 털어놓는 건 어찌 된 영문이지? 우린 아무 짓도 하지 않았는데."

대머리가 말했다.

"압니다. 당신들은 아무 짓도 안 했습니다. 신사 여러분, 내가 여러분들을 비난하는 건 아닙니다. 그래요. 내가 날 이 지경으로 만든 겁니다. 난 고생해도 싸요. 당연한 일입니다. 난 내 신세를 한탄하지 않아요."

"어떤 위치에 있다가 이 지경이 됐단 말인가? 어디에서 이렇게 떨어졌단 말인가?"

"아, 여러분은 내 말을 믿지 않을 겁니다. 세상 사람들은 결코 믿지 않을 겁니다. 까짓것 그러라지요. 아무래도 상관없어요. 내 출생의 비밀은……."

"자네 출생의 비밀이라고? 그럼 자네 말이……."

"신사 여러분."

젊은이는 자못 근엄하게 말했다.

"내 여러분은 믿을 수 있을 것 같아서 이야긴데, 내 다 터놓고 말하지요. 원래 난 당연히 공작이올시다!"

이 말을 듣는 순간 짐의 눈이 튀어나왔다. 내 눈 역시 튀어나왔을 것이다. 그러자 대머리가 말했다.

"설마! 그게 사실인가?"

"사실입니다. 브리지워터 공작의 장남인 우리 증조할아버지는 자유라는 순수한 공기를 마시려고 지난 세기 말에 이 나라로 도망쳐 와서, 여기서 결혼하여 아들을 하나 남겨놓고 돌아가셨습니다. 그 무렵 그분의 부친도 돌아가셨습니다. 돌아가신 공작의 차남이 작위와 재산을 빼앗아간 것입니다. 갓난아기였던 진짜 공작은 무시되고 말았지요. 나는 그 갓난아기의 직계 후손입니다. 내가 정당한 브리지워터 공작입니다. 그런 내가 여기 외롭게 높은 지위에서 떨어져 인간들에게 쫓기고 냉엄한 세상이 멸시하는 신세가 되어 누더기 옷에 지치고 상심한 채 격하되어 마침내 뗏목 위에 와서 악한들과 한패가 되다니!"

이런 말에 짐은 그를 몹시 동정했고 나도 그랬다. 우리는 그를 위로하려고 애썼다. 그러나 그는 그런 말이 소용없다며 자기한테는 그다지 위로가 될 수 없다고 했다. 우리가 자기의 신분을 인정해줄 마음만 있다면 그것이 그 어느 것보다 자기에게 잘하는 일이 될 것이라고 말했다. 그를 인정해주는 방법을 알려주면 그렇게 하겠다고 우리는 말했다. 자기에게 말을 할 때는 상체를 굽히고 '각하'니 '전하'니 '전하 각하님' 하고 불러야 한다는 것이었다. 또한 간소하게 '브리지워터'라고 불러도 상관하지 않겠다고 했다. 그것은 어쨌든 이름이 아니라 칭호라는 것이다. 또한 식사 때는 우리들 중 하나가 자기에게 시중을 들고 아무리 사소한 일이라도 자기가 시키면 해야 한다고 했다.

까짓것, 그런 일은 쉬운 일이라 우리는 그렇게 해주었다. 식사하는 동안 내내 짐은 가까이 서서 그에게 시중들면서 '각하, 이것 좀 드시겠습니까, 저것 좀 드시겠습니까?' 등등 할 것을 다했다. 그게 그 젊은이를 몹시 즐겁게 하는 것이 역력했다.

그러나 마침내 늙은이는 입을 꼭 다물었다. 별로 말도 하지 않고 그 공작 주변에서 진행되는 그 시중 받는 꼴을 보고 마음이 불편한 것 같았다. 가슴에 무언가 말할 것을 지닌 것 같았다. 그리하여 오후가 되자 대머리는 말했다.

"이봐, 빌지워터. 나도 자네를 몹시 안됐다고 생각하네만 그런 고통을 당한 건 자네뿐이 아닐세."

그는 말했다.

"그래요?"

"그래. 자네뿐이 아니야. 높은 신분에서 부당하게 끌려 내려온 건 자네뿐이 아니야."

"저걸 어쩌나!"

"그래. 자네뿐이 아니야. 출생의 비밀을 가진 건 자네 혼자만이 아니야."

그런데 이게 어찌 된 일인지 대머리는 울기 시작했다.

"그치세요! 웬일이십니까?"

"빌지워터, 내 자네를 믿어도 되나?"

늙은이는 아직 흐느껴 울며 말했다.

"끝까지 날 믿으십쇼!"

젊은이는 늙은이의 손을 잡고 힘껏 누르며 말했다.

"어서 영감의 비밀을 말해보세요!"

"빌지워터, 나는 한때 황태자였어!"

이번에도 정말이지 짐과 나는 놀랐다. 그러자 공작이 말했다.

"영감이 뭐라고요?"

"그래, 친구야, 이건 사실이야. 자네 눈은 바로 이 순간 루이 16세와 앙투아네트의 아들로, 불쌍한 그 사라진 황태자를 보고 있는 거야."

"당신이! 그 나이로! 이건 말도 안 돼. 그럼 영감이 고 샤를마뉴 대제라는 뜻이 되는데……. 영감의 나이는 아무리 적게 쳐도 6, 7백 살은 되었을 텐데."

"빌지워터, 고생한 탓이야. 고생. 고생을 해서 이렇게 백발에다 때이르게시리 대머리가 된 거야. 그래요, 신사 여러분, 블루진에다 비참한 꼴을 한 방랑하고 추방되고 짓밟히고 수난받는 정당한 프랑스의 국왕을 여러분은 지금 눈앞에 보고 있는 거요."

늙은이는 울고불고하는 시늉을 했기 때문에 짐과 나는 어찌할 바를 몰랐고 우리는 그를 불쌍히 여김과 동시에 그런 사람과 우리가 같이 있다는 사실에 기뻐하면서 자부심까지 느꼈다. 그래서 우리는 전에 공작에게 했던 것처럼 발벗고 그를 위로하려고 노력했다. 그러나 늙은

이는 다 소용없다느니 죽어서 모든 걸 끝내는 것만이 자기 신상에 좋
으리라고 말했다. 그러나 한편으로 그가 말하기를 사람들이 자신의
권위에 맞게 대접해주고 자기에게 말할 때는 무릎을 꿇고 항상 '폐하'
라고 일컬으며 식사 때는 제일 먼저 시중을 들고 면전에서는 자기가
허락할 때까지는 앉지도 못하면 잠시나마 자기의 기분이 편해지고 나
아진다는 것이었다. 그래서 짐과 나는 그 앞에서 폐하 대접을 해주기
시작했고 이 일, 저 일 그 밖에 다른 일을 해주었고 그가 우리더러 앉
아도 좋다고 말할 때까지 그 앞에서는 앉지도 않았다. 그랬더니 그는
굉장히 신이 났던지 명랑해지고 마음이 편한 것 같았다. 그러나 공작
은 늙은이에 대해 못마땅한 표정을 짓고 돌아가고 있는 사태에 대해
조금도 만족하지 않는 것 같았다. 그러나 왕은 공작에게 꽤 다정하게
대했으며, 공작의 증조할아버지와 다른 빌지워터 공작들도 자기 부친
이 많이 보살펴주었으며 궁중 출입도 많이 허용했노라고 말했다. 그러
나 공작은 상당한 기간 동안 화가 난 표정으로 있었기 때문에 마침내

왕이 말했다.

"빌지워터, 우린 싫든 좋든 이 뗏목 위에서 지겨울 정도로 오래 함께 지내야 되는 신세야. 그러니 자네가 시큰둥한 표정을 지어봤자 무슨 소용 있겠니? 다만 일만 불편하게 만들 뿐이네. 내가 공작으로 태어나지 않은 게 내 잘못이 아니며 자네가 왕으로 태어나지 않은 게 자네 잘못 아닐세. 그러니 안타까워해봤자 무슨 소용 있겠나? 주어진 상황을 최선으로 이용하라, 이게 내 모토야. 우리가 여기 온 게 나쁘진 않아. 먹을 것 많지, 생활은 편하지……. 자, 공작, 손 좀 내밀어. 악수하고 친구가 되자고."

공작이 손을 내밀었다. 짐과 나는 그것을 보고 몹시 기뻤다. 그것이 모든 꺼림칙했던 것을 없애버려서 우리는 꽤 마음이 놓였다. 뗏목 위에서 불화가 발생한다는 것은 비참한 일이었기 때문이다. 뗏목 위에서 무엇보다 필요한 것은 모두가 만족하는 것이고 상대방을 향해 올바르고 친절한 마음씨를 갖는 일이기 때문이다.

이 거짓말쟁이들이 전혀 왕도 공작도 아니며 다만 저급한 협잡꾼이며 사기꾼이라는 결론을 내리는 데는 긴 시간이 걸리지 않았다. 그러나 나는 아무 말도 하지 않고 그대로 내버려두었다. 속으로 혼자만 알고 있었다. 그게 최선의 길이었다. 그래야 말다툼도 없을 것이고 골칫거리도 생기지 않을 것이다. 그네들이 우리더러 자기들을 왕이니 공작이니 하고 부르기를 원하면 나는 반대하지 않았다. 그래야 뗏목 가족 사이에서 평화가 유지된다면 반대하지 않았다. 짐에게 이야기해봤자 소용없는 일이었다. 그래서 나는 짐에게도 이야기하지 않았다. 아빠한테서 배운 건 없지만 한 가지 배운 것은 이런 부류의 인간과 함께 살아가는 최선의 길은 그네들이 제멋대로 하게 내버려두는 것이라는 사실이었다.

20

그네들은 우리에게 무지하게 많은 질문을 해댔다. 왜 우리가 그런 식으로 뗏목을 숨겨두고 왜 낮에는 움직이지 않고 쉬느냐는 것이었다. 또 짐은 도망친 검둥이가 아니냐는 것이었다. 그래서 내가 말했다.

"당치도 않아요. 도망친 검둥이라면 남쪽으로 가겠어요?"

그렇지. 도망친 검둥이는 그러지 않을 것이라고 그네들도 수긍했다. 그래서 나는 어떻게든 여러 가지를 설명해야 되겠어서 이렇게 말했다.

"우리 식구들은 미주리주 파이크군에서 살았어요. 나는 거기서 태어났는데, 나와 아빠와 동생 아이크 말고는 식구들이 다 죽었어요. 아빠는 다 정리하고 남쪽으로 가서 올리언스 아래쪽 44마일 지점에서 초라한 농장을 가지고 있는 벤 숙부네 집으로 가서 살겠다고 말했지요. 아빠는 몹시 가난한 데다 빚도 좀 있었어요. 그걸 정리하고 나니까 16달러와 우리 검둥이 짐만이 남았지요. 이것으로는 3등 갑판 승객으로든 어느 다른 방법으로든 1,400마일을 가는 덴 부족한 돈이었어요.

그런데 강물이 불어난 어느 날 재수가 좋아 이 작은 뗏목을 붙잡은 거예요. 그래서 이 뗏목을 타고 올리언스까지 가겠다고 생각했지요. 아빠의 재수는 지속되지 않았어요. 어느 날 밤 증기선 하나가 뗏목의 앞쪽 모퉁이를 들이받는 바람에 우리 모두는 강 속에 빠져 타륜 밑으로 들어갔어요. 짐과 나는 멀쩡히 물 밖으로 나왔지만 아빠는 술에 취해 있었고 네 살밖에 안 된 아이크는 아빠와 함께 물 밖으로 나오지 않았어요. 그런데 우리는 하루이틀 동안 지독한 고충에 시달렸어요. 왜냐하면 사람들은 짐이 도망친 검둥이가 틀림없을 거라고 말하며 소형 보트를 타고 와서 나한테서 짐을 빼앗으려고 했기 때문이었어요. 이제 우리는 낮에는 움직이지 않아요. 밤이 되면 사람들은 우리를 괴롭히지 않거든요."

공작이 말했다.

"우리가 원하면 대낮에도 여행할 수 있는 방법을 생각해볼 테니 나를 혼자 있게 내버려둬. 내가 곰곰이 생각해서 이 문제를 해결할 방법을 꾸며볼 테니까. 오늘은 그만두기로 하자. 왜냐하면 낮에 저 건너에 있는 읍내 곁을 지나가는 것은 우리가 당연히 원하지 않을 테니까. 안전하지 않을지도 몰라."

밤이 다가올 무렵 날이 어두워지면서 비가 올 것 같았다. 저편 하늘 낮은 곳에서 마른번개가 빛을 사방으로 분출했고 나뭇잎들이 떨기 시작했다. 험상궂은 날씨가 될 것 같았고 그건 금세 알 수 있었다. 그래서 공작과 왕은 우리의 인디언 오두막을 자세히 보려고, 그러니까 침대가 어떤가를 보려고 그리로 갔다. 내 침대는 밀짚 가닥으로 만들어진 것이라 옥수수 껍질 조각들로 된 짐의 침대보다 좋았다. 옥수수 껍질에는 늘 옥수수 속대가 있어서 몸을 찔러 아프게 했다. 또 그 위에서 구르면 마른 껍질은 마치 마른 가랑잎 더미 위에서 구르는 것처럼 소리가 요란해서 잠이 깨고 말았다. 그런데 공작이 내 침대를 택하겠다고 했다. 그러나 왕은 그것을 허용하지 않겠다고 하면서 말했다.

"옥수수 껍질 침대는 내가 자기에 적합하지 않다는 것은 신분의 차이가 경에게 암시해주었으리라고 생각했는걸. 공작 각하는 옥수수 껍질 침대를 차지하도록 하게."

짐과 나는 그들 사이에 어떤 마찰이 일어나지나 않을까 하고 걱정이 되어 잠시 또 마음을 졸였다. 그래서 공작이 다음과 같이 말했을 때 더 없이 기뻤다.

"압제의 쇠발굽에 짓눌려 늘 진창 속에 빠지는 것이 내 운명입니다. 불운을 거치는 동안 한때 오만했던 내 기백은 꺾이고 말았어요. 난 양보합니다. 복종합니다. 그게 내 운명이니까요. 난 이 세상에 나 혼자뿐입니다. 내가 수난을 당하지요. 참을 수 있습니다."

우리는 적당히 어두워지자마자 출발했다. 왕은 우리에게 강 한가운데를 향해 죽 나아가서 읍내에서 멀리 하류 쪽으로 나갈 때까지는 불빛을 보이지 말라고 지시했다. 이윽고 작은 불빛이 모인 곳이 보였다. 그건 읍내였다. 우리는 아무 일 없이 약 반 마일 거리를 두고 그곳을 통과했다. 4분의 3마일가량 아래로 내려왔을 때 우리는 신호등을 올려 달았다. 열 시쯤 되자 비가 오기 시작하며 바람이 불고 천둥 번개가 미친 듯이 쳐댔다. 그러자 왕은 우리 둘더러 날씨가 좋아질 때까지 망을 보라고 말하고는 공작과 함께 오두막으로 기어들어가 잠자리에 들었다. 열두 시까지는 아래쪽에서 내가 망볼 차례였다. 하지만 설사 내게 침대가 있었더라도 그 속으로 들어가지는 않았을 것이다. 이런 폭풍우는 일주일 동안 날마다 볼 수 있는 것이 아니며 그것도 먼발치에서 보는 그런 폭풍우가 아니었기 때문이다. 깜짝이야! 바람이 이처럼 비명을 지르다니! 또한 1, 2초마다 주변 반 마일에 걸쳐 흰 파도 머리를 환히 조명하는 번개의 섬광이 있었으며 우리는 빗줄기를 통해 희미하게 보이는 섬들과 바람 속에서 도리깨질을 당하는 나무들을 보았다. 그러고 나서 후왁! 우르릉 쾅쾅, 우르릉 쾅쾅 하는 소리가 났다. 천둥이 우르릉하기도 하며 낮은 소리로 울리며 멀리 사라지며 끊겼다. 그런가 하면 또 하나의 섬광이 하늘을 찢더니 터무니없이 큰 타격이 뒤따랐다. 파도로 인해 때로 나는 뗏목 밖으로 쓸려나갈 뻔했지만 옷을 걸치고 있지 않았기 때문에 상관하지 않았다. 물속에 있는 나무들도 문제가 되지 않았다. 번갯불이 쉴 새 없이 번쩍이고 빛을 날렸기 때문에 뗏목의 머리 부분을 미리 이리저리 돌려 나무들을 피할 수 있었다.

한밤중에 서는 망은 내 차례였다. 그런데 그때는 어찌나 졸린지 몰랐다. 그래서 짐이 전반부의 망은 자기가 서주겠다고 말했다. 짐은 이처럼 늘 나에게 퍽 친절했다. 나는 오두막으로 기어들어갔다. 그러나 왕과 공작이 다리를 이리저리 넓게 뻗고 있어 내 자리는 없었다. 그래서 나는 오두막 밖에 누웠다. 날씨가 따뜻했고 파도가 이제 그다지 높지 않았기 때문에 나는 비 같은 건 상관하지 않았다. 그러나 밤 두 시경에 파도가 다시 높아졌다. 그러자 짐은 나를 불러 깨우려 하다가 아직 파도가 피해를 줄 만큼 높지 않다고 생각했기 때문에 마음을 고쳐먹었다. 그러나 그것은 짐의 잘못된 판단이었다. 이윽고 갑자기 거대한 파도가 밀려와 나를 물속으로 쓸어갔다. 그것을 보고 짐은 우스워 죽겠다는 것이었다. 그렇게 웃기 잘하는 검둥이는 이 세상에 없었다.

내가 망을 보자 짐은 눕기가 무섭게 코를 골며 잠들었다. 이윽고 폭풍우는 완전히 걷혔다. 오두막집 불빛이 처음 보였을 때 나는 짐을 깨워 뗏목을 낮 동안 숨겨둘 곳으로 밀어 넣었다.

아침 식사가 끝나자 왕은 낡고 초라한 카드 한 벌을 꺼내더니 공작과 함께 잠시 세븐업을 쳤다. 한 판에 5센트씩 걸고 카드를 쳤다. 얼마 후 싫증이 나자 그들은 그들의 표현대로 "유세 계획 짜기"를 하자는 것이었다. 공작은 여행 가방을 뒤져 작은 인쇄 전단을 잔뜩 꺼내더니 큰 소리로 읽었다. 한 전단에는 "파리의 저명한 아르망 드 몽탈방 박사"가 이러이러한 장소에서 이러저러한 날에 입장료 10센트에 "골상학 강연"을 한다는 것과 "성격 판정을 위한 차트 한 장에 25센트를 받고 제공"한다고 적혀 있었다. 공작은 그 박사가 자기라고 말했다. 다른 전단에는 자기가 "세계적으로 명성을 떨친 셰익스피어 연극의 비극 배우, 런던 드루리 레인 극장의 개릭 2세"라고 적혀 있었다. 다른 여러 가지 전단 속에서 그는 많은 다른 이름을 쓰면서 "마술 지팡이"로 물과 금을 찾는다든가 "마녀의 마력을 쫓아낸다"느니 등등 다른 놀라운 일을 한다고 적혀 있었다. 이윽고 그가 말했다.

"하지만 나는 연극의 여신을 제일 사랑해요. 폐하, 연극 무대에 서 본 적이 있으십니까?"

"없는걸."

왕이 대답했다.

"몰락한 군주님, 그럼 사흘 더 늙으시기 전에 무대에 서게 해드리지요" 하고 공작이 말했다.

"우리가 닿게 될 최초의 읍내에서 공회당을 빌려 〈리처드 3세〉의 칼싸움 장면과 〈로미오와 줄리엣〉의 발코니 장면을 보여주는 겁니다. 어떻게 생각하십니까?"

"빌지워터, 난 돈이 되는 일이라면 어떤 일이든 철저히 하는 사람이야. 한데 난 연극에서 연기하는 것에 대해선 아무것도 몰라. 이제껏 많이 보지 못했어. 아버님께서 궁전에서 연극을 늘상 공연하도록 하셨을 때는 난 너무 어렸거든. 자네가 날 가르쳐줄 수 있겠는가?"

"그건 아주 쉬운 일입니다."

"됐어. 그렇지 않아도 뭔가 새로운 것이 없나 해서 몸살 하던 판인네. 자, 당장 시작하자고."

그리하여 공작은 로미오는 누구며 줄리엣은 누구라고 하면서 모든 것을 왕에게 이야기해주었다. 그리고 자기는 로미오 역을 맡는 것에 이력이 났으니까 왕은 줄리엣이 되라고 일렀다.

"공작, 하지만 줄리엣이 그렇게 젊은 처녀라면 이 벗겨진 머리와 흰 구레나룻은 처녀에겐 맞지 않아 여간 이상하게 보이는 게 아닐 텐데."

"그건 염려하지 마십시오. 이곳 촌것들은 이상하다는 생각 같은 건 못 하니까요. 게다가 아시다시피 의상을 입을 테니까 폐하는 아주 다르게 보일 겁니다. 줄리엣은 잠자리에 들기 전 발코니에 나와 달빛을 즐기고 잠옷을 걸치고 주름 잡힌 취침용 모자를 쓰거든요. 여기 배역들이 입는 의상이 있습니다."

공작은 커튼용 무명옷 두세 벌을 꺼내더니 그것들이 리처드 3세와 그 상대역의 중세풍 갑옷이라고 말했다. 그러고는 흰 무명으로 된 잠옷과 그와 짝이 되는 주름진 취침용 모자를 꺼냈다. 왕은 만족했다. 그래서 공작은 책을 꺼내더니 그 연극을 어떻게 하는지 보여주려고 이리저리 껑충껑충 뛰어다니면서 동시에 연기를 보여주면서 지독히 거들먹대는 모습으로 여러 역의 대사를 읽어댔다. 그런 다음 그는 그 책을 왕에게 주며 맡게 될 대사를 외우라고 했다.

강의 만곡부 아래쪽으로 3마일쯤 되는 곳에 초라한 읍이 하나 있었다. 점심을 먹은 후 공작은 대낮에도 짐에게 위험할 것이 없이 돌아다니는 방법을 자기가 생각해냈다고 말했다. 그래서 자기가 읍내로 가서 그렇게 일이 되도록 마련하겠노라고 했다. 왕도 무슨 좋은 일이 걸려들지 알아보러 가보겠다고 했다. 커피가 떨어진 터라 나도 같이 따라가서 커피를 사오라고 짐이 말했다.

읍에 도착했을 때 개미 새끼 한 마리도 꿈틀대지 않았다. 거리는 텅 비었고 일요일처럼 죽은 듯이 고요했다. 몸이 아파서 뒷마당에서 햇볕을 쬐는 검둥이 하나를 만났다. 너무 어린것들과 너무 아픈 환자나 늙은이들을 빼고 모든 사람들은 거기서 2마일 떨어진 숲속의 천막 집회에 갔다고 그 검둥이가 말했다. 왕은 그곳으로 가는 방향을 알고 나서 그 천막 집회를 이용해 무언가 수지 맞는 일이 생기나 보러 갈 것이니 나도 같이 가도 좋다고 말했다.

공작은 자기가 찾는 것은 인쇄소라고 했다. 우리는 그것을 발견했다. 그곳은 작은 가게였고 목공소 바로 위에 있었다. 목수들과 인쇄공들 모두는 천막 집회에 나가고 없었고 어느 가게의 문에도 자물쇠가 채워져 있지 않았다. 인쇄소는 지저분하고 요란하게 어질러진 장소였고 잉크 자국이 여기저기 있었고 사면 벽에는 말 그림과 도주한 검둥이들을 그린 광고 전단이 붙어 있었다. 공작은 코트를 벗어 붙이더니 이제 됐다고 말했다. 그리하여 나와 왕은 천막 집회가 열리는 장소를 향해 걸음을 재촉했다.

반시간쯤 걸려서 우리는 땀을 뻘뻘 흘리며 그곳에 도착했다. 끔찍이도 더운 날이었다. 주변 20마일 거리에서 무려 천 명이나 되는 사람들이 모여들었다. 숲은 여기저기 매어둔 말과 짐마차로 가득했다. 말들은 짐마차에 달고 다니는 여물통에서 여물을 먹기도 하고 발을 굴러 파리들을 쫓기도 했다. 긴 막대기를 세우고 그 위에 나뭇가지로 지

붕을 얹은 오두막들이 있었고 거기에서는 레모네이드며 생강이 든 빵을 팔았고 수박과 날옥수수와 그와 비슷한 것들이 쌓여 있었다.

설교는 그와 같은 오두막에서 진행되었는데, 그 오두막들은 여느 오두막보다 컸으며 많은 사람들을 수용하고 있었다. 거기 있는 의자들은 통나무의 겉껍질 쪽을 켜낸 판자로 되어 있었는데 그 두툼하고 동그란 부분에다 구멍을 뚫어 막대기를 박아서 의자 다리를 만들었다. 등받이는 없었다. 오두막 한쪽에는 설교자들이 서 있을 높은 단이 있었다. 부인들은 해가리개 모자를 썼고, 어떤 여자들은 면모 교직물로 된 작업복을 입었고, 어떤 여자들은 줄무늬가 든 무명옷을 입었으며, 소수의 젊은 여자들은 사라사천 옷을 입었다. 몇몇 젊은 남자들 중에는 맨발로 온 사람도 있었고 몇몇 아이들은 올이 굵은 아마포 셔츠만 걸쳤을 뿐 아무것도 입지 않았다. 몇몇 늙은 여자들은 뜨개질을 했고 몇몇 젊은 남녀는 몰래 연애를 걸고 있었다.

우리들의 발걸음이 닿은 첫 번째 오두막에서는 설교사가 찬송가를 한 줄 한 줄 읽고 있었다. 그가 두 줄을 읽으면 모든 사람이 그 가사를 노래 불렀다. 그들의 노래는 듣기에 장엄했다. 워낙 사람들 수가 많았으며 그들 모두가 매우 열의에 차서 불렀기 때문이다. 설교사는 이어서 그들이 따라 찬송가를 부르도록 두 줄을 더 읽었다. 그렇게 자꾸만 이어졌다. 사람들이 점점 흥분하고 노랫소리는 점점 더 커졌다. 마침내 끝 무렵에 가서는 신음하는 사람들도 있었고 소리 지르는 사람도 있었다. 이쯤 되자 그 설교사는 설교를 시작했다. 그것도 정말 열정을 다해서 시작하는 것이었다. 처음에는 설교단의 한쪽으로 헤집듯 가더니 이번에는 반대쪽으로 갔다가 다음에는 양팔과 몸뚱이를 연방 흔들며 설교단 앞으로 몸을 굽히고 있는 힘을 다해 말을 외치듯 뱉어 냈다. 이따금 성경책을 치켜들어 그것을 펴더니 이리저리 그것을 돌려 보이면서 외쳤다.

"이것이 광야의 뻔뻔스런 뱀이니라! 이것을 보고 살지어다!"

그러자 사람들은 "주님의 영광! 아멘!" 하고 소리쳤다. 설교자는 설교를 계속했고 사람들은 신음하고 울고 아멘을 연발했다.

"오, 죄로 까맣게 물든 자들이여, 이 회개하는 자들의 자리로 나오시오!(아멘!) 병든 자 아픈 자들은 나오시오!(아멘!) 절름발이, 못 걷는 자, 눈먼 자들 나오시오!(아멘!) 가난하고 궁핍한 자, 치욕을 당한 자, 나오시오!(아멘!) 고달픈 자, 오명을 쓴 자, 고통받는 자, 모두 나오시오! 상처받은 영혼을 가진 자, 뉘우치는 심정을 가진 자, 나오시오! 누더기와 죄와 오물을 뒤집어쓴 자, 나오시오! 그것을 씻어줄 물은 값이 없고 천국의 문은 열려 있나니 오, 들어와서 쉴지어다!(아아멘! 영광 영광 할렐루야!)"

계속 이렇게 진행되었다. 고함 소리와 우는 소리 때문에 이제 더는 설교사가 하는 말을 알아들을 수 없었다. 군중 속 여기저기에서 사람들이 우르르 일어나 눈물을 흘리며 회개하는 자들의 자리로 몰려갔다. 모든 회개자들이 군중 속 그 앞쪽 회개식 의자에 도달하자 그들은 찬송가를 부르고 고함을 치며 그곳 짚단 위에서 미친 듯이 사납게 뒹굴었다.

그때 내가 처음 깨달은 것은 왕이 행동을 개시했다는 사실이었다. 모든 인간들이 내는 소리를 압도하는 왕의 목소리가 들렸다. 다음 순간 왕은 설교단으로 돌진했다. 그러자 설교사가 왕더러 저 군중에게 한마디 하라고 부탁했다. 왕은 그렇게 했다. 자기는 해적이었다고 왕은 사람들에게 말했다. 자기는 인도양에서 30년 동안 해적 노릇을 했는데, 지난 봄 싸움에서 부하들을 많이 잃는 바람에 새 부하들을 모집하러 고향에 돌아왔다는 것이다. 그런데 재수 없게도 지난밤에 강도를 만나 동전 한 푼 없이 증기선에서 쫓겨나 땅에 오르게 되었다고 했다. 하지만 자기는 그것을 오히려 기쁘게 생각하며 자기에게 이제껏 일어난 일 중에서 가장 축복된 일이라 했다. 왜냐하면 자기는 이제 딴 사람으로 거듭났으며 평생 처음으로 행복하기 때문이라는 것이다. 또한 가난하지만 이제 당장 떠나 인도양으로 돌아가 해적들을 올바른 길로 인도하는 일로 여생을 보내겠다고 했다. 인도양에 있는 해적들을 모두 잘 알기 때문에 누구보다 자기가 그런 일엔 적격자라고 했다. 돈 한 푼 없이 그곳에 가려면 긴 시간이 걸리겠지만 어떤 수를 써서라도 그곳에 도착하여 해적을 설득할 때마다 이렇게 말하겠다고 했다. "나에게 감사하지 마라. 내 덕택이라고 여기지 마라. 모두가 포크빌 천막 집회에 오셨던 분들, 즉 그 훌륭한 형제들과 은공을 베푼 여러분들…… 그리고 어떤 개인이 가질 수 있는 가장 진정한 친구이신 사랑하는 설교사님 덕택이다"라고.

그러고 나서 왕은 눈물을 터뜨렸고 모든 사람도 눈물을 흘렸다. 그러자 어떤 사람이 소리쳤다.

"그를 위해 성금을 모금합시다. 성금을!"

그러자 성금을 내려고 대여섯 명이 자리에서 벌떡 일어났다. 그러나 또 어떤 사람이 "그더러 모자를 돌리라고 하십시오!" 하고 소리쳤다. 모든 사람이 그렇게 하자고 했고 설교사도 동조했다.

그리하여 왕은 눈을 헝겊으로 닦으면서 모자를 들고 사람들 사이를 돌아다녔다. 그곳에서 그처럼 멀리 있는 불쌍한 해적들에게 이처럼 친절을 베푸는 것에 대해 사람들을 축복하고 찬양하며 감사하다고 말했다. 그런데 가끔 아주 예쁜 처녀들이 두 뺨에 눈물을 흘리며 당신을 잊지 않기 위해 키스하고 싶은데 허락해주겠느냐고 일어나서 왕에게 물었다. 그럴 때마다 왕은 그렇게 하라고 허락하고는 그들 중 몇을 껴안고 대여섯 번씩이나 키스해주었다. 또한 그를 일주일 정도 자기들 집에 와 머물렀다 가라고 초대했다. 모두들 자기들 집에 그가 머물다가기를 원했고 또 그것을 영광으로 생각한다고 말했다. 그러나 왕은 오늘이 천막 집회의 마지막 날이어서 그렇게 할 수 없으며 게다가 자기는 당장 인도양으로 가서 해적들을 감화시켜야 하는 일이 시급하다고 말했다.

우리가 뗏목으로 돌아와 계산해보았더니 그가 모금한 돈은 87달러 75센트였다. 게다가 왕은 숲을 통과하여 집으로 향할 때 짐마차 밑에서 발견한 세 갤런들이 위스키 병을 슬쩍해왔다. 왕은 말하기를 전체적으로 따지면 그가 전도 사업에서 이제껏 벌어들인 어떤 날의 수입보다 더 좋은 수입이었다고 했다. 천막 집회에서 사람들을 속이는 데이교도를 끌어들이는 것은 해적을 끌어들이는 수법 앞에서는 명함도 못 내민다는 사실, 이건 말할 필요도 없다고 왕은 말했다.

왕이 돌아오기까지 공작은 자기가 한몫 벌었다고 생각했다. 그러나 왕이 거둔 성과를 알고 나서는 그다지 탐탁지 않게 여겼다. 공작은 그 인쇄소에서 두 가지 작은 일을 인쇄해주고 4달러나 되는 돈을 벌었다. 없어진 말을 찾는 전단이었다. 그리고 10달러짜리 신문 광고 주문을 받았는데, 선금을 내면 4달러에 내주겠다고 했더니 그렇게 하더라고 했다. 신문 구독료는 1년에 한 부당 2달러인데, 선불을 낸다는 조건으로 부당 반 달러로 예약을 세 건이나 받았다는 것이다. 그네들은 여느 때처럼 장작과 양파로 지불하겠다고 했으나 공작은 자기가 이 가게를 방금 매입했기 때문에 되도록 싼 가격으로 깎아 부른 값이니까 이제 현금으로 가게를 운영할 예정이라고 말했다고 했다. 그는 머리를 짜내서 손수 자그만 시를 구성했는데, 세 소절로 되었으며 좀 감미롭고 애달픈 시며 그 제목은 "냉정한 세상이여 이 쓰라린 가슴을 짓밟으럼"이라 했다. 그는 그 시를 모두 조판해서 신문에 인쇄되도록 준비해놓고도 그 대가로 한 푼도 청구하지 않았다는 것이었다. 그러니까 그는 9달러 50센트를 벌었으니 하루 벌이치고는 꽤 좋은 편이라고 말했다.

그러고 나서 공작은 인쇄는 하고도 우리들을 위한 것이기 때문에 대금을 청구하지 않은 또 하나의 작은 일을 우리에게 보여주었다. 막대기에 보따리를 묶어 어깨 위에 멘 도망친 검둥이의 그림이었는데, 그 밑에는 "보상금 200달러"라고 적혀 있었다. 글의 내용은 전부 짐에 관한 것이었고 아주 자세히 묘사되었다. 그 검둥이는 지난 겨울 뉴올리언스 남쪽 40마일 떨어진 곳에 있는 세인트 자크 농장에서 도망쳐 아마 북쪽으로 간 것 같으며 그를 체포하여 돌려주는 사람에게는 보상금과 비용을 지불하겠다고 적혀 있었다.

공작이 말했다.

"오늘 밤 이후로는 우리가 원하면 낮에도 뗏목을 타고 갈 수 있습니다. 누가 오는 걸 볼 때마다 짐의 손과 발을 밧줄로 묶고 오두막에 들여보내놓고 이 전단을 보이며 상류에서 그 검둥이를 잡았는데, 우린 워낙 가난해서 증기선을 타고 여행할 수 없었고 그래서 친구들한테서 이 작은 뗏목을 외상으로 빌려 보상금을 받으려고 강을 내려가고 있

다고 하면 됩니다. 수갑과 쇠사슬이 짐에게 더 어울리겠지만 우리가 몹시 가난하다는 이야기와는 맞지 않을 겁니다. 그런 장비는 귀금속과 같아요. 밧줄이 제대로 어울리지요. 무대 연극에서 말하는 일관성을 지켜야 합니다."

우리 모두는 공작은 참으로 똑똑하다고 말했다. 이제 낮에도 움직이는 데 문제가 있을 수 없다고 말했다. 그 작은 읍내의 인쇄소에서 공작이 저지른 사기극이 일으키리라고 예상되는 소동에서 멀리 벗어나려고 오늘 밤 동안에 충분히 멀리까지 갈 수 있다고 판단했다. 지금이라도 우리가 원하면 당장 출발할 수 있었다.

우리는 숨어서 조용히 있다가 열 시가 되어서야 비로소 출발했다. 그러고는 읍내에서 꽤 멀리 떨어진 곳까지 미끄러지듯 지나갔다. 읍내가 완전히 보이지 않게 되었을 때 비로소 램프를 켜 매달았다.

짐은 새벽 네 시에 당직 교대를 하자고 나를 깨우고 말했다.

"헉, 이번 여행에서 왕을 더 많이 만날 거라구 생각혀?"

"아니, 그렇게 생각 안 해."

내가 말했다.

"그러믄. 그러믄 됐어. 난 왕이 하나나 둘이면 상관하들 안 혀. 그만하면 충분하니께. 이 왕은 지독한 술주정뱅인디 공작두 더 나을 게 없단 말여."

짐이 말했다.

짐이 왕더러 프랑스 말을 하도록 하려고 무진 애쓰는 것을 나는 보았다. 프랑스 말이 어떤 것인지 들을 수 있기를 짐은 바랐다. 그러나 왕은 자기가 이 나라에 온 지 너무 오래 되고 하도 고생을 많이 해서 다 잊어먹었다고 말했다.

21

이미 해가 떴다. 그러나 우리는 계속 강을 따라 내려갈 뿐 뗏목을 매두지 않았다. 마침내 왕과 공작이 아주 초췌한 모습을 나타냈다. 그러나 물속으로 뛰어들어 헤엄을 치고 나자 그들은 꽤 원기를 회복했다. 아침을 먹고 나서, 왕은 뗏목 한쪽 구석에 자리 잡고 앉아 장화를 벗고 바지를 걷어 올리고 편안한 자세가 되려고 두 다리를 물속으로 대롱대롱 늘어뜨렸다. 그러고는 파이프에 불을 댕기고 〈로미오와 줄리엣〉 대사를 외우는 작업에 착수했다. 왕이 꽤 성공적으로 대사를 외우자 왕과 공작은 함께 연습을 시작했다. 공작은 대사 하나하나를 어떻게 말해야 하는지 왕에게 되풀이해서 가르쳐야 했다. 그는 왕더러 한숨을 내쉬고 손을 가슴에 얹도록 했으며 얼마 후에는 왕더러 썩 잘했다고 말했다. 그가 말했다.

"다만 로미오를 부를 때 그렇게 황소처럼 요란한 목청을 울려서는 안 됩니다. 부드럽게 아픈 사람처럼 기운 없는 목소리로, 그러니까 로오-오-미오! 하고 말해야 합니다. 줄리엣은 사랑스럽고 상냥한 어린 처녀란 말입니다. 아셨지요? 그러니까 줄리엣은 수나귀처럼 울어대지 않는단 말입니다."

그런 다음 그들은 공작이 떡갈나무 윗가지로 만든 긴 칼 두 자루를 꺼내 들고 칼싸움 연습을 시작했다. 공작은 자신을 리처드 3세라 불렀고, 그들이 상대방을 겨누고 뗏목 위를 이리저리 뛰어다니는 꼴이란 보기에도 가관이었다. 그러나 마침내 발이 걸려 넘어지면서 왕이 강물로 빠졌다. 그런 후에야 그들은 휴식을 취하며 이전에 강가에서 겪었던 온갖 모험에 대해 이야기를 나누었다.

점심을 먹고 나자 공작이 말했다.

"카페 전하, 아시다시피 우리는 이번 것을 일급 공연으로 만들었으면 합니다. 그래서 뭔가를 좀 첨가해야 될 것 같습니다. 여하간 앙코르에 응할 뭔가가 좀 필요합니다."

"빌지워터, 앙코르가 뭐야?"

공작은 말해주고 나서 이야기했다.

"나는 스코틀랜드의 민속 춤이나 뱃사람의 활달한 춤으로 그것에 응하겠습니다. 그런데 영감께선…… 글쎄, 어디 보자…… 오, 생각났다. 영감께선 햄릿의 독백을 하면 되겠어요."

"햄릿의 뭐라고?"

"햄릿의 독백 말입니다. 셰익스피어 연극 중 가장 유명한 것입니다. 아, 참 숭고하고 숭고하지요! 늘 관중을 매혹시키는 대목입니다. 내 대본에는 그게 없습니다……. 이거 한 권밖엔 없으니……. 그러나 기억을 더듬어 조립할 수 있을 것 같습니다. 잠깐 여길 왔다 갔다 하면서 기억의 저장실에서 다시 끌어낼 수 있는지 보겠습니다."

그래서 그는 생각하며 이따금 얼굴을 잔뜩 찡그리며 왔다 갔다 했다. 그러고는 양쪽 눈썹을 위로 올리고 다음에는 손을 이마에 눌러대

고 뒤로 비틀거리며 신음 소리까지 내는 것 같았다. 다음으로 그는 한
숨을 내쉬며 눈물 한 방울을 떨구는 척했다. 참으로 멋진 모습이었다.
이윽고 그는 기억해냈다. 우리에게 주의를 자기에게 쏟으라고 했다.
그러고는 한쪽 발을 앞으로 쑥 뻗어내고 두 팔을 위로 넓게 펴 올리고
머리를 뒤로 젖혀 하늘을 올려다보며 매우 고상한 자태를 엮어냈다.
그러고 나서 그는 날뛰며 이를 요란하게 갈기 시작했다. 그 후 연설하
면서 시종일관 짖어대듯 외치고 팔을 펼치며 가슴을 부풀려 내미는
그 연기는 내가 이제까지 본 어떤 연기보다 압도적이었다. 여기에 그
연설문 대사가 있다. 그가 왕에게 가르치는 동안 나도 쉽사리 배울 수
있었다.

　사느냐 죽느냐 그것이 빼 든 송곳이로다.
　그것으로 말미암아 긴 인생 재앙으로 되도다.

죽음 뒤에 닥칠 어떤 것에 대한 공포가

대자연의 두 번째 과정인

순진한 잠을 죽이고 우리로 하여

우리가 모르는 낯선 운명에 따르기보다

잔혹한 운명의 화살을 차라리 쏘아버리게 만들지 않는다면

버남의 숲이 던시네인으로 다가올 때까지

누구라서 인생이라는 무거운 짐을 견뎌낸단 말인가?

삶에 대한 존중 때문에

우리는 멈추어 쉬어야 한다.

문을 두드려 던컨을 깨워라! 그대 그럴 수 있기를 바라노니.

누가 견딜 수 있겠는가

세월의 채찍과 경멸, 폭군의 악행,

오만한 자의 무례, 지연되는 재판,

고통이 따르는 죽음을.

늘상 입는 경건한 검정색 의상을 입은

공동묘지들이 하품하는

끝없이 살벌한 한밤중의 그 죽음을.

그 영역에서는 어떤 나그네도

돌아오지 못한 미지의 나라가

입김으로 세상을 감염시키고

그리하여 결행의 원래 색조가

속담의 가련한 고양이처럼

근심으로 퇴색되고

그럼으로써 지붕 꼭대기까지 내려온

모든 구름이 이 때문에 방향을 잃고

결행의 명분을 잃지만 않는다면.
경건하게 소망해야 할 것은 바로 죽음.
하지만 쉿! 이 둔한 오필리어여!
그대의 무거운 대리석 입을 열지 말고
수녀원으로 가거라. 가!

늙은이는 그 대사를 좋아해서 곧 정말 멋지게 해낼 수 있을 정도로 그것에 통달했다. 그 대사를 위해 세상에 태어난 사람 같았다. 이 대사에 숙달되어 흥분했을 때 그가 이리저리 돌아다니며 대사를 외우다가 우뚝, 마치 말이 뒷발로만 서듯 서서 자세를 펴는 모습은 정말 볼 만했다.

우리에게 닥쳐온 첫 기회에 공작은 연극 광고 전단 몇 장을 인쇄했다. 그 후 2, 3일 동안 강을 따라 흘러내려가는 동안 뗏목은 매우 활기에 찼다. 공작 말마따나 거기에서는 항상 칼싸움과 연극 연습이 진행되었기 때문이다. 어느 날 아침 아칸소주 훨씬 아래쪽으로 내려왔을 때 거대한 만곡부 안에 작고 초라한 읍내 하나를 보았다. 그래서 우리는 거기서 약 4분의 3마일쯤 위쪽으로 삼나무로 터널처럼 가려진 개울 입구에다 뗏목을 매어두었다. 그러고는 짐을 뺀 우리 모두는 카누를 타고 그곳에 우리가 공연할 기회가 있을까 확인하러 내려갔다.

우리는 운이 엄청 좋았다. 그날 오후 그곳에서는 서커스가 열릴 예정이어서 벌써부터 시골 사람들이 별의별 낡고 덜컥이는 짐마차나 말을 타고 모여들고 있었다. 서커스는 어두워지기 전에 그곳을 떠나기로 되어 있어 우리의 공연은 매우 좋은 기회를 갖게 될 것이다. 공작이 공회당을 빌렸기 때문에 우리들은 광고 전단을 붙이며 돌아다녔다. 전단에는 이렇게 적혀 있었다.

셰익스피어 재공연!!!

훌륭한 구경거리!

오늘 밤만 공연!

세계적 명성을 자랑하는 비극배우들 출연

런던 드루리 레인 극장 전속 데이비드 개릭 2세

및

런던 피카딜리 푸딩 레인 화이트채플

왕립 헤이마킷 극장 및

왕립 컨티넨털 극장 전속 에드먼드 킨 1세

그들이 출연할 숭엄한 셰익스피어

극 최고의 장관은

⟨로미오와 줄리엣⟩ 중

발코니 장면!

로미오⋯⋯⋯⋯⋯개릭 씨

줄리엣⋯⋯⋯⋯⋯킨 씨

조역은 극단원 전원!

새로운 의상, 새로운 무대, 새로운 장비!

그 밖에도

⟨리처드 3세⟩ 중에서

스릴 넘치고 능란하고 피를 응고시키는

장검 격투!

리처드 3세⋯⋯⋯⋯⋯개릭 씨

리치몬드⋯⋯⋯⋯⋯킨 씨

또한

(특별 요청에 부응하여)

유명한 킨이 출연!

파리에서 3백 회 연속 야간 공연!

피할 수 없는 유럽 공연이 있어

오늘 밤만 공연!

입장료 25센트, 소인과 하인 10센트

그러고 나서 우리는 읍내를 돌아다녔다. 가게들과 집들은 대부분이 낡고 초라하고 꾀죄죄한 목조 건축물이었고 한 번도 페인트칠을한 적도 없었다. 강물이 범람할 때 물이 와서 닿지 않도록 땅바닥보다3, 4피트가량 높게 죽마를 탄 것처럼 세워져 있었다. 집 둘레에는 작은정원이 있었지만 키우는 작물은 거의 없었다. 다만 흰독말풀과 해바라기와 잿더미와 낡아서 말려 올라간 긴 장화와 단화와 병 조각들과 넝마와 수명이 다한 양철 그릇들이 널려 있을 뿐이었다. 울타리는 여러가지 다른 판자 조각으로 되어 있었는데 그것도 못질한 시기가 각기달랐다. 그 울타리들은 사방으로 기울어졌고 문에는 돌쩌귀가 하나밖에 없었는데 그것도 가죽으로 된 것이었다. 어떤 울타리는 언제 그랬는지는 모르지만 하얗게 칠해두었다. 그러나 공작은 모르기는 몰라도그것은 콜럼부스 시대에 칠한 것일 거라고 말했다. 대체로 마당에는돼지들이 있었는데, 사람들이 그것들을 몰아내고 있었다.

모든 가게는 큰 길 하나를 따라 늘어서 있었다. 가게 앞면에는 집에서 만든 흰 차일이 드리워지고 시골 사람들은 그 차일 기둥에다 말을 매놓았다. 차일 밑에는 속이 빈 포목 상자가 놓였는데, 빈둥거리며할 일 없는 인간들이 온종일 그 상자 위에 앉아 큰 칼로 상자를 깎기도 하고 담배를 씹기도 하고 입을 딱 벌리고 하품하며 기지개를 켜면서 시간을 보냈다. 지독히 천한 것들이었다. 일반적으로 그들은 거의 우산만큼 넓은 챙이 달린 노란 밀짚모자를 썼지만 윗저고리나 조끼는 입지 않았다. 서로를 빌이니 벅이니 행크니 조니 앤디라고 부르며 게으르게 늘어지는 말투로 이야기했고 욕을 지독히 많이 사용했다. 모든 차일 하나하나에 건달이 하나씩 기대서서 거의 늘상 손을 바지 주머니에 꽂고 있었는데, 상대방에게 담배를 한 대 꾸어준다든가 어디를 긁을 때 말고는 손을 주머니에서 빼지 않았다. 그들이 주고받는 말이 우리 귀에 들리는 것은 언제나 이랬다.

"행크, 담배 좀 줘."

"안 돼……. 한 번 씹을 것밖에 없어. 빌보고 달래봐."

빌은 그에게 줄지도 모르고 거짓말하며 없다고 말할지도 모른다. 이들 건달 중 어떤 녀석은 동전 한 푼 가진 게 없으며 제 담배라고는 하나도 없다. 이런 건달들은 늘 담배를 꾸어서 씹는다. 그러면서 친구에게는 "잭, 한 입만 꿔줘. 내가 가지고 있었던 마지막 한 입을 방금 벤

톰슨에게 줘버렸거들랑"이라고 말했다. 이건 거짓말이었다. 늘 그랬다. 타관사람 아니고서는 아무도 속지 않을 거짓말이었다. 그러나 잭은 타관사람이 아니어서 입을 열었다.

"네놈이 그 애에게 한 입 주었다고? 진짜야? 네 여동생이 기르는 고양이의 할머니도 주었겠구나. 네가 나한테서 이제껏 꾸어간 담배를 갚아봐, 레이프 버크너. 그러면 1톤이나 2톤의 담배를 너한테 꿔줄 테다. 이자 같은 건 물리지 않고 말이다."

"내 언젠가 한 번 좀 갚지 않았나?"

"그렇지. 갚았지. 여섯 입가량 갚았지. 넌 가게에서 담배를 꿔 가지고 가서는 검둥이들이나 씹는 형편없는 걸로 갚지 않았나?"

가게 담배는 납작하고 까만 씹는 담배였지만 이 건달들은 거의 생담배 잎을 둥글게 만 것을 씹었다. 한 입의 담배를 꿀 때 그들은 대체로 그것을 칼로 자르는 것이 아니라 이 사이에다 물고 두 동강나도록 양손으로 잡아당겼다. 그래서 때로 담배 주인은 그 잘린 것을 돌려받을 때 슬픈 표정을 짓고 비꼬듯 말했다.

"야, 씹은 쪽을 내게 주고 잘라낸 쪽을 네가 가져."

모든 큰길과 골목길은 그냥 진창이었다. 진창 말고는 아무것도 없었다. 콜타르처럼 까맣고 어떤 곳은 진창의 깊이가 1피트가량 되었고 모든 곳이 깊이가 2, 3인치는 되었다. 또 어디를 보아도 돼지들이 꿀꿀대며 배회했다. 또한 진창 투성이가 된 암돼지와 새끼 돼지들이 길거리를 따라 빈둥거리며 오다가 통행에 방해되게 벌렁 진창 속에 누우면 사람들은 그것을 피해 돌아가야 했는데, 새끼 돼지들이 젖을 빠는 동안 암돼지는 몸을 쭉 뻗고 눈을 감고 귀를 살살 흔들었고 마치 봉급을 타는 것처럼 행복한 표정이었다. 이윽고 건달 한 명이 소리치는 것이 들렸다.

"쉭! 티즈! 빨리! 공격해!"

암퇘지는 지독하게 비명을 지르며 귀에 한두 마리 개를 매단 채 달아났다. 그러자 서너 마리 이상의 개가 더 꼬여들었다. 건달들은 모두 일어나 그 광경이 보이지 않게 될 때까지 지켜보며 그것도 재미라고 깔깔대면서 그 시끄러웠던 소음을 고맙게 여기는 눈치였다. 그런 다음 개싸움이 벌어질 때까지 건달들은 다시 제자리로 돌아갔다. 개싸움만큼 이 건달들을 정신 들게 하고 완전히 행복하게 만드는 일은 없었다. 하긴 주인 없는 개에다 테레빈유를 끼얹고 거기다 불을 붙이거나 꼬리에다 양철 프라이팬을 묶어놓아 개가 죽을 지경이 될 때까지 뛰는 꼴을 보는 것을 빼고는 개싸움이 으뜸이었다.

강둑에 가까이 서 있는 집 몇 채는 강둑 위로 많이 비어져 나온 데다 상부가 아래로 굽고 비틀려 언제라도 강 속으로 굴러떨어질 것만 같았다. 사람들은 다른 데로 이사 가고 없었다. 또 어떤 집들의 한쪽 구석을 받치고 있던 강둑이 팽겨 그 집의 한쪽 모서리는 허공에 걸려 있었다. 그런데 아직도 사람들이 그 집 안에 살고 있어서 위험천만이었다. 왜냐하면 때때로 가옥 넓이만 한 땅 조각이 단숨에 팽겨버리는 경우가 있기 때문이다. 때로는 4분의 1마일 깊이의 땅이 한여름 동안 팽기고 또 팽겨서 마침내 전체가 강 속으로 팽겨 들어가는 경우도 있었다. 그러한 읍은 항상 뒤로 또 뒤로 물러나야 했다. 왜냐하면 강물이 끊임없이 땅을 갉아먹기 때문이었다.

정오가 다가오자 거리에 짐마차와 말의 수가 점점 많아졌고 또 계속 더 늘어났다. 벽촌에서 온 가족들은 점심을 싸가지고 와 짐마차 안에서 먹었다. 상당한 양의 위스키를 계속 퍼마셨고 나는 그들이 싸우는 것을 세 번이나 보았다. 이윽고 누군가가 소리쳤다.

"여기 보그스 영감이 온다! 한 달에 한 번 취하러 온다. 여러분, 그가 여기 오고 있어!"

모든 건달이 기쁜 표정을 지었다. 보그스 영감 때문에 재미있는 일이 늘 있었던 모양이었다. 건달 중 하나가 말했다.

"이번엔 영감이 누구를 해치울지 궁금하군. 지난 20년 동안 영감이 해치울 거라고 한 모든 사람을 해치웠다면 영감은 지금쯤 굉장히 유명할 거야."

또 다른 사나이가 말했다.

"보그스 영감이 나를 죽이겠다고 위협하면 좋겠네. 그럼 난 천 년은 죽지 않을 테니까."

보그스 영감은 말을 타고 쏜살같이 달려오면서 마치 인디언처럼 후이후이 하는 소리를 지르더니 외쳤다.

"거기 비켜라. 난 전쟁터로 가는 중이다. 관 값이 오를 거다!"

보그스 영감은 취해 있었고 안장 위에서 비틀거렸다. 그의 나이는 50이 넘었고 얼굴은 매우 붉었다. 모든 사람이 그에게 고함치고 비웃고 욕했다. 그러자 영감은 욕으로 응수하며 네놈들도 차례가 되면 다 때려눕히겠지만, 지금은 늙은 셔번 대령을 죽이러 읍내에 왔기 때문에 머뭇거릴 시간이 없다고 말했다. 또한 자기의 좌우명은 "고기를 먼저 먹고 스푼으로 퍼먹는 잔챙이 음식은 끝마무리로 먹어치운다"라는 것이다.

보그스 영감은 나를 보더니 내 앞으로 바싹 말을 몰고 와 말했다.

"임마, 넌 어디서 온 놈이냐? 너 죽을 준비는 하고 왔느냐?"

이 말을 남기고 영감은 말을 타고 가버렸다. 나는 겁이 났다. 그러나 한 남자가 말했다.

"저 영감이 한 말은 별 뜻이 없어. 저 영감은 취하면 늘 저런단다. 아칸소주에서 제일 마음씨가 착한 늙은 바보지. 취했든 안 취했든 누

구에게도 해를 입히지 않는단다."

보그스 영감은 읍내에서 제일 큰 가게 앞으로 말을 몰고 가더니 차일 밑을 볼 수 있게끔 머리를 숙이고 소리쳤다.

"셔번, 이리 나와! 나와서 네놈이 사기쳐먹은 사람을 마주보란 말이다. 네놈은 내가 쫓는 사냥개야. 내 네놈을 혼내주겠다!"

이렇게 계속하며 보그스 영감은 입에서 꺼낼 수 있는 온갖 욕을 셔번 대령에게 쏟아 부었다. 길거리는 이 욕을 듣고 깔깔대고 계속 웃는 사람들로 가득 찼다. 이윽고 55세쯤 되고 자존심이 강해 보이는 남자가 가게에서 걸어 나왔다. 그는 그 읍내에서 옷을 잘 입는 멋쟁이이기도 했다. 사람들은 그에게 길을 비켜주려고 양편으로 물러났다. 그는 보그스 영감에게 극히 침착한 목소리로 천천히 말했다.

"이런 짓거리에 난 진력이 났다. 그러나 오늘 1시까지만 참겠다. 명심하거라. 그 이후는 안 된다. 그 후에 단 한 번만 더 나를 욕하면 아무리 네가 멀리 도망쳐도 내 잡고야 말겠다."

이렇게 말하고 나서 그는 몸을 돌려 가게로 들어갔다. 군중은 아주

근엄한 표정을 지었고 꼼짝하는 사람도 없었다. 더는 웃음소리도 없었다. 보그스는 목청껏 큰 소리로 셔번을 욕하며 말을 타고 그 자리를 떠났다. 얼마 후 그는 그리로 돌아와 가게 앞에 서서 다시 욕을 퍼부었다. 몇 사람이 보그스 주위에 몰려와 그가 입을 닥치게 하려고 노력했다. 그러나 보그스는 입을 닥치려들지 않았다. 사람들은 그에게 앞으로 약 15분만 있으면 1시가 될 거라고 말하며 그러니 집으로 돌아가라고, 그것도 당장 돌아가야 한다고 일렀다. 그러나 아무 소용이 없었다. 그는 있는 힘을 다하여 욕을 퍼붓더니 자기 모자를 진창 속에 던지고 그 위를 말굽으로 밟았다. 그러고는 곧 백발을 휘날리며 저쪽 길로 말을 달렸다. 그에게 가까이 갈 수 있는 기회가 있었던 모든 사람들은 그를 구슬려 말에서 내리게 하여 그를 감금한 후 술을 깨게 하려고 최선을 다했다. 그러나 그것도 소용이 없었다. 그는 다시 쏜살같이 길을 올라와 셔번에게 욕설을 퍼부었다. 그러자 어떤 사람이 말했다.

"가서 딸을 불러와! 빨리. 딸을 불러와. 간혹 그가 딸의 말은 들을 때가 있어. 그를 타이를 수 있는 사람이 있다면 그건 그의 딸뿐이야."

그래서 누군가가 딸을 부르러 달려갔다. 나는 거리를 좀 걸어 내려가서 발을 멈췄다. 5분에서 10분 정도가 지났을 때 보그스가 다시 그리 왔다. 그러나 이번에는 말을 타고 있지 않았다. 그는 길을 건너 내쪽으로 비틀거리며 왔다. 머리에는 모자도 쓰지 않았다. 그의 양쪽에는 친구가 팔을 하나씩 붙잡고 걸음을 재촉했다. 그는 말이 없었고 무언가 불안에 떠는 것 같았다. 그는 꾸물거리지 않고 스스로 걸음을 재촉하는 것 같았다. 누군가가 소리쳤다.

"보그스!"

누가 그렇게 소리쳤나 보려고 나는 소리가 난 쪽을 건너다 보았다. 그 사나이는 길 가운데 꼼짝하지 않고 서 있었다. 그는 오른손에는 총을 치켜들었는데, 겨누는 자세가 아니라 총신을 하늘 쪽으로 비스듬히 기울도록 향하고 있었다. 그 순간 한 젊은 여자가 달려오는 것을 나는 보았다. 두 남자가 그녀와 함께 왔다. 보그스와 그의 팔을 잡고 있는 사나이들은 그렇게 소리쳐 부른 게 누구인가 알아보려고 몸을 돌렸다. 권총을 보자 두 사나이는 재빨리 길 옆으로 뛰어갔다. 그때 그 권총의 총신이 천천히 내려와 수평을 이루었다! 양쪽 잠금장치가 올라갔다. 보그스는 두 손을 올리고 "제발, 쏘지 마!" 하고 말했다. 땅! 첫 번째 총알이 발사되었다. 그러자 보그스는 허공을 움켜쥐면서 뒤로 비틀거렸다. 땅! 두 번째 총알이 발사되었다. 보그스는 양팔을 편 채 뒤로 쓰러지면서 육중한 소리를 내며 땅바닥에 넘어졌다. 그 젊은 처녀는 외치면서 달려와 아버지에게 몸을 던지고 울면서 말했다.

"오, 저 사람이 우리 아빠를 죽였어요. 아빠를 죽였어요!"

사람들은 그들 주위로 몰려들며 더 잘 보려고 목을 길게 늘려 뺀 채 서로 어깨와 몸으로 밀면서 요란을 떨었다. 안쪽에 있는 사람들은 밀려드는 사람들을 뒤로 밀어내며 외쳤다.

"뒤로 물러서! 뒤로! 이리 바람 좀 들어오게 해. 바람 좀!"

셔번 대령은 권총을 땅 위에 던지고 뒤꿈치로 뒤로 돌더니 그 자리를 떠났다.

사람들은 보그스를 작은 약국으로 데려갔다. 군중은 여전히 서로 밀치며 따라갔고 그 뒤를 읍내 전체가 따랐다. 나는 잽싸게 달려가 가까이에서 안을 들여다볼 수 있는 창가의 좋은 장소를 차지했다. 사람들은 그를 바닥에 누이고 큰 성경책으로 그의 머리 밑을 고이고 또 한 권은 가운데를 펴서 그의 가슴 위에 올려놓았다. 그들은 먼저 그의 셔츠를 찢어 벗겼는데, 나는 탄알 하나가 박힌 부위를 볼 수 있었다. 보그스는 열두어 번쯤 숨을 가쁘게 몰아쉬었다. 숨을 들이쉴 때에는 그의 가슴이 성경책을 위로 올라가게 했고 숨을 내쉬면 성경책이 다시 내려왔다. 그런 후 보그스는 조금도 움직이지 않았다. 죽은 것이다. 그러자 사람들은 울부짖으며 우는 딸을 그에게서 떼어내어 어디론지 데려가버렸다. 딸의 나이는 열여섯이었고 매우 상냥하고 온화하게 보였지만 얼굴이 지독히 창백했고 겁을 먹은 표정이었다.

곧 읍 전체가 모여들어 창가로 가서 들여다보려고 서로 밀고 밀치며 법석을 떨었다. 그러나 자리를 잡고 있는 자들은 자리를 포기하지 않았기 때문에 그 뒤에 있는 사람들은 연방 소리쳤다.

"이봐, 이제 당신들은 볼 만큼 보지 않았소? 계속 거기 자리 잡고 남들에게 기회를 주지 않는 것은 옳지 않고 공평하지 못해요. 다른 사람들도 당신네만큼 권리가 있지 않느냐 말이오."

그 말에 대한 반박도 만만치 않았기 때문에 나는 이러다가 큰 문제

가 생길 것이라 생각되어 그 자리에서 살짝 빠져나왔다. 큰 거리는 사람들로 가득했고 모든 사람은 흥분해 있었다. 총 쏘는 것을 보았던 모든 사람들은 그 일이 어떻게 일어났는지를 이야기했고 현장 목격자들 각자의 주변에는 군중이 몰려 목을 길게 빼고 이야기에 귀를 기울였다. 그런데 머리가 길고 크고 흰 털 실크해트를 뒤로 젖혀 쓰고 손잡이가 굽은 단장을 짚은 깡마르고 키가 훤칠한 남자가 나타나 보그스가 섰던 장소와 셔번이 섰던 장소에다 표시를 했다. 사람들은 이 장소에서 저 장소로 그 남자를 따라다니며 그의 일거수일투족을 주의 깊게 바라보며 알았다는 표시로 머리를 끄덕이기도 하고 그 남자가 단장으로 땅바닥 여기저기에 표시하는 것을 자세히 보려고 몸을 좀 구부리고 양손으로 자기 허벅지를 짚기도 했다. 그러고 나서 그 남자는 셔번이 서 있던 장소에 빳빳이 똑바로 서서 얼굴을 찡그리고 모자챙을 눈 위까지 눌러 내리며 "보그스" 하고 외치고는 단장을 천천히 수평이 되도록 아래쪽으로 내리더니 "땅!" 하고 말하고는 뒤로 비틀거리다가 다시 "땅!" 하고 말하고 나서 뒤로 벌렁 자빠졌다. 이 모습을 보던 사람들은 정말 그대로였다고 말했다. 그게 일어난 일과 똑같다고 했다. 그러고는 열두어 명가량이 제각기 술병을 꺼내더니 그 남자를 대접했다. 이윽고 누군가가 셔번을 린치해야 한다고 말했다. 1분 정도가 지나자 모든 사람들이 그래야 한다고 말했다. 그래서 그들은 미친 듯이 외치며 닥치는 대로 빨랫줄을 잡아당겨 움켜쥐고는 그것으로 셔번의 목을 매려고 몰려갔다.

22

사람들은 인디언들처럼 고함치고 이상한 소리를 내며 요란을 떨면서 셔번의 집을 향해 길을 따라 몰려갔다. 모든 것은 길을 비켜야 했고 그렇지 않으면 밟혀 곤죽이 될 판이었다. 이건 보기에도 끔찍했다. 아이들은 비명을 지르며 길을 비키려고 애쓰면서 군중 앞을 달려갔다. 길을 따라 있는 모든 집 창문마다 여자들 머리통으로 가득했고 모든 나무 위에는 검둥이 소년들이 있었고 모든 울타리 너머에서는 흑인 남녀 하인들이 밖을 내다보았다. 군중이 가까이 다가오자 그들은 흩어져 손이 닿지 않는 곳으로 물러났다. 많은 아낙네와 처녀들은 잔뜩 겁을 먹고 울며 조바심했다.

사람들은 셔번의 집 울타리 말뚝 앞으로 몰려갔다. 그들이 어찌나 빽빽이 들어섰는지 입추의 여지가 없었다. 어찌나 시끄러운지 자기가 하는 말도 들을 수 없었다. 그곳은 너비 20피트 정도의 작은 마당이었다. 누군가가 소리쳤다.

"저 울타리를 헐어버려! 울타리를 부숴버려!"

그러자 뜯어내고 찢어내고 때려부수는 소동이 있었다. 또한 울타리가 없어지자 군중의 앞 대열이 파도처럼 밀려들어가기 시작했다.

바로 그때 셔번이 자기 집 작은 현관의 지붕 위로 걸어 나왔다. 손에는 총신이 두 개로 된 장총을 들고 있었다. 그는 침착하게 자리 잡고 서서 한마디 말도 없었다. 소동이 그치고 인파는 뒤로 물러섰다.

셔번은 한마디 말도 하지 않았다. 그냥 거기 서서 내려다보았다. 그 조용함은 지독히 소름이 끼치고 불안하게 하는 것이었다. 셔번은 천천히 눈으로 훑었다. 그 눈과 마주친 사람은 그를 눈싸움으로 이겨보려 했지만 불가능했다. 그들은 눈길을 떨어뜨리고 흘끔흘끔 훔쳐볼 뿐이었다. 이윽고 셔번이 웃음을 터뜨린 것 같았다. 유쾌한 웃음은 아니었다. 모래알이 섞인 빵을 씹을 때 지을 수밖에 없는 그런 웃음이었다.

그런 다음 셔번은 천천히 멸시조로 말했다.

"너희들이 누구를 린치하겠다고? 재미난 생각이군. 너희들에게 사람을 린치할 만한 용기가 있다고 생각하다니! 이곳에 온, 불쌍하고 친구도 없이 추방당한 여자들에게 콜타르를 바르고 깃털을 꽂아 조롱할 만한 용기가 있었다 해서 남자에게도 손을 댈 만한 배짱이 생겼다고 생각하느냐? 흥, 너희 같은 것들 만 명의 손에 잡혀도 그 남자는 끄떡없다. 대낮에 등 뒤에서 총질을 하지만 않는다면 말이다.

내가 너희들을 아느냐고? 속속들이 알고 있다. 나는 남부에서 태어나 거기서 자랐고 북부에서 살아왔다. 그래서 나는 남북 양쪽 두루 보통 사람들을 안다. 보통 사람은 겁쟁이야. 보통 사람은 자기를 짓밟으려는 누구에게나 나를 밟으시오 하고 허락하고는 집에 돌아가 그것을 참아낼 겸손한 마음을 주십사 하고 기도를 하거든. 남부에서는 한 사나이가 대낮에 자기 혼자서 사람이 가득 탄 역마차를 세워놓고 승객들의 돈을 빼앗거든. 너희들의 신문들이 너희를 용감한 시민이라고 자꾸 불러대니까 너희들은 다른 사람들보다 용감하다고 생각하고들 있어. 너희들은 다른 사람만큼 용감할 뿐 더 용감하진 않다 이 말이야. 왜 너희들의 배심 판사들이 살인자들을 교살시키지 않지? 그의 친구들이 어둠 속에서, 그것도 뒤에서 자기들을 쏴죽이지나 않을까 하고 무서워하기 때문이야. 그 친구들은 틀림없이 그 짓을 하고 말 테니까.

그래서 그들은 항상 무죄 판결을 내리지. 그 후 사나이는 복면을 쓴 겁쟁이 백 명을 뒤에 거느리고 밤에 가서 그 악당을 린치하지. 너희들의 실수는 사나이를 데리고 오지 않았다는 점이야. 그게 한 가지 실수고 또 하나의 실수는 어두울 때 오지 않았고 복면도 가지고 오지 않았다는 점이야. 너희들이 데리고 온 것은 반쪽짜리 사나이란 말이다. 저기 있는 벅 하크니스가 바로 그런 놈이지. 그가 너희들을 충동질하지 않았다면 너희들은 나팔만 부느라 진을 뺐겠지.

너희들은 여기 오고 싶지 않았던 거야. 보통 사람은 말썽이나 위험을 좋아하지 않아. 너희들도 말썽이나 위험 같은 건 좋아하지 않을 거다. 그러나 저기 벅 하크니스 같은 반쪽짜리 사나이가 '놈을 린치하라! 놈을 린치하라!' 하고 외치면 너희들은 물러서기가 두려워지는 거지. 너희들의 본색, 바로 겁쟁이라는 본색이 탄로날까 봐 두려워지는 거지. 그래서 너희들은 고래고래 소리 지르고 그 반쪽짜리 사나이의 윗저고리 꼬리에 매달려 무슨 큰일이나 하는 것처럼 나서서 여기까지 대단한 기세로 몰려왔던 거야. 세상에서 제일 불쌍한 것은 폭도야. 군대가 바로 그거야. 폭도란 말이야. 그들은 타고난 용기로 싸우는 게 아니라 그 집단이나 그들의 장교들에게 빌린 용기를 가지고 싸우는 거야. 그러나 선두에 사나이다운 자는 하나도 없는 폭도는 불쌍한 정도도 못 되지. 이제 너희들이 할 일은 꼬리를 내리고 집에 돌아가 구멍 속으로 기어들어가는 것이다. 진짜 린치를 행하려거든 어둠 속에서 감행해야 한다. 남부식으로 말이다. 올 때는 복면을 가져오고 사나이를 데리고 오너라. 자, 이제 떠나라. 그리고 그 반쪽짜리 사나이도 데리고 가거라."

이렇게 말할 때 서먼은 그의 총을 그의 왼팔에 걸치도록 치켜올렸고 안전 장치를 올렸다.

갑자기 군중은 뒤로 물러서고 뿔뿔이 흩어지더니 사방으로 사라져 갔다. 그러자 벅 하크니스는 꽤나 비겁한 꼴이 되어 군중 뒤를 따라갔다. 나는 그럴 생각만 있었다면 거기에 머물러 있을 수 있었다. 그러나 그럴 생각이 없었다.

나는 서커스에 가서 그 뒤쪽에서 어슬렁대다가 감시인이 저편으로 지나가자 텐트 밑으로 기어들어갔다. 나에게는 20달러 금화와 얼마간 다른 돈이 있었지만 아끼는 것이 낫겠다고 생각했다. 왜냐하면 이렇게 집을 떠나 낯선 사람들 사이에서 살아가노라면 언제 갑자기 돈이 필요하게 될지 몰랐기 때문이다. 아무리 주의해도 지나치지 않는 법이다. 달리 방법이 없다면 서커스에 돈을 쓰는 것에 반대하지 않지만 서커스에 돈을 낭비할 필요도 없었다.

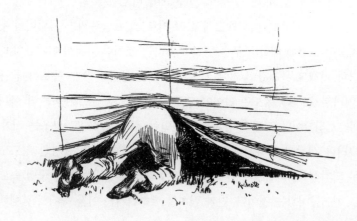

정말 멋진 서커스였다. 이제까지 본 것 중 가장 찬란한 구경거리였다. 단원 전원이 말을 타고 들어왔다. 신사 숙녀가 둘씩 나란히 쌍을 이루어 들어왔다. 남자들은 팬츠와 셔츠만 입었을 뿐 신발도 등자도 없이 태연하고 편안한 모습으로 양손을 넓적다리 위에 올려놓고 있었다. 틀림없이 20명은 되는 것 같았다. 모든 여자 단원은 사랑스러운 안색을 지닌 그야말로 미인들이었다. 한 무리의 진짜 여왕들 같았고 의상은 몇백만 달러는 나가는 것들이었고 다이아몬드가 여기저기 박힌 것이었다. 지독히 멋진 광경이었다. 나는 이렇게 멋진 것을 본 적이 없다. 다음으로 그들은 한 사람씩 말 잔등 위에 일어서서 아주 부드럽게 물결처럼 우아하게 링 주위를 누비며 돌아다녔다. 남자들은 키가 크고 경쾌하며 체격이 곧았으며 저 위의 텐트 지붕 밑에 가까이 접할 때는 머리를 살짝 숙여 그 천에 닿는 것을 피했다. 모든 여자 단원은 장미잎 같은 옷을 허리둘레에서 부드러운 비단결처럼 펄럭였는데, 그 모습은 마치 이를 데 없이 아름다운 파라솔 같았다.

그런 다음 그들은 춤을 추며 점점 더 빨리 달리기 시작했다. 먼저 한쪽 다리를 허공에다 뻗었다가 곧이어 다른 쪽 다리를 허공에다 뻗는 춤이었는데, 말들은 점점 더 몸을 옆으로 기울이는 동작을 취했다. 서커스 연기를 지휘하는 연기 주임은 무대의 중심 기둥 주위를 돌면서 채찍으로 허공을 딱딱 때리며 "하이! 하이!" 하고 외쳤고 그 뒤에서 광대 한 명은 농담을 씨불이는 것이다. 이윽고 모두는 말고삐를 놓고 모든 여단원은 주먹 쥔 손을 자기들 엉덩이 위에 얹고 남자들은 양팔을 가슴 위로 접는 순간 말들은 몸을 앞으로 기울이며 낙타 등 모양을 만들어 보였다! 그런 다음 한 사람씩 차례로 링 안으로 뛰어내리더니 내가 평생 처음 보는 상냥한 절을 하고 퇴장했다. 그러자 모든 관중은 손뼉을 치며 미친 듯이 좋아했다.

서커스는 시종일관 깜짝 놀랄 구경거리를 제공했다. 광대가 계속 쉬지도 않고 익살을 떠는 통에 사람들은 웃다가 죽을 지경이었다. 연기 주임이 그에게 한마디만 하는 날이면 그는 인간의 입에서 이제껏 나온 적이 없는 우스운 말로 지체 없이 그 주임이 한 말을 되받아쳤다. 무슨 수로 그 많은 익살을 그렇게 갑자기 그렇게 적절히 생각해내는지 도저히 알 수 없었다. 나로서는 1년이 걸려도 그런 익살들을 생각해낼 수 없을 것이다. 그런데 마침내 어떤 술주정뱅이가 뛰어들려고 하는 일이 생겼다. 말을 타고 싶다는 것이다. 말이라면 자기가 누구보다도 잘 탈 수 있다고 했다. 말다툼이 벌어지고 서커스 단원들은 그 남자를 쫓아내려고 했지만 그는 도무지 말을 들으려 하지 않았다. 그래서 서커스 공연은 중단되었다. 관중은 주정뱅이에게 고함치며 야유했다. 그랬더니 주정뱅이는 미친 듯이 화가 나서 난동을 부리기 시작했다. 그 바람에 군중은 흥분했고 많은 사람들이 나무 의자를 박차고 일어나 링을 향해 몰려가며 외쳤다.

"저놈을 때려 눕혀! 저놈을 쫓아내라!"

또한 여자 한두 명은 비명을 지르기 시작했다. 그러자 연기 주임은 간단한 연설을 하면서 소란은 피우지 말아달라고 했다. 저 친구가 더는 말썽을 피우지 않는다고 약속하고 또 말 위에 타고 있을 수 있다고 생각하면 태워주겠다는 것이다. 그러자 모든 사람들은 깔깔 웃으면서 좋다고 했다. 그래서 주정뱅이는 말에 올라탔다. 주정뱅이가 말에 타는 순간 서커스 단원이 고삐에 매달려 제지하려고 노력했지만 말은 사람 손을 뿌리치려고 이리 뛰고 저리 뛰며 링 안을 돌기 시작했다. 주정뱅이는 말의 목에 매달려 있었고 말이 뛰어오를 때마다 그의 발꿈치는 허공을 날았다. 관중은 모두 일어나 눈에서 눈물이 굴러떨어질 정도로 소리치며 웃어댔다. 그러다가 마침내 예상대로 서커스 단원들이

최선을 다했는데도 말은 고삐에서 풀려나 미친 듯이 달리며 링을 돌았다. 그러는 동안 주정뱅이는 말 등에 엎드려 그 목에 매달려 있었는데, 처음에는 한쪽 다리가 한편 바닥에 닿을 것같이 늘어지는가 했더니 다음 순간 다른쪽 다리가 반대편 바닥에 닿을 것 같았다. 관중은 그냥 미치고 마는 것이었다. 그러나 나는 우습지 않았다. 그의 위험을 보는 나는 온몸이 덜덜 떨렸다. 그런데 얼마 안 있어 주정뱅이는 가까스로 말등에 올라타더니 고삐를 잡고 이리저리 거들거리며 말을 몰더니 다음 순간 말등 위에서 튀어오르며 고삐를 놓고 등 위에 곧바로 서는 것이 아닌가! 그러자 말은 불이 붙은 집처럼 날뛰기 시작했다. 주정뱅이는 그냥 그 등 위에 서서 평생 한 번도 취해본 적이 없는 사람처럼 경쾌하고 편안하게 말을 운행시켰다. 그리고 나서는 옷을 훌훌 벗어 던졌다. 어찌나 잔뜩 던져대는지 옷가지가 허공을 빼곡하게 채우는 것 같았다. 모두해서 그는 열일곱 가지나 던졌다. 그러고 나자 날씬하고 잘생긴 그의 본 자태가 나타났는데 여태껏 본 중에서 가장 화려하고 아름다운 옷을 입고 있었다. 그는 채찍으로 때려 말을 쌩쌩 달리게 하더니 마침내 말에서 뛰어내린 후 관중에게 인사하고 춤추는 걸음걸이로 의상실로 가버렸다. 관중 모두는 기쁨과 놀라움으로 고함을 지를 뿐이었다.

그러자 연기 주임은 자신이 얼마나 속았는지를 깨달았다. 연기 주임의 얼굴이 그렇게 창백한 것은 난생처음 보는 일 같았다. 어이없게도 주정뱅이는 자기 부하 단원 중 한 사람이었다! 그 단원은 제 스스로 혼자서 그 장난을 생각해냈고 아무에게도 말하지 않았던 것이다. 나도 그렇게 속고 보니 천치바보가 된 기분이었다. 1천 달러를 준대도 그 연기 주임의 자리에는 서고 싶지 않았다. 지금 본 서커스보다 더 멋진 서커스가 있을지는 모르지만 난 아직 이런 서커스와 마주친 적이 없다. 어쨌든 이번 서커스는 너무 좋았다. 어디서 다시 이 서커스와 만나도 언제나 단골이 될 것이다.

그건 그렇고 그날 밤 우리도 공연을 가졌다. 그러나 공연장에는 겨우 열두 명가량의 사람들이 왔을 뿐이다. 겨우 경비를 맞출 정도였다. 게다가 관객들은 그냥 웃고만 있는 바람에 공작은 화가 났다. 여하튼 잠들어버린 한 소년 빼고는 모든 사람이 공연이 끝나기도 전에 자리를 떴다. 그래서 공작이 말하기를 이들 아칸소주 돌대가리들은 셰익스피어를 이해할 수 없다는 것, 그들이 원하는 것은 저질 코미디, 아니 저질 코미디보다도 더 형편없는 것일 거라고 했다. 이제 이것들의 취미를 알 것 같다고 말했다. 그래서 다음날 아침 공작은 널찍한 포장지 몇 장과 흑색 페인트 약간을 구하여 광고 전단을 몇 장 그려가지고 마을 전역에다 붙였다. 전단에는 이렇게 적혀 있었다.

248

법원 건물에서!

사흘 밤 동안에 한함!

세계적 명성을 날리는 비극 배우

데이비드 개릭 2세!

및

에드먼드 킨 1세!

런던 & 컨티넨털 극장 소속

전율적인 비극

왕의 기린

일명

왕실의 걸작!

입장료 50센트

그리고 맨 밑에다가는 제일 큰 글자로 적었다.

부녀자와 아이들은 입장 불가

"자, 봐."

공작이 말했다.

"이 글귀를 보고도 사람이 안 모이면 난 아칸소를 알 도리가 없어!"

23

온종일 공작과 왕은 무대 장치며 커튼이며 풋라이트에 쓸 많은 양
초를 준비하느라 열심히 일에 매달렸다. 그날 밤 공연장은 순식간에
사람들로 가득 찼다. 더는 사람을 받을 수 없게 되자 공작은 문지기
노릇을 그만두고 뒷길로 돌아 무대로 올라와서 커튼 앞에 서더니 간
단한 연설을 했다. 그는 이번 비극을 찬양했으며 이것은 이제까지 있
었던 비극 중에서 가장 스릴이 넘치는 작품이라고 말했다. 나아가서
그 비극과 그 주인공을 맡게 될 에드먼드 킨 1세에 대한 칭찬을 늘어
놓았다. 마침내 모든 관중의 기대가 최고조에 달했을 때 공작은 커튼
을 말아 올렸다. 다음 순간 왕이 벌거벗은 채 네 발로 기어 나와 이리
저리 깡충깡충 뛰어다녔다. 그의 몸에는 온통 둥근 선과 무늬가 온갖
색깔의 페인트로 칠해져 있어 무지개처럼 찬란했다. 나머지 의상은 따
질 것도 없는데, 여하튼 그것은 그야말로 조잡했다. 그러면서도 우습
기 짝이 없었다. 관중은 우스워 죽겠다는 것이었다. 왕이 뛰어 돌아다
니는 것을 중지하고 무대 뒤로 뛰어 들어가 버리자 관객들은 포효하

고 손뼉치며 호통치기도 하고 "에, 에" 하며 점잔빼기도 했다. 그러자 왕은 무대로 돌아와 그 짓을 되풀이했다. 그리고 난 후에도 관중의 성화에 못 이겨 다시 한번 되풀이했다. 정말이지 늙은 바보가 보여주는 이 장난을 보면 암소도 웃었을 것이다.

그 후 공작은 커튼을 내리고 관중에게 고개 숙여 인사하더니 그 위대한 비극은 앞으로 이틀 밤만 더 공연하겠는데, 그 이유는 런던 공연이 임박했으며 이것을 공연할 드루리 레인 극장의 좌석은 매진되었기 때문이라고 말했다. 여기서 그는 다시 관중에게 인사하고 자기가 여러분을 기쁘게 하고 유익한 지식을 드리는 데 성공했다면, 그리고 여러분이 친구들에게 말해서 그분들이 이것을 보러 오도록 해주신다면 참으로 고맙겠다고 덧붙였다.

스무 명의 관객이 소리쳤다.

"뭐라고? 연극이 끝난 거야? 그게 다야?"

공작은 그렇다고 대답했다. 그러자 큰 소동이 있었다. 모두가 "속았다!" 하고 소리치며 미친 듯이 자리에서 일어나 무대와 비극 배우들을 향해 달려갔다. 그러나 몸집이 크고 잘생긴 남자 하나가 벤치 위에 뛰어오르더니 외쳤다.

"신사 여러분! 잠깐 멈추십시오. 내가 한마디 하겠습니다."

사람들은 무슨 소리를 하는지 들으려고 다 멈췄다.

"우리는 속았어요. 속아도 지독히 속고 말았어요. 하지만 우리는 이 읍내 전체의 웃음거리가 되고 싶지 않다 이겁니다. 죽을 때까지 이 속은 이야기를 듣고 싶지 않단 말입니다. 우리가 원하는 것은 여기를 조용히 빠져나가 이 연극을 추켜올려서 나머지 읍내 사람들을 속아 넘어가게 하는 겁니다. 그렇게 되면 우리 모두는 같은 배에 타는 게 되지 않겠습니까? 내 말이 맞지요?"

("맞아요! 판사님 말이 맞아요." 모든 사람이 소리쳤다.)

"그러면 됐습니다. 속았다는 말은 절대 입 밖에 내지 맙시다. 어서 집에 돌아가서 모든 사람더러 와서 이 비극을 보라고 충고합시다."

다음날 이 읍내에서는 연극이 훌륭했다는 말 이외엔 아무 말도 들을 수 없었다. 공연장은 그날 밤 다시 꽉 찼고 우리는 그 관객들을 같은 식으로 속였다.

나와 왕과 공작은 뗏목으로 돌아와 저녁을 먹었다. 마침내 한밤중이 되었을 무렵 왕과 공작은 짐과 나에게 뗏목을 끌어내어 강 복판으로 내려가다 읍내에서 2마일쯤 하류에 갖다 대고 숨겨두라고 했다.

사흘째 밤도 공연장은 다시 만원을 이루었다. 이번에는 처음 오는 구경꾼이 아니라 전에 한 번 온 사람들이었다. 나는 공작과 함께 출입구에 서 있었는데 들어오는 모든 사람들이 주머니가 불룩하게 무엇을 넣고 있거나 저고리 밑에 무언가를 감추어 가지고 들어왔다는 것을 알았다. 가진 것들은 결코 향기로운 것이 아님을 깨달았다. 썩은 달걀 냄새가 통째로 내 코를 찔렀고 썩은 양배추 같은 것들의 냄새도 풍겼다. 주변 어딘가에 죽은 고양이가 있다면 나는 그걸 분명히 냄새로 아는데, 이건 예순네 마리 죽은 고양이의 냄새가 합쳐진 것이었다. 나는 1분 동안 안으로 들어가 있었지만 냄새가 다양해서 참을 수 없었다. 그 장소가 그 이상 인원을 수용할 수 없게 되자 공작은 어떤 친구에게

25센트를 주며 자기 대신 문을 봐달라고 말했다. 그러고는 뒤로 돌아 무대 문이 있는 곳으로 갔다. 나도 그의 뒤를 따랐다. 그러나 우리가 모퉁이를 돌아 어둠 속으로 들어가는 순간 공작이 말했다.

"저 집들이 안 보일 때까지 빨리 걸어! 그러고 나서 귀신들이 쫓아온다고 생각하고 뗏목으로 달려가라!"

나는 시키는 대로 했고 공작도 그렇게 했다. 우리는 동시에 뗏목에 닿았다. 그리고 2초도 안 돼서 캄캄하고 조용한 물살을 따라 미끄러져 강 한가운데를 향해 갔다. 아무도 한마디도 하지 않았다. 나는 불쌍한 왕 혼자서 관중에게 지독히 혼나고 있을 거라고 생각했다. 그러나 그런 일은 없었다. 곧 왕은 뗏목 오두막 밑에서 기어 나오며 말했다.

"공작, 이번엔 결과가 어땠나?"

왕은 애당초 읍내에 가지 않았던 것이다.

우리는 그 마을에서 10마일가량 하류로 내려올 때까지 불빛을 보이지 않았다. 그러고 나서야 우리는 불을 켜고 저녁을 먹었다. 왕과 공작은 그곳 사람들을 골탕 먹인 얘기를 나누며 몸에서 뼈가 다 빠져나갈 정도로 웃어댔다. 공작이 말했다.

"풋내기들, 멍텅구리들! 첫날 관객들이 입을 다물고 나머지 읍내 사람들을 우리한테 걸려들게 할 것을 나는 알았다니까. 사흘째 밤에는 그들이 우리를 기다리며 이제 자기들 차례라고 생각하고 있던 것을 나는 알았어. 그렇지 저희들 차례지. 그네들이 얼마만큼 큰 복수를 계획했는지 알았으면 좋겠구먼. 그네들이 그 기회를 어떻게 써먹으려고 했는지 알고 싶군. 원하면 그들은 그 기회를 소풍 같은 것으로 만들 수도 있었지. 음식을 잔뜩 가지고 왔으니까."

그 사흘 밤 동안 악당들은 465달러를 벌어들였다. 나는 이제껏 저렇게 수레로 운반할 만큼 많은 돈을 본 적이 없었다.

마침내 그들이 잠들어 코를 골기 시작했을 때 짐이 말했다.

"헉, 저 왕들이 하는 짓에 놀라지 않았남?"

"아니, 놀라지 않았어."

내가 말했다.

"헉, 어뜨케 안 놀랬다는겨?"

"놀라긴 뭘 놀라. 핏줄이 그래서 그런걸. 왕들은 내 생각에 다 같아."

"그지만 헉, 우리 왕들은 진짜 악당들이여. 바로 그거여. 저들은 진짜 악당이여."

"내 말이 그 말이야. 모든 왕은 내가 아는 한 대개가 악당들이야."

"그런감?"

"왕에 대한 책을 한번 읽어봐. 그러면 알게 돼. 헨리 8세를 봐. 여기 왕은 그에게는 주일학교 선생감이야. 그리고 찰스 2세와 루이 14세, 루이 15세, 제임스 2세, 에드워드 2세, 리처드 3세 그리고 그 밖에 40명이 넘는데 그들 모두를 보란 말이야. 게다가 옛날에 세상을 뒤흔들고 큰 소동을 일으켰던 색슨 족의 7왕국 왕들을 보란 말이야. 옛날 한창때의 헨리 8세를 봤어야 하는데. 그는 꽃이었어. 그는 매일 새 여자와 결혼했거든. 그리고 다음날 아침에 그 여자의 목을 잘랐거든. 달걀을 주문하는 것처럼 아무렇지 않게 그런 짓을 했거든. '넬 귄을 데려와라' 하고 그가 말하면 신하들이 그녀를 데려왔지 뭐야. 다음날 아침 '그년의 목을 베어버려라' 하면 신하들은 목을 베었지. '제인 쇼어를 데려오너라.' 그가 말하면 그 여자는 출두했지. 다음날 아침 '그년 목을 베어라', 신하들은 그녀의 목을 베어버렸던 거야. '페어 로저먼을 데려와라' 하면 로저먼은 응할 수밖에 없었지. 다음날 아침 '그년의 목을 베어라' 하고 또 명령했지. 또한 그는 모든 아내에게 매일 밤 자기에게 얘기를 하나씩 해달라고 말하고 그것을 적어두었지. 얘기 천 한 개가 그렇게 해서 모였던 거야. 그리고 나서 그것들을 한 권 책으로 묶어 '토지 대장'이라고 제목을 붙였는데, 그 제목이 잘 붙인 제목이고 각 사건을 잘 설명하는 책이야. 짐은 왕들을 모르지만 난 그들을 안단 말이야. 그래서 말인데 우리 뗏목에 있는 이 늙은 망나니는 역사 속에서 내가 만나본 것들 중에서 제일 깨끗한 축에 들어. 그런데 그 헨리라는 작자는 이 나라와 전쟁을 하고 싶다는 생각을 했던 거야. 어떤 식으로 했느냐 하면 미리 예고를 했느냐고? 이 나라에게 기회를 줬느냐고? 아니지. 갑자기 그는 보스턴 항구에서 모든 차를 바다로 던져버렸어. 그리고 독립 선언서를 던져버리고 덤빌 테면 덤벼보라고 했던 거야. 그게 그놈의 스타일이야. 아무에게도 기회를 주는 법이 없어. 자기 아버지 웰링턴 공작을 의심했지. 그래서 어떻게 했는지 알아? 출두하라고 요청했을 것 같아? 아니지. 큰 술통에 빠뜨려 고양이처럼 익사하게 했던 거야. 가령 사람들이 그가 있는 근처에 돈을 놓고 가면 그가 어떻게 했

게? 제 마음대로 써버린 거야. 가령 어떤 일을 하기로 계약을 해서 그에게 돈을 지불하고 거기 앉아 그가 어떻게 하나를 감시하지 않으면 그가 어떻게 하는지 알아? 그놈은 늘 다른 짓을 한단 말이야. 가령 그가 입을 열면 어떤지 알아? 그가 제 입을 얼른 닫지 않으면 항상 거짓말이 그 입에서 새어 나오는 거야. 헨리는 빈대 같은 놈이야. 우리가 지금 우리의 왕들 대신 헨리를 왕으로 모시고 있다면 헨리는 우리의 왕들이 한 것보다 더 지독히 그 읍내를 골탕 먹였을 거야. 난 우리의 왕들이 어린양이라고는 말 안 해. 왜냐하면 냉철히 사실을 바라보면 그들은 양이 아니니까. 하지만 그들은 어쨌든 옛날의 숫양과 비교하면 아무것도 아니야. 내가 하는 말은 왕은 왕이니까 그 점을 참작해주어야 돼. 여러 가지를 따져보면 왕들은 다 저질들이야. 그들은 그렇게 자랐으니까."

"헉, 하지만 말여. 여기 있는 왕들도 지독한 냄새를 풍겨."

"짐, 왕들은 다 그래. 왕이 그런 냄새를 풍기는 걸 우리로선 어쩔 도리가 없어. 역사책도 그 방법을 말해주지 않거든."

"공작 말인디, 그 사람은 어딘가 괜찮은 디가 있는 거 같더만."

"그래. 공작은 달라. 그렇다고 많이 다른 건 아니야. 뗏목에 탄 공작은 공작치고는 좀 악질이야. 그자가 취하면 말이야, 눈 나쁜 사람은 그자를 왕과 구별할 수 없을걸."

"헉, 우쨌든 난 이런 작자들을 더는 원하지 않으니께. 둘밖에 안 된 께 내 참지."

"짐, 나도 그래. 하지만 이제껏 우리가 저들을 돌봐왔잖아? 우린 저들이 누구라는 걸 잊지 말고 그걸 참작해주어야 해. 때로 난 말이야, 왕이 없는 나라 이야기를 듣고 싶어."

이놈들이 왕도 공작도 아니라는 이야기를 한들 무슨 소용 있겠는가? 아무 소용없을 것이다. 게다가 아까 말한 대로 이놈들과 진짜 왕은 구별할 수 없을 것 같았다.

나는 잠이 들었다. 짐은 내 당직 차례가 왔는데도 나를 깨우지 않았다. 짐은 자주 그렇게 했다. 막 동틀 무렵 내가 눈을 떴을 때 짐은 거기 그대로 앉아서 머리를 무릎 사이에 파묻고 혼자서 신음하며 슬피 울고 있었다. 나는 관심을 나타내지 않고 그냥 내버려두었다. 왜 그러는지 알았다. 짐은 멀리 있는 자기 아내와 자식들을 생각했고 낙담하고 향수병에 걸려 있었다. 그는 평생 집을 떠나본 적이 없었다. 짐이 자기 가족을 생각하는 심정은 백인들이 자기 가족을 생각하는 것과 똑같을 것이라고 나는 믿는다. 당연한 것으로 보이지 않지만 나는 당연하다고 생각한다. 밤에 내가 잠들었다고 판단하고 짐은 자주 신음하며 슬피 흐느꼈다. "불쌍한 어린 엘리자베스! 불쌍한 어린 조니! 얼마나 큰 고생이냐. 이제 너희들을 더는 만나보지 못하겠구나!" 하고 짐은 말했다. 짐은 정말 좋은 검둥이였다.

그러나 이번에는 어쩌다 보니 나는 짐에게 그의 아내와 어린것들에 대해 이야기하게 되었다. 마침내 짐이 이야기했다.

"지금 내 기분이 언짢은 건 저 너머 강둑에서 쾅 하고 탕 하는 무슨 소릴 들었기 때문이여. 얼마 전 우리 어린 엘리자베스를 호되게 다루던 때 생각이 난 거여. 그 애는 네 살도 안 됐는디 성홍열에 걸려 아주 심하게 앓았지. 겨우 병은 나았는디 어느 날 그 딸년이 근처에 서 있기에 내가 말했지.

'문 닫아라.'

그런데 그앤 문은 닫지 않구 그냥 거기 서서 나한테 싱글벙글 웃고 있더구먼. 나는 화가 나서 다시 큰 소리로 말했어.

'내 말 안 들려? 문을 닫으라니깐!'

그런데도 걔는 여전히 서서 날 올려다보고 웃기만 하는 거였어. 속이 부글부글 끓어오르더구먼. 그래 말했지.

'기필코 내가 하는 말이 뭔지 듣게 해주겠구먼!

동시에 난 애의 옆머리통을 후려갈겼지. 그랬더니 걔는 뒤로 벌렁 나자빠지고 말았지 뭐여. 난 딴 방으로 가서 십 분쯤 있었지. 다시 돌아왔는데 문은 아직 그대로 열려 있더군. 걔는 문 바로 옆에 서서 아래를 보고 슬피 우는데 눈물이 쏟아지더만. 아, 이건 날 미치도록 화를 돋우는 것이었어. 내가 걔한테 달려들려고 하는디 바로 그때, 참, 문은 안쪽으로 열리는 문이었는디, 바람이 불어와서 개 등 뒤로 문이 쾅 하고 닫히더구먼. 아이구머니, 걔는 꿈쩍도 않더라니께! 난 숨이 콱 막힐 뻔하지 않았겠어? 내 느낌은 그랬던 거여. 그랬다니께. 그때 내 심정 나도 몰러. 난 온몸을 떨며 기어 나오다시피 했던 거여. 그러구는 다시 돌아가서 문을 가만히 열고 개 뒤로 살짝 머리를 디밀고 갑자기 왁! 하고 있는 힘껏 큰 소리로 놀래주려고 했지. 걔는 꼼짝도 하지 않는 거여! 오, 헉, 난 눈물을 터뜨리며 개를 두 팔로 껴안고 말했어. '아, 불쌍한 것! 오, 전지전능하신 하느님, 이 불쌍한 늙은 짐을 용서하십쇼. 전 죽을 때까지 제 자신을 용서하지 못할 겁니다.' 아, 걔는 완전한 귀머거리에다 완전한 벙어리였어. 헉, 걔는 캄캄 절벽 귀머거리에다 벙어리였단 말여. 난 그런 애를 그렇게 호되게 야단만 쳤단 말여!"

24

다음날 어두워질 무렵 강 양편에 마을이 있는 강 중류의, 작은 수 양버들이 우거진 모래톱 아래쪽에 뗏목을 매놓고 공작과 왕은 그들 읍에서 활동할 계획을 짜기 시작했다. 짐은 공작에게 일이 두서너 시 간 정도 걸리는 것이면 좋겠다고 말했다. 하루 종일 밧줄로 묶인 채 오두막 속에 누워 있는 것이 몹시 힘들 뿐더러 지루하기 때문이었다. 알다시피 우리들은 짐을 혼자 남겨두고 뗏목을 떠날 때는 그를 묶어 놓지 않고는 안 되었다. 왜냐하면 누군가가 짐이 묶이지도 않은 채 혼 자 있는 것을 보면 도망친 검둥이로 보일 것이기 때문이다. 그래서 온 종일 묶여 있어야 한다는 것은 힘든 일이니까 그렇게 하지 않아도 되 는 방법을 강구해보겠다고 공작이 말했다.

공작 말인데, 그는 머리가 비범했다. 그리하여 그는 곧 한 방도를 생각해냈다. 공작은 짐에게 리어 왕의 복장을 입혔다. 커튼용 사라사 천으로 된 긴 가운과 하얀 말털 가발에다 구레나룻 수염을 달아주었 다. 그리고 나서 공작은 극장용 페인트로 짐의 얼굴과 손과 귀와 목

전체를 아주 칙칙한 푸른색으로 칠했다. 마치 9일 동안 물에 빠져 있던 시체 같았다. 정말이지 짐이 이렇게 험악한 꼴을 한 것을 전에는 전혀 본 적이 없었다. 다음으로 공작은 판자 한 쪽을 꺼내 와서 그 위에다 적었다.

병든 아랍인—미치지 않을 때는 무해함.

그러고 나서 공작은 그 판자를 윗가지에다 못질해 박고 그 윗가지를 오두막 4, 5피트 앞에다 세워놓았다. 짐은 만족해했다. 2, 3년 동안 매일 묶여 있으면서 소리가 날 때마다 덜덜 떠는 것보다 이게 훨씬 낫다고 짐은 말했다. 공작은 짐에게 자유롭고 편하게 있으라고 했으며, 누가 와서 집적거리면 오두막에서 튀어나와 잠시 날뛰며 들짐승처럼 한두 번 짖어대면 그 사람은 허겁지겁 자리를 떠나버릴 것이라고 말했다. 그것은 그럴듯한 생각이었다. 그러나 보통 사람이라면 짐이 짖어댈 때까지 기다리지도 않을 것이다. 짐이 겨우 죽은 송장처럼 보이는 것이 아니라 그보다 더 끔찍한 것으로 보였기 때문이다.

이 악당들은 다시 한번 걸작품을 연출하기를 원했다. 워낙 많은 돈이 들어오기 때문이었다. 그러나 지금쯤은 소문이 이 근처까지 퍼졌을지도 모르기 때문에 안전하지 못할 거라고 그들은 판단했다. 그들은 아주 적절한 계획을 생각해낼 수 없었다. 그래서 마침내 공작은 좀 쉬면서 머리를 한두 시간 짜내어 아칸소주 마을에서 공연할 수 있는 게 뭐가 있나 생각해보겠다고 말했다. 그런데 왕은 계획이고 뭐고 없이 다른 마을에 들러 이익이 될 만한 일로 이끄는 것은 신의 섭리에 맡기자고 했다. 그건 신의 섭리가 아니라 악마를 뜻한다고 나는 생각했다. 우리들은 전번에 머물렀던 곳의 상점에서 옷을 산 적이 있었다. 왕은 자기 옷을 입더니 나더러도 입으라고 했다. 그래서 당연히 나도 입었다. 왕의 옷은 모두 검정색이었고 정말 멋지고 격식을 차린 것 같았다. 옷이 사람을 이렇게 다른 사람으로 보이게 만든다는 것을 전에는 몰랐다. 전에는 세상에서 가장 야비한 늙은이로 보였다. 그러나 이제 새 흰 비버털로 된 모자를 벗고 인사를 하며 웃음을 지으면 어찌나 근엄하고 선량하고 경건하게 보이는지 막 노아의 방주에서 걸어 나온 사람 같았고 또한 노아 자신이 아닐까 하는 생각이 들게 했다. 짐은 카누를 청소해놓고 나는 노를 준비했다. 읍내에서 3마일쯤 떨어진 강 아래쪽 강변에 증기선 한 척이 정박하고 있었다. 짐을 싣느라 거기에 두세 시간 서 있는 중이었다. 왕이 말했다.

"이렇게 차려입었으니 세인트루이스나 신시내티나 다른 어떤 큰 도시에서 내려온 것으로 하는 게 좋을 것 같구나. 허클베리, 저 증기선 쪽으로 저어가자. 저 배를 타고 마을로 들어가자."

가서 증기선을 타는 데는 두 번 다시 명령을 들을 필요가 없었다. 마을 상류 반 마일 떨어진 지점의 강변으로 저어갔다가 완만한 물살이 흐르는 깎인 강둑을 따라 저어갔다. 얼마 후 우리는 순진해 보이는 시골 청년을 만났는데, 그 청년은 통나무에 걸터앉아 얼굴에서 땀을 닦아내고 있었다. 무척이나 더운 날씨였기 때문이다. 그 청년은 곁에 큰 여행 가방 두세 개를 가지고 있었다.

"물가로 배를 대거라."

왕이 말했다. 나는 분부대로 했다.

"젊은 양반, 어디로 가는 길이오?"

"증기선을 타려고요. 가는 곳은 뉴올리언스입니다."

"그럼 여기 올라타요." 왕이 말했다.

"잠깐 기다리라고요. 내 하인이 그 가방을 들어줄 테니. 아돌퍼스,

어서 내려 이 신사 분을 도와드려라."

나를 그렇게 부르고 있다는 것을 알아챘다.

나는 지시받은 대로 했다. 그런 다음 우리 셋은 다시 떠났다. 그 젊은이는 몹시 고맙게 생각했다. 이런 날씨에 가방을 들고 다니는 것은 힘든 일이라고 그는 말했다. 그는 왕에게 어디로 가는 길이냐고 물었다. 그러자 왕은 오늘 아침 강을 내려와 다른 마을에 들렀다가 지금은 몇 마일 상류에 있는 농장에서 살고 있는 옛 친구를 만나러 가는 길이라고 젊은이에게 말해주었다. 젊은이가 말했다.

"처음 노인 어른을 보았을 때 '분명 저분이 윌크스 영감일 거다. 거의 제시간에 맞춰 오셨군' 하고 혼자 속으로 생각했는데, 다시 혼자 생각했지요. '아, 그분이 아니구나. 그분이라면 강을 따라 배를 저어 올라오지는 않았을 거야' 하고요. 노인께서는 윌크스 영감이 아니시죠?"

"아니, 내 이름은 블로젯, 일렉산더 블로젯, 아니 일렉산더 블로젯 목사라 하오. 주님의 가난한 종들 중 한 사람이니까 그렇게 말해야 했을 거요. 윌크스 영감이 제시간에 도착하지 못한 건 유감스러운 일이

지만 어쨌든 시간에 늦었다고 해서 무슨 손해라도 보나요? 그런 일이
없기를 바라지만 서두."

"그가 재산을 잃을 리는 없지요. 재산을 차지하는 것은 염려 없어
요. 하지만 동생 피터 영감의 임종은 보지 못한 셈이지요. 그걸 못 본
것을 본인이 상관하는지 어쩐지는 아무도 모를 일이지만. 그러나 동
생 피터 영감은 죽기 전에 형을 만나보기를 얼마나 갈망했는지 모릅
니다. 죽기 전 삼 주일 동안 피터 영감은 그 얘기만 했으니까요. 두 형
제들은 어렸을 때 이후 서로 만난 적이 한 번도 없었단 말입니다. 동
생 윌리엄도 전혀 본 적이 없었지요. 윌리엄은 귀머거리에다 벙어리
동생을 말합니다. 이 동생은 서른이나 서른다섯밖에 안 되는 사람이
지요. 피터와 조지 영감만이 미국에 온 형제였어요. 조지는 결혼한 동
생인데, 그분과 그의 아내는 작년에 세상을 떠났어요. 이제 하비와 윌
리엄만이 남은 것이지요. 전에도 말했듯이 그네들도 임종에 대오지 않
았거든요."

"그들에게 누가 소식을 전하긴 했나?"

"네. 한두 달 전 피터 영감이 병에 걸렸을 때 알렸지요. 피터 영감은
그때 말하기를 자기는 이번엔 몸이 나아지지 않을 것 같다는 것이었
어요. 나이가 워낙 많았으니까요. 게다가 조지 영감의 딸들은 빨강머
리 메리 제인 말고는 모두 나이가 너무 어려서 별로 말 상대가 되지
않았으니까 조지 영감과 그 아내가 죽은 후로는 피터 영감은 영 쓸쓸
해하며 살고 싶은 생각도 별로 없는 것 같았어요. 그분은 하비를 처절
하게 보고 싶어 했어요. 물론 윌리엄도 보고 싶어 했지요. 그건 그분은
유언장 같은 건 쓰기를 싫어하는 분이었기 때문이었어요. 그래서 하비
영감에게 편지 한 장을 남겼는데, 거기에는 어디다 자기 돈을 숨겨두
었는지, 조지 영감의 딸들이 이럭저럭 잘 살도록 나머지 재산을 그 애

들에게 나누어주라는 내용이 들어 있었어요. 조지 영감은 아무것도 남긴 게 없었으니까요. 그 편지도 사람들이 겨우 펜을 들게 해서 작성된 것이었지요."

"히비 영감은 왜 안 온다고 생각하나? 어디 살기에?"

"아, 영국에 살고 있어요. 셰필드에서요. 거기서 설교를 하지요. 그래서 이 나라에는 한 번도 온 적이 없어요. 시간도 별로 없고요. 게다가 어쩌면 그 편지를 아직 받아보지 못했는지도 몰라요."

"거 참 안됐군, 안됐어. 형제들을 보지 못하고 세상을 떠나다니 정말 가엾군. 젊은이는 뉴올리언스로 간다고 했지?"

"네, 그렇지만 그건 제 여행의 일부에 불과합니다. 전 배를 타고 내주 수요일에는 삼촌이 사시는 리오자네이로에 갑니다."

"꽤 먼 여행이군. 하지만 멋진 여행이 되겠어. 나도 가고 싶군그래. 메리 제인이 맏딸인가? 다른 딸들은 몇 살이나 됐는지?"

"메리 제인은 열아홉이고 수전이 열다섯에 조애너가 열네 살쯤 되었지요. 조애너는 자선사업에 열중하는데, 언청이지요."

"불쌍한 것들! 이 냉혹한 세상에 그렇게 홀로 남다니."

"사정이 달랐다면 그 애들은 더 불운해졌을 거예요. 그런데 피터 영감은 친구들이 있어서 그분들이 그 애들에게 해가 닥치지 않게 해줄 겁니다. 침례교 홉슨 목사, 롯 허비 집사, 벤 럭커, 애브너 셰클포드, 레비 벨 변호사, 의사 로빈슨 그리고 그들의 부인들 그리고 과부 바틀리 그리고…… 이렇게 많은 친구들이 있지요. 이들은 피터 영감과 가장 친한 사이여서 영국 고향에 편지를 쓸 때 이 사람들에 대해서도 많이 이야기했기 때문에 하비 영감도 여기 도착하면 친구들을 어디서 찾을 것인지 잘 알 겁니다."

이 늙은 왕은 계속 질문을 던져 결국에 가서는 이 젊은 친구에게서 모든 정보를 얻어냈다. 실로 그 축복된 읍내에 사는 모든 사람들과 모든 일에 대해 낱낱이 문의했던 것이다. 또한 윌크스 집안 사람들에 대해서 묻고, 무두질을 했던 피터 영감의 직업에 대해 그리고 목수 일을 했던 조지 영감에 대해, 비국교파의 목사였던 하비에 대해 다 묻고 그외 여러 가지를 물었다. 그러고 나서 왕은 말했다.

"자네는 왜 증기선까지 걸어서 가려고 했나?"

"저 배는 올리언스행 큰 증기선이어서 저기에 서지 않을지도 모른다고 생각했어요. 짐이 많을 때엔 불러도 서지 않거든요. 신시내티에서 오는 배는 서는데 이 배는 세인트루이스에서 오는 거라서요."

"피터 윌크스 영감은 잘사는 사람이었나?"

"아, 꽤 잘살았지요. 집이 몇 채나 되고 땅도 있고 또한 현금으로 3, 4천 달러를 어디다 감춰둔 모양입니다."

"그가 언제 죽었다고 했지?"

"그건 말씀드리지 않았지만 어젯밤에 죽었어요."

"그럼 장례식은 내일이겠구먼."

"그렇지요. 내일 정오쯤일 겁니다."

"몹시 슬픈 일이긴 하지만 우리 모두는 언젠가는 가야 할 길이지. 그러니까 우리가 할 일은 늘 준비를 하고 있어야 하지. 그러면 걱정할 것 없이."

"그렇습니다. 그게 최선의 길이지요. 어머님도 늘 그렇게 말씀하셨어요."

우리가 증기선에 닿았을 때 짐 싣는 일이 거의 끝나고 배는 곧 출발해버렸다. 왕은 그 배에 승선하는 일에 대해서는 입도 뻥끗하지 않았기 때문에 나는 결국 배에 탈 기회를 잃고 말았다. 증기선이 가버리자 왕은 나더러 1마일쯤 상류 한적한 곳까지 저어가도록 하고는 뭍에 오르며 말했다.

"당장 서둘러 돌아가 공작을 이리 데려오고 새 여행 가방을 가져와라. 공작이 반대쪽에 가 있으면 그리 가서 데리고 오거라. 그리고 돈이 들더라도 몸단장을 잘 하고 오라고 일러라. 자, 그럼 얼른 떠나라."

나는 왕이 무슨 짓을 꾸민다는 것을 알았지만 물론 아무 말도 하지 않았다. 공작과 함께 그곳으로 다시 가서 우리는 카누를 감춰두었다. 그러자 그들 둘은 통나무 위에 걸터앉았고 왕은 공작에게 그 젊은이가 한 말을 죄다 말해주었다. 한마디도 빠뜨리지 않고 일러주었다. 그런데 이야기를 해주는 동안 내내 왕은 영국 사람처럼 발음하려고 애썼다. 악당치고는 꽤 잘했다. 나는 그의 흉내를 낼 수 없었다. 또한 흉내내려고 노력하지도 않았다. 하지만 왕은 썩 잘했다. 그가 말했다.

"빌지워터, 자네 귀머거리와 벙어리 흉내를 잘 낼 수 있겠나?"

공작은 그런 것쯤은 자기에게 맡겨놓으라고 했다. 무대에서 귀머거리와 벙어리 역을 해본 적이 있다는 것이다. 그러고 나서 그들은 증기선을 기다렸다.

오후가 절반쯤 지났을 무렵 작은 배들 두서너 척이 내려왔지만 그
것들은 강의 훨씬 상류 쪽에서 오는 배가 아니었다. 그러나 마침내 큰
증기선이 왔으므로 그들은 소리쳐 불렀다. 증기선이 보트를 보내주어
우리는 거기에 탔다. 그 증기선은 신시내티에서 온 배였는데, 우리들이
4, 5마일밖에 가지 않는다는 것을 알자 선원들은 몹시 화를 내고 욕을
하며 상륙시켜주지 않겠다고 난리를 피웠다. 그러나 왕은 침착한 태도
로 말했다.

"보트에 태워 가서 내려준다면 신사 한 사람의 뱃삯으로 1마일 당
1달러씩 지불하겠네. 그렇다면 증기선도 손님들을 실어다줄 수 있지
않나?"

그리하여 선원들은 화가 누그러지며 괜찮다고 말했다. 그리고 마
을에 도착하자 그들은 보트로 강둑까지 실어다주었다. 보트가 오는
것을 보자 스물댓 명가량이 몰려왔다. 그러자 왕이 말했다.

"피터 윌크스 영감이 사는 곳을 누가 가르쳐주실 수 없습니까?"

그들은 서로 눈길을 교환하며 "그 봐, 내가 뭐랬어"라고 말하듯 고
개들을 끄덕였다. 그러자 그들 중 한 사람이 온화한 목소리로 점잖게
말했다.

"참으로 안된 일이지만 우리가 할 수 있는 것은 그분이 어제 저녁
까지 살고 계시던 곳을 가르쳐드리는 일뿐입니다."

그러자 갑자기 이 야비한 늙은 것은 납작하게 찌부러지듯 그 사나
이에게 쓰러지면서 턱을 사나이의 어깨에 올려놓고 울부짖었다. 울부
짖음은 그 사나이의 등을 타고 내려왔다. 왕이 말했다.

"에이고, 에이고, 가엾은 우리 동생…… 가버렸구나. 한번 서로 만
나보지도 못하고. 아, 이건 너무 가혹하구나!"

그리고 나서 왕은 흐느끼며 몸을 돌려 공작에게 양 손으로 바보짓

같은 수화를 연출해 보였다. 그러자 공작은 영락없이 여행 가방을 떨어뜨리고는 울음을 터뜨리는 것이다. 이 두 사기꾼만큼 부도덕한 사람들을 난 본 적이 없다.

　그러자 사람들은 모여들어 두 사람을 동정했고 여러 가지 친절한 말을 하며 그들의 여행 가방을 언덕 위에까지 날라다 주었다. 그들은 왕이 자기들에게 기대어 울도록 내버려두면서 동생의 임종 순간에 대해 이야기해주었다. 왕은 그 이야기를 다시 공작에게 손짓으로 전해주며 그 사기꾼 둘은 마치 열두 제자를 잃기라도 한 것처럼 무두질장이의 죽음을 슬퍼했다. 내가 전에도 이런 짓거리를 본 적이 있다면 나는 검둥이다. 인간이 인간임을 부끄럽게 만들기에 충분한 장면이었다.

25

이 소식은 2분이 지나자 온 읍내에 퍼졌으며 사람들이 사방에서 달려오기 시작했는데, 길을 달려오면서 코트를 입는 이도 있었다. 곧 우리는 군중에 둘러싸였으며 군중의 발소리는 군대의 행진 같았다. 창문들과 마당은 사람들로 꽉 찼는데, 울타리 너머에서는 매순간 누군가가 물었다.

"저 사람들이야?"

그러자 군중과 함께 잰걸음으로 달려오던 어떤 사람이 응답했다.

"틀림없다니까."

우리가 그 집에 다다랐을 때 집 앞 길은 사람들로 꽉 찼고 문에는 젊은 처녀 셋이 서 있었다. 메리 제인은 빨강머리였지만 그런 것에 상관없이 그녀는 지독히 아름다웠다. 그녀의 얼굴과 눈은 후광처럼 빛났고 그녀는 삼촌들이 온 것을 몹시 기뻐했다. 왕이 두 팔을 벌리자 메리 제인은 그 팔로 달려들었고 언청이는 공작에게 달려가 껴안고 키스까지 해댔다! 모든 사람, 적어도 여자들은 마침내 그들이 만나 기뻐하는 것을 보고 기쁨의 눈물을 흘렸다.

　그러고 나서 왕은 나의 눈에는 보였지만 다른 사람은 모르게 공작을 슬쩍 팔꿈치로 찔렀다. 그리고 왕은 주위를 둘러보고 구석의 두 의자 위에 안치된 관을 보자 공작과 함께 한 손은 서로 어깨동무하듯 서로의 어깨 위에 얹고 한 손은 눈에 갖다 대고 엄숙하게 천천히 그쪽으로 걸어갔다. 모든 사람들은 뒤로 물러나 길을 비켜주었고 모든 이야기하는 소리와 소음이 뚝 그쳤고 사람들은 "쉿" 하는 소리를 냈다. 모든 사람들은 모자를 벗고 머리를 떨구는 바람에 핀 하나가 떨어져도 그 소리가 들렸을 정도였다. 그들은 관 앞으로 가서 몸을 굽히고 관을 들여다보고는 통곡하기 시작했다. 그 통곡 소리는 올리언스까지도 들릴 정도였다. 그러고 나서 그들은 서로의 목을 끌어안고 턱을 상대방 어깨 위에 고이고는 3, 4분 동안 울어젖히는데, 난 두 사나이가 그렇게 눈물을 흘려대는 모습을 본 적이 없었다. 게다가 모든 사람도 그렇게 울어대는 통에 그 장소는 눈물바다가 되었다. 난 그런 장면도 처음 보았다. 다음으로 그들 중 하나는 관의 이쪽 편에, 또 하나는 다른 쪽 편에 자리 잡고 나서 무릎을 꿇고 이마를 관 위에 기대놓고 묵념을 하는 시늉을 했다. 이렇게 묵념하는 단계에 이르자 거기 모인 군중은 일찍이 아무도 보지 못했을 정도로 크게 감동하여 모두가 큰 소리로 흐느끼기 시작했다. 불쌍한 처녀들도 똑같이 흐느꼈다. 그러자 거의 모든 부녀자들은 말없이 그 처녀들에게 다가가서 경건하게 이마에 키스하고는 처녀들 머리에다 손을 얹고 눈물을 흘리면서 하늘을 올려다보았다. 그러고는 다시 눈물을 터뜨리고 또 그 눈물을 닦으면서 다음 부인에게 그렇게 할 기회를 주었다. 나는 이렇게 구역질나는 일을 본 적이 없었다.

　마침내 왕은 일어나 조금 앞으로 걸어 나와 흥분해서 인사말을 늘

어놓았는데, 눈물과 허튼소리를 뒤섞어 고인을 잃은 것은 자기와 불쌍한 남동생에게는 아픈 시련이었고 4천 마일의 긴 여행 끝에 여기 왔지만 고인이 살아 있는 모습을 보지 못한 것 역시 아픈 시련이었으나 이처럼 여러분의 귀한 동정과 성스러운 눈물로 인해 그 시련이 자신들에게는 기쁘고 성스러운 것이 되었으며 그것에 대해 두 형제는 마음에서 우러나는 감사를 드리는 바라고 말했다. 말이란 원래 힘이 없고 냉랭한 것이어서 말로는 다 못하겠다느니 하면서 썩어빠진 헛소리를 하는 바람에 나는 메스꺼워 죽을 지경이었다. 그 인사말을 끝내자 왕은 경건하고 독실한 척하는 아멘을 소리치고 나더니 몸에서 힘을 빼며 가슴이 터져라고 통곡을 시작했다.

왕의 인사말이 동이 나자 군중 속에서 누군가가 신의 영광을 찬미하는 찬송가를 부르기 시작했으며 모든 사람은 있는 힘을 다해 합창에 가세했다. 그랬더니 가슴이 훈훈해지며 마치 교회 예배가 끝났을 때처럼 가슴이 후련해졌다. 음악이란 좋은 것이다. 왕의 터무니없는 말과 데데한 수작을 들은 후인데도 음악이 분위기를 신선하게 바꾸고 그렇게 정직하고 멋지게 들리게 한다는 것을 나는 이때 처음 깨달았다.

그때 왕은 다시 주둥이를 놀리기 시작했다. 이 가족과 제일 절친했던 친구 몇 분이 오늘 밤 여기서 자기들과 같이 식사를 하고 고인의 유해 곁에서 밤샘을 해주시면 자기와 조카들이 얼마나 기뻐할지 모를 거라고 말했다. 저기 누워 있는 불쌍한 동생이 말을 할 수 있다면 그가 누구를 거론할지 자기는 잘 안다는 것이다. 그 이름들이 자기에게는 정다운 이름이며 동생 편지 속에 가끔 나온 이름들이기 때문이라고 했다. 자기도 그 이름을 똑같이 댈 수 있다고 했다. 즉 예를 들면…… 홉슨 목사님, 롯 허비 집사님, 벤 럭커 씨, 애브너 셰클포드 씨, 레비 벨 씨, 로빈슨 의사님, 그리고 그분들의 부인과 바클리 과부댁이라고 했다.

홉슨 목사와 로빈슨 의사는 읍의 끝자락으로 함께 사냥을 나가 있었다. 다시 말해서 그 말은 의사는 어떤 환자를 저세상으로 보내고 있었고 목사는 그 가는 길을 올바로 인도하고 있었다는 말이다. 벨 변호사는 업무차 루스빌에 출장 중이었다. 그러나 나머지는 거기 가까이 있었기 때문에 왕에게로 와서 그와 악수하고 감사하다고 말하며 왕과 이야기를 나눴다. 그러고 나서 그들은 공작과도 악수했다. 그러나 말은 하지 않고 바보들처럼 웃음을 지으며 머리만 끄덕일 뿐이었다. 한편 공작은 갖가지 손짓을 하며 "구-구 구-구-구" 하며 말 못 하는 아기처럼 연기하고 있었다.

그리하여 왕은 엉터리 소리만 계속 지껄이면서 그 읍내의 모든 사람과 개까지 이름을 대면서 꼬치꼬치 캐묻는가 하면 또 언젠가 그 읍내에서 일어난 모든 자질구레한 일들이나 조지와 피터의 가족들에게 일어났던 일까지 언급했다. 왕은 한결같이 그 모든 것이 피터가 편지에 써 보낸 이야기인 척했지만 그것은 모두 거짓말이었다. 그 모든 것은 우리가 증기선까지 카누로 데려다준 그 젊은 바보 대가리한테서 얻어들은 것이었다.

좀 있다가 메리 제인이 숙부가 남긴 편지를 가지고 왔다. 왕은 그것을 큰 소리로 읽고 나서 그 편지에다 대고 눈물을 쏟았다. 편지에는 사는 집과 금화 3천 달러를 조카딸들에게 남겨주고 지금도 장사가 잘되는 가죽 공장과 다른 집 몇 채와 7천 달러의 가치가 있는 땅과 금화 3천 달러를 하비와 윌리엄에게 주라고 되어 있고 6천 달러 현금은 지하실 어디에 감춰놓았다고 적혀 있었다. 그리하여 이 두 사기꾼은 자기들이 가서 그것을 가져와 모든 것을 공평무사하게 하겠다고 말했다. 그러고는 나더러 양초를 가지고 따라오라고 했다. 우리는 들어가는 즉시 지하실 문을 닫고 돈 주머니가 발견되자 그들은 돈을 바닥에 쏟아놓았다. 정말 멋진 광경이었다. 모두가 누런 금화였다. 아이쿠, 번쩍번쩍 빛나는 왕의 눈 하고는! 왕은 공작의 어깨를 찰싹 때리며 말했다.

"오, 이거 정말 멋진데! 안 그런가! 그렇고말고! 빌지, 이건 걸작이고 뭐고 다 저리 가라야. 안 그래?"

공작은 그 말이 맞다고 맞장구쳤다. 그들은 노란 금화를 긁어모아 손가락 사이로 걸러내듯 마룻바닥 위에 짤랑짤랑 소리 내며 떨어뜨렸다. 그러고는 왕이 말했다.

"빌지, 이건 말할 필요도 없는데, 부자 고인의 살아남은 형제로서 재외 재산 상속인 대표가 되는 것이 자네와 내가 맡은 배역이란 말이야. 여기 이게 다 신의 섭리를 믿은 데서 온 거야. 결국 그게 최선의 길이야. 나는 모든 걸 다 시도해보았지만 신의 섭리를 믿는 것보다 나은 건 없었어."

대부분의 사람은 그 금화 더미를 보고 만족했을 것이고 그냥 6천 달려려니 하고 믿었을 것이다. 그러나 어림없는 소리지, 그들은 그것을 계산해보아야 했다. 그래서 그들은 돈을 세어보았다. 그런데 415달러가 모자랐다. 왕이 말했다.

"젠장, 415딜러를 넝삼탱이가 어떻게 했는지 모르겠는걸."

잠시 왕과 공작은 걱정스러운 표정으로 구석구석을 죄다 뒤졌다. 그러고 나서 공작이 말했다.

"그 사람은 중환자였으니까 실수를 했을지도 몰라요. 아마 그랬을 겁니다. 그러니까 그대로 내버려두고 잠자코 있는 것이 상책이겠어요. 그까짓 거 없어도 되니까요."

"까짓것. 맞아, 그까짓 것 없어도 돼. 그건 아무 상관 안 해. 다만 내가 생각하는 건 계산이야. 여기서 우린 공평하고 솔직하고 사심 없이 처리하기를 원한다는 거야. 여기 이 돈을 위층으로 가져가 모든 사람이 보는 앞에서 세는 거야. 그러면 의심할 게 없게 되는 거 아니겠어. 그렇지만 고인이 6천 달러라고 했으니까 우리가 바라기는……."

"잠깐만요. 우리 돈으로 그 부족한 액수를 채워놓으면 어떨까요?" 그는 주머니에서 금화를 꺼내기 시작했다.

공작이 말했다.

"공작, 그거 한번 놀라 자빠질 좋은 생각이야. 정말 잘 돌아가는 머리를 위에 가지고 다니는군."

왕이 말했다.

"저번의 그 걸작이 우리를 다시 살려준단 말이지."

그러고는 왕도 금화를 꺼내어 쌓기 시작했다.

두 사람은 그것으로 파산 지경에 이르렀지만 정확히 6천 달러를 만들어놓았다.

"저 말인데요."

공작이 말했다.

"또 한 가지 생각났어요. 위층으로 올라가서 이 돈을 세어가지고 처녀들에게 줍시다."

"공작, 정말 좋은 생각이야. 자네를 한번 껴안게 해주게. 인간이 생각할 수 없는 기가 막힌 생각이야. 세상에서 내가 본 중에서 가장 놀라운 머리를 자네는 지녔다 이거야. 아, 이건 묘안이야. 여기에는 실수란 없겠어. 우리를 의심하고 싶으면 얼마든지 의심하라고 해. 이걸로 의심이 깨끗이 풀릴 테니까."

우리들이 위층으로 올라갔을 때 모두는 탁자 주위에 모여 있었다. 왕은 금화를 세고 나서 한 무더기가 3백 달러씩 되게 쌓아놓았다. 스무 개의 우아한 더미였다. 모든 사람은 그것을 보고 군침을 삼키며 입맛을 다셨다. 그리고 나서 두 사람은 금화를 다시 주머니에 담고 왕은 다시 연설을 하려고 가슴을 폈다. 왕은 말했다.

"친구 여러분, 저기 누워 있는 나의 불쌍한 동생은 슬픔의 골짜기에 남겨진 유족들에게 아낌없이 베풀었습니다. 우리 동생 피터는 부모를 잃은 불쌍한 어린양들을 사랑하고 보호해주었고 죽어서도 그들에게 아낌없는 선행을 베풀었습니다. 그렇습니다. 피터를 잘 아는 우리는 그가 사랑하는 윌리엄과 나의 기분을 상하게 할지도 모른다는 염려를 하지 않았다면 이 애들에게 더 뭉텅 베풀었을 것이라는 점을 잘 압니다. 그렇지 않습니까? 내 생각에도 그건 의심의 여지가 없습니다. 그런데 말입니다만…… 그런 때에 동생의 뜻을 방해하는 형제라면 그게 무슨 진정한 형제가 되겠습니까? 또한 이런 때에 죽은 동생이 그처럼 사랑하던 이 불쌍한 어린양들에게서 돈을 훔치는, 아니 강탈하는 것이지……, 그런 삼촌들이라면 그게 무슨 삼촌이 되겠습니까? 내가 윌리엄을 안다면, 아니 안다고 생각하는데, 저 애도…… 내 잠깐 물어보겠습니다."

왕은 공작 쪽을 돌아보고 양손으로 별의별 신호를 보내기 시작했다. 그러자 공작은 잠시 바보 멍청이처럼 왕을 쳐다보다가 갑자기 그 뜻을 알아챈 듯한 표정을 짓더니 뭐가 그리 기쁜지 있는 힘을 다해 구-구 하는 소리를 지르며 왕에게로 달려가 열댓 번이나 포옹하고는 그제야 팔을 놓았다. 그러자 왕이 말했다.

"난 이제야 알았습니다. 지금 윌리엄의 심정을 모든 분에게 확신시킬 수 있을 것 같습니다. 자, 여기, 메리 제인, 수전, 조애너, 이 돈을 받아라. 모두 받아라. 저기 싸늘하지만 기쁨을 느끼며 누워 있는 저분께서 주는 선물이다."

메리 제인은 왕한테로 달려갔고 수전과 언청이는 공작에게로 달려가 내가 이제껏 본 적이 없는 포옹과 키스의 교환이 있었다. 또한 모든 사람도 눈에 눈물을 글썽거리며 달려와 이 사기꾼들의 손이 떨어져나가도록 힘껏 악수하면서 이렇게 말했다.

"정말 착하신 분들! 이 얼마나 보기 좋은 일입니까! 어쩌면 그러실 수 있습니까!"

곧이어 모든 사람은 다시 고인에 대한 이야기를 시작했는데 참으로 훌륭한 분이었다느니 그분을 잃은 것은 얼마나 큰 손실인지 모른다느니 뭐 그런 이야기였다. 그런데 얼마 후 키가 크고 강철 같은 턱을 가진 남자가 안으로 들어섰는데, 그곳에 서서 이야기를 경청하며 바라볼 뿐 말은 한마디도 하지 않았다. 아무도 그 사람에게 무슨 말을 하지 않았다. 왕이 이야기하는 중이었고 그들은 듣느라 바빴기 때문이다. 왕은 이야기를 계속했다. 그가 꺼낸 어떤 화제가 한창 지속되었다.

"……그분들은 고인의 각별한 친구들이었습니다. 그래서 오늘 저녁 여기에 초대받은 겁니다. 그러나 내일도 모든 분들이 오시기를 바랍니다. 모두들 말입니다. 왜냐하면 고인은 모든 분을 존경하고 좋아했으니까요. 그래서 고인의 장례 잔치는 공개적으로 치러야 마땅합니다."

그리하여 왕은 자신의 말에 자신이 도취되어 계속 두서없이 말을 떠벌리는가 하면 잠시 후 다시 장례 잔치 이야기로 돌아왔다. 마침내 공작은 더는 참을 수 없었다. 그리하여 공작은 작은 종이 쪽지에다 "이 바보 영감아, 장례식이야"라고 써서 그것을 접어 구-구- 하는 소리를 내며 사람들 머리 위로 손을 뻗어 왕에게 건네주었다. 왕은 그것을 읽더니 그것을 자기 주머니에 넣었다. 그리고 말을 시작했다.

"불쌍한 윌리엄은 장애가 있으면서도 정신은 항상 정상이지요. 모든 사람을 장례에 초대하고…… 모두를 환영하라고 나한테 부탁하고 있군요. 하지만 그런 걱정은 할 필요가 없었지요……. 그건 바로 내가 말씀드리고 있는 것이니까요."

그리고 나서 왕은 다시 지극히 침착하게 말을 엮어나갔다. 이따금 다시 그 장례 잔치라는 말을 전에 한 것처럼 끼워 넣었다. 세 번째 그 표현을 사용하면서 왕은 말했다.

"내가 잔치라는 말을 쓴 것은 그게 흔히 쓰는 말이어서가 아니라…… 흔히 쓰는 말은 아니지요……. 장례식이란 말이 흔히 쓰는 말이니까요……. 하지만 잔치라는 말이 옳은 말이니까요. 장례식이란 말은 이제 영국에선 더는 쓰지 않는 말입니다. 이젠 사라진 말입니다. 영국에서는 잔치라는 말을 쓰지요. 잔치가 더 좋은 말이에요. 그건 우리가 뜻하는 바를 좀 더 정확히 표현해주니까요. '잔치'라는 말은 바깥, 열린, 해외라는 뜻을 가진 그리스어 '오르고'와, 심다, 덮다를 뜻하는 히브리어 '지이숨'이 결합되어 이루어진 것입니다. 그러니까 말입니다만 장례 잔치란 열린 또는 공개된 장례라는 뜻이 되는 것입니다."

왕은 내가 이제껏 본 중에서 최악의 악당이었다. 그런데 그 강철 같은 턱을 가진 남자가 왕을 정면으로 쳐다보며 웃음을 터뜨렸다. 모든 사람은 충격을 받았다. 모든 사람은 "어, 로빈슨 의사선생님!" 하고 소리쳤다. 그러자 애브너 셰클포드가 입을 열었다.

"저런, 로빈슨, 아직도 소식을 듣지 못했소? 이분이 바로 하비 윌크스 씨야."

왕은 억지로 웃음을 지으며 손을 내밀면서 말했다.

"형씨가 바로 내 불쌍한 동생이 사랑하던 친한 그 의사 선생이신가요? 난……."

"어서 나한테서 이 손 치우시오!"

의사가 말했다.

"당신은 마치 영국인처럼 말하는데, 정말 그렇소? 나는 이제껏 그런 엉터리 흉내는 들어본 적이 없수다. 당신이 피터 윌크스의 형이라……. 당신은 사기꾼이야. 당신은 더도 덜도 아닌 사기꾼이야!"

그러자 사람들은 얼마나 난리를 친지 모른다. 그들은 의사 주위로 몰려들어 그를 진정시키려 노력했고, 하비가 여러 가지 방법으로 자신이 하비라는 것을 보여주었으며 그는 모든 사람들의 이름에다 강아지들의 이름까지 아는 사람이니 제발 하비의 감정과 불쌍한 처녀 아이들의 감정을 상하게 하지 말라느니 별의별 말을 쏟으면서 의사에게 애원했다. 그러나 그런 애원도 소용없었다. 의사는 계속 화를 못 참고 영국인을 가장하면서 저 인간처럼 쥐꼬리만큼도 흉내 내지 못하는 자는 사기꾼에다 거짓말쟁이라고 말했다. 불쌍한 처녀들은 왕에게 매달려 울었다. 그러자 갑자기 의사는 처녀들 쪽으로 몸을 돌려 말했다.

"나는 너희들 아버지의 친구였고 지금은 너희들의 친구다. 나는 친구로서, 아니 너희들을 보호하고 피해와 말썽에서 지켜주기를 원하는 정직한 친구로서 너희들에게 경고한다. 저 악당에게 등을 돌리고, 저 인간 말마따나 바보 같은 그리스어와 히브리어를 들고 나선 저 무식한 뜨내기와는 관계를 끊으란 말이다. 저자는 얄팍하기 그지없는 사기꾼이다……. 어디서 주워들었는지 몰라도 많은 헛된 이름과 사실들을 가지고 여기 왔는데, 너희들은 그걸 증거로 받아들이고 아무것도 모르는 이 바보 같은 친구들 때문에 너희들도 자신들을 바보로 만들고 있는 기다. 메리 세인 윌크스, 너는 내가 너의 친구이며 사심 없는 친구라는 걸 알지? 이제 내 말 듣거라. 이 가련한 악당을 쫓아내거라. 제발 부탁이다. 내 말대로 하겠지?"

메리 제인은 몸을 바로 했다. 그 순간 그녀는 정말 아름다웠다! 그녀가 말했다.

"이것이 제 대답입니다."

제인은 돈 주머니를 집어 들더니 그것을 왕의 손에 쥐어주고 나서 말했다.

"이 6천 달러를 받으시고 나와 동생들을 위해 좋으실 대로 투자해 주세요. 영수증 같은 것은 주실 필요 없어요."

그리고 나서 제인은 한쪽에서 팔로 왕을 껴안고 수전과 언청이는 다른 쪽에서 왕을 껴안았다. 모든 사람은 손뼉을 치며 마룻바닥을 엄청난 태풍처럼 요란하게 굴러댔다. 한편 왕은 머리를 치켜세우고 자랑스러운 웃음을 지었다. 의사가 말했다.

"좋아. 난 이 일에서 손을 떼겠다. 그러나 너희 모두에게 경고해두겠다. 오늘을 생각할 때마다 속이 메스꺼울 때가 올 것이다."

이 말을 끝으로 그는 가버렸다.

"됐어요, 의사선생님. 혹시 부를 일이 생기면 의사선생을 부르러 사람을 보내리다."

왕은 좀 비웃는 어조로 말했다.

이 말은 좌중의 웃음보를 터뜨렸다. 또한 그 말은 기가 막힌 최고의 농이라고 사람들은 말했다.

26

사람들이 모두 가버렸을 때 왕은 메리 제인에게 자기들이 묵을 여분의 방이 어떻게 되느냐고 물었다. 제인은 말하기를 여분의 방이 하나 있는데 그것은 윌리엄 삼촌이 쓰면 되고 좀 넓은 자기 방은 하비 삼촌, 즉 왕에게 주겠다고 말하면서 자기는 동생들 방에 가서 간이침대에서 자겠다고 했다. 그리고 지붕 밑 다락방에는 밀짚 이불이 있는 작은 방이 있다고 했다. 왕은 그 다락방을 자기 몸종의 방으로 하자고 말했다. 몸종이란 나를 뜻했다.

그리하여 메리 제인은 우리들을 데리고 올라가 수수하지만 분위기가 좋은 방들을 보여주었다. 메리 제인은 하비 삼촌에게 방해가 된다면 옷가지와 여러 가지 짐들을 방에서 내가겠다고 했다. 그러나 방해가 되지 않는다고 왕은 말했다. 옷가지는 벽에 죽 걸렸지만 마룻바닥까지 늘어진 사라사 천으로 된 커튼이 그 앞에 늘어져 있었다. 한쪽 구석에는 낡은 모피 트렁크가 놓여 있었고 다른 구석에는 기타 상자와 그 밖에 처녀들이 방을 장식하는 데 사용하는 여러 가지 자질구레한 장난감과 쓸데없는 것들이 여기저기 놓여 있었다. 왕은 이러한 것들이 있어서 방이 더욱 가정답고 유쾌하니 그것들을 건드리지 말라고 말했다. 공작의 방은 꽤 좁았지만 꽤 훌륭했고 내가 잘 다락방도 그랬다.

그날 밤 푸짐한 저녁 식사가 나왔다. 모든 남녀들이 거기 있었고 나는 왕과 공작의 의자 뒤에 서서 그들에게 시중을 들었으며 검둥이들은 나머지 사람들의 시중을 들었다. 메리 제인은 수전을 자기 곁에 앉게 하고 탁자머리에 자리 잡고 앉아 비스킷이 형편없다느니 과일 설탕절임이 맛이 없다느니 닭튀김이 평범하고 딱딱하다느니 하는, 남의 칭찬을 억지로 끌어내려고 여자들이 늘상 하는 식의 말도 안 되는 말을 늘어놓았다. 모든 사람들은 모든 음식이 최고라는 것을 알고 또한 최고라고 말했다. 그래서 말했다. "어떻게 비스킷을 이렇게 고운 갈색으로 구웠지요?"라든지 "도대체 어디서 이 놀라운 피클을 구했을까?"라는 등 손님들이 저녁 식사 때 으레 하게 마련인 아첨 떠는 말을 늘어놓았다.

저녁 식사가 끝나자 나와 언청이는 부엌에서 먹다 남은 음식으로 저녁을 때웠고 다른 사람들은 검둥이들이 설거지하는 것을 거들었다. 언청이가 나에게 영국에 대해 묻기 시작하는 바람에 정말이지 나는 밟고 있는 얼음판이 얇아지고 있다는 생각이 들었다. 그녀가 말했다.

"넌 왕을 본 적이 있니?"

"누구? 윌리엄 4세 말이야? 물론 본 적이 있어. 그분은 우리가 다니는 교회에 나오니까."

윌리엄 4세는 여러 해 전에 죽었다는 것을 알지만 나는 아는 척하지 않았다. 그래서 그 왕이 우리 교회에 나온다고 말했을 때 그녀가 말했다.

"뭐라고? 늘 오시니?"

"그럼, 늘 오시지. 왕의 자리는 우리 자리 반대편, 그러니까 설교단 반대쪽에 있지."

"난 왕이 런던에 산다고 생각했는데."

"그야 그렇지. 왕이 어디에 살겠니?"

"한데 넌 셰필드에 사는 걸로 난 생각했는데?"

나는 할 말을 찾을 수 없었다. 이 궁지를 모면할 방도를 생각해낼 시간을 벌려고 나는 닭 뼈가 목에 걸린 시늉을 해야 했다. 그래서 나는 말했다.

"왕이 셰필드에 오실 때는 늘 우리 교회에 나온다는 뜻이야. 그건 다만 여름철뿐인데 오셔서 거기서 해수욕을 하시거든."

"저런, 넌 무슨 말을 하는 거니? 셰필드는 해변에 있는 곳이 아닌데……"

"누가 해변에 있다고 했지?"

"참, 네가 그랬잖아?"

"난 그런 말 한 적 없어."

"그랬다니까!"

"아 그랬다니까."

"그랬다니까!"

"난 절대 그런 말 한 적이 없어."

"그래? 그럼 네가 뭐라고 말했지?"

"왕이 해수욕하러 오신다고 그랬어……. 내 그렇게는 말했지."

"그것 봐! 그곳이 해변가도 아닌데 어떻게 왕이 해수욕을 하지?"

"이봐, 넌 콩그리스 광천수를 본 적이 있니?"

내가 말했다.

"그래, 있다."

"그럼 광천수를 얻으려면 꼭 콩그리스에 가야만 하니?"

"그렇지 않겠지."

"윌리엄 4세도 해수욕을 하러 바다에까지 갈 필요는 없단 말이야."

"그러면 어떻게 해수욕을 하시지?"

"이곳 사람들이 콩그리스 광천수를 얻는 방법으로 얻는 거지……. 통에다 광천수를 길어오는 거야. 셰필드의 궁전에는 가마솥들이 있거든. 왕께서는 자기가 쓸 물을 끓이게 하시거든. 그 많은 물을 바다에서는 끓일 수가 없으니까. 그런 설비가 없으니까."

"아, 이제 알겠다. 처음부터 그렇게 얘기했더라면 시간을 절약할 수 있었잖아."

언청이가 그렇게 말했을 때 나는 다시 궁지에서 벗어난 것을 알았고 마음이 편안하고 기뻤다. 그러자 언청이가 말했다.

"너도 교회에 나가니?"

"응. 늘 나가."

"어디에 앉니?"

"우리 가족석에 앉아."

"누구의 가족석?"

"우리 가족석이지 어디야. 너의 하비 삼촌의 자리 말이야."

"백부님 자리라고? 백부님에게 무슨 자리가 필요하지?"

"앉을 자리가 필요한 거지. 그 밖에 뭐 때문에 자리가 필요하겠니?"

"난 백부님은 설교단에 계실 거라 생각했지."

아이쿠, 사람 살려, 그가 목사라는 것을 까맣게 잊어버리고 있었던 것이다. 나는 다시 할 말을 잃었기 때문에 다시 목에 걸린 닭 뼈를 연출하고 생각을 하나 더 짜냈다. 나는 이윽고 말했다.

"젠장, 교회에 목사가 한 명밖에 없는 줄 아니?"

"무엇 때문에 여러 목사가 있는 거지?"

"뭐라고? 왕 앞에서 설교하는 일 말이야? 난 너 같은 여자아이는 이제껏 본 적이 없어. 우리 교회엔 목사가 열일곱 명이나 되거든."

"열일곱 명이나? 아이고머니나! 난 하느님의 영광을 받지 않아도 상관없는데, 그렇게 긴 설교를 끝까지 듣고 앉아 있을 수 없어. 다 들으려면 일주일은 걸리지 않겠니?"

"쯔쯔! 그들 모두가 같은 날에 설교하는 게 아니야. 한 명만 하는 거야."

"그럼 다른 목사들은 뭘 하지?"

"별로 하는 일 없어. 하는 일 없이 서성대거나 헌금 접시를 돌리거나…… 그저 이런 일 저런 일 하는 거지. 하지만 꼭 집어서 하는 일은 별로 없어."

"저런! 그럼 그들은 뭣 때문에 있는 거지?"

"모양을 갖추려는거지. 넌 정말 아무것도 모르니?"

"그래. 난 그런 바보 같은 건 알고 싶지도 않아. 영국에선 하인 대접이 어떠니? 우리가 여기서 검둥이를 대접하는 것보다 그네들은 하인을 잘 대접하냐?"

"아니. 하인은 그곳에선 사람도 아냐. 개보다도 못한 취급을 받아."

"크리스마스나 새해가 지나가는 주일이나 독립기념일에 우리가 하는 것처럼 거기서도 하인들에게 휴가를 주지 않니?"

"오, 내 말 들어봐! 하는 말만 들어도 넌 영국에 가본 적이 없다는 것이 금방 드러나. 이봐, 언청, 아, 조애너지. 하인들에겐 일 년 내내 휴가라는 게 없어. 서커스니, 극장이니, 검둥이 쇼니 할 것 없이 아무 데도 못 가."

"교회도 못 가니?"

"그럼, 교회가 다 뭐야."

"하지만 넌 항상 교회에 간다고 하지 않았니?"

아이쿠, 난 또 어쩔 줄 모르는 지경에 이르렀다. 그 늙은이의 하인이라는 것을 깜빡 잊었던 것이다. 그러나 다음 순간 몸종이란 것은 여느 하인과는 달라서 좋든 싫든 교회에 가서 가족들과 함께 앉아 있어야 하고 그게 바로 법으로 정해진 일이라는 설명을 재빨리 둘러댔다. 그러나 그 설명이 서툴렀기 때문에 내 말이 끝났을 때 언청이는 만족하지 않는 눈치였다. 그녀가 말했다.

"자, 정직하게 말해봐. 나에게 이제껏 많은 거짓말을 했지?"

"정직하게 말했다니까."

내가 말했다.

"하나도 거짓말을 안 했단 말이지?"

"전혀 한마디도. 내 말에는 거짓말은 하나도 없었어."

내가 말했다.

"네 손을 이 책에 얹고 말해."

보아하니 그것은 사전에 불과했다. 그래서 거기에다 손을 얹고 말했다. 그러자 언청이는 좀 만족했는지 다시 말했다.

"좋아. 네 말의 일부는 믿겠어. 하지만 나머지 이야기 전부를 믿었으면 좋겠다."

"조애녀, 네가 못 믿겠다는 게 뭐냐?"

메리 제인이 수전을 뒤에 데리고 들어서면서 말했다.

"네가 그 애에게 그렇게 말하는 것은 옳은 일도 친절한 일도 아니야. 그 애는 처음 보는 낯선 사람이고 식구들을 멀리 떠나온 사람이란 말이다. 네가 그런 취급을 받는다면 기분이 어떻겠니?"

"언니 버릇 또 나오는군. 기분 상하게 하는 말을 하기도 전에 언니는 나타나 남을 돕는단 말이야. 난 이 애에게 아무 말도 안 했어. 이 애가 좀 말을 부풀려서 해서 말이야. 그걸 다 믿고 받아들일 수 없다고 말한 것뿐이야. 내가 한 말은 그게 전부야. 이 애는 그런 사소한 일쯤은 참을 수 있을 것 같아."

"사소한 일이건 큰일이건 난 상관 안 해. 그 애는 우리 집에 온 손님이야. 그러니까 그런 말을 하는 건 옳지 못해. 네가 이 애 같은 처지라면 너도 부끄러운 생각이 들 거야. 그러니까 남을 머쓱하게 만들 그런 말은 해선 안 되는 거야."

"하지만 언니, 이 애 말이……."

"이 애가 뭐라고 했든 상관없어. 그건 중요한 게 아니야. 중요한 건네가 이 애한테 친절하게 대하고 이 애가 고향과 가족들에게서 멀리 떨어져 있다는 사실을 생각나게 하는 말은 해서는 안 된다는 사실이야."

나는 속으로 나 자신에게 말했다. 늙은 그놈의 독사가 이 처녀의 돈을 훔치도록 나는 그대로 보고만 있는 것이 아닌가!

다음으로 수전도 끼어들었다. 믿기 어렵겠지만 그녀는 언청이를 호되게 꾸짖었다.

나는 속으로 나 자신에게 말했다. 바로 이 처녀의 돈도 그 늙은 독사가 훔치도록 내가 방치하고 있는 게 아닌가!

다음에는 메리 제인이 타석에 들어섰는데, 또다시 부드럽고 상냥하게 타일렀다. 그렇게 하는 것이 그녀의 습관이었다. 그러나 메리 제인의 말이 끝나자 언청이에게는 할 말이 남아 있지 않았다. 그래서 언청이는 울음을 터뜨렸다.

"이제 됐다, 됐어. 그냥 이 애에게 용서를 빌어라."

언니들이 말했다.

언청이는 용서를 빌었다. 정말 그녀의 사과는 듣기에도 좋았다. 어찌나 그 모습이 아름다운지 그걸 다시 들을 수 있다면 천 번이라도 거짓말을 할 수 있을 것 같았다.

나는 속으로 자신에게 또 말했다. 여기 또 한 처녀의 돈을 그 늙은이가 훔치는 것을 그대로 방치하는 것이 아닌가! 또 언청이가 나에게 용서를 빌고 나자 이번에는 세 자매 모두가 내가 편하게 생각하고 친한 친구들과 함께 있다는 생각을 하도록 최선을 다했다. 자신이 너무 비열하고 저질이고 야비하다는 생각이 들어 나는 속으로 이제 결심했다. 세 자매를 위해서 무슨 일이 있어도 그 돈을 감춰둬야겠다고.

그래서 나는 부엌에서 나왔다. 이제 곧 자야겠다고 말했다. 혼자 있게 되자 이 일을 이리저리 궁리하기 시작했다. 속으로 생각했다. 몰래 그 의사에게 가서 이 사기꾼들에 대해 일러바친다? 아니야, 그건 안 돼. 의사는 일러바친 게 누구라는 말을 할 것이며 그렇게 되면 왕과 공작은 나한테 불같이 달려들 것이다. 몰래 메리 제인에게 가서 말해버린다? 그것도 안 될 일이다. 그녀의 안색이 놈들에게 뭔가 암시할 게 뻔한 일이다. 놈들은 당장 이곳을 빠져나가 돈을 가지고 달아날 것이다. 메리 제인이 도움을 청한다면 이 일이 끝나기도 전에 나는 이 일에 말려들지 모른다는 판단이 섰다. 그렇다. 여기에는 한 가지 좋은 방법이 있을 뿐이다. 어떡해서든 내가 그 돈을 훔치는 것이다. 내가 그랬다고 저들이 의심하지 않는 어떤 방법으로 그 돈을 훔치는 거다. 놈들은 여기에서 한몫 잡은 터다. 그래서 놈들은 이 가족과 이 읍내를 우려먹을 수 있을 때까지 우려먹기 전에는 이곳을 떠나지 않을 것이기 때문에 나에게도 시간은 충분했다. 나는 돈을 훔쳐 감춰둘 것이다. 마침내 여기를 떠나 강을 내려가게 될 때 편지 한 장을 써서 메리 제인에게 돈을 숨긴 곳을 알려주면 될 것이다. 그러나 될 수 있으면 오늘 밤 돈을 훔쳐 감춰두는 것이 좋겠다. 의사는 말한 것처럼 정말 이 일에서 손을 뗄 생각은 없으며 두 악당을 위협해서 여기에서 쫓아낼지도 모르는 일이니까…….

그래서 가서 놈들의 방을 뒤져봐야겠다고 생각했다. 이층 복도는 캄캄했다. 그러나 나는 공작의 방을 발견했다. 그리하여 양손으로 그 방을 뒤지기 시작했다. 그러나 왕이 그 돈을 자기 말고 다른 사람에게 맡겨둘 것 같지 않다는 생각이 들어 왕의 방으로 가서 뒤지기 시작했다. 그러나 촛불 없이는 아무것도 할 수 없다는 것을 알았다. 그렇다고 촛불을 켤 수 없는 건 당연했다. 나는 다른 방법을 쓰지 않으면 안 되겠다고 판단했다. 그래서 숨어서 엿듣기로 했다. 마침 그때 그들이 올라오는 발소리가 들렸다. 그래서 침대 밑으로 들어가려고 했다. 나는 침대를 더듬어 찾았다. 침대는 내가 예상했던 곳에 없었다. 그러나 메리 제인의 옷가지를 가린 커튼이 손에 와서 닿았다. 나는 재빨리 그 뒤로 뛰어 들어가 가운들 사이에 몸을 숨기고 숨을 죽이고 서 있었다.

두 놈은 안으로 들어서자 문을 닫았다. 그런데 공작이 제일 먼저 몸을 낮추고 침대 밑을 들여다보았다. 그러니까 내가 찾으려 했을 때 침대를 찾지 못한 게 다행한 일이었다. 하지만 어떤 것을 몰래 하려고 할 때 침대 밑에 숨는 게 당연한 일이라는 것을 누구나 안다. 놈들은 자리에 앉았다. 그러자 왕이 말했다.

"그게 뭔데? 웬만큼 간단히 말해봐. 여기 앉아가지고 사람들에게 우리 얘기를 할 기회를 주기보다는 차라리 그리 내려가서 곡이나 하는 게 낫겠어."

"폐하, 그게 이렇습니다. 난 마음이 편치 않습니다. 마음을 놓을 수가 없습니다. 그 의사가 내 마음에 걸린단 말입니다. 그래서 영감님의 계획을 알고 싶습니다. 내게 생각이 하나 있는데, 꽤 괜찮은 생각인 것 같습니다."

"공작, 그게 뭔데?"

"새벽 세 시 전에 여기를 몰래 빠져나가 이미 수중에 들어온 것만

가지고 강을 빨리 내려가는 겁니다. 특히 우린 손쉽게 그걸 손에 넣었으니까……, 사실 훔쳐야겠다고 생각하던 판에 그냥 우리 머리 위로 팽개쳐진 격이 되지 않았습니까? 우린 당장 이곳을 떠나 빨리 도망하는 편이 좋겠습니다."

난 이 말을 듣는 순간 기분이 아주 좋지 않았다. 한두 시간 전이라면 사정이 달랐겠지만 지금은 기분이 상하고 실망했다. 왕은 펄쩍 뛰며 말했다.

"뭐라고! 나머지 재산은 팔아버리지 않는단 말이야? 바보들처럼 8, 9천 달러나 나가는 재산을 고스란히 썩게 놔두고 뺑소니치잔 말이지? 또 그 모든 팔 수 있는 것들도 그대로 놔두고?"

공작은 투덜거렸다. 금화 주머니로도 충분하니까 더 깊이 들어가고 싶지 않다고 말했다. 그 여러 고아들에게서 그들이 가진 모든 것을 강탈하기가 싫다는 것이었다.

"거, 무슨 말하는 거야?"

왕이 말했다.

"우리가 그 애들에게서 빼앗는 것은 이 돈밖에 없어. 그 집 재산을 사는 자들이 손해볼 거야. 왜냐하면 말이야, 판 우리가 소유주가 아니라는 것이 알려지면, 그건 우리가 도망치고 난 후 곧 발각이 되겠지만 그 사고 판 행위는 무효가 되는 거지. 그래서 모두 원래 주인한테로 돌아갈 거야. 여기 이 고아들은 집을 다시 찾게 되겠지. 그 애들에겐 그거면 충분해. 그들은 젊고 건강하니까 쉽게 밥벌이는 할 수 있을 거야. 그 애들은 고생하지 않아. 생각해봐. 애들보다 못사는 사람은 수없이 많아. 애들은 정말이지 불평할 게 전혀 없어."

왕은 공작을 설득하여 맹종하게 했다. 그래서 마침내 공작은 굴복하며 자기는 괜찮다고 했다. 그러나 여기 그대로 머무는 것은 큰 바보짓이라 믿으며 그 의사 놈이 아직 따라다니고 있다고 말했다. 그러나 왕은 말했다.

"의사 놈이 도대체 뭐야! 까짓 놈 상관할 게 뭐 있어? 이 읍내의 모든 바보들이 다 우리 편을 들고 있지 않아? 어느 읍이나 바보들이 절대 다수를 차지하는 게 아니겠어?

그리하여 그들은 아래층으로 내려갈 참이었다. 공작이 말했다.

"우리 돈 숨긴 곳이 아무래도 마땅치 않다는 생각이 드네요."

이 말에 신이 난 것은 나였다. 내게 도움이 될 어떤 실마리도 못 잡겠구나 하는 생각이 들기 시작하던 터였기 때문이다. 그때 왕이 말했다.

"그건 왜지?"

"메리 제인이 이제부터 상복을 입고 곡을 할 겁니다. 우선 방 청소를 하는 검둥이가 이 옷가지들을 상자에 담아 치우라는 지시를 받을 것입니다. 그러면 그 검둥이는 돈과 마주칠 수 있을 것이고 그렇게 되면 거기서 얼마를 훔쳐가지 않겠어요?"

"공작, 자네 머리가 다시 제자리로 돌아왔구먼."

이렇게 말하더니 왕은 나에게서 2피트 아니면 3피트 떨어진 커튼 밑을 더듬기 시작했다. 나는 떨렸지만 벽에 찰싹 붙어 서서 숨을 죽이고 있었다. 저놈들이 나를 붙잡으면 나한테 뭐라고 할까 궁금히 여기며, 잡히면 어떻게 하는 것이 좋을까 열심히 생각했다. 그러나 왕은 내가 절반가량 생각도 하기 전에 돈주머니를 찾아냈으며 내가 거기 있다는 것을 전혀 의심하지 않았다. 그놈들은 깃털 침대 밑에 있는 밀짚 이불의 틈새 속으로 돈주머니를 밀어 넣었고 밀짚 사이에다 1, 2피트 더 쑤셔 넣고는 이제 됐다고 말했다. 그건 검둥이가 깃털 침대만 정리하고 밀짚 이불은 일 년에 겨우 두 번가량만 뒤집으니 도난당할 염려가 전혀 없기 때문이었다.

그러나 나는 그놈들보다 한 수 위였다. 놈들이 계단을 반도 채 내려가기 전에 돈주머니를 거기서 꺼냈다. 나는 내 다락방으로 더듬어 올라가 더 좋은 기회를 잡을 수 있을 때까지 그것을 그곳에 감췄다. 그것을 집 밖의 어딘가에 감춰두는 것이 더 좋겠다는 판단에서였다. 놈들이 그것이 없어진 것을 알면 집 안을 모두 샅샅이 뒤질 것이기 때문이다. 나는 그것을 너무나 잘 알았다. 곧이어 나는 옷을 전부 입은 채 잠자리에 들었다. 그러나 아무리 자고 싶어도 잘 수가 없었다. 이 일에 결말을 짓겠다는 조바심 때문이었다. 마침내 왕과 공작이 올라오는 소리가 들렸다. 그래서 나는 밀짚 이불에서 굴러 나와 턱을 사다리 꼭대기에 괴어놓고 무슨 일이 일어나는가를 알려고 기다렸다. 그러나 아무 일도 없었다.

아직 잠이 안 든 사람들의 소리가 잦아들고 일찍 일어나는 자들의 소리는 아직 시작되지 않았을 때까지 그대로 자리에 누워 있다가 자리에서 일어나 살금살금 사다리를 타고 내려왔다.

27

나는 그네들이 자는 방문까지 기어가서 귀를 대고 엿들었다. 그네
들은 코를 골고 자고 있었다. 그리하여 나는 까치발로 걸어 무사히 아
래층으로 내려왔다. 어디에도 소리라곤 없었다. 식당 문 틈새로 안을
들여다보았다. 시신을 지키는 사람들이 모두 의자에서 깊은 잠에 빠져
있었다. 식당 문은 시신을 안치한 거실로 통했고 양쪽 방에는 촛불이
하나씩 켜져 있었다. 식당 안을 통과하고 보니 거실 문이 열려 있었다.
그러나 거실 안에는 피터의 유해 말고는 아무도 없었다. 그래서 앞으
로 가보았지만 앞문은 잠겼고 열쇠도 거기 없었다. 바로 그때 내 뒤쪽
에서 누군가가 계단을 내려오는 소리가 들렸다. 나는 거실로 달려 들
어가 주위를 급히 살폈다. 그러나 돈주머니를 감출 만한 장소는 관 속
말고는 없었다. 관 뚜껑은 1피트가량 옆으로 밀려나 있어 관 속에 누
운 고인의 얼굴이 젖은 수건에 덮이고 몸에는 수의를 걸친 형태로 드
러났다. 나는 돈주머니를 뚜껑 밑, 시신의 양손이 십자로 접힌 그 밑에
다 틀어박았다. 시신의 손이 어찌나 차가운지 온몸에 소름이 끼쳤다.

그런 다음 그 방을 가로질러 빠져나와 문 뒤로 숨었다.

내 뒤로 내려온 사람은 메리 제인이었다. 그녀는 조용히 관으로 가더니 무릎을 꿇고 관 속을 들여다보았다. 그러고는 손수건을 꺼내더니 울기 시작했다. 우는 소리는 나한테 들리지 않았고 그녀의 등은 내쪽을 향해 있었지만 그녀가 운다는 것을 알았다. 나는 문 뒤에서 살짝 빠져나와 식당을 통과할 때 시체를 지키는 사람들이 혹시 나를 보지나 않았나 확인하고 싶어 틈새로 안을 들여다보았더니 모든 것에 문제라고는 하나도 없었다. 그네들은 미동도 않고 자고 있었다.

잠자리에 들었지만 기분은 좀 침울했다. 그렇게 고생하고 위험을 무릅썼는데도 결과가 겨우 이 지경이 되었기 때문이었다. 돈주머니가 지금 있는 그곳에 그대로 있을 수 있다면 괜찮을 텐데 하는 생각이 들었다. 우리가 1, 2백 마일쯤 강 하류로 내려갔을 때 내가 메리 제인에게 편지를 띄우면 그녀는 고인의 무덤을 다시 파내어 돈을 찾을 수 있기 때문이었다. 그러나 일이 그렇게 될 것 같지 않았다. 사람들이 관 뚜껑을 못으로 조여 박을 때 돈이 발견될 것도 같았다. 그렇게 되면 왕이 다시 그 돈을 갖게 될 테고 그 돈을 왕에게서 억지로 빼앗을 기회는 요원할 것이다. 물론 나는 살짝 아래층으로 내려가 거기서 그 금화를 꺼내고 싶었지만 그럴 용기가 나지 않았다. 이제 시시각각 새벽이 다가왔고, 얼마 안 있어 시신을 지키는 사람들 몇몇이 움직이기 시작할 것이고, 나는 붙잡히게 될지도 몰랐다. 맡아가지고 있어달라는 부탁도 받은 적이 없는 내가 손에 6천 달러를 든 채 붙잡힐지도 모를 일이었다. 나는 그런 일에 휘말리고 싶지 않다 하고 속으로 자신에게 말했다.

아침이 되어 아래층으로 내려갔을 때 거실 문은 닫혀 있었고 밤을 새고 시신을 지킨 사람들은 가고 없었다. 그 집 가족들과 바틀리 과부와 우리 족속 말고는 집 안에 아무도 없었다. 그동안 무슨 일이 있었나를 알려고 나는 그들의 얼굴을 살폈지만 아무것도 알아낼 수 없었다.

그날 정오쯤 장의사가 조수를 데리고 왔다. 그들은 관을 몇 개의 의자 위에 올려놓은 채 방 한가운데에다 안치했다. 그러고 나서 모든 집 안의 의자를 여러 줄이 되게 놓았으며, 복도와 식당과 거실 모두가 꽉 찰 때까지 이웃에서 의자를 빌려왔다. 관 뚜껑이 전과 다름없었지만 사람들이 주변에 있기 때문에 나는 감히 가서 뚜껑 밑을 들여다볼 수 없었다.

얼마 후 사람들이 몰려들어오기 시작했고 사기꾼들과 처녀들은 관 머리맡 맨 앞줄에 자리를 정해 앉았다. 그러자 반시간에 걸쳐 사람들은 한 줄을 이루어 천천히 관 주위를 돌며 잠시 고인의 얼굴을 내려다보았다. 어떤 사람은 눈물을 떨구기도 했지만 모두가 매우 조용하고 엄숙했다. 단지 처녀들과 사기꾼들만이 손수건을 눈에 대고 머리를 숙인 채 조금 흐느꼈다. 마룻바닥을 스치는 발소리와 코를 푸는 소리 이외에는 아무 소리가 없었다……. 교회를 빼면 사람들은 다른 어느 곳보다 장례식에서 제일 많이 코를 풀어대는 법이다.

그 장소가 사람들로 가득 차자 장의사는 사람들을 부드럽게 달래주는 몸짓으로 검은 장갑을 끼고 무슨 마지막 손질 같은 것을 하기도 하고 사람들과 물건들을 질서 있게 정돈하면서도 고양이처럼 소리 하나 내지 않았다. 그는 한마디도 하지 않고 오직 고갯짓과 손짓으로만 사람들을 움직이게 하고 늦게 온 사람들을 밀어 넣고 통로를 만들어 놓았다. 그러고 나서 저쪽 벽에 기대어 자리를 잡았다. 이 사람처럼 그렇게 부드럽게 미끄러지듯 은밀하게 일을 처리하는 사람은 처음 보았다. 그는 햄 덩어리처럼 웃음을 지을 줄 몰랐다.

그들은 작은 풍금을 빌려왔는데 다 부서진 것이었다. 모든 것이 준비되었을 때 젊은 여자 하나가 앉더니 풍금을 치기 시작했는데, 풍금이 끼익끼익 하며 복통이 난 것처럼 꼬로록거렸지만 모든 사람들은 그 소리에 맞춰 찬송가를 불렀다. 내 생각에는 피터만이 편안한 시간을 갖는 유일한 사람인 것 같았다. 다음으로 홉슨 목사가 천천히 그러면서도 경건하게 입을 열어 말을 시작했다. 그런데 그 순간 이제까지 누구도 들어보지 못했을 요란한 소동이 지하실에서 벌어졌다. 그것은 단지 개 한 마리에 불과했다. 그러나 그놈은 매우 요란한 소리를 내더니 계속 소리를 질러댔다. 목사는 관 위를 굽어보며 거기에 서서 기다려야만 했다. 사람들은 자신의 생각조차 들을 수 없었다. 쑥스럽기 이를 데 없는 상황이었고 누구도 어떻게 해야 할지 모르는 것 같았다. 그러나 곧 다리가 긴 장의사가 목사에게 "염려 마시오. 그냥 나를 믿으세요" 하고 말하듯 신호를 보내는 것이 눈에 띄었다. 그러고 나서 장의사는 몸을 굽히고 벽을 따라 가만가만 미끄러지듯 걷기 시작했다. 다만 그의 양 어깨가 사람들의 머리들 위로 보였다. 그가 그렇게 미끄러지듯 가는 동안 내내 그 소동과 소음은 더욱더 심해졌다. 마침내 장의사는 방의 두 벽면을 돌아 지하실로 사라졌다. 약 2분이 지나자 딱! 하고 때리는 소리가 들렸고 그 개는 한두 번 놀라운 비명을 지르더니 다음 순간 모든 것은 죽은 듯이 고요해졌다. 그러자 목사는 중단했던 부분부터 자기의 경건한 설교를 시작했다. 1, 2분이 지나자 장의사의 등과 양 어깨가 다시 벽을 따라 미끄러져 들어왔다. 그리하여 장의사는 방의 세 벽면을 돌아 미끄러지고 또 미끄러지듯 들어와서는 몸을 일으키더니 손으로 입을 가리고 목은 목사 쪽으로 길게 빼어 사람들 머리 위로 좀 조잡한 속삭이는 목소리로 말했다.

"그놈이 쥐를 잡았어요!"

그러고는 장의사는 몸을 숙이고 다시 벽을 따라 미끄러져 자기 자

리로 갔다. 사람들은 당연히 무슨 일인가 궁금하던 터라 이 말을 듣고 몹시 만족하는 것이 역력했다. 이런 자질구레한 일은 돈이 드는 게 아니다. 그러나 인간을 존경받게 하고 호감을 사게 하는 것은 이런 자질구레한 일들이다. 이 장의사만큼 읍내에서 인기 있는 사람도 없었다.

　장례식 설교는 매우 훌륭했지만 엄청 길고 지루했다. 그 후 왕이 뛰어들어 늘 그렇듯 헛소리를 지껄였고 그 헛소리가 끝나자 장의사가 나사를 박는 드라이버를 가지고 관 앞으로 살금살금 다가오기 시작했다. 나는 그 순간 초조해져서 장의사를 날카로운 눈으로 지켜보았다. 그러나 장의사는 허튼짓은 하지 않고 그냥 뚜껑을 썰매처럼 부드럽게 살짝 밀어 덮더니 드라이버로 힘껏 조여버렸다. 그래서 난 미칠 지경이었다! 거기에 돈이 그대로 있는지 없는지 알 길이 없었다. 누가 몰래 그 주머니를 훔쳐갔으면 어쩌지? 이제 내가 메리 제인에게 편지를 써야 할지 말아야 할지 어떻게 안단 말인가? 그녀가 관을 파냈는데 아무것도 발견하지 못한다면 나를 어떻게 생각할 것인가? 제기랄, 나는 쫓기다가 감방 신세를 질지도 모른다. 차라리 내 의도를 감추고 모르는 체하면서 편지 따위 쓰지 않는 게 낫지 않을까? 이제 일이 지독히 복

298

잡해진 것이다. 일을 잘되게 하려다가 백 배나 더 악화시킨 꼴이 되었다. 가만 내버려두지 않은 것이 후회스러웠다. 빌어먹을 일 같으니!

고인을 매장하고 우리는 집으로 돌아왔다. 나는 다시 놈들의 얼굴을 살피기 시작했다. 그러지 않을 수 없었다. 또한 나는 편히 쉴 수가 없었다. 그러나 놈들의 얼굴은 나에게 아무것도 알려주지 않았다. 조바심해봤자 아무것도 나오는 것이 없었다.

그날 저녁 왕은 사람들을 찾아다니며 누구에게나 아첨하고 매우 다정하게 굴었다. 그러고는 영국의 자기 신도들이 자기를 학수고대하며 기다리기 때문에 서둘러 재산을 처분하고 집으로 돌아가야 한다는 생각을 발표했다. 이렇게 떠밀려 서두르게 되어 섭섭하다고 했다. 모든 사람들도 마찬가지였다. 그가 여기 더 있어주었으면 좋겠지만 그럴 수 없다는 것을 자기들도 안다고 말했다. 또한 그와 윌리엄은 조카딸들을 영국으로 데리고 갈 예정이라고 말했다. 그러자 사람들은 모두 그 말에 기뻐했다. 그렇게 되면 그 처녀들은 친척들 사이에서 편안히 살 수 있게 되기 때문이었다. 또한 이 말은 처녀들도 기쁘게 했다. 너무나 좋아서 처녀들은 세상에서 이제껏 고생했던 것까지 모두 깨끗이 잊어버렸다. 그러고는 왕에게 원하면 재산을 모두 처분하라고 말했다. 저희들은 언제고 떠날 수 있도록 준비를 하겠다는 것이다. 이 불쌍한 것들이 그렇게 기뻐하고 행복해하는 모습을 보고 이들이 이렇게 바보 취급당하고 거짓에 속는 모습을 보는 것은 내 마음을 아프게 했다. 그렇다고 내가 개입하여 전체 흐름을 바꿔놓을 안전한 방법도 찾을 수 없었다.

젠장, 왕은 집과 검둥이들과 모든 재산을 당장 경매에 붙이겠다고 발표했다. 장례식이 끝나고 이틀 후가 경매 날짜였다. 그러나 누구든지 원하면 그전에라도 몰래 살 수 있었다.

장례식이 끝난 다음날 정오쯤이었다. 처녀들의 기쁨은 처음으로 최초의 충격을 받았다. 흑인 노예를 사고파는 거래상 두세 명이 나타났고 왕은 그들에게 검둥이들을 상당한 값을 받고 팔았는데 소위 말하는 '3일 후 지불로 된 약속어음'을 받고 판 것이었다. 그래서 검둥이들은 팔려갔다. 그 아들 둘은 강 상류에 있는 멤피스로 팔리고 그 어미는 강 하류 뉴올리언스로 팔려갔다. 불쌍한 처녀들과 검둥이들은 슬퍼서 그만 그들의 가슴이 터지는 게 아닌가 하는 생각이 들었다. 서로 손을 잡고 어찌나 슬퍼하는지 그것을 보는 나는 거의 기절할 것 같았다. 처녀들은 가족이었던 검둥이들이 이렇게 서로 갈라져 읍내에서 다른 곳으로 팔려갈 줄은 꿈에도 몰랐다고 말했다. 비참하게 된 불쌍한 처녀들과 검둥이들이 서로의 목에 매달려 우는 모습을 나는 영원히 기억에서 지울 수 없을 것이다. 이 매매가 타당한 것이 아니어서 검둥이들이 한두 주일 후 다시 집에 돌아올 것이라는 사실을 내가 몰랐다면 나는 더는 참지 못하고 이 악당들의 비행을 낱낱이 일러바치지 않고는 못 배겼을 것이다.

이 사건은 읍내에서도 큰 물의를 일으켰다. 그리하여 많은 사람들이 강경히 따지고 들며 어미와 자식들을 그렇게 갈라놓는 것은 수치스러운 일이라 말했다. 이런 항의가 사기꾼들의 마음에 약간 상처를 주었지만, 또한 공작이 여러 가지로 타이르는데도 그 늙은 바보는 맹목적으로 밀고 나갔다. 정말이지 공작은 몹시 불안해했다.

다음날이 경매일이었다. 날이 완전히 밝을 무렵 왕과 공작이 다락방으로 올라와 나를 깨웠다. 나는 그들의 표정으로 벌써 무슨 일이 있다는 것을 알았다. 왕이 말했다.

"너 그저께 밤에 내 방에 들어왔지?"

"아닙니다, 폐하."

우리 일당 외에 아무도 주변에 없을 때 나는 늘 그를 그렇게 불렀다.

"그럼 어제나 어젯밤에 들어왔지?"

"아닙니다, 폐하."

"자, 정직히 말하는 거다. 거짓말은 안 돼."

"정직히 말하는 겁니다, 폐하. 저는 폐하에게 진실을 말하고 있습니다. 메리 제인이 폐하와 공작을 데리고 올라가 방을 보여준 뒤로는 그 방 근처에도 가지 않았어요."

공작이 끼어들어 말했다.

"다른 사람이 그곳에 들어가는 걸 보았니?"

"아뇨, 전하. 제가 기억하는 한, 제가 믿기론 없습니다."

"잘 생각해봐."

나는 잠시 숙고하고 나서 기회를 잡고 이렇게 말했다.

"저, 검둥이들이 몇 번인가 그리 들어가는 걸 보았어요."

그러자 두 악당은 좀 놀라더니 그건 전혀 예상치도 못했다는 표정을 지었다가 다음 순간 예상했다는 듯한 표정을 지었다. 그러자 공작이 말했다.

"뭐라고? 검둥이들 모두가 그랬다는 거냐?"

"아뇨……, 적어도 모두가 한꺼번에 그러지는 않았어요. 다시 말하면 한 번 말고는 그들 모두가 한꺼번에 나오는 걸 본 것 같지는 않아요."

"뭐라고? 그게 언제 일이냐?"

"장례식이 있던 날이었어요. 아침이었어요. 늦잠을 잤기 때문에 그다지 이른 시간은 아니었지요. 막 사다리를 내려가기 시작했을 때 그들을 보았어요."

"계속 말해봐, 계속. 놈들이 무슨 짓을 했지? 어떻게 행동하더냐?"

"아무 짓도 하지 않던데요. 내가 보기로는 놈들이 똑부러지게 이렇게 저렇게 행동한 건 없어요. 발끝으로 살금살금 가버렸어요. 그래서 내가 쉽게 알 수 있었던 것은 검둥이들이 폐하가 잠에서 깨어났다고 생각하고 방을 청소하거나 뭐 다른 일을 하러 들어갔다가 폐하가 잠에서 깨지 않은 것을 빌건하고는, 저희들 때문에 아직 폐하가 잠에서 깨지 않았다면 폐하를 깨우지 않고 무슨 말썽에서 벗어나고 싶었던 모양이에요."

"아이쿠! 이거 야단났군!"

왕이 말했다. 이제 두 사람은 극히 당황한 얼간이처럼 보였다. 그들은 잠시 생각하며 머리를 긁적이고 서 있었다. 그러다가 공작은 좀 시끄럽게 킥킥 하며 웃음보를 터뜨리며 말했다.

"보기 좋게 한 방 맞았어요. 검둥이들의 수법은 천하일품인데요. 놈들은 이 지방을 떠나는 것을 섭섭해하는 척했어요. 나도 놈들이 섭섭해한다고 믿었어요. 그건 영감도 마찬가지였을 겁니다. 또 모든 사람들도 그렇게 믿었지요. 검둥이들한테 무슨 배우 재능이 있겠느냐는 말은 더는 하지 마십시오. 그놈들의 연기에 넘어가지 않을 놈 없다니까요. 내 생각인데 검둥이들은 돈벌이가 됩니다. 나에게 돈과 극장이 있다면 그보다 더 나은 사업은 없을 겁니다. 그런데 우리는 놈들을 똥값으로 팔아버렸단 말입니다. 그래요. 그 똥값마저 아직 만져보는 영광을 누리지 못하고 있는 판국 아닙니까? 말입니다, 그 똥값…… 그 어음은 어디 있습니까?"

"현금으로 바꾸려고 은행에 있는 거지. 그 밖에 어디에 있겠어?"

"그러면 됐어요. 다행입니다."

나는 좀 겁이 났지만 말에 끼어들었다.

"뭐가 잘못됐나요?"

이 말에 왕이 내 쪽으로 몸을 돌리며 호통쳤다.

"넌 상관없는 일이야! 입 다물고 네 할 일이나 해. 이 읍내에 머무는 한 그걸 잊어서는 안 돼, 알았나?"

그러고는 왕은 공작에게 말했다.

"우리는 입 다물고 아무 말도 하지 않는 게 좋아. 잠자코 있는 게 상책이야."

두 사람은 사다리를 내려가기 시작했는데, 공작이 다시 낄낄거리고 웃더니 말했다.

"이익은 적어도 빨리 팔아치운다 그거지요! 그건 잘하는 장사지요. 아무렴요."

왕은 공작에게 으르렁대며 말했다.

"빨리 팔아버리는 게 최선이어서 그렇게 하는 거란 말이야. 설사 이익이 하나도 나오지 않고 손해 본 채 빈손으로 돌아가도 그건 내 탓도 아니고 자네 탓도 아니야."

"내 충고가 받아들여졌더라면 검둥이들은 아직도 이 집에 있을 것이고 우리들은 이 집에 없었을 텐데요."

왕은 자신에게 안전할 만큼만 공작에게 반격하고 나서 갑자기 몸을 돌려 나에게 덤벼들었다. 자기 방에서 검둥이들이 그렇게 살금살금 걸어 나가는 것을 보고도 자기에게 와서 말하지 않은 것에 대해 왕은 나를 야단쳤다. 아무리 바보라도 무슨 일이 있었다는 것쯤은 알았을 것 아니냐는 것이었다. 그러고 나서 왕은 잠시 자기 자신을 저주했다. 늦게까지 잠도 안 자고 아침에 제대로 쉬지 않은 데서 이런 일이 일어났다고 말했다. 앞으로 절대로 그러지 않겠다는 것이다. 이렇게 그 두 놈들은 말다툼을 하면서 떠나버렸다. 나는 모든 일을 검둥이들 탓으로 돌리고도 그들에게 아무 피해를 끼치지 않은 것을 크게 기쁘게 생각했다.

28

마침내 일어날 시간이었다. 사다리를 타고 내려와 아래층으로 가려고 했다. 그러나 처녀들의 방 옆을 지날 때 방문이 열려 있어서 메리 제인이 헌 털가방 옆에 앉은 것이 보였다. 가방 뚜껑은 열렸고 메리 제인은 짐을 꾸리고 있었다. 영국으로 떠날 준비를 하는 중이었다. 그러나 지금 그녀는 손을 멈추고 접은 옷을 무릎 위에 올려놓은 채 양손에다 얼굴을 파묻고 울고 있었다. 그것을 본 나는 마음이 몹시 아팠다. 사람이면 누구나 나 같은 심정이 될 것은 당연한 일이었다. 나는 그 방으로 들어가서 말했다.

"메리 제인 누나, 남들이 고통받는 것을 보면 견딜 수 없는 거지요? 나도 거의 언제나 그래요. 나한테 얘기해보세요."

메리 제인은 이야기했다. 검둥이들 때문이었다. 내가 예상한 대로였다. 영국으로 가는 멋진 여행도 거의 망친 거나 다름없다고 그녀는 말했다. 어머니와 자식들이 영원히 다시는 만나지 못할 것을 알고 영국에 가본들 어떻게 행복하게 살 수 있을지 모르겠다고 그녀는 말했다. 그리고 나서 그녀는 아까보다 더 슬피 울음을 터뜨리고 양손을 얼굴에서 떼며 말했다.

"아, 이를 어쩌지? 그들이 더는 서로를 보지 못하게 될 거라 생각하면 가슴이 아파!"

"하지만 그들은 만나게 될 거예요. 두 주일 안으로 말예요. 난 그걸 알아요!"

어이쿠! 나도 모르게 그만 이런 말이 내 입에서 튀어나온 것이다. 그러자 내가 몸을 피할 수도 없게 메리 제인은 두 팔로 내 목을 껴안고 그 말을 다시 한번 하라고 세 번이나 졸라댔다.

나는 너무 갑자기 말을 꺼내어 너무 많은 것을 말한 나머지 궁지에 빠진 것을 깨달았다. 나는 그녀에게 잠시 생각할 시간을 달라고 했다. 그녀는 그곳에 매우 초조하고 흥분한 모습으로 아름답게 앉아 있었지만 앓던 이를 빼낸 사람처럼 행복하고 편안한 표정이었다. 그래서 나는 곰곰이 생각했다. 비록 경험이 없어 확실히 말할 수는 없지만 궁지에 몰렸을 때 진실을 털어놓고 이야기한다는 것은 상당히 많은 위험을 무릅쓰는 일이라고 속으로 생각했다. 그러나 어쩐지 나에겐 그렇게 생각되었다. 그런데 진실이 거짓말보다 더 낫고 실제로 더 안전하게 보이는 경우가 바로 여기에 있었다. 이 문제는 마음속에 간직했다가 언제고 다시 생각하지 않으면 안 되었다. 그만큼 이 문제는 낯설고 예사로운 것이 아니었기 때문이다. 이런 일은 난생처음이었다. 이제 위험을 무릅써야지, 이번만은 진실을 용감하게 말해야지 하고 마침내 속으로 다짐했다. 비록 화약통 위에 앉아 자신이 어디로 튀어나갈지 보려고 화약에다 불을 댕기는 격이었지만…… 다음 순간 나는 말했다.

"메리 제인 누나, 이 읍내에서 좀 떨어진 곳 어디에 한 3, 4일 동안 가 있을 곳 있어요?"

"있지. 로스로프 씨 집에 갈 수 있단다. 그런데 그건 왜?"

"아직 이유는 신경 쓰지 마세요. 검둥이들이 2주 안에 바로 이 집에서 다시 만날 수 있다는 걸 내가 어떻게 해서 아는지, 또 그것을 어떻게 알고 있는가를 증명하면 누나는 로스로프 씨 댁에 가서 나흘 동안 머물 수 있나요?"

"나흘 동안! 일 년 동안이라도 머물겠어."

메리 제인이 말했다.

"됐어요."

내가 말했다.

"그 말이면 난 더 바랄 게 없어요. 다른 사람들이 성경에다 입을 맞추고 하는 맹세보다 나는 누나의 말을 더 믿겠어요."

메리 제인은 웃음을 지으며 어여쁘게 얼굴을 붉혔다. 그래서 나는 말했다.

"상관없다면 문을 닫고 잠글게요."

그렇게 하고 나는 돌아와 다시 앉아 말했다.

"큰 소리를 지르지 마세요. 그냥 조용히 앉아 남자처럼 내 말을 들어봐요. 메리 누나, 내가 사실을 말할 테니 용기를 내세요. 이건 끔찍한 이야기여서 받아들이기 힘들겠지만 별로 달리할 방도가 없어요. 누나의 그 삼촌이라는 것들은 전혀 삼촌이 아니에요. 그들은 사기꾼들이에요. 지독한 부랑자들이에요. 이제 제일 끔찍한 이야기는 끝났으니까 다음 이야기는 꽤 참을 만할 거예요."

물론 내가 한 말에 메리 제인은 큰 충격을 받았다. 이제 어려운 고비는 넘겼기 때문에 나는 이야기해나갔다. 메리 제인의 눈은 점점 더 강렬하게 타올랐다. 나는 모든 것을 그녀에게 이야기했다. 첫째로 증기선으로 가던 중 그 바보 같은 젊은이를 만난 것부터 메리 제인이 현관문에서 왕의 가슴에 안기자 그놈이 열여섯 번인가 열일곱 번 그녀에게 키스를 퍼붓던 이야기까지 모두 했다. 그러자 그녀는 석양처럼 불타는 얼굴을 하고 벌떡 일어났다. 그녀가 말했다.

"짐승 같은 놈들! 자, 1분도 그대로 있을 수 없어. 단 1초도. 놈들 몸에 타르를 칠하고 깃털을 달아 강에 던져야 해."

내가 말했다.

"바로 그렇게 해야 해요. 그런데 로스로프 씨 댁에 가기 전에 그렇게 할 건가요 아니면……."

"아, 내가 무슨 생각을 하고 있담!" 하고 그녀가 말을 이었다.

그러더니 그녀는 다시 앉았다.

"내가 한 말 마음에 두지 마라. 제발. 마음에 두지 않을 거지?"

그러고는 그녀의 비단 같은 부드러운 손을 내 손 위에 올려놓았다. 나는 그녀의 말을 마음에 두느니 먼저 죽어버리겠다고 말하고 싶은 정도였다.

"내가 이렇게 흥분하게 될 줄은 꿈에도 생각 못 했어."

그녀가 말했다.

"자, 이야기를 더 계속해. 난 더는 말하지 않을게. 나더러 어떻게 하라고 말하기만 하면 네가 말하는 건 무엇이든 할게."

"그런데요."

내가 말했다.

"저 두 사기꾼은 아주 지독한 놈들이에요. 나는 좋건 싫건 그놈들과 좀 더 함께 여행하도록 되어 있어요. 그 이유는 말하지 않는 게 좋겠어요. 그래서 누나가 놈들을 밀고하면 이 읍내 사람들은 나를 저놈들의 손아귀에서 구해줄 테니까 나는 괜찮겠지만, 누나가 모르는 또 한 사람이 큰 곤경에 빠지게 되거든요. 우리가 그 사람도 구해야 할 것 아니겠어요? 물론 그래야 해요. 그래서 그놈들을 밀고할 수가 없는 거예요."

그런 이야기를 하다 보니 좋은 생각이 떠올랐다. 나는 나와 짐이 어떻게 하면 이 사기꾼들의 손에서 벗어날 수 있는지를 알았다. 놈들을 이곳에서 감옥에 넣고 떠나는 것이었다. 그러나 나 이외엔 묻는 말에 대답할 아무도 없이 대낮에 뗏목을 몰고 내려가고 싶지는 않았다. 그래서 오늘 밤 늦게까지는 그 계획에 손대기 싫었다.

"메리 제인 누나, 우리가 할 일을 말할게요. 누나는 로스로프 씨 댁에 그리 오래 머물 필요 없어요. 여기서 그 집까지 거리가 얼마쯤 되죠?"

"4마일이 좀 안 돼. 여기서 저 안으로 들어간 시골 마을이야."

"그럼 됐어요. 자, 그럼 지금 그리로 가세요. 그리고 오늘 밤 아홉 시나 아홉 시 반까지 숨어 있다가 그 집 식구들더러 집에 다시 데려다 달라고 해요. 무언가 생각난 게 있다고 말하세요. 열한 시 전에 여기 도착하면 이 창문에다 촛불을 켜놔요. 내가 나타나지 않으면 열한 시까지 기다리세요. 그런데 그때까지 내가 나타나지 않으면 내가 가버렸다는 뜻이에요. 아무 방해도 받지 않고 안전하게 가버렸다는 뜻이에요. 그러면 누나가 나서서 이 소식을 퍼뜨려 놈들을 감옥에 처넣으세요."

"좋아, 그렇게 할 거야."

그녀가 말했다.

"내가 도망치지 못하고 놈들과 함께 붙잡히는 일이 생기면 내가 누나한테 미리 모든 것을 알려주었다고 말하세요. 그리고 되도록 내 편을 들어주셔야 해요."

"물론 내가 네 편을 들어줄 거야. 네 머리카락 하나도 다치지 못하게 할 거야!"

그녀가 말했다. 그렇게 말할 때 그녀의 콧구멍이 벌름거리고 두 눈에서는 빛이 반짝였다.

"내가 도망치게 되면 난 여기에 없게 되겠지요."

내가 말했다.

"이 악당들은 누나의 삼촌이 아니라는 것을 입증해야 하는데 말이에요. 내가 여기 있다 해도 난 그 일은 못 할 거예요. 놈들이 사기꾼에다 밥버러지라는 것을 맹세코 말할 수 있는 게 고작일 거예요. 물론 그것도 좀 도움이 되겠지만 말예요. 그런데 그런 일은 나보다 더 잘할 사람들이 있어요. 나처럼 곧 의심받을 사람들이 아녜요. 그 사람들을 어떻게 찾을지 그 방법을 말해줄게요. 연필하고 종이 한 장만 주세요. 자, '왕실의 걸작, 브릭스빌' 이걸 잘 두세요. 잃어버리지 마세요. 법정이 이 두 놈에 대해 무언가를 알아내고 싶어 할 때 브릭스빌로 사람을 보내 왕실의 걸작을 공연한 인간들을 잡았다고 말하면서 몇몇 증인이 필요하다고 말하면, 메리 누나, 눈 깜짝할 사이에 그 읍내 사람 전부가 이곳으로 몰려올 거예요. 그것도 화가 잔뜩 나서 몰려올 거예요."

이제 모든 것이 제대로 준비되었다고 생각하고 나는 말했다.

"경매는 그대로 놔두세요. 그건 염려 마세요. 공시 기간이 짧았기 때문에 경매 후 하루가 지날 때까지는 산 물건 값을 지불할 필요가 없어요. 또한 놈들은 그 돈을 손에 넣기까지는 이 읍내를 떠나지 않을 거예요. 또한 경매가 무효가 되도록 준비해두었으니까 놈들은 돈을 손에 넣을 수 없어요. 검둥이들의 경우도 마찬가지예요. 매매가 없었으니까 검둥이들은 곧 돌아올 거예요. 놈들은 검둥이들을 판 돈을 아직 수금하지 못했어요. 메리 누나, 놈들은 최악의 궁지에 빠진 거예요."

"그럼, 난 지금 빨리 아래층으로 내려가 아침을 먹고 곧장 로스로프 씨 집으로 떠나겠어."

그녀가 말했다.

"메리 제인 누나, 그건 정말 안 될 일이에요. 그건 절대로 안 돼요. 아침 먹기 전에 가세요."

내가 말했다.

"그건 왜지?"

"메리 누나, 내가 왜 누나더러 지금 얼른 가라고 부탁한다고 생각하세요?"

"난 생각해보지 않았어. 생각해봐도 모르겠네. 그건 왜지?"

"참말이지, 누나는 얼굴 가죽이 두꺼운 사람이 아니니까 그래요. 누나 얼굴보다 더 좋은 책은 없을 거예요. 누나 얼굴은 굵은 활자들을 읽는 것처럼 금방 읽을 수 있어요. 저 삼촌이란 작자들이 누나에게 아침 인사로 키스하러 접근하면 누나는 그들과 얼굴을 마주칠 수 있을 것 같아요? 절대……."

"됐어. 알았어. 그만해! 아침 식사 전에 가겠어. 기꺼이 갈게. 그런데 동생들을 놈들에게 남겨놓고 가란 말이냐?"

"그래야지요. 동생들 염려는 마세요. 아직 동생들은 잠시만 참고 있으면 돼요. 누나들이 하나같이 전부 없어지면 놈들이 무언가 의심할 테니까요. 누나는 놈들도 보지 말고 동생들이나 이 읍내의 어떤 누구도 보지 마세요……. 어떤 이웃이 오늘 아침 삼촌들의 안부를 물으면 누나 얼굴은 금세 무언가를 나타낼 테니까요. 메리 제인 누나, 지금 당장 떠나세요. 다른 사람들 문제는 내가 해결하겠어요. 내가 수전 누나한테 부탁해서 누나가 그 삼촌이라는 작자들에게 안부 전하라고 하더라고 말할게요. 그리고 누나는 휴식과 기분전환을 위해, 또한 친구를 만나보려고 몇 시간 나갔다 온다고 했는데, 오늘 밤이나 내일 아침 일찍 돌아온다고 했다고…… 그렇게 말하라고 할게요."

"친구 만나러 갔다는 건 괜찮은데 놈들에게 안부를 전하는 것은 싫은걸."

"그래요? 그럼 그건 그만두기로 하지요."

그녀에게 그렇게 말해도 괜찮은 일이었다. 거기에는 아무 해로울 게 없었다. 그것은 사소한 일이어서 고민할 일이 아니었다. 이 세상에서 사람이 가는 길을 제일 평탄하게 하는 것은 이런 자질구레한 일들이다. 그렇게 말해줘야 메리 제인의 마음이 편할 것이다. 그리고 그건 돈 드는 일이 아니었다. 그래서 나는 말했다.

"또 하나 이야기할 게 있는데…… 그 돈주머니 말인데요."

"그건 놈들이 가지고 있지. 놈들이 그걸 손에 넣은 걸 생각하면 내가 얼마나 바보짓을 했는지 몰라."

"아니에요. 그건 누나 생각이 잘못되었어요. 돈은 그들 손에 있지 않아요."

"그럼 누가 그 돈을 가지고 있지?"

"그걸 알았으면 나도 좋겠어요. 하지만 난 모르는걸요. 놈들에게서 내가 훔쳐냈으니까 나도 그 돈을 만져봤어요. 누나에게 주려고 내가 훔쳤거든요. 그 돈을 감춰둔 곳은 내가 알아요. 하지만 이제 거기에 그 돈이 없을까 봐 겁이 나요. 메리 제인 누나, 몹시 미안해요. 말할 수 없이 미안해요. 그렇지만 나는 내가 할 수 있는 최선을 다했어요. 정말 그랬어요. 난 잡힐 뻔했어요. 그래서 난 내 발이 닿은 최초의 장소에다 밀어 넣고 도망쳐야 했어요……. 그런데 그곳은 좋은 곳이 못 됐어요."

"네 자신을 책하지 마라. 그건 잘하는 일이 아니야. 내가 그건 허용 안 해. 넌 어쩔 수 없었잖아. 네 잘못 아냐. 그런데 어디다 감췄지?"

나는 그녀가 다시 괴로운 일을 생각하도록 만들고 싶지 않았다. 배 위에다 돈주머니를 올려놓은 채 관 속에 누워 있는 시신을 그녀가 상상하도록 만들 그런 말을 차마 입에서 내뱉을 수 없을 것 같았다. 그래서 나는 잠시 아무 말도 하지 않다가 급기야 입을 열었다.

"메리 제인 누나, 누나만 용서하면 그것을 어디다 감췄는지 입으로 얘기하고 싶지 않아요. 내가 종이 쪽지에다 적어줄 테니 원하시면 로스로프 씨 집에 가는 도중에 읽으셔도 돼요. 그렇게 해도 괜찮겠어요?"

"응, 괜찮고말고."

그래서 나는 종이 위에다 이렇게 적었다.

"그것을 관 속에 넣었어요. 누나가 밤에 거기서 울고 있을 때 돈은 거기에 있었어요. 메리 제인 누나, 나는 문 뒤에 서서 누나가 참 안됐다고 생각했어요."

그날 밤 메리 제인은 혼자 그 방에서 울고 있고 그 악마들은 그녀 지붕 밑에 누워 그녀를 욕되게 하고 돈을 훔치던 것을 생각하니 내 눈에 눈물이 핑 돌았다. 그 종이를 접어서 그것을 그녀에게 줄 때 그녀의 눈에도 눈물이 글썽이는 것이 보였다. 그녀는 내 손을 힘껏 잡으며 말했다.

"잘 가라…… 네가 하라고 말한 대로 모든 걸 꼭 할 거야. 비록 내가 너를 다시는 보지 못하더라도 너를 언제까지고 잊지 않을게. 난 두고두고 네 생각을 할 거야. 또한 널 위해 기도할 거다!"

이렇게 말하고 그녀는 떠나버렸다.

나를 위해 기도한다고! 그녀가 내가 어떤 놈인지 안다면 그녀 자신의 몸에 어울리는 역을 했을 텐데. 그러나 그렇다 해도 틀림없이 그녀는 나를 위해 기도해주었을 것이다. 그녀는 바로 그런 사람이었다. 그녀는 생각만 있으면 유다를 위해서도 기도할 용기를 가진 여자였다. 내 판단에 그녀는 뒤로 물러설 여자가 아니었다. 사람들은 뭐라고 말할지 모르지만 내 생각으로는 그녀는 내가 본 어떤 여자보다 용기가 있었다. 아첨처럼 들릴지 모르지만 이건 절대 아첨이 아니다. 또한 미모나 착한 마음씨로 말하면 그녀를 능가할 여자는 없었다. 그녀가 문밖으로 나가는 것을 본 그때 이후로 난 그녀를 본 적이 없었다. 그렇다. 그 후 난 그녀를 본 적이 없다. 그러나 나는 그녀를 몇백만 번 생각했고 그녀가 나를 위해 기도해주겠다고 하던 모습을 생각했다. 또 그녀를 위해 기도하는 것이 도움이 된다고 생각했다면 나도 반드시 그녀를 위해 기도했을 것이다.

메리 제인은 뒷길로 빠져나간 것 같았다. 아무도 그녀를 본 사람이 없었기 때문이다. 수전과 언청이를 만났을 때 나는 말했다.

"누나들이 때로 만나러 가는 강 건너에 사는 사람들 이름이 뭐지요?"

그들이 말했다.

"몇 집 있는데, 주로 프록터스 가족들이야."

"바로 그 이름이군요. 잊어버릴 뻔했어요. 메리 제인 누나가 급히 그 집에 갔다고 전해달라고 했어요. 누가 아프다고 했어요."

내가 말했다.

"누가?"

"난 모르지요. 그만 듣고도 까먹었어요. 하지만 내 생각에 그건……."

"어머, 해녀는 아니기를 바라."

"안됐지만 바로 해녀가 아프대요."

내가 말했다.

"이걸 어째. 그 애는 저번 주까지도 건강했는데! 몹시 아프대?"

"말로 표현할 수 없을 정도래요. 메리 제인 누나 말로는 집안 식구들은 어제 밤새껏 환자 옆에 붙어 있었대요. 이제 몇 시간 더 살 것 같지 않다고들 생각하나 봐요."

"그런 생각들을 다 하다니! 도대체 어디가 아프길래!"

당장 뭐 그럴듯한 것을 생각해낼 수 없어서 나는 말했다.

"볼거리라나요."

"어머나, 볼거리라고! 볼거리에 걸렸다고 밤새 간병하진 않는데."

"밤새고 간병은 안 하지요, 물론. 그런데 이번 볼거리는 분명히 간

314

병을 하나 봐요. 이 볼거리는 종류가 다르대요. 메리 제인 누나가 그러
는데, 이건 신종이래요."

"신종은 어떻길래?"

"그건 다른 병들과 섞인 것이기 때문이지요."

"무슨 다른 병?"

"저, 홍역, 백일해, 단독, 폐렴, 황달, 뇌염 등등 이루 말할 수 없어요."

"어머나, 그런 걸 볼거리라고 해?"

"메리 제인 누나가 그렇게 말했어요."

"도대체 뭣 때문에 그걸 볼거리라고 부르지?"

"그게 볼거리니까요. 그 병에서 시작했으니까요."

"저 말이야. 그건 말도 되지 않아. 발가락이 돌에 찍혀 독이 들어갔
는데 그 사람이 우물에 빠져 목이 부러지고 머리통이 깨졌다고 해서,
어떤 사람이 와서 이 사람 어째서 죽었느냐고 물으면 어떤 바보가 '발
가락을 찍혀서 죽었어요' 하고 말했다고 쳐. 그게 말이나 되겠니? 그건
그렇고 그 병은 전염된다고 그러대?"

"전염되느냐고요? 어떻게 말을 그렇게 하세요? 써래가 전염하나
요? 밤에도 전염하나요? 한 써래 톱니에 걸리지 않으면 어쩔 수 없이
다른 톱니에 걸릴 것 아니겠어요? 써래 전체를 끌어당기지 않고는 그
톱니에서 벗어날 수 없을 것 아니겠어요? 이 종류의 볼거리는 말하자
면 일종의 써래예요. 그것도 형편없는 써래가 아니고 한번 그 톱니에
걸리면 영영 빠져나갈 수 없는 써래예요."

"아이 무서워."

언청이가 말했다.

"난 하비 삼촌에게 가겠어. 그리고……."

"그렇게 해. 나라면 그렇게 하겠어. 당연히 그래야지. 나 같으면 당

장 그러겠어."

내가 말했다.

"그럼 넌 왜 그렇게 하지 않는 거지?"

"잠깐 생각해뵈요. 그러면 아마 곧 알게 될 거예요. 누나들의 삼촌들은 되도록 빨리 영국으로 돌아가셔야 하지 않나요? 그분들은 먼저 떠나버리고 나중에 누나들끼리만 여행하도록 남겨놓을 그런 야비한 사람들은 아닐 거예요. 그분들은 누나들을 기다릴 거지요? 거기까지는 좋아요. 하비 백부께서는 목사님이 아닌가요? 잘된 일이지요. 그렇다면 목사님이 증기선 승무원을 속일까요? 메리 제인 누나를 배에 태우려고 배의 승무원을 속이겠어요? 누나들이 알다시피 그분은 그러지 않을 거예요. 그러면 그분은 어떻게 하실까요? 그분은 이렇게 말할 거예요. '참 유감스러운 일이지만 우리 교회 일은 가능한 한 그냥 잘 돌아가게 내버려둬야지. 우리 조카딸이 무서운 볼거리에 걸렸으니 어찌하냔 말이야. 그 애가 볼거리에 걸렸는지 안 걸렸는지를 판명하려면 여기 눌러앉아 석 달은 기다리는 게 내 의무지.' 하지만 하비 백부에게 말하는 것이 상책이라고 생각하면 염려할 것 없어요."

"말도 안 돼. 우리가 영국에 가서 재미있는 시간을 즐길 수 있을 텐데, 메리 제인 언니가 그 병에 걸렸는지 안 걸렸는지 알려고 기다리며 여기서 빈둥거리다니 원. 넌 그 바보 같은 소리 그만해."

"어쨌든 몇몇 이웃에게는 말해두는 게 좋을 거예요."

"저 말하는 것 좀 들어봐. 바보짓 하는 걸로 말하면 널 당할 사람 없겠구나. 그 얘기를 하면 이 읍내 사람들은 돌아다니며 말을 퍼뜨리지 않겠어? 아무한테도 말하지 않는 도리밖에 없어."

"아마 누나 말이 맞을 거예요. 네, 누나가 옳다고 생각되네요."

"하비 백부가 불안해하지 않도록 메리 언니가 잠깐 나갔다고 말해

316

야 된다는 생각이 들어."

"그래요. 메리 제인 누나도 누나들이 그렇게 하기를 바랐어요. 그 누나가 말하기를 '내 동생들더러 하비 백부와 윌리엄 숙부에게 내 안부와 키스를 전하라고 그래줘. 난 강 건너 아무개 씨, 뭐라더라, 아무개 씨…… 돌아가신 피터 삼촌이 늘 아주 친하다고 생각하시던 그 부자 댁의 이름이 뭐더라? ……내 말은 그분은……'"

"앱소프스 댁을 말하는 거지?"

"맞아요. 이름이 골치 아파요. 어쩐지 그런 이름은 반쯤만 기억되지 전부를 기억할 수 없어요. 맞아요. 큰 누나가 말했어요. 앱소프스 댁에 가서 그분더러 경매에 꼭 나오셔서 이 집을 사시라고 부탁한다고 그랬어요. 피터 삼촌은 누구보다 그분들이 집을 사주기를 원하셨

다고 큰누나가 말했어요. 그 집안 사람들이 경매에 온다고 말할 때까지 붙들고 늘어지겠다고 했어요. 그러고는 너무 피곤하지 않으면 집에 돌아오고 너무 피곤하면 어쨌든 내일 아침에 온다고 했어요. 누나 말이 프록토스 집에 대해선 아무 말도 말고 다만 앱소프스 가문 이야기만 하라고 했어요. 지금 내 말은 정말 사실이에요. 그 누나는 이 집을 사달라고 그분 집에 가는 중이었으니까요. 그 누나가 직접 나한테 그렇게 얘기했으니까 내가 아는 거예요."

"그럼 됐어."

그들은 말하고 삼촌들을 기다렸다가 안부 키스를 하고 또 그들에게 그 전할 말을 하려고 나가버렸다.

이제 모든 것이 염려 없게 되었다. 처녀들은 영국에 가고 싶었기 때문에 아무 말도 하지 않을 것이다. 또한 왕과 공작은 메리 제인이 경매를 위해 멀리 가 있는 것이 로빈슨 의사의 손이 닿는 곳에 있는 것보다 더 잘된 일이라고 생각할 것이기 때문이다. 나도 기분이 좋았다. 일을 산뜻하게 처리했다는 판단이 섰다. 톰 소여도 이보다 더 잘 처리할수는 없었을 거라는 생각이 들었다. 물론 톰 소여는 이 일에 좀 더 멋을 부렸을 것이다. 그러나 나는 그렇게는 못 한다. 나는 그렇게 하게끔자란 사람이 아니기 때문이다.

경매는 오후 시간이 다 갈 때까지 읍내 광장에서 열렸다. 사람들은 끊이지 않고 몰려들었다. 그 늙은이는 그 자리에 참석했는데 지독히 불쾌한 표정을 지으며 경매인과 나란히 서서 가끔 짧은 성경 구절을 인용하거나 착한 사람인 체하는 무슨 말을 지껄이기도 했다. 공작은 온갖 방법을 동원하여 사람들의 동정을 얻으려고 구-구 하며 돌아다니며 자기 자신을 널리 광고했다.

마침내 경매는 끝나고 모든 것이 팔렸다. 묘지에 있는 작은 땅뙈기

하나를 제외하고는 모두가 팔렸다. 그래서 그놈들은 그것마저 경매에 붙였다. 나는 왕처럼 모든 것을 집어삼키려는 욕심 많은 괴물은 처음 보았다. 그렇게 그 땅을 경매에 붙이고 있을 때 증기선 한 척이 뭍에 닿았다. 2분가량 지나자 사람들이 시끄럽게 소리치고 웃으며 야단법석을 떨며 몰려와 소리쳤다.

"여기 당신네들 상대가 나타났다! 피터 윌크스 노인의 상속인 두 쌍이 여기 있소이다. 여러분, 돈을 내고 한 쌍을 골라보십시오!"

29

사람들은 매우 잘생긴 노신사와 역시 잘생긴 젊은 신사를 데리고 왔는데, 젊은 신사의 오른팔은 삼각 붕대에 걸려 있었다. 정말이지 사람들은 계속 외쳐대고 웃어댔다. 그러나 나한테는 웃을 일이 아니었다. 그 웃어대는 의미를 왕과 공작이 조금이라도 알았다면 그들은 긴장했을 것이라는 생각이 들었다. 그들의 얼굴이 새파랗게 질리리라는 생각이 들었다. 그러나 천만의 말씀이었다. 그들은 전혀 새파래지지 않았다. 공작은 무슨 일이 일어나고 있는지 알아차린 기색을 보이지 않고 요구르트를 쿨컥쿨컥 쏟아내는 항아리처럼 행복하고 만족한 듯 구-구거리며 이리저리 돌아다녔다. 왕은 어땠는가 하면, 세상에 저런 사기꾼과 악당이 있을까 하는 생각에 가슴에 통증이라도 온 것처럼 새로 온 사람들을 서글픈 눈으로 응시하고 또 응시했다. 아아, 그 모습은 경탄할 만했다. 많은 중요한 인물들이 왕 주위에 모여들어 자기들은 왕의 편이라는 것을 알리려 했다. 방금 도착한 그 늙은이는 지독히 당황한 표정이었다. 이윽고 그 늙은 신사는 말하기 시작했는데 영국인처럼 발음한다는 것을 나는 즉시 알았다. 왕도 흉내를 잘 내지만 전혀 왕의 말투와는 달랐다. 하긴 나도 그 노신사의 말을 전할 수도 흉내 낼 수도 없다. 그러나 그 신사는 군중 쪽으로 몸을 돌려 다음과 같이 말했다.

"이건 내가 예상도 못한 놀라운 일입니다. 이런 일을 만나 이것에 대처할 준비가 제대로 돼 있지 않다는 것을 솔직히 시인합니다. 그것은 동생과 내가 재난을 만났기 때문입니다. 동생은 팔이 부러졌고 우리의 짐은 어젯밤에 실수로 여기서 저 상류에 있는 어떤 읍에 내려놓게 되었기 때문입니다. 나는 피터 윌크스의 형 하비며 여기 이 사람은 그의 동생 윌리엄이며 그는 귀머거리에다 벙어리입니다. 이제 쓸 수 있는 손이 하나뿐이어서 손짓도 제대로 할 수 없는 실정입니다. 우리는 지금 말한 대로 바로 그러한 사람들입니다. 하루나 이틀 후 짐을 받으면 그것을 증명할 수 있습니다. 그러나 그때까지는 아무 말도 하지 않고 호텔에 가서 기다리겠습니다."

그리고 나서 노신사와 새로 온 벙어리는 그곳을 떠났다. 왕은 껄껄 웃으며 지껄여댔다.

"팔을 부러뜨렸다고. 그건 있을 수 있는 일이지요? 손짓을 해야 하는데, 제대로 그 방법을 배우지 못한 사기꾼에게는 편리한 변명이 되는군. 짐을 잃어버렸다고! 아주 훌륭한 생각이군! 굉장히 머리가 좋아. 이런 판국에선 그렇다는 거지!"

그리고 나서 왕은 다시 웃음을 터뜨렸다. 서너 사람인가 아니면 여섯 사람을 빼고는 모두 웃었다. 웃지 않은 사람 중 한 사람은 그 의사였고 또 한 사람은 날카롭게 생긴 신사로 융단으로 만든 구식 여행 가방을 들고 있었다. 이 신사는 방금 증기선에서 내린 사람으로, 의사와 뭐라고 나지막한 목소리로 수군대면서 가끔 왕 쪽으로 눈을 돌리며 서로 머리를 끄덕였다. 그는 루이스빌에 갔다 온 변호사인 레비 벨이었고 또 한 사람은 몸집이 크고 억세게 생긴 남자였는데, 그네들과 같이 따라와서 아까 그 노신사가 하는 말을 귀담아 듣더니 이제 왕의 말을 듣고 있었다. 왕의 말이 끝나자 이 억센 남자가 말했다.

"여보시오. 당신이 하비 월크스라면 이 읍에는 언제 왔소?"

"장례식 전날에 왔소."

왕이 말했다.

"그날 몇 시였지요?"

"저녁때였소. 해 지기 한두 시간쯤 전이었소."

"어떻게 왔소?"

"신시내티로부터 수전 포웰 호를 타고 왔수다."

"그렇다면 그날 아침 무엇 때문에 저 위쪽에 있는 곳에 있었소. 카누를 타고 말이오?"

"아침에 난 곳에 있지 않았소."

"거짓말 말아요."

몇 사람이 그에게 달려들어 노인이며 목사인 분에게 그런 식으로 말하지 말라고 부탁했다.

"목사들 다 죽었군. 저놈은 사기꾼에다 거짓말쟁입니다. 그날 아침 저놈은 곳에 왔었어요. 내가 거기 살지 않아요? 내가 거기 나가 있었는데 이 영감도 거기 왔더군요. 난 거기서 저 영감을 보았단 말입니다. 톰 콜린즈와 어떤 소년과 함께 카누를 타고 오더라니까요."

의사가 나서서 말했다.

"하인즈, 자네 그 소년을 다시 보면 알아보겠나?"

"알아볼 것 같은데. 못 알아볼지도 모릅니다. 그 애가 저기 있군요. 금방 알아보겠네요."

그 사람이 손으로 가리킨 것은 바로 나였다. 의사가 말했다.

"이웃 여러분, 나로서는 새로 온 그 두 사람이 사기꾼인지 아닌지는 모르겠습니다. 그러나 여기 있는 이 두 사람이 사기꾼이 아니라면 내가 천치 바보가 되는 것입니다. 그건 분명합니다. 이 사건을 조사할 때까지 저들이 이곳에서 도망치지 못하게 하는 것이 우리의 의무라고 나는 생각합니다. 하인즈, 나를 따라오게. 다른 분들도 따라오십시오. 이자들을 여관으로 데리고 가서 아까 새로 온 사람들과 대면시킵시다. 우리들의 조사가 끝나기 전에 무언가를 알아낼 수 있다고 생각합니다."

이것은 왕을 편든 사람들에게는 어떤지 모르지만 거기 모인 사람들에게는 재미있는 일이었다. 그래서 우리 모두는 따라나섰다. 이제 해가 막 저물고 있었다. 의사는 내 손을 잡고 그리로 데려갔다. 그는 나에게 매우 친절했지만 손을 놓아주지 않았다.

우리 모두는 여관의 한 큰 방으로 들어가 양초 몇 개를 켜놓고 새로 온 두 사람을 불러들였다. 의사가 먼저 말했다.

"나는 이 두 사람에게 너무 가혹하게 대하고 싶지는 않습니다. 그러나 이들은 사기꾼이라고 나는 생각합니다. 또한 이들에겐 우리가 모르는 공범자가 있을지도 모릅니다. 공범자가 있다면 그자는 피터 윌크스가 남겨놓은 돈주머니를 가지고 노방지지 않을까요? 그럴 가능성이 충분합니다. 이 사람들이 사기꾼이 아니라면 그 돈을 가지고 오게 하여 의심이 풀릴 때까지 우리에게 그걸 맡겨두는 것에 반대하지 않을 것입니다. 그렇지 않습니까?"

모든 사람이 그 말에 동의했다. 그들이 초장부터 우리 일당을 꼼짝 못할 궁지로 몰아넣는구나 하고 나는 생각했다. 그러나 왕은 다만 슬픈 표정을 짓더니 말했다.

"신사 여러분, 나도 돈이 여기 있기를 바랍니다. 나는 이 비참한 사건이 공평하게 터놓고 철저히 조사되는 것을 방해할 생각은 없습니다. 아, 그러나 한심하게도 그 돈은 여기에 없습니다. 원하신다면 사람을 보내서 찾아보십시오."

"그렇다면 그 돈이 어디에 있다는 겁니까?"

"내 조카딸이 대신 보관해달라고 그 돈을 나에게 주었을 때 나는 그것을 받아 내 침대 밀짚 이불 속에다 감췄습니다. 여기서 며칠밖에 묵지 않으니까 은행에 맡기고 싶지 않았고 우리는 검둥이들에겐 익숙하지 않아서 영국의 하인들처럼 정직하리라 믿고 침대를 안전한 곳이라고 생각했던 것입니다. 다음날 내가 아래층으로 내려간 후 검둥이들이 그 돈을 훔쳐갔습니다. 검둥이들을 팔아버릴 때 나는 돈이 없어진 걸 몰랐기 때문에 놈들은 그것을 가지고 사라졌습니다. 여기 내 하인이 여러 신사분들께 그걸 설명해드릴 수 있습니다."

의사와 몇몇 사람들이 "말도 안 돼!" 하고 소리쳤고 내 보기에 아무도 그의 말을 믿는 것 같지 않았다. 한 사람이 나더러 검둥이들이 돈을 훔치는 것을 보았느냐고 물었다. 나는 아니라고 대답했다. 그러나 검둥이들이 방에서 살금살금 나와 급히 물러가는 것을 보았다고 말했다. 나는 아무 생각이 없었고 다만 검둥이들이 주인의 잠을 깨게 하여 눈을 뜬 주인이 자기들을 귀찮게 할까 봐 도망가는구나 하는 생각뿐이었다고 말했다. 그들이 질문한 것은 그것이 전부였다. 그러자 의사가 내 쪽으로 몸을 돌리더니 말했다.

"너도 영국인이냐?"

나는 그렇다고 대답했다. 그러자 의사의 몇몇 다른 사람들은 웃음을 터뜨리고 "말도 안 돼!" 하고 말했다.

그런 다음 그들은 전반적인 심문에 접어들었고 우리는 여러 가지 질문을 철저히 그리고 몇 시간씩 받았다. 아무도 저녁 식사에 대해서는 한마디도 하지 않았고 식사에 대해 생각하는 것 같지도 않았다. 이렇게 심문은 계속되었다. 이런 난장판은 나로서는 평생 처음 보는 것이었다. 그들은 왕더러 이야기를 하라고 했고 노신사에게도 그렇게 하라고 했다. 편견에 사로잡힌 많은 바보 말고는 누구나 노신사가 진실을 말하고 왕은 거짓을 말한다는 것을 알았을 것이다. 마침내 사람들은 나에게 아는 것을 모두 말해보라고 말했다. 왕이 슬쩍 나에게 곁눈질을 했기 때문에 나는 되도록 조심해서 말해야 한다는 것을 충분히 알았다. 나는 셰필드에 대해 이야기를 시작했고 그곳에서는 어떻게 살았으며 또 영국인 윌크스 집안 사람들에 대한 이야기 등등을 다 말했다. 내 말이 충분히 진행되기도 전에 의사가 웃음을 터뜨렸고 레비 벨 변호사가 끼어들었다.

"얘야, 앉아라. 내가 너라면 그렇게 진땀을 빼지 않겠다. 넌 거짓말에 익숙지 않은 모양이다. 술술 나오는 것 같지 않아. 네게 필요한 것은 연습이다. 거짓말이 퍽 서툴구나."

나는 그 칭찬을 좋아하지 않았다. 그러나 여하튼 풀려나서 기뻤다. 의사가 무슨 말을 시작하려고 몸을 돌리더니 말했다.

"레비 벨, 자네가 처음부터 이 읍내에 있었더라면……"

왕이 그 말을 채뜨리며 그의 손을 앞으로 내밀면서 말했다.

"오라, 이분이 우리 죽은 동생이 편지에서 자주 말하던 친구 분이군요?"

변호사와 왕은 악수를 나누었고 변호사는 웃으며 기분 좋은 표정이었다. 그들은 얼마 동안 이야기를 계속하고 나서 한쪽으로 가더니 낮은 목소리로 수군거렸다. 그리고 나서 마침내 변호사가 입을 열어 말했다.

"그것으로 일이 마무리될 것입니다. 나는 법원 명령서를 받아 동생분의 것과 함께 보내겠습니다. 그렇게 되면 그것이 제대로 된 판결이라는 것을 사람들은 알게 될 겁니다."

그래서 사람들이 종이와 펜을 가져왔다. 왕은 앉아서 머리를 한쪽으로 비틀고 혀를 씹으며 무언가 갈겨썼다. 그리고 나서 펜을 공작에게 주었다. 그때 처음으로 공작은 아픈 표정을 지었다. 그러나 그는 펜

을 잡고 썼다. 다음으로 변호사는 새로 온 노신사에게 고개를 돌리며 말했다.

"동생분과 두 분이 한두 줄 쓰고 서명하십시오."

노신사가 썼지만 누구도 그의 글씨를 읽을 수가 없었다. 변호사는 몹시 놀란 표정을 지으며 말했다.

"원, 이 글씨는 알아볼 수 없군요."

그리고 변호사는 주머니에서 많은 오래된 편지를 꺼내더니 그것들을 살피고 다시 노신사의 필적을 살핀 후 다시 편지들을 살피고 나서 말했다.

"이 낡은 편지들은 하비 윌크스가 쓴 것입니다. 여기 이 두 가지 필적이 있는데 이 두 분이 쓰지 않은 것은 누구나가 식별할 수 있습니다. (왕과 공작은 자기들이 변호사에게 걸려든 것을 알고 얼빠진 바보 같은 표정을 지었다) 여기 이 노신사의 필적이 있는데, 그분이 이 편지들을 쓰지 않은 것은 누구나 쉽게 알 수 있습니다. 사실 말이지 이분이 갈겨쓴 글씨는 전혀 글씨가 아닙니다. 그런데 여기 편지가 몇 장 있는데……."

새로 온 노신사가 말했다.

"설명할 기회를 주십시오. 내 필체를 읽을 수 있는 사람은 아무도 없습니다. 동생 말고는 말입니다. 그래서 동생이 내 것을 다시 베껴 써주고 있어요. 거기 들고 있는 것은 내 필적이 아니라 동생의 필적입니다."

"허허,"

변호사가 말했다.

"이런 일이 다 있다니. 윌리엄의 편지도 몇 통 가지고 있습니다. 그러니까 동생분더러 한두 줄 쓰도록 하시면 우린 그걸 비……."

"동생은 왼손으로는 글씨를 못 씁니다."

노신사가 말했다.

"동생이 오른손을 사용할 수 있다면 그가 제 편지와 내 편지 둘 다를 썼다는 것을 알게 될 것입니다. 양쪽을 비교해보십시오. 둘 다 같은 필적이니까요."

변호사는 그렇게 하고 나서 말했다.

"그런 것 같군요. 그렇지 않다 하더라도 여하튼 먼저 본 것보다는 훨씬 비슷합니다. 자, 자, 자! 나는 우리가 해결의 실마리를 제대로 찾아가고 있다고 생각했는데 일부는 빗나갔습니다. 그러나 어쨌든 한 가지는 증명되었습니다. 이 두 사람은 누구도 월크스 집안사람이 아니라는 사실입니다."

그러고 나서 변호사는 왕과 공작을 향해 머리를 내저었다.

그러면 여러분은 어떻게 생각할 텐가? 저 고집통이 늙은이는 도무지 항복하려 들지 않았다. 정말 그는 그럴 생각이 없었다. 그것은 공평한 심문이 아니라는 것이다. 동생 윌리엄은 세상에서 가장 지독한 익살꾼으로 한 번도 글을 쓰려고 한 적도 없으며 동생이 종이에 펜을 대는 순간 장난을 치는 것을 보았다고 늘어놓았다. 왕은 점점 신이 나서 지껄여댔고 마침내는 자신이 지껄인 말을 실지로 믿게끔 되었다. 그러나 새로 온 노신사가 끼어들어 말했다.

"방금 생각이 하나 떠올랐습니다. 우리 동생, 그러니까 피터 월크스를 매장하는 데 도우신 분 누구 안 계십니까?"

"여기 있어요."

누군가가 말했다.

"나와 애브 터너가 도왔지요. 두 사람 다 여기 있습니다."

그러자 노신사는 왕에게 향하더니 말했다.

"아마 이 신사 분께서는 피터 월크스의 가슴에 어떤 문신이 그려져 있는지 말할 수 있으시겠지요?"

정말이지 왕은 빨리 마음을 다잡아야 했다. 그렇지 않으면 강물에 밑이 팬 깎아지른 제방처럼 무너져내렸을 것이다. 너무나 갑작스러운 일격이었기 때문이다. 예고도 없이 그렇게 어려운 문제를 던지면 거의 누구든지 무너지고야 말 거라는 계산에서 자행한 질문이었다. 도대체 무슨 수로 왕이 고인의 가슴에 무슨 문신이 있는가를 알 수 있겠는가? 왕의 얼굴은 약간 창백해졌다. 어쩔 수 없었다. 방 안은 온통 조용해졌다. 모든 사람은 몸을 앞으로 굽히며 왕을 바라보았다. 이제 기권한다는 표시로 수건을 던지겠지, 더 버텨봤자 소용없어 하고 나는 속으로 말했다. 그가 항복했느냐고? 믿어지지 않게도 그는 항복하지 않았다. 나는 이렇게 계속 버티면 결국 사람들이 지쳐빠져서 슬금슬금 하나하나 자리를 빠져나가면 그와 공작은 그곳에서 풀려나 도주할 수 있다고 왕은 생각하고 있다고 여겼다. 어쨌든 왕은 거기 앉아 있었다. 그리고 이내 웃음을 지으며 말했다.

"음! 매우 까다로운 질문이군. 안 그렇습니까? 동생 가슴에 무슨 문신이 있는지 말해드리지요. 그것은 작고 가는 하늘색 화살 무늬지요. 바로 그거예요. 가까이에서 보지 않으면 식별이 잘 되지 않습니다. 이제 무슨 말을 하실는지요? 자?"

나는 이제껏 저 늙은 엉터리처럼 그렇게 뻔뻔스러운 얼굴은 본 적이 없다.

새로 온 노신사는 애브 터너와 그의 동료 쪽으로 갑자기 얼굴을 돌렸다. 이제야 왕을 꼼짝 못하게 할 수 있다고 판단이 선 것처럼 노신사의 눈은 반짝였다. 그는 말했다.

"자, 여러분은 이자의 말을 들으셨습니다! 피터 윌크스의 가슴에 그런 표시가 있었습니까?"

그러자 두 사람은 말했다.

"우린 그런 표시는 보지 못했습니다."

"좋습니다!"

노신사가 말했다.

"자, 당신들이 그의 가슴 위에서 본 것은 작고 희미한 P자와 B자 (이건 피터가 어렸을 때 쓰다 버린 머리글자지만), 그리고 W자인데, 그 사이에 대시가 있습니다. 그러니까 P-B-W의 모양이 됩니다."

노신사는 종잇조각 위에 그렇게 표시해 보였다.

"자, 당신들이 본 것은 이런 모양이었지요?"

두 사람은 다시 대답했다.

"아닌데요. 우린 그런 건 보지 못했습니다. 우린 아무 표시고 뭐고 하나도 보지 못했어요."

모든 사람은 이제 격분하여 소리쳤다.

"이것들 모두가 사기꾼이다! 강물에 처박읍시다! 강물에다 익사시 킵시다! 가로장에 태워 혼내줍시다!"

이렇게 모두가 떠들자 큰 소동이 일어났다. 그러나 변호사는 탁자 위로 뛰어올라 외치듯 말했다.

"여러분, 신사 여러분! 내 말 한마디만 들어주십시오. 제발, 단 한마 디뿐입니다. 아직 한 가지 방법이 남아 있습니다. 가서 시체를 파내어 봅시다."

이 발언이 사람들을 사로잡았다.

"만세!"

사람들은 모두 외치며 곧 출발하기 시작했다. 그러나 변호사와 의 사가 소리쳤다.

"멈춰요! 멈춰! 이 네 사람과 애를 붙잡아 데리고 갑시다!"

"그럽시다!"

그들 모두는 외쳤다.

"그리고 그 문신이 없으면 이 일당들을 모조리 린치합시다!"

나는 정말이지 겁이 났다. 그러나 도망칠 길이 없었다. 사람들은 우리 모두를 잡아가지고 곧장 묘지로 행군하듯 나아갔다. 묘지는 1마일 반쯤 강 하류 쪽에 있었는데 사람들이 내는 시끄러운 소리에다 시간이 저녁 아홉 시밖에 되지 않아서 읍내 사람들 모두가 우리 뒤를 따랐다.

우리 집 앞을 지나게 되었을 때 나는 메리 제인을 읍 밖으로 내보내지 말걸 그랬다는 생각이 들었다. 왜냐하면 내가 슬쩍 그녀에게 눈짓만 보낼 수 있다면 그녀는 번개처럼 뛰어나와 나를 구해주고 우리의 불한당들을 고발했을 것이다.

우리는 살쾡이들처럼 떠들며 강둑길을 따라 몰려갔다. 더 겁나게 하는 것은 하늘이 캄캄해지더니 번개가 번쩍번쩍 하늘을 찢고 바람이 나뭇잎 사이에서 몸을 떨기 시작한 것이다. 이것은 내게 이제껏 닥친 적이 없는 가장 끔찍한 위기며 위험이었다. 나는 혼이 나간 사람 같았고 모든 것은 내가 생각했던 것과는 너무 다르게 진행되었다. 내가 원하면 느긋하게 앉아서 이 재미있는 광경을 구경하고, 위기가 닥쳐오면 내 등뒤의 메리 제인이 나를 구해주고 자유롭게 해주기는커녕, 나와 죽음 사이에는 그놈의 문신 말고는 세상에 아무것도 없었다. 사람들이 그 문신을 찾지 못한다면…….

나는 그것을 생각만 해도 견딜 수가 없었다. 그러나 어째서인지 그밖에 다른 일은 생각할 수 없었다. 사방은 점점 더 어두워져 이 군중에게서 도망하기에는 아주 적절한 시간이었다. 그러나 그 억센 사나이가, 하인즈 말이다. 그가 내 손목을 꽉 잡고 있어서 그에게서 빠져나온다는 것은 골리앗에게서 빠져나오려고 몸부림치는 거나 마찬가지였다. 그도 매우 흥분해서 나를 마구 끌고 가는 통에 나는 그와 보조를 맞추려면 뛰어야 했다.

묘지에 이르자 사람들은 떼를 지어 안으로 우르르 몰려들어가 마치 홍수처럼 그곳을 휩쓸었다. 그런데 막상 피터의 묘지에 닿았을 때 삽은 필요한 수보다 백 배나 더 많이 가지고 온 반면 등을 가져올 생각을 한 사람은 하나도 없었다. 그러나 사람들은 어쨌든 번쩍하는 번 갯불이 주는 조명의 도움을 받으며 무덤을 파내기 시작했고 반 마일쯤 떨어져 있는 가장 가까운 집으로 등을 빌려오도록 사람을 보냈다.

그리하여 사람들은 열심히 파고 또 팠다. 사방은 지독히 어두웠고 게다가 비가 내리기 시작했고 바람은 맹위를 더했고 번개는 점점 더 밝은 섬광을 발했고 천둥은 땅을 흔들었다. 그러나 사람들은 그런 것에도 전혀 아랑곳하지 않고 파는 작업에 열중했다. 한순간 모든 것과 군중 속의 모든 얼굴과 무덤에서 파 올린 삽에 가득했던 흙이 위로 헤엄치듯 올라가는 것이 보였다. 다음 순간 어둠이 모든 것을 지워버려

전혀 아무것도 볼 수 없었다.

마침내 사람들은 관을 들어 올려 뚜껑의 나사못을 틀기 시작했다. 그러자 비집고 들어와 한번 보려고 사람들은 몰리고 어깨로 손으로 서로 밀치기 시작했는데 이건 다시는 못 볼 광경이었다. 어둠 속에서 그 난리를 피우는 것은 정말 끔찍했다. 하인즈가 나를 얼마나 세게 끌고 당기는지 내 손목은 몹시 아팠다. 하인즈는 어찌나 흥분하고 숨을 헐떡이는지 나 같은 건 까맣게 잊어버리고 있는 것 같았다.

갑자기 번갯불이 사방을 하얗게 밝혀주었다. 그러자 누군가가 소리쳤다.

"아이쿠, 이게 웬일이야! 시체 가슴팍에 금주머니가 있다!"

하인즈도 다른 사람과 마찬가지로 요란한 함성을 지르더니 그것을 보려고 내 손목을 놓고 군중을 헤집고 밀치며 나아갔다. 그런데 내가 빠져나와 어둠 속에서 길을 따라 뛰는 모습은 아무도 말로는 표현할 수 없을 것이다.

길은 내 독차지였다. 나는 날 듯이 뛰었다. 적어도 칠흑 같은 어둠과 이따금 번쩍하는 번갯불과 줄기찬 빗줄기와, 몰아치는 바람과 땅을 갈라놓는 천둥소리 말고는 나는 길을 독점하고 있었다. 분명히 나는 걸음아 나 살려라 하고 계속 달렸다!

읍내에 이르렀을 때 폭풍 때문에 밖에 나와 있는 사람은 하나도 없었다. 그래서 나는 뒷길 따위는 찾지 않고 큰길을 곧장 달렸다. 우리가 머물던 집이 가까워지자 나는 집을 향해 눈을 조준하여 맞췄다. 불빛이 보이지 않고 집은 캄캄했다. 이유는 모르지만 어두운 집을 보자 슬프고 실망스러웠다. 그러나 마침내 집 앞을 지나치게 되었을 때 메리 제인의 창에서 불빛이 번쩍하는 것이다! 갑자기 가슴이 부풀어오르며 터질 것 같았다. 그와 같은 순간 집이고 뭐고 다 내 등 뒤의 어둠 속으로 사라져, 세상에서 두 번 다시 내 앞에 나타나지 않을 것 같았다. 메리 제인은 내가 이제껏 본 중에서 가장 착하고 가장 용기가 있는 처녀였다.

모래톱으로 가는 것을 확인할 수 있을 정도로 읍의 상류 쪽에 다다른 순간 잠시 빌릴 만한 보트를 찾기 시작했다. 번갯불이 매어놓지 않은 보트 한 척을 보여주자마자 나는 그것을 잡아타고 젓기 시작했다. 카누였는데 밧줄로만 묶여 있었다. 모래톱은 강 한가운데로 나가서 꽤 멀리 떨어져 있었다. 그러나 나는 꾸물거릴 시간이 없었다. 마침내 뗏목에 닿았을 때 나는 어찌나 기진맥진했던지 될 수 있으면 그냥 누워 숨이나 고르고 싶었다. 그러나 나는 그러지 않았다. 뗏목 위로 뛰어오르면서 소리쳤다.

"짐, 어서 나와. 뗏목을 풀어! 하느님 덕분에 놈들을 쫓아버렸어!"

짐은 금세 뛰어나왔다. 너무나 기뻐서 두 팔을 벌리고 나에게 다가

왔다. 그러나 번갯불 속에서 힐끗 그를 보았을 때 심장이 입으로 튀어나올 정도로 놀라서 나는 벌렁 뒤로 넘어지며 물속으로 빠졌다. 나는 짐이 일인 이역을 하는 리어 왕이자 물에 빠진 아랍인이라는 것을 잊었다. 그래서 간이니 모든 창자가 밖으로 튀어나오도록 놀랐던 것이다. 그러나 짐은 나를 물에서 건져내어 나를 껴안으며 축복하려고 했다. 내가 돌아온 것과 왕과 공작을 쫓아버린 것이 몹시 기뻤던 모양이다. 그러나 내가 말했다.

"지금은 그러지 마. 아침 식사 때 해. 아침 식사 때 하라니까! 어서 밧줄을 풀고 뗏목을 움직여!"

그래서 2초 뒤에는 우리는 강을 따라 내려가고 있었다. 다시 자유의 몸이 되고 이 큰 강 위에 우리들만 있고 아무도 우리를 괴롭힐 사람이 없다는 것이 참으로 좋았다. 나는 뗏목 위를 이리저리 뛰어다니기도 하고 위로 점프하며 양쪽 발꿈치를 몇 번 맞부딪치게 했다. 그러지 않고는 배길 수가 없었다. 그러나 세 번 맞부딪쳤을 때 내게 친숙한 어떤 소리가 내 귀에 들려왔다. 나는 숨을 죽이고 귀를 기울이며 기다렸다. 그런데 아니나 다를까 다음번 번갯불이 물 위를 비출 때 그놈들이 다가오는 모습이 보였다. 이리로 말이다! 그들은 노를 열심히 저으며 쪽배를 쏜살같이 몰았다! 왕과 공작이었다.

나는 판때기 위에 철퍼덕 주저앉아 포기하고 말았다. 나오는 울음을 참으려고 내가 할 수 있는 것은 고작 그것뿐이었다.

30

뗏목에 올라타자 왕은 나에게 달려들어 먹살을 잡아 흔들었다.

"이 강아지 같은 놈아, 우리한테서 내빼려 했겠다! 우리와 같이 다니는 것이 싫어졌다 이거지?"

내가 말했다.

"아닙니다, 폐하. 그렇지 않아요. 제발, 이러지 마세요, 폐하!"

"그럼 빨리 네가 어떻게 하려고 했는지 말해봐. 그렇지 않으면 네놈 창자를 빼버릴 테다!"

"맹세코 모든 것을 일어난 그대로 말하겠습니다, 폐하. 나를 붙잡고 있던 그 사람은 나에게 퍽 친절했어요. 나만 한 아들이 있었는데, 작년에 죽었다는 말을 계속했고요, 소년이 그렇게 위험한 처지에 있는 것을 보면 마음이 안됐다고 했어요. 또한 모두가 금화를 발견하고 놀라서 관으로 달려갔을 때 나를 뇌주며 속삭였어요. '어서 도망가거라. 그렇지 않으면 틀림없이 사람들은 네 목을 매달 거다!'라고 했어요. 그래서 나는 도망친 거예요. 거기 있어야 아무 소용도 없을 것 같았어요.

336

난 아무것도 할 수 없었어요. 도망갈 수 있는데도 그냥 교수형을 당하고 싶지는 않았어요. 그래서 카누를 발견할 때까지 쉬지 않고 뛰었어요. 여기에 도착해서는 짐에게 서두르라고 했어요. 그렇지 않으면 사람들이 나를 잡아 목을 매달 거라고 말했어요. 그리고 폐하와 공작은 지금쯤은 살아 있지 못할까봐 두렵고 또한 몹시 슬퍼하던 참예요. 짐도 슬퍼했어요. 그래서 두 분이 오시는 것을 보고는 정말 기뻤어요. 내가 정말 그랬나 안 그랬나는 짐에게 물어보세요."

짐은 그렇다고 말했다. 그러자 왕은 짐에게 입을 닥치라고 하고는 "응, 그렇지. 그럴 법도 하군!" 하고 말하고는 다시 나를 잡아 흔들며 물에 빠뜨려 죽이겠다는 것이다. 그러나 공작이 말했다.

"이 바보 같은 늙은이, 그 애 놓지 못해요! 당신이 그 애 입장이었다면 달리 행동했겠소? 풀려났을 때 영감은 이 애를 찾기나 했습니까? 내 기억으로는 그러신 적 없는걸요."

그래서 왕은 나를 놓아주고는 그 읍내와 읍내에 사는 모든 사람들에게 욕설을 퍼붓기 시작했다. 그러나 공작이 말했다.

"영감은 영감 자신을 욕하는 게 훨씬 낫겠어요. 제일 욕먹어도 싼 사람은 영감이니까요. 영감은 처음부터 지각 있는 일이라곤 하나도 하지 않았단 말이오. 그 상상력을 활용한 하늘색 화살 문신을 가지고 나와 냉정하고 뻔뻔하게 고비를 넘긴 일 말고는 말입니다. 그건 참 머리가 빛나더군요. 그건 대성공이었어요. 우리를 구한 거니까요. 그것만 아니었다면 영국 사람의 짐이 도착할 때까지 철창 신세를 졌을 것이고, 그 후로는, 틀림없이 교도소 수감자가 되었을 겁니다! 그렇지만 그 계략이 사람들을 묘지로 인도했고 그 돈이 우리에게 더 큰 은공을 베풀었지요. 흥분한 바보들이 우리를 잡고 있던 손을 놓고 그 돈을 보러 몰려가지 않았다면 우리는 오늘 밤 밧줄에 묶인 채 잠을 잤을 겁니다.

밧줄은 단단하기도 하더군. 그건 필요 이상 긴 밧줄이었지요."

그들은 잠시 조용히 있었다. 생각하는 모양인데, 그러다가 왕이 좀 멍한 얼굴로 말했다.

"음! 우린 검둥이들이 그걸 훔쳤나고 생각했지!"

이 말에 나는 흠칫했다!

"그랬죠."

공작이 천천히 신중하게, 그러면서도 비꼬는 말투로 말했다.

"그랬더랬지요."

약 30초 후 왕이 점잔 빼며 말했다.

"적어도…… 난 그렇게 생각했지."

공작도 같은 말투로 말했다.

"말씀과는 반대지요. 그렇게 생각한 건 납니다."

이 말에 왕은 왈칵 화를 내며 말했다.

"이봐, 빌지워터. 자네 지금 무슨 소릴 하는 거야?"

공작도 경쾌한 목소리로 말했다.

"이왕 그 말이 나왔으니 말인데, 영감이야말로 무슨 소리 하느냐고 내 쪽에서 묻게 해주시오."

"말도 안 되는 소리 집어치워!"

왕이 매우 빈정대는 어조로 말했다.

"하지만 난 몰라. 아마 자네는 자고 있었으니까 자신이 의도하는 게 뭔지도 몰랐겠군."

이 말에 공작도 이제 화가 나서 말했다.

"오, 그 바보 같은 소린 이제 그만하세요. 영감은 나를 바보로 아나요? 그 돈을 관 속에 감춘 게 누군지 내가 모른다고 생각하십니까?"

"그럴 테지. 네가 안다는 걸 내가 왜 모르겠나…… 그 까닭은 자네

자신이 바로 그 짓을 했기 때문이야."

"거짓말 말아요!"

공작은 왕에게 달려갔다. 왕이 소리쳤다.

"이 손 놔! 목을 조르지 마! 내가 말한 것 죄다 취소할 테니까!"

공작이 말했다.

"그럼 영감이 먼저 그 돈을 거기에다 숨겼다고 자백해봐요. 나중에 시기를 봐서 나를 따돌리고 돌아와 그걸 파내서 혼자 독차지하려 했다고 말예요."

"공작, 잠깐 기다려. 이 한 가지 질문에 정직하고 공평하게 대답해 주게. 돈을 자네가 그곳에 두지 않았다면 그렇다고 말하게. 나는 자네 말을 믿고 내가 말한 모든 것을 취소할 테니까."

"이 악당 영감탱이야, 난 그러지 않았어요. 내가 그러지 않은 건 영 감도 잘 알 거요. 자, 어떻게 생각하시오?"

"그렇다면 내 자네를 믿지. 하지만 한 가지만 더 대답해주게. 화는 내지 말고. 자네 마음속으로는 그 돈을 훔쳐서 감출 생각이 없었나?"

공작은 잠시 아무 말이 없더니 다시 말했다.

"글쎄. 내가 그런 생각을 했든 안 했든 상관없어요. 여하튼 그런 짓은 하지 않았으니까요. 그러나 영감은 마음속으로도 그런 생각을 했을 뿐 아니라 실제로 그랬잖습니까?"

"공작, 내가 그런 짓을 했다면 난 언제까지나 수치를 당해도 싸지. 이건 정말이야. 그럴 생각이 전혀 없었다는 게 아니야. 나는 실은 그런 생각이 있었으니까. 그러나 자네나 아니 다른 어떤 인간이 나보다 먼저 선수를 친 거야."

"거짓말 말아요! 영감이 한 일이니 했다고 말하시오. 안 그러면······."

왕은 목을 그륵그륵 하더니 가쁜 숨을 내쉬며 말했다.

"나 손들었어! 자백할게!"

왕이 이렇게 말하는 것을 듣고 나는 어지간히 기뻤다. 조금 전보다 훨씬 마음이 놓였다. 그러자 공작은 왕에게서 손을 떼고 말했다.

"혹시 다시 안 했다고 하면 난 당신을 물속에 던지고 말 거요. 영감은 저기 앉아서 젖먹이처럼 울어대는 게 좋을 겁니다. 그런 짓을 했으니 그게 영감에겐 어울리는 행동이오. 모든 것을 집어삼키기를 원하는 그런 늙은 타조는 난 본 적이 없소. 나는 항상 영감을 내 아버지처럼 믿었소. 불쌍한 검둥이들에게 누명을 씌우는 걸 가만히 서서 듣고 있을 뿐, 그네들을 위해 한마디도 하지 않다니 자신이 부끄럽지도 않던가요? 내가 그런 쓰레기 같은 인간을 믿을 만큼 바보였다고 생각하면 정말 어이없다는 생각이 든다 이 말이오. 제기랄, 영감이 왜 그렇게 열을 내며 그 부족액을 메우려고 했는지 이제 알 만하군요. 내가 걸작과 그 밖에 이것저것을 통해 벌어들인 돈까지 손에 넣고 모든 걸 송두리째 차지하려고 했던 거지요!"

왕은 기가 죽었는데 아직도 코를 훌쩍거리며 말했다.

"공작, 부족액을 메우자고 말한 건 자네야. 내가 아니었어."

"닥쳐요! 영감 말은 더는 듣기 싫어요!"

공작이 말했다.

"이제 그런 짓을 해서 영감이 무엇을 얻었나를 알겠군요. 그놈들은 돈을 죄다 되찾았을 뿐 아니라 게다가 은전 한두 닢만 남기고 우리 돈까지 가져간 거요. 잠이나 자요. 죽기 전까진 다신 나한테 부족액이란 말은 입에 올리지 말아요!"

그리하여 왕은 뗏목 오두막 속으로 슬금슬금 들어가 마음을 달래려고 술을 마시기 시작했다. 얼마 안 있어 공작도 자기 술병을 공략했다. 30분쯤 지나자 그들은 다시 도둑들처럼 의리가 생겼고 더 가까워졌고 더 다정해지더니 서로의 품속에서 코를 골며 꿈나라로 가버렸다. 그들 두 사람은 거나하게 취했지만 내가 보기로는 왕은 돈주머니를 감췄다는 사실을 부정하지 않기로 한 다짐을 잊을 만큼 취한 상태는 아니었다. 그래서 나는 마음이 편했고 만족스러웠다. 물론 두 사람이 코를 골기 시작하자 우리는 오랫동안 잡담을 나눴고 나는 짐에게 모든 것을 다 이야기했다.

31

우리는 여러 날 동안 어느 읍에도 멈추지 않고 곧장 강을 따라 내려갔다. 이제 날씨가 따뜻한 남부에 와 있어서 집에서는 몹시 먼 곳에 온 것이었다. 스페인 이끼라는 것을 거느린 나무들이 보이기 시작했는데 그 이끼들은 마치 길고 흰 턱수염처럼 큰 가지들에서 아래로 늘어져 있었다. 그런 이끼가 자라는 것은 이번에 처음 보았다. 그 이끼는 숲을 장엄하면서도 을씨년스럽게 만들었다. 그리하여 사기꾼들은 이제 위험에서 벗어났다고 생각하여 다시 여러 마을을 공략할 계획을 짜기 시작했다.

두 사람은 우선 금주에 대해 강연을 했다. 그러나 그들은 둘이 마실 술값도 벌지 못했다. 그 후 그들은 다른 마을에서 댄스 교습학교를 시작했다. 그러나 그들은 캥거루나 마찬가지로 춤출 줄을 몰랐다. 그래서 그들이 춤을 처음 추었을 때 모든 주민이 달려들어 그들을 그 마을에서 쫓아내고 말았다. 또 한번은 그들이 웅변 교습을 시도했지만 웅변 조로 몇 마디도 하기 전에 청중이 일어나 욕을 퍼부으며 그들을 쫓아냈다. 그들은 전도 사업, 최면술, 의술, 점치기, 그 밖에 별의별 일에 손을 댔지만 전혀 운이 따르지 않는 것 같았다. 그래서 그들은 거의 무일푼 신세가 되어, 강을 따라 내려가는 뗏목 위에서 이리저리 뒹굴며 생각하고 또 생각할 뿐, 때로는 하루에 반나절씩 아무 말도 안 하며 지독한 우울증과 절망에 빠져 있었다.

그러다가 마침내 그들은 태도를 바꾸더니 오두막 안에서 서로 머리를 맞대고 한 번에 두세 시간씩 낮은 목소리로 비밀스럽게 수군덕거렸다. 짐과 나는 불안해졌다. 그들의 그런 모습이 싫었다. 우리는 저들이 이제까지 한 것보다 더 악질적인 음모를 꾸민다고 판단했다. 우리는 오랜 숙고 끝에 결론을 내렸는데, 그건 그들이 어떤 사람의 집이나 가게를 털던가 위조지폐 제작을 시작하거나 아니면 그런 어떤 일을 하려고 한다는 것이다. 그런 결론을 내리고 나니 겁이 났다. 우리는 그러한 일에는 전혀 관여하지 말고, 또한 조금이라도 기회만 있으면 놈들을 털어버리고 뒤에 남겨둔 채 떠나자는 합의를 보았다. 그런데 어느 날 아침 일찍 우리는 파이크스빌이라는 초라한 마을 밑으로 약 2마일 지점에 있는 안전한 곳에다 뗏목을 감췄다. 그러고 나서 왕은 뭍에 올라, 읍내로 가서 '왕실의 걸작' 소문이 벌써 그곳까지 퍼졌는지 살펴보고 올 테니 그동안 숨어 있으라고 말했다. ("도둑질할 집을 말하고 있구나." 나는 속으로 말했다. "도둑질을 끝내고 이리 돌아와보면 나와 짐과 뗏목이 어디로 갔나 하고 놀라겠지. 놀라서 체념하겠지.") 왕은 자기가 정오까지 돌아오지 않으면 일이 잘되었다고 생각하고 공작과 나도 마을로 오라고 했다.

그래서 우리는 있던 그 자리에 그대로 머물렀다. 공작은 속이 타서 이리저리 움직이며 조바심을 나타내기 시작했다. 모든 것에 대해 우리를 야단치는 통에 우리는 제대로 할 수 있는 일이 하나도 없는 것 같았다. 공작은 모든 자질구레한 일까지 트집을 잡았다. 분명 무슨 일이 벌어질 것 같았다. 정오가 되었는데도 왕이 돌아오지 않아서 나는 퍽 기뻤다. 여하튼 변화를 맛볼 수 있을 것 같았다. 게다가 어쩌면 우리가 기다리는 그 변화의 기회가 올 수도 있었다. 그래서 나와 공작은 마을로 다가가서 왕을 여기저기에서 찾았다. 마침내 어느 싸구려 술집 뒷방에서 만취가 된 왕을 찾아냈다. 많은 건달들이 장난 삼아 왕을 놀리고 있었고, 왕은 있는 힘을 다하여 욕하며 위협했지만 어찌나 취했는지 걷지도 못해서 그 건달들에게 할 수 있는 것은 아무것도 없었다. 공작은 바보 같은 늙은이라고 왕을 욕하기 시작했다. 그러자 왕은 욕을 퍼부으며 반격했다. 말싸움이 격렬해지는 순간 나는 그곳을 빨리 빠져나와 마치 뒷다리로 모래를 밀어 차는 사슴처럼 강둑길을 달렸다. 바로 그 절호의 기회가 왔다는 것을 알았기 때문이었다. 놈들이 짐과 나를 다시 볼 날은 까마득할 것이라고 나는 판단했다. 그곳에 도착했을 때는 숨이 끊어질 것 같았지만 기쁨으로 가득 차서 소리쳤다.

"짐, 뗏목을 풀어. 이젠 됐어!"

그런데 아무 대답이 없었다. 아무도 오두막에서 나오지 않았다. 짐이 없어진 것이다! 나는 소리쳤다. 다시 소리쳤다. 그리고 다시 소리쳤다. 그러고 나서 숲속을 이리저리 뛰어다니며 불러보고 소리쳐댔지만 아무 소용 없었다. 늙은 짐은 온데간데없었다. 나는 주저앉아 울었다. 그럴 수밖에 없었다. 그러나 오래 가만히 앉아 있을 수 없었다. 곧 나는 한길로 나와서 어떻게 하는 것이 좋을까 생각하며 걸었다. 그때 걸어오는 사내아이를 만났다. 그 애더러 옷을 이러저러하게 입은 낯선 검둥이를 보았느냐고 물었다. 그 애가 말했다.

"봤어."

"어디쯤에서 봤는데?"

내가 말했다.

"여기서 2마일 아래쪽에 있는 사일러스 펠프스 씨 집에서야. 그놈은 도망친 검둥이야. 그래서 사람들이 잡은 거야. 넌 그 검둥이를 찾고 있니?"

"아니! 한두 시간 전에 그놈을 만났는데, 내가 소리치면 내 간을 빼내겠다고 말하며…… 누워서 꼼짝 말라고 하길래 시키는 대로 했어. 그 후 거기에 줄곧 있었어. 무서워서 나올 수가 없었어."

"그러냐. 이젠 사람들이 붙잡았으니까 겁먹을 필요 없어. 그놈은 남부 어디에서 도망쳐 온 거래."

그 애가 말했다.

"붙잡았으니 참 잘됐군."

"그렇고말고! 놈한테 2백 달러 현상금이 붙어 있으니까 길에서 돈

을 주운 거나 마찬가지지."

"그래, 그렇구나. 나도 몸이 더 컸더라면 돈을 버는 건데. 제일 먼저 그놈을 본 건 나니까 말이야. 누가 붙잡았지?"

"어떤 노인이었어…… 낯선 사람이야… 그 노인은 40달러에 자기 권리를 팔아버렸어. 자기는 강 상류로 올라가야 해서 기다릴 시간이 없기 때문이랬어. 자, 생각해봐! 나 같으면 7년이 걸려도 틀림없이 기다릴 텐데."

"나도 바로 그래. 그런데 그렇게 싸게 판 걸 보면 그 검둥이에 대한 권리가 그것밖에 안 되었는지도 몰라. 아마 무언가 떳떳치 못한 데가 있었나 보지."

내가 말했다.

"아니야…… 이건 떳떳한 거야. 나도 그 광고 전단을 직접 봤어. 검둥이에 대해 아주 자세히 적혀 있었어. 마치 그림처럼 검둥이를 묘사했더군. 검둥이 그놈이 도망쳐 나온, 뉴올리언스에 있는 농장에 대해서도 쓰여 있었어. 천만에! 그 거래엔 아무 문제가 없어. 이봐, 씹는담배 한 입 있으면 주라."

나에게는 담배가 없었기 때문에 그 애는 가버렸다. 나는 뗏목으로 가서 오두막 속에 앉아 생각했다. 그러나 아무 소득이 없었다. 나는 머리가 빠개질 때까지 생각했다. 그러나 이 궁지에서 빠져나갈 길을 찾을 수 없었다. 이렇게 긴 여행을 하고 또 그 악당 놈들을 잘 섬겨왔는데도 아랑곳없이 모든 것이 수포로 돌아가고 모든 게 터지고 박살이 난 것이다. 놈들이 인정도 없이 그 40달러 때문에 짐을 속여 다시 평생을 노예로 만들어 낯선 사람들 사이에다 처박았기 때문이다.

한번은 이런 생각을 했다. 짐이 이왕 노예가 될 바에야 가족들이 있는 고향에서 노예 생활을 하는 게 몇천 배 좋을 것이라고 말이다. 그래서 톰 소여에게 편지를 보내어 미스 왓슨에게 짐이 있는 곳을 가르쳐주라고 하는 것이 좋겠다는 생각을 했다. 그러나 두 가지 이유로 나는 곧 그 생각을 포기했다. 다시 말해서 미스 왓슨은 자기를 떠난 짐의 악독함과 배은망덕에 대해 화를 내고 구역질을 느껴 곧장 짐을 다시 강 아래에다 팔아버릴 것이다. 설사 그렇게 하지 않는다 하더라도 사람들은 자연히 배은망덕한 검둥이를 멸시할 것이기 때문에 짐은 늘 그 생각을 머리에서 지우지 못하고 자신을 천하고 치욕적인 인물이라고 생각할 것이다. 그럼 나는 어떤가! 헉 핀은 검둥이가 자유의 몸이 되도록 도와주었다는 소문이 사방에 좍 퍼질 것이다. 그래서 혹시 그 읍내에서 온 어떤 사람을 만나면 나는 기꺼이 무릎을 꿇고 부끄럽게도 그의 구두를 핥게 될 것이다. 그건 바로 이런 것이다. 즉 어떤 사람이 비열한 짓을 하고도 그 결과를 감수하고 싶은 마음이 없다고 하자. 그래서 그것을 감추는 한 그에겐 수치가 닥치지 않는다고 생각한다. 내 어려운 입장이 바로 그러했다. 이 일을 깊이 생각하면 할수록 나의 양심은 더 나를 괴롭혔고 점점 더 내가 사악하고 비천하고 비열한 놈으로 생각되었다. 마침내 갑자기 어떤 생각이 내 머리에 떠올랐다. 어떤 뚜렷한 신의 섭리의 손이 내 뺨을 찰싹 때리며 나에게 아무 해도 입히지 않은 불쌍한 노파의 검둥이를 훔쳐내는 동안 하느님께서 저 하늘에서 내 악행을 감시하고 계시다는 것을 알려주신다는 생각이었다. 그런데 이제 그 항상 감시하는 하느님은 더는 그런 비열한 행동을 계속하는 나를 용서하지 않으리라는 것을 보여준다는 생각이었다. 이런 생각에 나는 어찌나 겁이 났던지 그 자리에 주저앉을 뻔했다. 그래서 나는 자라기를 그렇게 악하게 자랐으니 내 잘못은 아니라고 말함으로써 나 자신의 위안을 찾으려고 최선을 다했다. 그러나 내 안에서 무엇인가가 계속 말했다. "주일학교가 있어서 넌 그곳을 다닐 수 있었단 말이다.

거길 내가 다녔다면 내가 그 검둥이에게 했던 그런 행동을 하는 사람은 영원한 유황불 불길 속에 떨어진다는 것을 배웠을 것이다"라고.

그런 생각을 하자 내 몸은 부들부들 떨렸다. 나는 기도하기로 결심했다. 그리하여 내가 과거의 그런 아이인을 중단하고 너 좋은 아이가 될 수 있는지 알아보고 싶었다. 그래서 나는 무릎을 꿇었다. 그러나 말이 나오려 하지 않았다. 왜 말이 나오지 않는 거지? 하느님에게 감추려 해봤자 소용이 없었다. 나에게 감추려 해봤자 역시 소용이 없었다. 왜 말이 나오지 않는지 나는 잘 알고 있었다. 그건 내 마음이 올바르지 않기 때문이었다. 내가 정직하지 않았기 때문이다. 내 마음에 이중성이 있었기 때문이다. 죄를 포기하는 척하지만 내 마음 저 안쪽에서 나는 가장 큰 죄에 매달려 있었던 것이다. 입으로는 옳은 일과 깨끗한 일을 하고 검둥이 주인에게 검둥이가 있는 곳을 알려주겠다고 하면서도, 마음 깊은 곳에서는 그게 다 거짓말이라는 것을 안다는 말이다. 하느님이 그것을 알고 계신 거다. 거짓 기도는 올릴 수 없는 것이다. 나는 그것을 깨달았다.

그리하여 내 온몸은 고민으로 가득 찼다. 나는 어찌할 바를 몰랐다. 마침내 한 가지 생각이 떠올랐다. 나는 말했다. 편지를 쓰자. 그러고 나서 기도를 올릴 수 있는지 알아보자. 그 순간 놀랍게도 내 마음이 깃털처럼 가벼워지면서 내 모든 고민은 사라져버렸다. 그래서 나는 기쁜 마음으로 흥분한 채 종이와 연필을 꺼내고 앉아서 편지를 썼다.

미스 왓슨 아줌마의 도망친 노예 짐은 파이크스빌 하류 쪽 2마일 지점에 있습니다. 펠프스 씨가 그를 붙잡고 있는데 아줌마가 포상금을 보내시면 그 사람은 짐을 풀어줄 것입니다.

헉 핀

나는 난생처음으로 내 죄가 말끔히 씻어진 것을 느꼈다. 이제 기도를 올릴 수 있다는 것을 알았다. 그러나 나는 당장 기도는 하지 않고 편지를 내려놓고 그곳에 앉아 생각했다. 이렇게 된 건 다행이야, 난 길을 잃고 지옥에 떨어질 뻔했지 하고 생각했다. 그리고 계속 생각했다. 강을 따라 내려오던 우리의 여행에 생각이 미치자 내 앞에 짐이 보였다. 낮이나 밤이나 때로는 달빛 속에서 때로는 폭풍 속에서 항상 곁에 있던 짐이 보였다. 하류로 떠내려오면서 이야기하고 노래하고 웃던 짐의 모습이었다. 그러나 어쩐지 내가 짐을 못마땅하게 생각했던 구석은 찾을 수가 없었다. 다만 그 반대의 경우만 떠올랐다. 내가 계속 잠을 잘 수 있도록 나를 깨우지 않고 자기 당번에 더해서 내 당번까지 서주던 그의 모습이 보였다. 내가 안개 속에서 돌아왔을 때라든지 원한으로 두 집안이 싸우던 그곳 늪지에서 내가 다시 그에게로 돌아갔을 때라든지 그 밖에도 그런 경우가 있었을 때 그가 그토록 기뻐하던 모습

이 눈에 선했다. 나를 늘 귀염둥이 도련님이라고 부르며 귀여워해주었고 나를 위해서라면 자신이 생각할 수 있는 모든 것을 해주었고 항상 진절했던 그의 모습이 떠올랐다. 끝으로 나는 뗏목에 천연두 환자가 있다고 말하여 짐을 구했을 때 짐이 고마워 못 견디며 힉은 사기가 이 세상에서 가진 가장 좋은 친구이자 하나밖에 없는 친구라고 하던 일이 머리에 떠올랐다. 바로 그 순간 우연히 주위를 둘러보다가 아까 쓴 편지를 보았다.

이건 고통스러운 입장이 되고 말았다. 나는 편지를 들어 손 안에 쥐었다. 몸이 떨렸다. 둘 중에서 하나를 결정해야 했고 어느 쪽을 택할 것인지 알았기 때문이었다. 나는 숨을 죽이고 1분 동안 깊이 생각하고 나서 나 스스로에게 말했다.

"그러면 됐어. 난 지옥으로 갈 테다."

그러고는 편지를 찢어버렸다.

그건 끔찍한 생각이며 끔찍한 말이었지만 내 입에서 나오고 말았다. 나는 그 말을 쓸어 담을 생각을 하지 않았다. 그리하여 나는 새사람이 되겠다는 생각은 더는 하지 않았다. 그런 생각은 모두 머리에서 몰아내고 다시 사악한 짓을 하기로 했다. 자라기를 그렇게 자랐기 때문에 나쁜 짓이 내 적성에 맞고 착한 짓은 맞지 않는다고 나는 말했다. 그래서 우선 나는 짐을 노예 신분에서 벗어나도록 그를 훔쳐낼 생각이었다. 그보다 더 나쁜 일을 생각해낼 수 있다면 그 일도 할 예정이었다. 이왕 나쁜 길로 들어섰고 또 영원히 들어선 이상 뿌리를 뽑는 편이 낫다고 생각했기 때문이다.

다음으로 나는 그 일을 수행할 방법을 놓고 깊이 생각했고 꽤 많은 방법을 마음속으로 검토했다. 그리하여 마침내 나에게 맞는 계획을 정했다. 그러고 나서 나는 강에서 아래로 약간 떨어진 곳에 있는, 숲이 우거진 섬의 위치와 거리를 잘 봐두었다. 그래서 날이 꽤 어두워지자마자 몰래 뗏목을 끌고 그 섬으로 가서는 거기에다 뗏목을 숨겨놓고 잠자리에 들었다. 그날 밤 충분히 잠을 자고 날이 새기 전에 일어나 아침 식사를 하고 가게에서 산 옷을 입고 다른 옷가지와 그 밖의 물건들을 보따리에 싸고 나서 카누를 타고 강둑을 향해 저어갔다. 나는 펠프스의 농장이라고 판단되는 곳 바로 아래쪽에 상륙하자 내 짐 보따리를 숲속에 숨겨놓고 카누에다는 물을 채우고 돌을 실어 필요할 때 다시 찾을 수 있는 곳에다 가라앉혔다. 제방 위에 있는 조그만 증기 목재소 하류로 4분의 1마일 지점이었다.

그러고 나서 한길로 나섰는데, 제재소 옆을 지날 때 '펠프스 목재소'라는 간판이 보였다. 거기서부터 2, 3백 야드 더 나아가자 농가들이 있는 곳에 이르렀다. 아무리 눈을 까뒤집고 보아도, 이제 날이 환히 밝았는데도 주위에서 사람은 그림자도 보이지 않았다. 그러나 나는 상관하지 않았다. 아직 누구와도 만나고 싶지 않았기 때문이다. 나는 다만 그곳의 지리를 알고 싶었을 뿐이다. 내 계획에 의하면 강 하류 쪽이 아니라 마을에서 그곳에 당도한 것으로 할 예정이었다. 그리하여 나는 한번 훑어보고는 곧장 읍내로 향했다. 그런데 그곳에 도착했을 때 내가 첫 번째로 만난 사람은 공작이었다. 공작은 '왕실의 걸작' 광고 전단을 붙이고 있었다. 사흘 밤 공연…… 지난번과 똑같았다. 그 사기꾼들 뻔뻔하기는! 피할 틈도 없이 나는 그와 마주쳤다. 그는 놀란 표정을 짓고 말했다.

"얘야! 어디서 오는 거냐?"

그러고 나서 그는 기쁘기도 하고 다급하기도 해서인지 말했다.

"뗏목은 어디 있니? 안전한 장소에 두었겠지?"

내가 말했다.

"이런, 그 질문은 내가 지금 각하에게 드리려던 겁니다."

그러자 공작은 기뻐하던 표정을 지우고 말했다.

"그걸 나한테 묻다니 그건 어찌된 거냐?"

그가 말했다.

"저 말예요."

내가 말했다.

"어제 그 술집에서 왕을 보았을 때 그가 술이 깰 때까지 몇 시간 동안은 그를 집에 데려올 수 없다고 생각했어요. 그래서 시간을 보내며 기다리려고 읍내를 이리저리 돌아다녔어요. 어떤 사람이 다가오더니 10센트를 줄 테니 쪽배를 타고 강 건너에 가서 양 한 마리를 데려오는 일을 도와달라고 해서 난 따라갔죠. 그러나 우리가 양을 보트로 끌고 와서 그 사람이 나더러 밧줄을 잡고 있으라고 말하고 자기는 양의 뒤로 가서 양을 보트 쪽으로 미는데, 양은 나보다 어찌나 힘이 센지 밧줄을 끊고 달아나는 거였어요. 그래서 우리는 양을 쫓아갔지요. 개가 없어서 우리는 양이 완전히 지칠 때까지 그 일대를 여기저기 쫓아다녀야 했어요. 어두워져서야 그놈을 잡아 강을 건너왔어요. 그 후 나는 뗏목 있는 곳으로 향했어요. 그리 가보고 뗏목이 없어진 걸 알았어요. '문제가 생겨 그 양반들이 떠나야 했구나. 그런데 그들이 세상에서 내가 가진 유일한 검둥이를 데려갔구나. 그러니 이제 나는 이 낯선 땅에서 아무 재산도 없고 아무것도 없고 먹고 살 방도도 없구나' 하고 나는 속으로 생각했어요. 그래서 그 자리에 앉아 울었어요. 밤새도록 숲속에서 잤어요. 그런데 뗏목은 어떻게 된 거지요? 그리고 짐은요? 불쌍한 짐은 어떻게 된 거지요?"

"난 몰라……. 내 말은 뗏목이 어떻게 되었는지 모른단 말이야. 그 바보 같은 영감이 거래를 하나 해서 40달러를 벌었는데, 선술집에서 우리가 영감을 발견했을 때는 건달들이 영감을 데리고 한 판에 50센트짜리 노름을 벌여 위스키 값으로 나간 돈 말고는 한 푼도 안 남기고 가져갔던 거였어. 밤늦게야 영감을 데리고 와보니 뗏목이 없어졌더라. 그래서 우리는 말했지. '그 어린 악동이 뗏목을 훔쳐 우리를 떼놓고 강 아래로 도망갔구나' 하고."

"내가 내 검둥이를 떼놓을 리가 없잖아요? 내가 세상에서 가진 유일한 검둥이고 유일한 재산인데."

"우린 그건 생각 못 했다. 실은 우린 그 검둥이가 우리들의 검둥이라고 생각했던 거야. 사실이야. 우리들 것이라고 생각한 거야. 정말 그놈 때문에 고생 많이 하고 있는 거지. 그래서 뗏목이 없어진 걸 보고 게다가 동전 한 푼 없는 걸 깨닫고 다시 그 '왕실의 걸작'을 하지 않을 수 없게 되었단 말이다. 그 후 지금까지 화약통처럼 목이 바싹바싹 말라도 술 한 방울 못 마시고 일만 해왔던 거다. 그 10센트 어디 있니? 이리 내놔라."

나는 상당한 돈이 있었기 때문에 그에게 10센트를 주었다. 그러나 그것을 먹는 것을 사는 데 쓰고, 그 산 것을 나한테도 좀 달라고 부탁했다. 그것이 내가 가진 돈 전부고 어제부터 아무것도 먹지 못했기 때문이라고 말했다. 그는 아무 말도 하지 않았다. 다음 순간 그는 내 쪽으로 홱 돌아서더니 말했다.

"그 검둥이가 우리 일을 폭로할 거라고 생각하니? 그랬다간 그놈 껍데기를 벗겨버릴 테다!"

"무슨 수로 폭로하겠어요? 그는 도망친 게 아닌가요?"

"아니지! 그 바보 영감이 팔아먹었어. 나하고 돈도 나누지 않고. 돈은 다 없어졌어."

"팔았다고요?"

나는 말하고 울음보를 터뜨렸다.

"그는 내 검둥이예요. 그러니까 그 돈은 내 돈이에요. 그가 어디 있지요? 난 내 검둥이가 필요하단 말예요."

"넌 그 검둥이를 다시 찾을 수 없어. 그 말밖에 할 말 없다. 그러니 그만 울어. 이봐, 설마 네놈이 우릴 고발하진 않을 테지? 난 널 결코 믿지 않아. 네놈이 우릴 고발하는 날엔……."

여기서 공작은 말을 멈췄지만 그의 눈이 그렇게 추악한 모습을 띤 것을 나는 이번에 처음 보았다. 나는 여전히 울먹이면서 말했다.

"난 아무도 일러바치기를 원하지 않아요. 여하튼 그럴 시간도 없어요. 어서 내가 나서서 내 검둥이를 찾을 거예요."

공작은 좀 난처한 표정을 지었고 자기 팔 위에서 광고 전단을 펄럭이게 둔 채 거기 서서 무언가를 생각하며 이맛살을 찡그렸다. 마침내 공작이 말했다.

"내 너한테 뭔가를 가르쳐주겠다. 우린 사흘 동안 여기에 머물러야 한다. 네놈이 일러바치지 않겠다고 약속하면, 그리고 그 검둥이가 일러바치지 못하게 한다면 그 검둥이가 있는 곳을 가르쳐주마."

그래서 나는 약속했다. 그러자 공작이 말했다.

"사이러스 프……라던가 하는 농사꾼인데……."

그는 말을 끊었다. 그는 나에게 진실을 말할 참이었다. 그러나 그는 그런 식으로 이야기를 멈추고 다시 깊이 생각하기 시작했고 결국 마음을 바꾼 모양이었다. 내가 생각한 그대로였다. 그는 나를 믿고 싶지 않았던 거다. 사흘 동안은 내가 거치적거리지 못하게 하고 싶었던 모양이다. 곧 그는 말을 이었다.

"검둥이를 산 사람은 이름이 에이브람 포스터, 에이브람 지 포스터라는 사람인데, 여기서 40마일 저 안쪽 벽지에 사는데 그곳은 라피엣으로 가는 도중에 있단다."

"알았어요. 사흘이면 걸어갈 수 있겠네요. 오늘 오후에 떠나겠어요."

내가 말했다.

"그건 안 돼. 지금 당장 떠나거라. 지체하지도 말고 도중에 무슨 말을 나불거리지 마라. 그냥 입을 다물고 곧장 가란 말이다. 그러면 우리 사이에 성가신 말썽도 없을 거다. 알겠니?"

그것은 내가 원하던 명령이었고 내가 짜낸 각본이었다. 나는 내 계획을 실천하려고 그에게서 풀려나고 싶었다.

"그러니까 얼른 꺼져."

그가 말했다.

"포스터 씨에게는 네 마음 내키는 대로 아무거나 지껄여도 돼. 어쩌면 넌 짐이 네 검둥이라고 믿도록 할 수도 있을 거다. 어떤 바보들은 증명서를 보자고도 않을 거다. 적어도 이곳 남부에선 그런 바보들이 있다는 얘기를 들었다. 그 광고 전단과 현상금이 가짜라고 말하고 왜 그런 짓들을 했는지를 설명하면 그 농부는 네 말을 믿을지도 모른다. 자, 어서 가라. 그리고 네가 원하는 모든 건 그 사람에게 말하거라. 그렇지만 여기서 거기까지 가는 도중에는 입을 놀리면 안 된다는 걸 명심해야 한다."

그래서 나는 그곳을 떠나 벽지를 향했다. 나는 돌아보지 않았지만 공작이 나를 지켜본다고 느꼈다. 그러나 그렇게 지켜보다가 제풀에 지쳐버릴 거라는 것을 알았다. 나는 1마일가량 시골 쪽으로 곧장 걸어가고 나서야 발걸음을 멈췄다. 그러고 나서 뒤돌아서서 숲을 통해 펠프스 씨의 농장으로 향했다. 나는 지체 없이 내 계획을 실천에 옮기는 것이 좋겠다고 생각했다. 왜냐하면 그 악당들이 도망칠 때까지는 짐의 입을 봉해놓고 싶었기 때문이다. 나는 그런 것들과 말썽을 일으키고 싶지 않았다. 놈들에 대해서는 알고 싶은 것은 죄다 알았기 때문에 놈들에게서는 완전히 벗어나고 싶었다.

32

 그곳에 도착했을 때 사방은 온통 조용하고 주일 같았고 무더운 데다가 햇볕이 내리쬐었다. 농장 일꾼들은 밭에 나가 있었다. 공기 중에는 여러 가지 갑충류와 파리들이 내는 윙윙 하는 소리가 희미하게 울려 퍼져 주위를 쓸쓸하고 모든 인간이 죽은 것처럼 보이게 만들었다. 또한 미풍이 불어와 나뭇잎들을 흔들며 사람을 슬프게 만들었다. 왜냐하면 그 미풍은 죽은 귀신들, 여러 해 전에 죽은 사람들의 속삭임 같았고 그것들이 살아 있는 우리에 대해 이야기하는 것 같았기 때문이다. 대체로 이런 소리를 들으면 우리 인간은 나도 죽어 없어졌으면 좋겠다는 생각을 하게 된다.
 펠프스 농장은 작고 초라한 목화 농장이었는데, 그곳 농장들은 모두가 비슷한 모습을 하고 있었다. 2에이커 넓이의 마당 주위에 가로장 울타리가 둘러쳐 있었고, 키가 다른 통처럼 통나무를 톱으로 썰어 층이 지도록 땅에 박아 세운 계단은 울타리를 넘어 다니는 데 사용되고 여인네들이 말을 탈 때도 발판으로 쓰였다. 큰 마당에는 병든 것 같은 풀밭이 있었는데 털이 다 빠진 낡은 모자처럼 자라는 것이 하나도 없는 맨땅이었다. 백인들이 사는 집은 통나무 집 두 채를 연결한 큰 집이었다. 거칠게 베어온 통나무들이어서 틈이 있었는데, 그 틈새는 진흙과 모르타르로 틀어막았고 이렇게 해서 생긴 진흙 줄무늬는 언젠가 흰 색깔로 칠한 흔적이 보였다. 둥근 통나무로 지은 부엌이 본채와 연결되어 있었는데 크고 넓고 탁 트인 그 연결 공간은 지붕으로 가려졌다. 부엌 뒤에는 통나무로 지은 훈제소가 있었다. 그 건너편에는 검둥이가 기거하는, 통나무로 지은 작은 오두막 세 채가 한 줄로 늘어서 있었고, 작은 오두막 하나가 다른 것들과 완전히 떨어져 뒤편 울타리에 기대어 서 있었다. 반대편에는 별채 몇 개가 각각 거리를 조금씩 두고 서 있었다. 작은 오두막집 옆에는 양잿물 통과 비누를 끓이는 큰 가마솥이 놓여 있었다. 부엌 문 옆에는 물 양동이와 바가지를 올려놓은 벤치가 있었다. 그곳 햇빛 속에서 사냥개가 자고 있었는데, 그 주위에는 사냥개 몇 마리가 더 있고 그들도 자고 있었다. 구석은 나무 세 그루 정도가 햇볕을 가려주었다. 울타리 한쪽 옆에서는 까치밥나무 덤불과 구스베리 덤불이 자랐다. 울타리 밖에는 채소밭과 수박밭이 있었고 조금 지나 목화밭이 있었다. 목화밭 끝자락에서 숲이 시작되었다.

나는 그곳을 돌아 양잿물 통 옆의 발판을 넘어가서 부엌으로 향했다. 조금 더 걸어갔을 때 물레방아 바퀴가 올라갔다 다시 내려오면서 내는 울음소리 같은 둔탁한 소리를 들었다. 그때 나는 죽고 싶다는 것을 확실히 알았다. 그 물레방아 소리야말로 이 세상에서 가장 쓸쓸한 소리였기 때문이다.

나는 어떤 특별한 계획을 정하지 않고 무턱대고 앞으로 발을 옮겼다. 그러면서도 때가 되면 신의 섭리가 내 입에다 알맞은 말을 넣어주실 것을 믿고 걸었다. 그냥 내맡겨두기만 하면 신의 섭리는 늘 적절한 말을 입에 넣어주신다는 것을 알았기 때문이다.

반쯤 접근했을 때 우선 사냥개 한 마리가 나를 향해 왔고 또 한 마리가 다가왔다. 물론 나는 걸음을 멈추고 그들을 마주보며 조용히 있었다. 그러자 개들은 무섭게 짖어댔다! 15초가 지나자 나는 말하자면 바퀴 한가운데에 있는 바퀴통이었다. 바큇살의 역할은 개가 하는 형상이었다. 개 열다섯 마리가 원을 그리며 나를 에워싸고 목과 코를 내 쪽으로 뻗고는 짖고 으르렁댔으며, 더 많은 개들이 모여드는데 사방에서 울타리를 넘고 모퉁이를 돌아오는 것을 볼 수 있었다.

한 검둥이 여자가 부엌에서 손에 국수밀이 방망이를 들고 뛰어나와 "저리 가! 티지야! 너 스팟, 너도 어서 저리가!" 하고 소리쳤다. 그 여자는 먼저 한 놈을, 다음에는 또 다른 놈을 방망이로 후려갈겼다. 그러자 그 두 마리는 비명을 지르며 도망갔고 나머지 개들도 그 뒤를 따랐다. 그러나 다음 순간 그들 개들 중 반수는 다시 돌아와 나에게 꼬리를 치며 친구가 되었다. 여하튼 개는 사람에게 해를 끼치지 않는다.

그 검둥이 여자 뒤로 작은 검둥이 여자애 하나와 작은 남자애 둘이 왔는데 베로 짠 셔츠 이외엔 아무것도 걸치지 않았고 저희 엄마에게 매달려 그런 애들이 늘 그러하듯 수줍어하면서 자기들 엄마 뒤에서 나를 살며시 내다보았다. 또한 백인 여자 하나가 집에서 뛰어나왔는데, 나이는 45세에서 50세가량 되었고 모자도 쓰지 않은 채 손에는 물레 막대를 들고 있었다. 그 뒤에는 어린 백인 아이들이 마치 검둥이 애들이 하던 것처럼 하면서 따라 나왔다. 그 부인의 얼굴에는 온통 웃음이 뒤범벅이 되어 부인은 거의 서 있을 수도 없을 것 같았다. 부인이 말했다.

"마침내 왔구나! 그렇지?"

나는 생각도 하지 않고 "네, 마님" 하고 응답했다.

이 부인은 나를 붙잡더니 힘껏 안았다. 그러고 나서는 나의 두 손을 힘껏 잡고 흔들고 흔들었다. 눈에는 눈물이 고이더니 볼로 흘러내렸다. 그 부인은 나를 아무리 포옹하고 흔들어도 성에 차지 않는 것 같았다. 그녀는 계속 이야기했다.

"넌 생각했던 것보다는 네 엄마를 닮지 않았구나. 하지만 까짓것, 그런 건 상관 안 한다. 널 만나 아주 기쁘구나. 정말 깨물어주고 싶다. 얘들아, 여기 너희들 사촌 톰이 왔다! 인사들 해라."

그러나 애들은 고개를 숙이고 손가락을 입에 문 채 엄마 뒤에 숨었다. 그러자 부인은 말했다.

"리즈, 어서 따끈한 아침 식사를 준비해라. 혹시 아침 식사는 배에서 먹었니?"

나는 이미 배에서 아침 식사를 했다고 대답했다. 그러자 부인은 내 손을 잡아끌며 집으로 걸어갔다. 애들은 그 뒤를 따랐다. 집 안으로 들어오자 부인은 나를 등의자에 앉히고 자기는 내 앞에 있는 작은 낮은 의자에 앉아 내 두 손을 잡고 말했다.

"이제야 네 얼굴을 자세히 볼 수 있구나. 정말이지, 지난 여러 해 동안 너를 보고 싶었던 게 몇 번인지 몰라. 그런데 마침내 널 보는 날이 오다니! 우리는 2, 3일 전부터 널 보기를 기대하고 있었단다. 어째서 그렇게 늦게 왔니? 배가 암초에라도 걸렸니?"

"예, 마님. 배가……."

"마님이 뭐냐. 샐리 이모라고 불러라. 어디서 배가 좌초된 거지?"

나는 어떻게 대답해야 좋을지 몰랐다. 배가 강을 올라왔는지 내려왔는지를 몰랐기 때문이다. 그러나 나는 이럴 때 대개 직감에 의존했다. 또한 나의 직감은 배가 아래에서, 그러니까 저 아래쪽 뉴올리언스에서 올라왔을 거라고 말해주었다. 그러나 그건 별 도움이 되지 않았다. 그쪽에 있는 모래톱의 이름을 몰랐기 때문이다. 나는 한 모래톱의 이름을 만들어내거나 우리가 좌초한 모래톱의 이름을 잊어버렸다고 말해야 했다. 아니면…… 그때 어떤 생각이 떠올랐다. 그래서 그 생각을 써먹었다.

"그건 좌초가 아니었어요. 좌초라면 그렇게 오래 지체되지 않지요. 내연 기관의 실린더 헤드가 터졌어요."

"어머나! 누구 다친 사람 없었니?"

"없었는데, 검둥이가 하나가 죽었어요."

"그럼 다행이구나. 때로는 사람들이 다치거든. 2년 전 크리스마스 때였지. 네 사일러스 이모부가 뉴올리언스에서 낡은 '랠리 룩' 호를 타고 오던 중에 실린더 헤드가 터져서 한 사람이 병신이 되었지. 그 사람은 그 후 죽었을 거야. 그는 침례교 신자였단다. 사일러스 이모부는 그 사람 가족들을 잘 아는 베이튼 루즈에 사는 한 가족을 알고 있었지.

이제 나도 기억난다. 그 사람은 확실히 죽었어. 괴저라는 병이 생겨 다리를 절단해야 했지. 하지만 절단했는데도 그의 목숨은 건지지 못했어. 그래 바로 괴저라는 병이었어. 바로 그 병이야. 온몸이 퍼렇게 변하여 찬란한 부활을 바라면서 죽고 말았단다, 정말 볼 만한 광경이었다는군. 네 이모부는 너를 맞으러 매일 읍내에 나갔다 오신단다. 오늘도 겨우 한 시간 전에 나갔으니까 이제 곧 돌아오실 거다. 도중에서 그를 만났을 텐데, 못 만났니? 늙수그레한 남자인데……."

"아뇨, 샐리 이모, 아무도 못 만났어요. 배가 새벽에 도착했기 때문에 짐은 부두에서 일하는 배에다 두고 시간을 보내면서 여기에 너무 일찍 도착하지 않으려고 읍내도 구경하고 잠시지만 시골도 구경했어요. 그래서 뒷길로 온 거지요."

"짐은 누구에게 맡겼니?"

"아무한테도 맡기지 않았어요."

"저런, 얘야. 그러다가 도둑맞아!"

"내가 감춰둔 곳은 그럴 염려 없어요."

내가 말했다.

"어떻게 그리 빨리 배에서 아침을 먹었니?"

이건 살얼음판을 걷는 것 같았지만 나는 말했다.

"내가 근처에 서 있는 걸 보고 선장이 상륙하기 전에 뭐 좀 먹는 게 좋겠다고 하더군요. 그러더니 선장은 상갑판에 있는 고급선원 식당으로 데리고 가 원하는 건 뭐든 먹게 했어요."

나는 너무 마음이 불안해서 귀가 잘 들리지 않았다. 줄곧 애들에게 마음이 쏠렸다. 나는 애들을 한쪽으로 따로 불러 교묘하게 질문하여 내가 그 집안과 어떤 관계에 있는지 정확히 알아내고 싶었다. 그러나 그럴 기회는 주지 않고 펠프스 부인은 계속 쉴 새 없이 나불댔다. 이윽

362

고 부인은 내 등골을 오싹하게 만들었다. 부인은 이렇게 말했기 때문이다.

"우리가 이렇게 지껄이고만 있다 보니 넌 언니 얘기도 안 하고 누구 얘기도 안 했구나. 이제 난 얘기를 그만할 테니 네 이야기를 시작해 봐라. 그냥 모든 걸 다 말해다오. 모든 식구들에 대해 말하고 각자에 대해 전부 말해다오. 어떻게 지내는지, 무엇을 하는지, 나한테 무슨 말을 하라고 했는지, 생각나는 대로 죄다 얘기해 봐라."

난처했다. 지독히 난처했다. 이제까지는 신의 섭리가 제대로 내 편을 들어줬지만 이제는 꼼짝없이 좌초당한 상태였다. 앞으로 나아가려고 노력해도 아무 소용이 없다는 것을 알았다. 두 손을 들고 항복해야만 했다. 이제 내가 감히 진실을 말할 때가 왔구나 하고 속으로 생각했다. 막 이야기를 꺼내려는 순간이었다. 부인은 나를 붙잡아 급히 침대 뒤로 밀어 넣으면서 말했다.

"지금 돌아오신다! 머리를 좀 더 숙여. 옳지, 됐다. 이제 안 보이는구나. 네가 여기 있는 것을 알리면 안 돼. 그이를 좀 놀려줘야지. 얘들아, 아무 말도 하지 마."

이제 나는 궁지에 몰린 것을 알았다. 그러나 걱정해도 소용없었다. 가만히 있는 수밖에 없었고 벼락이 떨어지면 안전한 장소로 피신할 준비를 하는 수밖에 없었다.

그 노신사가 집 안으로 들어설 때 힐끗 보았을 뿐 침대가 가려서 더는 볼 수 없었다. 펠프스 부인은 그에게 달려가 말했다.

"그 애 왔습니까?"

"아니."

남편이 말했다.

"이걸 어쩌나! 도대체 그 애는 어떻게 된 거지요?"

그녀가 말했다.

"나도 모르겠는걸, 정말이지, 나도 몹시 불안한걸."

노신사가 말했다.

"불안하다니! 난 미칠 지경이에요! 그 애는 틀림없이 왔을 텐네, 당신이 길에서 그 애를 못 보고 지나친 거예요. 그게 분명해요. 무언가가 나한테 그렇다고 하네요."

그녀가 말했다.

"샐리, 길에서 못 보고 지나칠 리 없지. 그건 당신도 알 거야."

"오, 여보, 여보, 언니가 뭐라고 하겠어요! 그 애는 왔음에 틀림없어요! 당신이 놓친 거예요. 그 앤……."

"그렇지 않아도 이미 마음 고생했는데 더는 날 괴롭히지 말아요. 도대체 다 어떻게 된 일인지 난 도무지 모르겠어. 나는 어찌할 바를 모르겠어. 사실 나도 겁을 집어먹고 있다는 걸 순순히 시인할게. 그렇지만 그 애가 왔을 거라는 꿈은 깨요. 그 애는 왔을 리 없고 난 그 애를 놓쳤을 리 없어. 샐리, 이건 불길해, 그냥 불길해. 분명, 배에 무슨 일이 생긴 거야."

"사일러스! 저 너머를 보세요! 저 길 있는 쪽 말예요. 저기 누가 오고 있지 않아요?"

노신사는 침대 머리에 접한 창가로 달려갔다. 그 바람에 펠프스 부인은 바라던 기회를 얻었다. 부인은 재빨리 침대 아래쪽으로 몸을 굽혀 나를 잡아끌었다. 그래서 나는 나왔다. 노신사가 창에서 안쪽으로 몸을 돌렸을 때 부인은 불이 붙은 집처럼 얼굴에 함박웃음을 띠고 거기 서 있었고 나는 얌전하게 식은땀을 흘리며 옆에 서 있었다. 노신사는 내 쪽을 응시하며 말했다.

"아니, 이건 누구요?"

"당신 생각에 누구 같아요?"

"모르겠는걸. 누구지?"

"톰 소여예요!"

맙소사! 나는 쿵 하고 쓰러져 마룻장 밑으로 무너져 내릴 뻔했다. 그러나 내가 뭐라고 말할 틈도 없이 노신사는 내 손을 잡고 흔들기 시작하더니 계속 흔들어댔다. 그러는 동안 내내 부인은 이리저리 춤추듯 돌아다니고 웃으며 소리쳤다. 그러고는 두 사람은 시드와 메리와 그 밖의 식구들에 대한 여러 가지 질문을 퍼부었다.

그러나 그들이 기뻐했다 하더라도 나의 기쁨에 비하면 그건 아무 것도 아니었다. 나는 다시 태어난 느낌이었다. 나는 내가 누구인지를 발견하고 너무나 기뻤기 때문이다. 그 두 사람은 두 시간 동안이나 내 곁에 붙어 떠나지 않았다. 마침내 내 턱이 피곤하여 움직이지 못할 정도가 되었지만 나는 나의 가족들, 소여의 가족들 말인데, 그 가족에 대해 이야기했다. 소여라는 이름을 가진 여섯 가족들에게 일어났던 것보다 더 많은 일을 이야기해주었다. 또한 나는 화이트강 어구에서 실린 더 헤드가 폭발한 경위와 그것을 고치는 데 사흘이 걸렸다는 것도 상세히 설명해주었다. 이런 내 설명은 효과가 있었고 제대로 된 것이었다. 그들은 그것을 수리하는데 왜 사흘이나 걸렸는지 알 턱이 없었기 때문이다. 내가 실린더 헤드가 아니라 나사못 대가리라 했어도 결과는 마찬가지였을 것이다.

이제 나는 한편으로는 마음이 편했지만 다른 한편으로는 마음이 몹시 불편했다. 톰 소여 노릇을 하기는 쉽고 편했다. 그 쉽고 편하다는 것도 결국 증기선이 콜록콜록 기침하며 강을 내려오는 날이면 끝장나는 것이다. 아휴, 저 배를 타고 톰 소여가 온다면? 하고 나는 속으로 중얼거렸다. 그가 느닷없이 나타나 내가 가만히 있으라고 눈짓을 할 사이도 없이 내 이름을 큰 소리로 외쳐대면 어쩌지? 그런 일이 벌어지도록 내버려둘 수는 없다. 그건 절대로 안 된다. 길에 나가 톰을 기다려야 했다. 그래서 나는 읍내로 가서 내 짐을 가져오겠다고 두 분에게 말했다. 그러자 노신사는 나를 따라가겠다고 했다. 그러나 나는 거절했다. 난 혼자서도 말을 몰 수 있으니까 더는 나 때문에 폐를 끼치고 싶지 않다고 말했다.

33

그리하여 나는 마차를 타고 읍내로 향했다. 읍내까지 절반쯤 갔을 때 마차 한 대가 오는 것이 눈에 들어왔다. 아니나 다를까 톰 소여였다. 그래서 나는 마차를 세우고 그가 가까이 올 때까지 기다렸다.

"멈춰!"

내가 말하자 그 마차는 내 마차와 나란히 섰다. 그 순간 톰은 입을 트렁크만 하게 딱 벌리고 다물 줄을 몰랐다. 그는 목이 마른 사람처럼 두세 번 침을 삼키더니 말했다.

"난 한 번도 너한테 해코지한 적이 없어. 너도 그건 알 거야. 그런데 왜 귀신으로 살아나서 나한테 출몰한 거지?"

내가 말했다.

"살아 돌아온 게 아냐. 난 죽은 적 없어."

내 목소리를 듣고는 톰은 좀 제정신을 찾았지만 아직 완전히 납득한 것은 아니었다. 톰이 말했다.

"날 가지고 장난치지 마. 나도 너한테 장난치지 않을 테니. 설마,

귀신은 아니지?"

"맹세코 말인데, 난 귀신 아냐."

내가 말했다.

"저 말이야, 난…… 저 말이야, 물론 이건 끝난 이야긴데, 하지만 어쩐지 아무래도 이해가 안 되는 것 같아. 이봐, 그럼 넌 살해당한 게 아니었니?"

"아냐. 살해는 무슨…… 내가 사람들을 속였던 거야. 못 믿겠으면 이리 와서 날 만져봐."

그러자 톰은 와서 나를 만졌다. 그제야 그는 만족했다. 톰은 나를 만난 것이 너무 기뻐서 어쩔 줄을 몰랐다. 톰은 이게 다 어떻게 된 일인지 알고 싶어 했다. 왜냐하면 이것은 굉장하고 신비로운 모험이어서 그의 급소를 자극했던 것이다. 그러나 이 이야기는 좀 있다가 하자고 말하고 톰의 마부더러 기다리라고 일렀다. 그리고는 우리 둘은 마차를 조금 전진시켜놓고 내가 처한 곤경을 톰에게 이야기하고는 어떻게 하면 좋겠느냐고 물었다. 톰은 잠시 저를 가만 혼자 있게 내버려두고 방해하지 말라고 했다. 그리하여 톰은 곰곰이 생각하고 나더니 말했다.

"됐어. 생각났어. 내 트렁크를 네 마차에 싣고 네 것인 것처럼 해. 그리고 넌 마차를 돌려 적당한 시간에 집에 도착할 수 있도록 슬슬 놀면서 돌아가란 말이야. 나는 읍내에 잠시 들러 거기서 다시 새로 출발하여 너보다 15분이나 30분 후에 도착할 테야. 넌 처음에는 나를 아는 척 안 해도 돼."

내가 말했다.

"알았어. 그런데 잠깐만 기다려. 또 한 가지가 있어. 나밖엔 아무도 모르는 일이야. 그건 말이야, 내가 노예 신분을 벗어나게 하려는 검둥이 하나가 여기 있거든. 그의 이름은 짐이라고 해. 미스 왓슨의 짐 말이야."

톰이 말하는 것이었다.

"뭐라고! 왜 짐이……."

톰은 말을 멈추고 생각에 잠겼다. 그래서 내가 말했다.

"네가 무슨 말을 하려는지 난 알아. 그건 지저분하고 비열한 짓이라고 하겠지? 하지만 그렇다고 해도 어쩌겠어? 난 원래 비열한 놈이야. 그러니까 짐을 훔쳐낼 작정이야. 네가 입 다물고 나발 불지 않았으면 해. 그렇게 해줄 거지?"

톰의 눈에서 빛이 반짝했다. 그는 말했다.

"짐을 훔쳐내는 거 내가 돕겠어!"

톰의 말에 나는 총을 맞은 것처럼 온몸에서 힘이 빠지는 것을 느꼈다. 이렇게 사람을 놀라게 하는 말은 평생 처음 들었다. 이제까지의 톰에 대한 나의 평가가 뚝 떨어졌다고 말하지 않을 수 없었다. 이건 도저히 믿을 수 없는 발언이었다. 톰 소여가 검둥이를 훔치는 도둑이라니!

"흥! 너 농담하는 거지?"

내가 말했다.

"농담하는 게 아냐."

"그럼 좋아. 농담이건 아니건 상관없이 도망친 검둥이 얘기가 나오면 잊지 말고 기억해둘 것은 너는 그 검둥이에 대해 아무것도 모르고 나도 아무것도 모르는 것으로 해두기다."

내가 말했다.

그러고는 우리는 트렁크를 받아 내 마차에 실었고 톰은 제 갈 길을 가고 나는 내 갈 길을 갔다. 그런데 나는 너무 기쁘고 생각이 많아서 말을 천천히 몰아야 하는 것을 잊었다. 그리하여 그만한 거리의 여

행을 한 것치고는 터무니없이 일찍 집에 도착했다. 노신사가 문 앞에
있다가 말했다.

"야, 이건 놀랍군. 그렇게 빨리 달릴 힘이 저 말 속에 있는 줄 누가
생각했겠어. 시간을 재두었더리면 좋았을 걸 그랬군. 게다가 땀 한 방
울 흘리지 않았군. 한 방울도. 거 놀랍군. 이제 백 달러를 준대도 난 안
팔겠어. 정말이지 안 팔아. 전에는 15달러만 주어도 팔았을 거야. 또
그게 저 말의 제값으로 알았는데, 원."

그것이 노신사가 한 말의 전부였다. 노신사는 비할 데 없이 순박한
사람이었고 내가 이제껏 본 중에서 가장 훌륭한 노인이었다. 그러나
그것은 놀라운 일이 아니었다. 그는 그저 농부면서 목사이기도 했다.
그래서 농장 뒤편에 자기 돈을 들여 교회 겸 학교로 쓸 초라한 통나무
교회를 가지고 있었다. 그는 자기 설교에 대한 대가를 한 푼도 받지
않았다. 그렇지만 그 설교는 돈을 받아도 될 만한 가치가 있었다. 남
부에는 그런 농부 겸 목사가 그 말고도 많았고 그들도 이 노신사처럼
하는 사람들이었다.

반시간쯤 지나자 톰의 마차가 앞문 층계로 다가왔고 샐리 아줌마
는 창문을 통해 마차를 보았다. 마차는 창문에서 겨우 50야드 떨어진
거리에 있었기 때문이다. 샐리 아줌마가 말했다.

"누가 저기 왔다! 누굴까? 낯선 손님 같은데. 지미야, (지미는 자식들
중 하나였다) 리즈한테 뛰어가서 점심 식사 한 사람분 더 준비하라고
해라."

모든 집안 식구들은 현관 쪽으로 달려갔다. 물론 손님이 매년 찾아
오는 게 아니었기 때문이다. 그래서 손님이 왔다 하면 황열병이 찾아
온 것보다 더 큰 관심을 끌었다. 톰은 계단을 넘어 집 쪽으로 향했다.
마차는 몸체를 빙글 돌려 마을로 향하는 길로 나갔고 우리 모두는 현

관 안에 몰려 있었다. 톰은 가게에서 산 옷을 입고 있는 데다 관중까지 거기 몰려 있었던 것이다. 그런 것이 톰 소여가 늘 좋아하는 것이었다. 이럴 경우 톰에게는 그에 어울리는 멋을 부리는 것은 전혀 문제가 되지 않았다. 그는 양처럼 온순하게 마당으로 들어설 애가 아니었다. 그건 어림도 없었다. 그는 숫양처럼 유유히 뽐내면서 들어왔다. 우리들 앞으로 다가오자 그는 안에서 잠자는 나비들을 방해하지 않으려고 상자 뚜껑을 여는 것처럼 매우 우아하면서 멋지게 모자를 들어 올리고 말했다.

"아치볼드 니콜라스 씨 댁 아닌가요?"

"얘야, 아니다. 안된 말이지만 네 마부가 널 속였구나. 니콜라스 씨 댁은 3마일은 더 가야 한다. 어서 들어오너라. 어서."

노신사가 말했다.

톰은 어깨너머로 뒤를 돌아다보며 말했다.

"이미 너무 늦었군요……. 마부가 보이지 않는군요."

"얘야, 벌써 가버렸구먼. 들어와서 우리와 함께 점심이나 먹자. 그러고 나서 마차를 준비해 니콜라스 씨 댁까지 데려다주겠다."

"오, 그렇게 폐를 끼칠 순 없습니다. 그럴 생각은 없습니다. 걸어가겠어요. 멀어도 상관없습니다."

"하지만 그냥 걸어서 가게 할 순 없다. 그렇게 하면 남부 인심이 아니지. 자, 어서 들어오기나 하거라."

"어서 들어와라."

샐리 아줌마가 말했다.

"우리한테는 폐가 아니야. 전혀 폐가 되지 않는다. 머물다 가야 해. 먼지 나는 먼 3마일이란다. 우리는 너를 걸어가게 할 순 없어. 게다가 네가 오는 걸 보고 식사 한 그릇을 더 준비하라고 일렀다. 그러니 우리를 실망시키지 말아다오. 곧장 들어와서 편히 앉아라."

그리하여 톰은 심심한 감사를 멋들어지게 하고 결국 주인의 권유를 받아들여 안으로 들어왔다. 들어와서는 자기는 오하이오주 힉스빌에서 왔으며 이름은 윌리엄 톰슨이라고 하면서 다시 한번 상체를 굽혀 인사했다.

그러고 나서 톰은 힉스빌과 그곳에 사는 모든 사람들에 대해 꾸며낼 수 있는 모든 이야기를 가지고 수다를 떨기 시작했다. 나는 좀 불안해졌다. 이런 수다가 나를 곤경에서 구해내는 데 무슨 도움이 되는지 궁금했다. 마침내 톰은 아직도 지껄이며 자기 몸을 길게 뻗어 샐리 아줌마의 입에다 키스를 하더니 다시 자기 의자에 편안히 자리 잡고 앉았다. 그러고는 이야기를 계속했다. 그러나 샐리 아줌마는 벌떡 일어나 손등으로 입을 닦으며 말했다.

"이 건방진 애송이 같으니!"

톰은 좀 감정을 상한 것처럼 말했다.

"아주머니, 전 아주머니 때문에 놀랐습니다."

"네가 놀랐다고. 넌 나를 무얼로 아느냐? 정말 혼꾸멍을 내야겠는 걸……. 내게 키스하다니 그게 무슨 뜻이냐?"

톰은 좀 겸손한 태도로 말했다.

"아주머니, 무슨 뜻이 있는 건 아닙니다. 무슨 해코지라도 하려던 게 아닙니다. 저는…… 저는…… 키스해드리면 좋아하실 줄 알았습니다."

"이런 바보가 다 있어!"

샐리 아줌마는 물레 막대를 처들었다. 그것으로 후려치지 않는 것만도 아줌마가 할 수 있는 전부인 것 같았다.

"왜 내가 좋아할 거라고 생각했지?"

"그건 모르겠어요. 다만 사람들이…… 사람들이 아주머니는 좋아하실 거라고 말했어요."

"내가 좋아할 거라고 사람들이 말했다? 그렇게 너한테 말한 자가 누구든 그놈도 미친놈이군. 이보다 더 미친 소리는 들어본 적 없다. 그렇게 말한 사람들이란 누구냐?"

"참, 다 그랬어요. 사람들은 모두가 그렇게 말했어요, 아주머니."

막대를 든 손을 정지시키는 것이 부인이 할 수 있는 전부였다. 샐리 아줌마의 눈에서는 빛이 튀어나왔고 손가락은 톰을 할퀴고 싶은 듯이 움직였다. 아줌마가 말했다.

"모든 사람이라니 그게 누구냐? 그 이름을 대라. 그렇지 않으면 바보 하나가 없어질 거다."

톰은 자리에서 일어났다. 그는 괴로운 표정을 지으며 모자를 만지작거리며 말했다.

"죄송합니다. 이렇게 될 줄은 예상 못 했어요. 사람들이 나더러 그렇게 하라고 해서요. 아주머니께 키스하라고 모두들 말했어요. 아주머니가 좋아하실 거라고 말했어요. 사람들이 죄다 그렇게 말했어요. 한 명도 빼놓지 않고 말예요. 하지만 아주머니, 죄송해요. 이제 다시는 그러지 않겠어요. 정말입니다."

"다시는 안 그럴 거지? 나도 네가 안 그럴 거라고 생각하겠다!"

"정말입니다. 앞으로 절대로 그러지 않겠어요. 아주머니께서 해달라고 부탁하기 전까지는요."

"내가 해달라고 부탁할 때까지! 난 태어난 이래 이런 어처구니없는 말은 들어본 적이 없다. 분명 내가 너나 너 같은 것들에게 그런 걸 부탁하는 걸 보려면 넌 천 년은 살아야 할 거다."

"글쎄요."

톰이 말했다.

"나는 몹시 놀랐어요. 어쩐지 이해가 되지 않았어요. 아주머니가 기뻐할 거라고 모두가 말해서 나도 그럴 것이라고 생각했어요. 그러나……."

톰은 말을 끊었다. 우호적인 눈초리를 만나기를 바라듯이 천천히 주위를 둘러보았다. 그러다가 노신사의 눈과 마주치자 말했다.

"부인께서 내가 키스하는 것을 좋아한다고 생각하지 않으세요?"

"그건 아닌데. 난, 난 그렇게 생각 안 해. 그렇게 생각하지 않았다고 난 믿는데."

그러자 톰은 아까처럼 주위를 둘러보다가 나와 눈이 마주치자 말했다.

"톰 형, 형은 샐리 이모가 두 팔을 펴고 '시드 소여야……' 하고 말

374

하리라고 생각하지 않았어?"

"어머나!"

부인은 끼어들어 톰에게로 달려들며 말했다.

"이 뻔뻔한 어린 악동아, 사람을 이렇게 놀려먹다니⋯⋯."

그러고 나서 톰을 포옹하려 했다. 그러나 톰은 부인을 밀어내며 말했다.

"안 돼요. 우선 이모가 저한테 부탁할 때까진 안 돼요."

그래서 샐리 이모는 지체 없이 그에게 부탁하고 그를 껴안고 수없이 반복해서 그에게 키스를 퍼붓고 나서 그를 노신사에게 인계했다. 노신사는 나머지 몫의 키스를 얻은 셈이었다. 그들이 다시 조용해지자 샐리 이모가 말했다.

"정말이지, 이렇게 놀라긴 난생처음이구나. 우리는 톰만 올 줄 알았지 너까지 올 줄은 몰랐단다. 언니 편지에는 톰 말고 누가 온다는 이야기는 없었단다."

"처음엔 형만 오기로 되어 있었기 때문이에요."

그가 말했다.

"그러나 내가 졸라댔어요. 마침내 나도 가도 좋다고 허락하셨어요. 강을 따라 내려오면서 나와 톰이 생각해냈어요. 톰이 여기에 먼저 오고 나는 뒤에 처져 와서 낯선 사람처럼 행세하면 모든 식구들이 놀랄 것이라고 말예요. 그런데 샐리 이모, 그건 실수였어요. 여긴 낯선 사람이 올 데가 못 되는 것 같아요."

"그렇지⋯⋯. 시드, 뻔뻔한 장난꾸러기들한테는 그렇겠지. 그냥 네 녀석 턱에 한 방 먹였으면 좋겠다만서두. 이렇게 화가 난 건 평생 처음이다. 그렇지만 이젠 괜찮다. 무슨 일이 닥쳐도 상관하지 않아. 너희들만 여기 온다면 그런 장난은 천 번이라도 참겠어. 그런데 아까 그런 장난은 생각만 해도 원! 네가 그렇게 요란한 소리까지 나도록 나한테 키스했을 때 난 놀라서 돌로 변하는 줄 알았어.”

우리는 집과 부엌 사이에 있는 넓게 트인 통로에서 점심을 먹었다. 식탁 위에는 일곱 사람이 먹기에 충분한 음식이 있었디. 그런데 모든 음식이 따끈따끈했다. 밤새도록 축축한 지하실 찬장에 놓여 있어서 아침이 되면 오래되어 차가운 식인종의 살덩어리처럼 흐느적거리면서도 질긴 고기가 아니었다. 사일러스 이모부는 꽤 긴 식전 기도를 올렸지만 그만한 가치가 있는 기도였다. 그 기도는 음식을 조금도 식게 하지 않았다. 이제껏 식사를 가로막는 그런 기도라는 것이 음식을 다 식게 만드는 것을 자주 봐온 경우와는 달랐다.

오후 내내 상당히 많은 대화가 있었다. 나와 톰은 줄곧 경계를 늦추지 않았다. 그러나 그런 것은 다 소용이 없었다. 그 식구들은 도망친 검둥이에 관한 이야기는 어쩌다가 우연히 꺼내지도 않았으며 그렇다고 우리가 화제를 그리로 끌고 가기가 겁이 났다. 그러나 그날 밤 저녁 식사 때였다. 사내아이 하나가 말했다.

“아빠, 톰과 시드와 나 셋이서 연극 구경 가도 되지요?”

“안 돼.”

노신사가 말했다.

“아무 연극도 없을 거다. 있어도 가지 마라. 그 도망친 검둥이가 버튼과 나에게 엉터리 연극에 대해 모두 이야기해주더라. 그래서 버튼이 사람들에게 그걸 알려준다고 했으니까 사람들이 벌써 그 뻔뻔한 건달들을 쫓아버렸을 거다.”

이거 올 게 왔군! 그러나 어쩔 도리가 없었다. 톰과 나는 같은 방 같은 침대에서 자기로 되어 있었다. 그리하여 피곤도 해서 우리는 저녁 식사를 끝내자 곧 안녕히 주무시라고 인사하고 잠자리에 들었다.

그러고 나서 창문 밖으로 기어 나와 피뢰침 장대를 타고 내려와서 읍내로 걸음을 재촉했다. 왕과 공작에게 귀띔해줄 사람은 하나도 없을 테니까 빨리 달려가 가르쳐주지 않으면 그들은 반드시 곤경에 빠질 것이라고 생각했다.

읍내로 가는 도중, 내가 살해당했다고 사람들은 생각했다는 이야기, 아빠가 그 후 사라져서는 영영 돌아오지 않았다는 이야기, 짐이 도망가서 큰 소동이 일어났었다는 이야기를 톰이 들려주었다. 나는 톰에게 '왕실의 걸작'을 가지고 사기를 일삼은 악당들에 대한 이야기를 해주었고 시간이 허용하는 한 뗏목 여행이 진행된 이야기를 해주었다. 읍내에 도착하여 한가운데로 접근하자 횃불을 들고 사람들이 몰려오고 있었다. 벌써 여덟 시 반이었다. 그들은 고함을 지르기도 하고 요란을 떨기도 하고 양철 냄비를 두드리기도 하고 호각을 부는 사람도 있었다. 우리는 그 인파가 지나가도록 길 한쪽으로 비켜섰다. 그들이 지나갈 때 사람들이 왕과 공작을 가로장 위에 걸터앉혀 짊어지고 가는

것이 보였다. 다시 말해 온몸에 타르와 깃털이 덮여 있어 전혀 사람처럼 보이지 않았지만 나는 그게 왕과 공작이라는 것을 알았다. 마치 군인 모자에 달린 두 개의 망측스럽게 큰 깃털 같았다. 그것을 보는 순간 속이 메스꺼웠다. 그런데도 이 가련한 악당이 꼴 안됐다는 느낌이 들었다. 도무지 그놈들에 대해 어떤 증오심을 품으려야 품을 수 없을 것 같았다. 그건 보기에도 끔찍한 장면이었다. 인간들은 서로에게 지독히 잔인할 수 있는 것이다.

때는 너무 늦었다. 우리가 손쓸 수 있는 것은 아무것도 없다는 것을 깨달았다. 우리는 몇몇 뒤처진 사람들에게 이게 다 어떻게 된 일이냐고 물었다. 그들은 모든 사람들이 매우 담담한 얼굴로 연극 공연장으로 갔다고 말했다. 불쌍한 늙은 왕이 무대에 나와 한참 신나게 뛰어다닐 때까지 아무렇지 않게 잠자코 있다가 누가 신호를 보내자 일동은 즉시 일어나 그들에게 달려들었다는 것이다.

그래서 우리는 어슬렁거리며 천천히 집으로 돌아왔다. 조금 전과는 달리 당당한 느낌은 사라지고 어쩐지 내가 야비하고 천박한 놈이라고 느끼면서 또한 내 책임도 있다는 생각이 들었다. 나는 나쁜 짓한 게 없었지만 그랬다. 하지만 일은 늘 그렇게 돌아가는 것이다. 옳게 행동하건 그르게 행동하건 별 차이가 없다. 사람의 양심은 분별력을 갖추지 못한 채 어떻게든 사람을 야단치기만 한다. 사람의 양심만큼 사물의 이치를 모르는 똥개가 나에게 있다면 나는 그놈을 독살할 것이다. 양심이란 사람의 내장 전부보다 더 큰 장소를 차지하고 있으면서도 아무 소용도 없는 것이다. 톰 소여도 똑같은 말을 했다.

34

우리는 이야기를 멈추고 생각
하기 시작했다.

마침내 톰이 말했다.

"이봐, 헉! 그걸 이제껏 생각
못 하다니 우린 정말 바보들이야!
난 짐이 어디 있는지 알 것 같아."

"정말! 어딘데?"

"양잿물 통 옆 오두막이야. 이
봐, 우리가 점심 먹고 있을 때 검
둥이 하나가 먹을 것을 가지고
그쪽으로 가는 거 넌 못 봤니?"

"봤어."

"그게 누구한테 줄 먹을거리라고 생각하니?"

"개에게 주는 거겠지."

"나도 그렇게 생각했어. 그런데 말이야, 그건 개 줄 게 아니야."

"어째서?"

"거기엔 수박이 있었거든."

"그래, 맞다. 나도 봤어. 개가 수박을 인 믹는나는 생각을 못 하다니 할 말 없군. 사람은 눈 뜨고 보는 일과 눈 뜨고도 보지 않는 일을 동시에 할 수 있다는 걸 증명하는 일이야."

"저 말이야, 그 검둥이는 오두막에 들어갈 때 자물쇠를 열더니 나와서는 도로 잠그더군. 우리가 식탁에서 일어날 때 검둥이는 열쇠를 이모부한테 갖다주더라고……. 그 열쇠가 틀림없어. 수박이 사람 있다는 걸 알려주고 열쇠가 죄수가 있다는 걸 알려주는 거지. 이렇게 작은 농장에, 그리고 사람들이 다 친절하고 착한 이곳에 죄수가 둘이나 있을 것 같진 않아. 짐이 바로 그 죄수야. 됐어……. 난 탐정이 하는 방식으로 그걸 알아낸 것이 여간 기쁜 게 아냐. 탐정이 하는 방법 말고는 난 전혀 관심이 없어. 자, 이제 너도 머리를 짜내어 짐을 훔쳐낼 계획을 세워봐. 나도 하나 생각해낼게. 그중에서 제일 좋은 방법을 골라잡자고."

어린 소년의 머리가 저렇게 잘 돌아가다니! 내가 톰 소여의 머리를 가지고 있다면, 공작으로 만들어준다 해도, 증기선 항해사로 만들어준다 해도, 서커스단의 광대가 되게 해준다 해도, 또 그 밖에 생각해낼 수 있는 무엇이 되게 해준다 해도 그 머리와는 바꾸지 않을 것이다. 나는 계획을 강구하기 시작했지만 그저 평범한 것들만 떠올랐다. 나는 제대로 된 계획은 어디서 나올 것인지 너무나 잘 알았다. 톰이 말했다.

"준비 됐니?"

"응."

내가 말했다.

"좋아. 말해봐."

"내 계획은 이래."

내가 말했다.

"거기에 짐이 있는지 없는지는 쉽게 알아낼 수 있어. 그러고 나서 내일 밤 카누를 물속에서 건져내어 섬에서 뗏목을 가져온다 이거야. 달이 뜨지 않는 첫 번째 캄캄한 밤에 이모부가 잠자리에 들면 그의 바지에서 열쇠를 훔쳐내고는 짐을 데리고 강물을 따라 뗏목을 몰고, 나와 짐이 전에 하던 대로 낮에는 숨고 밤에는 달리는 거야. 이런 계획이 먹힐까?"

"먹혀? 물론이지. 쥐들이 싸우듯이 잘 먹히겠지. 하지만 그건 너무 간단해서 그 계획에 스릴이 없어. 그것처럼 문제가 따르지 않는 계획이 무슨 소용 있니? 거위 젖처럼 싱거워. 헉, 그건 비누 공장에 몰래 들어간 정도의 평판밖에 얻지 못한단 말이야."

나는 아무 말도 하지 않았다. 톰의 입에서 전과 다른 어떤 말이 나올까를 기대하지 않았기 때문이다. 그러나 톰이 자기 계획을 준비했을 때는 그 계획에 어떤 반대도 있을 수 없다는 것을 나는 너무나 잘 알았다.

이번 계획도 그랬다. 톰은 자기 계획을 말했다. 그 계획은 내 것보다 모양새부터 열다섯 배는 더 가치가 있다는 것을 금세 알았다. 그것은 내 계획처럼 짐을 자유의 몸으로 만들뿐더러 어쩌면 우리 모두를 죽게 만들 수도 있는 계획이었다. 그래서 나는 그 계획에 만족하니까 과감히 실천하자고 말했다. 여기에다 어떤 계획이라고 말할 필요는 없다. 왜냐하면 그 계획이 그대로 실천되지 않을 것임을 알기 때문이다. 계획을 실천하다 보면 톰이 여기저기 바꿀 것이고 기회가 있을 때마다 새로운 생각을 첨가할 것을 나는 알았다. 과연 예상대로였다.

그런데 한 가지만은 확실했다. 그것은 톰 소여가 진지하다는 것과 그 검둥이를 노예 신분에서 훔쳐내는 일을 정말 도울 거라는 사실이었다. 그것은 나로서는 감당하기 어려운 일이었다. 톰은 존경할 만한 소년이었고 훌륭한 가정교육을 받은 애였다. 잃을 수 있는 체면이 있는 애였고 집안 식구들의 체면도 있었다. 또한 톰은 머리가 비상해서 돌대가리가 아니었다. 사물을 이해하며 무식하지 않고, 야비하지 않고 친절했다. 그런데 여기 내 앞에 있는 톰은 자존심도 정의감도 감정도 버리고 이런 일에 매달려 모든 사람 앞에서 자신을 부끄럽게 만들고 자기 가족들을 부끄럽게 만들겠다고 나서는 거다. 나는 아무리 이해하려 해도 이해할 수 없었다. 이것은 너무나 터무니없는 일이어서 내가 나서서 그에게 이야기해야 한다는 것을 알았다. 그게 진정한 친구가 할 일이었다. 그러니까 여기서 손을 떼고 체면을 지키도록 해야 했다. 그리하여 나는 그에게 말하기 시작했다. 그러나 톰은 내 입을 막으며 말했다.

"내가 무엇을 하는지도 모른다고 생각하니? 대체 난 내가 무엇을 하는지도 모르는 놈이야?"

"누가 모른다고 했나?"

"검둥이 훔쳐내는 일을, 내가 돕겠다고 하지 않았니?"

"그랬지."

"그럼 됐어."

이게 그가 말한 전부였다. 또한 내가 말한 전부였다. 그 이상 말해도 소용없는 일이었다. 톰은 무엇을 하겠다고 말하면 늘 그것을 하는 아이였기 때문이다. 그러나 난 톰이 왜 이 일에 기꺼이 뛰어들려고 하는지 이해할 수 없었다. 그래서 그냥 내버려두고 더는 이것에 대해 골치 썩이지 않기로 했다. 그가 그렇게 해야만 하겠다면 어쩔 수 없었다.

우리들이 집에 도착했을 때 집 안은 온통 컴컴하고 조용했다. 그래서 우리는 양잿물 통 옆에 있는 오두막으로 갔다. 그곳을 살펴보려고 했다. 개들이 어떻게 하나를 알려고 마당을 통과했다. 개들은 우리를 알아보고 시골 개들이 무슨 일이 생겼을 때 으레 내는 소리만 낼 뿐 그 이상의 소리는 내지 않았다. 오두막에 다다르자 우리는 오두막의 앞면과 양쪽 면을 살폈다. 내가 친숙하지 않은 쪽. 그러니까 북쪽이었는데, 바로 그쪽 꽤 높은 곳에 네모난 창이 났고, 못에 박힌 튼튼한 판자 한 장이 그 창을 가로지르고 있었다. 내가 말했다.

"여기에 제대로 된 게 있구나. 저 판자를 빼버리면 짐이 구멍을 통해 나올 수 있겠다."

톰이 말했다.

"그건 애들 놀이처럼 간단하고 수업 땡땡이치는 것만큼 식은죽먹기군. 헉 핀, 난 그보다 좀 더 복잡한 방법을 찾았으면 좋겠어."

"그럼 좋아. 내가 그때 살해되기 전에 한 방법으로 하잔 말이야. 톱으로 통나무를 잘라서 짐을 구해내면 어떨까?"

내가 말했다.

"그게 더 나을 것 같구나. 그게 정말 신비하고 힘들고 훌륭해." 톰이 말했다. "하지만 그보다 두 배로 시간이 걸리는 방법을 틀림없이 찾을 수 있을 거야. 서두를 필요가 없으니까 좀 더 근처를 계속 둘러보자고."

뒤편으로 오두막과 울타리 사이에 기대어 지은 집이 한 채 있었는데, 그것은 오두막과 처마로 연결되었고 판자로 된 것이었다. 길이는 오두막과 같았지만 폭은 좁았다. 겨우 6피트 정도였다. 문은 남쪽 끝에 붙어 있었고 자물쇠로 잠겨 있었다. 톰은 비누를 끓이는 솥 근처를 뒤져 솥뚜껑을 여는 쇠도구를 가져왔다. 그리고 그것으로 꺽쇠 하나를

뺐다. 쇠사슬이 밑으로 떨어졌다. 우리는 문을 열고 들어가 다시 문을 닫고 성냥을 그었다. 그 헛간은 오두막에 기대어 지어졌을 뿐 서로 연결된 통로가 없었다. 헛간에는 마루가 없었다. 녹슬고 낡아 날이 다 뭉개진 괭이 몇 개와 삽과 곡괭이와 이가 부러진 가래가 있을 뿐, 그 밖에는 아무것도 없었다. 성냥불이 꺼지자 우리는 밖으로 나와 아까 뺐던 꺽쇠를 다시 박았다. 그러고는 문을 전처럼 잠갔다. 톰은 기분이 좋아서 말했다.

"이젠 됐어. 땅을 파내 짐을 구출하기로 하자. 일주일은 걸릴 거야!"

그런 후 우리는 집으로 향했고 나는 뒷문으로 들어갔다. 사슴 가죽으로 된 끈을 잡아당기기만 하면 됐다. 이 집 사람들은 집 안의 문들을 잠그지 않고 살았다. 그러나 톰 소여에게는 그렇게 뒷문으로 들어가는 일은 그다지 낭만적인 것이 되지 못했다. 톰은 피뢰침 막대를 기어 올라가야지 그것 말고는 어떤 방식도 소용없다는 것이다. 그러나 세 번이나 시도했지만 번번이 반쯤 올라가다 실패하여 떨어지고 말았다. 마지막에는 하마터면 골통을 깰 뻔했다. 그제야 포기하겠다는 생각이 들었던 모양이다. 그러나 쉬고 난 다음에 그는 재수가 있나 없나를 보려고 한 번 더 시도하겠다고 했다. 그런데 이번에는 미끄러지지 않고 올라갔다.

다음날 아침에 우리는 동이 틀 무렵에 일어나 개들을 구워삶아놓을 겸 또 짐에게 음식을 가져다주는 검둥이와 사귈 겸 검둥이들의 오두막으로 갔다. 음식을 받아먹는 게 짐이라고 가정해놓고 하는 말이다. 검둥이들은 막 아침 식사를 마치고 밭으로 향하고 있었다. 짐을 맡은 검둥이는 양철 팬에다 빵과 고기와 다른 것들을 쌓아올리고 있었다. 다른 검둥이들이 떠나는 동안 집에서 열쇠가 왔다.

이 검둥이는 성품이 온화하고 바보 같은 얼굴에 그의 고수머리는 실로 묶어 작은 다발을 이루었다. 그것은 마녀를 몰아내는 부적 역할을 하는 것이었다. 요즈음에 와서 마녀들이 밤마다 자기를 몹시 괴롭힌다는 것이다. 별의별 이상한 것들을 보여주고 별의별 이상한 말과 소리를 들려준다고 했다. 평생 이제까지 이렇게 오래 마법에 시달린 적이 없다는 것이다. 그는 매우 흥분해서 자신의 고민만 지껄이는 통에 정작 자신이 해야 할 일에 대해서는 까맣게 잊고 있었다. 그래서 톰이 말했다.

"그 음식은 뭐에 쓸 거야? 개에게 줄 건가?"

마치 시커먼 진창 웅덩이에 벽돌 조각을 던졌을 때처럼 웃음이 검둥이의 얼굴에 서서히 퍼졌다. 검둥이가 말했다.

"네, 그래유. 시드 도련님. 개치군 야릇한 개구먼유. 들어가서 보고 싶은감유?"

"가서 볼래."

나는 톰을 팔꿈치로 지르며 속삭였다.

"이 새벽에 들어가 본다는 거야? 그건 계획에 없었잖아?"

"없었지. 하지만 이젠 그럴 계획이야."

제기랄! 할 수 없이 우리는 그리로 갔다. 그렇지만 난 그러고 싶지 않았다. 그리로 들어갔더니 어찌나 컴컴한지 보이는 게 거의 아무것도 없었다. 그렇지만 아니나 다를까 짐이 거기 있었다. 짐은 우리를 알아보고 소리쳤다.

"헉! 이거 헉 아니여! 맙소사! 저건 톰 도령 아니여?"

사실 나는 이렇게 될 줄 알고 있었다. 예상했던 거였다. 나는 어찌할 바를 몰랐다. 설사 알았더라도 아무것도 할 수 없었을 것이다. 왜냐하면 그 검둥이가 소리치며 말을 시작했기 때문이다.

"아휴, 어떻게 된 거여! 이자가 도련님들을 아남유?"

이제는 사방이 훤히 보였다. 톰은 의연하면서도 궁금하다는 듯이 그 검둥이를 바라보며 말했다.

"누가 우리를 안다는 거지?"

"아이구 참, 이 도망친 검둥이지 누군 누구겠슈."

"난 이자가 우릴 안다고 생각하지 않는데. 넌 왜 그렇게 생각한 거지?"

"왜 그렇게 생각하느냐구유? 방금 이자가 도련님들을 아는 것 마냥 소리 지르지 않았남유?"

톰은 어이없다는 듯이 말했다.

"참 이상하군. 누가 소리를 질렀다는 거지? 언제 소리 질렀다는 거지? 뭐라고 큰 소리를 질렀다는 거지?"

그러고는 톰은 아주 침착한 태도로 내 쪽을 돌아보며 말했다.

"너 누가 소리 지르는 거 들었니?"

물론 한 가지 말고는 할 말이 없었다. 그래서 나는 말했다.

"아니, 난 누가 뭐라고 하는 소릴 듣지 못했어."

그러자 톰은 짐을 향했다. 톰은 짐을 전에 한 번도 본 적이 없는 것처럼 그를 훑어보며 말했다.

"그래 넌 큰 소릴 질렀느냐?"

"아뉴, 도련님. 난 아무 말도 안 했슈."

짐이 말했다.

"한마디도?"

"그류, 도련님. 한마디도 안 했슈."

"전에 우리를 본 적이 있니?"

"없슈. 지 알기룬 없는걸유."

그러자 톰은 그 검둥이에게 돌아섰다. 검둥이의 표정은 험상궂고 고뇌에 찬 그런 것이었다. 톰은 다시 엄격한 어조로 말했다.

"넌 머리가 어떻게 된 게 아니냐? 무슨 일이 있기에 누가 소리 질렀다고 생각하느냐?"

"아, 그건 빌어먹을 마귀들 짓인가비유. 정말 난 죽고 싶어유. 정말이유. 날 계속 집적거리구 날 죽이려 든다니께유. 무서워 죽겠슈. 제발 이 얘긴 아무 헌테두 말하지 말아줘유. 말했다간 사일러스 주인님께 혼나유. 주인님께선 마귀 같은 게 어디 있느냐고 하시니께유. 지금 주인 나리가 여기 계시면 좋겠네유. 그럼 뭐라고 하실라나 모르겠네유. 주인께서도 이번만은 피하실 길이 없을 테니께유. 하지만 일은 늘 이렇게 돌아가는가비유. 바보들은 늘 바보로 있다니께유. 스스로 살펴서 뭘 알아내려고 하지 않는다니께유. 우리가 찾아내서 일러줘두 믿질 않어유."

톰은 그에게 10센트짜리 은전을 주며 아무한테도 말하지 말라고 했다. 그에게 고수머리를 묶을 실이나 더 사라고 하고는 짐을 바라보며 말했다.

"사일러스 이모부가 이 검둥이를 교수형에 처할지도 몰라. 나라도 은혜도 모르고 도망치는 검둥이를 잡으면 그대로 포기하지 않고 그놈 목을 매달 거야."

그 검둥이가 문으로 가서 은화가 진짜인가를 이로 깨물어보는 동안 톰은 짐에게 속삭였다.

"우리를 아는 척해선 안 돼. 그리고 밤마다 땅을 파는 소리가 들리면 그건 우리들이야. 우린 짐을 자유의 몸이 되게 할 참이야."

짐은 다만 우리들의 손을 잡고 힘껏 누를 시간밖에 없었다. 그때 그 검둥이가 돌아왔다. 그래서 우리는 그가 원하면 언젠가 다시 오겠다고 말했다. 그러자 검둥이는 특히 어두운 때에 그러면 좋겠다고 했다. 왜냐하면 마귀들은 대개 어두울 때 찾아오니까 그런 때는 사람들이 주변에 같이 있으면 좋겠다는 것이었다.

35

아침 식사까지는 아직 한 시간가량 남아 있었다. 그래서 우리는 집을 떠나 숲으로 들어갔다. 톰이 말하기를 땅을 팔 때 뭐가 보이도록 하려면 무슨 불빛이 있어야 하는데 등은 너무 빛이 밝아서 문제가 생길지도 모른다는 것이다. 우리가 마련해야 하는 것은 도깨비불이라고 부르는 썩은 나무 덩어리로서, 어두운 곳에 놔두면 부드러운 빛을 낸다고 했다. 우리는 그것을 한 아름씩 안고 와서 잡초 속에 숨겨놓고 앉아서 쉬었다. 톰은 못마땅한 표정을 지으며 말했다.

"젠장! 이 모두가 너무 쉬워서 정말 마음에 안 들어. 그런데 말이야, 어려운 계획을 세우기란 지겹게 어려운 일이란 말이야. 약으로 마취시킬 감시인도 없단 말이야. 감시인이 있으면 차라리 좋을 텐데. 수면제를 먹여야 할 개 한 마리도 없으니 원. 그런데 말이야. 10피트짜리 쇠사슬로 다리 한 짝이 묶여 침대 다리에 묶인 짐이 있군. 우리가 할 일이라고는 침대를 쳐들어 그 쇠사슬을 벗기는 것뿐이야. 그리고 사일러스 이모부는 모든 사람을 믿으니까 그 호박대가리에 불과한 검둥이에게 열쇠를 보내고 그 검둥이를 감시할 사람을 보내지 않는다 이 말이야. 짐은 벌써 전에 저 창문 구멍으로 도망칠 수도 있었을 거야. 하지만 다리에 10피트 쇠사슬을 끌면서 도망쳐봤자 무슨 소용이 있었겠니. 젠장! 헉, 세상에 이렇게 싱거운 계획이 어디 있냐? 어려운 일을 발명해내야 해. 어쩔 수 없이 우리가 가지고 있는 재료를 가지고 최선을 다해야 해. 여하튼 한 가지가 있어. 어려움과 위험을 제공할 의무가 있는 인간들이 아무 난관이나 위험을 제공하지 않는다 해도 우리가 많은 어려움과 위험을 헤치고 짐을 구해내야 더 명예가 되는 거야. 그러니까 우리는 머리를 짜내서 난관과 위험을 고안해내야 해. 저 램프 하나만 보라고. 냉철히 따지고 보면 램프도 위험한 것처럼 시늉을 해야 해. 내 믿건데, 우리가 원하면 횃불 행렬을 벌이며 일을 감행할 수도 있어. 내 생각해보니까 톱을 만들 재료를 우선 찾아야겠어."

"톱은 어디다 쓰려고?"

"어디다 쓰냐고? 쇠사슬을 풀려면 짐의 침대 다리를 잘라내야 할 게 아냐?"

"방금 침대를 치켜들고 쇠사슬을 벗길 수 있다고 말했잖아?"

"헉 핀, 역시 너다운 말이구나. 한다는 게 맨 유치원 아이 같구나. 도대체 넌 책이라는 걸 읽기나 해봤니. 트랭크 남작이라든지 카사노바라든가 벤베누토 첼리니라든지 앙리 4세라든지 그런 영웅들 이야기 말이야? 그런 노처녀 같은 식으로 죄수를 구출했다는 이야기를 누가 들었겠니? 아무도 못 들어봤을 거야. 최고 권위자들이 하는 식은 말이야, 침대 다리를 둘로 자르고는 그걸 그대로 둔 채 발각되지 않도록 톱밥은 삼켜버리고 그 톱질한 곳은 빙둘러 진흙과 기름을 발라놓아서 아무리 날카로운 눈을 가진 집사도 잘린 흔적을 보지 못하고 침대 다리가 온전하다고 생각하게 만드는 거지. 그리고 나서 준비가 끝난 날 밤 침대 다리를 걷어차면 침대는 내려앉고 사슬은 벗겨지면서 자유의 몸이 되는 거야. 다만 밧줄 사다리를 흉벽에 걸쳐놓고 그걸 타고 내려가다 성벽을 둘러싼 해자 속에서 다리를 부러뜨리기만 하면 돼. 밧줄 사다리가 19피트나 모자라니까 그런 거야. 거기에서 너의 말과 심복 부하가 기다리다가 너를 번쩍 들어 말안장에 걸터앉게 하면 너는 고향인 랑그독이나 나바르나 고향이 어디든 그리로 가면 되는 거야. 헉, 그건 찬란하지? 이 오두막에도 해자가 하나 있었으면 좋겠다. 짐을 탈출시키는 날 밤 시간이 있으면 해자 하나 파보자."

내가 말했다.

"오두막 밑에서 짐을 끌어낼 참인데, 해자가 왜 필요하냐?"

그러나 톰은 내 말을 듣지 않았다. 나뿐 아니라 모든 것을 다 잊고 있었다. 턱을 손으로 받치고 생각에 잠겨 있었다. 곧 톰은 한숨을 쉬더니 머리를 가로 흔들었다. 그러고는 다시 한숨을 쉬더니 말했다.

"안 돼. 그것으론 안 돼. 그럴 필요가 없어."

"그건 또 왜?"

"그것도 모르다니 원. 짐의 다리를 자르려는 거야."

톰이 말했다.

"아이쿠, 이제 무슨 날벼락 같은 이야기야! 그럴 필요가 없다고 하고선 왜 또 짐의 다리를 자르고 싶다는 거냐?"

내가 말했다.

"최고 권위자 중 어떤 사람이 그렇게 했거든. 그들은 쇠사슬을 풀지 못하자 손을 자르고 도망쳤거든. 그러니까 다리라면 더욱 좋을 거야. 하지만 그것은 그만두기로 해야 돼. 이번 경우에는 그럴 필요까진 없어. 게다가 짐은 검둥이라서 그 이유도 이해하지 못할 거고 그게 유럽에서는 관습이라는 것도 이해하지 못할 거니까 그만 두기로 해. 하

지만 이것 한 가지는 있어. 짐도 밧줄 사다리는 갖도록 해야 돼. 우리는 침대 시트를 찢어가지고 쉽사리 밧줄 사다리를 만들 수 있거든. 그걸 파이 속에 넣어 들여보내면 돼. 대개들 그렇게 하거든. 나는 그보다 더 지독한 파이도 먹어봤어."

"야, 톰 소여, 그게 무슨 소리야. 짐에겐 밧줄 사다리가 필요 없어."

내가 말했다.

"짐에겐 그게 필요해. 네가 어떻게 그런 말을 하는지부터 말해 봐. 넌 지금 아무것도 몰라. 짐은 밧줄 사다리를 꼭 가져야 해. 다들 그렇게 하는데 뭘."

"도대체 짐이 그걸 가지고 뭘 하지?"

"그걸로 뭘 하냐고? 침대 속에 그걸 감출 수 있겠지? 다른 사람들도 다 그렇게 하거든. 짐도 그렇게 해야 돼. 헉, 넌 규정대로 제대로 하는 건 싫은 모양이야. 넌 늘 새로운 것만 하고 싶은 모양이야. 짐이 밧줄 사다리를 가지고 아무것도 안 하면 어떡하지? 그가 도망친 후에도 침대 속에 남아 단서가 될 게 아니겠어? 사람들이 단서를 필요로 할게 아니겠어? 물론 필요로 하겠지. 그런데도 단서를 남기지 않겠다는거야? 그렇게 되면 꽤 난처하게 되지 않겠느냐 이 말이야! 난 그런 말들어보질 않았어."

"좋아. 그게 규정에 있고 그가 꼭 그걸 가져야 한다면, 좋아, 갖도록 하지 뭐. 나도 규정을 어기고 싶지 않으니까. 톰 소여, 하지만 한 가지 문제가 있어. 우리가 짐에게 밧줄 사다리를 만들어주려고 침대 시트를 찢어낸다면 샐리 이모와 문제가 생기는 것은 불 보듯 뻔한 일이야. 그런데 내 보기엔 말이야, 히코리 나무껍질로 만드는 사다리는 돈도 안 들고 버리는 것도 없고 파이 속에 집어넣을 수도 있고 이불잇속에 감출 수도 있어. 네가 만들려는 넝마 사다리나 같아. 또한 짐은경험이 없으니까 아무거면 어때. 짐은 상관 안……."

내가 말했다.

"말도 안 돼, 헉. 내가 너처럼 무식하다면 나는 입을 닥치겠어. 정말그럴 거야. 한 국가의 죄수가 히코리 껍질 사다리를 타고 도망쳤다는소리는 누가 들어봤겠니? 그건 정말 웃기는 얘기다."

"그럼 좋아. 톰, 네 방법으로 정해. 그러나 내 충고를 받아들인다면나더러 빨랫줄에서 침대 시트를 하나 빌려 오라고 해줘."

좋다고 톰이 말했다. 그러자 톰은 다른 착상 하나를 떠올렸다. 톰이 말했다.

"셔츠도 하나 빌려 와."

"톰, 셔츠는 뭐 하게?"

"짐더러 그 위에 일기를 쓰게 하려고."

"일기가 울겠다. 짐은 글씨를 쓸 줄 몰라."

"쓸 줄 모르면 말이야. 헌 백동 스푼이나 헌 쇠통의 테로 짐에게 펜을 만들어주면 그는 셔츠에다 그걸로 표시할 수는 있지 않겠니?"

"이봐, 톰. 거위한테서 깃 하나 뽑으면 그보다 더 좋은 펜을 만들어줄 수 있어. 시간도 안 걸리고 말이야."

"이 바보야, 펜을 만들 깃털을 뽑으라고 감옥 주위를 뛰어다닐 거위가 어디 있니? 죄수들은 그들 손 가까이에서 얻을 수 있는 헌 촛대나 그와 비슷한 아주 단단하고 질기고 아주 수고가 많이 드는 재료로 펜을 만드는 거야. 그걸 갈아내려면 몇 주나 몇 달이 걸리는 일이야. 왜냐하면 그들은 그것을 벽에다 대고 문질러서 만들어야 하기 때문이지. 그들은 거위 깃털을 손에 넣었다 해도 사용하지 않을 거야. 그건 규정에 없으니까."

"그럼 잉크는 뭘로 만들어주지?"

"많은 죄수는 쇳녹에다 눈물을 섞어 만들지. 하지만 그것도 평범한 사람들이나 여자들이 하는 방법이야. 최고 권위자들은 자신의 피를 사용해. 짐도 그렇게 할 수 있어. 자기가 잡혀 있는 곳을 세상이 알도록 하려고 어떤 짧고 평범하고 남이 모르는 소식을 보내고 싶으면 양철 접시 밑에다 포크로 써서 창밖으로 던져버릴 수 있지. '철가면'은 항상 그렇게 했던 거야. 그것도 지독히 좋은 방법이지."

"짐에겐 양철 접시가 없어. 음식을 납작한 냄비에다 주거든."

"그런 건 아무것도 아냐. 우리가 양철 접시를 넣어주면 돼."

"접시에다 짐이 쓰면 그걸 누가 읽지?"

"헉 핀, 그건 아무러면 어떠니. 짐이 해야 할 일은 접시 위에다 써서 밖으로 내던지는 것뿐이야. 그건 읽을 수 있어야 되는 건 아니야. 죄수가 양철 접시나 그 밖에 다른 것 위에 쓰는 것의 절반은 아무도 읽을 수 없는 거야."

"그럼, 접시를 낭비하는 데 무슨 의미가 있니?"

"제기랄. 그건 죄수의 접시가 아니야."

"하지만 그건 누군가의 접시가 아니냐?"

"그래, 그렇다 치자. 죄수가 상관 하겠니, 그게 누구의……."

여기서 톰은 말을 멈췄다. 아침 식사를 하라는 뿔 나팔 소리가 들렸기 때문이다. 그래서 우리는 숲을 나와 집으로 향했다.

그날 오전 중에 나는 빨랫줄에서 침대 시트 하나와 셔츠 하나를 빌렸다. 다시 낡은 자루를 하나 발견하여 그것들을 그 안에 넣고 도깨비불을 주우러 갔다. 그것을 주워서는 자루에 넣었다. 난 내가 한 짓을 빌리는 것이라고 불렀다. 아빠가 늘 그렇게 말했기 때문이다. 그러나 톰은 그것을 빌리는 것이 아니라 훔치는 것이라고 했다. 톰이 말하기를 우리는 죄수들의 대표자이며, 죄수는 무엇이든 얻으면 그만이지 그것을 어떻게 얻느냐 하는 것은 상관없으며 아무도 그런 짓에 대해 죄수를 비난할 수 없다는 것이다. 죄수가 탈출하는 데 쓸 물건을 훔치는 것은 범죄가 아니라는 것이다. 훔치는 것도 죄수의 권리라고 톰은 말했다. 그래서 우리가 죄수를 대표하는 한 여기 있는 물건 중에서 탈옥에 조금이라도 필요한 물건은 무엇이나 다 훔칠 권리가 있다고 했다. 우리가 죄수가 아니면 문제는 훨씬 달라진다는 것이다. 죄수도 아니면서 훔치는 자는 야비하고 저속한 녀석들이라고 했다. 그래서 우리는 손에 쉽게 들어오는 것은 무엇이나 훔치자고 했다. 그러나 어느 날 내가 검둥이의 밭에서 수박을 훔쳐 먹었을 때 톰은 펄펄 뛰며 가서 그 검둥이에게 10센트 은화를 주되 그것이 무엇에 대한 대가라는 말은 하지 말라고 했다. 톰의 말은 자기가 뜻하는 것은 우리가 필요로 하는 어떤 것이건 훔쳐도 된다는 뜻이라는 것이다. "그래? 난 수박이 필요해" 하고 내가 말했다. 그는 탈옥하는 데 수박이 왜 필요하냐고 말하며 거기에 차이가 있는 것이라고 했다. 내가 그 속에다 칼을 감춰서 집사를 죽이도록 몰래 짐에게 들여보내느라 수박이 필요하다면 그것은 괜찮다는 것이다. 그래서 나는 여기서 이야기를 포기했다. 수박을 훔칠 기회가 있을 때마다 가만히 앉아서 그렇게 많은 자질구레한 구별을 생각하지 않으면 안 된다면 죄수의 대표가 된들 무슨 이득이 있는지 알 수 없었다.

내가 말한 것처럼 그날 아침 모든 사람들이 일을 시작하여 마당 주변에는 아무도 보이지 않을 때까지 우리는 기다렸다. 그러자 톰은 내가 좀 떨어진 곳에 서서 망을 보는 동안 잇대어 지은 헛간으로 그 자루를 운반했다. 이윽고 톰이 밖으로 나오자 우리는 장작더미 위에 앉아 이야기했다. 톰이 말했다.

"도구 말고는 이제 모든 것은 잘됐어. 도구도 쉽게 해결될 거야."

"도구라니?"

"도구라니까."

"무엇에 쓸 도구지?"

"참 나, 땅 팔 도구 말이야. 이로 갉아서 짐을 탈출시키지는 않겠지?"

"저기 있는 낡은 곡괭이들하고 딴 것들을 가지면 검둥이 한 명 빠져나올 만큼은 능히 파낼 수 있지 않을까?"

톰은 내 쪽으로 몸을 돌리며 사람을 울게 만들 정도로 동정하는 듯한 표정을 지었다. 톰이 말했다.

"헉 핀, 너는 죄수가 땅을 파서 탈옥하는데 곡괭이니 삽이니 그 밖에 여러 현대적인 편리한 장비를 옷장 속에 가지고 있다는 얘기를 들어본 적 있니? 너한테 지금 묻고 싶은 게 있다. 너한테 적어도 분별력이 있다고 가정하고 하는 말인데, 설사 영웅이 된다 한들 무슨 소용이 있겠니? 차라리 열쇠를 빌려주어 일을 끝내는 게 나을 거다. 곡괭이와 삽이라…… 그런 것들은 왕이 죄수라도 주지 않을걸."

"그렇다면, 우리한테 곡괭이와 삽이 필요 없다면 뭐가 필요하지?"

내가 말했다.

"칼집에 든 칼 두 자루가 필요해."

"그걸 가지고 오두막의 바닥을 파낸다는 거야?"

"그럼."

"그건 말도 안 돼. 톰, 그건 바보짓이야."

"그게 아무리 바보짓이라도 상관없어. 그게 정당한 방식이야. 그게 규정에 있는 방식이야. 내가 들어본 중에서는 다른 방법이 없어. 이런 일에 대한 정보를 주는 모든 책을 난 읽었거든. 그들은 늘 칼집에 든 칼로 파냈던 거야. 그것도 기억해둘 것은 흙을 판 게 아냐. 대개가 딱딱한 바위를 뚫어낸 거야. 몇 주일 걸리고 또 몇 주일, 또 몇 주일 걸려 결국 영원한 시간이 걸리는 거야. 마르세유 항구에 있는 디프 성 지하

감옥에 갇혔던 죄수를 보란 말이야. 그 사람도 그런 식으로 구멍을 파고 탈출했단 말이야. 시간이 얼마나 걸린 것 같냐?"

"난 몰라."

"그럼 짐작으로 맞춰봐."

"몰라. 한 달 반?"

"37년이야. 그런데 나와 보니 거기가 중국이더래. 바로 그런 거야. 이 요새의 바닥도 단단한 암반이었으면 좋겠다."

"짐은 중국에 아는 사람이라곤 하나도 없어."

"그래서 그게 무슨 상관이냐? 지금 말한 그 탈옥수도 그랬어. 그런데 넌 늘 옆길로 샌단 말이야. 왜 주제에 매달리지 못하지?"

"됐어. 짐이 나오기만 하면 어디로 나오든 난 상관 안 해. 짐도 상관 안 할 거야. 그런데 여하튼 한 가지 문제가 있어. 짐은 너무 늙어서 칼집에 든 칼로는 땅을 파고 나오지 못해. 그때까지 목숨이 지탱하지 못할 거야."

"그건 아냐. 짐도 지탱할 수 있을 거야. 그래 그까짓 흙바닥을 파고 나오는 데 37년이 걸릴 거라고는 너도 생각하지 않겠지?"

"톰, 그럼 얼마나 걸릴까?"

"글쎄, 사일러스 이모부가 뉴올리언스 근처에서 들려오는 소문을 듣는 것도 오래 걸리지 않을 테니까, 우리는 시간을 오래 끄는 위험을 무릅쓸 수는 없어. 이모부는 짐이 뉴올리언스에서 도망쳐 온 게 아니라는 걸 알게 될 테지. 그렇게 되면 다음 단계는 짐을 광고에 내거나 뭐 그런 조치를 취하겠지. 그러니까 우리는 마땅히 소비해야 하는 그 긴 시간을 쏟을 수는 없어. 원래는 2년은 바쳐야 된다고 생각하지만 그럴 수는 없어. 여러 가지 사정이 아주 불확실하니까 내가 추천하는 것은 이래. 즉 우리는 되도록 빨리 파고, 파고 난 다음에는 우리 자신에게 37년 걸렸다고 해두면 되잖아. 그런 다음 경보가 처음 울리면 우리가 짐을 납치해서 도망치게 하는 거야. 바로 그거야. 그게 제일 좋은 방법이라고 난 생각해."

"이제 일리 있는 말을 하는군. 그런 긴 시간이 걸린 걸로 해봐도 돈이 드는 일도 아니고 힘이 드는 일도 아니잖아. 긴 시간이 걸린 것으로 해두는 게 목적이라면 백오십 년 걸린 것으로 해둬도 나는 상관 안 해. 일단 뭐뭐로 해두는 데 익숙하니까 그런 말 들어도 난 긴장되지 않겠다. 그럼 이제 빨리 가서 칼집에 든 칼 몇 개 훔쳐올게."

내가 말했다.

"세 개 훔쳐와. 톱을 만드는 데 하나가 필요하거든."

톰이 말했다.

"이런 제안을 해도 규정에서 벗어나거나 신앙심이 없는 게 아니라면, 훈제실 뒤에 있는 비가리개 밑에 낡고 녹슨 톱날이 하나 꽂혀 있더군."

내가 말했다.

이 말에 톰은 지치고 실망에 찬 것 같은 표정을 짓더니 말했다.

"헉, 너한테 뭘 가르쳐주려고 해봤자 소용없구나. 빨리 가서 칼이나 훔쳐와. 세 자루다."

나는 시키는 대로 했다.

36

그날 밤 모든 사람이 잠들었다고 생각되자 우리는 피뢰침 막대를 타고 내려와 잇대어 지은 헛간으로 들어가 문을 닫고 도깨비불을 한 더미 꺼내놓고 일에 착수했다. 바닥재 통나무의 복판을 따라 4, 5피트 가량 거치적거리는 것은 모두 치웠다. 톰의 말로는 저 자신은 이제 짐의 침대 바로 뒤에 있다고 했다. 그러니까 그 밑을 파들어갈 것이고 구멍이 뚫리더라도 오두막 안에 들어온 누구도 거기에 구멍이 있다는 것을 모르리라는 것이다. 짐의 이불이 거의 땅까지 늘어져서 그 구멍을 보려면 이불을 쳐들고 들여다봐야만 하기 때문이라는 것이다. 그래서 우리는 그 칼로 거의 자정까지 계속 팠다. 그러자 우리는 지칠 대로 지쳤고 손에는 물집이 잡혔다. 그러나 우리가 뭘 했는지 거의 볼 수가 없었다. 마침내 내가 말했다.

"이건 37년 걸리는 일이 아니라 38년 걸릴 일이구나, 톰 소여."

톰은 아무 말도 하지 않았다. 그는 한숨을 내뱉더니 파는 일을 중단하고 한참 동안 생각에 잠겼다. 그러고 나서 톰이 말했다.

"혁, 이건 소용없어. 이렇게는 안 되겠구나. 우리가 죄수라면 이렇게 해도 돼. 죄수라면 시간은 원하는 만큼 얼마든지 있으니 서두를 필요가 없으니까. 감시원들이 교대하는 동안 매일 몇 분씩 작업하니까 손도 부르트지 않거든. 그래서 매년 세월이 바뀌어도 계속 팔 수 있고 제대로 팔 수 있고 규정에 맞게 팔 수 있는 거지. 하지만 우리는 꾸물거릴 새 없이 막 서둘러야 해. 낭비할 시간이 없어. 이런 식으로 또 하룻밤을 보내야 한다면 물집 잡힌 손이 낫도록 일주일은 쉬어야 할 거야. 그보다 일찍 손으로 그 칼을 잡을 수는 없을 거다."

"톰, 그러면 우린 어떻게 해야지?"

"저 말이야. 이건 옳지 않은 방법이야. 비도덕적이고 나도 그러기를 바라지 않지만…… 방법은 그것밖에는 없어. 곡괭이로 짐을 파내고서는 말이야, 칼집에 든 칼로 판 것으로 하자 이 말이야."

"이제야 말 같은 말을 하는구나!"

내가 말했다. 그리고 말을 이었다.

"톰 소여, 네 머리는 점점 더 좋아지고 있구나. 도덕적이건 비도덕적이건 곡괭이가 여기선 제일이야. 난 어떤가 하면 도덕적이란 것 눈곱만큼도 관심이 없어. 검둥이든 수박이든 주일학교 책이든 뭔가를 훔치기로 했으면 훔치기만 하면 되지 특별히 훔치는 방법 가지고 따지지 않아. 내가 원하는 게 내 검둥이며, 내가 원하는 건 수박이야. 내가 원하는 건 주일학교 책이야. 그런데 곡괭이가 제일 손쉬운 연장이면 난 그 곡괭이로 검둥이와 수박과 주일학교 책을 파내는 거야. 권위자들이 그에 대해 어떻게 생각하느냐 같은 건 전혀 안중에도 없어."

"저 말이야." 톰이 말했다. "이런 경우에는 곡괭이를 쓰고도 칼로 한 것으로 해두는 것은 변명의 여지가 있어. 변명의 여지도 없다면 나는 찬성도 안 할 거고 가만히 비켜 서서 규칙 위반을 보고 있지 않을 거야. 왜냐하면 옳은 것은 옳은 것이고 그른 것은 그른 것이니까. 그리고 사람이 무식해서 더 나은 방법을 몰라서 그릇된 일을 하는 건 어쩔 수 없으니까. 너는 칼을 사용한 것으로 가장할 것 없이 그냥 곡괭이로 짐을 파내도 괜찮을 거야. 왜냐하면 넌 아는 게 없으니까. 그렇지만 난 안 그래. 물정을 잘 아니까. 그 칼집에 든 칼 이리 줘."

톰은 제 것을 옆에 가지고 있었지만 나는 내 것을 건네주었다. 그러자 톰은 그 칼을 팽개치며 말했다.

"칼집에 든 칼을 달랬잖아!"

나는 어찌해야 좋을지 몰랐다. 그러나 그때 생각이 났다. 나는 낡은 연장들 사이를 뒤져 곡괭이를 찾아 그것을 건네주었다. 톰은 그것을 받더니 파기 시작할 뿐 한마디도 하지 않았다.

톰은 늘 매우 그렇게 까다로웠다. 원리 원칙으로 꽉 차 있었다.

그래서 나도 삽을 들었다. 우리는 곡괭이질과 삽질을 번갈아가며 하면서 요란을 떨었다. 반시간가량 그 일에 매달렸더니 더는 버틸 수 없었다. 그러나 일한 대가로 꽤 큰 구멍을 얻었다. 내가 2층으로 올라가 창밖을 내다봤더니 톰이 피뢰침 막대를 기어 올라오느라 최선을 다하는 것이 보였다. 그러나 그는 손이 너무 아팠기 때문에 창문까지 오르지 못했다. 마침내 톰이 말했다.

"아무리 힘을 써도 소용없군. 도저히 못 올라가겠다. 어떻게 하면 좋을까? 무슨 좋은 생각 없니? 뭐 좋은 방법 좀 생각해낼 수 없겠니?"

"있어. 그런데 이건 규정에 맞지 않는 거야. 계단으로 올라와. 그러고는 피뢰침 막대를 기어오른 것으로 해두자고."

내가 말했다. 톰은 그렇게 했다.

톰은 다음날 짐에게 펜을 만들어주려고 백동 스푼 한 개와 놋쇠 촛대 하나에다 수지 양초 여섯 개를 집에서 훔쳤다. 나는 검둥이 오두

402

막들 근처를 배회하며 기회를 노리다가 양철 접시 세 개를 훔쳤다. 톰은 그것으로는 부족하다는 것이다. 그러나 짐이 밖으로 내던진 접시는 그 창문 구멍 아래에서 자라는 국화풀과 흰꽃독말풀 같은 잡초 속으로 떨어지니까 누구의 눈에도 띄지 않을 것이고 우리는 그것들을 다시 가져다 짐이 쓰도록 할 수 있지 않느냐고 내가 말했다. 그러자 톰은 만족해하면서 말했다.

"이제는 말이야, 우리가 생각해낼 일은 그것들을 어떻게 짐에게 건네주느냐 하는 거야."

"그 구멍으로 가져가면 돼. 구멍이 완성되면 말이야."

내가 말했다.

톰은 경멸하는 표정을 짓더니 그런 백치 같은 생각은 아무도 여태껏 들어보지 못했다는 취지로 뭔가 말하고는 생각에 잠겼다. 마침내 톰은 두세 가지 방법을 강구해냈는데, 아직 어느 것으로 할지는 결정할 필요가 없다고 했다. 이 일을 우선 짐에게 알려야 한다고 톰이 말했다.

　그날 밤 열 시 좀 지나서 우리는 피뢰침 장대를 타고 내려가 양초를 하나 들고 창문 구멍 밑에서 엿들었다. 짐이 코를 고는 소리가 들렸다. 그래서 우리는 양초를 안으로 던졌다. 그런데도 짐은 잠에서 깨어나지 않았다. 그런 다음 우리는 곡괭이와 삽을 들고 일을 시작하여 약 두 시간 반 만에 일을 마쳤다. 우리는 짐의 침대 밑쯤 되는 위치에서 안으로 기어들어 오두막 안으로 들어가 손으로 더듬어 양초를 찾아 거기에 불을 붙였다. 잠시 짐을 내려다보았는데, 짐은 활기에 차고 건강하게 보였다. 그래서 우리는 그를 부드럽게 살살 깨웠다. 짐은 우리를 보고 너무나 기쁜 나머지 거의 울려고 하면서 '귀여운 도령'이니 그가 생각해낼 수 있는 애칭으로 우리를 불러댔다. 그러고 나서 빨리 다리의 쇠사슬을 잘라낼 끝을 하나 찾아와달라고 애원했고 지체 없이 여기서 빠져나가게 해달라고 애원했다. 그러나 톰은 그것이 규정에 어긋난다고 말하며 앉아서 우리의 계획에 대해 짐에게 이야기했고 무슨 경보가 있는 순간 그 계획을 바꿀 수 있다며 틀림없이 도망칠 수 있도록 우리가 해줄 테니까 조금도 걱정하지 말라고 당부했다. 그래서 짐도 괜찮다고 했다. 그래서 우리는 거기 앉아 잠시 옛날 얘기로 꽃을 피웠다. 그때 톰은 많은 질문을 던졌다. 짐이 톰에게 사일러스 이모부는 짐과 함께 기도하려고 매일 아니면 이틀에 한 번 여기 오고 샐리 이모는 짐이 편히 있는가 또 먹을 것을 충분히 먹고 있는가를 확인하러 온다고, 두 사람 다 말할 수 없이 친절하다고 했을 때 톰이 말했다.

　"이제 일을 해결할 방법을 알았어. 그분들을 시켜 물건을 전달하도록 하겠어."

　그러자 내가 말했다.

　"그런 짓은 절대 하지 마. 난 그런 바보 같은 소리 들어본 적 없어."

그러나 톰은 내 말을 아랑곳하지 않고 곧 제 말만 계속했다. 일단 계획을 세웠을 때 나오는 톰의 습성이었다.

그리하여 톰은 짐에게 그에게 음식을 갖다주는 검둥이 냇에게 밧줄 사다리가 든 파이와 그 밖의 큼직한 물건들을 몰래 들여보낼 것이라느니, 경계를 게을리하지 말고 놀라지도 말라느니, 짐이 그 물건들 여는 것을 냇이 보게 하지 말라느니, 우리가 조그마한 물건들을 이모부의 저고리 주머니에 넣어둘 거니까 그것들을 훔쳐야 한다느니, 기회 있는 대로 이모의 앞치마 끝에다 매놓거나 앞치마 주머니에 넣어둘 것이니까 그것도 훔쳐내지 않으면 안 된다느니 하고 말했다. 또한 그 물건들이 무엇이며 무엇에다 쓰는 물건인지도 설명했다. 그런 다음 자기 피로 어떻게 셔츠에다 일기를 쓰는 것인지 등을 가르쳤다. 톰은 짐에게 모든 것을 말해주었다. 짐은 이 이야기의 대부분을 이해하지 못했지만 우리는 백인들이어서 자기보다 더 잘 알 거라고 생각해 적이 만족했다. 그래서 짐은 톰이 말한 대로 모든 것을 하겠다고 말했다.

짐은 옥수숫대로 만든 담배 파이프와 담배를 잔뜩 가지고 있었다. 그래서 우리들은 곧 정다운 시간을 즐겼다. 그러고 나서 구멍을 통해 기어 나와 자려고 집으로 돌아왔는데, 우리들의 손은 마치 뭣에게 물린 것처럼 보였다. 톰은 신이 나 있었다. 난생 이렇게 재미있는 일은 처음이고 가장 지적인 놀이였다고 말했다. 방법만 찾을 수 있다면 우리는 평생 내내 이 놀이를 계속하고 우리들의 자식들에게까지 짐을 구출하는 일을 맡기고 싶다는 것이다. 왜냐하면 짐도 이 일에 익숙해질수록 이런 일을 좋아하게 될 거라 믿는다고 톰은 말했다. 이런 식으로 80년은 끌어갈 수 있어서 탈옥 기록으로는 최고로 긴 기록을 세우게 될 것이라고 말했다. 또한 그런 기록을 세우는 데 한구석을 담당했다 해서 우리 모두는 유명해질 것이라고 했다.

다음날 아침이었다. 우리는 장작더미 있는 데로 가서 놋쇠 촛대를 작은 크기로 잘라 그것을 톰의 백동 스푼과 함께 주머니에 넣었다. 다음으로 우리는 검둥이 오두막으로 가서 내가 냇의 주의를 다른 곳으로 돌리는 동안 톰은 짐의 냄비 속에 들어 있는 옥수수빵 한복판에다 알맞게 자른 촛대 토막을 밀어 넣었다. 그러고는 그것이 어떻게 되나 보려고 냇을 따라 함께 갔다. 일이 제대로 돌아가고 있었다. 즉 짐이 그 빵을 무는 순간 이빨이 모두 부러질 뻔했던 것이다. 일이 이보다 더 멋들어지게 돌아가기도 힘들다고 톰이 말했다. 짐은 늘 빵 속에 흔히 들어 있을 수 있는 돌 조각이나 그와 비슷한 것인 척할 뿐이었다. 그 후로 짐은 먼저 포크로 서너 군데 찔러보지 않고는 무엇이든 깨물지 않게 되었다.

우리가 희미한 빛 속에 서 있는 동안 개 두 마리가 짐의 침대 밑에서 이곳으로 불쑥 솟아나왔다. 개들의 수가 계속 늘어나더니 모두 열한 마리가 되었다. 방 안은 숨 쉴 공간도 없었다. 아뿔싸, 우리는 잇대어 지은 헛간 문을 닫고 들어온다는 게 깜빡 잊은 것이다. 검둥이 냇은 다만 한 번 '마녀다!' 하고 외칠 뿐이었다. 그러더니 개들이 우글거리는 바닥에 앞으로 엎어지더니 죽어가는 사람처럼 신음하기 시작했다. 톰이 문을 홱 열고 짐이 먹을 고기 조각 하나를 밖으로 던졌다. 그러자 개들은 고기를 향해 달려갔다. 톰도 지체 없이 밖으로 나갔다가 들어와서 문을 닫았다. 나는 톰이 다른 문도 닫아버린 것을 알았다. 그러고 나서 톰은 검둥이 냇에게 접근하여 달래주고 어루만져주며 또 무엇인가를 본 것 같으냐고 물었다. 검둥이는 일어서서 껌벅거리는 눈으로 주위를 돌아보며 말했다.

"시드 도련님, 날 바보라고 하겠지만 허지만서두 내가 거의 백만이나 되는 개나 마녀나 그런 것들을 보구두 그걸 내가 못 믿으면 난 당

장 여기서 죽어두 좋것슈. 분명 봤다니께유. 시드 도런님, 그것들을 만져보았다니께유. 확실히 만져봤어유. 그놈들은 내 몸뚱이 위에 있었는걸유. 제기랄, 난 그중 한 마녀를 한 번만이라도 손으로 만져봤으면 좋겠슈. 딱 한 번만이라도 말예유. 그게 내 소원 전부예유. 허지만 놈들이 나를 가만 내뻗져두었으면 좋겠슈. 정말 그게 소원이라구유."

톰이 말했다.

"그럼 내 생각을 얘기해주지. 마녀들은 왜 하필 도망친 검둥이의 아침 식사 시간에만 찾아오겠어? 그건 마녀들이 배가 고픈 탓이야. 그게 이유야. 넌 마녀들에게 마녀의 파이를 만들어주는 거야. 그게 네가할 일이야."

"맙소사, 시드 도런님. 내가 어떻게 마녀 파이를 만들지유? 워떻게 만드는지 난 몰라유. 전부텀 그런 얘긴 들어본 적도 없구만유."

"그래? 그러면 내가 손수 만들어야겠군."

"도련님, 그걸 만드신다구유? 정말 인감유? 난 도련님이 밟고 선 땅이라도 핥을래유. 정말이유!"

"좋아. 너니까 내가 만들어주지. 넌 우리를 친절하게 대해주었고 도망친 검둥이도 보여주었거든. 하지만 넌 무척 조심해야 해. 우리가 이 근처에 오거든 넌 등을 우리 쪽으로 향하도록 돌아서야 돼. 그리고 우리가 냄비 속에 무엇을 넣건 전혀 무엇을 본 척하면 안 돼. 또 짐이 냄비에서 무엇을 꺼낼 때 쳐다보면 안 돼. 무슨 일이 일어날지 나도 모르니까. 그리고 무엇보다 마녀의 물건에 손을 대면 안 돼."

"시드 도련님, 물건에 손을 댄다구유? 무슨 말을 하시는지 모르겠네유. 난 억만금을 준다해두 그런 물건에 손가락 하나 올려놓지 않을 텡께유. 정말이유."

37

계획이 결정되었다. 그래서 우리들은 방을 나와 뒷마당 쓰레기 더미로 갔다. 그곳에는 헌 구두와 넝마와 깨진 병들과 닳아빠진 양철 집기와 뭐 그런 것들이 쌓여 있었다. 그래서 우리는 그곳을 뒤져 낡은 빨래 대야를 하나 찾아내어, 그것으로 파이를 구우려고 될 수 있는 데까지 구멍을 틀어막고 다시 그것을 지하실로 가지고 가서 가득히 밀가루를 훔쳐 담고는 아침을 먹으러 집으로 향하다가 두 개의 지붕 판자에 박은 못을 발견했다. 톰이 말하기를 이거야말로 죄수가 지하 감옥 벽에다 자기 이름과 슬픔을 낙서하는 데 써먹기 좋을 것이라며 그중 한 개를 의자에 걸린 샐리 이모의 앞치마 주머니에다 집어넣고 또 하나는 옷장 위에 놓인 사일러스 이모부의 모자 테에 꽂아놓았다. 애들 말이 오늘 아침에는 아빠와 엄마가 도망친 검둥이의 오두막으로 갈 것이고 그런 다음에 아침 식사를 한다고 했기 때문에 톰은 백동 스푼을 사일러스 이모부의 코트 주머니에 집어넣었다. 샐리 이모가 아직 오지 않아서 우리는 잠시 기다려야 했다.

이모가 들어오는 것을 보니, 이모는 열불이 나는지 얼굴이 빨갛게 되어 쌩그리고 있었고 식사 전 기도도 기나릴 수 없는 것 같았다. 그런데 기도가 끝나자 이모는 한 손으로는 커피를 따르고 골무를 낀 다른 손으로는 제일 가까이에 있는 애의 머리통을 소리가 나도록 딱 하고 때렸다. 이모가 말했다.

"아래 위로 샅샅이 찾아봤어요. 그런데 당신의 다른 셔츠가 어디 갔는지 전혀 알 길이 없군요."

내 심장은 내 허파와 간과 뭐 그런 것들 사이로 무너져 내렸고 딱딱한 옥수수빵 껍질 한 조각이 무너지는 심장을 뒤따라 목구멍을 타고 내려가다가 도중에서 기침을 만나 도로 튀어나와 식탁을 넘더니 애 한 명의 눈에 맞자 그 애는 낚싯밥 지렁이처럼 몸을 움츠리더니 인디언의 함성만큼이나 큰 소리를 질렀다. 톰은 턱 언저리가 조금 파래지고 이 바람에 식탁 분위기는 약 15초 동안 상당한 혼란 상태가 되어 버렸다. 나는 쥐구멍에라도 들어가고 싶었다. 그러나 그 후 우리는 모두 안정을 되찾았다. 우리의 간담을 그처럼 서늘하게 한 것은 그 일이 너무나 갑자기 일어났기 때문이었다. 사일러스 이모부가 입을 열었다.

"참 이상하단 말이야. 도저히 알 수가 없어. 그걸 벗은 것만은 확실히 기억해. 왜냐면……."

"왜냐하면요. 당신은 셔츠를 한 장밖엔 입지 않고 있으니까 그렇죠. 그런데 가만히 듣자 하니 원! 당신이 그걸 벗은 건 나도 알아요. 당신의 멍청한 기억력보다 더 좋은 방법으로 난 알고 있어요. 어제 그건 빨랫줄에 걸려 있었기 때문에 내 잘 안단 말예요. 내 이 눈으로 직접 본걸요. 그런데 그게 없어지고 말았어요. 그게 얘기의 다예요. 그러니까 당신은 내가 새 셔츠를 만들 시간을 낼 때까지 빨간 플란넬 셔츠로 바꿔 입어야 해요. 2년 동안에 벌써 세 번째예요. 당신 셔츠 대느라고 난 고달파 죽겠어요. 당신 그 셔츠들을 다 어떻게 하는지 난 알 수가 없다니까요. 당신 나이면 셔츠쯤은 간수할 줄 알아야 될 게 아니에요."

"샐리, 그건 나도 알아요. 나도 하느라고 하는 거요. 하지만 이건 내 잘못이 아니오. 내가 셔츠를 입고 있을 때 말고는 다른 때는 내가 어디 셔츠를 보거나 건드리거나 합디까? 게다가 입고 있다가 잃어버린 적이 있다고는 생각지 않아요."

"사일러스, 입고 있던 것을 잃어버리지 않았다면 그건 당신 잘못 아니지요. 잃어버릴 수 있는 것이었으면 그것도 잃어버렸을 거라고 난 생각해요. 그런데 없어진 건 셔츠뿐이 아니에요. 숟가락도 하나 없어졌는데, 그게 전부가 아니에요. 열 개가 있었는데 지금 아홉 개밖에 없어요. 셔츠는 송아지가 가져갔다고 생각되지만 송아지가 숟가락 가져다가 뭘 하겠어요?"

"샐리, 그 밖에 또 뭐 잃어버린 건 없소?"

"양초가 여섯 개 없어졌어요. 그렇지. 쥐들이 양초를 가져갈 수 있을 거예요. 나도 쥐가 그랬다고 생각해요. 당신이 늘 쥐구멍을 막겠다고 말하면서 막지 않으니 쥐들이 온 집을 통째로 가져가지 않는 게 이상하다고요. 사일러스, 쥐들이 바보가 아니라면 그들은 당신 머리카락 속에서 잠을 잘 거예요. 그래도 당신은 그걸 모를 거예요. 하지만 숟가락을 쥐 탓으로 돌릴 순 없어요. 그건 나도 알아요."

"샐리, 내 잘못이오. 나도 인정해요. 내가 줄곧 게으름을 부렸구먼. 하지만 내일은 그냥 하루가 지나가게 하지 않고 꼭 쥐구멍을 틀어막으리다."

"오, 나 같으면 그렇게 서둘지 않겠어요. 내년에 해도 괜찮아요. 저, 마틸다 앤젤리너 에러민터 펠프스야!"

끼고 있던 골무가 확 날아왔다. 그러자 그 아이는 급히 설탕 단지

에서 손을 뗐다. 바로 그때 검둥이 하녀가 복도로 들어와 말했다.

"마님, 시트 하나가 없어졌슈."

"시트기 없이지! 어머나, 이거 어떻게 된 거야!"

"오늘 내 쥐구멍을 막으리다."

사일러스 이모부는 슬픈 표정을 지으며 말했다.

"제발, 가만히 있으세요! 쥐가 시트를 가져갔다면? 리즈, 그게 어디로 갔을까?"

"전 정말 몰러유, 샐리 마님. 그건 어저께 빨랫줄에 걸려 있었는디 없어졌슈. 시방은 거기 없는걸유."

"말세가 오고 있나 보다. 이런 일은 난생 처음이군. 셔츠 한 장, 침대 시트, 숟가락, 게다가 여섯 개의 양……."

"마님."

젊고 피부색이 노란 혼혈 여자가 나섰다.

"놋쇠 촛대가 없어졌어요."

"당장 꺼져, 이 말괄량이 같은 것아, 그렇지 않으면 너한테 냄비가 날아가!"

이모는 부글부글 끓고 있었다. 나는 기회를 엿보기 시작했다. 이 태풍이 가라앉을 때까지 살짝 빠져나가 숲으로 갈 생각이었다. 이모는 계속 분통을 터뜨리며 단독 반란을 주도했고 다른 사람들은 모두 온순하게 조용히 있었다. 그런데 마침내 사일러스 이모부가 바보 같은 표정으로 주머니에서 그 숟가락을 꺼냈다. 이모는 입을 딱 벌리고 손을 든 채 말을 못 했다. 나는 어땠는가 하면 지옥이나 그런 곳으로 가버리고 싶었다. 그러나 그런 사태는 오래 가지 않았다. 이모가 입을 열었기 때문이었다.

"내 예상했던 그대로군요. 그러니까 당신이 줄곧 그걸 주머니에 넣고 있었군요. 필경 다른 물건들도 거기 넣어놓았을 거라고요. 어떻게 숟가락이 거기 들어가 있을까요?"

"샐리, 난 정말 몰라요."

이모부는 사과하듯 말했다.

"알고 있었다면 내가 말했을 거라는 건 당신도 알 거요. 나는 아침 식사 전에 사도행전 17장에 관한 내 설교문을 연구하고 있었소. 성경을 넣는다는 게 나도 모르는 사이에 그 숟가락을 넣었던 모양이오. 성경이 안에 없는 걸 보니까 정말 그런 모양이오. 하지만 내 가 보고 오리다. 성경이 내가 두었던 곳에 그대로 있으면 내가 성경책을 넣지 않은 게 확실한 거요. 그러니까 내가 성경은 내려놓고 대신 숟가락을 집어 들고⋯⋯."

"오, 하느님 맙소사! 나 좀 쉬자! 너희들 애들은 모두 나가거라. 내 마음이 진정될 때까지 내 근처엔 얼씬도 말아라."

이모가 설사 소리 내어 큰 소리로 말하지 않고 혼자 속으로 말했다 해도 나는 이모의 말을 들을 수 있었을 것이다. 내가 죽었다 해도 다시 벌떡 일어나 이모의 말에 순종했을 것이다. 우리들이 거실을 통과할 때 노신사는 모자를 집어 들었다. 그러자 지붕 판자에 박는 못 하나가 마루에 떨어졌다. 노신사는 그냥 그 못을 집어 난로 선반에다 올려놓고는 아무 말도 없이 나가버렸다. 톰은 이것을 보더니 숟가락 생각이 났던지 말했다.

"더는 이모부를 이용해서 물건을 보내는 건 안 되겠어. 믿을 수가 없어."

그러고는 다시 말을 이었다.

"여하튼 이모부는 아무것도 모르고 그 순기릭으로 우리에게 이로운 일을 했어. 그러니까 우리도 이모부 모르게 이모부에게 이롭게 해주어야겠어. 쥐구멍을 막아주자 이거야."

지하실에는 엄청나게 많은 쥐구멍이 있었다. 그래서 한 시간 꼬박 걸렸지만 그 막는 일을 제대로 단단히 완성했다. 그때 계단을 밟고 내려오는 발소리가 들렸다. 그래서 우리는 촛불을 불어 끄고 숨었다. 그러자 이모부가 재작년처럼 멍청한 표정으로 한 손에는 양초를 들고 또 한 손에는 구멍을 막을 재료를 가지고 들어섰다. 이모부는 이 구멍 저 구멍을 멍청히 바라보며 돌아다니더니 마침내 모든 구멍을 죄다 둘러 보았다. 그런 다음 이모부는 흐르는 촛농을 초에서 떼어내며 약 5분 동안 생각에 잠겨 서 있었다. 그리고 그는 천천히 꿈을 꾸듯 몸을 돌려 계단 쪽을 향하며 말했다.

"참, 내가 구멍을 언제 막았는지 죽어도 기억할 수 없는걸. 이제 쥐 때문에 내가 비난받을 수 없다는 걸 아내에게 증명할 수 있겠군. 하지만 신경 쓸 것 없지, 그냥 내버려두지 뭐. 그런 말을 해봤자 소용없을 테니까."

그리하여 이모부는 중얼거리며 계단을 올라갔다. 그래서 우리도 거길 떠났다. 이모부는 정말 좋은 늙은이였다. 그는 늘 그런 사람이다.

톰은 숟가락 하나를 손에 넣으려면 어떻게 해야 할까 몹시 고심했다. 어찌 됐든 우리는 숟가락을 손에 넣어야 한다고 톰이 말했다. 톰은 곰곰이 생각했다. 어떤 착상이 떠오르자 톰은 우리가 어떻게 할 것인가를 일러주었다. 그래서 우리는 샐리 이모가 나타날 때까지 숟가락

통 옆에 가서 기다렸다. 이모가 왔을 때 톰은 숟가락들을 세어 그것들을 한편으로 따로 놓았다. 그때 나는 그중 하나를 슬쩍 내 소맷자락에 집어넣었다. 톰이 말했다.

"샐리 이모, 숟가락이 아직도 아홉 개밖에 안 되네요."

이모가 말했다.

"저리 나가들 놀아라. 날 방해하지 말고. 내가 더 잘 안다. 내가 직접 세어봤으니까."

"이모, 난 두 번이나 세어봤어요. 근데 아홉 개밖에 안 되던데요."

이모는 더는 참을 수 없다는 표정을 지었다. 그렇지만 당연히 다시 세어보기에 이르렀다. 누구라도 그랬을 것이다.

"어머나! 정말 아홉 개밖에 없네!"

이모가 말했다.

"도대체 어떻게 된 노릇이야. 제기랄, 다시 한번 세어보자."

그래서 나는 슬쩍해두었던 한 개를 살짝 그리로 되돌려놓았다. 이모는 다시 모두 세고 나서 말했다.

"어럽쇼, 이제 열 개잖아!"

이모는 화가 났으면서 동시에 난처한 표정을 지어보였다. 톰이 말했다.

"저런, 이모, 열 개 같지 않은데요."

"이 바보 같으니, 내가 세는 것 보지 않았니?"

"그건 그렇지만……."

"그럼 다시 한번 세어보겠다."

그래서 나는 한 개를 슬쩍했다. 그래서 숟가락은 아까처럼 아홉 개가 되었다. 이모는 정말 화가 나 있었다. 온몸을 떨며 화가 머리끝까지 올라왔다. 이모는 세고 또 셌다. 마침내 이모는 머리가 혼란해져 때로는 숟가락 통을 숟가락으로 생각하고 셈에다 넣기 시작했다. 그래서 세 번은 맞고 세 번은 맞지 않았다. 그러자 이모는 그 통을 움켜잡더니 그것을 방 저편으로 던졌는데 그 통은 고양이를 정통으로 맞혔다. 이모는 우리들더러 나가서 자기를 좀 쉬게 해달라고 말했다. 점심 전에 와서 자기를 귀찮게 하면 우리를 혼내주겠다고 했다. 그래서 우리에게는 외톨이가 된 숟가락이 생겼는데, 이모가 우리에게 퇴거명령을 내리는 동안 우리는 그것을 이모의 앞치마 주머니에 떨어뜨려 넣었다. 그래서 짐은 정오가 되기 전에 그 숟가락을 지붕 판자를 박는 못과 함께 무사히 손에 넣게 되었다. 우리는 이 일에 대해 매우 만족했다. 톰은 수고한 두 배만큼의 가치가 있다고 말했다. 왜냐하면 톰의 말을 빌리자면 이모는 누가 죽인다고 해도 다시는 그 숟가락을 세어보려고 나서지 않을 것이고, 설령 세었다 해도 자기가 정확히 세었다고 믿지 않을 것이고, 그 후에도 사흘 동안 머리가 돌 정도로 세어보다가 포기하고는, 자기더러 더 세어보기를 바라는 사람이 나타나면 그 사람을 죽이겠다고 나설 것이라고 톰은 판단했기 때문이다.

그래서 우리들은 그날 밤 침대 시트를 도로 빨랫줄에다 널어놓고 이모의 이불장에서 다시 시트 한 장을 훔쳤다. 그 후 며칠 동안 우리는 시트를 훔쳐냈다가 도로 갖다 놓기를 반복했다. 마침내 이모는 자기 집에 시트가 몇 장 있는지 모르게 되었고 그런 것에 대해 상관하지 않는다고 말하기에 이르렀다. 또한 그것에 대해 더는 골치를 썩이지 않을뿐더러 죽인다고 해도 다시는 그것을 세지 않고 차라리 죽기부터 하겠다는 것이다.

그래서 셔츠와 침대 시트와 숟가락과 양초에 관해서는 송아지와 쥐와 혼란을 일으킨 계산 덕택으로 이제 아무 일도 없었던 것으로 잘되었다. 촛대에 관해서는 곧 그것도 유야무야가 될 터라 아무 문제가 되지 않았다.

그러나 파이는 힘든 일이었다. 파이는 끝없는 수고를 수반했다. 우리는 숲속으로 들어가서 준비하고 거기서 파이를 요리했다. 마침내 그것을 완성했고 또 매우 만족스러웠다. 그러나 하루 동안에 완성한 것은 아니었다. 완성하기까지 가득가득 담아서 세 대야 분의 밀가루가 소요되었다. 또한 우리는 여기저기 심한 화상을 입었고 연기로 인해 시력에 지장이 왔다. 알다시피 우리에게 필요한 것은 파이의 겉껍질뿐이었는데, 그것을 제대로 부풀리지 못했다. 늘 겉이 짜부러들었다. 그러나 물론 우리는 옳은 방법을 생각해냈는데 그것은 사다리를 파이 속에 넣고 굽는 것이었다. 그래서 우리는 이튿날 밤 짐의 오두막에 틀어박혀 다 함께 침대 시트를 잘게 찢어서 함께 꼬았다. 그리하여 날이 새기 훨씬 전에 그것으로 사람 목을 매달아도 되는 훌륭한 밧줄을 만들었다. 우리는 그것을 만드는 데 아홉 달이 걸린 것으로 해두었다.

우리는 오전에 밧줄을 숲속으로 가지고 갔지만 그게 파이 속으로 들어가지 않았다. 시트 한 장 전부로 만들었기 때문에 우리가 원하면 마흔 개의 파이에 사용해도 충분한 밧줄이 되어 있어서 수프나 소시지나 그 밖에 골라잡을 수 있는 아무 음식에 넣고도 남을 만큼 긴 밧줄이 완성된 것이다. 정말 한 상 차리려면 차릴 수도 있었을 것이다.

그러나 우리는 그런 것은 필요하지 않았다. 우리가 필요로 하는 것은 파이 한 개에 쓸 분량이었다. 그래서 우리는 나머지를 전부 버렸다. 우리는 땜질 부분의 납이 녹을까 두려워 파이를 대야에다 굽지 않았다. 하지만 사일러스 이모부에겐 고상한 놋쇠 가열기가 있었는데, 이모부는 그것을 상당히 소중하게 간직했다. 왜냐하면 그것은 긴 나무 자루가 달린 것으로 선조 중 한 분이 정복자 윌리엄과 함께 메이플라워던가 뭔가 하는 옛날 배에 싣고 온 것이었기 때문이었다. 이 기구는 다른 오래된 가치 있는 그릇들과 기타 다른 물건들과 같이 지붕 밑 방에 감춰둔 상태였다. 그런 물건들이 소중하다는 것은 무슨 가치가 있어서가 아니라 가치는 없어도 유품이기 때문에 소중히 여겨지는 것이다. 우리들은 이 기구를 몰래 꺼내어 숲으로 가셔샀지만 방법을 몰라서 첫 번째 파이를 굽는 데는 실패했다. 그러나 마지막으로 구운 파이는 웃음을 던져주는 것이었다. 우리는 가열기를 가져와 그 안에 밀가루 반죽을 꽉 채워 석탄불에다 올려놓고 다음 단계로 헝겊 밧줄을 깔고 다시 그 위에 반죽을 씌우고 뚜껑을 덮고 나서 그 뚜껑 위에다 불티가 섞여 뜨거운 재를 얹은 다음 긴 자루를 잡은 채 5피트쯤 떨어진 거리에 시원하고 편안하게 서 있었다. 15분 후 가열기는 보기에도 만족스러운 파이를 만들어냈다. 그러나 그 파이를 먹은 사람은 이쑤시개 몇 통은 휴대해야 할 것이다. 다시 말해서 그 밧줄 사다리를 먹다가 골탕을 먹지 않는다면 나는 헛소리를 하는 게 될 것이다. 게다가 다음 번까지 먹은 사람이 복통을 일으켜 몸저 눕지 않는다면 나는 역시 헛소리 하는 것이 된다.

우리가 짐의 냄비에 그 마녀의 파이를 넣고 있을 때 냇은 쳐다보지 않았다. 우리는 음식 밑, 그러니까 냄비 바닥에 양철 접시 석 장을 깔았다. 그리하여 짐은 제대로 모든 것을 손에 넣은 것이다. 짐은 혼자가 되자 파이를 갈라 밧줄 사다리를 꺼내 그것을 밀짚 이불 속에다 감췄다. 그리고는 양철 접시에 무언가 표시를 긁고 난 다음 창문 구멍 밖으로 내던졌다.

38

펜을 만드는 일은 지독히 힘들었다. 톱을 만드는 일도 그랬다. 무엇보다도 글씨를 새겨 넣는 게 제일 힘든 일이 될 것이라고 짐이 말했다. 죄수가 벽에다 글씨를 써놓는 일이 바로 그것이었다. 그러나 우리는 그 일을 해야 했다. 톰은 우리가 반드시 그 일을 해야 한다고 말했다. 자기의 글씨나 문장(文章)을 뒤에 남기지 않은 국사범의 경우는 없었다는 것이다.

톰이 말했다.

"제인 그레이 부인을 보라고. 길포드 더들리를 보라고. 노섬버랜드 영감을 보라고! 이봐, 헉, 이게 몹시 힘드는 일이라면 어떻게 처리하겠느냐 이 말이야. 넌 어떻게 할래? 짐은 그의 글씨와 문장을 반드시 남겨야 해. 다들 하는 거니까."

짐이 말했다.

"헌디, 톰 도련님. 나한틴 문장이 없슈. 내 가진 건 여기 이 낡은 셔츠뿐이유. 그리구 여기다간 일기를 써야 한다메유."

"짐, 내 말을 알아듣지 못하는군. 문장이란 것은 다른 거야."

"저 말인데, 짐이 문장을 가지고 있지 않다고 하는데, 그 말이 맞아. 가지고 있지 않은 게 사실이니까."

내가 말했다,

"그걸 누가 모른데?"

톰이 말했다.

"그러나 짐은 여기서 나가기 전에 문장을 꼭 갖게 될 거야. 이건 훌륭한 탈출이 될 것이고 그의 기록에 결함이 남지 않을 거니까."

그리하여 짐은 놋쇠를 재료로 하고 나는 숟가락을 재료로 해서 벽돌 조각에다 펜을 갈아 만드는 동안 톰은 문장을 생각해내는 일에 골몰했다. 마침내 톰은 어느 것을 골라잡아야 할지 모를 만큼 많은 훌륭한 문장을 생각해냈다고 말했다. 그러나 그가 마음속으로 결정한 것이 하나 있었다. 톰이 입을 열었다.

"방패꼴 위에 굵은 사선을 긋고 우측 바다 한복판에는 자홍색 십자가를 배치하고 일반 의장(意匠)은 웅크리고 있는 개로 할 거야. 개의 발밑에는 노예 제도를 상징하는 사슬을 들쑥날쑥한 선으로 배열하고 톱니 모양의 상단은 파란 산 모양으로 하지. 하늘색 바탕에는 나선형 선 세 개를 넣고 깊이 파낸 톱니 띠에는 배꼽점을 몇 개 집어넣기로 하지. 맨 꼭대기에는 왼쪽으로 굽은 막대기에 끼어 보따리를 어깨에 멘 도망친 검둥이를 까맣게 그려 넣는 거야. 그리고 붉은 줄 몇 개가 떠받치고 있는 것은 너와 나야. 표어는 '마지오레 프레타 미노레 아토'로 하는데, 이건 어느 책에서 따온 거야. 서둘수록 더 느려진다는 뜻이야."

"사람 잡는군! 그래 그 표어 빼고 나머지는 모두 무슨 뜻이냐?"

내가 말했다.

"우린 그런 거에 신경 쓸 시간 없어. 열심히 일이나 해."

톰이 말했다.

"그건 그런데, 여하튼, 몇 가지나마 우리한테 가르쳐줘. 그 한복판
이란 게 뭐냐?"

내가 말했다.

"한복판, 한복판이란, 넌 그 한복판이 뭔지 알 필요 없어. 짐이 그
걸 만들 때 내가 만드는 방법을 짐에게 보여줄 테니까."

"참말로! 톰, 좀 가르쳐줘도 되잖아? 왼쪽으로 굽은 막대기가 뭐지?"

내가 말했다.

"오, 나도 몰라. 하지만 짐은 그걸 가져야 해. 모든 귀족은 그렇게
하는 법이야."

톰은 다 이런 식이었다. 어떤 일의 설명이 자신에게 맞지 않으면
그는 설명하려 하지 않았다. 톰한테는 일주일을 졸라봐야 소용없는
일이었다.

톰은 문장에 관련된 일은 모두 결정지었다. 그래서 이제 톰은 그
일의 남은 부분이라 할 슬픈 문구를 지어내는 작업의 마무리 단계에
돌입했다. 다른 죄수들이 모두 했던 것처럼 짐도 그렇게 하지 않으면
안 된다는 것이다. 톰은 많은 문구를 만들어 그것을 종이 위에 적어놓
고 읽어 내려갔다. 이렇게 말이다.

1. 여기 포로의 심장이 터졌도다.
2. 여기 세상과 친구들이 버린 불쌍한 죄수가 저의 슬픈 삶을 토로
   하도다.
3. 여기 고독한 유폐 생활 37년을 지낸 후 고독한 심장은 터지고
   피로한 영혼 안식을 찾았노라.

4. 여기 37년의 쓰라린 유폐를 마치고 고귀한 이방인, 루이 14세의
   사생아는 집도 친구도 없이 사라졌노라.

이것을 읽는 동안 톰의 음성은 떨렸고 거의 끝까지 읽지 못할 뻔했
다. 다 읽고 나서 톰은 어느 것을 짐에게 벽에다 쓰라고 할 것인지 결
단을 내리지 못했다. 그 문구들은 모두 너무나 훌륭했기 때문이다. 그
러나 마침내 톰은 그 전부를 쓰게 하겠다고 했다. 그 많은 것을 통나
무에다 못으로 쓰려면 일 년은 걸릴 것이고 게다가 자신은 글씨를 어
떻게 그릴지 모른다고 짐이 말했다. 그러나 톰은 자기가 대충 틀을 잡
아줄 테니 짐은 그냥 그 선을 따라 파내면 된다는 것이다. 잠시 후 톰
이 말했다.

"생각해보니까 통나무로는 안 되겠다. 지하 감옥에는 통나무 벽
같은 건 없거든. 바위에다 글씨를 새기지 않으면 안 되겠다. 바위를 가
져오기로 하자."

짐은 바위가 통나무보다 더 어렵다고 말했다. 바위에다 글자를 새
겨 넣으려면 지독히 긴 시간이 걸릴 테니까 자기는 영원히 탈출하지
못할 것이라고 했다. 그러나 톰은 나더러 그를 돕게 하겠다고 말했다.
그러고는 톰은 나와 짐이 펜 만드는 일을 어떻게 진행하고 있는지를
확인하려고 슬쩍 이쪽을 바라보았다. 그것은 지나칠 정도로 지루하고
고된 일이면서 진행이 느려서 내 손에서 상처가 나을 겨를이 없었다.
도무지 진척되는 기미가 거의 보이지 않았다. 그러자 톰이 말했다.

"내 묘수를 알아냈다. 문장과 슬픈 문구를 새겨 넣을 바위가 있어
야 해. 그런 돌을 가지면 돌 한 개로 두 마리 새를 잡을 수 있어. 저 아
래 목재소에 멋지게 큰 숫돌이 있거든. 그걸 훔쳐다가 그 위에 여러 가
지를 새기고 동시에 그 위에다 펜과 톱을 갈면 되지 않겠어?"

그것은 만만한 생각이 아니었다. 또한 그 숫돌도 만만한 것이 아니었다. 그러나 우리들은 그놈과 맞상대하기로 했다. 아직 한밤중이 되지 않았지만 짐 혼자 일하게 남겨두고 톰과 나는 목재소로 갔다. 숫돌을 훔쳐 그것을 집으로 굴려오려 했지만 지독히 어려운 일이었다. 때로는 우리가 별 짓을 다해도 계속 쓰러졌고 쓰러질 때마다 우리는 그 밑에 깔려 죽을 뻔했다. 이렇게 하다가는 이 일을 끝내기도 전에 분명 우리 둘 중 하나는 이놈의 밥이 될 거라고 톰이 말했다. 그것을 반쯤 굴려왔을 때 그만 우리는 녹초가 되고 온몸이 땀으로 흠뻑 젖고 말았다. 이래가지고는 도저히 안 된다는 것을 깨닫고 가서 짐을 데려와야 했다. 그래서 짐은 침대를 쳐들고 침대 다리에서 쇠사슬을 빼내어 그것을 목에 칭칭 감고, 우리가 파낸 구멍으로 기어 나와 숫돌 있는 데로 왔다. 짐과 나는 숫돌에 달려들어 그것을 손쉽게 굴려왔다. 톰은 감독관이었다. 감독 노릇을 하는 것으로 말하면 내가 이제껏 본 중에서 톰을 능가할 사람은 없었다. 톰은 무슨 일이든 그 요령을 알았다.

우리가 만든 구멍은 꽤 컸지만 숫돌이 들어가기에는 충분치 않았다. 그러나 짐이 곡괭이를 집어 들더니 곧 넉넉히 넓은 구멍으로 만들었다. 그러자 톰은 못으로 숫돌 위에다 문장과 문구를 표시하고, 짐에게 못을 끌로 삼고 잇대어 지은 헛간이 쓰레기 더미에서 찾아낸 쇠꼬치를 망치로 삼아 그 문장과 문구를 그 돌 위에다 새기라고 했다. 남은 양초가 다 타버릴 때까지 계속 파다가 양초가 꺼지면 잠자리로 들어가되 숫돌은 밀짚 이불 밑에다 감추고 그 위에서 자라고 일렀다. 그러고는 우리는 짐이 쇠사슬을 다시 침대 다리에다 끼우도록 도왔고 그런 다음에야 우리도 잠자리에 들 준비를 했다. 그러나 톰은 무슨 생각을 하고는 말했다.

"짐, 여기 거미 없나?"

"없슈. 고맙게두 말예유, 톰 도련님."

"그럼 우리가 몇 마리 잡아다주지."

"도련님, 사람 잡지 말아유. 난 그런 거 필요 없슈. 거미는 무서워유. 차라리 방울뱀이 더 낫다니께유."

톰은 1, 2분 생각하더니 말했다.

"그건 좋은 생각인걸. 그건 전에도 그랬을 거야. 필경 그랬을 거야. 그건 이치에 닿는걸. 그건 멋들어진 생각이야. 그런데 어디다 기르지?"

"기르다니, 뭐를 길른데유, 톰 도련님?"

"뭐긴, 방울뱀이지."

"톰 도련님, 하느님 맙소사! 톰 도련님! 여기에 방울뱀이 들어오면 난 내 대갈통으로 저 통나무 벽을 부수구 도망칠 거니께유."

"짐, 좀 시간이 지나면 짐도 방울뱀을 무서워하지 않게 될 거야. 그것들을 길들일 수 있을 테니까."

"길들인다구유!"

"그래, 아주 쉬워. 모든 짐승은 친절을 베풀고 쓰다듬어주면 고마워하거든. 저를 귀여워해주는 사람을 해칠 생각을 안 한다 이거야. 어느 책을 봐도 다 그렇게 쓰여 있어. 한번 해보란 말이야. 내 부탁은 그게 다야. 한 2, 3일만 해봐. 그럼 금세 길이 들어 뱀은 짐을 좋아하게 되지. 그래서 사람한테서 떨어지지 않고 같이 자려고 할 거야. 그렇게 되면 1분도 떨어져 있으려고 안 하고 목을 칭칭 감게 하고 머리를 짐의 입에다 넣는 것도 허락하게 되는 거야."

"톰 도련님, 제발…… 그렇게 말하들 말아유. 난 참을 수 없다니께유. 방울뱀이 내 입 속에다 머리를 집어넣는다구 그랬슈? 호의로 그런다구유? 아무리 기다려보라구 해봐유. 내 쪽에서 뱀한테 그런 걸 부탁하나, 원! 그보다 난 방울뱀이 나와 함께 자는 건 질색이라니께유."

"짐, 그렇게 바보처럼 굴지 마. 죄수란 어떤 말 못 하는 애완동물을 하나 길러야 하는 거야. 그리고 이제껏 방울뱀을 길들이려고 시도한 사람이 없었다면 짐이 세상에서 제일 먼저 그것을 시도한 사람이 되는 거거든. 그러면 그런 일에 최초의 인물이라는 점에서 오는 영광은 짐이 생명을 구하려고 생각해낼 수 있는 어떤 방법보다 더 큰 명예를 얻게 되는 거야."

"톰 도련님, 난 그런 영광은 싫단 말예유. 뱀에게 턱을 물리면 영광이구 뭐구가 다 무슨 소용 있남유? 난 그런 짓은 원치 않는다구유."

"젠장, 한번 시도해볼 수도 없겠어? 난 짐이 한번 시도해봤으면 하거든……. 그러다 잘 되지 않으면 계속할 필요는 없어."

"내가 방울뱀을 실험하는 동안 그게 날 물면 큰 난리가 생겨유. 톰 도련님, 난 터무니없는 일만 아니면 대개 자진해서 덤벼들어 그 일을 할 거예유. 허지만 도련님과 헉이 나더러 길들이라고 방울뱀을 이리 가져오면 난 떠날 거예유. 틀림없슈."

"좋아, 짐이 그렇게 이 일에 대해 고집을 부리면 그만두면 돼. 그건 그만둬. 우리가 독이 없는 줄뱀 몇 마리 잡아올 테니 그 꼬리에 단추를 몇 개 매달아놓고 그걸 방울뱀이라고 치면 될 게 아냐. 그러면 될 것도 같은데."

"톰 도련님, 그건 참을 수 있을 거구먼유. 허지만 그런 뱀도 없으면 좋겠구먼유. 죄수가 된다는 게 이렇게 까다롭고 힘든 일인 줄은 전에 정말로 몰랐슈."

"제대로 하려면 늘 그런 법이야. 참, 여기 쥐가 있나?"

"없슈. 한 마리도 보들 못 했슈."

"그럼 쥐도 몇 마리 갖다주지."

"톰 도련님, 난 쥐 같은 건 필요 없슈. 잠을 청할 때 방해하질 않나, 몸 위로 버시럭거리며 넘어다니질 않나, 발을 물질 않나 세상에서 내가 본 것 중에 제일 지겨운 놈이 쥐라는 놈이유. 차라리 줄뱀을 줘유. 꼭 그런 것들을 데리고 있어야 한다면 말이유. 하지만 쥐는 주지 마유. 쥐는 그거 워다다 써먹는데유?"

"하지만 짐, 쥐는 꼭 길러야 해. 모두 그렇게 했으니까. 그러니까 이 문제를 가지고 더는 시끄럽게 하지 마. 쥐와 함께 살지 않은 죄수는 이제껏 없었어. 그런 예가 없단 말이야. 죄수들은 쥐를 훈련시키고 귀여워하고 재롱을 가르쳤던 거지. 그러면 쥐들은 파리들처럼 사람과 정답게 어울리게 됐어. 하지만 쥐들에게 음악을 들려줘야 해. 뭐 음악을 연주할 거 가진 것 없어?"

"형편없는 머리빗허구 종이 한 장에다가 구금(口琴)밖엔 아무것도 없슈. 허지만서두 쥐가 구금 같은 것 좋아하것남유."

"아냐. 그렇지 않아. 쥐들은 좋아할 거야. 쥐들은 무슨 음악이냐 같은 건 상관하지 않아. 쥐에겐 구금이면 충분해. 모든 짐승은 음악을 좋아하거든. 감옥 속에선 쥐들은 음악이라면 미치지. 특히 비통한 음악을 좋아해. 비통한 음악은 늘 쥐들의 관심을 끄는 법이야. 쥐들은 짐에게 무슨 일이 생겼나 해서 뛰쳐나온단 말이야. 됐어. 짐은 이제 된 거야. 준비가 썩 잘된 셈이야. 이제 밤마다 자기 전하고 아침 일찍이 침대에 앉아서 구금을 연주하란 말이야. 〈마지막 고리는 끊기고〉를 연주하란 말이야. 그 음악은 다른 무엇보다도 빨리 쥐를 모을 수 있을 거야. 그리고 2분만 연주하면 쥐, 뱀, 거미 할 것 없이 모두 짐을 걱정하며 달려올 테니까. 그러고는 짐 위로 빽빽이 몰려들어 멋지고 훌륭한 시간을 가질 거야."

"톰 도련님, 짐승들이야 그럴 테지유. 허지만서두 이 짐은 어떻게 될 건가유? 내가 어떻게 될지 알면 좋겠슈. 허지만 꼭 해야만 된다면 그러겠슈. 집 안에서 짐승들도 만족하구 아무 말썽도 없었으면 해유."

톰은 잠자코 생각에 잠기더니 또 무엇이 없을까 궁리하고 나서 다시 말했다.

"아, 한 가지 잊은 게 있구나. 이곳에서 꽃을 키울 수 있을까?"

"톰 도련님, 잘 모르지만서두 할 수도 있겠구만유. 한데 여긴 꽤 어둡구, 나한텐 꽃이 별 소용이 없을 거구, 꽃이라야 보기 흉한 꼴을 할 거구만유."

"어쨌든 한번 해보는 거야. 몇몇 다른 죄수들도 꽃을 길렀거든."

"큰 고양이 쏘리져럼 생긴 현삼하는 여기서 자랄 거유, 톰 도련님. 허지만서두 들인 수고의 절반의 보람도 찾지 못할 거유."

"그렇게 생각하지 마. 우리가 조그만 것 하나 갖다줄 테니 그쪽 구석에 심어서 키워봐. 그리고 그걸 현삼화라고 부르지 말고 피치올라라고 불러. 그게 감옥에서는 맞는 이름이야. 그러면 짐의 눈물로 그것에 물을 주고 싶을 거야."

"허지만 톰 도련님, 샘물이 얼마든지 있잖어유."

"샘물은 필요 없어. 짐의 눈물로 물을 줘야 해. 죄수란 항상 그렇게 하는 법이야."

"저 톰 도련님, 딴 사람이 현삼화 하나를 눈물로 기르는 동안이면 난 샘물로 현삼화들을 두 배나 빨리 기를 수 있을 거유."

"그런 게 아니라니까. 짐은 반드시 눈물로 키워야 해."

"톰 도련님, 그 꽃은 내 손에서 죽겠구만유. 틀림없이 죽을 거유. 난 눈물을 거의 흘리는 법이 없으니께 말이유."

그래서 톰의 말문은 막히고 말았다. 그러나 다시 곰곰이 생각하더니 짐은 양파를 가지고 할 수 있는 최선의 노력을 해보라고 말했다. 톰은 내일 아침에 검둥이 오두막 숙소에 가서 양파를 짐의 커피포트 속에 몰래 집어넣겠노라고 약속했다. 짐은 "차라리 커피 속에 담배를 넣어주었으면 좋겠슈" 하고 말했다. 그러고는 그것에 대해 투덜댔을 뿐 아니라 현삼화를 기르는 것, 구금을 쥐에게 연주해주는 일, 뱀과 거미와 그 밖에 다른 것들을 귀여워하며 기르는 일 등에 대해 투덜댔다. 그 무엇보다도 펜이니 문구니 일기 따위의 일은 지금까지 해온 어떤 일보다도 죄수가 된 것을 더 귀찮고 걱정되게 만드는 데다 책임까지 지워준다고 투덜댔다. 톰도 듣다가 인내심을 잃고 말했다. 짐은 이 세상 어느 죄수보다 명성을 얻을 좋은 기회가 굴러들어왔는데도 그 가치도 모르고 기회를 날려버리려 한다는 것이다. 그러자 짐도 미안하다고 말하고 더는 그런 불평을 하지 않겠다고 말했다. 그래서 나와 톰은 잠을 자러 집으로 향했다.

39

다음날 아침 우리들은 마을에서 쇠망 쥐덫을 하나 사가지고 지하
실로 내려가 제일 커다란 쥐구멍을 다시 뚫어놓았다. 그리고 나서 약
한 시간이 지나 열다섯 마리의 토실토실한 쥐를 잡았다. 그 쥐덫을 우
리는 샐리 이모의 침대 밑 안전한 곳에 놓아두었다. 그러나 우리가 거
미를 잡으러 간 동안 꼬마 토머스 프랭클린 벤자민 제퍼슨 엘렉산더
펠프스가 그것을 발견하고 쥐들이 나오나 보려고 쥐덫의 문을 열었
다. 그러자 쥐들이 밖으로 나왔다. 그때 샐리 이모가 방으로 들어왔다.
우리가 그 자리를 뜨고 없어졌을 때 이모는 침대 끝에 서서 난리 소동
을 치는 일이 벌어지고 쥐들은 이모의 지루한 시간을 없애주려고 나름
대로 최선을 다했다. 그리하여 이모는 우리들을 붙잡아 히코리나무로
매를 때렸고, 그 귀찮은 꼬마 놈 때문에 다른 쥐를 열대여섯 마리 잡느
라 두 시간이나 허비했다. 그러나 다시 잡은 것들은 신통한 놈들이 아
니었다. 처음에 잡은 놈들이 정말 실한 놈들이었다. 나는 처음 잡은 쥐
들만큼 실한 쥐들을 본 적이 없었다.

우리는 굉장히 많은 거미와 갑충류와 개구리와 송충이와 그 밖에 이러저러한 것들을 좋은 놈으로 골라서 수집했다. 말벌 집도 구하고 싶었지만 그렇게 되지 않았다. 말벌들이 벌집에 들어가 있었기 때문이다. 우리는 당장 포기하지는 않고 되도록 오래 벌들과 대치했다. 우리가 놈들을 지쳐 떨어지게 하든가 놈들이 우리를 지쳐빠지게 하든가 두 가지 중 하나였다. 결국 벌들이 이기고 말았다. 우리는 토목향을 채취하여 벌에 쏘인 데다 발랐다. 그러자 통증은 거의 가라앉았지만 앉는 데는 불편했다. 그래서 우리는 뱀을 잡으러 나섰는데, 2, 30마리 줄뱀과 집뱀을 잡아 자루에 넣어가지고 우리들 방에 갖다 놓았다. 그때는 벌써 저녁 식사 시간이었고 꽤 소득이 있는 하루의 작업이었다. 배가 고팠느냐고? 아니, 전혀 고프지 않았던 것 같다. 방에 돌아와 보니 뱀이라곤 한 마리도 없었다. 자루 아가리를 잘못 매어 뱀들이 이러럭저러럭 빠져나와 거기를 떠난 후였다. 그러나 그것은 큰 문제가 아니었다. 울 안 어딘가에 그놈들이 아직 있을 것이라 생각되었기 때문이다. 그래서 그중 몇 마리는 다시 잡을 수 있다고 판단했다. 사실 이 집에는 상당한 기간 동안 뱀이 적지 않았다. 이따금 서까래 같은 곳에서 뚝뚝 떨어지는 뱀을 보곤 했다. 뱀들은 음식이 담긴 접시 속이나 사람들의 목둘레나 대개는 사람이 바라지 않는 곳으로 떨어졌다. 이런 뱀들은 예쁘고 몸에 줄이 있었고 백만 마리가 있어도 전혀 해가 없었다. 그러나 아무리 그렇다손 치더라도 샐리 이모에게는 아무것도 아닌 게 아니었다. 이모는 뱀이라면 종류가 어떤 것이든 모두 멸시했고, 누가 아무리 괜찮다고 말해도 이모는 뱀을 참지 못했다. 그래서 뱀이 이모 위로 떨어지면 무슨 일을 손에 잡고 있었던 간에 그 일을 집어치우고 재빨리 밖으로 나갔다. 나는 이런 여인은 처음 보았다. 이모의 고함 소리가 지옥까지 닿는 것을 들을 수 있었다. 이모에게 집게로 뱀 한 마리 집어보라고 설득하려야 할 수 없었다. 또한 침대에서 돌아누웠을 때 뱀을 발견하면 헐레벌떡 침대 밖으로 기어 나와 마치 집에 불이 난 것처럼 소리를 질러댔다. 이모가 늙은 이모부를 그렇게 귀찮게 굴었기 때문에 애당초 뱀은 이 세상에 창조되지 말았으면 좋았을 것이라고 그는 말했다. 마지막 뱀이 집 밖으로 쫓겨나고 일주일이 지난 다음에도 샐리 이모는 아직 뱀에 대한 공포에서 완전히 벗어나지 못한 상태였다. 거의 벗어나지 못했다. 앉아서 무언가를 생각할 때 목 뒤에다 깃털이라도 대면 깜짝 놀라 튀어올랐다. 여간 우스운 게 아니었다. 그러나 톰은 모든 여자는 다 그렇다고 말했다. 여자는 다 그렇게 만들어졌다는 것이다. 이유는 뭐 이렇고 저렇고 했다.

뱀 한 마리가 이모의 일을 방해할 때마다 이모는 우리를 매질했다. 다시 우리들이 뱀을 들여와 집 안을 어지럽히는 날에는 매는 아무것도 아닐 것이라고 이모는 말했다. 나는 매 맞는 것쯤은 상관도 안 했다. 매 맞는 것은 아무것도 아니었기 때문이다. 그러나 다시 다른 많은 뱀을 잡아 충당하려고 고생할 생각을 하면 그게 더 아찔했다. 그러나 우리들은 뱀을 비롯해 다른 것들도 모두 구해오게 되었다. 그런 짐승들이 음악 소리를 듣고 짐을 향해 떼를 지어 몰려올 때 짐의 오두막처럼 활기찬 장소는 아무도 본 적이 없을 것이다. 짐은 거미를 싫어했고 거미도 짐을 싫어했다. 그래서 거미들은 잠복했다가 짐을 혼내주었다. 쥐들과 뱀들과 숫돌 때문에 침대 위에는 자기가 잘 자리가 거의 없다고 짐은 말했다. 자리가 있다 하더라도 사람이 자기란 불가능했다. 짐의 말로 어찌나 시끄럽고 활기찬지 모를 정도이기 때문이라는 것이다. 다시 말해서 그놈들은 한꺼번에 자지 않고 교대로 잔다는 것이었다. 그래서 뱀들이 잠을 자면 쥐들이 날뛰고 쥐들이 잠자리에 들 때면 뱀들이 망을 보러 나왔다. 그래서 짐은 나름대로 밑에 악당을 거느렸고

432

다른 악당은 짐 위에서 서커스를 하는 격이었다. 짐이 일어나 새 장소를 찾으면 짐이 방 안을 횡단할 때 거미들이 공격할 기회를 얻었다. 이곳을 탈출하게 되면 월급을 준다 해도 다시는 죄수가 되지 않겠다고 짐은 말했다.

그리하여 3주일이 끝나갈 무렵에는 모든 준비가 제대로 끝났다. 셔츠는 일찌감치 파이에 넣어 짐에게 보냈고 쥐가 짐을 물 때마다 짐은 일어나 피 잉크가 신선한 틈을 타서 일기를 조금 썼다. 펜도 제작되어 문구니 뭐니 하는 것들도 숫돌 위에 새겼다. 침대 다리는 두 토막으로 잘랐는데, 우리는 그 톱밥을 다 먹어버렸다. 그것은 지독한 복통을 일으켰다. 우리는 모두 죽는구나 싶었는데, 죽지는 않았다. 이렇게 소화가 안 되는 톱밥을 보긴 처음이었다. 톰도 그렇다고 했다. 그러나 내 말했다시피 마침내 이제야 모든 준비를 완료한 것이다. 그래서 우리는 모두 몹시 지쳐버렸다. 그러나 짐이 제일 심하게 지쳐 있었다. 이모부

는 뉴올리언스 밑에 있는 농장에다 여러 번 편지를 내어 와서 도망친 검둥이를 데려가라고 했다. 그러나 응답이 없었다. 왜냐하면 그런 농장은 없었기 때문이다. 그러자 이모부는 세인트루이스 신문이나 뉴올리언스 신문에 짐의 광고를 내겠다고 말했다. 세인트루이스 신문이라는 말이 이모부의 입에서 나왔을 때 온몸에 소름이 끼쳤다. 우리에게 지체할 시간이 없다는 것을 나는 깨달았다. 그래서 톰은 도리어 익명의 편지를 쓸 때가 왔다고 말했다.

"그게 뭔데?"

내가 물었다.

"무슨 일이 일어나고 있다는 것을 사람들에게 미리 알리는 경고야. 때로는 이 방법, 때로는 저 방법을 쓰지. 그러나 항상 스파이가 있는데, 그 스파이는 성주(城主)에게 정세를 밀고하거든. 루이 16세가 튈르리 궁에서 탈출하려고 했을 때에는 하녀 하나가 스파이 노릇을 했거든. 이건 정말 좋은 방법이야. 익명의 편지도 좋은 방법이지. 우리는 두 가지 방법을 다 쓰게 될 거야. 그런데 죄수의 어머니가 죄수와 서로 옷을 바꿔 입고 어머니는 감옥에 남고 죄수는 어머니 옷을 입고 몰래 탈출하는 것이 흔히 사용되지. 우리는 그 방법도 써보는 거지."

"이봐, 톰. 무슨 일이 일어난다는 것을 왜 누구한테 미리 경고해야 하지? 저희들이 알아서 찾아내라고 해. 자기들이 감시해서 알아낼 일이니까."

"그건 나도 알아. 하지만 그들에게 의존할 순 없지. 그들은 애당초부터 그렇게 행동했으니까. 모든 것을 우리가 하도록 맡겨둔 거야. 그들은 남을 신뢰하는 바보들이어서 전혀 아무것도 미리 눈치 채지 못해. 그래서 우리가 미리 경고하지 않으면 우리를 방해하는 사람이나 사건이 없게 될 거야. 그렇게 되면 이렇게까지 우리가 애써 노력한 이

탈주가 완전히 날탕이 되고 말 거란 말이야. 모두 도로아미타불이 되는 거지. 얻는 건 하나도 없게 되는 거지."

"톰, 나는 어떤가 하면, 차라리 그렇게 되는 게 좋겠다."

"말도 안 되는 소리!"

톰은 역겹다는 표정을 지으며 말했다. 그래서 내가 말했다.

"하지만 불평하려는 게 아냐. 너에게 맞는 방법은 나한테도 맞아. 하녀에 관련되어서는 어떻게 하지?"

"네가 하녀가 되는 거야. 그러니까 한밤중에 살짝 들어가서 그 혼혈아 계집애의 옷을 훔치는 거야."

"톰, 그렇게 하면 다음날 아침 큰 난리가 날걸. 물론 그 계집애는 옷 한 벌밖에 없는 애일 테니까."

"나도 그건 알아. 하지만 익명의 편지를 가지고 가서 앞문 밑에다 밀어 넣는 데는 겨우 15분이 걸려."

"그러면 됐어. 내가 그렇게 할게. 하지만 내 옷을 입고서도 쉽게 할 수 있어."

"그럼 넌 하녀처럼 보이지 않을 게 아냐? 안 그래?"

"그렇겠지. 그렇지만 내가 누구로 보이는지 볼 사람은 아무도 없을 텐데."

"그런 것하고는 아무 상관없어. 우리가 하는 일은 우리의 의무를 다하는 것뿐이야. 누가 우리를 보고 안 보고는 걱정할 것 없어. 너한테는 원칙이라는 게 전혀 없니?"

"좋아. 이제 아무 말도 안 할게. 내가 하녀가 되지 뭐. 그럼 누가 짐의 어머니가 되지?"

"내가 하는 거지. 샐리 이모의 옷을 훔쳐야지."

"그럼, 나랑 짐이 도망칠 때 너는 방 안에 그냥 남아 있어야 한단 말이지?"

"그렇지는 않아. 난 말이야, 짐의 옷에다 밀짚을 잔뜩 채워 침대에 눕혀놓을 테야. 그게 짐의 어머니가 변장하고 있는 모습을 나타내는 거지. 짐은 샐리 이모의 옷을 나한테서 빼앗아 입는 거야. 그러고 나서 우린 다 같이 탈출하는 거야. 유서 깊은 죄수가 도망칠 때에는 그것을 탈출이라고 하는 거야. 예컨대 왕이 도망칠 때에는 늘 탈출이라고 하는 거지. 왕의 아들의 경우도 마찬가지야. 적자든 서자든 그건 상관없어."

그래서 톰은 익명의 편지를 썼다. 나는 그날 밤 혼혈 계집애의 옷을 훔쳐 입고 그 편지를 앞문 밑에다 밀어 넣었다. 톰의 말대로 한 것이다. 그 편지에는 이렇게 쓰여 있었다.

조심하라. 문제가 일어나고 있다. 엄중한 경계를 계속하라.
                                                        익명의 친구

이튿날 밤 우리는 톰이 피로 그린 두개골과 그 밑에 교차시킨 대퇴골 그림을 앞문에다 붙이고 그다음 날 밤에는 관을 그린 또 다른 그림을 뒷문 위에다 붙였다. 나는 이 집 가족처럼 불안에 떠는 가족을 본 적이 없다. 그 장소가 모든 것 뒤에서나 침대 밑에서 잠복하고 대기 속에서 떠는 귀신들로 가득 찼다 하더라도 이 가족들만큼 공포에 떨진 않았을 것이다. 문 하나가 쾅 하고 닫히면 샐리 이모는 펄쩍 뛰었고 무엇이 떨어지면 "아이고머니!" 하고 소리쳤고 우연히 누구의 손이 몸에 스치기만 해도 펄쩍 뛰며 "아이고머니!" 하는 것이었다. 무심코 그랬어도 마찬가지였다. 이모는 어느 쪽을 향해도 안심하지 못했다. 언제나 자기 뒤에 뭔가가 있다고 생각했기 때문이다. 그리하여 이모는 늘 갑자기 몸을 돌리며 "아이고머니!" 하고 소리쳤고 몸을 채 3분의 2도 돌리기 전에 다시 역으로 돌리며 다시 아이고머니를 연발했다. 이모는 잠자리에 들기를 무서워했고 그렇다고 앉아서 날밤을 새우는 것도 아니었다. 이런 모습을 보고 톰은 일이 잘 되어간다고 말했다. 이보다 일이 더 만족스럽게 돌아가는 것을 본 적이 없다고 했다. 이것은 모든 것이 제대로 돌아가고 있다는 것을 보여주는 거라 했다.

톰은 이제 정면대결로 돌입한다고 말했다. 그리하여 다음날 아침 동이 트자 우리는 또 한 장 편지를 준비했다. 그러고는 그 편지를 어떻게 할까를 생각하고 있었다. 왜냐하면 저녁 식사 때 식구들은 밤새 양쪽 문에다 검둥이 하나씩 보초를 서게 한다는 말을 들었기 때문이다. 톰은 피뢰침 막대를 타고 내려가 정찰에 나섰다. 뒷문 보초를 선 검둥이가 자고 있었기 때문에 그놈 목 뒤에다 편지를 꽂아놓고 돌아왔다. 이 편지의 내용은 이랬다.

나를 배신하지 마라. 나는 너의 친구가 되기를 원한다. 저 너머 인디언 영토에서 온 필사적인 살인마 패거리가 오늘 밤 도망친 너의 검둥이를 훔쳐가려고 한다. 네가 집에 틀어박혀 그들을 방해하지 못하도록 그동안 너희들에게 겁을 주어왔다. 나는 그 갱단의 일원이다. 그러나 신앙심을 얻어 이제는 거기서 발을 빼고 다시 정직한 생활을 하고자 이 흉악한 계획을 폭로하려고 한다. 그놈들은 자정 정각에 울타리를 따라 북쪽으로 몰래 침입하여 위조 열쇠를 가지고 검둥이 오두막으로 들어가 그 검둥이를 훔치려 하고 있다. 나는 떨어진 곳에 있다가 어떤 위험을 보는 즉시 양철 호각을 불기로 되어 있다. 그러나 나는 놈들이 집 안으로 들어가자마자 호각을 부는 대신 양처럼 음매 하고 소리를 지를 것이다. 그러면 놈들이 검둥이의 사슬을 푸는 동안 너는 그리로 가서 열쇠를 채워 놈들을 그 안에 가둬야 한다. 그러고 나서 시간 나는 대로 놈들을 죽일 수 있을 것이다. 내가 너에게 알려준 방법 이외의 행동을 해서는 절대 안 된다. 만일 달리 행동하면 놈들은 무언가 수상하다고 의심하여 큰 소동을 일으킬 것이다. 나는 올바른 일을 하고 있다는 자각 말고는 아무 보수를 원하지 않는다.

익명의 친구

40

　아침 식사 후 우리는 기분이 어찌나 좋은지 도시락을 싸가지고 카누를 타고 강으로 낚시를 나가 즐거운 시간을 보냈을 뿐 아니라 뗏목을 보러 갔더니 그것은 제자리에 잘 있었다. 늦게야 저녁을 먹으러 집에 왔더니 집안 식구는 모두 초조와 불안에 떨고 있었고, 자신들이 발로 섰는지 머리로 거꾸로 섰는지도 분간하지 못했고, 저녁 식사가 끝나자마자 우리더러 어서 가서 자라고 내몰 뿐 무슨 문제가 있는지 한마디도 말해주려고 하지 않았다. 또한 새로 날아온 편지에 대해서도 한마디도 하지 않았다. 그러나 우리에게 말할 필요는 없었다. 왜냐하면 우리는 누구보다도 더 잘 알았기 때문이다. 우리가 계단을 반쯤 올라가고 이모의 등이 우리 쪽을 향하자마자 우리는 몰래 지하실 찬장으로 내려가서 멋진 도시락 하나를 만들어 그것을 가지고 우리 방으로 올라와 잠자리에 들었다. 그러고는 열한 시 반쯤에 다시 일어났다. 그러자 톰은 훔친 샐리 이모의 옷을 입고 도시락을 가지고 나가려다가 이렇게 말했다.

"버터는 어디 있지?"

"큰 덩어리 하나를 내가 옥수수빵 위에다 놓았어."

내가 말했다.

"그럼 거기에다 놔두고 온 모양이다. 여기엔 없어."

"없어도 되잖아."

내가 말했다.

"있어도 되지."

톰이 말했다.

"지하실로 슬쩍 가서 그걸 가져와. 그리고 피뢰침 막대를 빨리 타고 내려와 내 뒤를 따라 와. 나는 짐의 옷에다 밀짚을 가득 채워 짐의 어머니로 변장시키고 네가 오자마자 양처럼 음매 하는 소리를 내고 도망칠 준비를 할 테니까."

그래서 톰은 밖으로 나갔으며 나는 지하실로 내려갔다. 주먹만 한 버터 덩어리는 내가 놓아두었던 곳에 그대로 있었다. 그래서 버터를 이고 있는 옥수수빵까지 함께 집어 들고 불을 입으로 불어 끄고는 아주 살금살금 계단을 오르기 시작했다. 1층까지 무사히 올라왔는데, 때마침 샐리 이모가 촛불을 들고 왔다. 나는 버터를 얼른 내 모자 속에 집어넣고는 다시 모자를 썼다. 다음 순간 이모는 나를 보았다. 이모가 말했다.

"너 지하실에 갔다 오는 거냐?"

"네, 이모."

"거기서 무얼 하고 있었니?"

"아무것도 안 했어요!"

"아무것도 안 했다고!"

"네, 이모."

"그럼 무엇 때문에 이 밤중에 거길 내려갔지?"

"모르겠는데요."

"모른다고? 톰, 그렇게 대답하는 게 아냐. 네가 그 아래에서 무슨 짓을 했는지 알고 싶구나."

"샐리 이모, 난 한 가지 일도 하지 않았어요. 정말이지 아무 짓도 안 했다니까요."

이제 이모가 나를 보내주려니 하고 생각했다. 사실 보통 때라면 그랬을 것이다. 그러나 이상한 일들이 하도 많이 일어났기 때문에 이모는 아무리 사소한 일이라도 생기면 몹시 초조해하는구나 하는 생각이 들었다. 그러자 이모는 단호한 어조로 말했다.

"거실로 들어가 내가 올 때까지 거기 있거라. 넌 너하고 상관없는 일을 하고 있었을 거야. 그게 뭔지 알아내기 전엔 널 놔주지 않겠다."

그래서 이모가 자리를 뜰 때 나는 문을 열고 거실로 들어갔다. 그런데 이게 어찌 된 심판인가! 거기에는 많은 사람들이 모여 있었다! 열다섯 명이나 되는 농부들이 모두 총을 가지고 있었다. 속이 어찌나 울렁거리는지 의자로 슬며시 가서 앉았다. 농부들은 둘러앉았는데, 몇 사람은 낮은 목소리로 이야기를 나누었지만 모두는 안절부절못하며 불안에 떨고 있었다. 그러면서도 애써 그런 내색을 보이려 하지 않았다. 그러나 나는 그들이 초조와 불안에 떤다는 것을 알았다. 그들은 모자를 벗었다 썼다 하기도 하고 머리를 긁고 자리를 바꿔 앉고 단추를 만지작거렸기 때문이다. 나도 마음이 편치 않았지만 모자는 그대로 쓰고 있었다.

나는 샐리 이모가 와서 나를 놔주든지 원하면 매를 때리든지 하여 나를 여기서 내보내주었으면 싶었다. 그래야 톰에게 우리 장난이 지나쳤다는 것과 우리가 얼마나 끔찍한 문제 한가운데로 빠져 들어가고

있는지를 알리고, 어서 이런 바보짓은 집어치우고 이자들이 참다못해
우리들에게 달려들기 전에 짐을 데리고 도망치자고 말하고 싶었다.

마침내 이모가 돌아와 나에게 여러 가지 질문을 던지기 시작했다.
그러나 나는 내가 발로 서 있는지 머리로 서 있는지 몰라서 그 질문에
제대로 대답할 수 없었다. 왜냐하면 이 농부들은 이제 어찌나 조바심
에 지쳤던지, 어떤 사람은 가서 그 불량배를 때려잡으러 매복하자고
하면서 자정까지는 이제 몇 분 남지 않았다고 말했으며, 다른 사람들
은 그 사람들을 제지하며 음매 하는 양의 신호가 올 때까지 기다리자
고 했다. 게다가 이모가 계속 꼬치꼬치 묻는 바람에 나는 너무나 겁이
나서 온몸이 떨리고 그 자리에 주저앉을 것만 같았다. 나는 답답해서
점점 참을 수가 없었고 버터는 녹아서 목과 귀 뒤로 녹아내리기 시작
했다. 이윽고 한 사람이 말했다.

"지금 당장 오두막으로 들어가 그놈들이 오는 대로 체포하는 것에
찬성하오."

그 사람 말이 끝나자 나는 거의 바닥에 쓰러질 뻔했다. 또한 한 줄

442

기 버터가 내 이마로 뚝뚝 떨어졌다. 샐리 이모가 그것을 보고 얼굴이 백지장처럼 하얗게 되더니 말했다.

"어머나, 저 애 어디가 잘못된 것 아녜요! 분명히 뇌막염에 걸린 거예요. 뇌수가 새어나오고 있어요!"

그러자 모든 사람이 보려고 달려왔고 이모는 내 모자를 잡아채듯 벗겼다. 그러자 빵과 녹고 남은 버터가 나왔다. 이모는 나를 잡아 꼭 안더니 말했다.

"오, 나를 이렇게 놀래키다니! 그래도 이 정도니 얼마나 기쁘고 고마운지 모르겠다. 근래에는 워낙 재수가 없는데 나쁜 일이 생기면 그냥 간단히 넘어가는 일이 없구나. 그 물건을 보았을 때 난 영영 너를 잃는 줄 알았다. 빛깔로 보나 뭐로 보나 뇌수가 쏟아지는 줄 알았다. 이 귀여운 것아, 진작 그걸 가지러 거기 갔다고 말하지 않고선. 그럼 나는 상관하지 않았을 것 아니냐. 자, 이제 얼른 가서 자거라. 내일 아침까지 내 앞에 얼씬도 말아라!"

나는 단 1초 만에 계단을 올라갔다가 다시 1초 만에 피뢰침 막대기를 타고 내려와 잇대어 지은 헛간을 향해 쏜살같이 달렸다. 어찌나 초조한지 거의 말을 할 수 없었다. 그러나 나는 톰에게 서둘러 말했다. 지금 당장 그 일을 단행해야 하며, 1분도 어물거릴 시간이 없고 저기 집 안에는 총을 가진 사람들로 가득 차 있다고 말했다.

톰의 눈에서 빛이 반짝했다. 톰이 말했다.

"어! 그래? 이건 멋진데! 저 말인데, 헉, 이걸 다시 한다면 난 분명 2백 명은 끌어 모았을 텐데! 이 일을 연기할 수 있다면……."

"서둘러! 빨리! 짐은 어디 있지?"

내가 말했다.

"바로 네 옆에 있잖아. 손만 뻗으면 닿을 수 있어. 옷을 입었으니까 준비는 완료야. 자, 이제 살짝 나가서 양이 우는 신호를 보내면 돼."

그러나 바로 그때 우리는 문으로 다가오는 사람들의 발소리를 들었다. 그들이 자물쇠를 만지기 시작하는 소리와 어떤 사람이 말하는 소리를 들었다.

"시간이 너무 이르다고 내가 말 안 했어. 놈들은 아직 오지 않았어. 문이 잠겨 있잖아. 자물쇠를 따고 자네들 중 몇 명을 안에 넣어줄 테니 어둠속에서 놈들을 기다리며 잠복했다가 놈들이 들어올 때 죽여버려. 나머지 사람들은 각자 흩어져서 놈들이 오는 소리가 들리는지 귀를 기울이고 있어."

그래서 그 사람들은 안으로 들어왔다. 그러나 어두워서 우리를 볼 수 없었고 우리가 급히 침대 밑으로 들어가는 동안 하마터면 사람들 발에 밟힐 뻔했다. 그러나 우리는 무사히 침대 밑으로 들어가서 빠르지만 소리 없이 구멍을 통과했다. 짐이 제일 먼저고 내가 다음이고 톰이 마지막으로 빠졌는데, 그건 모두 톰의 명령에 따른 것이었다. 이제 우리는 그 헛간으로 들어왔다. 밖의 가까운 곳에서 사람들 발소리가 들렸다. 그래서 우리는 헛간 문으로 기어갔다. 그러자 톰이 우리를 거기서 정지시키고 눈을 틈새에 대고 밖을 내다봤지만 아무것도 식별할 수 없었다. 그만큼 어두웠기 때문이다. 발소리가 멀어지는가를 귀로 살피다가 우리를 팔로 쿡 찌르면 짐이 제일 먼저 빠져나가고 자기는 맨 나중에 나오겠다고 톰이 속삭이며 말했다. 그리하여 톰은 틈새에 귀를 대고 듣고 또 듣고 또 들었다. 그런데 발소리는 줄곧 근처에서 땅에 끌리는 소리를 내고 있었다. 마침내 톰이 우리를 쿡 찔렀다. 그리하여 우리는 살짝 밖으로 빠져나와 몸을 숙이고 숨도 쉬지 않고 소리 하나 내지 않고 일렬종대로 울타리 쪽으로 살금살금 걸어갔다. 그리하여 무사히 울타리에 다다랐으며 짐과 나는 무사히 울타리를 넘었다.

그러나 톰의 바짓가랑이가 맨 윗줄에다 댄 횡목의 갈라진 부분에 걸렸는데 가까이 오는 발소리를 듣자 톰은 억지로 잡아당겨 벗어나려 했다. 그 바람에 갈라진 조각이 부러지는 소리를 냈다. 톰이 우리 있는 곳으로 뛰어내려 달리기 시작했을 때 누군가가 외쳤다.

"누구냐? 대답하라. 그렇지 않으면 쏜다!"

그러나 우리는 대답하지 않았다. 우리는 도주하기 시작하여 전속력으로 달렸다. 사람들이 달려오며 땅! 땅! 땅! 하고 총을 발사했다. 총알은 우리 주위를 휙휙 하는 소리를 내며 지나갔다! 우리는 그들이 소리치는 것을 들었다.

"놈들이 여기 있다! 강 쪽으로 달아났다! 다들 놈들을 쫓아가! 그리고 개들을 풀어!"

그들은 전속력으로 우리 뒤를 따랐다. 우리는 그들의 소리를 들을 수 있었다. 그들은 장화를 신고 고함을 질렀지만 우리는 장화를 신지 않고 소리를 지르지 않았기 때문이다. 우리는 목재소로 가는 길에 들어서 있었다. 그들이 우리와 아주 가까운 거리에 왔을 때 우리는 덤불 속으로 몸을 피하고 그들부터 지나가게 하고 나서 우리는 그 뒤를 따랐다. 강도들에게 겁을 주면 강도들이 도망칠까 봐 개들은 모두 가두어놓은 상태였나. 그러니 이때서야 누군가가 개들을 풀어놓았다. 그러자 개들은 백만 마리가 짖어대는 것처럼 왕왕 짖어대며 이리로 왔나. 그러나 그것들은 우리의 개였다. 그래서 개들이 우리 있는 곳으로 올 때까지 우리는 그 자리에 서 있었다. 개들도 다른 사람들이 아닌 우리들이라는 것과 별로 저희들에게 흥밋거리가 돌아오지 않는다는 것을 알자 그냥 반갑다는 인사만 하고는 고함치고 딸가닥거리는 쪽으로 곧장 달려갔다. 그러자 우리는 몸을 재게 움직이며 그들 뒤를 쏜살같이 달려가 거의 목재소에 이르렀다. 거기서부터 덤불 속을 헤치며 카누를 매어 놓은 곳까지 왔다. 다시 카누에 뛰어올라 있는 힘을 다해 강 한가운데로 노를 저어갔다. 어쩔 수 없이 나는 소리 이외엔 전혀 소리를 내지 않았다. 그제야 우리는 천천히 기분 좋게 뗏목을 감춰둔 섬을 향해 노를 젓기 시작했다. 우리들은 개들이 강둑 아래 위에서 서로 깨갱대고 짖어대는 소리를 들을 수 있었다. 마침내 우리는 매우 먼 거리까지 오게 되었기 때문에 그 소리는 희미해지더니 사라지고 말았다. 뗏목 위로 발을 디디며 내가 말했다.

"짐, 이제 다시 자유의 몸이 되었어. 분명히 짐은 다시는 평생 노예가 되지는 않을 거야."

"헉, 이건 정말 멋들어진 일이었지 않았네베. 계획도 멋졌구 실천두 멋졌단 말이여. 우리가 한 것보다 더 복잡하고 멋들어진 계획을 세울 수 있는 사람은 아마 없을 거여."

우리 모두는 그지없이 기뻐했다. 그러나 톰이 제일 기뻐했다. 왜냐하면 종아리에 총알이 박혔기 때문이었다.

446

나와 짐은 그 이야기를 듣고서는 아까처럼 신바람이 나지 않았다. 톰은 몹시 아파하고 피를 흘렸다. 그래서 우리는 톰을 오두막에 눕게 하고 공작의 셔츠 하나를 찢어 붕대를 만들었다. 그러나 톰이 말했다.

"그 헝겊 이리 줘. 내가 할 수 있어. 이제 정지하지 마라. 여기서 우물쭈물하지 마라. 철수는 멋지게 진행 중이다. 큰 노를 저어 배를 띄워라! 병사들이여, 우리는 훌륭하게 해냈다! 정말 훌륭하게 해냈다. 루이 16세의 처사를 우리가 맡았더라면 좋았을 텐데. 그랬더라면 '세인트 루이의 아들아, 하늘로 승천하라!'라는 구절을 그의 전기에 넣지 않았을 거야. 물론 넣지 않았겠지. 우리는 왕을 국경 너머로 탈출시켰을 거야 우리가 왕에게 해드린 게 바로 그것이야. 아주 쉽사리 해드렸을 거다. 노를 잡아라. 큰 노를 잡아라!"

그러나 나와 짐은 의논했다. 생각하고 있었다. 잠시 생각한 후 내가 말했다.

"짐, 그건 짐이 말해야겠어."

그래서 짐이 말했다.

"헉, 그런디 내 생각은 이런 거여. 톰 도련님은 하나도 다치지 않고 자유롭게 되구 우리 중 하나가 총에 맞았다면, '날 살려줘요. 이 아이를 살릴 의사 선생 따윈 필요 없어요' 하고 톰 도련님이 말할 사람 같은감? 톰 도령이 그렇게 말할라나? 그건 절대 아녀! 그럼, 짐이 그런 말 할 사람이여? 천만에. 의사가 없으면 난 여기서 한 발짝도 움직이지 않을 텡께. 40년이 걸려두 말여."

짐의 속마음이 이렇게 흰 것을 나는 알고 있었다. 그가 그런 말을 할 것이라고 생각했다. 그래서 일이 다 잘되었다. 그래서 나는 톰에게 의사를 부르러 가겠다고 말했다. 톰은 야단법석을 떨었지만 나와 짐은 고집을 접지 않고 한 걸음도 물러나지 않았다. 그러자 톰은 기어

나와 자기가 뗏목을 푼다고 나섰다. 그러나 우리는 그렇게는 못 하게 했다. 그러자 톰은 우리들에게 화를 냈다. 그레도 아무 소용 없었다.

내가 카누를 준비하는 것을 보자 톰은 말했다.

"좋아, 그렇게 꼭 가야 한다면 네가 마을에 가서 이렇게 헤야 하는지 요령을 말해주지. 문을 닫고 의사의 눈에 풀어지지 않도록 단단하게 눈가리개를 하고, 무덤처럼 침묵을 지키겠다는 맹세를 받고, 금화가 가득 든 지갑을 손에 쥐어주고는 뒷골목길이니 어디니 할 것 없이 컴컴한 어둠속을 끌고 다니다가 카누에 태우란 말이야. 그리고 섬 사이를 빙빙 돌다가 이리로 오란 말이야. 그리고 말이야, 의사의 몸을 수색하여 백 묵을 빼앗고 그가 마을로 돌아갈 때까지 그걸 돌려주지 마. 안 그러면 의사는 뗏목을 다시 발견할 수 있게끔 뗏목에다 표시할 테니까."

나는 그렇게 하겠다고 말하고 떠났다. 또한 짐은 의사가 오는 것이 보이면 숲속에 숨었다가 의사가 떠나갈 때까지 숨어 있기로 했다.

41

의사는 노인이었다. 내가 자고 있는 그를 깨웠을 때 그는 매우 착하고 친절해 보이는 노인이었다. 나는 의사에게 말했다. 어제 오후 동생과 같이 스페인 섬에서 사냥하다가 우리가 발견한 뗏목 위에서 야영을 했다고 했다. 그런데 자정쯤에 동생이 꿈을 꾸다가 총을 발로 걸어차는 통에 발에 총탄을 맞았다고 했다. 그래서 제발 좀 그리로 가서 상처를 고쳐주고 이 사건에 대해서는 아무 말도 하지 말고 누가 알면 안 된다고 말했다. 우리는 오늘 저녁 집에 가서 식구들을 놀래주고 싶다는 이야기도 했다.

"뉘 댁이냐?"

의사가 말했다.

"저 아래에 있는 펠프스 씨 댁입니다."

"오, 그래."

의사가 말했다. 그러고는 잠시 있다가 다시 말을 이었다.

"어쩌다 총상을 입었다고 했지?"

"꿈을 꾸었어요. 그게 동생을 쏜 거예요."

내가 말했다.

"이상한 꿈도 다 있군."

의사가 말했다.

의사는 등에 불을 붙이고 안장주머니를 들었다. 그래서 우리는 출발했다. 그러나 카누를 보자 의사는 그 카누의 모양이 마음에 들지 않았던지. 한 사람 타기엔 괜찮지만 둘이 타면 안전하지 않을 것 같다고 했다. 그래서 내가 말했다.

"선생님, 걱정하실 필요 없어요. 셋이 타도 넉넉한걸요."

"셋이라니?"

"그건 나하고 시드하고, 그리고…… 그리고 저 총 말예요. 셋이라는 건 그런 뜻예요."

"오, 그래?"

그러나 의사는 발을 뱃전에 올려놓더니 카누를 흔들었다. 그러고는 머리를 내저으면서 더 큰 배를 찾아보겠다고 말했다. 그러나 다른 배들은 모두 자물쇠로 채워져 쇠사슬에 매여 있었다. 그래서 의사는 내 카누에 탔다. 그리고 나서 나더러 자기가 돌아올 때까지 거기서 기다리든가 아니면 배를 더 찾아보든가 원하면 집에 가서 식구들을 놀라게 할 준비나 하는 편이 낫겠다고 말했다. 나는 그러지 않겠다고 했다. 그래서 나는 뗏목을 찾는 방법을 의사에게 가르쳐주었다. 그러자 의사는 떠났다.

얼마 안 있어 나에게 생각 하나가 떠올랐다. 나는 속으로 생각했다. 가령 의사가 다리를 금방 치료하지 못한다면? 사나흘 걸린다면? 그러면 우리는 어떻게 하지? 의사가 비밀을 누설할 때까지 여기 자빠져 있어야 한단 말이야? 천만에. 내 할 일은 내가 알지. 여기에서 기다려야지. 의사가 돌아와서 다시 좀 더 치료를 해야 하겠다고 하면 난 헤엄쳐서라도 뗏목으로 가야지. 그러고는 의사를 묶어가지고 잡아놓 고는 강을 따라 내려가야지. 그래가지고 톰한테 의사가 필요 없게 되 면 적절한 치료비를 내거나 우리가 가진 모든 것이라도 의사에게 주 고 의사를 물으로 보내야지…….

그래서 나는 좀 눈을 붙이려고 목재 더미 속으로 기어들었다. 다시 눈을 떴을 때 해는 이미 중천에 떠 있는 게 아닌가! 나는 총알처럼 거 기서 튀어나와 의사의 집으로 달려갔다. 그러나 가족들은 의사는 어젯 밤 언젠가 집을 나가 아직 돌아오지 않았다고 말했다. 톰의 상태가 몹 시 나쁘구나 하는 생각이 들어 나는 당장 섬으로 가기로 마음먹었다. 그리하여 그 집을 나와 모퉁이를 돌다가 사일러스 이모부의 배를 머 리로 들이받을 뻔했다. 이모부가 말했다.

"톰! 그동안 어디 있었니? 이 악동아!"

"아무 데도 갔다 온데 없어요. 도망친 검둥이를 찾고 있었을 뿐예요. 나랑 시드랑 말예요."

나는 말했다.

"도대체 어디 갔었단 말이냐? 네 이모는 줄곧 걱정이 태산 같았다."

이모부가 말했다.

"그럴 필요 없었는데……."

내가 말했다.

"우린 괜찮으니까요. 우리는 그 사람들과 개들 뒤를 따라갔어요. 하지만 우리는 뒤처져서 그들을 놓쳤어요. 그런데 강물 위에서 그들의 소리가 들린다고 생각하고는 카누를 잡아타고 그들을 쫓아가 강물을 건넜지만 그들을 발견하지 못했어요. 그래서 위쪽으로 카누를 서서히 저어갔지만 결국 우리는 지쳐서 뻗었어요. 그래서 카누를 매놓고 잠이 들어버렸어요. 겨우 한 시간가량 전에야 잠에서 깨어난 다음 소식을 들으려고 여기까지 저어왔어요. 시드는 무슨 소식 없나 해서 우체국으로 가고 나는 먹을 것 좀 사려고 헤어졌던 거예요. 그러고는 우린 집으로 갈 참이었어요."

그런 다음 우리는 시드를 찾으러 우체국에 갔지만 내 생각대로 시드는 거기 있을 리가 없었다. 그래서 노신사는 우체국에서 편지 한 통을 받고 좀 더 기다렸지만 시드는 오지 않았다. 그래서 이모부는 자 이만 가자고 말했다. 시드는 이리저리 빈둥거리다가 집에 걸어오든지 카누를 타고 오든지 내버려두자고 했다. 그러나 우리는 마차를 타고 가자는 것이다. 나는 남아서 시드를 기다리게 해달라고 그를 설득할 수 없었다. 이모부는 기다려야 소용없으니 따라와서 샐리 이모에게 우리가 무사하다는 것을 알려야 한다고 말했다.

우리가 집에 도착했을 때 샐리 이모는 나를 보고 어쩌나 기뻤던지 웃다가 울면서 나를 껴안고는 때려야 아프지도 않은 이모 나름의 매 한 대를 때렸다. 시드도 돌아오면 그런 매를 치겠다고 이모는 말했다.

집 안은 점심 먹으러 들어온 농부들과 그 부인들로 가득했는데, 그렇게 시끄럽게 떠드는 것은 나는 들어본 일이 없었다. 호치키스 할멈이 가장 지독했다. 할멈의 혀는 줄곧 작동하고 있었다. 그 할멈이 말했다.

"저 펠프스 아우님, 난 그 오두막 안을 샅샅이 뒤져봤는데, 그 검둥이 말이야. 그놈은 확실히 미친놈이더라니깐. 댐럴 아우한테도 그렇다고 말했거든. 댐럴 아우님, 내 말 안 하던가? 그놈 미쳤다고 했어, 내가. 댐럴 아우님, 내가 그렇게 말했지. 다들 내 얘길 들었을 거야. 놈은 미쳤어. 뭘 봐도 그래. 거기 있는 숫돌을 보라고. 정신 있는 녀석이 그런 미친 말을 숫돌에다 쓰진 않을 거라고 내가 말하지 않습디까? 여기서 아무개의 가슴이 터졌다느니, 여기서 아무개는 37년을 옥살이했느니……. 루이 아무개의 친아들이니 뭐니 끝없는 쓰레기 같은 모든 게 다 쓰여 있더라고. 그놈은 지독히 미쳤어. 그 얘길 제일 먼저 이야기한 게 나고 중간에 가서 이야기한 게 나고 마지막에 가서 이야기한 것도 나야. 그 검둥이 놈 미쳤다고 말이야. 저 바빌론의 왕 느부갓네살처럼 미쳤다고 말이야."

"호치키스 형님, 그 형겊으로 만든 사다리 좀 봐요. 도대체 그걸 어디다 쓰려고……."

댐럴 부인이 말했다.

"바로 그 얘기를 조금 전에 어터백 아우님에게 하던 참이라니까. 그 아우님이 그건 직접 얘기할 거야. 그 아우님이 저 형겊 사다리를 보세요 하더라고. 그래, 그것 좀 봐 하고 나도 말했지. 무엇에 쓸려고 만든 거지? 하고 내가 말했잖아. 호치키스 형님도 말하기를……."

"한데 도대체 어떻게 그 숫돌을 거기다 갖다 놨을까? 또 말인데, 누가 그 구멍을 팠을까? 누가……."

"펜로드 오빠, 내 말이 바로 그 말예요. 내 말은 (거기 당밀 접시 좀 이리 돌리세요) 난 방금 딘랩 이웃님에게 어떻게 그 숫돌을 그리 가져갔을까 하고 말하던 참이라우. 명심할 건 도움도 안 받고 혼자서, 혼자서 말예요! 의문은 거기서 생겨요. 날더러 그런 말 말라고 했죠. 누가 도왔다고요. 도움이 있었어도 굉장히 많은 도움이 있었던 거예요. 그 검둥이 놈을 도운 건 열두 명은 된다고 나는 주장할래요. 이 집에 있는 검둥이들 모두를 껍질을 벗겨서라도 누가 놈을 도왔는지 알아내야 한다고요……."

"열두 명이라고 했소! 거기 해놓은걸 보면 마흔 명으로도 다 못했을 거요. 그 칼집에 든 칼 톱하고 그런 것들을 보라고. 그걸 만드는 데 얼마나 지겨운 시간이 걸렸겠느냐 이 말이야. 침대 다리를 톱질해서 자른 걸 보라고. 여섯 명이 1주일은 걸려야 하는 일일 거라고. 또 침대 위에 있는 밀짚으로 만든 검둥이를 보라고. 또 보라고……."

"하이타워 오빠, 그렇게 말씀하시는 것은 당연해요. 바로 펠프스 아우님에게 내가 지금 말한 게 바로 그 말이에요. 호치키스 형님, 그걸 어떻게 생각하세요? 펠프스 오빠, 그걸 어떻게 생각하세요? 그 톱으로 잘린 침대 다리를 어떻게 생각하느냐고요. 어떻게 하느냐라니 하고 반문하기에 침대가 제 다리를 제가 잘라? 하고 내가 말했지요. 그건 어떤 다른 사람이 자른 거예요. 그게 내 의견이에요. 내 의견을 들어주건 안 들어주건 그건 중요하지 않아요. 그렇지만 보잘것없지만 그게 내 의견이에요. 어디 더 좋은 의견이 나오면 그것도 좋다고 그랬지요. 그뿐이에요. 던랩 아우에게 내가 말했지요……."

"펠프스 아우님, 틀림없이 그 많은 일을 하려면 4주일 동안 매일 밤 그 방에 검둥이들이 우글댔을 겁니다. 저 셔츠를 보세요. 셔츠가 온통 빈틈 하나 없이 피로 쓴 아프리카 비밀 문자로 꽉 차 있어요. 굉장히 많은 놈들이 줄곧 쉬지 않고 열심히 달라붙어 작업했음에 틀림없다 이거예요. 그 문자를 나한테 읽어주면 2달러를 내놓겠어요. 그 글자를 쓴 검둥이 놈들은 잡아서 그냥 두들겨 패가지고……."

"마플스 오빠! 그 검둥이를 도운 사람들 말이지요! 얼마 동안 우리 집에 와서 있었던 사람이면 누구나 누가 그놈을 도왔다고 생각할 거예요. 놈들은 손닿는 것이면 닥치는 대로 훔쳐갔거든요. 줄곧 우리가 감시했는데 말예요. 놈들은 빨랫줄에 널어둔 그 셔츠를 훔쳐간 거예요! 그리고 그 헝겊 사다리를 만든 이불잇은 어땠느냐 하면, 놈들이 그걸 몇 번이나 훔쳤는지 셀 수도 없어요. 게다가 밀가루, 양초, 촛대, 숟가락, 오래된 놋쇠 가열기, 기억도 나지 않는 천 가지 물건들, 다 훔쳐갔어요. 내 새로 산 사라사 천으로 된 옷도 훔쳐갔어요. 나와 사일러스와 우리 시드와 톰이 내가 말했듯이 밤낮으로 줄곧 감시했는데도 살갗 하나, 머리카락 하나 보지 못하고 놈들의 모습이나 소리도 포착하지 못했어요. 그런데 보세요. 마지막 순간에는 놈들은 내 코 밑까지 몰래 가까이 와서 우리를 조롱한 거예요. 우리뿐 아니라 인디언 부락의 강도들도 조롱하고 그 검둥이를 감쪽같이 안전하게 데려가버렸어요. 남자 열여섯 명에다 개 스물두 마리가 그 당시 그놈들 바로 뒤를 쫓아갔는데도 말예요! 정말 이런 일은 이제껏 들어보지도 못했어요. 귀신도 이보다 더 잘하지는 못하고 이보다 더 영리하지는 못할 거예요. 귀신이었던 게 틀림없어요. 우리 집 개들을 아시잖아요. 그들보다 더 좋은 개가 어디 있겠어요. 그런데도 그 개들도 그놈들 흔적을 한 번도 찾아내지 못했다고요! 누가 할 수 있으면 그걸 나한테 설명해보세요. 누구든지요."

"그거엔 손들었어……."

"기가 막혀, 난 절대로……."

"그러니까 날 도와줘요. 나는 결코……."

"집 도둑뿐 아니라……."

"맙소사, 이런 데서 살기가 무서워져서……."

"살기가 무서워! 어찌나 무서운지, 리지웨이 아우님, 잘 수도, 일어날 수도, 누울 수도, 앉아 있을 수도 없어요. 이러다간 놈들이 훔치다 훔치다 이젠, 어젯밤 자정이 될 무렵 내가 얼마나 큰 정신적 곤경에 빠졌는지 짐작들은 하겠지만……. 제발 나는 놈들이 우리 식구들 중 한 명을 훔쳐가지 말았으면 해요! 나는 그런 곤경에 빠져서 더는 판단 능력도 없었어요. 낮이니까 그게 바보스럽게 생각되지만 말예요. 하지만 난 속으로 말했어요. 2층 외로운 방에 두 가엾은 남자아이들 둘이 자고 있으니…… 너무 불안하니까 몰래 기어 올라가서 밖에서 열쇠로 채워야지 하는 생각에 정말 그렇게 했다니까요! 누구라도 그렇게 했을 거예요. 그렇게 겁이 나고 떨리고 무섭다는 생각이 자꾸 지속되다 보니 이성은 마비되어 온갖 터무니없는 짓거리를 하게 되더라고요. 마침내 내가 애고 저 위 문도 잠기지 않은 방에 있다고 하면……."

여기서 이모는 말을 끊고 영문을 모르겠다는 표정을 짓더니 머리를 천천히 돌렸다. 이모의 눈이 나에게 와 닿았을 때 나는 일어나 산책에 나섰다.

그래서 나는 생각했다. 내가 어디 조용한 곳으로 가서 좀 궁리하면 우리들이 오늘 아침 그 방에 왜 없었는가를 더 잘 설명할 수 있다는 생각 말이다. 그래서 나는 밖으로 나온 거다. 그러나 이모가 나를 부르러 보낼까 봐 멀리 가지는 않았다. 오후 늦게 사람들이 모두 가버렸다. 그래서 나는 들어가서 이모에게 밖에서 요란한 소리와 총소리가 나서 나와 시드는 잠에서 깼는데, 문은 밖으로 잠겨 있고 재미있는 광경은 보고 싶어서 피뢰침 막대기를 타고 내려왔다고 말했다. 우리 둘은 약간 다쳤지만 다시는 이런 짓은 하고 싶지 않다고 했다. 그리고 말을 계속하여 전에 사일러스 이모부에게 말한 것을 이모에게 이야기했다. 그러자 이모는 우리를 용서하겠다고 말하며 어차피 이제 괜찮다고 했다. 사내아이들은 으레 그런 거라고 했다. 이모가 아는 한 사내아이들은 모두 개구쟁이들이라는 것이다. 무슨 피해가 발생하지 않는 이상 이미 지나가고 끝난 일로 속 끓이지 말고 우리가 살아서 건강하게 자기와 아직 같이 있다는 것을 고맙게 여긴다고 말했다. 그러고는 이모는 나에게 키스하고 내 머리를 쓰다듬고 나서 멍하니 무슨 생각에 몰입하더니 곧 몸을 추스르고 말했다.

"이거 야단났네. 어두워지는데, 시드가 아직 돌아오지 않으니! 그 애가 어떻게 된 걸까?"

나는 기회가 왔다고 생각하여 이모 앞으로 바싹 다가서며 말했다.

"내가 당장 읍내로 뛰어가서 데려올게요."

"아니다. 넌 안 돼. 넌 바로 거기에 있어라. 한 번에 한 녀석 잃는 것만으로도 족해. 저녁 식사 때까지 오지 않으면 이모부가 가실 거다."

이모가 말했다.

그런데 시드는 저녁 식사에 오지 않았다. 그래서 저녁을 먹자마자 이모부가 집을 나섰다.

이모부는 다소 걱정 어린 얼굴로 열 시쯤에 돌아왔다. 톰의 흔적도 찾지 못했다는 것이었다. 샐리 이모는 여간 걱정하는 게 아니었다. 그러나 사일러스 이모부는 걱정할 것 없다고 했다. 사내애들은 어디까지나 사내애들이니까 이 애도 아침이 되면 무사하게 멀쩡히 나타날 것이라고 말했다. 그래서 이모도 그 말에 만족할 수밖에 없었다. 그러나 이

모는 어쨌든 일어나 앉아 좀 더 불을 밝혀 그 애가 그 불빛을 보도록
하겠다고 말했다.

그 후 내가 자려고 위층으로 갔을 때 이모도 나와 함께 촛불을 가
지고 올라와 내 이불을 덮어주며 엄마처럼 나를 돌봐주었다. 그때 나
는 자신이 비열하다는 느낌을 가졌으며 이모의 얼굴을 정면으로 볼
수 없었다. 그러고는 이모는 침대에 걸터앉아 나와 오랫동안 이야기했
다. 시드는 얼마나 멋진 앤지 모르겠다고 하면서 그에 대한 이야기를
영원히 그치고 싶지 않은 것 같았다. 그래서 나에게 혹시 시드가 길을
잃은 것은 아닌지, 다치지는 않았는지, 또는 물에 빠진 것은 아닌지 하
고 이따금씩 물었다. 어쩌면 지금쯤 어디서 고통에 신음하거나 죽어
있을지도 모르는데, 옆에서 돌봐주지도 못하다니 하면서 두 뺨에 소리
없는 눈물을 흘리기도 했다. 그래서 나는 시드는 아무 일 없으며 틀림
없이 내일 아침에 집으로 돌아올 거라고 말했다. 그러자 이모는 내 손

을 꼭 쥐고 나에게 키스를 하며 그 말을 다시 해보라고 그것도 계속 해보라고 부탁했다. 그 말을 들으면 위안이 되었고 또 그만큼 지금 걱정에 사로잡혀 있었기 때문이었다. 또한 방을 나가면서 내 눈을 아주 찬찬히 그러면서도 온화하게 내려다보며 말했다.

"톰, 문에 열쇠를 채우지 않을 테다. 그리고 창문과 피뢰침이 있구나. 하지만 넌 착한 애가 되겠지? 아무 데도 가지 않겠지? 나를 위해서 말이다."

이건 정말이지 나는 톰이 어떻게 되었는지 알고 싶어 미치도록 나가고 싶었다. 그래서 나갈 생각이었다. 그러나 이모의 말이 있은 후라서 나가지 않기로 했다. 세상을 다 준대도 나가지 않기로 했다.

그러나 이모의 모습이 마음에 걸리고 톰의 일이 마음에 걸렸다. 그래서 나는 편안한 잠을 잘 수 없었다. 그래서 밤중에 두 번이나 피뢰침 막대기를 타고 내려와 몰래 집 앞쪽으로 돌아가 보았더니 이모는 창가에 촛불을 켜놓고 그곳에 앉아 두 눈을 한길 쪽으로 향하고 있었는데, 눈에는 눈물이 흘렀다. 나는 이모를 위해 뭔가 해주고 싶었지만 그럴 수 없었다. 다만 이모를 슬프게 하는 일은 더는 절대로 안 하겠다고 맹세하는 것뿐이었다. 세 번째로 새벽에 눈을 떴을 때 몰래 내려와 보니 이모는 아직도 거기에 있었다. 양초는 거의 다 닳았고 이모는 희끗희끗한 반백이 되어가는 머리를 손으로 괴고 잠들어 있었다.

42

　사일러스 이모부는 아침 식사 전에 다시 읍내로 나갔지만 톰의 행방을 알 수 없었다. 이모부와 이모는 식탁에 앉아도 생각에 잠겨 서로 아무 말도 하지 않고 슬픈 표정을 지을 뿐이었다. 커피는 식고 있었지만 두 사람은 아무것도 먹지 않았다. 이윽고 늙은 이모부가 말했다.

　"내가 그 편지를 당신에게 주었던가?"

　"무슨 편지요?"

　"어제 우체국에서 가져온 편지 말이야."

　"나한테 아무 편지도 주지 않으셨어요."

　"그럼, 내가 잊어버린 모양이군."

　그래서 이모부는 주머니 이곳저곳을 뒤져보고는 편지를 놓아둔 곳으로 가서 찾아들고 와서 이모에게 주었다. 그러자 이모가 말했다.

　"어머, 이건 세인트피터스버그에서 온 편지군요. 언니한테서 온 거예요."

　나는 다시 한번 산책이나 갔으면 좋겠다고 생각했지만 몸을 움직일 수 없었다. 그런데 이모는 편지를 뜯어보기도 전에 편지를 떨어뜨리더니 달려갔다. 무언가를 보았기 때문이었다. 나도 보았다. 그것은 매트리스 위에 누운 톰 소여와 그 늙은 의사와 사라사 천 옷을 입고 두 손을 뒤로 묶인 짐과 많은 사람들이었다. 나는 편지를 가까이 손닿을 수 있는 첫 번째 물건 뒤에 숨기고 나서 재빨리 달려 나갔다. 이모는 울면서 톰에게 몸을 던지며 말했다.

"아이고, 죽었구나! 죽었어! 틀림없이 죽었구나!"

그러자 톰은 머리를 약간 돌리더니 무어라고 중얼거렸는데 그것은 톰이 지금 제정신이 아니라는 것을 보여주었다. 그러자 이모는 두 손을 쳐들면서 말했다.

"살아 있구나! 하느님 감사합니다! 살았으면 되는 거야!"

이모는 톰에게 키스하고는 침대를 준비하러 집 안으로 급히 뛰어갔다. 이모는 그러는 동안 내내 되도록 혀를 빨리 움직여 좌우에 있는 검둥이들이나 아무나 닥치는 대로 붙잡고 명령을 해댔다.

사람들이 짐을 어떻게 하나 보려고 나는 그들 뒤를 따랐다. 노인 의사와 사일러스 이모부는 톰의 뒤를 따라 집 안으로 들어갔다. 사람들은 매우 흥분해 있었다. 그중 몇 사람들은 그 일대의 다른 검둥이들에게 본때를 보이게끔 짐의 목을 매달기를 원했다. 그래야 다른 검둥이들은 짐이 한 것과는 달리 도망치려고도 안 할 거고 이렇게 큰 말썽도 일으키지 않을 것이고 온 가족이 여러 날 밤낮을 무서워서 죽을 지경이 되지는 않을 것이라고 했다. 그러나 다른 사람들은 그러지 말라고 했다. 그래 봐야 해결되는 것이 아니라고 말하고, 이 검둥이는 우리들의 검둥이가 아니니까 주인이 나타나 필경 우리에게 돈을 물어내라고 할 것이라고 말했다. 그런 발언이 사람들의 흥분을 좀 가라앉혔다. 나쁜 짓을 한 검둥이의 목을 매달기를 제일 앞장서서 열망하는 자들은 목을 매달아 만족을 얻고는, 돈을 물어내야 할 때가 되면 제일 돈 내기를 싫어하는 그런 자들이기 때문이다.

그러나 사람들은 짐에게 많은 욕설을 퍼부었으며 이따금 한두 번씩 짐의 따귀를 때렸다. 그러니 짐은 아무 말도 하지 않았고 나를 아는 내색을 절대로 하지 않았다. 사람들은 짐을 전에 쓰던 오두막으로 데려가 먼저 입던 옷을 입게 하고 다시 쇠사슬로 묶어 이번에는 침대 다리가 아니라 바닥 통나무에 박은 큼직한 고리못에다 붙잡아 매어놓았다. 그런데 이번에는 양쪽 손과 양쪽 다리를 쇠사슬로 묶고, 짐의 원 주인이 나타날 때까지, 아니면 주인이 제때 나타나 파놓았던 구멍을 메우지 않아서 짐이 경매로 넘어가 팔릴 때까지, 앞으로 먹을 것이라고는 물과 빵밖에 주지 않겠다고 했다. 두 농부가 총을 들고 매일 밤 오두막 주위를 감시해야 하고 낮에는 불독 한 마리를 문간에다 매어 두지 않으면 안 되겠다고 말했다. 이러는 동안 일도 끝나고 해서 사람들은 욕이 섞인 작별인사를 나누고 흩어지기 시작했다. 그때 노인 의사가 나타나 둘러보더니 말했다.

"꼭 그래야만 할 때는 모르지만 쓸데없이 그 검둥이를 거칠게 다루지 마시오. 그 검둥이는 나쁜 녀석이 아니오. 내가 그 소년이 있는 데로 갔을 때 누구 도움이 없이는 총알을 빼낼 수 없었단 말이오. 소년을 놔두고 내가 나와 도움을 청할 처지가 아니었고, 소년은 점점 상태가 나빠지더니 한참 후에는 그 애 머리가 이상해지더란 말이오. 나를 가까이에 오지도 못하게 하고 뗏목에다 백묵으로 표시하면 죽여버리겠다는 등 헛소리를 끝없이 지껄여대는 통에 나는 도저히 어떻게 손을 쓸지 몰랐단 말이오. 그래서 내가 어떡해서든 도와줄 사람을 구해야겠다고 말하는 순간 어디선가 이 검둥이가 기어 나오는 것이었소. 검둥이는 자기가 돕겠다고 말하더니 정말 도왔는데 썩 잘 돕더라고요. 물

론 나야 이 녀석이 도망친 검둥이라는 건 알았지만 어떡합니까! 난 그 날 낮과 밤을 줄곧 거기에 붙어 있어야 했지요. 정말 이건 진퇴양난이 었지 뭡니까! 사실 그때 난 감기 환자가 둘이나 있어서 읍내로 달려가 그들을 봐주고 싶은 건 말할 나위 없었지요. 그렇지만 난 읍내로 가지 않았어요. 검둥이가 도망칠지도 모르는데 그렇게 되면 내 책임으로 돌 아올 테고, 게다가 소리 질러 부를 만한 거리에 작은 배 하나 오지 않 았기 때문이지요. 그래서 나는 오늘 새벽까지 꼬박 그곳에 머물러야 했어요. 나는 이 검둥이보다 더 훌륭하고 충실한 간병인은 난생 처음 봅니다. 게다가 간호하느라 제 자유가 위태롭게 되는 판이었는데도 몸이 기진맥진해지도록까지 나를 도왔지요. 그 검둥이가 최근에 몹시 혹사당한 걸 나는 금세 알아봤어요. 그래서 난 이 검둥이를 좋아하게 되었어요. 말씀드리건데, 여러분, 이 검둥이는 천 달러의 가치는 있어 요. 또한 친절한 대우를 받을 자격이 있단 말입니다. 내가 필요로 하는 것은 모두 갖다 바치더라고요. 그래서 저 애도 집에 있는 것과 마찬가지로, 아니, 어쩌면 집에 있는 것보다 더 좋은 간호를 받았어요. 거기는 퍽 조용한 곳이었으니까요. 거기서 나는 그 애와 검둥이를 데리고 오늘 새벽까지 있지 않으면 안 되었던 말이오. 때마침 몇 사람이 작은 배를 타고 우리 옆을 지나갔는데, 운이 좋게도 검둥이는 밀짚 이불 옆에 앉아 머리를 무릎으로 괴고 세상 모르고 잠들어 있었어요. 그래 내가 그 사람들에게 몸짓을 했어요. 그러자 사람들은 살며시 접근해서 검둥이를 덮치고 영문도 모르는 놈을 잡아서 결박했던 겁니다. 이렇게 하는 데 우리는 아무 문제도 없었어요. 그 애는 불안스러운 잠을 자고 있어서 우리는 노에서 소리가 나지 않도록 가만가만 저어 뗏목을 움직여 아주 멋지고 조용히 강변으로 저어왔던 겁니다. 이 검둥이는 처음부터 전혀 소란을 피우지 않았고 한마디 말도 하지 않더라고요. 여러분, 이 녀석은 나쁜 검둥이가 아닙니다. 그게 내 생각이올시다."

누군가가 말했다.

"의사 선생님, 꼭 한말씀드리겠는데, 참 듣기 좋은 말씀이셨습니다."

다른 사람들도 얼마간 태도가 누그러졌고 나는 그처럼 짐에게 호의를 베풀어주는 노인 의사에 대해 몹시 큰 감사함을 느꼈다. 또한 의사에 대한 내 판단이 들어맞아서 기뻤다. 왜냐하면 나는 의사를 처음 봤을 때 마음씨가 착하고 훌륭한 사람이라고 생각했기 때문이다. 그러자 사람들은 모두 짐이 매우 잘했으며 그 점을 인정해주고 보답할 가치가 있다는 데 동의했다. 그래서 그 즉시 더는 짐에게 욕설을 퍼붓지 않기로 진심으로 약속했다.

그런 다음 그들은 오두막에서 나와 짐을 안에 가둔 채 문에 자물쇠를 채웠다. 쇠사슬이 너무 무거우니 한두 개 풀어주자느니, 빵과 물 말고도 고기와 채소를 갖다주자느니 하는 이야기가 그들의 입에서 나오기를 바랐지만 사람들은 거기까지는 생각하지 않았다. 그렇지만 내가 개입하는 것은 좋은 방법이 아니라는 생각이 들었다. 그러나 내 앞에 가로놓인 난관만 넘으면 어떻게 해서든 샐리 이모에게 그 의사 선생님이 한 이야기를 들려주겠다고 생각했다. 톰과 내가 그 지켜웠던 밤에 도망친 검둥이를 수색하며 이리저리 돌아다니다가 시드가 총에 맞게 된 경위를 깜빡 잊고 말하지 않은 이유를 설명하는 일이 남았다는 말이다.

그러나 나에게는 시간이 얼마든지 있었다. 샐리 이모는 밤낮을 가리지 않고 병실에 붙어 있었고 나는 사일러스 이모부가 근처를 서성이는 것을 볼 때마다 그를 피했다.

이튿날 아침 톰의 상태가 많이 좋아졌으며 샐리 이모는 낮잠을 자러 병실을 비웠다는 말을 들었다. 그래서 나는 병실로 살짝 들어가 톰이 깨어 있으면 집안 식구들이 믿을 만한 이야기를 둘이서 꾸며낼 수 있으리라고 생각했다. 그러나 톰은 아주 평화롭게 자고 있었다. 집으로 실려 왔을 때처럼 빨갛게 달아오른 얼굴이 아니라 창백한 얼굴이었다. 그래서 나는 앉아서 그가 잠에서 깨기를 기다렸다. 약 30분 후 샐리 이모가 들어와서 나는 다시 곤경에 빠지고 말았다! 이모는 나더러 조용히 하라고 몸짓을 하고 내 곁에 앉더니 속삭이는 목소리로 이제 우리 모두는 기뻐할 수 있다고 말했다. 모든 증상이 최고로 좋으며 저렇게 오랜 시간을 저렇게 평화롭게 잤으며 계속 안색이 좋아지고 편안한 것을 보니 이제 눈을 뜨면 제정신으로 돌아오리라는 것이다.

그래서 우리는 지켜보며 앉아 있었다. 마침내 톰은 몸을 조금 움직이더니 매우 자연스럽게 눈을 뜨고 주위를 한번 보더니 입을 여는 것이었다.

"어럽쇼, 내가 집에 와 있네! 어떻게 된 거지? 뗏목은 어디 있지?"

"다 괜찮아."

내가 말했다.

"그런데 짐은?"

"마찬가지로 괜찮아."

내가 대답했다. 그러나 나는 도저히 톰의 귀에 거슬리는 대답은 할 수 없었다. 그러나 톰은 그런 것은 눈치 채지 못하고 말했다.

"좋아! 잘됐어! 이제 염려할 것 없이 안전하게 되었구나! 이모한테 말했지?"

내가 그렇다고 말하려 하는데, 이모가 끼어들어 말했다.

"시드, 무엇에 대한 얘긴데?"

"뭐긴요, 모든 걸 해낸 방법 말이지요."

"모든 거라니?"

"모든 일 말예요. 한 가지 일밖에 더 있겠어요? 어떻게 우리가 도망친 검둥이를 자유의 몸이 되게 하느냐 하는 일 말예요. 나와 톰이 둘이서 말예요."

"맙소사! 그 도망친, 지금 얘가 무슨 소릴 하는 거야! 어머, 어머, 또 애 머리가 이상해!"

"아뇨, 난 머리가 이상해진 게 아니에요. 난 내가 하는 얘기 죄다 아는걸요. 우리가 그 검둥이를 자유롭게 풀어줬다고요. 나와 톰이요. 우리가 계획을 세워서 그걸 실천한 거예요. 또한 우리는 우아하게 해냈다고요."

톰이 이야기를 시작했다. 이모는 톰이 지껄이도록 둔 채 그냥 앉아 멍하니 쳐다볼 뿐 그를 내버려두었다. 내가 이야기에 끼어들어 봤자 소용없다는 것을 나는 알았다.

"저 말예요, 이모, 여간 힘든 일이 아니었어요. 식구들이 다 잠자는 동안 몇 주일 동안 매일 밤 몇 시간씩 일했다 이거예요. 그래서 우리는 양초와 침대 시트와 셔츠와 이모 옷과 숟가락과 양철 접시와 칼집 속에 든 칼과 놋쇠 가열기와 숫돌과 밀가루와 끝없이 많은 것들을 훔쳐야 했어요. 그리고 톱을 만들랴, 펜을 만들랴, 문구를 새기랴 얼마나 힘들었는지 이모는 상상도 못 할 거예요. 또 이모는 그것을 하는 재미의 절반도 상상할 수 없을 거예요. 또한 우리는 관이니 뭐니 하는 그림을 그리고 강도들이 보내는 익명의 편지를 써야 했고 피뢰침 막대기를 오르내리고 오두막으로 통하는 구멍을 파고 밧줄 사다리를 만들어 파이 속에 넣어 들여보내지 않으면 안 되었고 또 도구로 쓸 숟가락과 그 밖의 물건을 이모 앞치마 주머니 속에 넣어가지고 들여보내지 않으면 안 되었단 말예요……."

"아니, 이럴 수가!"

"……게다가 짐과 벗하라고 쥐와 뱀과 등등 여러 가지로 오두막을 꽉 채우지 않으면 안 되었지요. 그런데 모자 속에다 버터를 집어넣고 있는 여기 이 톰을 이모가 너무 오래 붙잡아놓는 통에 하마터면 우리 일이 실패할 뻔했어요. 왜냐하면 우리가 오두막을 벗어나기도 전에 사람들이 그리로 왔기 때문이에요. 우리는 급히 도망쳐야 했고 사람들은 우리들의 소리를 듣고 발포한 거예요. 그래서 내가 총에 맞은 거예요. 우리는 길 밖으로 피신하여 사람들이 지나가게 만들었지요. 개들이 왔지만 놈들은 우리에겐 관심도 없었고 그냥 시끄러운 소리 쪽을 따라갔어요. 그래서 우리는 카누를 잡아타고 뗏목으로 가서 모두 안전하게 되었고 짐은 자유의 몸이 되었던 거예요. 우리는 이 모든 일을 우리만의 힘으로 해낸 거예요. 이모, 장하지 않아요?"

"그런 얘기는 난생처음 듣는다! 그럼 이 온갖 말썽을 피우고 사람 정신을 빼놓고 우리 모두를 죽도록 놀래킨 게 다 너희들이었구나. 이

꼬마 악당들 같으니라고. 지금 당장 너희들을 벌주고 싶은 생각이 굴뚝 같구나. 매일 밤 여기서 마음 졸였던 걸 생각하면…… 네가 낫기만 해봐라. 이 어린 장난꾸러기 같으니, 너희 둘의 나쁜 버릇을 단단히 고쳐주고야 말겠다!"

그러나 톰은 자부심이 부풀고 기분이 좋아서 말을 멈출 수 없었다. 그의 혀는 그냥 움직였고…… 이모도 끼어들어 불을 뿜는 통에 마치 고양이들의 집회처럼 둘이 동시에 말을 지껄여댔다. 그러나 이모가 말했다.

"그래, 지금은 마음껏 좋아해라. 하지만 다시 그놈에게 손을 대다 나한테 들키는 날에는……."

"누구에게 손을 댄다는 거지요?"

톰이 웃음을 거두면서 놀란 표정으로 말했다.

"누구냐고? 누군 누구야. 물론 도망친 검둥이 녀석이지. 넌 누구라고 생각하는데?"

톰은 심각하게 나를 보며 말했다.

"톰, 방금 그가 괜찮다고 말하지 않았니? 안 도망쳤단 말이냐?"

"그라니? 도망친 검둥이 말이야? 도망치긴 어딜 도망 치냐. 무사히 안전하게 다시 잡아왔단다. 놈은 다시 오두막에 갇혀 있고 빵하고 물만 갖다주기로 했고 쇠사슬로 묶어놓았단다. 주인이 와서 자기 거라고 주장하든가 팔릴 때까지 그러고 있을 거야!"

샐리 이모가 말했다.

톰은 침대 위에 똑바로 일어나 앉았다. 그의 눈에서는 불이 나고 콧구멍은 아가미처럼 열렸다 닫혔다 했다. 톰은 나에게 소리쳤다.

"짐을 가둘 권리는 아무에게도 없어! 네가 빨리 가봐. 1분도 허비하면 안 돼. 짐을 풀어줘! 그는 노예가 아니야. 그는 이 지상을 걸어 다

니는 어느 생물 못지않게 자유의 몸이란 말이야!"

"이 애가 도대체 무슨 말을 하는 거냐?"

"샐리 이모, 내 말은 모두 말한 그대로예요. 누가 안 가면 내가 가겠어요. 나는 평생 그를 알았고 저기 톰도 그래요. 늙은 미스 왓슨이 두 달 전에 죽었는데, 짐을 강 하류에다 팔려고 했던 일을 부끄럽게 생각한다고 말했어요. 그래서 유언장에서 그를 노예 신분에서 해방시켰어요."

"그렇다면 도대체 너는 무엇 때문에 그를 자유의 몸으로 만들어주려고 했지? 그는 이미 자유의 몸인 걸 알면서?"

"제 말씀도 그게 문제라는 말예요. 역시 이모도 여자는 여자군요! 난 모험을 하고 싶었다고요. 목까지 차오른 피바다 속을 머리만 내놓고 걷고, 아니 깜짝이야, 폴리 이모가 여길!"

아닌 게 아니라 폴리 아줌마가 몹시 기분이 좋은 천사처럼 상냥하고 만족스러운 표정으로 바로 문 안쪽에 서 있는 게 아닌가!

샐리 이모는 폴리 아줌마에게 뛰어들어 머리가 폴리 아줌마 몸에서 빠져나갈 정도로 세차게 포옹하고 울음을 터뜨렸다. 나는 사태가 우리에게 불리하게 돌아가는 것 같아서 침대 밑에 기어들어 좋은 장소를 발견했다. 거기서 밖을 엿보자 잠시 후 톰의 폴리 아줌마는 몸을 흔들어 포옹에서 빠져나와 안경 너머로 톰을 건너다보았는데, 톰을 땅속으로 갈아 넣으려는 거동이었다. 폴리 아줌마가 말했다.

"맞아, 넌 머리를 저리 돌리는 게 좋겠다. 톰, 내가 너라면 말이다."

"오, 맙소사! 애가 그렇게 달라졌수? 저 애는 톰이 아니고 시드예요. 톰은, 톰은, 어머, 톰은 어디 갔니? 조금 전만해도 여기 있었는데."

샐리 이모가 말했다.

"동생 말은, 헉 핀이 지금 어디 있느냐는 말이겠지. 그 애를 두고 말하는 모양이군! 그 긴 세월 동안 톰 같은 장난꾸러기를 키워온 내가 척 보았을 때 그 애를 못 알아볼 리 없잖겠어? 알아보지 못하면 지독한 실례지. 헉 핀, 그 침대 밑에서 얼른 나오지 않을래?"

그래서 나는 침대 밑에서 나왔지만 어딘지 떳떳하지 못했다.

샐리 이모처럼 무엇에 홀린 듯한 표정을 짓는 사람을 나는 이제껏 본 적인 없다. 하긴 또 한 사람이 있었다. 그것은 그 방으로 들어서자 두 부인들에게 자초지종을 들은 사일러스 이모부였다. 그런 이야기는 이모부를, 적절한 표현인지 모르겠는데 술에 취한 사람처럼 만들었다. 그래서 이모부는 그날 오후 내내 멍하니 시간을 보냈으며, 그날 밤 기도회에서 한 설교는 그를 매우 유명하게 만들었다. 왜냐하면 이 세상에서 가장 나이가 많은 노인도 그 설교를 알아들을 수 없었기 때문이다. 그리하여 폴리 아줌마는 내 이름이 뭐고 내가 어떤 애라는 것을 모두 털어놓았다. 나도 나서서 처음에 펠프스 부인이 나를 톰 소여로 잘못 알았을 때 얼마나 내 입장이 난처했는가를 이야기했다. 그러자 펠프스 부인이 끼어들어 "그래, 나를 그냥 샐리 이모라고 부르렴. 이제는 귀에 익으니 구태여 바꿀 필요가 어디 있니” 하고 말했다. 샐리 이모가 나를 톰 소여로 불렀을 때 나는 잠자코 있을 수밖에 없었다고, 다른 방도가 없었다고, 또한 신비한 것을 너무나 좋아하는 톰인지라 이 일에서 모험을 만들어낼 테니까 아주 만족할 거라고, 그래서 톰은 이름이 바뀐 것쯤은 상관하지 않을 것을 나는 알았다고 말했다. 그리하여 일이 이런 결과가 되었기 때문에 톰은 시드인 척하면서 되도록 내 마음을 편하게 해주었다고 말했다.

폴리 아줌마는 미스 왓슨이 유언에서 짐을 자유인으로 풀어준 것은 톰의 말 그대로라고 말했다. 그렇다면 분명 톰 소여는 자유 신분인 검둥이를 자유의 몸으로 만들려고 그토록 귀찮고 성가신 일을 했던 거다! 그때 그 이야기를 듣고서야 비로소 그렇게 좋은 집안에서 자란 톰이 어떻게 검둥이를 자유 신분으로 만드는 일을 도울 생각을 했는지 이해할 수 있었다.

샐리 이모가 톰하고 시드 둘이 무사히 도착했다는 편지를 보내왔을 때, 폴리 아줌마는 속으로 이렇게 말했던 것이다.

“저것 좀 봐! 내 그럴 줄 알았어. 감시할 사람을 딸려 보내지 않고 그냥 혼자 보냈더니 그만. 내 당장 천백 마일이나 되는 강을 따라 내려가서 이번엔 또 이놈이 무슨 짓을 했나 알아봐야겠군. 동생한테서 그 편지에 대한 답장도 오지 않으니까.”

“어머, 난 언니 편지 받은 적 없어요.”

샐리 이모가 말했다.

“이럴 수가! 내 너한테 두 번이나 편지를 써서 도대체 시드도 여기 왔다는 말이 무슨 말이냐고 물었잖아?”

“언니, 난 그런 편지 받은 적 없어요.”

폴리 아줌마는 천천히 엄격하게 굳은 얼굴을 돌리며 말했다.

"이놈, 톰!"

"왜 그러세요? 뭔데요?"

톰이 시치미를 떼듯 말했다.

"이 뻔뻔한 놈, 나한데 뭔데요 뭔데요 하지 마, 그 편지들을 내놔."

"무슨 편지인데요?"

"그 편지 말이다. 내 널 붙잡기만 하면 반드시 내가……."

"그건 가방 속에 있어요. 지금도 그대로 있어요. 우체국에서 찾아 온 대로 그대로 있어요. 읽지도 않고 건드리지도 않았어요. 하지만 그 편지가 무슨 문제를 일으킬 것이라는 건 알았어요. 그래서 급한 편지 가 아니면 내 생각으로는……."

"아무래도 저 녀석을 단단히 혼내줘야겠구나. 혼내줘야 마땅해. 그 런데 내가 이리 너의 집에 오겠다는 편지를 또 한 장 썼거든. 그런데 난 저 녀석이 또……."

"아녜요. 그 편지는 어제 왔어요. 난 아직 읽진 않았지만 그 편지는 무사해요. 그건 받았어요."

나는 샐리 이모가 그 편지를 받지 않았다는 쪽에 2달러를 거는 내 기를 하자고 제안하고 싶었지만 그렇게 안 하는 것이 더 안전할 것 같 았다. 그래서 한마디도 안 했다.

마지막 장

그 후 처음으로 톰과 나, 단둘이만 있게 되자 나는 우리가 짐을 데리고 도주할 때 네 생각이 무엇이었느냐고 물었다. 그 탈출이 성공하고 이미 자유의 몸이 되어 있는 검둥이를 그럭저럭 자유의 몸으로 다시 만들었을 때 네 계획이 무엇이었느냐는 뜻이었다. 그랬더니 톰은 제 머릿속에 처음부터 세웠던 계획을 이렇게 말했다. 짐을 무사히 구출한다면 그를 뗏목에 태워 강 하구까지 곧장 모험하면서 내려간 다음, 짐에게 자유의 몸이 되었다는 것을 알려주고 멋들어지게 기선을 태워 고향으로 데리고 가서 그에게 이제까지 그가 한 수고의 대가를 치러주고 미

리 편지를 내서 고향 일대의 검둥이들 모두에게 환영을 나오게 하는
데, 횃불 행렬에다 악대를 앞세워 읍내로 돌아오게 한다는 거창한 계
획이었다. 그러면 짐은 영웅이 되고 또한 우리도 영웅이 된다는 것이
었다. 그러나 나는 지금 이대로도 잘 된 일이라고 생각했다.

　우리는 지체 없이 짐의 쇠사슬을 풀어주었다. 또한 짐이 의사를 찰
도와 톰을 간호했다는 소리를 듣자 폴리 아줌마와 샐리 이모와 사일
러스 이모부는 짐을 두고 지독히 야단법석을 떨었고 짐에게 멋진 옷
을 입히고 짐이 먹고 싶어 하는 것이면 무엇이나 다 갖다주고 일도 시
키지 않고 그냥 즐겁게 놀도록 해주었다. 우리는 병실로 짐을 데리고
가서 이야기꽃을 피웠다. 그렇게 인내심 깊게 우리를 위해 죄수 노릇
을 해주고 그 역할 또한 그렇게 잘 해준 대가로 톰은 짐에게 40달러를
주었다. 짐은 너무 좋아하다가 쓰러져 죽으며 폭발해버릴 지경이었다.
짐이 말했다.

　"헉, 그것 보더라구. 내 뭐라 그랬어? 그 잭슨섬에서 내 한 말 말여.
내 가슴팍에 털이 나 있으니께 그게 좋은 징조라고 내가 말하지 않았
나베. 내 한때 부자였으니께 다시 부자가 될 거라구 얘기 않던가베. 바
로 내 말대로 된 거지 뭐여. 자, 여기 그게 왔잖느냐 말여! 그렁께 나한
틴 말 말어. 징조는 징조인 거여. 내 말 명심해 들어. 내가 지금 여기 서
있는 것처럼 확실하게 나는 다시 부자가 될 거라는 걸 나는 알고 있었
던 거여!"

　그러자 톰이 말을 시작하여 그칠 줄 모르고 이야기했다. 톰의 이야
기는 이렇게 흘러갔다. 기회를 봐서 어느 날 밤에 우리 셋이서 몰래 이
곳을 탈출하여 장비를 마련해서 한 2, 3주일 동안 인디언 거주 지역을
돌며 인디언들과 신나는 모험을 하자는 것이다. 그래서 나는 내 마음
에 들어 좋은 일인데 옷을 살 돈이 나한테는 없고 집에서 부쳐올 돈도

없다고 말했다. 지금쯤 아빠가 돌아와 새처 판사한테서 돈을 몽땅 찾아다가 술값으로 다 날려버렸을 가능성이 많았기 때문이다.

톰이 말했다.

"아냐, 네 아빠는 아직 안 왔어. 돈은 다 거기 그대로 있어. 6천 달러 이상 그대로 있어. 그 이후 네 아빠는 영영 돌아오지 않았어. 여하튼 내가 거길 떠날 때까지는 돌아오지 않았어."

짐이 엄숙해져서 말했다.

"헉, 그 양반은 이제 다시는 돌아오지 못햐."

내가 말했다.

"짐, 그건 왜지?"

"헉, 그 이유는 묻지 말어. 그 양반은 이제 돌아오지 않는다니께."

그러나 내가 집요하게 추궁하자 짐은 마침내 입을 열었다.

"강물에 떠내려온 그 집을 기억하는감? 그 안에 사람이 하나 있었는디 무얼루 덮여 있었단 말여. 내가 들어가서 덮은 걸 들춰보고는 헉을 그리 들어오지 못하게 한 거 기억하남? 그러니까 허는 말인디 헉은 원하면 언제든지 돈을 가질 수 있게 된 거여. 그 죽은 시체는 바로 니 아빠였으니께."

톰은 이제 서의 디 회복되어 종아리에서 뽑아낸 총알을 시곗줄에 매달아 시계 대신 목에 걸고 다니며 지금 몇 시지 하면서 그것을 들여다본다. 그래서 더는 쓸 이야기가 없다. 그래서 나는 무척 기쁘다. 왜냐하면 책을 하나 쓴다는 것이 이렇게 고생스러운 것임을 알았더라면 아마 이 작업에 덤벼들지 않았을 것이고 두 번 다시 이런 짓은 하지 않을 것이다. 그러나 나는 톰이나 짐보다 앞서 인디언 거주지로 어서 떠나야겠다고 생각했다. 왜냐하면 샐리 아줌마가 나를 양자로 삼아 교육할 예정으로 되어 있었다. 참을 수 없는 일이다. 전에 벌써 겪은 일이 아닌가.

작품 해설

마크 트웨인의 생애

마크 트웨인의 본명은 새뮤얼 랭혼 클레멘스며 1835년 미주리주 플로리다에서 태어났다. 그곳은 솔트 강변에 위치한, 몇 가구밖에 사람이 살지 않는 외진 곳이었다. 그러나 트웨인의 부친인 존 마셜 클레멘스는 그곳이 장차 발전할 것을 예상하고 저 멀리 테네시주 제임즈타운에서 그곳으로 이사한 터였다. 부친은 원래 지방판사였지만 그 일을 그만두고 작은 소매업을 했는데 그 지방 사람들은 늘 그를 클레멘스 판사님이라고 불렀다고 한다. 마크 트웨인과 워너의 공저인 《금박시대(*The Gilded Age*)》라는 작품에 나오는 낙천적이고 투기성이 있는 호킨스 판사는 트웨인의 부친을 모델로 한 흔적이 엿보인다고 전한다.

마크 트웨인이 네 살이 되었을 때 클레멘스 판사는 부동산에 걸었던 희망을 잃고 다시 같은 주의 해니벌로 이사했다. 해니벌은 미시시피강변에 산재해 있는 강변 소도시의 하나로, 마크 트웨인의 걸작 《톰 소여의 모험》은 당시 해니벌에서 보낸 트웨인의 유년 시절을 묘사한 것이다.

　1849년 부친이 세상을 떠나자 온 가족은 비탄에 빠졌을 뿐더러 각자가 제 살길을 찾아야 했다. 맏형 어라이언은 이미 인쇄업을 경영하고 있었지만 한 집안을 먹여 살릴 여유가 없었다. 그리하여 누이는 아이들을 모아 음악을 가르치고 열두 살의 마크 트웨인은 그 지방 인쇄소의 견습 식자공으로 들어갔다.

　1850년 형 어라이언이 작은 지방신문을 소유하게 되어 마크 트웨인은 그곳의 식자공이 되었다. 형이 자리를 비운 틈을 타서 마크 트웨인은 그 지방 사람들을 풍자하는 유머를 써서 지상에 게재하여 형의 분노를 사기도 했다.

　1853년 18세에 접어든 트웨인은 큰 포부를 안고 뉴욕으로 갔다. 당시 뉴욕은 세계박람회를 개최하고 있었지만 별로 이렇다 할 일거리가 없어서 그는 인쇄공으로서 뉴욕, 필라델피아, 워싱턴 사이를 방랑할 뿐이었다.

　1857년 트웨인은 당시에 불어닥친 남미 열풍에 휘말려 브라질로 가겠다고 결심하고 우선 뉴올리언스로 내려와 배편을 기다리던 중 호러스 빅스비와 알게 되었다. 빅스비는 《미시시피강의 삶(Life on the Mississippi)》에서 묘사된 수로 안내원으로, 그의 권유로 남미를 탐험하는 모험가가 되려던 꿈을 접고 항해사가 되기로 결심했다. 어려서부터 미시시피강변의 주민이었던 트웨인은 항해사의 호화스러운 생활을 알았기 때문에 항해사가 되는 것이 소년 시절의 꿈이기도 했다. 빅스비 밑에서 1년여를 보내며 트웨인은 세인트루이스와 뉴올리언스 간의 1천 200마일의 수로를 훤히 알게 되자 이제 내로라하는 항해사가 되었다.

　1861년 남북전쟁이 일어나 미시시피강을 왕래하는 교통이 두절되자 트웨인은 배를 떠나 고향 해니벌로 돌아왔다. 처음부터 미국 남부에 속한 여러 주를 동경하던 그는 고향의 의용군에 참가했지만 곧 그만두고 형 어라이언과 네바다주로 갔다. 어라이언은 링컨에게서 새 영토가 된 네바다주의 장관으로 임명된 터였다. 그 당시의 상황은《고난을 넘어(*Roughing It*)》라는 작품에 기술되어 있다.

1862년 광산 사업에 종사하며 캘리포니아주의 오로라 지방을 방랑하던 중 버지니아시티의《테리토리얼 엔터프라이즈》라는 신문에 초빙되어 그 신문의 지방통신원이 되었다. 트웨인은 이보다 먼저 죠슈라는 아명으로 그 신문에 누차 기고를 해왔는데, 그의 글재간은 주필 조굿맨의 인정을 받기에 이르렀다. 주당 25달러의 급료를 받고 지방 기사를 쓰는 한편, 그의 장기인 유머가 가득 찬 짧은 수필을 신문지상에 투고했다. 때마침 카론시의 주 의회가 열렸는데, 트웨인은 통신기자로 그곳에 파견되었다. 입법기관의 의사 진행 같은 것을 아무것도 모르는 트웨인의 통신 기사는 기발한 관찰과 미묘한 필치로 인해 의회의 호평을 받게 되었다. 통신 기자로 일할 때 그는 처음으로 마크 트웨인이라는 아명을 사용했고 그의 이름은 태평양 연안의 모든 주에 널리 알려졌다. '마크 트웨인'은 수로 안내의 전문용어로서 강의 길이를 측정(영어로 sound라고 한다)할 때 '쌍으로 표시하다'에서 온 표현이었다. 당시 태평양 연안에 위치한 주들은 금광을 발견한 덕으로 융성일로에 있었고 그 뒤를 이어 문학계도 활발한 활동을 했다. 당시의 문인 중에서 가장 두각을 나타내던 작가는 F. B. 하트였다. 마크 트웨인이 이 문인과 함께 신흥 인디애나 문학의 선구자가 된 것은 이때였다. 그래서 트웨인은 네바다를 떠나 샌프란시스코로 가서 그곳의 신문《모닝콜》의 기자가 되었다. 동시에 트웨인은《골드 이어러》와《앨타 캘리포니아》신문에도 기고했다. 브렛 하트를 위시하여 많은 재능 있는 신진 작가들이 그곳에 있었기 때문에 한때 전 미국의 유머는 모두 샌프란시스코에 결집한 것 같았다.

1865년 뉴욕의 《새터데이 프레스》에 〈캘리베러스의 유명한 뜀뛰는 개구리(The Celebrated Jumping Frog of Calaveras County)〉 한 편을 기고했다. 이것은 캘리포니아를 유랑하던 중 어떤 광부에게서 들은 개구리에 관한 이야기였다. 이 작품으로 인해 트웨인은 일약 'American humorist'라는 이름을 얻게 되었다. 문단에서의 위치를 굳혔을 뿐 아니라 최고로 말을 잘하는 강연자로서 큰 성과를 거뒀다. 그가 처음으로 강연자로 섰던 당시의 정황은 《고난을 넘어》라는 작품에 기술되어 있다.

1866년 캘리포니아를 떠나 뉴욕으로 와서 누이가 모시고 있는 늙은 어머니를 방문하려고 세인트루이스로 갔다가 고향 해니벌 지방으로 순회 강연에 나섰다. 이 무렵 어떤 뉴욕의 기선회사가 유럽 관광 단체여행을 기획한다는 발표가 있었다. 이것은 당시로서는 전대미문의 빅 뉴스였다. 트웨인은 순회 강연 중 이 소식을 듣고 갑자기 거기에 참가하고 싶었다. 그래서 급히 샌프란시스코의 《데일리 앨타 캘리포니아》에 편지를 보내어 돈을 미리 가불해주면 통신을 보내주겠다고 약속하고 필요한 여비를 타냈다.

유람선 퀘이커 시티 호는 예정대로 1867년 6월 8일 동쪽을 향해 출발하였고 배에서의 5개월 동안 트웨인은 통신문을 한 번도 거르지 않았다. 필자 마크 트웨인은 신세계의 주민이 되어버린지라 전통도 편견도 없는 일개의 신인이었다. 그의 눈에 비친 구세계의 인상이 경쾌한 그의 글 솜씨와 만나 비할 데 없이 훌륭한 읽을거리가 된 것은 상상하기 어렵지 않은 일이었다. 그가 그 여행을 끝내고 돌아오자 그의 명성은 하늘을 찔렀고 각 출판사는 그 통신문의 발행권을 얻으려고 경쟁을 벌였다. 또한 각지에서 강연 의뢰가 쇄도했다. 다음 해 8월 원고가 정리되어 그해 겨울 하트퍼드의 아메리칸 퍼블리싱 컴퍼니에 의해 출판되었다. 《철부지의 해외 여행기(*The Innocents Abroad; or, The New Pilgrim's Progress*)》가 바로 그 원고를 책으로 출간한 것이다. 이 책은 불티나게 팔렸고 다음 해 2월 올리비어 랭던 양과 결혼한 날 트웨인은 3개월분 인세로 4천 달러를 받았다. 그 책의 초반 3년 동안의 발행 부수는 10만 부에 달했다고 전한다.

1872년 아메리칸 퍼블리싱 컴퍼니가 《고난을 넘어》를 출판했고 트웨인은 그해 8월 바다 건너 영국에 갔다. 다음 해 다시 처자를 데리고 영국에 건너가 그곳에서 1년가량 머물렀다.

1874년 찰스 디킨스의 강연 지배인의 초청을 받아 트웨인은 세 번째로 바다를 건너가 약 2개월 간 런던에서 강연을 하고 미국으로 돌아와 코네티컷주의 하트퍼드에 집을 마련했다. 당시 하트퍼드에는 《톰 아저씨의 오두막》의 저자 스토 여사와 《황야에서》의 저자 찰즈 더들리 워너 등 이름 있는 문인들이 모여 있었다. 이제 마크 트웨인이 가세하자 그곳은 미국 문단의 메카가 되었다. 키플링은 종종 인도에서 그곳을 방문하여 마크 트웨인과의 회견기를 그의 저서 《미국의 스케치》라는 책으로 엮어냈다. 마크 트웨인은 그곳에 사는 동안 《톰 소여의 모험(*The Adventures of Tom Sawyer*)》, 《왕자와 거지(*The Prince and the Pauper*)》, 《미시시피강의 삶》, 《허클베리 핀의 모험》, 《아서 왕궁의 코네티컷 양키(*A Connecticut Yankee in King Arthur's Court*)》 등을 저술했다.

1878년 트웨인 일가는 유럽으로 건너가 그의 친구였던 조셉 트위첼과 대륙 여행을 떠났다. 《방랑자의 해외 여행기》는 그때의 여행기였으며 《철부지의 해외 여행기》의 속편에 해당되는 저서였다.

그 후 트웨인은 각종 출판 사업에 뛰어들었지만 그랜트 장군의 《회고록》에서만 성공을 거두었을 뿐 모두 실패로 끝났다. 또한 거액을 투자한 자동식자기를 완성하는 데 실패하여 20만 달러가량의 손실을 입었다. 1891년 하트퍼드의 지택을 처분하고 생활비 절약을 위해 독일의 베를린에 가서 살기로 했다.

1894년 그가 관계하던 찰스 L. 웹스터 출판사가 피산히고 그도 파산선고를 받았다. 그때 그의 부채는 10만 달러에 달했다. 그러는 동안 트웨인은 피렌체와 파리를 유람하며 자기가 평생 숭배하던 프랑스의 여장부 잔다르크를 주제로 한 역사소설《잔다르크에 대한 개인적인 회고(Personal Recollections of Joan of Arc)》를 집필하여 하퍼즈 매거진에 게재했다.

1895년 빚을 갚으려고 60세의 늙은 몸을 이끌고 세계 강연 여행을 결심했다. 그리하여 미국을 떠나 호주, 뉴질랜드, 인도, 세일론, 남미를 순회하고 영국으로 왔다. 가는 곳마다 성공을 거두고 수강료가 비쌌는데도 강연장은 초만원을 이루었다. 다음 해에 이 여행기는《적도를 따라서(Following the Equator)》라는 책으로 출간되었다. 강연 여행과 책을 내어 받은 인세로 빚을 갚은 이야기는 문단의 미담으로 전해진다.

1900년 그가 유럽을 떠나 미국으로 돌아왔을 때 미국 국민들은 열광하며 그를 환영했다. 그가 가는 곳마다 군중이 몰려들어 마치 개선장군을 맞는 것 같았다. 미국으로 돌아온 후 그는 허드슨 강변에 집을 정하고 거기서 집필을 계속했다. 〈해들리버그를 타락시킨 사람(The Man That Corrupted Hadleyburg)〉이 그 당시의 작품이다.

1904년 아내를 잃었다.

1907년 70세 생일을 맞았을 때 세계 도처에서 고희를 경축하는 편지가 쇄도했다. 그는 이미 예일대학교와 컬럼비아대학교에서 문학박사의 호칭을 얻었는데, 이제 영국의 옥스퍼드대학교에서 이 늙은 문인에게 최고학위를 수여하며 절대적인 경의를 표했다.

다음 해 그는 코네티컷의 스톰필드에 새로운 저택을 짓고 그곳에 은퇴하여 1910년 4월 1일에 세상을 떠났다.

마크 트웨인의 작품들

마크 트웨인의 생애를 다루면서 언급한 것처럼 그는 많은 작품을 생산했다.《뜀뛰는 개구리, 개의 이야기》와《100,000,000장의 수표》라는 제목이 붙은 두 권의 단편집이 있으며, 여행기로는《철부지의 해외 여행기》,《방랑자의 해외 여행기》 등이 있고, 소설로는《톰 소여의 모험》,《허클베리 핀의 모험》,《아서 왕궁의 코네티컷 양키》,《해들리버그를 타락시킨 사람》,《신비한 이방인》,《잔다르크에 대한 개인적인 회상》,《왕자와 거지》 등이 있다. 마지막 두 가지는 역사소설의 범주에 속한다. 그 밖에 자서전풍의 저서인《미시시피강의 삶》과《고난을 넘어》가 있다.

이 작품들이 공통적으로 우리에게 전하는 한 가지 뚜렷한 것은, '경험'이라는 학교에서 배운 것 외에는 아무 이렇다 할 학교 교육을 받지 않은 마크 트웨인은 시종일관 인간의 평등을 염두에 둔 민주주의 지상론자라는 점이다. 당대의 문학자 내지 세계적인 유머 작가가 되고 난 후에도 문단이나 미국 사회나 유럽 사회에 만연하는 현학과 편협성에서 그는 늘 자유로운 작가였다. 트웨인이 허위, 허식, 오만한 우월성을 얼마나 증오하고 있었는가는 각 작품이 명확히 말해준다.

여기에서《허클베리 핀의 모험》 이외에도 걸작으로 뽑히는《톰 소여의 모험》이나《왕자와 거지》는 많은 독자들이 익히 알고 있다고 생각하여, 그것들에 대한 언급은 피하고 그 밖에 많은 인기를 끌었고 기발한 유머가 넘치는 작품을 간단히 소개해본다.

《아서 왕궁의 코네티컷 양키》라는 기상천외한 작품은 일종의 사회 풍자 소설이며 유럽 봉건 시대의 광영을 유치한 야만성으로 조롱한 작품이다. 아서 왕조의 전설적인 남성다운 용맹 대신, 그 양키는 백성이 학대받고 빈곤에 허덕이는 봉건 사회의 잔인성을 발견한다. 마크 트웨인은 이 작품에서 많은 국민이 정부라는 것으로 인해 혜택을 받을 때만이 정부라는 것이 필요하다는 자신의 주장을 펼친다.

이 작품의 내용은 복잡하지만, 간단히 추려보면 이러하다. 미국 뉴잉글랜드의 무기 공장 기술자는 동료와 싸우다가 머리를 얻어맞고 기절한다. 정신을 차렸을 때, 말에 탄 기사의 창이 그의 가슴팍을 겨누고 있었다. 그는 잡혀가서 화형을 기다리는 신세가 되지만 그 사회를 지배하는 멀린이란 마술사보다 그 양키가 더 똑똑하고 힘이 있다는 것이 증명된다. 첫째로 양키는 서기 528년 6월 1일에 일식이 있을 것을 예언하여 마술사를 압도한다. 실지로 그날에 대낮이 캄캄해지는 일식이 왔다. 이에 감탄한 아서 왕은 양키를 감옥에서 풀어준다. 그밖에도 그의 위력을 보이라는 성화에 못 이겨 마술사의 탑을 폭약으로 폭파하여 자신의 위력을 증명한다. 마술사는 감옥에 투옥된다. 그 후 양키는 교육 기관을 세우고 전화국을 건립하고 자유 언론의 창달 등 각 분야에서 보스 노릇을 하게 된다. 그런데 때마침 '성스러운 계곡'에 있는 샘물이 말라 온 주민들이 고통에 빠진다. 양키가 토목기술을 동원하여 샘물이 다시 흐르도록 만든다. 그것을 보려고 아서 왕이 직접 그곳으로 행차한다. 양키는 아서 왕과 친해진다. 그는 아서 왕을 설득하여 둘이서 변장하고 나라의 이곳저곳을 돌며 백성들의 생활상을 보자고 한다. 아서 왕은 그 건의를 받아들인다. 그와 아서 왕은 평민 복장으로 위장하고 세상을 떠돈다. 아서 왕은 친절하고 좋은 인간이었다. 백성이 못 사는 것은 그의 책임이 아니라 그 봉건적 사회체제가 잘못된 것이라고 양키는 말한다.

마침내 양키는 원탁의 기사 12명의 미움을 사서 그들과 결투를 하게 되는데, 권총 두 자루에 장전된 12발로 기사 11명을 쏴 죽이지만 한 명을 죽이지 못한다. 그 남은 기사의 창에 양키는 죽고 만다. 아서 왕도 자기의 심복이던 랜슬럿 경과 미모의 왕비 때문에 불화를 일으키다 죽고 만다. 양키가 죽어 넘어지자 어떤 노파가 간호해주겠다고 나선다. 그 노파는 양키에게 마술을 건다. 그리하여 양키가 눈을 뜨자 자기 고향 뉴잉글랜드에 돌아와 있었다. 간호하러 온 노파는 바로 마술사 멀린이었다.

《미시시피강의 삶》은 위에서도 잠시 언급했듯이 거의 자전적인 작품이다. 주인공 마크 트웨인은 고향 마을의 다른 소년들과 다름없이 모험과 낭만을 꿈꾸며 세월을 보내며 성장한다. 신시내티주에 갔을 때 정부 탐험대가 아마존강 상류를 탐험할 예정이라는 뉴스를 접한 마크 트웨인은 그가 이제껏 모은 30달러를 가지고 뉴올리언스로 간다. 그곳에서 우연히 빅스비라는 일급 항해사를 만난다. 트웨인은 그에게 항해술을 가르쳐달라고 설득한다.

빅스비 밑에서 미시시피의 수로 1,200마일을 수없이 항해하는 동안 많은 것을 경험하며 놀라고 절망한다. 미시시피강에는 어떤 이정표 같은 것이 있을 수 없었다. 수로는 항상 변화무쌍한 데다가 선박끼리의 충돌, 뗏목과의 충돌, 아슬아슬한 충돌로부터의 모면, 그에 뒤따른 욕지거리의 상호교환, 그 무엇보다도 아무것도 보이지 않는 칠흑 속에서 배를 조종해야 하는 경험이었다. 부인할 수 없이 재미있는 생활이면서 불도 켜지 않고 어둠 속을 흘러오는 뗏목과 스치는 일은 지옥에 갔다 오는 경험이었다. 또한 강 자체의 희한하고 신비한 거동이었다. 번창하던 작은 도시들이 물길로 인해 강안으로 떨어져 들어와 보잘것

없는 섬이 되어버리는가 하면 어떤 주에 속했던 소도시와 섬들이 다른 주로 떠내려가 이제 다른 주의 일부가 되기도 하고 아예 그 어느 주에도 소속되지 않는 외로운 땅이 되어버리는 경우가 허다했다. 이 작품에서도 《허클베리 핀의 모험》에서 그려진 미시시피의 웅장한 모습과 그 거인다운 거동이 다른 풍미와 극적인 힘을 발휘하며 독자에게 다가온다.

미시시피를 운항하는 증기선의 항해사는 선장의 명령조차 우습게 여기는 힘을 가진 존재로 승격하면서 위세가 당당해지는가 싶더니 결국 항해사 노조연맹을 결성하며 더욱 강력한 힘을 발휘한다. 그러나 남북전쟁의 발발로 강상 운행이 중지되는 한편 철도의 급속한 성장으로 미시시피강은 교통수단 내지 운송수단으로서의 지위를 점차 상실한다. 마크 트웨인의 눈에 이렇게 달라진 미시시피가 등장하자 그는 이제 향수어린 심정으로 그 강을 바라보는 신세가 된다. 한편 그는 독일에서 만난 살인자가 남긴 막대한 돈을 찾아 나서기로 결심한다. 그러나 운이 나쁘게도 그 돈이 숨겨져 있다고 예상되던 도시는 미시시피의 지류인 아칸소강이 벌써 몇 년 전에 미시시피강 쪽으로 쓸고 내려가 강 속에 수몰시킨 후였다. 몇 년 후 마크 트웨인이 다시 돌아와 보니 미시시피는 더욱 많이 변해 있었다. 항해 방법도 달라지고 그 강 위를 다니는 증기선도 그 건조 방식부터 다르게 만들어진 것들이었다. 또한 북군의 포격으로 파괴된 빅스버그의 주민들의 참상을 그곳 주민들에게서 듣는 한편, 남부 침체의 원흉으로 그가 늘 생각해오면서 멸시하고 증오하던 월터 스코트식 유럽 전통이라는 이름의 낭만과 감상주의를 목격한다. 또한 뿌리 깊은 원한으로 서로 싸우다가 모두 지상에서 참담하게 사라진 집안들에 대한 이야기를 듣는다.

이제 미시시피는 이전의 미시시피가 결코 아니다. 기계화 시대가 도래한 것이다. 빅스비 같은 옛날 항해사의 시대는 끝난 것이다. 미국은 성장하고 있었다. 동시에 미시시피의 색깔과 낭만은 영원히 사라졌다.

이처럼 소설 기법은 형편없지만《미시시피강의 삶》은 생생하고 극적이면서 흥미진진한 회상의 집합체다. 따라서 이 작품은 미시시피강 그 자체처럼 미국 전통의 일부가 되었고 미국민의 자부심과 역사의 일부가 되었다.

끝으로《고난을 넘어》를 소개하면, 이것도 재미있는 트웨인의 회고록이다. 서부 개척이 절정에 달했던 시기를 묘사하고 있기 때문이다. 이 작품은 버지니아시티와 네바다주의 광산 캠프들, 모르몬교, 초기의 샌프란시스코, 하와이 제도 등에 관한 탁월한 목격담으로 엮인 작품이다. 물론 전편에 걸쳐 트웨인의 유머가 시끄럽고 재미있게 펼쳐진다.

트웨인의 생애를 소개할 때 이미 이야기한 바 있듯이, 트웨인은 형을 따라 네바다주에 가지만 별로 할 것도 없었고 광산 탐사에 별 재미를 보지 못한 채 여기저기 통신원으로 활동하던 중 강연회의 연사가 되었다는 이야기는 언뜻 비쳤다. 그 부분을 묘사하는 대목이 어찌나 유머스러운지 여기에 소개한다. 강연자로서의 행운을 얻으려고 노력하는 장면을 트웨인은 솔직히 묘사한다. 처음 강연을 시작했을 때 그는 그가 던지는 농담에 아무도 웃는 사람이 없을 것을 염려하여 몹시 초조해한다. 그래서 여러 계층의 사람들에게 강연장 입장권을 무료로 나눠준다. 나누어주면서 적절한 때를 봐서 크게 웃어달라고 부탁한다. 그가 강연장에 들어섰을 때 좌석은 텅텅 비어 있었다. 그는 한쪽 구석에 앉아 비애를 느낀다. 그러나 곧 왁자지껄하는 사람들의 웅성거리는 소리에 몽롱한 의식 속에서 정신을 차린다. 깨어보니 강당은 청중으로 가득 차 있었다. 그의 강연은 큰 성공이었다. 우스운 이야기도 하지 않았는데도 청중은 폭소를 터뜨렸다. 청중의 허파에 바람을 넣기란 이렇게 쉬운 일이었던 것이다. 그 후 트웨인은 일본 여행을 계획하다 취소하고 고향으로 가겠다는 생각도 접고 파나마를 거쳐 뉴욕으로 간다. 이렇게 황막한 서부와 하와이로의 여행과 모험은 끝난다.

《허클베리 핀의 모험》에 대하여

이 작품이 마크 트웨인의 작품 중 제일가는 걸작이며 미국문학뿐 아니라 세계문학에서도 빼어놓을 수 없는 작품이라는 말과, 트웨인은 문학의 링컨이라느니 미국문학은 그에게서 비롯되었다는 말은 모든 평자와 문학인, 즉 영국 쪽의 평자들을 제외하고는 귀가 아프게 일컫는 말이다. 무엇보다 '영원한 소년성'을 잃지 않고 자신의 인생 경험을 살려 끊임없이 엮어내는 이야기 속에서 미국 역사상 가장 흥미로운 시기와 노예 제도를 고수하던 서남부 지방의 사회상을 독자의 눈앞에 전개해 보여준다는 점에서 이 작품은 가치 있는 작품으로 승화한다. 땅에서는 강변을 따라 우후죽순처럼 솟아나는 작은 도시들에서 벌어지는 인간들의 삶을 보여주는 반면, 근엄하고 존경스러운 면도 있지만 대개는 지지고 볶는 인간들의 삶과는 관계없이 도도히 흐르는 미시시피의 웅장함과 그 움직임이 육지와 대조를 이루며 장엄한 서사시를 엮어간다.

주인공 허클베리 핀(헉 핀)은 무식한 술주정뱅이에다 세상 만물과 만인을 욕하는 그의 아버지의 손에서 벗어나 더글러스 과부댁의 양자로 입양되어 그 동생인 노처녀 미스 왓슨에 의해 교육을 받는다. 그러나 헉은 그런 예절과 교육과 기도 같은 것에 얽매이는 것이 질색이다. 그렇다고 불량소년도 아니다. 소위 말하는 자연아(the child of nature)였다. 원시인 같은 자유인이었고 인간다움의 덩어리였다.

그가 또 하나의 주인공격인 흑인 노예 짐과 함께 뗏목을 타고 하류로 유유히 내려갈 때 헉은 처음으로 자기를 발견한다.

"결국 세상에 뗏목 같은 집은 없어. 다른 장소는 북적거리고 숨 쉴 수도 없이 답답해. 그런데 뗏목은 그렇지 않아. 뗏목 위에서는 지독히 자유롭고 편하며 안락하단 말이야" 하고 헉 핀은 자신의 심경을 토로한다.

사실 아버지에게서 탈출할 때 이것 이상의 어떤 목적이나 욕망은 없었다. 검둥이 짐 역시 자유를 동경하여 자기를 팔아버리려는 주인을 떠나 노예 제도가 없어진 곳에 가서 힘껏 일을 해서 돈을 모아 아내와 딸을 찾는 것이 꿈이었다.

이 두 마음을 태운 뗏목이 미시시피의 하구에 이르는 동안 몇 가지 사건이 일어난다. 우선 물 위에 폭풍이 있었고 충돌이 있었고 배가 좌초되는 난파가 있었다. 그러나 미시시피는 폭풍이 지나자 물을 가득 채우고 조용히 흘렀다. 우리가 읽는 본서의 19장, 그러니까 짙은 안개 속에서 번쩍번쩍 번개가 섬광을 발하며 하늘을 찢을 때 온 누리를 뒤흔드는 천둥 소리를 동반한 강의 모습은 세계문학에서 그 유례를 찾기 힘든 놀라운 묘사다.

육지에서는 인간 본성에서 유래된 사건들이 일어난다. 착한 것도 있지만 어떤 것은 추악하기 그지없고 어떤 것은 웃을 수밖에 없는 어이없는 것들이다. 그레인저포드 가문과 셰퍼드슨 가문 간의 오래 된 원한 관계, 그로 인해 발생한 한 가문의 비극, 두 명의 떠돌이 '왕'과 '공작'이 꾸미는 음모와 사기극, 결국 짐까지 팔아먹는 잔악함, 이어서 톰 소여의 등장, 그의 연출로 짐을 탈출시키는 희극, 이 모두가 지칠 줄 모르는 필치로 묘사되어 있다.

마크 트웨인은 이렇게 굴절이 심한 이야기를 엮어나가면서 헉 핀의 양심적 갈등과 인간들을 향한 연민을 잊지 않고 바닥에 깔고 나가는 점이 이 작품의 위대성을 돋보이게 한다. 결국 마크 트웨인은 철두철미한 미국의 삭가임을 입증하듯 미국인의 염원인 자유와 평등과 안정을 구가하는 작품을 완성했다고 결론지을 수 있을 것 같다.

*　　*　　*

끝으로 번역하기 까다롭기 그지없는 이 작품을 번역하는 데 도움을 준 서울대학교 영어교육과의 황적륜 교수에게 감사를 드리지 않을 수 없다. 일본 연구사판, 주가 무려 200쪽이나 붙은 연구서를 참고하라고 보내주었기 때문에 큰 도움이 되었다는 말을 여기에 적는다.

옮긴이

마크 트웨인 연보

1835년   11월 30일, 마크 트웨인은 미주리주 플로리다에서 치안판사 존 마셜 클레멘스와 제인 램프턴 사이에서 태어났다.

1839년   클레멘스 가족은 미주리주 해니벌로 이사했다. 톰 소여와 허클베리 핀이 사는 세인트피터스버그는 해니벌을 배경으로 마크 트웨인이 창작한 마을이다.

1847년   아버지 존 클레멘스가 사망했다. 가족에게 돈은 남겨주지 않았지만 벼락부자가 되겠다는 낙천적 계획에 몰두하는 선천적 성격을 아들들에게 물려주었다.

1848년   학교를 그만두고 지방 인쇄소의 식자공이 되었다.

1850년   형 어라이언이 경영하는 신문사로 옮겼다. 형의 신문사에서 일하면서 이따금 재미있는 짧은 스케치를 기고했다.

1853년   큰 꿈을 안고 해니벌을 떠나 뉴욕으로 갔다. 하지만 이렇다 할 일자리가 없어서 뉴욕, 필라델피아, 워싱턴 등에서 인쇄공으로 일했다. 필라델피아에서 머물 때 프랭클린의 무덤을 경건한 마음으로 방문하기도 했다. 그 당시 마크 트웨인의 생활은 프랭클린의 생활과 많이 닮아 있었다.

1857년   코카인의 원료인 코카의 풍부한 시장을 장악하기 위해 남미 대륙으로 떠나기로 마음먹었다. 뉴올리언스로 내려와 브라질로 떠날 배편을 기다리던 중 호러스 빅스비라는 사람을 만나게 되고, 그의 권유로 수로 안내인 수련을 받기로 했다.

1861년   남북전쟁과 북군의 봉쇄로 미시시피 항로가 두절되어 수로 안내인 일자리를 잃었다. 트웨인은 잠시 남부군 게릴라로 활동하다가 네바다주 서기관으로 지명된 형 어라이언을 따라 네바다주로 갔다.

1862년   여러 가지 광업과 관련된 일을 하다가 다시 신문사로 돌아왔다. 버지니아시티의《테리토리얼 엔터프라이즈》의 기자가 되었다. 이곳에서 '마크 트웨인'이라는 필명을 처음 사용했다. 가끔 시의회를 취재하기도 하고 광산촌의 자유분방한 생활에 고무되어 해학적인 글을 써서 기고하기도 했다.

1864년   샌프란시스코 지역으로 가서 금광에 투기하다가 다시 신문으로 돌아와《모닝콜》의 기자가 되었다. 또한《골드 이어러》와《앨타 캘리포니아》에도 글을 기고했다. 독특한 서부 이야기를 쓰는 작가로 알려진 브렛 하트를 만나 글쓰기에 도움을 받았다.

1865년   뉴욕의《세터데이 프레스》에〈캘리베러스의 유명한 뜀뛰는 개구리〉를 기고했고 이 단편으로 재미있는 이야기를 쓰는 작가이자 강연자로 이름을 얻었다.

1867년   퀘이커 시티 호를 타고 유럽 여행길에 올랐다. 여행하는 동안 캘리포니아 신문들에 편지를 보냈는데 이 편지들은 1869년에 출간된《철부지의 해외 여행기》의 소재가 되었다.

1870년 뉴욕 엘미라 지역 석탄 재벌의 딸 올리비어 랭던과 결혼했다. 장인은 사위인 트웨인에게 버펄로의《익스프레스》소유권을 넘겨주었다.

1872년 《고난을 이기고》를 출간하여 자신의 광산 경험을 소개했다. 《익스프레스》주식을 매각하고 코네티컷 하트퍼드로 다시 돌아왔다. 그 후 누크 팜 지역에 호화 맨션을 지어 이사했다. 이웃에는 하리에트 비처 스토우와 신문 편집인이며 순수문학자였던 찰스 더들리 워너가 살았다. 워너와 합작하여 당시의 퇴폐상을 풍자한 글《도금 시대》를 발표했다.

1874년 《미시시피강의 삶》을 출판했다.

1876년 《톰 소여의 모험》을 출판했다. 브렛 하트와 합작으로〈아, 죄여〉라는 무대 희극을 창작하는데, 작품의 성공 기간은 짧았고 브렛 하트와 불화가 생겨 곧 두 사람의 우정 관계도 끝났다.

1878년 순회강연에 싫증을 느껴 강연을 포기하고 해외 여행길에 올랐다. 이 여행의 경험을 담아 1879년에《방랑자의 해외 여행기》를 출간했다.

1880년 《왕자와 거지》를 써서 우선 딸들에게 읽혀 반응을 살폈다. 《도금 시대》에서 그랬듯 트웨인은 이 작품에서 사회의식을 발휘하지만, 자본주의 체제에 대한 적개심보다는 봉건제도에 대한 적개심을 드러냈다.

1883년 《미시시피강의 삶》을 출판했다. 미국 남북전쟁 이전에 미시시피강에서 수로 안내원으로 일하던 시절을 담았다.

1884년 《허클베리 핀의 모험》을 출판했다. 이 작품은《톰 소여의 모험》,《미시시피강의 삶》과 함께 미시시피 3부작으로 불린다.

1889년	《아서왕 궁정의 코네티컷 양키》를 출판했다. 이 소설은 19세기 미국에서 온 시간 여행자가 아서왕의 궁전에 떨어져 중세 영국을 현대 사회로 만드는 내용이다.
1894년	이 무렵 재정이 악화되어 그가 운영하던 찰스 L. 웹스터 출판사가 파산했다. 마크 트웨인도 파산선고를 받았다.
1895년	빚을 갚을 돈도 벌고 다음 여행기의 소재를 얻기 위해 적도를 따라 세계 강연 여행을 시작했다. 미국을 떠나 호주, 뉴질랜드, 인도, 세일론, 남미를 거쳐 영국으로 갔고 강연은 가는 곳마다 성공을 거두었다.
1897년	세계 강연 여행을 담은 여행기인 《적도를 따라서》를 출간했다. 강연 여행과 책 출간으로 받은 인세로 빚을 갚아나갔다.
1900년	유럽을 떠나 미국으로 돌아왔다. 미국 국민은 그를 뜨겁게 환영했고 그가 가는 곳마다 군중이 몰려들었다.
1901년	미국 반제국주의 연맹의 부회장이 되어 1910년 사망할 때까지 활동했다. 예일대학교에서 명예 문학 박사학위를 받았다.
1903년	아내의 건강 회복을 위해 함께 유럽으로 갔지만 1904년 아내가 세상을 떠났다.
1905년	《레오폴드 왕의 독백》을 출판했다. 벨기에의 레오폴드 2세가 콩고 자유국에서 벌인 잔혹 행위를 비난하며 풍자한 책으로 레오폴드 2세가 자신을 변호하는 가상의 독백을 담고 있다.
1907년	옥스퍼드대학교에서 명예 문학 박사학위를 받았다.
1909년	막내딸 진이 죽었다.
1910년	4월 21일, 심장마비로 세상을 떠났다.

옮긴이 **이덕형**

서울대학교 사범대학 영어교육과와 동 대학원을 졸업하고 이화여고, 동성고등학교, 서울사대 부속고등학교 교사를 역임한 후, 서울대학교 강사와 연세대학교 교수를 지냈다. 편저로 《한 권으로 읽는 세계 문학 60선》, 옮긴 책으로는 《가시나무 새》, 《호밀밭의 파수꾼》, 《페이터의 산문》, 《르네상스》, 《센토》, 《돌아온 토끼》, 《멋진 신세계》, 《어둠의 속》, 《톰 소여의 모험》, 《월든》, 《폭풍의 언덕》, 《제인 에어》, 《이솝 우화》 외에 다수가 있다.

허클베리 핀의 모험

1판 1쇄 발행 2009년 9월 30일
2판 1쇄 발행 2025년 2월 20일

지은이 마크 트웨인 | 그린이 에드워드 윈저 켐블 | 옮긴이 이덕형
펴낸곳 (주)문예출판사 | 펴낸이 전준배
출판등록 2004. 02. 11. 제 2013-000357호 (1966. 12. 2. 제 1-134호)
주소 04001 서울특별시 마포구 월드컵북로 21
전화 02-393-5681 | 팩스 02-393-5685
홈페이지 www.moonye.com | 블로그 blog.naver.com/imoonye
페이스북 www.facebook.com/moonyepublishing | 이메일 info@moonye.com

ISBN 978-89-310-2444-9 04800
ISBN 978-89-310-2365-7 (세트)

• 잘못 만든 책은 구입하신 서점에서 바꿔드립니다.

⚘문예출판사® 상표등록 제 40-0833187호, 제 41-0200044호

■ 문예세계문학선

(뒷면 계속)